Alfred Bekker
Gorian
Im Reich des Winters

W0071059

Alfred Bekker

GORIAN

Im Reich des Winters

Roman

Originalausgabe

blanvalet

MIX
Papier aus verantwor-
tungsvollen Quellen
FSC® C014496

Verlagsgruppe Random House FSC-DEU-0100
Das FSC®-zertifizierte Papier *Holmen Book Cream* für dieses Buch
liefert Holmen Paper, Hallstavik, Schweden.

1. Auflage
Originalausgabe April 2011 bei Blanvalet,
einem Unternehmen der Verlagsgruppe Random House GmbH, München
Copyright © 2011 by Alfred Bekker
Umschlagillustration: © HildenDesign unter Verwendung
einer Illustration von Nick Deligaris
Lektorat: Peter Thannisch
HK · Herstellung: sam
Satz: KompetenzCenter, Mönchengladbach
Druck und Einband: GGP Media GmbH, Pößneck
Printed in Germany
ISBN: 978-3-442-26765-1

www.blanvalet.de

Inhalt

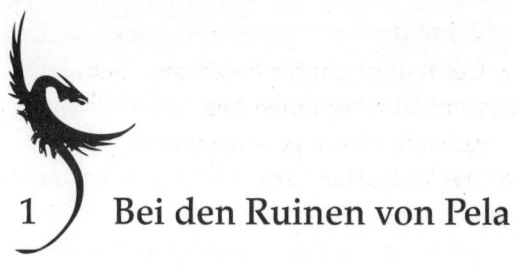

1 ⟩ Bei den Ruinen von Pela

Wie aus dem Nichts waren die orxanischen Wollnashorn-reiter aufgetaucht. Im Schutz der Nacht und des wirbelnden Schneegestöbers waren sie kaum zu sehen gewesen. Der frische Schnee dämpfte zudem den Hufschlag ihrer Tiere.

Gorian wirbelte herum, riss sein Schwert Sternenklinge aus seiner Rückenscheide und trennte dem heranpreschen-den ersten Wollnashorn mit einem Hieb ein Vorderbein ab. Gleichzeitig wich er dem Axthieb des Orxaniers aus, der das Tier ritt.

Mit einem magisch leicht verstärkten Satz sprang Gorian zur Seite, während das brüllende Wollnashorn auf dem blu-tigen Stumpf über den Schnee rutschte. Sein Horn bohrte sich in die Wandung des eingeschneiten Caladran-Himmels-schiffs, wo es stecken blieb, während der riesige Orxanier aus dem Sattel geschleudert wurde, wobei er einen wilden, keh-ligen Schrei zwischen den Hauern seines tierhaften Mauls ausstieß.

Doch er war sofort auf den Beinen, riss einen Wurfring hervor und schleuderte ihn auf Gorian. Fünf messerscharfe Klingen wurden durch die Drehung ausgefahren, die Gorians Kehle durchschneiden sollten. Aber die Kunst der Voraus-sicht nach Art der Schwertmeister ließ ihn vorausahnen, wel-che Flugbahn der Ring nehmen würde. Er nahm sein Schwert in die Linke und griff mit der Rechten beherzt zu, genau im richtigen Moment und an der richtigen Stelle, nämlich in der Mitte, wo die Klingen nicht hinreichten. Dann stieß er einen Kraftschrei aus und lud den Wurfring so sehr mit Magie auf, dass die ausgefahrenen Klingen zu glühen begannen und von einem bläulichen Schimmer umflort wurden. Es war eine fließende Bewegung, mit der er den Ring aufgefangen hatte – und mit deren Schwung wirbelte er herum und schleuderte ihn dem nächsten Wollnashornreiter entgegen, der bereits heranpreschte.

Eine der mörderischen Klingen fuhr dem Angreifer durch das Handgelenk. Wie beinahe alle, die auf der Seite des Frostherrschers Morygor die südlicheren Länder überrannten, waren auch diese Orxanier Untote, ein Scheinleben erfüllte sie, das von Morygors dunklen Kräften gespeist wurde. Daher machte es dem Orxanier kaum etwas aus, dass seine Schlagader durchtrennt wurde und das Blut hervorspritzte. Da er ohnehin nicht mehr lebte, konnte er daran kaum sterben. Schlimmer war für ihn, dass ihm Gorian mit seinem Wurf beinahe die Hand abgetrennt hatte und er seine monströse Axt nicht mehr zu halten vermochte.

Das Wollnashorn bremste seinen Lauf und stieg mit einem dröhnenden Laut auf die Hinterbeine. Der untote Orxanier auf seinem Rücken vollführte dabei instinktiv eine Bewegung, um das Gleichgewicht zu halten. Die schon fast abgetrennte Hand riss dabei ab und fiel mitsamt der Axt in den Schnee.

Im nächsten Moment griff der andere Orxanier wieder an. Er ließ seine Axt in Gorians Kopfhöhe kreisen, einen barbarischen Kampfschrei auf den gefrorenen Lippen, der sich mit dem wütenden Grunzen des Wollnashorns mischte, das sein Horn nicht befreien konnte.

Gorian duckte sich, und die Axt fuhr haarscharf über ihn

hinweg. Mit einem aufwärts gerichteten Schwertstreich hieb Gorian dem Orxanier den Arm an der Schulter ab. Noch bevor der untote Frostkrieger mit der anderen Hand sein Schwert ziehen konnte, trennte ihm Gorian den Kopf von den Schultern, und ein weiterer Hieb durchtrennte seinen Rumpf vertikal unterhalb des Rippenbogens.

Einen Augenblick lang stand der untote Frostkrieger noch schwankend und kopflos im eisigen Nordostwind. Seine Hand hatte sich um den Schwertgriff gekrallt und hielt ihn auch noch fest, während der Rumpf auseinanderfiel.

Es war nicht leicht, einen Untoten kampfunfähig zu machen. Gorian hatte das ebenso erfahren müssen wie all jene, die sich bereits vergeblich Morygors Frostkriegern entgegengestellt hatten.

Mit einem weiteren Schwertstreich schlug er auch dem Wollnashorn den Kopf ab, sodass es aus seiner misslichen Lage erlöst wurde.

Der Orxanier, der die Axthand verloren hatte, griff zu einem Dolch, schleuderte ihn, aber Gorian wehrte ihn mit Sternenklinge ab. Funken sprühten, als das Schwert aus Sternenmetall die Dolchklinge traf. Gorian stieß dabei einen weiteren Kraftschrei aus. Der Dolch vollführte eine bogenförmige Flugbahn, und anstatt einfach ins Nichts abgelenkt zu werden, kehrte er zu seinem Werfer zurück und drang diesem mitten ins Herz.

Die Wucht riss den Orxanier aus dem Sattel, woraufhin sein Wollnashorn davonstob. Im Gegensatz zu seinem Reiter war es nämlich keineswegs untot, sondern ein ganz gewöhnlicher Vertreter seiner Art, die in Eisrigge und Orxanien recht häufig anzutreffen war.

Der Orxanier rappelte sich auf, machte zwei stampfende Schritte zur Seite, hob die Axt vom Boden auf, deren Stiel noch von der abgetrennten Hand umklammert wurde, und stürmte auf Gorian zu. Der parierte den Angriff und auch die nächsten vier, fünf furchtbaren Axthiebe. Sie waren so präzise geführt, wie man es bei einer derartigen Waffe kaum für möglich halten mochte. Aber Gorian gelang es, sie alle abzuwehren.

Allerdings stieß er auf einmal mit dem Rücken gegen die Wandung des Himmelsschiffes und konnte nicht weiter zurück.

Doch da griff er seinerseits an, traf mit dem Schwert den Schädel seines Gegners und spaltete ihn vom Scheitelpunkt bis zum Kiefer, und die Klinge fuhr sogar noch in den Halsbereich. Dabei murmelte Gorian eine unterstützende magische Formel, bei der ihm im ersten Augenblick gar nicht bewusst war, dass er sie in caladranischer Sprache vortrug. Die Unmenge von Wissen, die er während seines Aufenthalts im Reich des Geistes über die Magie der Caladran erhalten hatte, wirkte bis in seine Instinkte hinein. Die Formel, die er gerade murmelte, kam aus den Tiefen seines Geistes, wo sie mit dem anderen Wissen eingesickert war, das er im Reich des Geistes erhalten hatte.

Ein dritter Wollnashornreiter zügelte in einiger Entfernung sein Tier. Das Wollnashorn scharrte schnaubend mit einem seiner Vorderläufe im Schnee, während der untote Orxanier im Sattel eine Armbrust auf Gorian richtete und den Abzug betätigte. Gorian stand breitbeinig da, dem Schützen das Gesicht zugewandt, und sein Schwerthieb traf den Bolzen punktgenau. Funken blitzten auf, der Bolzen wurde zu seinem Schützen zurückgeschickt, traf dessen Schädel, und der Kopf des Untoten platzte auseinander wie ein überreifer Kürbis.

Das hinderte ihn jedoch nicht daran, noch seine Axt hervorzureißen und sie nach Gorian zu schleudern. Da er aber nichts mehr sehen konnte, flog sie etwa einen halben Schritt an Gorian vorbei und blieb zitternd im Aufbau des caladranischen Himmelsschiffs stecken.

Zischend fuhren Blitze aus dem Aufbau. Irgendeine Art von Schutzzauber war dort eingearbeitet worden. Die Blitze tanzten die Klinge und den Stiel der Axt entlang, und während die Klinge unversehrt blieb, zerfiel der Holzstiel innerhalb eines Augenblicks zu Asche, die vom Wind davongetragen wurde.

Gorian stieß einen weiteren Kraftschrei aus, verbunden mit einem sehr eindringlichen Gedanken, der durchaus geeignet war, wilde Tiere zu erschrecken, falls sie in der Lage waren, ihn zu empfangen. Bei dem Wollnashorn war das offenbar der Fall. Es lief davon, während der geköpfte untote Orxanier noch schwankend in seinem Sattel saß. Wenig später waren beide nur noch als schattenhafte Erscheinung im Schneegestöber zu sehen und dann verschwunden.

Gorian hatte den Kampf gewonnen. Kein Gegner war mehr übrig geblieben. Er kletterte aufs Deck des Schiffs, dem die Caladran den Namen *Sonnenbarke von Pela* gegeben hatten. Die Reling zu überklettern war nicht schwer, da das Gefährt ziemlich tief im Schnee steckte. Und das, obwohl erst wenige Stunden vergangen waren, seit Gorian zusammen mit Sheera an diesem Ort gestrandet war – einem Ort der Zerstörung, auch wenn Eis und Schnee sehr bald alle Zeichen dessen, was hier geschehen war, zugedeckt haben würden.

Er lief zum Bug und sah in die Ferne. Vom Volk der Caladran sagte man, dass seine Angehörigen über besonders feine Sinne verfügten, über scharfe Augen und ein sehr empfindliches Gehör, das weit über das Vermögen jedes Menschen hinausging.

Das stimmte auch, und Gorian war sich der Tatsache sehr

wohl bewusst, dass er als Mensch weder so gut hören noch sehen konnte, wie es einem Caladran möglich war.

Und doch hatten diese Fähigkeiten nicht nur etwas mit den Augen und Ohren dieser nahezu Unsterblichen zu tun, es lag auch an der Art, Dinge zu sehen und zu hören und wie ihr Geist damit umging. Gorian hatte diese besondere Weise der Sicht und des Hörens eher beiläufig kennengelernt, als er in das Reich des Geistes eingedrungen war, doch inzwischen hatte er festgestellt, dass sich dadurch auch die Reichweite seiner gewiss unzureichenden menschlichen Sinne erheblich erweitern ließ. Ein Fernglas, wie es die Galeerenkapitäne Westreichs und die Greifenreiter Gryphlands benutzten, brauchte er nicht mehr.

Er blinzelte, blickte in die Ferne, und trotz der schlechten Sicht konnte er weiter sehen als jeder andere Mensch.

Und das, was er sah, ließ ihn erschaudern.

»Oh, nein!«, murmelte er, während der eiskalte Wind an seiner Kleidung zerrte. »Nicht auch das noch!«

Gorian ging in die Kajüte, in der Sheera auf dem Boden lag. Sie presste einen Stein an den Hals, schwarzes Blut rann ihr zwischen den Fingern hindurch, und sie stöhnte laut. Eine Caladran-Laterne tauchte alles in flackerndes Licht.

»Was war draußen los?«, fragte die Ordensschülerin.

»Unwichtig. Was ist mit dir? Warum bist du wach?«

»Wegen dem Krach da draußen«, sagte sie. »*Und wegen der Unruhe in dir*«, fügte die Heiler-Schülerin im Orden der Alten Kraft mit einer Gedankenbotschaft hinzu.

Die Wunde an ihrem Hals hatte sich wieder geöffnet und diesmal schwarzes Blut abgesondert. Gorian hatte ihr einen Stein gesucht, um ihn als Heilstein zu verwenden, was gar nicht so einfach gewesen war, immerhin war die Gegend um

Pela inzwischen mit einer dicken Schicht aus Eis und Schnee bedeckt. Ein Gletscher hatte den Stadtbaum von Pela niedergerissen, und den Rest des Zerstörungswerks hatten wohl die Leviathane erledigt, deren straßenbreite Spuren man noch deutlich sehen konnte.

Aber der Gletscher hatte auch Geröll und Gestein aus anderen Bereichen der Insel oder sogar von Segell oder noch weiter nördlich gelegenen Orten mitgebracht, und unter der Zuhilfenahme von etwas Magie hatte Gorian schließlich einen passenden Stein gefunden.

Er hatte ihn Sheera aufgelegt, seine Kräfte darauf konzentriert und sie in einen Heilschlaf versetzt. Danach war er kurz hinausgegangen, um das Himmelsschiff auf magischer Ebene wieder einigermaßen instand zu setzen. Ein paar kleinere Zauber mussten erneuert werden, zum Beispiel der magische Schirm, der sie eigentlich vor den Unbilden des Wetters bewahren sollte. Und eigentlich hätte es auch in der Kajüte sehr viel wärmer sein müssen, selbst wenn man bedachte, dass die Caladran ein sehr kälteunempfindliches Volk waren und gemütliche Wärme weder in ihren Stadtbäumen noch auf ihren Himmelsschiffen hohe Priorität hatte.

»Kann ich etwas für dich tun?«, fragte Gorian seine Gefährtin.

Sie nickte. »Vielleicht findest du unter Deck noch ein paar Gewänder. Ich friere nämlich, und außerdem könnte ich dann das Blut besser abwischen.«

»Natürlich.«

»Dummerweise wärmt die Seide, aus der die Caladran ihre Kleidung schneidern, nicht richtig.«

»Wir werden hier so schnell wie möglich aufbrechen«, versprach Gorian. »Sobald es dein Zustand und der des Schiffs erlauben.«

Sie lächelte matt und strich sich das Haar zurück. Ihre Augen waren wieder vollkommen schwarz, was zeigte, wie sehr sie ihre Magie anstrengen musste, um ihren gegenwärtigen Zustand wenigstens beizubehalten. Nachdem Gorian das erste Mal ins Reich des Geistes der Caladran eingedrungen war, hatte sie ihn heilen müssen, und seither waren ihre Augen ständig von purer Schwärze erfüllt gewesen. Ein Zustand, der für eine permanente Anspannung auf magischer Ebene sprach. Erst als Gorian ihr den Heilstein aufgelegt und sie ihrerseits zu heilen versucht hatte, war die normale meergrüne Farbe der Iris und das Weiß darum für eine Weile zurückgekehrt, und Gorian hatte Hoffnung geschöpft.

»*Warum erzählst du mir nicht, dass du mit Frostkriegern gekämpft hast?*«, meldete sie sich wieder mit ihrer Gedankenstimme.

Er lächelte sie an. »*Ich dachte schon, du könntest es gar nicht mehr*«, gab er, ebenfalls in Form eines Gedankens, zurück.

»*Was?*«

»*Meine Gedanken lesen. Ich habe es vermisst.*«

»*Ich weiß, mir ging es ebenso. Aber nun besteht die Verbindung zwischen uns wieder.*«

»*Ja.*«

Er öffnete eine Luke, um unter Deck zu gelangen. Ein Lichtzauber, der wohl schon längere Zeit nicht mehr erneuert worden war, erzeugte einen nur noch schwachen Schimmer, der aber ausreichte, um sich unten umsehen zu können – zumal Gorian gelernt hatte, nach Art der Caladran zu sehen, denn so kam er notfalls auch mit noch weniger Licht aus.

»*Muss ich mir die restlichen Einzelheiten auch noch aus deinen Gedanken saugen?*«, vernahm er Sheeras Botschaft. »*Oder gibst du mir doch noch eine Antwort?*«

»*Später, Sheera.*« Er sprang nach unten und sah sich unter

Deck um. Schließlich fand er ein paar Gewänder und Decken, wobei die Caladran unter Letzterem ein seidenartiges dünnes Tuch verstanden, von dem man auf den ersten Blick meinen konnte, dass es eher kühlte als wärmte. Aber dabei kam es wohl auf die richtige Begleitmagie an.

Nachdem er wieder emporgeklettert und zu Sheera zurückgekehrt war, berichtete er ihr von den Frostkriegern. »Es handelte sich wohl nur um versprengte Nachzügler. Ich habe nirgends einen Leviathan gesehen oder etwas Ähnliches. Sie kamen plötzlich wie aus dem Nichts, als ich die Magie des Schiffes auszubessern versuchte.«

»Glaubst du nicht, dass bald noch mehr von ihnen hier auftauchen?«

»Natürlich.« Er hielt ihr die Hand mit dem Ordensring hin. »Aber erstens gehört Untote erschlagen zu den leichteren Übungen eines Schwertmeisters ...«

»Angeber!«

»Und zweitens mache ich mir um etwas anderes sehr viel mehr Sorgen.«

Ihr Gesicht veränderte sich. Sie hatte offensichtlich wieder seine Gedanken gelesen. »Wirbeldämonen. Du hast sie in der Ferne gesehen.«

»Eigentlich mehr gehört«, korrigierte er sie. »Es ist auch noch nicht ganz klar, welche Richtung sie einschlagen. Und da ist noch etwas anderes, irgendeine magische Kraft, die alles zu überlagern scheint.«

»Meinst du Morygors Aura? Die fühle ich schon gar nicht mehr.«

»Nein, die meine ich nicht. Nicht nur jedenfalls. Da ist etwas, dem ich einmal nur ganz kurz begegnet bin.«

»Im Reich des Geistes der Caladran?«

»Ja.«

»Es ist bedauerlich, dass ich dir dorthin nicht folgen konnte. Aber das, was ich davon mitbekommen habe, als ich dich heilte, hat ausgereicht, mich fast in den Wahnsinn zu treiben.«

»Du kannst froh sein, dass du mir nicht gefolgt bist, wenn man bedenkt, was mit Torbas geschehen ist.«

»Hat Torbas' Verrat denn etwas mit dem Reich des Geistes zu tun?«

Gorian nickte. »Er ist dort zweifellos Morygor begegnet.«

»Ich nehme an, die Veränderung begann schon, als wir das erste Mal ins Frostreich vorstießen, um zum Speerstein von Orxanor zu gelangen«, sagte Sheera. »Bei uns allen.«

»Ja, mag sein«, murmelte Gorian, dann sagte er laut: »Aber jetzt ist nicht die Zeit, sich den Kopf darüber zu zerbrechen.«

Er deckte sie zu, dann half er ihr, die Wunde neu zu verbinden. Er hatte von unter Deck noch einen kleinen Beutel mitgebracht. In dem befand sich ein Pulver, das an getrocknete Kräuter erinnerte.

»Was ist das?«, fragte Sheera.

»Ein Extrakt der Sinnlosen. So bezeichnen die Caladran eine sehr wirksame Heilpflanze, aus der alle möglichen Heilmittel gewonnen werden.«

»Eigenartiger Name.«

»Sie wächst im Schatten großer Bäume, darum ist ihre Blüte eigentlich vollkommen sinnlos«, erklärte Gorian. »Daher ihr Name.«

»Und du denkst, dass mir dieses Extrakt helfen könnte? Es ist schließlich Caladran-Medizin.«

Gorian lächelte flüchtig. »Mit der falschen Heilmagie angewendet, wäre er gewiss tödlich. Aber wie so oft ist es eine Frage der Dosis und der richtige Begleitmagie.«

»In dieser Hinsicht vertraue ich dir voll und ganz. Wenn jemand meine Wunde heilen kann, dann bist du es.«

Er sah sie an, und seine Miene wurde sehr ernst. »Du musst damit rechnen, dass sie niemals verheilt, Sheera. Immerhin wurde sie dir mit einem Schwert aus Sternenmetall beigebracht.«

»Du meinst, es ist so wie mit deiner Schulter?«

Er nickte. »Genau.«

»Es scheint, als ob uns Waffen aus Sternenmetall kein Glück bringen. Dein eigener Dolch Rächer war es schließlich, der dich während des Kampfes am Speerstein von Orxanor verwundete.«

»Und du bist durch mein Schwert Sternenklinge fast getötet worden.« Gorian seufzte. »Solche Wunden heilen häufig nicht mehr. Du wirst dich vielleicht an sie gewöhnen müssen.«

»Ich kann nicht sagen, dass mir der Gedanke gefällt«, bekannte sie.

Nachdem er Sheera in einen Heilschlaf versetzt und ihre Wunde mit dem Extrakt der Sinnlosen behandelt hatte, ging Gorian wieder hinaus. Der Wind war eisig, und wenn er sein Gehör nach Art der Caladran benutzte, konnte er wieder das Dröhnen der Wirbeldämonen hören.

Die Sonne ging auf – allerdings nur als jene Sichel aus glutvollem Licht, die der Schattenbringer noch von ihr freiließ. Morygor wollte mit diesem dunklen Gestirn die Sonne vollständig verdecken, damit auf Erdenrund der Frost von Pol zu Pol herrschte und die Welt ein Reich der Kälte und der Untoten wurde.

Das Ritual mit dem Spiegel von Pela war kein Erfolg gewesen, denn Torbas, sein Gefährte und Zwilling im Geiste, hatte sich auf Morygors Seite geschlagen und den Plan des

Caladran-Königs Abrandir vereitelt. Die Sonnensichel war bereits wieder deutlich schmaler geworden, und es war wohl nur eine Frage der Zeit, bis Morygor den Schattenbringer so zwischen Erdenrund und der Sonne positioniert hatte, dass kein Lichtstrahl mehr die Welt erreichte.

Immerhin war das Licht der Sonnensichel nun stark genug, um die Sicht deutlich zu verbessern. In der Ferne hoben sich dunkle Gebilde ab. Wirbel aus Eis, Schnee und Staub, die in wirbelnden Säulen um sich selbst kreisten. Bisweilen bildeten sich in diesen Säulen Gesichter. Sie wuchsen manchmal so weit empor, dass es den Eindruck hatte, sie würden bis zu den Sternen ragen. Dann schrumpften sie wieder.

Wirbeldämonen.

Die Caladran hatten sie in alter Zeit mit ihrem Wetterzauber vertrieben, als sie mit ihren Himmelsschiffen jene Inseln vor Ost-Erdenrund erreichten, die später ihr Reich bildeten. Aber in Eisrigge, Torheim, Orxanien und sogar im Land der Adhe hatten die Wirbeldämonen noch lange ihr Unwesen getrieben, bis zu jener legendären Schlacht am Weltentor, als sie zusammen mit den Frostgöttern und einer Reihe anderer gleichermaßen grausiger wie herrschsüchtiger Kreaturen in eine der Schattenwelten verbannt worden waren.

Doch Morygor hatte sie wieder zurückgeholt. Früher als Götter verehrt und von den verschiedenartigsten Geschöpfen mit Opfergaben bedacht, waren sie zu seinen Knechten herabgesunken, waren zu Sklaven des Herrn der Frostfeste geworden, dem sie ihre Rückkehr verdankten und der gewiss über genug magische Mittel verfügte, sie notfalls auch wieder zu verbannen, sollten sie ihm gegenüber unbotmäßig werden. Offenbar zogen sie es vor, in dieser Welt Knechte zu sein, als in jene Bereiche jenseits des Weltentors zurückkehren zu müssen.

Schon sein Vater Nhorich hatte Gorian Geschichten über die Wirbeldämonen erzählt. Und im Reich des Geistes hatte er beiläufig noch sehr viel mehr über sie erfahren. Genug jedenfalls, um sie zu fürchten. Genug auch, um zu wissen, dass ein Himmelsschiff ihnen normalerweise ausgeliefert war.

Die Legenden berichteten, dass Himmelschiffe wie Steine zu Boden stürzten, weil die Wirbeldämonen den Zauber der Gewichtslosigkeit außer Kraft setzten, oder dass sie von ihnen einfach zerschmettert wurden, denn es gab kaum etwas, das der Gewalt der Wirbeldämonen standhielt.

Einzig mit dem großen Wetterzauber, mit dem die Caladran einst das Klima auf ihren Inseln gemildert hatten, konnte man ihnen Widerstand entgegenbringen. Aber das war ein Zauber, den nicht einmal der mächtigste Caladran-Magier allein durchzuführen vermochte; dafür mussten sich viele von ihnen zusammenschließen und ihre Kraft in einem gemeinsamen Ritual einsetzen, am besten noch unterstützt von einer Gruppe Schamanen.

Selbst wenn Gorian also alle Einzelheiten über diesen Zauber gekannt hätte, er hätte ihn nicht wirken können, jedenfalls nicht allein. Allenfalls dem legendären Magier Andir wäre das vielleicht möglich gewesen. Jedenfalls wusste Gorian von seinen Aufenthalten im Reich des Geistes, dass viele der Caladran ihm das als Einzigem zugetraut hätten. Aber Andir war für immer ins Reich des Geistes entschwunden.

Ein Krächzen mischte sich in das Tosen des Schneesturms, und dann sah Gorian am Horizont einen Schwarm Eiskrähen auftauchen. Er unterschied sich jedoch von jenen Schwärmen, die stets Angst und Schrecken verbreiteten, denn diese Eiskrähen waren nicht auf der Suche nach Beute, sondern auf der Flucht vor den Wirbeldämonen, wie Gorian erkannte.

Vielleicht hatten auch jene Frostkrieger, gegen die er ge-kämpft hatte, nur versucht, den Dämonen aus dem Weg zu gehen. Eine Eigenschaft dieser Kreaturen war nämlich, dass sie keinerlei Rücksicht kannten. Ob Freund oder Feind, das spielte für sie keine Rolle, befanden sie sich im Zustand der Raserei. Dann zerstörten sie alles und jeden, der ihnen in den Weg kam, und zogen eine Schneise der Verwüstung hinter sich her.

Das Auftauchen der Eiskrähen ließ nichts Gutes ahnen – und paradoxerweise ihre mangelnde Angriffslust noch viel weniger. Sie flogen sehr hoch über die Ruinen von Pela und damit auch über Gorian hinweg. Obwohl er sich schon da-rauf vorbereitet hatte, ein paar Dutzend von ihnen mit Ster-nenklinge zu töten, wagte keines der Tiere einen Angriff.

Er kletterte vom Schiff, um einen höheren Punkt zu errei-chen, von dem er die Umgebung besser überblicken konnte. Ein paar Bruchstücke des steinernen Stadtbaums ragten noch aus den Eis- und Schneemassen hervor. Noch vor einem hal-ben Tag waren diese Trümmer ein aus Stein gewachsener Baum gewesen, mit Räumen und großen Hallen in den Ästen und dem riesigen Stamm. Ein kompliziertes Netz aus Schäch-ten hatte den steinernen Baum durchzogen, durch die man gewichtslos zu jedem Ort innerhalb des Stadtbaums hatte schweben können. Nichts war von all dieser architektoni-schen Pracht geblieben, ebenso wenig wie von der Burg des Statthalters auf der Hauptastgabelung sowie von dem Turm, auf dem der Hohlspiegel aus Sternenmetall gestanden hatte, mit dessen Hilfe der Schattenbringer aus seiner Position hatte bewegt werden sollen.

Schließlich erreichte Gorian eine Anhöhe, die sich wohl aus einer vereisten Schneeverwehung gebildet hatte. Er erklomm sie. Oben ragte ein Trümmerstück des Stadtbaums turmähnlich aus dem Eis, das wohl zum Stamm gehört hatte und vielleicht sogar noch Verbindung zum Wurzelwerk hatte. Dort angelangt, trat Gorian an eines der Fenster, das wie bei den Caladran üblich mit magischem Glas versehen war; in diesem Fall war es gelblich getönt. Auch der Zauber, der dieses magische Glas erschaffen hatte, würde irgendwann vergehen, wenn er nicht erneuert wurde, aber einstweilen hielt es den Schnee- und Eismassen stand, die sonst ins Innere gedrängt hätten.

Gorian murmelte eine Formel, die es durchlässig machte, und stieg hindurch. Er durchquerte einen Raum und gelangte zu einem Schacht, in dem noch der Zauber der Gewichtslosigkeit wirksam war. Er reichte tief hinab, führte aber auch nach oben. Gorian schwebte ungefähr drei Mastlängen empor und erreichte den höchsten Punkt des Trümmerstücks und somit der ganzen Umgebung.

Dort oben hatte der feuchte kalte Wind Eis über das magische Glas der Fenster gelegt, sodass Gorian nicht mehr hindurchblicken konnte. Nur ein paar schwach glimmende, in das Mauerwerk hineingewachsene Glühsteine sorgten dafür, dass es nicht ganz dunkel war und er überhaupt etwas sehen konnte.

Er sammelte die Alte Kraft in sich, und seine Augen wurden vollkommen schwarz. Dann zog er Sternenklinge, konzentrierte die Kräfte auf das Metall des Schwertes und stieß die Spitze so fest er konnte in eines der vereisten Fenster.

Zischend zuckten Blitze die Klinge entlang, und das Eis wurde mit einem lauten Knall auseinander und nach außen gesprengt. Ein einfacher Wärmezauber hätte Gorian zu lange gedauert.

Er sah in der Ferne eine ganze Kolonne von Wirbeldämonen gen Süden ziehen. Doch dann teilten sie sich, und mindestens ein Dutzend von ihnen näherte sich in breiter Front den Ruinen von Pela. Gorian hörte bereits den schauerlichen Chor ihrer Gedanken.

»Wir kommen zu töten und zu zerreißen ... Wir kommen, um das Chaos zu bringen ... Wir kommen, um das Reich der Kälte und des Untodes zu verbreiten ... Morygor schickt uns ... Bleib, wo du bist, Gorian ... Bleib, damit wir dich in die Luft emporschleudern und zerreißen können ...«

Der Gedankenchor veränderte sich, wurde immer mehr zu einem höhnischen Gelächter und dann zu einem Schrillen, das wie ein qualvoller Schmerzensschrei klang.

2) Boten des Chaos

Gorian verließ den Turm, während in seinem Schädel noch immer der Gedankenchor der Wirbeldämonen dröhnte. »*Wir kommen, um zu töten ... Morygor schickt uns ... Wir spüren nichts, wir fühlen nichts außer der Freude an der Zerstörung ... Die Schreie der Sterbenden geben uns Kraft, die Schmerzen derer, die wir peinigen, sind unser kaltes Vergnügen ...*«

Gorian musste sich dagegen abschirmen, so intensiv waren diese Gedanken, und so heftig strömten sie auf ihn ein, zusammen mit Bildern des schlimmsten Chaos. Bilder, die wohl aus der Vergangenheit stammten, als die Wirbeldämonen durch die endlosen Schlachtreihen ihrer Gegner gefahren waren, sie durch die Luft geworfen hatten, wie es ein Kind mit Spielzeug tat, dessen es überdrüssig geworden war. Es handelte sich wohl um Erinnerungsfetzen aus der Zeit vor der Großen Schlacht am Weltentor, und sie jagten Gorian eisige Schauder über den Rücken. Es brauchte einer willentlichen Anstrengung, um sich davon zu befreien und den Einfluss dieser bedrängenden Gedanken zu bannen.

Der Chor in seinem Kopf wurde schwächer, verstummte aber nicht.

Das wollt ihr wohl, dachte er grimmig. *Dass man vor euch erstarrt, sodass ihr ungehindert euer Mörderwerk verrichten könnt!*

»*Gorian!*«, erreichte ihn plötzlich ein Gedanke von Sheera, die offenbar gespürt hatte, was ihn bewegte.

Bei aller Furcht vor den Wirbeldämonen – dies war ein gutes Zeichen. Zwischen ihnen herrschte wieder jene Verbindung des Geistes, wie sie früher bestanden hatte, bevor Torbas sie zwang, die Seite zu wechseln und ihm ins Frostreich zu folgen.

So schnell er konnte lief er zurück zum Himmelsschiff. Es war nicht mehr wichtig, ob alle Zauber des Schiffes einwandfrei wirkten, ob der Wetterschutzschirm vielleicht etwas schwach oder das trotz des Windes regungslos vom Quermast hängende Segel nicht ganz exakt auf die metamagischen Raumzeitwinde abgestimmt war. Es ging nur noch darum, so schnell wie möglich wegzukommen – falls es dazu nicht längst zu spät war …

Sheera hatte die Kajüte bereits verlassen. Sie hatte seine Gedanken empfangen, und an Heilschlaf war nicht mehr zu denken. Davon abgesehen hatte auch sie den Gedankenchor der Wirbeldämonen vernommen.

»Glaubst du, wir haben eine Chance?«, rief sie ihm entgegen.

»Ich bin nur ein Schwertmeister und kann gerade mal einen Herzschlag lang die Zukunft vorausahnen, um den Angriff eines Gegners zu parieren.« Er flankte über die Reling, wobei sein Schwung leicht magisch verstärkt war, und seine Augen waren dabei für einen Moment vollkommen schwarz.

»Können wir hier nicht einfach ausharren?«, fragte Sheera.

Gorian schüttelte den Kopf. »Ich fürchte, die sind meinetwegen hier. Es ist kein Zufall, dass sich so viele von ihnen abgespalten haben und auf diesen Ort zustreben, der doch vom Frostreich längst erobert wurde.«

»Überschätzt du dich nicht ein bisschen, wenn du denkst, dass alles nur deinetwegen geschieht?« Ihr Lächeln war matt und schwach, aber immerhin war der Verband an ihrem Hals nicht bereits wieder von schwarzem Blut durchtränkt, was ihm unter diesen Umständen wieder Mut gab.

Gorians Augen glühten für einen Moment auf und wurden dann wieder vollkommen schwarz. Er brauchte alles an Alter Kraft, was er in der kurzen Zeit, die ihm noch blieb, sammeln konnte. Zusätzlich wandte er die Formeln der Caladran-Magie an, murmelte sie leise vor sich hin.

»Ich werde dir kaum helfen können, Gorian …«

»Ich weiß. Geh am besten in die Kajüte, denn hier wird es gleich rau zugehen.«

»Nein, ich bleibe!«

»Ich fliege vollkommen ohne Wetterschirm, denn sonst habe ich nicht genug Kraft, das Schiff aus dem Schnee zu heben!«

Sie ergriff seine Hand. »Ich habe im Moment noch nicht die Kraft, die mir normalerweise eigen ist, aber worüber ich verfüge, gebe ich dir.«

»Nein, du wirst sie noch für dich selbst brauchen!«

Er spürte die metamagischen Raumzeitwinde, aber er hatte keine Zeit, um auf den richtigen Moment zu warten – er musste sie *jetzt* mit seinen Kräften lenken. Erneut murmelte er eine unterstützende Formel in der alten Sprache der Caladran, die schon nicht mehr gesprochen worden war, als die Vorfahren dieses Volkes im Reich von Fürst Bolandor gelebt hatten.

Das Himmelsschiff setzte sich ruckartig in Bewegung, pflügte durch den Schnee, und das Horn des Wollnashorns, das noch in der Reling steckte, brach heraus. Die *Sonnenbarke* schnellte voran und hob dann vom Boden ab, so plötzlich, dass Sheera und Gorian aufs Deck geworfen wurden. Es ging steil hinauf.

Gorian war schnell wieder auf den Beinen, Sheera kauerte noch auf den Planken und hielt sich den Verband. Der Extrakt der Sinnlosen schien bereits gut gewirkt zu haben, dennoch war die Verwundung noch längst nicht ausgeheilt. Aber für den Moment, so dachte Gorian, brauchte er sich um Sheera wohl keine Sorgen zu machen.

Für einen Augenblick erschien schwarzer Rauch am Bug und zu beiden Seiten des Schiffes. Gorian begriff sofort, dass er zu übereilt gehandelt hatte. Die metamagischen Raumzeitwinde hatten ihre Tücken. Schon bei seinem ersten Flug mit einem Himmelsschiff, als er Torbas ins Frostreich gefolgt war, um Sheera zu befreien, hatte er das zu spüren bekommen. Aber diesmal hatte er die Magie des Schiffes schnell wieder im Griff. Die *Sonnenbarke von Pela* stieg empor, aber sie legte sich nicht schief, und es entstand auch kein weiterer schwarzer Rauch mehr am Bug, der nichts anderes bedeutete als eine drohende Entstofflichung des Schiffes.

Gorian lief aufs Achterdeck. Von dort aus hatte er eine bessere Übersicht und konnte das Schiff besser lenken. Allerdings blies dort auch der Wind besonders rau. Den Wetterschirm hatte er nicht aktiviert, sondern versuchte die Kraft dieses Zaubers zu nutzen, damit das Schiff noch etwas schneller wurde. Aber das gelang ihm nicht.

Erneut durchfuhr ein Ruck die *Sonnenbarke*, die Planken ächzten, und wieder wirbelte schwarzer Rauch auf, nun nicht nur am Bug und an den Seiten, sondern auch aus dem Kajütenaufbau und am Heck. Für einen Moment sah es aus, als würde sich das ganze Schiff in kleinste schwarze Bestandteile auflösen, die aussahen wie schwarze Asche oder ein ungewöhnlich dichter und großer Schwarm winziger Mücken.

Halt!

Gorian murmelte eine Formel, die sein magisch-geistiges Experiment sofort beendete. Warum es nicht so klappte, wie er es sich gedacht hatte, würde er später ergründen. Offensichtlich war magische Kraft eben nicht immer gleich magische Kraft. Die Feinheiten der Caladran-Magie musste er wohl erst noch erkunden – ebenso wie die verborgenen Tücken der metamagischen Raumzeitwinde.

Die *Sonnenbarke von Pela* flog mit recht hoher Geschwindigkeit, aber ein Blick zurück zeigte Gorian, dass es nicht reichte. Die Wirbeldämonen holten auf.

Sheera kam auf das Achterdeck, während Gorian den Zauber des Wetterschirms nun doch in Kraft setzte. Ein schwaches bläuliches Schimmern spannte sich um das Himmelsschiff und wurde dann wieder unsichtbar. Der eisige Wind war zwar nicht mehr zu spüren, aber gegen die Kraft der Wirbeldämonen würde dieser Schirm nichts nützen.

»Warum fliegst du nach Westen?«, fragte Sheera. Die Richtung konnte sie am Stand der Sonnensichel deutlich bestimmen, auch wenn diese nun zunehmend von Wolken verdeckt wurde, sodass ihr Licht nur noch wie ein ferner geisterhafter Schein wirkte.

»Ich will keinen Wirbeldämon zum Stadtbaum von Caladrania locken«, antwortete Gorian.

»Glaubst du, der existiert überhaupt noch? Wenn sich das Frostreich weiter in dieser Geschwindigkeit ausgedehnt hat, dann …«

»Ich weiß es nicht«, unterbrach er sie. »Aber wenn wir Glück haben, nimmt der Einfluss des Frostreichs irgendwo in den Weiten des Ozeans ab.«

»Vielleicht aber ist schon das gesamte Meer bis West-Erdenrund zugefroren.«

»Irgendwann wird das zweifellos geschehen, wenn immer weniger Sonnenlicht Erdenrund erreicht. Doch jetzt …«

Er sprach nicht weiter, sondern wurde auf einmal ganz bleich. Dutzende von Wirbeldämonen kamen auch aus Westen. Eben noch war nichts von ihnen zu sehen gewesen, aber plötzlich kamen sie über den Horizont, und andere wuchsen sogar aus der verschneiten Eisdecke hervor, wirkten wie aufgewirbelter Schnee und wurden dann zu Wirbeldämonen, deren Größe selbst einen Stadtbaum der Caladran in den Schatten stellten.

Sogar im Süden tauchten sie auf, braustern hinter den nördlichen Gebirgen Caladraniens hervor, schossen wie Geysire in die Höhe, teilten sich und schrumpften zunächst wieder in sich zusammen.

Gorian bremste die *Sonnenbarke von Pela* mit einem Gedankenbefehl ab, bis sie reglos am Himmel stand.

Äußerlich war keine Veränderung an ihrem unbeweglichen Segel zu erkennen, doch Gorian wusste, dass die metamagischen Raumzeitwinde nun einfach hindurchwehten, während der Zauber der Gewichtslosigkeit das Schiff in der Luft hielt.

Die Wirbeldämonen näherten sich von allen Seiten und legten dabei einen Ring um das Himmelsschiff, der sich wie eine Schlinge immer enger zog. Also doch, durchfuhr es Gorian. Morygor hatte die Schicksalslinien nicht einmal vorausberechnen müssen, um zu ahnen, dass er und Sheera nach Pela zurückkehren würden.

Sheera erkannte die Lage ebenfalls. »Sie kommen von allen Seiten.«

»Halt dich irgendwo fest!«

Gorian ließ das Himmelsschiff plötzlich rückwärts fliegen. Der Bug schleuderte dabei herum, doch trotz der Heftigkeit, mit der er die metamagischen Winde wirken ließ, löste sich lediglich der obere Teil des Segels in schwarzem Rauch auf, verstofflichte aber schon im nächsten Moment wieder.

Sheera klammerte sich an der Balustrade des Achterdecks fest. Gorian hingegen stand vollkommen sicher auf seinen Beinen. Seine Augen waren schwarz wie eine sternenlose Nacht. Er hob beide Hände, und Blitze tanzten um seine Finger – ein Zeichen, welche immensen Kräfte er wirken ließ.

Der Bug war gerade in einer Viertelkreisdrehung herumgeschleudert, da schoss genau dort, wo sich gerade noch der vordere Teil des Schiffs befunden hatte, ein Wirbeldämon empor wie ein Kreisel. Er drehte sich um sein Zentrum, schleuderte Unmengen von Schnee und Eis in die Höhe und zeigte ein fratzenhaftes Gesicht, das sich jedoch ständig veränderte. *»Töten ... Denjenigen, der flieht und gesucht wird, töten! Unbedingt töten! Unbedingt!«*

Das Wesen schnellte auf das Himmelsschiff zu, und bereits die erste Berührung war verhängnisvoll. Der magische Wetterschirm zerplatzte mit einem Knall, das Schiff wurde herumgerissen und trudelte durch die Luft. Gorian versuchte verzweifelt, es wieder unter seine Kontrolle zu zwingen, aber sämtliche Zauber an Bord der *Sonnenbarke* schienen nachhaltig gestört. Manche wirkten gar nicht mehr, andere waren geschwächt, darunter zweifellos auch jener, der für die Gewichtslosigkeit sorgte.

Das Schiff schlingerte, eisige Winde umwehten Gorian und Sheera. Nun klammerte auch er sich an der Balustrade fest, um nicht über Bord geschleudert zu werden.

Schließlich gelang es ihm, zumindest die Richtung wieder einigermaßen zu bestimmen.

»*Wieso denn zurück nach Pela?*«, erreichte ihn Sheeras Gedanke.

»*Weil es die einzige Möglichkeit ist! Wir müssen zu der Anhöhe dort!*« Er sandte ihr ein Gedankenbild aus seiner Erinnerung, wie er in das Trümmerstück des Stadtbaums gestiegen war, das aus einem Berg aus Eis und Schnee ragte und wahrscheinlich zum Stamm des Baums gehört hatte. »*Dort musst du hin, was immer auch geschieht. Notfalls auch allein.*«

Der Wirbeldämon, der die *Sonnenbarke* berührt hatte, teilte sich. Die beiden dadurch entstandenen Wirbel waren zwar zunächst etwas kleiner, dafür aber auch schneller. Sie lieferten sich ein regelrechtes Wetttrennen, während sie das Schiff verfolgten. Einer vom ihnen blieb kleiner, der andere begann zu wachsen. Der kleinere war schneller und erreichte zuerst das Heck der *Sonnenbarke*, fräste sich schräg von der Seite kommend in das Achterdeck, und die kunstvoll geschnitzte hölzerne Begrenzung wurde einfach zerfetzt, die Balken, die von den Caladran ein Jahrhundert lang auf spezielle Weise bearbeitet worden waren, zersplitterten.

Während sich Sheera verzweifelt festklammerte, lief Gorian mit erstaunlicher Sicherheit über das Achterdeck, rief eine Formel wie einen Kraftschrei, riss Sternenklinge aus der Rückenscheide und erreichte den Wirbeldämon, der das Heck bereits zerrissen hatte und das Schiff herumzuschleudern begann. Ein riesenhaftes fratzenartiges Gesicht starrte Gorian entgegen, veränderte sich dann und bildete für den Bruchteil eines Augenblicks die Züge Torbas' nach, dann die jenes jungen Caladran, der Morygor vor langer Zeit gewesen war. Eine Gedankenstimme stieß höhnisches Gelächter aus.

Gorian stieß mit Sternenklinge zu, und Blitze zuckten aus dem Schwert, setzten sich in den Wirbel fort, und das Gelächter wurde zu einem Aufstöhnen.

Im nächsten Moment kreiselte das Himmelschiff um seine Achse, und Gorian wurde in die Höhe geschleudert. Er bremste seinen Fall durch Magie und landete im vorderen Teil des Schiffes.

Der Wirbeldämon war stark zusammengeschrumpft und blieb zurück, wurde von seinem größeren Bruder überholt, in dessen Wirbel der herumschleudernde Bug fuhr. Gorian rappelte sich auf, stürzte mit einem Kraftschrei nach vorn und stieß erneut mit der Klinge zu.

Spüre die Alte Kraft, Dämon!, durchfuhr es ihn.

Diesmal stellte er sich geschickter an, konnte die Kräfte seiner eigenen Magie besser abschätzen. Der Wirbeldämon stöhnte auf, und Gorian wich taumelnd zurück, sah, wie der gesamte Bug einfach wegsplitterte.

Das halb zerstörte Schiff trudelte abwärts. Der Zauber der Gewichtslosigkeit war fast gänzlich außer Kraft gesetzt, und das Segel begann im Eiswind unkontrolliert zu flattern. Ein greller Schimmer ging davon aus, und Gorian erkannte, dass es die magischen Raumzeitwinde wohl nur noch zu einem Bruchteil auffangen und in eine klar ausgerichtete Bewegung umsetzen konnte.

Dann schossen hier und dort Flammen aus dem Segel, und Löcher entstanden, durch die Gorian schlaglichtartige Blicke in jene anderen Welten erhaschte, in denen ein Himmelsschiff der Caladran stranden konnte, wenn die Geisteskraft des Steuermanns zu schwach war.

Das, was von der *Sonnenbarke von Pela* übrig war, trudelte unkontrolliert und nicht einmal in Ansätzen noch steuerbar auf einen Wirbeldämon zu, der aus Richtung Nordosten heranschnellte, ein wahrhaft riesenhaftes Exemplar seiner Art.

Kein Gesicht bildete sich, sondern lediglich ein einzelnes

großes Auge, das Gorian anzustarren schien. Ein Blick, den man nicht erwidern durfte, erinnerte er sich an einen Gedanken aus dem Reich des Geistes, denn er konnte eine lähmende Wirkung entfalten.

»*Ergib dich dem Tod!*«, murmelte eine Gedankenstimme.

Gorian riss sich los, wofür er all seine Kraft aufbieten musste. Währenddessen begann das Schiff um den Wirbeldämon zu kreisen.

»*Spring!*«, sandte er einen eindringlichen Gedanken an Sheera. Aber dann sah er sie auf dem Achterdeck stehen, wo sie sich an der Balustrade festklammerte und dabei den Blick starr auf das Auge des Wirbeldämons gerichtet hatte, und ihm wurde klar, dass sie seine Botschaft überhaupt nicht wahrgenommen hatte.

Die Kreiselbewegung des Schiffs wurde immer schneller, und der Dämon wuchs dabei noch, überragte inzwischen die höchsten Gipfel des inneren Hochlandes von Caladranien oder Pela. Holz splitterte, das Segel stand in grünlichen Flammen, während man durch die bereits eingebrannten Löcher in eine andere Welt blicken konnte, in der das Meer nicht gefroren war, aber dafür aus einer zähflüssigen Substanz bestand, die an schwarzes Blut erinnerte.

Gorian lief taumelnd zum Achterdeck, riss Sheera am Arm mit sich und zog sie zum Heck. Sie widersetzte sich nicht, als sie gemeinsam ins Nichts sprangen.

Sie landeten im tiefen Neuschnee, der sich in zahlreichen Verwehungen aufgetürmt hatte, und sanken fast völlig darin ein. Mit der Rechten umklammerte Gorian nach wie vor Sternenklinge, während seine Linke Sheeras Hand hielt. Sie waren aus einer Höhe gesprungen, die sich magisch gerade noch abfedern ließ.

Gorian rappelte sich sofort auf, blickte empor und sah, wie die *Sonnenbarke von Pela* von der Gewalt des Wirbeldämons regelrecht zerfetzt wurde. Der Mast brach, das brennende Segel flatterte wie die Schwingen eines magischen Flugtiers und berührte einen weiteren Wirbeldämon, der daraufhin einen aufstöhnenden Klagelaut von sich gab, während er durch die Brandlöcher in jene andere Welt gesogen wurde, die darin sichtbar war.

Die Flammen schossen so hoch empor, dass selbst der einäugige Wirbeldämon, der das Schiff zerstört hatte, dagegen winzig wirkte. Dann fiel die Feuersäule in sich zusammen. Die Asche des verbrannten Segels wirbelte davon.

Gorian half Sheera auf. Der Wirbeldämon mit dem einen Auge war vor der Flammensäule zurückgewichen. Offenbar hatte auch er den metamagischen Sog gespürt, der von dem brennenden Segel ausgegangen war, und ihm konnte auch nicht entgangen sein, was mit jenem seiner Wirbeldämonen-brüder geschehen war, den dieser Sorg erfasst hatte.

»*Komm!*«, sandte Gorian seiner Gefährtin einen Gedanken. Ihre Augen waren so schwarz wie die seinen, und sie hatte sich wieder aus dem Bann des einäugigen Dämons lösen können.

Sie hetzten davon, während sich ihnen mehrere Wirbeldämonen von allen Seiten näherten. Es schien kein Entkommen zu geben. Schon gar nicht zu Fuß.

»*Wagst du eine Flucht durch die Schattenpfade?*«, fragte er sie, und innerhalb eines Augenblicks übermittelte er ihr seine Gedanken.

»*Du bist kein Schattenmeister, Gorian*«, mahnte sie ihn.

»*Noch nicht.*«

»*Ich werde eine alte Frau sein, wenn ich in die reale Welt zurückkehre.*«

»Keine Sorge, das wird nicht passieren. Ich werde verhindern, dass die Schattenpfade unsere Lebenskraft aufzehren.«

»Viel habe ich davon im Moment sowieso nicht mehr«, gestand sie ein.

»Wir haben beide nicht mehr viel zu verlieren.«

»Aber jemanden durch die Schattenpfade mitzunehmen wagen nicht einmal die Meister. Und du bist nur ein einziges Mal in dieser Zwischenwelt gewesen.«

»Und als Torbas mich vom Turm stieß«, korrigierte er sie. »In dem Moment, als es nötig war, konnte ich es. So wird es auch jetzt sein.«

Sie standen da, umringt von ihren übermächtigen Feinden. Die Wirbeldämonen bedrängten sich gegenseitig, fauchten sich mit ihren fratzenhaften Gesichtern an, deren Mäuler sich dabei tierhaft hervorstülpten.

Diese Ungeheuer neideten einander die Beute, erkannte Gorian.

Einer der Wirbeldämonen drängte sich nach vorn, pflügte dabei den Schnee auf, sodass man nichts mehr sehen konnte. Gorian nahm Sheera an der Hand, stürmte dem Wirbeldämon entgegen, Sternenklinge in der Rechten und einen Kraftschrei ausstoßend. Als das Schwert aus Sternenmetall in den Dämon fuhr, zuckten Blitze aus der Klinge und erfassten die Kreatur.

Gorian und Sheera wurden im selben Moment von schwarzem Rauch umgeben, lösten sich in kleine Teilchen auf, die durcheinanderschwirrten. Doch für beide war es, als würde sich ein von dunklem Rauch überwölbter Tunnel vor ihnen öffnen. Sie schnellten durch die Wirbeldämonen hindurch, ohne sie zu berühren.

Kurz vor der Anhöhe, aus der das Trümmerstück des Stadtbaums ragte, verstofflichten sie wieder, taumelten zu

Boden und fielen in den Schnee. Gorian war allerdings sofort wieder auf den Beinen. Gorian wandte den Kopf und sah die Wirbeldämonen in einiger Entfernung.

»*Ein Schattenpfadgänger ist offenbar auch für sie zu schnell*«, stellte Sheera mit einem Gedanken fest.

Gorian sah sie an. Es schien alles geklappt zu haben. Keiner von ihnen war als vorzeitig gealterter Greis aus den Schattenpfaden zurückgekehrt.

»Und jetzt?«, rief Sheera laut. Die Wunde an ihrem Hals blutete wieder durch den Verband, und zum ersten Mal seit längerer Zeit waren wieder das Weiß ihrer Augen und ihre meergrüne Iris zu sehen. Beides war ein Zeichen der Schwäche. Sie hatte die Konzentration ihrer Kräfte nicht aufrechterhalten können. Möglicherweise war das eine Folge ihrer Flucht durch den Schattenpfad.

Gorian sagte nichts. Stattdessen steckte er sein Schwert ein und legte die Hände an ihre Schläfen, um ihr einen Teil seiner Kraft zu spenden.

»*Du wirst sie selber brauchen*«, erreichte ihn Sheeras Gedanke.

»*Du brauchst sie dringender.*«

Finsternis begann wieder ihre Augen zu füllen.

Gorian deutete zum turmartigen Trümmerstück des Baums. »Dort hin!«, sagte er knapp, während sich die Wirbeldämonen bereits wieder in rasendem Tempo näherten. Ein paar Augenblicke, mehr würden ihm und Sheera nicht bleiben, bevor diese unfassbaren Kreaturen sie erreichten.

So schnell sie konnten rannten sie durch den tiefen Schnee. An einen weiteren Gang durch die Schattenpfade war nicht zu denken, der wäre entschieden zu kräftezehrend und damit viel zu gefährlich gewesen, selbst wenn er nur ein paar Meter weit gereicht hätte.

Sie kletterten durch das Fenster, durch das Gorian bereits in das Trümmerstück des Baums eingestiegen war. Als sie dann den Schacht mit dem Zauber der Gewichtslosigkeit erreichten, drehte sich Gorian noch einmal um.

»Gorian!«

Er sah die heranwirbelnden Dämonen durch die Fensteröffnung. Sie pflügten förmlich durch den Schnee, warfen ihn zu beiden Seiten in hohen Fontänen auf, frästen sich tief in die Verwehungen hinein, und hin und wieder ließ ihre pure, ungebändigte Zerstörungswut sogar Teile des Stadtbaums emporfliegen. Geschossen gleich raste das Gestein durch die Luft und zerbröckelte dabei.

»Gorian!«

Aus irgendeinem Grund konnte er sich nicht von diesem Anblick lösen. Vielleicht war es der Blick eines einäugigen Wirbeldämons, der auf Gorian gerichtet war und selbst auf diese Entfernung noch seine lähmende Wirkung entfaltete.

»Gorian!«

Sheeras Gedanken erreichten ihn nur noch wie aus weiter Ferne.

Doch kurz, bevor der erste Wirbeldämon das turmartige Trümmerstück erreicht hätte, wuchsen plötzlich überall schemenhafte schwarze Gestalten aus dem Schnee empor. Sie erinnerten Gorian an die Schattenreiter, die in Morygors Diensten standen, aber das betraf nur den äußeren Anschein. Diese Schatten standen ganz offensichtlich nicht auf Morygors Seite, denn sie begannen sofort damit, die Wirbeldämonen zu bekämpfen. Sie hieben mit langen Schwertern auf sie ein oder benutzten Bögen, die dunkle, nur als Schatten sichtbare Pfeile verschossen. Wurde einer der Dämonen von ihnen getroffen, zuckte ein Geflecht aus dunklen Blitzen in seinem wirbelnden Körper, woraufhin der Dämon rasch an

Größe verlor und schauerliche, von tiefstem Schmerz erfüllte Schreie ausstieß.

Spätestens nach dem zweiten Treffer löste sich der entsprechende Wirbeldämon vollkommen auf. Manchmal regnete sogar schwarzes Blut vom Himmel, das heiß und dampfend auf den Schnee traf und dort innerhalb von Augenblicken trocknete und zu Staub zerfiel.

Ein Gedankenchor in der Sprache der Caladran erhob sich, doch Gorian erkannte darin auch einige offenbar uralte Varianten dieser Sprache, die wohl von den Vorfahren der Himmelschiffsfahrer benutzt worden waren. Überall kam es zu Kämpfen. Immer mehr der schattenhaften Krieger tauchten aus dem Schnee auf, bei einigen schimmerten durch die Finsternis ihrer Körper bleiche Knochen, und Gorian sah grinsende Totenschädel in der Tiefe der Schatten.

Doch auch die Schattengestalten mussten Verluste hinnehmen, wenn es den Wirbeldämonen gelang, einen von ihnen zu erfassen und zu zerreißen. Dann rieselten tausende kleinster Teilchen wie schwarze Asche durch die Luft. Manchmal fanden diese Teilchen aber wieder zusammen, formten neue schattenartige Kreaturen, die aber nichts mehr mit der ursprünglichen Gestalt zu tun hatten. Die meisten dieser neuen Geschöpfe überlebten nur wenige Augenblicke, ehe sie erneut von den Wirbeldämonen zerrissen wurden.

Einer der Wirbeldämonen schaffte es schließlich doch, die Anhöhe zu erreichen. Er pflügte durch den Schnee, wirbelte ihn auf, und ein Teil davon drang durch das offene Fenster, dessen magisches Glas Gorian bei seinem ersten Einstieg zerstört hatte.

Bevor ihm der Schnee die Sicht raubte, konnte Gorian gerade noch sehen, wie sich gleich mehrere der Schattengestalten auf den Wirbeldämon stürzten, darunter auch ein Wesen, das eher wie ein geflügeltes Ungeheuer als wie der Schatten eines Kriegers wirkte.

Die Zahl der in das Gemäuer hineingewachsenen Leuchtsteine, die noch Licht abgaben, reduzierte sich plötzlich. Vielleicht hing das mit den gewaltigen Entladungen magischer Kräfte zusammen, die sich gerade an der Oberfläche austobten. Aber es war auch ein Warnzeichen. Die Magie in den Bruchstücken des Stadtbaums mochte teilweise noch wirksam sein, aber das würde keineswegs bis in alle Ewigkeit so bleiben.

Sheera wandte sich Gorian zu. »Was sind das für schattenhafte Wesen?«

»Maladran«, murmelte er. »Ich bin ihnen im Reich des Geistes begegnet, allerdings nur kurz, und selbst die meisten Caladran wollen lieber nichts von ihnen wissen.«

»Wer sind die Maladran?«

»Die Vergessenen Schatten ihrer Vorfahren. Totengeister der üblen Sorte. Sie tragen keine Namen und sind darauf aus, zu töten und zu zerstören.«

»In dieser Hinsicht sind sie den Wirbeldämonen ähnlich.«

»Das kann man wohl sagen.« Gorian runzelte die Stirn. »Die Verteidiger von Pela müssen die Maladran beschworen und hier zurückgelassen haben. Als Todesgruß an ihre Feinde.«

»Glaubst du, sie konnten vielleicht doch entkommen?«, fragte Sheera. »Meister Thondaril, Zog Yaal, König Abrandir und seine Gemahlin?«

»Ich weiß es nicht«, gestand Gorian ehrlich. »Eigentlich ist die Beschwörung der Maladran ein Zauber, den man nur in höchster Verzweiflung wirkt, denn die Freisetzung der Vergessenen Schatten kann ungeahnte Folgen haben.«

»Du meinst, sie sind nicht gerade die Verbündeten, die man sich wünscht.«

Gorian nickte. »Sie lassen sich von niemandem befehlen und kennen keine Loyalität. Daher sind sie oft für denjenigen, der sie gerufen hat, genauso gefährlich wie für den, den sie bekämpfen sollen.«

Ein Riss entstand in der Steinwand, mäanderte über die Länge eines Schiffsmastes und verzweigte sich dann. Welche Kräfte auch immer auf das Gestein einwirken mochten, es war ein deutliches Warnzeichen für Gorian und Sheera.

»Wir sollten diesen Ort besser verlassen«, wandte sich Sheera in Gedanken an Gorian.

Sie erreichten den Schacht, über den Gorian in die Spitze des Trümmerstücks gelangt war, um von dort Ausschau zu halten. Aber dorthin konnten sie sich nicht wenden. Für sie blieb nur eine Richtung: abwärts! Vielleicht führte dieser Schacht sogar in die Tiefe des Stadtbaums. Zumindest dessen untere Bereiche, insbesondere die zum Teil tief ins Erdreich hinabreichenden Wurzeln, waren womöglich noch weitestgehend unversehrt und konnten ihnen zumindest vorerst eine Zuflucht bieten.

Der Zauber der Gewichtslosigkeit war noch wirksam, worüber Gorian Erleichterung empfand. Allerdings hatte er seit seinem letzten Aufenthalt in diesem Schacht deutlich an Stärke verloren.

»Wir werden vorsichtig sein müssen«, ermahnte er die Ordensschülerin.

»Ich weiß.«

Sie fassten sich an den Händen und schwebten hinab. Zuerst dachte Gorian, dass sie dabei etwas zu schnell waren, und er versuchte, die Fallgeschwindigkeit auf magischem Weg abzubremsen. Doch dann krachte es über ihnen. Der obere Teil des turmartigen Baumtrümmers brach einfach weg, und Unmengen von Eis, Schnee und Gesteinsbrocken fielen in die Tiefe.

Gorian und Sheera konnten von Glück sagen, etwas Vorsprung zu haben, mussten ihren Fall aber magisch verlangsamen, um nicht am Boden des Schachts hart aufzuschlagen. Der Zauber der Gewichtslosigkeit war inzwischen einfach zu schwach geworden. Ob das an den Zerstörungen durch Morygors Horden lag, an dessen Aura oder an der Magie der Maladran, die unterschwellig alles andere zu überlagern begann, war nicht zu bestimmen.

Deren Macht war es wohl gewesen, die Gorian zuvor schon gespürt hatte. Aber da war es ihm noch nicht möglich gewesen, sie näher zu bestimmen. Vor allem hätte er niemals damit gerechnet, dass die Caladran tatsächlich ihre Vergessenen Schatten beschwören würden, um sie gegen den Feind kämpfen zu lassen.

Die Landung war dennoch recht hart. Gorian und Sheera konnten sich nicht auf den Beinen halten. Brocken von Gestein und Eis schlugen links und rechts von ihnen auf und zersprangen. Mit ihren magischen Kräften konnten sie gerade noch verhindern, dass sie getroffen wurden, und so schnell es ihnen möglich war, kamen sie wieder auf die Beine.

Über ihnen dröhnte es nur so. Der Schacht stürzte offenbar vollkommen in sich zusammen.

Sie taumelten vorwärts, hinein in eine Halle. Deren Decke wurde von Säulen getragen, von denen ein flackernder Schein ausging. Ein Lichtzauber, der offenbar auch nicht mehr richtig funktionierte.

Hinter ihnen polterte so viel Geröll in die Tiefe, dass sie sich vor diesen Massen an Gestein, Eis, Erde und Staub selbst mit Magie nicht mehr schützen konnten, also hetzten sie weiter.

»Wir müssen in die Tiefe, Sheera. Wenn wir irgendwo sicher sind, dann dort.«

»Dann müssen wir einen Schacht finden, in dem der Zauber der Gewichtslosigkeit noch wirkt.«

Gorian wusste durch seinen Besuch im Reich des Geistes, dass die bewohnbaren Wurzeln eines Stadtbaums sehr viel tiefer in das Erdreich ragten, als man dies von außen vermuten konnte.

Zu den Zeiten, da Pela noch einen Hafen an einer eisfreien Bucht gehabt hatte, hatten ein Teil dieser Wurzeln auch als umgrenzende Hafenmauern gedient, natürlich hohl und bewohnbar wie alle Verästelungen eines Stadtbaums, die dies aufgrund ihrer Größe zuließen.

Aber jeder Stadtbaum hatte auch Wurzeln, die die sechsfingrigen Baumeister senkrecht ins Erdreich hatten wachsen lassen, wo sie sich dann ebenso weitreichend verzweigten wie beim oberirdischen Teil des Baums. Grob gesagt bildete das Wurzelwerk von seiner Ausdehnung her in etwa ein Spiegelbild des an der Oberfläche sichtbaren Baums.

»Wenn wir Glück haben, stoßen wir vielleicht auf Caladran, die sich in die unteren Bereiche flüchten konnten, als der Stadtbaum von Pela fiel«, glaubte Sheera.

Aber Gorian war in diesem Punkt weniger optimistisch.

»Dann hätten sie niemals die Maladran beschworen und hier zurückgelassen«, widersprach er in Gedanken. *»Es gibt für dieses Volk keine grauenhaftere Vorstellung, als mit den Vergessenen Schatten an einem Ort leben zu müssen. Nein, hier gibt es keinen einzigen überlebenden Caladran mehr. Sie sind alle geflohen oder tot.«*

Gewaltige Erschütterungen zogen Risse durch die kuppelartige Decke der Säulenhalle, hier und dort waren auch bereits Risse an den Säulen selbst zu erkennen, und eine stürzte sogar in sich zusammen.

Endlich erreichten sie einen weiteren Schacht. Er war sehr viel breiter als der erste und schien auch tiefer hinabzureichen. Der Zauber der Gewichtslosigkeit war zwar auch hier bereits geschwächt, aber noch gefahrlos zu benutzen. Während hinter ihnen die gesamte Säulenhalle einzustürzen begann, schwebten Gorian und Sheera in die Tiefe.

»Wir werden unter einem Berg aus Eis, Trümmern und dem Schutt eines ganzen Stadtbaums begraben«, sandte Sheera einen wenig tröstlichen Gedanken an Gorian.

»Das werden wir sehen.«

»Du glaubst immer daran, dass es noch einen Weg gibt, oder?«

»Das entspricht meinen Erfahrungen.«

»Dann will ich hoffen, dass ich es bin, die sich irrt.«

Auf einmal verlief der Schacht nicht mehr senkrecht. Offenbar war er bei dem Angriff von Morygors Horden abgeknickt worden und führte nun schräg in die Tiefe, bis schließlich wieder ein senkrechtes Stück folgte.

Sie gelangten in einen Bereich, in dem es nur noch wenig Lichtzauber gab und es daher ziemlich dämmrig war.

Zwischenzeitlich fielen sie beide hundert Schritt tief wie ein Stein, weil auch der Zauber der Gewichtslosigkeit auf diesem Stück nicht mehr wirkte, erst dann erfasste sie der Zauber wieder, und sie schwebten wieder hinab.

»Wenn wir Glück haben, gelangen wir auf diesem Weg geradewegs in den Wurzelbereich!«, rief Gorian laut. Seine Stimme hallte in dem Schacht vielfach wieder.

»Wenn wir Glück haben«, wiederholte Sheera ihn in Gedanken.

Sie hatten Glück und landeten in der mittleren Wurzelhalle. In jedem Stadtbaum befand sie sich unterhalb des Hauptstamms. Von dort aus führten weitere Schächte in die Tiefe, aber auch in Wurzeln, die waagerecht ins Umland reichten – zum Teil meilenweit – oder die Begrenzungen der Hafenbecken bildeten, die nun unter einer dicken Schicht aus Eis und Trümmern begraben waren.

»Hier sind wir wohl erst mal sicher«, glaubte Gorian. »Es sei denn, die Wirbeldämonen schaffen es, selbst in diese Tiefe vorzudringen.«

»Könnten sie das?«

Gorian zuckte mit den Schultern. »Wer weiß. In der Zeit, nachdem Caladir und seine Himmelschiffsfahrer hier ankamen und die Inseln von den Sonnenflüchtern eroberten, haben sie die Wirbeldämonen mit gemeinschaftlicher Magie bekämpft. Ihre Schamanen und Magier haben ihre Kräfte zusammengeschlossen und sie vertrieben. Es ergab sich also für die Wirbeldämonen nie die Gelegenheit, einen Stadtbaum anzugreifen.«

Gorian dachte daran, dass hoch über ihnen wohl noch immer eine furchtbare Schlacht tobte, Maladran gegen Wirbeldämonen, und der Ausgang war keineswegs gewiss.

Die mittlere Wurzelhalle wurde ebenfalls von zahlreichen Säulen gestützt. Zumindest schien es so. In Wahrheit hatten diese Steinsäulen keinerlei Bedeutung für die Stabilität des Stadtbaums. Vielmehr waren sie ein Zugeständnis der sechsfingrigen Baumeister, die die Stadtbäume hatten wachsen lassen, an die traditionelle Architektur der Caladran und ihrer Vorfahren, in der Säulen eine große Rolle spielten.

Die Säulen der mittleren Wurzelhalle waren mit Ornamenten bedeckt, bei denen es sich nicht einfach nur um abstrakte, kunstvolle Verzierungen handelte, sondern um Zaubersprüche, die in schwer lesbaren Ligaturen in den Stein graviert waren. Manchmal waren ein Dutzend oder mehr Runen in einer einzigen Ligatur so miteinander verschlungen, dass man schon nach Art der Caladran sehen musste, um sie lesen zu können. Einfach nur die Caladran-Schrift zu beherrschen reichte nicht mehr aus.

Es waren Schutzsprüche, die den Baum von Pela mit zusätzlicher Magie aufladen und stabilisieren sollten, und solche, die der Abwehr unerwünschter Elementargeister dienten.

Gorian blieb stehen und ließ den Blick über die Säulen schweifen. Was ihn umgab, war wie eine steingewordene kleine magische Bibliothek für Eingeweihte.

Flackerndes Licht herrschte, aber es gab nirgendwo Feuer. Keine Fackeln steckten in den Wänden, doch der besondere Lichtzauber, der hier zur Anwendung kam, sollte diesen Eindruck offenbar erwecken. Jedenfalls konnte Gorian keine magische Schwäche feststellen, die für das Flackern verantwortlich gewesen wäre.

»Wir sollten erst einmal hierbleiben«, sagte er, ging zu einer der Säulen und berührte sie vorsichtig mit den Fingerkuppen. Blitze zuckten aus der Säule in seine Hand, aber auch umgekehrt. Gorians Augen wurden für einen Moment vollkommen schwarz.

»Das müssen gewaltige Kräfte sein, die hier gefangen sind«, stellte Sheera fest.

»Und doch konnten Morygors Horden diesen Stadtbaum einfach niederreißen und weitgehend zerstören«, erwiderte er und löste die Finger von der Säule, kniete nieder und legte beide Handflächen auf den Boden. »So ein Stadtbaum ist nicht einfach nur Stein. Es ist gewachsener Fels. Etwas, das lebt und sich erinnert.«

Er hob die Hände wieder an. In der rechten Handinnenfläche bildete sich ein Licht. Er ließ es wachsen und daraus eine Lichtsphäre entstehen, so groß, dass ein Mann darin hätte stehen können.

»Ich will wissen, was hier genau geschehen ist. Und wie der Stadtbaum von Pela fiel.«

Bilder erschienen in der Lichtsphäre. Sie zeigten den Stadtbaum hoch und aufrecht aufragend. Das Meer war bereits gefroren, die Himmelsschiffe hatten den Stadtbaum schon verlassen, als der Gletscher gekommen war und den Baum erreicht hatte, von Magie beschleunigt, sodass er schneller floss als Lava.

»Die Caladran haben ihre Stadt nicht einmal verteidigt«, stellte Sheera überrascht fest. »Sie sind vorher mit den Himmelsschiffen geflohen.«

»Ja«, bestätigte Gorian.

»Aber das heißt, dass auch Meister Thondaril und Zog Yaal überlebt haben könnten. Und ebenso König Abrandir und seine Gemahlin Orawéen. Es muss einen anderen Grund geben, dass Meister Thondaril über das Handlicht nicht mehr zu erreichen ist.«

»Ich weiß es nicht«, murmelte Gorian.

In der Lichtsphäre, die die Erinnerung des Stadtbaums zeigte, war zu sehen, wie der Gletscher den Stadtbaum umspülte. Normalerweise hätte der steinerne Baum zu Boden gerissen werden und zerbrechen müssen. Aber das war nicht geschehen. Er schien erstaunlich biegsam zu sein. Nur der gewaltige Turm auf der höchsten großen Astgabelung, den König Abrandir für das Ritual mit dem Hohlspiegel aus Sternenmetall hatte errichten lassen, kippte sofort um. Schon das Nachgeben des eigentlichen Baums, auf dem er stand, nahm dem ohnehin fragilen Bauwerk jede Stabilität, und es wurde überdeutlich, dass es nicht durch den Zauber der Sechsfingrigen gewachsen, sondern von den Caladran zwar kunstvoll und durch Unterstützung starker Magie, aber letztlich eben doch ganz konventionell errichtet worden war. Der Turm stürzte zur Seite und fiel wie ein Fremdkörper vom Stadtbaum ab, und damit wurde auch offenbar, dass er mit dem Stein des Baums niemals eine wirkliche Einheit gebildet hatte. Schiffsladungen von Mauergestein krachten auf den Gletscher.

Der Baum selbst jedoch ragte immer noch zu etwa zwei Dritteln aus dem Eis, als der Gletscher zu einem vorläufigen Stillstand kam. So leicht war er nicht niederzureißen.

Leviathane näherten sich auf breiter Front. Die gewaltigen wurmähnlichen Ungeheuer öffneten ihre Mäuler und entließen daraus Unzählige von Wollnashornreitern. Die meisten von ihnen waren untote Orxanier, aber hin und wieder waren auch untote Menschen in ihren Reihen auszumachen, vor allem Krieger aus Torheim und Eisrigge, wie man an ihrer Fellkleidung und der Art ihrer Helme erkennen konnte.

Sie sollten den Stadtbaum nach zurückgebliebenen Caladran durchsuchen. Ihnen sollte kein Pardon gewährt werden. Gorian hörte in Gedanken ihre Rufe: »*Erschlagt jeden Caladran, den ihr findet! Lasst keinen von ihnen am Leben!*«

Die Reiter formierten sich; die Leviathane hielten sich zunächst im Hintergrund.

Die Angreifer wähnten eine wehrlose Stadt vor sich zu haben, die nur noch in Besitz genommen werden musste. Aber da täuschten sie sich.

Als die Wollnashornreiter nahe genug heran waren, begann sich der Stadtbaum zu bewegen. Eine unheimliche Art von Leben erfüllte ihn auf einmal, und er stieß singende

Laute aus, die sich zu einem lauten Kreischen steigerten, zu einem Schlachtruf, wie Gorian erkannte. Dann senkte er seine Krone, fegte mit den steinernen Ästen über die Gletscheroberfläche, und Tausende von untoten Frostkriegern wurden mit ihren Reittieren davongeschleudert. Der Stadtbaum erwies sich dabei als erstaunlich biegsam, er schwang die Äste seiner Krone nach rechts und nach links und peitschte die Angreifer reihenweise davon. Wollnashörner und ihre Reiter flogen durch die Luft, so hoch, dass selbst viele der Untoten, nachdem sie auf dem Gletscher aufgeschlagen waren, sich kaum noch bewegen konnten.

Die kleineren Verästelungen, die keinen Wohnzwecken mehr dienten und von denen Gorian bisher gedacht hatte, dass sie einen rein dekorativen Zweck hatten, umfassten Frostkrieger an Armen, Beinen oder am Körper und rissen sie in Stücke.

Die restlichen Frostkrieger zogen sich wie in heller Panik zurück, viele von ihnen ohne ihre Wollnashörner.

Dafür drangen die Leviathane vor. Zuvor aber entledigten sie sich vollständig der Truppen in ihrem Inneren, die sich in sicherer Entfernung in Stellung brachten, wo der Stadtbaum sie nicht erreichen konnte. Dann griffen die Leviathane an.

Der Stadtbaum wehrte sich weiterhin, doch diese Gegner waren ihm ebenbürtig.

Einen der Leviathane bekam der Stadtbaum mit seinen biegsamen Ästen zu packen, bog sich zur Seite und schleuderte das riesenhafte Ungetüm durch die Luft und auf die Frostkrieger zu. Unzählige von ihnen wurden von dem gewaltigen Körper erschlagen, und weitere wurden zerquetscht, als sich der Leviathan wieder herumwalzte, denn er hatte den furchtbaren Sturz überlebt und wollte den Kampf mit dem Stadtbaum sofort wieder aufnehmen.

Andere Leviathane zerriss der Stadtbaum in der Mitte, nachdem er sie mit seinen Ästen gepackt hatte, wobei er den Ungetümen seine steinernen Verästelungen wie Nadeln in die Körper stieß, und erwischte er dabei zufällig das vergleichsweise winzige Gehirn, war es um den Leviathan sofort geschehen.

Die Leviathane stießen dumpfes Brüllen aus. Viele dieser Töne waren so tief, dass sie bei Gorian ein Drücken im Magen erzeugten, obwohl sie nur aus der Erinnerung des Stadtbaums stammten. Sie wären gewiss mächtig genug gewesen, jedes andere Mauerwerk zum Einsturz zu bringen, nicht aber die gewachsenen, erstaunlich biegsamen Wände des Stadtbaums.

Der Kampf der ungleichen Giganten wütete mit einer ungeheuren Heftigkeit. König Abrandir hatte natürlich gewusst, dass die Caladran bei diesem Kampf nicht im Stadtbaum verweilen durften. Allenfalls in den Regionen unterhalb der Oberfläche konnte man sich während dieser Schlacht vermutlich einigermaßen ungefährdet aufhalten.

Auf einmal wuchsen rings um den Stadtbaum die Maladran aus dem Boden. Manche von ihnen beschossen die Leviathane mit schwarzen, schattenhaft wirkenden und offenbar magisch aufgeladenen Pfeilen. Wann immer ein Leviathan getroffen wurde, brüllte er schmerzerfüllt auf, und Blitze zuckten aus den Pfeilwunden. Die Treffer trieben die wurmähnlichen Monster fast in den Wahnsinn und ließen sie wild und wahllos um sich schlagen.

Der Hauptteil der Maladran wandte sich jedoch den Frostkriegern zu, die im bisher sicheren Abstand gewartet hatten, und der Kampf tobte mit unverminderter Härte.

Schließlich aber gewannen die Leviathane durch einen geordneten, gleichzeitig durchgeführten Angriff die Oberhand. Sie warfen sich mit wildem Gebrüll gegen den Baum, umklammerten nun ihrerseits die Äste, zerrten daran und rissen einige ab. Dort quoll schwarzes Blut aus dem Stein des Stadtbaums.

»*Wie bei einem Lebewesen!*«, stieß Sheera in Gedanken hervor.

Je länger der Kampf wütete, desto größer wurden die Zerstörungen am Stadtbaum. Schließlich rangen ihn die Leviathane mit mehr als einem Dutzend Angreifern nieder, trennten Teile von ihm ab und ließen sich nicht mehr abschütteln. Einige bezahlten dies mit dem Leben. Steinerne Spitzen wucherten hervor, trieben dutzendweise in die Körper der Leviathane.

Doch offenbar hatte Morygor die Magie des Gletschers verstärkt. Eine weitere, höhere Schicht Eis schob sich vom Horizont heran. Sie war nur auf einen recht schmalen Bereich begrenzt und kam mit unnatürlicher Geschwindigkeit. Auch die Frostkrieger wurden einfach niedergewalzt.

»*Morygor hat noch nie auf die eigenen Kämpfer Rücksicht genommen*«, überlegte Gorian. »*Eigentlich sollte das jeden warnen, sich ihm anzuschließen.*«

»*Bei den meisten geschieht das nicht freiwillig*«, erinnerte ihn Sheera.

In der Lichtblase war schließlich jenes Maß an Zerstörung zu erkennen, das Gorian und Sheera vorgefunden hatten, als sie mit dem Himmelsschiff den Stadtbaum von Pela erreichten.

Die Maladran verschwanden wieder, sanken einfach in die Tiefe, durchdrangen mit ihren geisterhaften Erscheinungen das Eis und zogen sich offenbar in die Ruinen des Stadtbaums zurück, aus dessen Wurzeln sie emporgestiegen sein mussten. Ihr blutiges Handwerk war getan, kein einziger

Frostkrieger und auch kein Leviathan verließ den Ort der Schlacht unversehrt. Eis und Schnee bedeckten ihre zerrissenen Körper ebenso wie den geschundenen Stadtbaum.

»Er ist nicht zerstört«, stellte Gorian fest, »nur schwer verwundet.«

Er ließ die Lichtblase in sich zusammenfallen und verschwinden.

»Welch eine Magie!«, murmelte Sheera.

3) Maladran

Gorian und Sheera blieben zunächst in der mittleren Wurzelhalle. Sheera wollte sich an einer der Säulen niederlassen, aber Gorian riet ihr, bei einer anderen Platz zu nehmen, und er wies auf eine, die übersät war mit Heil- und Kräftigungssprüchen der Caladran-Magie.

»Könnte mir die Heilmagie der Caladran nicht schaden?«, fragte sie.

Gorian schmunzelte. »Das müsstest *du* mir sagen. Immerhin bist du die bessere Heilerin von uns.«

»Aber du warst im Reich des Geistes und hast es unbeschadet wieder verlassen, während mich diese Magie fast umgebracht hätte.«

»Hättest du mich nicht gerettet, wäre mein erster Besuch dort auch mein letzter gewesen, vergiss das nicht«, erinnerte er sie.

»Siehst du, das meine ich: Für Menschen ist Caladran-Magie anscheinend eine ziemlich heikle Angelegenheit.«

»Probier es einfach aus und warte die Wirkung ab«, schlug er unbekümmert vor. Dann berührte er mit den Fingerkuppen die Säule mit den Heilsprüchen.

Ein grünliches Leuchten füllte die in den Stein gemeißelten Symbole, wenn Gorians Finger darüberfuhren. Sie kamen ihm auf seltsame Weise bekannt vor, ohne dass er die in ihrer vollen Bedeutungstiefe erfassen konnte. Aber so war das mit vielen Dingen, die das Volk der Caladran und seine Magie betrafen. Während seines Besuchs im Reich des Geistes hatte er vieles erkannt und manches verstanden. Aber da war noch ein unendlich großer Bereich, den er allenfalls flüchtig kennengelernt hatte, und ein noch größerer, der ihm nach wie vor ein Rätsel war.

Jedenfalls konnte er inzwischen gut verstehen, welche Faszination ein Magier wie der legendäre Andir empfunden haben musste, als er dieses Reich für sich entdeckte, und weshalb es ihn immer stärker dorthin gezogen hatte, bis er schließlich völlig darin eingegangen war.

Ein verlockender Gedanke, dachte er, ließ Sheera aber nicht daran teilhaben. Alles hinter sich lassen, nur noch der bezwingenden Logik und Schönheit reiner Gedanken folgen und sich an der Vielfalt ihrer Möglichkeiten berauschen – wie viel angenehmer erschien das, als sich gegen den Untergang einer Welt zu stemmen, die vielleicht gar nicht mehr zu retten war.

Sheera berührte ebenfalls die Säule, zuerst nur sehr vorsichtig, aber es schien ihr gutzutun.

»Wir werden jedes Quäntchen Kraft brauchen, das wir bekommen können«, sagte sie.

»Ja«, murmelte er. Er löste die Finger von der Säule, während Sheera sich setzte und mit den Rücken dagegenlehnte. Ein Flor aus Licht schimmerte daraufhin um ihren Kopf, über ihren Rücken und die Schultern.

»Hast du eigentlich keinen Hunger?«, fragte sie.

»Doch. Aber bisher habe ich ihn mit Magie unterdrückt. Es geht erstaunlich gut.«

»Machen das die Caladran so?«

»Manche von ihnen können sehr lange ohne Nahrung auskommen, wenn es sein muss.« Er lächelte. »Aber ich habe nicht vor, es in dieser Hinsicht ihren Schamanen gleichzutun. Wir sollten uns bei Gelegenheit nach den Vorräten umsehen, die es auch in den Wurzelbereichen des Stadtbaums geben müsste. Ich glaube kaum, dass die Flüchtlinge alles haben mitnehmen können.«

Auf einmal bildete sich in Gorians Handfläche ein Licht. Ganz kurz hatte er das Gefühl, dass jemand über das Handlichtlesen mit aller Macht mit ihm in Verbindung treten wollte. Die Magie, die dazu angewendet wurde, war deutlich stärker, als dies normalerweise der Fall war. Doch einen Moment später war es wieder vorbei. Dafür leuchtete ein Licht in seiner anderen Hand auf, und eine Lichtblase von Schädelgröße blähte sich auf, fiel aber dann wieder in sich zusammen.

Doch wenig später geschah das Gleiche mit Sheeras Händen, nur dass das Leuchten sehr viel schwächer war und vor allem von dem Lichtflor beinahe überstrahlt wurde, der sie umgab, während sie an der steinernen Säule lehnte.

»Kann das Meister Thondaril gewesen sein?«, fragte sie verwirrt.

»Das war auch mein erster Gedanke. Aber es war eine zu deutliche Spur von Caladran-Magie darin, deshalb bin ich mir unsicher.«

»Vielleicht versucht Meister Thondaril seine Magie mit jener der Caladran zu verbinden, so wie du es auch getan hast«, vermutete Sheera.

»Dann ginge er damit ein ziemlich großes Risiko ein«, war Gorian überzeugt. Immerhin war Meister Thondaril vor einem Besuch im Reich des Geistes zurückgeschreckt, weil er befürchtete, dass selbst seine nicht unbeträchtlichen Kräfte nicht ausgereicht hätten, ihn vor den Auswirkungen der Magie dort zu schützen.

Aber vielleicht war die Botschaft, die er Gorian und Sheera

zukommen lassen wollte, wichtig genug, um die damit verbundene Gefahr in Kauf zu nehmen.

Gorian versuchte es daher sogleich selbst noch einmal. Er fügte seine Hände mit den Handkanten zusammen, sodass sie einem aufgeschlagenen Buch ähnelten, und sammelte die Alte Kraft in sich. Gleichzeitig sprach er eine caladranische Formel, die Kräfte aller Art verstärken konnte. Seine Augen wurden schwarz und blitzten für einen kurzen Moment grell auf.

Und tatsächlich – das Gesicht von Meister Thondaril erschien in seinem Handlicht, wurde größer, dehnte sich überlebensgroß aus. Die Lichtkugel schwebte aus Gorians Händen, und er wich einen Schritt zurück.

Dann bildete sich die gesamte Gestalt des zweifachen Ordensmeisters aus dem Licht.

»Meister Thondaril!«, rief Gorian.

Aber Zweifel kamen in ihm auf, und schon im nächsten Moment veränderten sich die Gesichtszüge Thondarils. Die wie mit harten Schnitten geschnitzt wirkenden Linien wurden weicher, seine Erscheinung jugendlicher.

Caladranischer!, durchfuhr es Gorian.

Und tatsächlich verwandelte sich die ganze Gestalt in die eines Caladran-Jünglings, der Gorian nur allzu bekannt war. Er riss Sternenklinge heraus und rief: »Morygor!«

Ein höhnisches Gelächter antwortete ihm, während Gorian einen Ausfallschritt machte und die Klinge in die durchscheinende Gestalt hieb. Das Schwert glühte auf und versprühte Funken, und die Gestalt veränderte sich abermals, nahm nun Torbas' Aussehen an.

»Findest du nicht, dass dies ein ungleicher Kampf ist, wenn einer der beiden Kontrahenten nicht genug Substanz hat, um wirksam zurückschlagen zu können?«, fragte die

Gestalt mit Torbas' Stimme. »Immerhin weiß ich jetzt, dass du bisweilen doch anfällig für Illusionsmagie bist.«

Erneut folgte Gelächter.

Gorian stieß einen Kraftschrei aus. Grelles Licht sprühte aus seiner Klinge, wurde dann zu Schwarzlicht, und im nächsten Augenblick verlosch die durchscheinende Gestalt.

Gorian atmete tief durch, doch seine Augen blieben schwarz, denn er hielt seine Kräfte nach wie vor in Bereitschaft.

Außerdem versuchte er mithilfe seiner magischen Sinne jeden Hauch geistiger Kräfte zu erspüren, der sich vielleicht noch nicht verflüchtigt hatte. Er wollte wissen, wer ihm da in Wirklichkeit erschienen war.

Aber das ließ sich nicht mehr feststellen.

»*Es spielt auch keine Rolle*«, wandte sich Sheera mit einem Gedanken an ihn. Sie hatte sich offenbar dieselbe Frage gestellt und war ebenfalls zu keinem Ergebnis gelangt. »*Es wäre nicht das erste Mal, dass Morygor Verwirrung zu stiften versucht, indem er die Gestalten von bekannten Personen annimmt. Andererseits ist Torbas jetzt sein Geschöpf, so wie ich es auch war. Wenn er tatsächlich auf diese Weise versucht haben sollte, mit dir in Verbindung zu treten oder dich anzugreifen, dann nur, weil Morygor es wollte.*«

»*Da bin ich mir nicht ganz sicher*«, widersprach Gorian und steckte das Schwert zurück in seine Rückenscheide.

Sheera erhob sich und löste ihren mit schwarzem Blut getränkten Verband. Darunter kam eine gut verheilte Narbe zum Vorschein, die schon beinahe verblasst war.

»Die Heilmagie dieser Säule scheint wirklich außerordentlich gut zu sein«, stellte Gorian fest.

»Ja«, murmelte sie, nachdem sie die Narbe ungläubig mit den Fingern berührt hatte.

Sie durchschritten die mittlere Wurzelhalle. Durch seinen Aufenthalt im Reich des Geistes kannte Gorian den Grundriss, der allen Stadtbäumen zugrunde lag. »Vielleicht gelangen wir über die Verzweigungen der Tiefenwurzeln zu einem der Notausgänge, über die jeder Caladran-Stadtbaum verfügt«, erklärte er Sheera. »Allerdings müssen wir damit rechnen, dass auch der unter einer dicken Eisschicht liegt.«

»Und was wird dann?«, fragte Sheera. »Torbas – oder Morygor – weiß zweifellos, wo wir sind. Wir wären allein in der Kälte, ganz auf uns gestellt. Ein paar Nächte, und wir erfrieren trotz aller Magie. Oder Morygors Aura schwächt uns so sehr, dass wir zu seinen Geschöpfen werden, so wie Torbas, bereit, unsere Freunde und uns gegenseitig zu verraten und zu ermorden.«

»Ich glaube nicht, dass es einen anderen Weg gibt«, befürchtete Gorian. »Mit einer Horde Maladran hier in diesem verwundeten Stadtbaum, das würde alles andere als angenehm werden.«

»Du glaubst, sie kehren hierher zurück?«

»Sie wurden innerhalb dieses Baumes beschworen«, war sich Gorian sicher. »Wie genau das vonstattenging, weiß ich nicht. Aber ich nehme an, dass es in der Halle der Versenkung geschah, wo sich die Schamanen der Caladran zu versammeln pflegen.«

»Aber die Maladran haben doch in gewisser Weise auf unserer Seite gekämpft und uns das Leben gerettet.«

»Das muss nichts heißen«, antwortete Gorian. »Überhaupt nichts.«

Sie durchschritten einen der breiten, hohen Gänge, die innerhalb der ausgedehnten Wurzeln des Stadtbaums verliefen, und stießen auf Vorratskammern, in denen Nahrungs- und Heilmittel lagerten, wobei die Caladran beides nicht strickt voneinander unterschieden. Außerdem waren sie Meister der Konservierung und konnten Speisen über Jahrhunderte haltbar machen, anders als so manche Gastwirte in den Menschenreichen, die verdorbene Waren durch starkes Würzen wieder genießbar erscheinen ließen.

In gläsernen Behältern lagerten Fleisch, Fisch und getrocknetes Gemüse. Bei anderen Gläsern war äußerlich nicht zu erkennen, worum es sich bei deren Inhalt handelte, die Runen auf den kleinen Schildern, die darauf anbracht waren, behaupteten jedoch, dass es sich ebenfalls um Speisen handelte, allerdings in einer verwandelten Form, die mehr Kraft gab als gewöhnliche Speisen und auch noch weitaus länger aufbewahrt werden konnten.

»Vielleicht handelt es sich um Vorräte für eine generationenlange Sternenreise mit einem Himmelsschiff«, überlegte Sheera. »Aber ich weiß nicht, ob ich davon kosten möchte.«

In der Zeit, in der sie im Stadtbaum von Caladrania gelebt hatten, hatten sie durchaus die Speisen dieses Volkes genossen. Allerdings hatte man bei der Auswahl darauf geachtet, dass man ihnen nichts Ungewöhnliches oder gar Unverträgliches vorsetzte.

Gorian und Sheera nahmen sich hier und da etwas von den Nahrungsmitteln, die sie wiederzuerkennen glaubten. Sie schmeckten fade und schienen vollkommen ohne Würze zu sein, was aber angesichts der Tatsache, dass bei den Caladran alle Sinne sehr viel stärker ausgeprägt waren als bei Menschen, nicht verwundern konnte.

Einen kleinen Vorrat der pulverförmigen Nahrung steckte sich Gorian in einen Beutel, der an seinem Gürtel festgebunden war und in dem er eigentlich Münzen aufbewahrte. Die wenigen, die er noch besaß, steckte er sich stattdessen in den Stiefelschaft.

Sie entdeckten auch eine Kammer mit Kleidung und nahmen sich auch davon, immerhin wollten sie ja zurück an die vereiste Oberfläche. Die Gewänder der Caladran waren zumeist aus einem dünnen seidenartigen Stoff, dem man auf den ersten Blick keinerlei wärmende Wirkung zutraute, und davon abgesehen galten Caladran als relativ kälteunempfindlich. Aber diese Stoffe waren sehr empfänglich für einfache Magie, auch für einen Wärmezauber, der ein fehlendes Pelzfutter sehr leicht ausglich.

Sowohl Gorian als auch Sheera zogen sich Kapuzenwamse aus Caladran-Seide über, die Gorian mithilfe seiner Kenntnisse in außerordentlich gut wärmende Kleidungsstücke verwandelte.

Schließlich stießen sie sogar auf eine Waffenkammer. Viele der Waffen, die dort gelagert hatten, fehlten, und so waren ganze Waffenständer und Halterungen für Schwerter, Bögen, Armbrüste und Speere leer. Offenbar hatten sich die Caladran vor ihrer Flucht aus dem Stadtbaum ausreichend gerüstet.

»Ich weiß nicht, was du hier willst«, gestand Sheera ein. »Du besitzt ein Schwert aus Sternenmetall, und selbst bei all der Qualität, die man dem legendären Stahl der Caladran nachsagt, gibt es doch kaum eine mächtigere Waffe als Sternenklinge.«

»Das ist wahr. Zumal es nicht auf die Waffe ankommt, sondern auf die Kraft, die sie erfüllt, wie jeder weiß, der im Orden der Alten Kraft ausgebildet wurde«, bestätigte Gorian.

»Dann verstehe ich nicht, was wir hier wollen und weshalb wir unsere Zeit damit verschwenden, die Waffensammlung der Caladran zu bewundern.«

Gorian lächelte. »Du hast meinen entsprechenden Gedanken tatsächlich nicht gelesen«, stellte er zufrieden fest. »Ich habe ihn bis jetzt bewusst vor dir verborgen.«

Sie sah ihn an. Ihre Augen zeigten ihre ganz normale grüne Farbe, die Gorian immer an das Meer erinnerte und den Geruch von Tang und Algen, wie er die Luft an der Küste vor der Ordensburg auf Gontland erfüllt hatte, bevor die Horden Morygors diesen Ort der Gelehrsamkeit und Magie zerstört hatten.

Sheeras Gesicht veränderte sich. Das Lächeln, das sie ihm geschenkt hatte, erstarb, und sie sagte mit großer Entschiedenheit: »Nein!«

»Siehst du«, entgegnete er. »Ich habe diesen Gedanken vor dir verborgen, weil ich ahnte, wie du reagieren würdest.«

»Ich sage es noch mal: Nein!«

»Sheera, wir sind deinetwegen hier.« Gorian nahm ein leichtes Rapier aus einem der Waffenständer. Es steckte in der Scheide eines Wehrgehänges, das man schärpenartig um den Oberkörper trug, und das sich mithilfe zahlreicher Schnallen und Verschlüsse so einstellen ließ, dass die Waffe entweder an der Seite oder über dem Rücken getragen werden konnte.

Gorian zog die Klinge heraus. »Bester Caladran-Stahl, zweischneidig und perforiert, was die Klinge noch leichter macht«, stellte er fest. »Für den Anfang dürfte das die richtige Waffe für dich sein – und allzu schwer trägst du auch nicht an ihr!«

»Ich habe mir selbst einen Eid geleistet, als ich im Haus des Heilens meine Ausbildung begann«, erklärte Sheera und verschränkte die Arme vor der Brust. »Meine Bestimmung ist es, Leben zu retten, nicht, es zu nehmen!«

»Wir werden uns vielen Gefahren stellen müssen, Sheera ...«

»Ein Schwert zu tragen widerspricht allem, wofür ich bisher gelebt habe. Und davon abgesehen verfüge ich über genug Kräfte, um mich nötigenfalls auch so verteidigen zu können. Wenn mich jemand etwa mit einem Schwert angreift, kann ich ihm die eigene Klinge entreißen und sie notfalls sogar gegen ihn richten. Aber so etwas ...« Sie deutete auf das Rapier, als würde es sich um ein ekelerregendes Tier handeln. »Nein!«

»Nimm sie!«, bat Gorian und unterlegte die Worte mit seiner Gedankenkraft, was er Sheera gegenüber nie zuvor getan hatte.

»Was soll das jetzt? Willst du mir befehlen, wie Torbas es getan hat? Nur zu, die Kraft hättest du sicherlich, das weiß ich wohl!«

»Nein, ich bitte dich nur darum«, widersprach Gorian.

»Ich könnte damit gar nicht umgehen!«

»Das kann ich dir beibringen. Und abgesehen davon trifft zu, was ich eben sagte: Es ist nicht die Waffe, auf die es ankommt, sondern die Kraft, die sie erfüllt. Andererseits ist eine solche Waffe manchmal auch die einzige Möglichkeit, die Kräfte ihres Trägers so zu konzentrieren, dass sie die erwünschte Wirkung erzielen.«

Er hielt ihr die Waffe hin, doch sie machte keinerlei Anstalten, sie zu nehmen.

»Was auch bisher geschah, ich kann mich an keinen einzigen Moment erinnern, in dem mir ein Stück Stahl hätte helfen können«, sagte sie. »Nicht einmal, als Torbas mich zwang, mit ihm zu gehen.«

»Wirklich?«

»Ich habe Sternenklinge in der Hand gehalten, um dich damit zu töten«, erinnerte ihn Sheera.

»Aber du hast dich anders entschieden und die Waffe gegen Torbas gewandt.«

»Woraufhin er mir damit den Hals aufschlitzte. Jedes Mal, wenn ich in Zukunft ein Schwert in der Hand halten werde, wird es mich an diesen Moment erinnern, Gorian. An die Starrheit, die mich erfüllte, an die Ohnmacht, an den Schrecken …«

»Nimm die Klinge!«, beharrte Gorian. »Bitte! Um deinetwillen.«

Zögernd umfasste ihre Hand schließlich doch den Griff des Rapiers.

»Nein, Gorian, um deinetwillen«, sandte sie ihm einen Gedanken.

In diesem Moment ließ ein lautes Scheppern beide zusammenzucken. Mehrere Speere, Schilde und Schwerter klirrten auf der anderen Seite der Waffenkammer zu Boden. Gorian und Sheera wirbelten herum.

Das Licht in der Waffenkammer, erzeugt durch einen Lichtzauber der Caladran, der noch immer wirkte, flackerte auf einmal. Bisher war es mit gelblichem Schein und sehr gleichmäßig aus dem Deckengestein gedrungen. Das Flackern war in diesem Fall keineswegs Teil des Zaubers, sondern die Nebenwirkung einer magischen Kraft, die plötzlich aufgetaucht war und die auch Gorian nun deutlich spürte.

Dort, wo die zu Boden gefallenen Waffen zuvor in einem Gestell gestanden hatten, drang ein dunkler Schatten aus der Wand. Für einen kurzen Moment waren bleiche Hände mit dünnen Fingern zu sehen, so wie die eines Caladran, doch im nächsten Moment waren sie nur noch schwarze Umrisse, wie der Rest der Erscheinung auch.

Nur am Kopf schimmerte der Schädelknochen hervor.

»Ein Maladran?«, erkannte Sheera und fragte in Gedanken: *»Was will der hier?«*

»*Vielleicht das Gleiche wie wir*«, antwortete Gorian ebenso lautlos. »*Sich bewaffnen!*«

»*Die Maladran, die gegen die Wirbeldämonen kämpften, waren nicht unbewaffnet!*«

Der Maladran machte ein paar Schritte nach vorn. Seine Gestalt veränderte sich dabei, wirkte für einige Augenblicke verwaschen, und flügelähnliche Fortsätze schienen aus seinem Rücken zu wachsen, die jedoch schon ein paar Herzschläge später zu einem zusätzlichen Paar Schattenarme wurden.

»*Manchmal verändern die Vergessenen Schatten ihre Form und nehmen die Gestalt von Monstren an*«, sandte Gorian seiner Begleiterin einen Gedanken. »*Und wenn sie beschworen wurden und zu lange in der Welt der Lebenden existieren, kann es sein, dass sie mehr und mehr Substanz gewinnen, in welcher Gestalt auch immer.*«

Der Maladran verharrte einige Augenblicke. Dann bückte er sich und griff nach einem der Schwerter, das aus dem Gestell gefallen war. Er hob die Klinge auf, wog sie in der Hand, und ein seufzender Laut drang aus der schattenhaften Finsternis. »*Ahhh…*« Dann folgte ein überraschend deutlicher, sowohl für Gorian als auch für Sheera gut verständlicher Gedanke: »*So lange ist es her… So lange… So viele Ewigkeiten… vergessen… verdammt…*«

Doch auf einmal entglitt seiner Hand das Schwert wieder. Die dürren, elfenbeinfarbenen Finger glitten einfach durch den Griff der Waffe, und sie fiel scheppernd zu Boden.

Der Maladran stieß ein paar wortähnliche Silben aus, die nach einem Fluch klangen. Aber es waren weder Worte auf Caladranisch noch in einem der Idiome, die deren Vorfahren im Laufe vieler Zeitalter gesprochen hatten.

Es handelte sich nur um den Versuch, Worte zu bilden, erkannte Gorian. Wie bei jemandem, der etwas sagen will, sich aber nicht mehr der richtigen Begriffe zu erinnern vermag, sondern nur deren ungefähren Klang noch weiß.

Der Schatten versuchte noch einmal das Schwert zu heben, diesmal mit beiden Händen, die abermals für einige Herzschläge verstofflichten. Er bekam das Schwert auch zu fassen, riss es hoch, mit solcher Wucht, dass die Klinge gegen die Decke klirrte, und der im Stein der Raumdecke gebundene Lichtzauber ließ Funken sprühen, das Licht flackerte und drohte für Augenblicke sogar ganz zu verlöschen, während das Schwert zu Boden fiel.

»*Endlich …!*« Der Maladran betrachtete seine Hände, und für einen Moment war auch sein Gesicht zu erkennen, das das eines Caladran war, mit schräg gestellten Augen und spitzen Ohren, die durch weißes Haar stachen. Es war von vielen Furchen durchzogen, die fast schon wie Narben wirkten, aber wohl Falten waren, obwohl die doch so untypisch für die normalerweise zeitlos glatten Gesichter der Caladran waren.

Dann veränderte sich das Gesicht, nahm tierhafte Züge an, und die Gedanken des Maladran waren auf einmal von einer unbestimmten Gier erfüllt.

Er blickte mit seinen nun blutunterlaufenen Augen zu Gorian und Sheera hinüber und schien die beiden zum ersten Mal wirklich wahrzunehmen.

Ein einziges Wort stieß er aus: »*Du …!*«

Dabei deutete er auf Gorian.

Dann sah er erneut auf seine Hände, berührte damit seinen Brustkorb, der daraufhin ebenfalls teilweise aus der Finsternis hervortrat. »*Ich … Wer …? Kein … Name … Nichts … Vergessen!*«

Sein Gesicht verschwamm und wurde wieder zu einem Schatten.

»Nein … Nicht …!«

Der Schatten verformte sich, verlor seine klaren Umrisse, bildete zwei Paar Flügel aus, von denen sich schon wenig später nicht mehr sagen ließ, ob es sich nicht doch eher um einen flatternden Umhang handelte, dann sank die Gestalt in den Boden ein. Einen Augenblick lang waren nur noch seine bleichen Caladran-Hände zu sehen, doch auch die wurden wieder zu Schatten und verschwanden ebenfalls durch das Gestein.

»Es wird Zeit, dass wir von hier fortkommen«, sagte Gorian. »Die Maladran gewinnen Stofflichkeit. Sie versuchen sich ihrer Namen und ihrer Gestalt zu erinnern, und es ist nur eine Frage der Zeit, bis ihnen das auch gelingt.«

»Und dann?«

»Dann werden sie alles sein, nur keine Verteidiger dieses verwundeten Stadtbaums mehr.«

Auf dem Weg zu den äußeren Wurzelverzweigungen gelangten sie in jene Halle, die die Caladran »Halle der Erinnerung« nannten. Jeder der Stadtbäume hatte eine solche Halle, und sie lag stets in einem der unterirdischen Wurzelbereiche, so tief und verborgen wie möglich, denn für den Fall, dass eines Tages sogar das Reich der Caladran der Vergänglichkeit preisgegeben sein mochte, sollte dennoch die Erinnerung an die Könige und Helden der Vorfahren weiterhin Bestand haben und ihre Geschichten die Ewigkeiten überdauern.

Die Halle hatte ein kuppelartiges Dach und einen sechseckigen Grundriss. Sie wirkte so groß, als könnte eine ganze Stadt wie Thiskaren oder Segantia darin Platz finden, aber das war eine durch geschickte Magie erzeugte Täuschung. In Wahrheit durchmaß sie vielleicht gerade einmal zweihundert Schritte, wie Gorian abschätzte, indem er auf Art der Caladran sah.

Die Wände, der Boden und die Deckenkuppel waren mit Bildern und Reliefs versehen. Auf den ersten Blick sahen sie aus wie erstarrte, in der Zeit eingefrorene Momente. Gesichter, Städte, Szenen, die sich vielleicht vor langer Zeit abgespielt hatten, außerdem unzählige in Stein geschlagene Namen der großen Vorfahren.

Asanil, Péandir, Eandorn, Keandir, Ruwen, Andir, Sandrilas, Lirandil, Branagorn, Daron, Sarwen, Baradir, Bolandor, Caladir …

Letzterer war immer in besonders kunstvollen Ligaturen in den Fels gemeißelt, um seine herausragende Bedeutung zu verdeutlichen. Schließlich hatte mit Caladir, dem Wiederentdecker des Zaubers der Gewichtslosigkeit und ersten Erbauer eines Himmelsschiffs vor vielen Zeitaltern die Geschichte der Vorfahren geendet und die der Caladran begonnen.

Die Reihe der in den Stein geschlagenen Namen schien endlos, so wie die Geschichte der Vorfahren scheinbar endlos in die Vergangenheit reichte. Und wenn man dieselben Runen ein zweites Mal las, standen dort auf einmal andere Namen.

Die Bilder zeigten immer wieder Schiffe in unzähligen Variationen, auf dem Meer segelnd und solche, die in der Luft schwebten wie die Himmelsschiffe der Caladran, aber auch gewaltige Städte und große Schlachten, welche die Caladran ebenso untereinander geführt hatten wie gegen Menschen und Kreaturen, über die Gorian trotz seines Aufenthalts im Reich des Geistes kaum etwas wusste, meist nicht mal den Namen ihrer Art.

Verweilte der Blick etwas länger auf einem dieser Bilder oder Reliefs und konzentrierte man dabei nur ein wenig die

Gedanken darauf, begannen sie sich zu bewegen und zeigten fortlaufende Szenen aus der unendlich langen Geschichte der Caladran und ihrer Vorfahren.

»Wozu dient dieser Raum?«, fragte Sheera. »Nur dem Gedächtnis an die Vergangenheit?«

Gorian nickte. »Damit verbringen Caladran für gewöhnlich viel Zeit. Genauso wie sie sich mit dem möglichen Verlauf der Zukunft befassen.«

»Wie Morygor.«

»Ja.«

»Reicht ihnen nicht das Reich des Geistes? Ist dort nicht all das auch verewigt, was man hier sehen kann?«

»Ja, aber das Reich des Geistes ist veränderlich und dient der reinen Erkenntnisgewinnung, nicht aber der Suche nach Trost, den die Caladran finden wollen, wenn sie sich an einem Ort wie diesem mit der Vergangenheit beschäftigen. Die Halle der Erinnerung verändert sich nur dann, wenn der Betrachter es will, wie du vielleicht schon gemerkt hast.«

Acht Zugänge gab es zur Halle der Erinnerung, an jeder Wand einen – und auf einmal schlossen sie sich alle nacheinander, senkten sich in ihren bogenförmigen Durchgängen steinerne Tore herab, auf denen Caladran-Runen leuchteten und sich beständig veränderten, sodass sie an flackerndes Feuer erinnerten.

Innerhalb weniger Augenaufschläge waren sämtliche Zugänge verschlossen.

Dann wuchs etwa zehn Schritte von Gorian und Sheera entfernt ein Maladran aus dem Boden. Zuerst hätte man noch meinen können, der Schatten wäre nur Teil des sich bewegenden Bodenbildes; es zeigte eine gewaltige Schlacht, die entlang einer gewaltigen Mauer tobte, und absonderliche Kreaturen waren in den Kämpfen verstrickt. Doch dann schälte sich die Gestalt deutlich hervor und stand einen Augenblick später vor Gorian und Sheera.

Zwei elfenbeinbleiche Hände streckten sich aus dem Dunkel der Schattengestalt, und auch das Caladran-Gesicht war kurz zu erkennen. Es handelte sich um jenes, das Gorian und Sheera bereits in der Waffenkammer gesehen hatten.

»Was will er von uns?«, fragte Sheera mit ihren Gedanken.

»Unsere Gesellschaft sagt ihm offenbar aus irgendeinem Grund zu«, antwortete ihr Gorian.

Der Maladran streckte die Hände noch weiter aus, die ihre Stofflichkeit behielten, und deutete erneut auf Gorian. »Du!« Dieses eine Caladran-Wort sprach er klar und deutlich aus, und ebenso das folgende: »Anführen.«

»Was?«, fragte Gorian und benutzte in seiner Verwirrung den Dialekt Thisiliens, von dem nun wirklich nicht zu erwarten war, dass sein Gegenüber davon auch nur eine Silbe verstand.

»Anführen ... Du!«, wiederholte der Maladran, diesmal allerdings in Gedanken.

»Nein!«, sagte Gorian, ohne auch nur einen Augenblick darüber nachzudenken. Diesmal benutzte er immerhin das entsprechende Caladran-Wort.

Innerhalb weniger Augenblicke tauchten weitere Maladran in der Halle der Erinnerung auf. Sie drangen durch die Wände, krochen als schattenhafte, formlose oder grotesk verzerrte Gestalten aus den Bildern, die auf einmal vollkommen erstarrten und sogar ihren farbigen Glanz verloren. Hunderte, vielleicht ein- oder zweitausend erschienen nach und nach und füllten die Halle. Bei manchen von ihnen war am Anfang gar nicht klar, ob es sich nur um ein oder etwa gleich zwei Wesen handelte, denn sie waren erst deutlicher voneinander zu unterscheiden, als ihre Körper an Stofflichkeit gewannen.

Bei vielen schimmerten die Totenschädel mit den leeren Augenhöhlen aus der Finsternis ihrer Schattenkörper, bei einigen auch weitere Teile des Skeletts. Andere wiederum zeigten mumifizierte Hände und Gesichter, und diese veränderten sich wie das von Gorians und Sheeras schattenhaftem Gegenüber in der Waffenkammer, verwandelten sich in tierhafte Fratzen, deren Kiefer sich zu Mäulern wölbten und aus denen lange Zähne wie Hauer wuchsen. Dann gab es noch solche, die zusätzliche Arm- oder Beinpaare oder Flügel ausbildeten.

Viele der Schattenwesen waren bewaffnet, die meisten von ihnen mit Pfeil und Bogen, wobei auch diese schattenhaft waren. Dennoch waren sie gefährlich. Gorian und Sheera hatten die verheerende Wirkung der zweifellos mit Magie aufgeladenen Pfeile schon erlebt, als die Maladran gegen die Wirbeldämonen gekämpft hatten.

Von allen Seiten näherten sie sich, während sich leere Augenhöhlen langsam mit Augäpfeln füllten. Ein Chor aus murmelnden Stimmen und Gedanken erklang und hallte sowohl in der Halle als auch in den Köpfen von Gorian und Sheera wider, Worte in allen Dialekten, die jemals von den Vorfahren der Caladran gesprochen worden waren.

»Wir sind die Vergessenen Schatten ... Tote, die töten wollen ... Mörder, deren Hass wieder aufflammt ... Kalte Verächter, die schließlich selbst verachtet wurden ...«

»Ist er es ... dem wir folgen sollen?«

»Wir brauchen einen starken Lebenden, der uns führt!«

»Aber er ist keiner aus dem Stamm unserer Vorfahren, keiner aus unserem Volk!«

»Welche Rolle spielt das? Nennt unser altes Volk uns nicht ohnehin Vergessene Schatten?«

»Er soll uns führen!«

»Er trägt die Kraft in sich!«

»Ja, er soll sie uns geben, diese Kraft!«

»Und uns weisen, wen wir töten sollen!«

»Damit wir nicht ihn und seinesgleichen töten!«

»Und sie zu den unsrigen machen!«

Gelächter folgte. Aber es brandete nur kurz auf und erstarb dann wieder.

»Das geht nicht«, meldete sich eine weitere Gedankenstimme. *»Er war nie einer unserer Art!«*

Aber die anderen widersprachen dem. *»Was ist unsere Art? Vielgestaltig sind wir – er wird ein Ungeheuer unter Ungeheuern sein!«*

Wieder klang Gelächter auf, diesmal aber nur vereinzelt. Hände wurden ausgestreckt, um die beiden Sterblichen zu berühren. Schattenhände, in denen Knochen aufschienen, von denen manche aber auch zu Händen aus Fleisch und Blut wurden, mit elfenbeinbleicher Haut überzogen.

4) Das Flammenzeichen

»Zurück!«

Ein Gedanke, der schon fast einem Kraftschrei gleichkam.

Gorian hob die Hände, und ein bläulicher Schimmer erschien. Pure magische Kraft erschreckte die Maladran. Ihre Gedanken wurden tumultartig.

»*Was tut er?*«

»*Warum weist er uns zurück?*«

»*Wir brauchen ihn!*«

»*Und er uns!*«

Mehrere Schritte weit waren die Maladran zurückgewichen. Gorian spürte, dass seine Kräfte bei diesen Wesen gleichermaßen Schauder und Bewunderung hervorriefen. Aber noch mehr als das zog sie offenbar etwas anderes an.

»*Unsere Lebenskraft!*«, erkannte Sheera in einem Gedanken. »*Sie scheinen sich daran zu berauschen, so als könnten sie dadurch ihre eigene Lebenskraft zurückerlangen.*«

»*Sie sind Vergessene Schatten*«, erinnerte sie Gorian. »*Nichts, was sie zurückgewinnen, hat auf Dauer Bestand.*«

Es war nur eine zitierte Weisheit aus dem Reich des Geistes, deren Wahrheitsgehalt Gorian selbst nicht überprüfen konnte. Alles, was er über die Maladran wusste, stammte schließlich von dort, aus den Gedanken derer, die sich vor diesen Wesen fürchteten wie vor sonst kaum etwas anderem.

Einer von ihnen trat vor.

Sein Körper hatte sich so weit verstofflicht, dass er wieder eine normal hörbare Stimme benutzen konnte und nicht darauf angewiesen war, sich nur in Gedanken zu äußern.

»Geht mit uns«, sagte er. »Denn ohne uns werdet ihr in diesem Reich der ewigen Kälte nirgends hingelangen.«

Der Maladran, der dies gesagt hatte, schien derjenige zu sein, der inzwischen am meisten an Substanz gewonnen hatte. Seine Waffen waren so deutlich zu sehen, als wären sie tatsächlich aus dem Stahl der Caladran geschmiedet. Zwei Schwerter hingen am Gürtel, eines kurz und breit, das andere lang und schmal. Dazu trug er einen Bogen auf dem Rücken. Sein Stirnband bestand aus einem messingfarbenen Metall, in das ein schwarzes Juwel eingefasst war und mitten auf seiner Stirn prangte. Es verströmte hin und wieder einen Schimmer aus Schwarzlicht.

Die Haut des Maladran war pergamentartig und mumienhaft. Harte, wie geschnitzt wirkende Konturen kennzeichneten sein Gesicht. Nur seine Augen waren nach wie vor nur leere Höhlen – ganz im Gegensatz zu denen der anderen Maladran, von denen viele inzwischen wieder richtige Augen hatten, obgleich sie sicherlich darauf nicht angewiesen waren, um sich zu orientieren.

Einerseits schien es verlockend. Warum nicht diese Krieger in den Kampf gegen die Untoten des Frostreichs schicken? War es nicht genau das, was der Caladran-König Abrandir damit bezweckt hatte, als er diese Wesen aus der Vergangenheit beschwor. Untote, die ein Heer von Untoten in die Schranken wiesen. Dieser Gedanke hatte eine gewisse Logik. Und zweifellos teilte Morygor die Furcht vor den Maladran, denn er gehörte schließlich demselben Volk an wie die Herren der Himmelsschiffe.

Aber Gorian spürte die Aura des Bösen, die diese wankenden und durch Wände und Deckengestein gleitenden Gestalten umgab.

Ganz besonders galt das für den augenlos bleibenden Krieger mit dem schwarzen Juwel auf der Stirn. Uralte Gedanken umwaberten ihn wie die unsichtbare Wolke eines übelriechenden Gases.

»Der Blinde Schlächter – so hat man mich genannt«, sprach er, »und man erinnert sich meiner mit solchem Schauder, dass niemand meiner Taten gedenken mag oder meinen Namen auszusprechen wagt, denn das zu tun ist mächtiger als eine Beschwörung. Es ist eine Waffe.«

»Eine, die ich nicht einsetzen will!«, erklärte Gorian.

»Wirklich?« Heiseres Gelächter schlug ihm entgegen. Der Blinde Schlächter öffnete dabei den Mund und entblößte zwei Reihen makelloser Zähne. »*Eldamir Ohnesicht – mit diesem Namen kannst du mich rufen!*«, fügte er einen sehr bedrängenden Gedanken hinzu. »*Und dann werde ich kommen und für dich töten. Und eine Schar von Mördern wird mit mir kommen und dir ebenfalls folgen!*«

Wie zur Bestätigung dieses Gedankens erhob sich ein dumpfes Gemurmel, das zur einen Hälfte aus Worten, zur anderen aus Gedanken bestand. Gedanken allerdings, die nicht besonders klar waren, sondern nur den unbedingten Wunsch zum Ausdruck brachten, einem Lebenden zu folgen.

»Jeder von uns sollte seinen eigenen Weg gehen«, beharrte Gorian.

»Du weißt nicht, was du ablehnst, Kind des Diesseits«, sagte der Blinde Schlächter. »Lass Schatten gegen Schatten kämpfen, Untote gegen Untote, das Verderbte gegen das, was noch verderbter ist. Anders werdet ihr nicht überleben können.«

»*Wir wissen, was geschehen wird*«, meldete sich eine der anderen Gestalten mit einem Gedanken zu Wort. Er war noch nicht ganz so deutlich verstofflicht wie der Blinde Schlächter. Seine Arme, Beine und die Waffen traten bereits hervor, aber das Gesicht und der Rumpf unterlagen ständigen Veränderungen und blieben schattenhaft.

Fast schien es, als könnte sich dieser Maladran bei seiner Rückkehr ins Diesseits nicht auf eine bestimmte Erscheinung festlegen. Flügel aus purer Finsternis hatten sich auf seinem Rücken ausgebildet. Sie gehörten ganz sicher nicht zu der ursprünglichen Gestalt, die er in seinem diesseitigen Leben gehabt hatte.

»Wir wissen mehr als du«, sagte der Krieger mit den Schattenflügeln. »*Die Grenze zwischen Gegenwart, Vergangenheit und Zukunft verläuft für uns nicht dort, wo sie den Diesseitigen den Horizont der Weitsicht verstellt.*« Und mit einer lauten, dröhnenden Stimme, die für ein paar Augenblicke die ganze Halle erfüllte, fügte er hinzu: »Hilf uns, und wir helfen dir!«

Ein Strom zustimmender, sehr bedrängender Gedanken erreichte Gorian.

Und wieder näherten sie sich von allen Seiten. Der Kreis, den sie um ihn und Sheera geschlossen hatten, wurde enger und enger. Diesmal waren sie vorsichtiger, weil sie die erneute Zurückweisung fürchteten. Aber sie schienen nicht gewillt, diese zu akzeptieren.

Gorian riss Sternenklinge hervor, stieß einen machtvollen Kraftschrei aus und machte einen Ausfallschritt. Dabei zeichnete er mit dem von kleinen Blitzen und waberndem Licht umflorten Schwert eine Caladran-Rune in die Luft, die daraufhin als flammendes Zeichen in der Luft stand.

Es handelte sich um ein Schutzzeichen, mit dem man sich

schon zu Fürst Bolandors Zeiten gegen die Einflüsterungen der Maladran zu schützen versucht hatte, wie Gorian aus dem Reich des Geistes wusste.

Ein Aufschrei der Gedanken und Worte dröhnte durch die Halle der Erinnerung. Erschrocken stoben die Maladran ein ganzes Stück zurück, sodass der Radius des Kreises, den sie um Gorian und Sheera gebildet hatten, daraufhin mindestens dreißig Schritte betrug.

Gorian hob Sternenklinge, murmelte eine Formel, die nichts mit der Caladran-Magie zu tun hatte, sondern dem Wissen um die Alte Kraft entsprang, wie sie im Haus der Magiemeister gelehrt worden war. Es waren Worte auf Alt-Nemorisch, dessen Klang im Vergleich zur vokalreichen Sprache der Caladran geradezu barbarisch anmutete. Aber diese Formel war wirksam und vergrößerte das schwebende Flammenzeichen noch. Es wuchs bis beinahe unter die Hallendecke.

Es ging also doch, dachte Gorian. Die Magie des Ordens und jene der Caladran ließen sich verbinden und waren dann noch mächtiger.

Die Kraftquelle, die all dieser Magie zugrunde lag, mochte verschiedene Namen haben, aber es war letztlich dieselbe. Theoretisch mochte die Einsicht nicht neu sein, aber praktisch war sie bis dahin kaum jemals angewandt worden. Jedenfalls nicht, dass entweder die Überlieferungen des Ordens oder des Reichs des Geistes daran eine Erinnerung bewahrt hätten.

Die Bilder und Reliefs in der Halle veränderten sich. Das große Flammenzeichen schien sie auf ähnliche Weise zum Leben zu erwecken, wie es sonst der konzentrierte Gedanke eines Betrachters vermochte.

Die dargestellten Gesichter all der edlen Vorfahren verzogen sich angewidert, so als würden sie jetzt erst auf die Anwesenheit der Maladran aufmerksam. Gleichzeitig erhob sich ein Gedankenecho, das ihrer Empörung und ihrer Abscheu Ausdruck verlieh, und zwar so heftig, dass die Maladran daraufhin laut aufschrien und manche von ihnen sogar ihre Substanz verloren und wieder zu schemenhaften Gestalten wurden.

»Sind die Geister der Vorfahren auch in dieser Halle anwesend und nicht nur ihre Bildnisse und Namen?«, dachte Sheera schaudernd.

»Nein, es ist nur ein Echo ihrer Gedanken, das die Künstler in die Bildnisse einfließen ließen«, gab Gorian Antwort. *»Aber manchmal kann dieses Echo so stark sein wie der Geist eines Vorfahren selbst. Aber eben nur manchmal.«*

Die ersten Maladran verschwanden, zogen sich durch die geschlossenen Türen oder durch die Wände zurück. Manche sanken auch einfach in den Boden ein. Allerdings irrten viele zunächst auch vollkommen wirr durch den Raum, denn von überall starrten sie die hasserfüllten, aus ihrer Verachtung keinen Hehl machenden Gesichter der Vorfahren an. Die Gedankenechos trafen sie wie Faustschläge. Manche der wieder schattenhaft gewordenen Gestalten krümmten sich. Einer versuchte sich mit seinem Bogen zu wehren und schoss einen Pfeil aus purer Finsternis auf das Bildnis von Fürst Bolandor ab, woraufhin der Pfeil am Stein abprallte, zurückschnellte und den Schützen traf, der mit einem markerschütternden, durchdringenden Schrei zu einem vollkommen durchscheinenden Schatten wurde. Er glich einer Schwade dünnen Rauchs, bevor er im Boden versank.

Der Blinde Schlächter hielt sich als letzter der Maladran noch in der Halle. Und er hatte von allen am wenigsten an Stofflichkeit verloren. Manchmal wirkte er etwas durchscheinend, und die Finsternis in seinen leeren Augenhöhlen dehnte sich immer wieder über sein ganzes Gesicht aus. Aber die elfenbeinfarbenen Hände umfassten kraftvoll die beiden Schwertgriffe, allerdings ohne dass er eine der beide Waffen zog.

Vielleicht ahnte er, dass es sinnlos war, sich gegen den Zorn der ruhmreichen Vorfahren zu wehren – ebenso wie gegen das flammende Schutzzeichen, das Gorian beschworen hatte.

Aber dennoch dachte Eldamir Ohnesicht keinen Augenblick lang daran aufzugeben. Das spürte Gorian sehr deutlich. Die Gedankenaura, die diesen Maladran umgab, ließ daran nicht den geringsten Zweifel.

»Du wirst es bereuen, Kind des Diesseits!«, rief er. »Du wirst es bereuen, uns zurückgewiesen zu haben – und ich sage dir, du wirst mich schon in Kürze bei meinem Namen rufen!«

Bevor er verschwand, sandte er Gorian noch einen letzten Gedanken. »*Eldamir Ohnesicht heiße ich! Du wirst dich daran erinnern und diesen Namen aussprechen. Doch dann wird der Preis höher sein, den du zahlen musst!*«

Als der letzte Maladran aus der Halle der Erinnerung verschwunden war, erlosch auch das Flammenzeichen.

Gorians Augen waren mit Finsternis gefüllt und blieben es zunächst auch. Die Magie, die er angewandt hatte, hatte ihn Kraft gekostet, insbesondere der Vergrößerungszauber, mit dem er das Zauberzeichen bis zur Hallendecke hatte wachsen lassen.

Vielleicht lag darin einer der Hauptunterschiede zwischen der Magie der Caladran und den Künsten, die im Orden der Alten Kraft gelehrt wurden. Die Caladran-Magie schien sehr viel besser mit den Kräften hauszuhalten. Weniger konnte mehr bewirken.

Wissen ist Kraft, erinnerte sich Gorian an eines der Axiome des Ordens. Aber es waren die Caladran, deren magische Künste sich diese Weisheit zunutze machten.

Nach und nach verstummten auch die Gedankenechos, und eines der Bildnisse nach dem anderen erstarrte wieder zu einem Moment gefrorener Zeit.

»Die Maladran sind nicht fort, nicht wahr?«, fragte Sheera.

»Nein.«

»Ich kann ihre Gegenwart noch immer spüren.«

»Man hätte sie niemals beschwören dürfen«, war Gorian überzeugt.

»Dann würden wir jetzt nicht mehr leben«, gab Sheera zu bedenken. »Und wer weiß, wie sie es uns vergelten werden, dass du sie abgewiesen hast.«

Gorian wandte sich zu ihr um. »Die Maladran sind mindestens so übel wie Morygor. Niemand, der sie für sich kämpfen lässt, wird auf Dauer wirklich gehorsame Diener haben.« Er atmete tief durch. »Sie brauchen die Kraft eines lebendigen Anführers nur so lange, bis sie selbst wieder diesseitig genug sind. Und anscheinend kann genau das geschehen.«

»Kennt das Reich des Geistes dafür Beispiele?«

»Keines, von denen viel mehr überliefert war als die Erinnerung an die Schrecken.«

Sie erreichten eines der acht Tore. Gorian hob eine Hand, öffnete es unter Anwendung von wenig Alter Kraft. Fast lautlos schwang es zur Seite und gab den Blick auf einen der Gänge frei, die sich durch die verzweigten Wurzeln des Stadtbaums von Pela zogen.

Sie gingen diesen Gang bis zu einer Verzweigung. Gorian folgte seinem Wissen aus dem Reich des Geistes, und so wusste er, welche der Abzweigungen er zu nehmen hatte.

Davon abgesehen fand er verborgene Zeichen an den Wänden, die mit etwas Magie sichtbar gemacht werden konnten. Sie wiesen auf einen geheimen Ausgang aus der Stadt für Notfälle hin.

Maladran zeigten sich nicht mehr, aber ihre Gegenwart blieb deutlich zu spüren.

Schließlich erreichten sie den verborgenen Ausgang. Ein Tor versperrte ihnen den Weg. Der Rundbogen, der es überspannte, wirkte wie ein steinernes Gewächs und erinnerte an eine Rankpflanze. Das Tor war geschlossen. Gorian murmelte eine Formel in caladranischer Sprache, und das Tor öffnete sich nach innen. Es spaltete sich dabei in drei Flügel. Zwei klappten zur Seite, einer nach oben unter die Decke.

Dahinter kam ein Eispanzer zum Vorschein, der den Weg versperrte.

»Wie ich es mir gedacht habe«, sagte Sheera.

Gorian trat vor, berührte das Eis mit den Händen und versuchte es mit der Kraft seines Geistes zu durchdringen. Falls eine meilendicke Eisschicht über ihnen lastete, blieb ihnen vielleicht nichts anderes übrig, trotz aller damit verbundenen Risiken noch einmal über die Schattenpfade zu gehen. Aber das hätte Gorian gern vermieden.

»Das ist nicht dick«, stellte er schließlich fest. »Wir müssen nicht mehr als eine Wagenlänge überwinden.«

»Dicker, als jede Mauer auf der Ordensburg je war«, erinnerte ihn Sheera.

Gorian nahm Sternenklinge. Er sammelte die Alte Kraft in sich, bis die Klinge aufglühte, so als stünde sie kurz davor zu schmelzen. Aber sie behielt ihr Form und ihre Härte.

Dann stieß er die Klinge in das Eis.

Blitze züngelten aus dem Schwert und frästen eine immer größer werdende Öffnung, wirbelten umeinander und schraubten sich regelrecht durch die Eiswand. Ein runder Korridor bildete sich, und ein eisiger Hauch wehte Gorian und Sheera von draußen entgegen. Der Durchlass war groß genug, um hindurchzukriechen.

»Wir können sowieso nur auf allen vieren hinaus, weil es verflucht glatt sein wird«, meinte Gorian und ließ das Schwert sinken, dessen Glühen verlöschte. Bevor er die Waffe wieder einsteckte, sprach er eine Formel und wischte mit der Hand über die Klinge, woraufhin sich das Sternenmetall für einen kurzen Moment pechschwarz verfärbte, ehe es wieder seine herkömmliche Oberfläche zeigte.

»Und gegen die Glätte kann man nichts tun?«, fragte Sheera scherzhaft.

»Wir werden noch alles an Alter Kraft benötigen, was wir aufbieten können«, war Gorian überzeugt.

»Ja, das Gefühl habe ich auch«, murmelte sie.

Sie kletterten hinaus. Sheera sprach eine Heilerformel, die die Hände unempfindlicher gegen die Kälte machte, und Gorian tat es ihr nach.

Es dauerte nicht lange, bis sie ins Freie gelangten.

Die Sonnensichel war wieder schmaler geworden. Dass sie überhaupt zu sehen war, machte den einzigen Unterschied zwischen Tag und Nacht aus. Ein eisiger Nordostwind blies.

Eine weiße Ödnis umgab sie. Die ohnehin fast gänzlich von Eis und Schnee überdeckten Überreste des Stadtbaums – oder zumindest von dessen oberirdischem Teil – waren nicht zu sehen, denn eine Bergkuppe lag davor. Alles wirkte wie von einem großen weißen Leichentuch zugedeckt.

Gorian und Sheera stapften bald durch tiefen Schnee. Ihre Schritte waren schwer. Sie sanken zum Teil bis zu den Hüften ein, ehe sie wieder auf festeren Untergrund gelangten.

»Es wird eine ziemlich langwierige Reise in den Süden«, sagte Sheera.

»Wer sagt, dass wir uns dorthin wenden?«, fragte Gorian.

»Wohin denn sonst?«

»In die Frostfeste. Dort herrscht Morygor, dort verkriecht er sich und bedenkt alle Wahrscheinlichkeiten des Schicksals, um die Zukunft vorhersehen zu können – und nur dort werde ich ihm entgegentreten und ihn besiegen können.«

»Das ist noch zu früh, Gorian!«

»So? Wie lange sollten wir denn warten? Bis überhaupt kein Sonnenstrahl mehr Erdenrund erreicht?« Er deutete zur Sonnensichel am Himmel. »Wahrscheinlich wäre es schon so weit, wenn sich Ar-Don während des Rituals am Hohlspiegel nicht geopfert hätte und der Schattenbringer dadurch leicht verschoben worden wäre.«

»Glaubst du wirklich, dein Gargoyle-Freund hat sich geopfert?«

»Zweifelst du daran?«

»Es könnte doch sein, dass er einfach nur ...« Sie sprach nicht weiter.

Er blieb stehen. »Was?«

»... heimgekehrt ist. Sein Gargoyle-Körper war nichts anderes als die Schlacke des Sternenmetalls, die abfiel, als dein Vater die beiden Schwerter schmiedete – so hast du es mir erzählt. Also ist nur ein Stück Sternenerz zu dem Gestirn zurückgekehrt, von dem es einst auf Erdenrund gestürzt ist.«

Gorian wirkte nachdenklich. »Wie immer es auch sein mag, niemand von uns kann ergründen, was auf der Oberfläche des Schattenbringers geschieht. Selbst das Reich des Geistes der Caladran reicht nicht so weit.«

»Was wohl auch bedeutet, dass niemals eines ihrer Himmelsschiffe so weit gereist ist.« Sie zuckte mit den Schultern, während sie neben ihm herging und sich dann das Gehänge mit dem Caladran-Schwert zurechtrückte. Ganz wohl dabei, eine Waffe zu tragen, war ihr offensichtlich noch immer nicht.

Sie erklommen die eisigen Klippen, die noch aus dem Eis hervorragten, und ließen den Blick schweifen. Die Ruinen von Pela waren in einiger Entfernung zu sehen, aber es schien nur noch eine Frage der Zeit, bis sich weitere Schichten von Eis und Schnee darüberlegten und den verwundeten Stadtbaum für immer unter sich begraben würden.

Gorian wandte den Blick nach Nordosten. Dorthin, wo irgendwo jenseits der eisigen Einöde die Frostfeste lag. Bis hierher war Morygors Aura so deutlich und erdrückend zu spüren, wie es früher allenfalls auf der zugefrorenen See südlich der orxanischen Küste der Fall gewesen war. Ein Anflug von Hoffnungslosigkeit erfüllte ihn. Sheera hatte recht. Es war zu früh, sich zur Frostfeste zu begeben. Schließlich hatte er noch nicht einmal Torbas besiegen können, der zu Morygors Diener geworden war. Wie konnte er da erwarten, es mit Morygor aufnehmen zu können?

»*Du denkst an Torbas' Worte?*«, erkannte Sheera.

»*Vielleicht hat er recht, und Morygor fürchtet mich noch nicht einmal mehr, weil er weiß, dass ich nie seine Schicksalslinie kreuzen werde, auch wenn ich dachte, dass es meine Bestimmung wäre.*«

»Ist es auch!«, sagte sie laut und fast beschwörend.

Gorian schüttelte den Kopf. »Nein, das steht nicht mehr fest. Morygor könnte die Wahrscheinlichkeiten des Schicksals neu gewichtet haben, und zwar so, dass ich keine Rolle mehr darin spiele und seine Herrschaft nicht gefährdet ist. Torbas hat das vielleicht nur einfach früher erkannt als ich.«

»Du darfst den Glauben an deine Bestimmung nicht aufgeben, Gorian.«

Er sah sich zu ihr um. »Du warst doch dabei, als Torbas mich besiegte. Die Zukunft ist bereits geschrieben, und zwar in Versen, die Morygors Lied entsprechen, nicht dem meinen.«

»Auch was geschrieben ist, ist nicht unveränderlich, daran musst du immer denken.«

»Das sagt sich so leicht.«

»Vielleicht stand es geschrieben, dass ich dich mit deinem eigenen Schwert töte, aber es ist nicht geschehen. Es stand geschrieben, dass ich keinen freien Willen mehr haben würde, und doch ist er in dem Augenblick zurückgekehrt, da alles auf Messers Schneide stand.«

Gorian lächelte verhalten. »Im Moment bin ich offenbar der Pessimist von uns beiden!«

»Ein Anflug von Hoffnungslosigkeit, der durch Morygors Aura verstärkt wird. Aber das geht vorüber, Gorian.« Sie strich ihm über die Stirn, die Schläfe entlang und über das Haar. Dabei murmelte sie eine Formel, die im Haus der Heiler gelehrt wurde.

Gorian kannte sie. Es war eine Formel, die es einem erleichtern sollte, Kraft in sich selbst zu finden.

In der Ferne tauchte etwas Dunkles auf. Die Sicht war verhältnismäßig klar, da war kaum Dunst, und so war schnell zu sehen, worum es sich handelte.

Leviathane!

Es waren Hunderte, die aus nordöstlicher Richtung herankrochen.

»Ziehen sie weiter nach Süden?«, fragte Sheera.

Gorian schüttelte den Kopf. »Nein, sieht eher so aus, als kämen sie hierher. Vielleicht hat Morygor die Niederlage der Wirbeldämonen gegen die Maladran nicht verwunden.«

»Es gibt noch eine weitere Möglichkeit«, meinte Sheera.

»So?«

»Sie könnten auch deinetwegen kommen. Torbas hat dich entkommen lassen, aber du weißt nicht, ob das wirklich einem genialen Plan entspricht oder einfach nur Torbas' ganz persönlicher Willen war.«

Gorian atmete tief durch.

Die Leviathane hatten tatsächlich einen Ring um Pela gezogen, der immer enger wurde, wie die Schlinge eines Henkers.

»Der einzige Weg, von hier zu entkommen, sind wohl die Schattenpfade«, meinte er.

Aber Sheera widersprach. »Nein, bisher hast du nur kürzere Distanzen auf diese Weise überwunden – zu kurz, um den Leviathanen und den Frostkriegern zu entkommen.«

Gorian wusste, dass sie recht hatte. Entkommen konnte er den herannahenden Feinden auf diese Weise nicht. Eher war anzunehmen, dass sein Weg durch die Schattenpfade mitten unter ihnen endete.

In diesem Moment stiegen die Maladran rund um sie herum aus dem Boden. Sie kamen aus den Wurzeln des verwundeten Stadtbaums, durchdrangen mühelos Erdreich, Felsgestein und Eis.

Sie gruppierten sich in einem Halbkreis um Gorian und Sheera. Manche verschwanden zunächst wieder im Boden und tauchten dann zwanzig oder dreißig Schritte entfernt wieder auf. Zunächst waren sie schattenhaft und zum Teil durchscheinend. Erst nach und nach gewannen sie Substanz.

Der Blinde Schlächter war einer der letzten Maladran, die erschienen, aber er hatte die meiste Substanz. Um seine dünnen, bleichen Lippen spielte ein kühles Lächeln.

»Ich habe nicht deinen Namen gerufen«, erklärte Gorian.

»Aber du wirst es noch tun«, war der Maladran zuversichtlich. »Und selbst wenn nicht, wir werden dir trotzdem helfen und auf deiner Seite kämpfen. Allerdings werden unsere Kräfte dann geringer sein, und vielleicht werden sie nicht reichen, um zu verhindern, dass diese Bestien am Horizont ihre Rache erfüllen.«

5 Leviathanreiter

Die Leviathane näherten sich schnell. Sie glitten mit einem Tempo über das Eis, das fast alle Transportmittel Ost-Erden-runds übertraf – abgesehen vielleicht von den Greifen-gondeln der Gryphländer und den Himmelsschiffen der Caladran. Aber weder ein schnelles Gespann noch eine west-reichische Galeere hätte sich mit dieser Geschwindigkeit in ihrem jeweiligen Element bewegen können.

Gorian und Sheera bemerkten, dass auch aus allen ande-ren Richtungen Scharen von Leviathanen auf den Ort zu-strebten, an dem einst der Stadtbaum von Pela gestanden hatte.

Selbst aus dem Süden kamen sie, was eigentlich nur be-deuten konnte, dass Morygor diese Leviathane samt den Truppen in ihren schier unermesslich großen Bäuchen aus dem umkämpften Süden abzog, um sie erneut hier einzu-setzen, wo doch bereits gegen Morygors Horden gekämpft worden war.

»Es gibt viel zu töten!«, rief der Blinde Schlächter, zog seine beiden Schwerter und ließ sie gekonnt durch die Luft wirbeln. Dabei zuckten Blitze zwischen der breiten kur-zen und der langen schmalen Klinge hin und her, so grell, dass man besser zur Seite sah, um nicht geblendet zu wer-den.

Eldamir machte dies aus einleuchtenden Gründen nichts aus. »Es gibt viel zu schlachten! Warten wir, bis die Beute zu uns kommt!«

Ein Chor begeisterter Gedanken antwortete ihm und hier und dort auch der heisere Ruf einer wiedererweckten Stimme. Waffen wurden gezogen.

Der Krieger mit den Schattenflügeln tauchte ebenfalls ganz in Gorians und Sheeras Nähe auf und zog sein Schwert. »*Es hat hier bereits eine Schlacht gegeben, und wir konnten die Frostkrieger vertreiben!*«, erklärte er an Gorian gerichtet. Sein Körper gewann dabei an Stofflichkeit, und für einen Moment schimmerte sogar ein Gesicht durch den Schatten seines Kopfes. Aber jedes Mal, wenn Gorian sich genauer darauf konzentrierte, zeigte sich ein völlig anderes Antlitz. Es schien Unterschiede zwischen den Maladran zu geben. Während manche, wie der Blinde Schlächter, ein vergangenes Ich in jeder Hinsicht nachformen und wiederherstellen wollten, suchten andere wohl nach einer neuen Erscheinung und mochten sich dabei noch nicht endgültig festlegen. Zu dieser Gruppe gehörte ganz sicher der Krieger mit den Schattenflügeln. »*Wir werden es auch diesmal schaffen – oder wollt ihr lieber auf euch allein gestellt kämpfen?*« Ein schallendes Gedankengelächter folgte.

»*Gorian, jetzt wirst du doch ihr Anführer*«, sandte Sheera einen Gedanken, der nur für Gorian bestimmt war und an dem sie sonst niemanden teilhaben ließ. Zumindest gab sie sich alle Mühe, um ihren Geist in entsprechender Weise abzuschirmen. Aber sicher war sie nicht, dass ihr dies auch tatsächlich gelang. Die Veränderungen im Gesichtsausdruck des Blinden Schlächters ließen vermuten, dass er vielleicht doch etwas davon mitbekommen hatte.

»*Du irrst dich!*«, widersprach Gorian.

»Sie sehen in dir jetzt ihren Anführer!«

»Aber ich habe den Blinden Schlächter nicht bei seinem Namen gerufen!«

»Vielleicht wirst du das aber bald tun. Und dann sind die Folgen wohl kaum noch absehbar.«

»Der Blinde Schlächter und ich haben nur denselben Feind, das ist alles. Sonst verbindet uns nichts!«, erklärte Gorian in Gedanken.

Die Leviathane hielten in ihrem Lauf inne und spien all die Truppen aus, die sie in ihren Bäuchen transportierten. Tausende von Wollnashörnern, die von untoten, tierhaft wirkenden Orxaniern geritten wurden, strömten aus den Schlünden dieser Riesen.

Aber da waren nicht nur die schon beinahe vertraut wirkenden Frostkrieger – zumeist untote Orxanier oder Menschen und andere Geschöpfe aus den eroberten Ländern, die in den Bann von Morygors eisiger Aura geraten waren –, sondern noch eine andere Art von Kreatur.

»Eisdrachenläufer!«, murmelte Gorian, als er die ersten aus einem der Leviathanen-Schlünde dringen sah. Sowohl das Reich des Geistes der Caladran als auch die Überlieferungen des Ordens der Alten Kraft kannten sie.

Sie waren die Kinder des Eisdrachen Kemroor, einem der vertriebenen Frostgötter, die Morygor nach Erdenrund zurückgeholt hatte. Kemroor erschuf seine Kinder, indem er sie einfach der Substanz seines eigenen übergroßen Körpers entnahm. Er brauchte dafür kein Weibchen. Schon in ältester Zeit hatte man Dankesgebete gesprochen, dass der Eisdrache keine Gefährtin hatte und es somit nur einen seiner grausamen Art gab.

Er pflegte mit seinem Feueratem die aus Eis bestehenden

Körper seiner Kinder zu schmelzen, sobald sie eine Größe erreichten, die ihm gefährlich werden konnte.

Die Eisdrachenläufer hatten etwa die Größe eines ausgewachsenen Mannes. Sehr viel größer ließ Kemroor sie zumeist nicht werden, weswegen die meisten von ihnen bei Erreichen dieser Größe ihr Wachstum einstellten. Es gab Legenden über Eisdrachenläufer, die sogar die Größe eines Ogers oder gar eines Orxaniers hatten. Noch größere Exemplare waren nicht häufig und lebten gefährlich.

Aber die schrecklichste Waffe von Kemroors Kindern war ohnehin nicht ihre Größe, sondern das Feuer aus ihren Mäulern. Ein durch Magie gespeistes Feuer, das auch die kleinsten Kinder Kemroors zu gefährlichen Gegnern machte.

Zudem waren sie schnell.

Die Eisdrachenläufer hatten bald die große Heerschar aus Wollnashornreitern und Leviathanen, die sich wie ein Ring um das ehemalige Pela schlang, hinter sich gelassen. Sie liefen auf zwei kräftigen Beinen, hatten einen langen Schwanz, an dessen Ende sich eine flache Eisscheibe befand, die als Steuerruder diente – oder als ein furchtbares Henkerbeil, denn diese Eisscheibe war schärfer als die meisten Metallklingen. Die Magie des Eisdrachen sorgte dafür. Sie erfüllte Kemroor ebenso wie seine zahllosen Kinder, von denen jeden Tag Zehntausende hätten entstehen können, hätte der übergroße Eisdrache dies gewollt und sich nicht so sehr davor gefürchtet, dass vielleicht doch eines von ihnen seinem wachsamen Auge und seinem unerbittlichen Zerstörungswillen entkam und zu einer Größe heranwuchs, die es irgendwann zu seinem Feind machte.

Diese Magie sorgte auch dafür, dass das Eis, aus dem die Körper dieser flinken Mörder bestanden, keineswegs starr und brüchig, sondern geschmeidig und trotzdem so hart war, dass ein gewöhnlicher Schwertstreich allenfalls einen Kratzer hinterließ.

Wenn sie liefen, spannten sie ihre Flügel aus. Hauchdünn und durchsichtig waren sie, bestanden ebenfalls aus klirrend kaltem Eis und erinnerten an den ersten Eisüberzug auf stehenden Gewässern im Winter. Jetzt allerdings, da sie leichtfüßig über den Schnee schnellten und sie gespreizt und manchmal in zitternder Bewegung hielten, wirkten sie wie die Flügel von ins Riesenhafte vergrößerte Libellen. Nur dass die Eisdrachenläufer nicht fliegen konnten. Allenfalls vollführten sie größere Sprünge durch die Luft, aber im Gegensatz zu einem Gargoyle wie Ar-Don, mit dem sie äußerlich eine gewisse Ähnlichkeit hatten, waren sie offenbar unfähig, die Kunst des Fliegens zu erlernen.

Den Legenden nach war dies die Schuld ihres Vaters, der sie mit einem Fluch belegt hatte, um zu verhindern, dass sie davonflogen und sich seinem geistigen Einfluss entzogen und er sie nicht mehr rechtzeitig vor dem Erreichen einer kritischen Größe töten konnte.

Die Eisdrachenläufer machten ihrem Namen alle Ehre, denn es gab wohl kaum ein anderes Wesen auf ganz Erdenrund, das so schnell laufen konnte wie Kemroors Kinder. Zischender Atem war von ihnen zu hören. Es klang wie ein Rascheln, das zu einem schrillen Chor anschwoll.

Die ersten Eisdrachenläufer trafen auf ihre Maladran-Gegner. Letztere gewannen sofort an Substanz, als sie angegriffen wurden. Ihre Waffen traten deutlicher hervor, und dasselbe galt für ihre Gesichter, ihre Hände und alles andere an ihnen. Stahl blitzte auf, und grimmige Schlachtrufe kamen aus den Kehlen jener, die lange Zeit vergessen gewesen waren und die nun wieder zu spüren schienen, dass sie überhaupt existierten.

Bläuliches Feuer flammte aus den Rachen der Eisdrachenläufer, während schwarze Schattenpfeile aus den Köchern
der Maladran den Angreifern entgegenflirrten, zischend in
ihre eisigen Körper schlugen und sie mit Finsternis erfüllten,
bevor sie zusammenschmolzen. Nur eine Lache aus dunklem, ungewöhnlich schmutzigem Wasser blieb von ihnen,
wurden sie niedergestreckt.

Das Gleiche geschah, wenn die mit Magie aufgeladenen
Schwerter der Maladran in die kalten Körper der Eisdrachenläufer hieben. Die Geflügelten stießen dann dröhnende
Rufe aus, ehe sie vergingen, manchmal mit einem letzten
aus den Rachen lodernden Feuerstoß, der noch den Gegner
traf.

Maladran, die von diesen blauen Flammen erfasst wurden, verloren an Substanz. Manchmal fingen sie auch Feuer,
und die magischen Flammen tanzten dann so lange über ihre
Körper, bis sie fast völlig verblassten und nur noch einer
Schwade aus dünnem dunklem Nebel glichen. Andere vergingen völlig.

Ein verbissener Kampf entbrannte. Auch bis zu Gorian
und Sheera drangen die Angreifer vor. Einen Flammenstoß
lenkte Gorian mit der Kraft seiner Magie zur Seite, sodass er
den Schnee wegschmolz und sich in den eisigen Untergrund
fräste, während Gorian mit einem weit ausholenden, wuchtigen Schwerthieb dem Eisdrachenläufer den Kopf abtrennte.
Das echsenhafte Gesicht des Eisdrachenläufers verzog sich
zu einer Grimasse ohnmächtiger Wut. Gorian stieß die Klinge
noch einmal, einen Kraftschrei ausstoßend, in den taumeln-
den Körper der eisigen Kreatur. Schwärze erfüllte Gorians
Augen, und Schwarzlicht strahlte auch von seiner Klinge ab.
Sie erfüllte schon im nächsten Moment die angreifende Kreatur bis in die transparenten Flügel. Der Eisdrachenläufer zer-

schmolz zu einer dunklen Brühe, die sich mit dem Schnee verband.

Sheera wehrte einen der Angreifer ab, indem sie die Hände hob und mit einem magischen Bann dafür sorgte, dass die bläulichen Flammen des herannahenden Eisdrachenläufers auf ihn selbst zurückgeworfen wurden. Sein Kopf schmolz daraufhin zusammen, zerfloss und tropfte herab, während das Geschöpf mitten im Sturmlauf stoppte und zu taumeln begann. Das Wesen ruderte mit den hauchdünnen Flügeln. Durch eine erneute Anwendung der Alten Kraft erhielt der Kopf einen Stoß und sackte zur Seite. Gleichzeitig riss der Eisdrachenläufer den Schwanz mit dem scharfen eisigen Ruderbeil herum und senste damit blind durch die Gegend. Einen Maladran, der gerade in einen harten Kampf mit einem anderen Eisdrachenläufer verstrickt war und schon so viel Substanz gewonnen hatte, dass man ihn fast für einen Diesseitigen hätte halten können, teilte dieser Hieb vertikal in Höhe des Rippenbogens. Der Oberkörper wurde durch die Luft geschleudert, während die untere Hälfte noch einen unsicheren Schritt vorantaumelte und dann zusammenbrach. Das Blut, das dabei spritzte, war so schwarz wie jenes, das manchmal aus der Wunde quoll, die Gorian im Kampf am Speerstein von Orxanor davongetragen hatte.

Der halbierte Maladran stieß einen Schrei aus und verwandelte sich wieder in einen durchscheinenden Schatten, ehe er sich ganz auflöste – die Beine und der untere Teil des Rumpfs zuerst, dann die obere Hälfte, die ebenfalls in einer Lache aus schwarzem Blut im Schnee lag. Zuletzt verschwand das Gesicht, dessen Mund bis zum Schluss einen lauten Schrei ausstieß, während sich der Maladran verzweifelt gegen seine erneute Verbannung aus dem Diesseits wehrte.

Das eisige Ruderbeil des kopflosen Eisdrachenläufers schwang zurück, blindwütig und mit solcher Gewalt, dass auch Sheeras Abwehrzauber nicht mehr ausreichte. Sie konnte den Schlag dieser furchtbaren Waffe nur noch geringfügig ablenken und duckte sich unter ihm hinweg.

»Nimm das Caladran-Schwert!«, erreichte sie ein intensiver Gedanke von Gorian, der gerade durch einen weiteren Gegner gebunden war. Mit einem Kraftschrei ließ er Sternenklinge durch das Eis fahren, aus dem der Körper des Eisdrachenläufers bestand. Die Klinge war so mit Magie aufgeladen, dass sie sogar das blaue magische Feuer ablenkte, das aus dem Rachen der Kreatur schoss – auch dann noch, als der Kopf bereits im Schnee lag und langsam zerschmolz.

Sheera lag unterdessen im Schnee. Sie blickte auf, sah, wie der Eisdrachenläufer, dem das eigene Drachenfeuer den Kopf zerschmolzen hatte, auf sie zutaumelte, während das Ruderbeil am Schwanz durch die Luft schwang. Der geschmolzene Kopf begann sich neu zu bilden. Der Eisdrachenläufer beugte sich schwankend nach vorn, senkte den Halsstumpf nieder, und in diesem entstand ein Sog, der Schnee emporwirbelte, aus dem dann ein neuer Drachenkopf entstand, größer als der zuvor. Mit rudernden Bewegungen seiner durchsichtigen Flügel hielt sich das Ungetüm dabei im Gleichgewicht.

Dies geschah innerhalb eines einzigen Augenaufschlags. Der Eisdrachenläufer wirbelte herum, als er Gorian bemerkte, der von der Seite auf ihn zustürmte. Blaues Feuer schoss aus dem neu geformten Rachen und wurde durch eine bogenförmige Bewegung mit Sternenklinge abgelenkt.

Gleichzeitig sah Sheera den Schwanz mit dem eisigen Ruderbeil peitschenartig in ihre Richtung schlagen. Das Eisbeil sauste nieder. Sie rollte sich, unterstützt von einer Formel, die ihr zusätzliche Kraft und Geschwindigkeit gab, um die eigene Achse zur Seite. Als das Ruderbeil den Schnee durchdrang und auf das Eis darunter krachte, stand Sheera bereits wieder auf den Beinen.

Sie riss das Caladran-Schwert hervor, umfasste den Griff mit beiden Händen, hielt die Spitze nach vorn gerichtet und stürmte vor. Sie stieß einen Kraftschrei aus, woraufhin die Waffe sie, von Blitzen und Schwarzlicht umflort, mitriss und sich in den Körper des Eisdrachenläufers bohrte. Dieser brüllte auf, sein Leib füllte sich mit Schwärze und zerschmolz zu einer dunklen Brühe, die in den Schnee einsickerte.

Die magische Wucht, die in dem Caladran-Schwert gebunden war, schleuderte Sheera empor. Die Waffe hielt sie dabei fest umklammert, doch die Kräfte, die sie selbst in deren Stahl hatte hineinfließen lassen, waren offensichtlich nicht richtig dosiert.

Sie landete im Schnee, mitten im Kampfgetümmel. Blaues Feuer umgab sie im nächsten Augenblick wie eine Hülle. Sie hatte mit einem Bann den Feueratem eines der Eisdrachenläufer abwehren können, sodass sich die Flammen nun zu allen Seiten um sie wölbten.

Sie rappelte sich auf, wich dem Sensenschlag eines Ruderbeils aus, der genau in der Höhe ihres Kopfes durch die kalte Luft sauste, und sah, dass dieser Angriff gar nicht ihr gegolten hatte, sondern einem Maladran, dessen Kopf schon im nächsten Augenblick in den Schnee rollte. Er wurde zuerst zu einem Totenschädel und anschließend zu einem verblassenden Schatten.

Gleichzeitig wurde der Eisdrachenläufer durch den schwarzen Pfeil eines anderen Maladran getroffen und zerlief zu dunkler Flüssigkeit. Sheera sprang auf. Sie nahm das Caladran-Schwert wieder in beide Hände.

Gorian kämpfte sich zu ihr durch. Immer wieder ließ er Sternenklinge durch die Luft wirbeln, und hin und wieder schleuderte er auch den Rächer und ließ ihn anschließend wieder zu sich zurückkehren. Allerdings reichte die Kraft, die er mit diesem Wurfdolch aus Sternenmetall übertragen konnte, nicht immer aus, um einen Eisdrachenläufer wirklich zu vernichten.

Überall tobte der Kampf. Die Maladran waren etwas dezimiert worden, aber in den meisten Duellen konnten sie sich behaupten, während von den Eisdrachenläufern einer nach dem anderen vernichtet wurde. Schließlich zogen sie sich zurück, sammelten sich und liefen dann einer aufgescheuchten Herde von Laufvögeln gleich davon.

Sheera stützte sich auf das Caladran-Schwert und sah Gorian an. »*Jetzt weiß ich, was du durchgemacht hast, als du mich durch die Schattenpfade mitnahmst. Ich hasse es, etwas zu tun, wofür ich nicht ausgebildet bin. Und auch nie ausgebildet werden wollte!*«

»*Diese drachenartigen Eisbiester verdienen dein Mitgefühl nicht.*«

»*Jeder verdient Mitgefühl, Gorian. Denk an Ar-Don!*«

Gorian ließ den Blick über die Reihen seiner Feinde schweifen. Die Eisdrachenläufer ordneten sich wieder in die Verbände ein, denen sie angehörten.

Es war erstaunlich, wie geordnet die Horden Morygors agierten. Ein einziger Geist schien zu bestimmen, was getan wurde. Und die Stärke von Morygors Aura machte allen deutlich, um wessen Geist es sich handelte. Der Herr der Frostfeste schien diesen Kampf zu seiner ganz persönlichen Angelegenheit gemacht zu haben. Vielleicht hatte er hier einen jener entscheidenden Wendepunkte im Geflecht des

Schicksals erkannt, an dem es sich wirkungsvoll verändern oder in einer bestimmten Bahn halten ließ.

Ein Ort und eine Zeit, die wie geschaffen waren, um Gorian für immer zur Strecke zu bringen.

»Spürst du all die Gedanken, Sheera?«

»Ja.«

»Morygor selbst ist hier. Überall. Und er lenkt ihren Willen fast so, als wären sie seine eigenen Gliedmaßen.«

Der Blinde Schlächter wandte sich Gorian zu. Mochte die Schar der Maladran durch den Kampf auch etwas dezimiert worden sein, die Überlebenden hatten ausnahmslos erheblich an Substanz gewonnen. Einige glichen einer düsteren mumienhaften Variante eines Caladran-Kriegers, andere hingegen zeigten tierhafte Züge mit fratzenhaft verzogenen Mäulern, die kaum noch einen Unterschied zu den orxanischen Untoten aufwiesen.

Nur wenige schienen sich immer noch nicht so recht auf eine Form festlegen zu wollen, und dazu gehörte auch der Krieger mit den Schattenflügeln, die immer noch eher wabernden schwarzen Flecken glichen als Schwingen aus Lederhaut oder Gefieder. Von beidem hatten sie etwas, nur um es schon im nächsten Moment erneut zu verlieren.

»Du kannst dich glücklich schätzen, uns zu Verbündeten zu haben, Anführer«, sagte der Blinde Schlächter zu Gorian, während er eine leere Augenhöhlen auf den jungen Schwertmeister richtete.

Eine Aura des Übels umgab ihn. Gorian spürte sie wie schlechten Atem. Gedankensplitter und Erinnerungen aus dem Geist seines Gegenübers streiften ihn, und er schirmte sich dagegen ab. Es waren Gedanken an Gewalt, an scharfe Waffen aus dem besonderen Stahl, den die Caladran benutzten, auch wenn die Vorfahren ihm noch einen anderen Namen gegeben hatten. Spritzendes Blut, brechende Knochen, abgetrennte Gliedmaßen und gespaltene Schädel, von denen Blut und Hirn troff – das waren die Eindrücke, die innerhalb eines einzigen Moments Gorian erreichten und ihn zutiefst schaudern ließen. Nicht nur der Körper des Blinden Schlächters schien weitgehend wiederhergestellt, sondern auch dessen finstere Seele.

Die Abneigung, die Gorian von Anfang an gegen ihn empfunden hatte, wurde noch stärker. Wer solche Verbündete hatte, der trauerte vielleicht schon bald seinen schlimmsten Feinden nach.

»Ich habe nie deinen Namen gerufen«, entgegnete Gorian abweisend.

Der Blinde Schlächter ließ ein dröhnendes Lachen hören. »Wir wollen uns nicht mit Kleinigkeiten aufhalten, sondern lieber darüber nachdenken, wie wir uns gegen den Feind behaupten können.« Er ließ noch einmal seine beiden Schwerter so schnell durch die Luft wirbeln, dass sich Blitze bildeten, und steckte sie dann ein.

Dann deutete er zu dem Ring der Feinde, der sich neu formierte. »Sieh nur, sie versuchen jetzt etwas anderes. Aber mit dir als Anführer werden wir sie besiegen.«

»Fürst!«, stieß ein anderer Maladran hervor. »Unser Fürst!«

Und es gab weitere, die in den Ruf einfielen, wobei sie ihre heiseren und des Sprechens im Laufe der vergangenen Zeitalter ungeübten Stimmen benutzten.

»Es gefällt ihm nicht, dass ihn die Verdammten zu ihrem Fürsten erheben!«, rief der Krieger mit den Schattenflügeln und lachte dröhnend. »Aber er wird es sich gefallen lassen müssen.«

Der Blinde Schlächter sah auf seine Hände, spreizte die elfenbeinbleichen Finger, und ein zufriedenes Lächeln huschte über sein hageres mumienhaftes Gesicht. »Ah, der Hauch des Diesseits. Ich wusste nicht, was mir gefehlt hat«, sagte er und atmete tief durch. »Aber ich habe davon geträumt. Von den Schreien der Gequälten, vom Wimmern der Verwundeten und dem Schluchzen derer, die im Diesseits zurückblieben. Es gibt noch viele zu vernichten, Gorian. So ist doch dein Name, richtig?«

Er näherte sich Gorian. Die leeren Augenhöhlen zogen Gorians Blick wie magisch an. Darin schien buchstäblich *nichts* zu sein, außer einer undurchdringlichen Finsternis.

»Du bist nur ein sterblicher Mensch«, stellte der Blinde Schlächter fest. »Ich sollte dich verachten, weil du nur einen Augenblick im Diesseits weilen wirst – ein früh Sterblicher, eine Kreatur des Moments, die kaum erwacht und sich dann bereits wieder zum ewigen Schlaf niederlegt. Aber nun bist du unser Anführer. Und ich werde dein Nachfolger sein. Lebendig genug bin ich schon sehr bald, und es besteht keine Eile.«

Gorian wollte etwas sagen, aber ein dicker Kloß steckte ihm im Hals. Der Gedanke an die Schreckensherrschaft, die Eldamir vorschwebte, schien kaum weniger entsetzlich als die Pläne Morygors.

»*Wir sitzen in der Falle!*«, wandte sich Sheera mit einem Gedanken an ihn. »*Was wir auch tun, die Schicksalslinien scheinen uns alle ins Verderben zu führen, ganz gleich, welcher wir auch folgen.*«

In den Reihen von Morygors Horden tat sich etwas. Die Leviathane gerieten auf breiter Front in Bewegung, und Morygors Aura war auf einmal so bedrängend wie nie zuvor. Die riesigen Ungetüme wandten sich seitwärts und bildeten mit ihren Körpern eine Wand, und die Frostkrieger stiegen an ihnen empor, um sich auf den Rücken der großen Tiere zu postieren. Ein burgähnlicher Ring entstand auf diese Weise, nur, dass diese Mauer aus lebendigen Wesen bestand.

Es gab kein Entkommen. Das wollte Morygor all jenen deutlich machen, die sich innerhalb dieses Ringes befanden, Gorian und Sheera ebenso wie den Maladran, die immer mehr Züge diesseitiger Wesen annahmen. Und je weiter dieser Prozess voranschritt, desto weniger waren sie vermutlich in der Lage, sich einfach über die Gesetze der Schwere und Dichte hinwegzusetzen und durch Felsgestein, Eis oder Mauern hindurchzudringen.

»*Was haben sie vor?*«, fragte Sheera mit einem Gedanken.

»*Uns vernichten, Sheera. Vor allem mich.*«

Da empfing er Morygors Gedankenbotschaft: »*Du verstehst mich. Ach, wie bedauerlich, dass ich aus dir nicht einen treuen Diener machen kann. Einen wie Torbas.*«

»*Wenn Torbas dir so treu ergeben ist, warum hat er mich dann am Leben gelassen?*«, fragte Gorian herausfordernd.

»*Der richtige Ort und der richtige Zeitpunkt. Sie spielen eine große Rolle bei allem, was man tut. Wann und wo etwas geschieht ist ebenso wichtig wie die Frage, was geschieht. Aber wem erzähle ich das. Du solltest es eigentlich wissen, du Narr, der du geglaubt hast, mich herausfordern zu können.*« Gorian hörte den Herrscher der Frostfeste in seinem Kopf auflachen. »*Ein paar feine Verbündete hast du da. Sie sind schlimmer als jeder Feind. Wirf dich in dein Schwert aus Sternenmetall, Gorian. Jetzt und hier. Einen angenehmeren Tod hat das Schicksal für dich ansonsten nicht vorgesehen. Glaub es mir.*«

Für einen Moment bedrängte ihn dieser Gedanke mit solcher Stärke, dass er Gorian vollkommen einleuchtend erschien und er sich fragte, weshalb er diesen Ausweg nicht längst gewählt hatte.

Aber das währte nur einen Augenblick, dann hatte er sich gegen Morygors Einflüsterungen genügend abgeschirmt.

»Nein, so einfach will ich es dir nicht machen, Morygor!«, rief er laut, um seinen Gedanken besser konzentrieren zu können und ihm mehr Kraft zu verleihen. Seine Augen waren schwarz, und er riss Sternenklinge hervor.

»Unser Fürst! Führe uns zum Angriff!«, rief der Krieger mit den Schattenflügeln und zog ebenfalls sein Schwert.

Und viele andere fielen in seinen Ruf mit ein – in Gedanken und mit ihren heiseren Stimmen.

»*Und jetzt?*«, erreichte Gorian Sheeras Gedanke.

Da schoss ein Lichtstrahl von einem der Leviathane aus bogenförmig zur anderen Seite des Ringwalls, der durch die Körper der wurmähnlichen Riesengeschöpfe gebildet wurde. Gorian entdeckte einen breitschultrigen, zwergenhaften Adh, der auf dem Rücken des Leviathans stand und eine Metallschüssel in der Hand hielt. Das Volk der Adhe hatte seine eigene Art der Magie – und die machte sich Morygor anscheinend zunutze, seit unzählige Adhe durch die Ausdehnung des Frostreichs zu Untoten geworden waren.

Auf der gegenüberliegenden Seite stand ebenfalls ein Adh auf dem Rücken eines Leviathans und fing mit einer ähnlichen Metallschüssel den Strahl auf. Selbst die Maladran schienen davon beunruhigt.

»Welch eine Magie!«, stieß der Krieger mit den Schattenflügeln hervor, deren Umrisse etwas unklarer wurden.

Der Lichtstrahl war zuerst hellblau und veränderte sich dann in ein blasses Grün. Er wurde breiter, fächerte sich wie eine Kuppel aus Licht auf.

»Morygor!«, rief der Blinde Schlächter von plötzlichem Grimm ergriffen. »Morygor, du Spross unserer verachtenswerten Vorfahren! Du scheinlebendiger Bastard!«

»Was hat er vor?«, fragte Gorian an Eldamir gerichtet, denn er war plötzlich überzeugt davon, dass der Blinde Schlächter ganz genau erkannt hatte, was da vor sich ging.

Eldamir nahm seinen Bogen vom Rücken, legte einen der schwarzen Schattenpfeile auf die Sehne und zielte auf einen der beiden Adhe. Schon surrte der Pfeil durch die Luft, aber seine Bahn wurde abgelenkt, plötzlich flog er empor, wurde von dem immer breiter werdenden Lichtfächer angesogen und löste sich, als er ihn berührte, in kleine dunkle Teilchen auf, die im nächsten Moment verschwunden waren.

Eldamir schoss noch einen zweiten Pfeil ab, doch mit ihm geschah dasselbe.

Geraune entstand unter den Maladran, und Gorian hatte zugleich die eigenartige Empfindung, eine Kraft würde an ihm reißen. Auf einmal schwindelte ihm, zugleich vernahm er wieder Morygors Gedankengelächter. »*Ihr Narren! Nichts und niemand kann dem Sog der metamagischen Raumwinde entkommen, niemand sich ihrem Strudel entziehen!*«

»Morygor!«, rief Eldamir erneut, und in ohnmächtiger Wut riss er seine beiden Schwerter hervor.

»Was geschieht hier?«, fragte Gorian und trat auf Eldamir zu.

Dieser wandte ihm sein Gesicht mit den leeren Augenhöhlen zu. »Ruf meinen Namen, Gorian, und führe uns an. Wir brauchen deine Kraft, sonst wird es hier enden – für uns alle!«

»Ich will erst wissen, was hier geschieht.«

»Ahnst du es wirklich nicht? Die metamagischen Raumzeitwinde werden uns in eine andere Welt ziehen. Eine, die gerade erst entsteht und in der wir allein sein werden, ohne Aussicht, jemals zurückkehren zu können. Ein Gefängnis, wie es furchtbarer nicht sein kann.«

Der Fächer aus Licht spannte sich mittlerweile über den gesamten Bereich innerhalb des Ringwalls der Leviathane, und am höchsten Punkt der grünlich schimmernden Lichtkuppel entstand ein Wirbel, der allmählich stärker und größer wurde. Blutrote Funken sprühten aus ihm hervor und manchmal auch waberndes Schwarzlicht.

»Ruf meinen Namen, oder wir sind alle verloren!«, krächzte der Blinde Schlächter.

»Nein«, entschied Gorian.

»Dann werden wir nicht die Kraft haben, die wir brauchen!«

»Dennoch.«

»Du Narr!«

»Es muss einen anderen Weg geben!« Gorian umfasste sein Schwert Sternenklinge mit beiden Händen und sammelte die Alte Kraft.

»*Gorian!*«

Er nahm Sheeras Gedankenruf kaum war. Was er vorhatte, musste er allein tun, und nichts durfte ihn ablenken, nichts die Sammlung der Kraft beeinträchtigen und ihn dadurch schwächen.

»*Gorian?*«

Er verschloss sich gegen alles, was ihn umgab. Gegen die Gedanken Sheeras ebenso wie gegen jene der Maladran und – so gut es ging – auch gegen den spürbaren Sog der metamagischen Winde. Der Wirbel am höchsten Punkt der Kuppel wurde immer stärker, und sein Durchmesser betrug inzwischen schon eine Himmelsschiffslänge.

Sternenklinge wurde zuerst ganz dunkel, dann glühte das Schwert auf, und Gorian stürmte voran. Schon nach wenigen Augenblicken umfing ihn ein Schwarm kleiner schwarzer Teilchen wie Wolkenfetzen aus Finsternis. Für alle, die es sahen, wirkte es so, als würde er sich in Rauch auflösen. Ein gefährlicher Gang durch die Schattenpfade lag vor ihm, doch ihm blieb keine Wahl. Aus dem Reich des Geistes wusste er, was geschehen konnte, wenn man von metamagischen Winden unkontrolliert davongetragen wurde. Ja, Morygor hatte den Ort und die Zeit wahrlich gut gewählt, aber Gorian würde das Unerwartete tun, denn das Element des Chaos war Morygors größter Feind, wenn er das Schicksal vorausberechnen wollte.

Gorian entstofflichte nicht völlig in die Zwischenwelt der Schattenpfade, sondern hielt sich genau auf der Grenze zwischen beiden Existenzebenen. Wie vieles, was ein Schattenmeister tun konnte, kannte er auch dieses bisher nur in der Theorie.

Doch innerhalb eines Augenblicks erreichte er jenen Leviathan, von dem der Strahl ausgegangen war. Er glitt auf seinen Rücken und verstofflichte dort wieder ganz, unmittelbar vor dem Adh, der die Metallschale hielt, und schlug mit Sternenklinge zu. Der aufglühende Stahl zerteilte die Schale, und schreiend warf der Adh die beiden Hälften von sich.

Der kuppelartige Lichtfächer blitzte auf und war im nächsten Moment verschwunden.

Der Adh taumelte zurück. Erst da erkannte Gorian dessen Gesicht, denn er trug ein dickes Wams mit Kapuze, die er tief nach unten gezogen hatte.

»Beliak!«, stieß Gorian hervor. »Mein alter Gefährte!«

Aber Beliak wirkte verändert. Seine Haut sah aus wie dünnes Pergament, schimmerte grünlich und war von Flecken übersät wie bei einer Leiche, die Augen blicklos.

Das war nicht mehr der Beliak, der Gorian das Leben gerettet und zusammen mit einem untoten Langzahnlöwen ins unterirdische Reich der Tiefe gestürzt war. Offenbar hatte er diesen Sturz nicht überlebt.

»Du musst mich erschlagen, Gorian«, bettelte Adh. »Das ganze Untererdreich der Tiefe gehört inzwischen Morygor, und ich bin zu seinem Geschöpf geworden.«

»Nein, Beliak!«

»Dir bleibt keine Wahl!« Der Adh schnellte hoch und griff nach der Streitaxt, die er bei sich trug.

Gorian konzentrierte seine Kräfte, riss mit seiner Magie die Axt aus Beliaks Hand und schleuderte sie nach einem untoten Orxanier, der über den Rücken des Leviathans von hinten auf ihn zustürmte. Die Axt spaltete dem Frostkrieger den Schädel und blieb auf Ohrenhöhe stecken. Ächzend taumelte der Frostkrieger zurück, fuchtelte hilflos mit seiner vorn gespaltenen orxanischen Klinge herum, während Gorian Sternenklinge durch seinen Körper fahren ließ.

Die magischen Blitze, die dabei aus dem Sternenmetall zuckten, verbrannten den Orxanier zu feiner Asche. Schwert und Axt fielen auf den großporigen Rücken des Leviathans.

Der niedergetaumelte Beliak wollte sich erheben. Aber Gorian hob die Hand in seine Richtung, und seine Magie fesselte den Adh an den Rücken des Leviathans. Trotz aller Anstrengung und seiner immensen körperlichen Kräfte, die sowohl lebenden als auch untoten Adhen innewohnten, war Beliak völlig bewegungsunfähig. Sein Gesicht verzog sich zu einer grimmigen Fratze, aber der Kraft seines ehemaligen Gefährten hatte er nichts entgegenzusetzen.

Inzwischen stürmten etwa zwanzig Frostkrieger, alles Orxanier, über den Rücken des Leviathans heran, auf dem sie zuvor ihre Posten bezogen hatten. Einen Armbrustbolzen wehrte Gorian mit einem Schwertstreich ab, dann warf er sich nieder und rammte Sternenklinge in den Körper des Leviathans.

Für das riesige Geschöpf war dies nur ein Nadelstich. Allenfalls die magische Kraft, die Gorian durch das Sternenmetall übertrug, hätte ihm gefährlich werden können. Doch Gorians Absicht war eine ganz andere.

Er wollte den Leviathan keineswegs töten, sondern ihm seinen Willen aufzwingen.

»Gehorche!«, sandte er einen intensiven Gedanken an das Wesen, das mit einem dröhnenden Schrei antwortete. Sein Geist war von grober Einfachheit, aber sehr stark.

Schwarzlicht sprühte aus der Wunde, wo Gorian Sternenklinge in den Körper des Ungetüms gestoßen hatte, und dann eine Fontäne schwarzen Bluts, so hoch wie jene, die die großen Wale emporbliesen, wenn sie alljährlich vor der thisilischen Küste auftauchten.

»Gehorche!«

Der Leviathan brach aus der ringförmigen Phalanx seiner Artgenossen aus und wälzte sich auf die Seite, um das lästige Wesen auf seinem Rücken abzuschütteln. Die orxanischen Krieger, die auf Gorian zustürmten, wurden dadurch von dem Riesentier geschleudert. Ihre Schreie vermischten sich mit den dumpfen, dröhnenden Tönen, die der Leviathan von sich gab. Sie waren so tief, dass sie die Bauchdecke eines Menschen zum Vibrieren brachten und knackende Spalten im Eis erzeugten.

Der Riesenwurm schlängelte sich voran, bäumte sich auf und warf die untoten Kreaturen auf seinem Rücken ab. Schließlich befanden sich nur noch Beliak und Gorian auf dem Leviathan, beide von der Kraft purer Magie gehalten.

Brüllend und mit hoher Geschwindigkeit glitt das Ungetüm ins Innere des Ringwalls, richtete wieder den vorderen

Teil seines Leibes auf wie eine zornige Kobra und ließ ihn anschließend krachend niedergehen, sodass der Schnee zu riesigen Wolken aufgewirbelt wurde.

Gorian spürte, dass der Widerstand des Leviathans schwächer wurde. Jene Macht, die ihm bisher befohlen hatte, war offenbar nicht darauf vorbereitet gewesen, was Gorian tat. Dies hatte Morygor nicht vorausgesehen. Und nur deshalb hatte es wohl auch gelingen können, den Leviathanen-Geist seiner Kontrolle zu entreißen.

Noch ein letztes Mal bäumte sich der Leviathan auf. Er spannte die gewaltigen Muskelstränge seines riesenhaften Körpers an, krümmte sich und ließ sich zur Seite fallen. Seine Absicht war klar, er wollte Gorian und den verbliebenen Adh unter dem eigenen Gewicht zerquetschen.

Gorian hielt noch immer den Schwertgriff umklammert. Noch einmal verstärkte er die Kraft, die er auf den Geist des Leviathans einwirken ließ. Der sprang auf, drehte sich dabei so, dass sich Beliak und Gorian nun kopfunter zwischen seinem Leib und dem Boden befanden. Erst im letzten Moment, kurz bevor das gewaltige Geschöpf auf das Eis schlug, konnte Gorian das Ungetüm zwingen, sich wieder herumzudrehen. Der Leviathan wand sich, schlängelte sich durch den Schnee, grub sich ein Stück weit hinein und wurde schließlich ruhiger.

Er öffnete sein Maul und spie noch fast hundert orxanische Untote und ihre Wollnashörner aus. Sie wurden brüllend durch die Luft geschleudert und landeten in der weißen Ödnis.

Die orxanischen Untoten überstanden den Sturz deutlich besser als ihre Reittiere und versuchten sich schleunigst in Sicherheit zu bringen, wobei mehrere Armbrustbolzen auf den Leviathan und seinen neuen Reiter abgeschossen wurden, jedoch ohne Gorian zu treffen oder bei dessen Reittier sichtbare Wirkung zu erzielen.

Der Leviathan öffnete erneut sein Maul, und Gorian sorgte dafür, dass er aus Leibeskräften zu blasen begann. Ein sturmähnlicher Luftstrom fegte die Untoten, die noch anzugreifen versuchten, davon. Schnee wurde aufgewirbelt und machte es kaum noch möglich, irgendetwas in einem Umkreis von zweihundert Schritten zu sehen.

Gorian ließ den Leviathan weiter über das Eis kriechen und jener Anhöhe entgegenstreben, wo er Sheera und die Maladran zurückgelassen hatte. »Komm!«, wandte er sich mit einem sehr drängenden Gedanken an seine Gefährtin. »Steig auf!«

»Glaubst du, dieser Riesenwurm lässt sich das gefallen?«

»Er hat keine Wahl.«

»Und ich wohl auch nicht.«

»Vertrau mir. Er gehorcht mir.«

Der Leviathan rauschte regelrecht auf Sheera zu. Der Boden erzitterte unter seinem gewaltigen Körper. Dort, wo der Schnee noch nicht zu Eis gepresst war, drückte das wurmähnliche Ungetüm eine mehr als hüfthohe Schneise hinein.

Sheera lief auf das riesige Tier zu. Dessen Haut war von tiefen Poren durchzogen, die sich hervorragend eigneten, um daran hinaufzusteigen und sie als Tritte zu benutzen. Etwas Magie benutzte Sheera trotzdem, um schneller nach oben zu gelangen. Der Leviathan verlangsamte zwar seine Geschwindigkeit, machte aber nicht halt.

»Eine Seilschlange wäre jetzt nicht schlecht«, dachte Sheera, als sie schließlich auf dem Rücken des Leviathans angelangt war.

»Das nächste Mal werde ich daran denken«, versprach Gorian.

Sie kam zu ihm, und er riet ihr: »*Nutz die Magie, um dich zu halten.*«

»Du traust deiner Autorität über den Leviathan doch nicht so ganz«, sagte sie laut.

»Der schon. Aber dem Leviathan nicht. Es kann immer geschehen, dass er eine plötzliche Bewegung macht, sodass man ohne Magie eine Galeerenlänge weit in den Schnee geschleudert wird.«

»Und anschließend von einer Eislawine begraben wird, die dieser Koloss zur Seite drückt, wenn er richtig wild wird.« Sheera sah zu Beliak hinüber, der sich noch immer bemühte, sich aus seiner magischen Fesseln zu befreien.

»Das ist ein Untoter!«, stellte sie überrascht fest.

»Ich weiß. Aber er ist auch ein Freund.«

»Ein Freund, den du magisch fesseln musst?«

»Er hat mir das Leben gerettet, und jetzt rette ich vielleicht seines – zumindest das, was davon noch übrig sein mag.«

In diesem Moment gelangten auch die Maladran oben auf dem Rücken des Leviathans an.

»*Die habe ich nicht eingeladen!*«, stellte Gorian mit einem Gedanken gegenüber Sheera klar.

»*Ich fürchte, die brauchen keine spezielle Einladung von dir.*«

Gorian nahm eine sitzende Haltung ein und umfasste den Griff von Sternenklinge nur noch mit einer Hand.

»Wahrlich, wir haben den richtigen Anführer erkoren!«, rief Eldamir. Der Blinde Schlächter ließ sich neben Gorian nieder, und auch der Krieger mit den Schattenflügeln nahm ganz in der Nähe Platz.

Sämtliche Maladran kletterten nach und nach auf den Rücken des Leviathans. Ein Heer untoter Schatten aus der fernen Vergangenheit der Caladran, die Gorian nun anführte. Das immerhin hatte er inzwischen mit Morygor gemeinsam, ging es ihm schaudernd durch den Kopf: vom Erwählten des Schicksals zum Fürsten der Untoten – kein Aufstieg, der ihn mit Stolz erfüllte.

»Ich habe immer noch nicht deinen Namen gerufen, Blinder Schlächter«, sagte er laut.

»Wir brauchen deine Führung und du unsere Unterstützung im Kampf, das ist so sicher wie nur irgendetwas. Warum sträubst du dich also?«

Gorian vernahm den Chor der Gedanken und Stimmen der Maladran. Furcht und Ehrfurcht hielten sich darin die Waage.

»Ihr seid stärker, als ich dachte, Fürst«, äußerte Eldamir, und es fiel Gorian auf, dass der Blinde Schlächter erstmals eine von mehreren Höflichkeitsformen verwendete, die die Sprache der Caladran kannte. »Den Geist eines so großen Geschöpfs zu beherrschen ist nicht leicht.«

»Morygor beherrscht Tausende davon gleichzeitig«, erwiderte Gorian.

»Ihr könnt Euch nicht mit Morygor vergleichen, mein Fürst.«

»Nein?«

»Noch nicht. Außerdem hat er Euch gegenüber den Vorteil eines langen Lebens, während Ihr alles, was Ihr zu tun gedenkt, innerhalb weniger Augenblicke vollbringen müsst. Aber vielleicht gibt Euch das auch eine besondere Entschlossenheit, die Langlebigen oder fast Unsterblichen fehlt.«

»*Du kannst sie nicht vertreiben*«, wandte sich Sheera an Gorian. »*Davon abgesehen, dass wir beide nicht die Macht dazu hätten, werden wir ihre Unterstützung tatsächlich brauchen.*«

Gorian antwortete nicht darauf, weder in Gedanken noch in Worten. Er konzentrierte sich stattdessen, den Leviathan unter seiner Kontrolle zu behalten, denn er konnte spüren, wie sich der unbändige Geist dieser gewaltigen Kreatur bereits wieder regte.

Nein, so schnell wirst du nicht wieder zu Morygors Geschöpf!, dachte Gorian.

Das Tier antwortete, indem es sein torgroßes Maul öffnete und einen so lauten, dröhnenden Ton erzeugte, dass sein ganzer titanenhafter Leib in Schwingungen geriet und vibrierte.

Gorian lenkte den Leviathan südwärts und ließ ihn das Tempo erhöhen. Schlangengleich glitt das Ungetüm über den Schnee.

»Was habt Ihr vor, mein Fürst?«, erkundigte sich Eldamir. »Einen Frontalangriff, um den Ring zu sprengen, der uns umfängt?«

Der Blinde Schlächter schien sich über diese Aussicht zu freuen. Ein zufriedenes Lächeln umspielte seinen dünnlippigen Mund, begleitet von einem Gedanken, der Gorian schaudern ließ: »*Ah, so viel zu vernichten – wie wunderbar!*«

Gorian drängte die Frage zurück, wie lange sich diese Geschöpfe der Finsternis noch damit zufriedengeben mochten, reihenweise Gegner zu vernichten, die in Wahrheit bereits tot waren.

Der Leviathan raste auf den geschlossenen Ringwall zu. Gorian hatte mittlerweile das Gefühl, das riesige Geschöpf vollkommen zu beherrschen.

Mit voller Wucht prallte es in die Seite eines Artgenossen, der vergeblich auszuweichen versuchte. Dutzende von Frostkriegern wurden in die Tiefe geschleudert. Manche konnten sich halten und schossen mit Armbrüsten oder Bögen, doch die Schattenpfeile der Maladran streckten die meisten von ihnen nieder.

Da erhob sich der gegnerische Leviathan wie eine angreifende Schlange. Dass er dabei auch die letzten Frostkrieger von seinem Rücken schüttelte, schien ihm ebenso gleichgültig zu sein wie jener Macht, die ihn lenkte.

Mit geöffnetem Maul stürzte er auf den Rücken von Gorians Leviathan zu, wobei aus den Hautlappen im Inneren des eigentlich zahnlosen Mauls plötzlich mehr als mannsgroße dornartige Hauer fuhren. Sie erinnerten an Schlangenzähne und waren paarweise angeordnet.

Insgesamt ein Dutzend dieser mörderischen Waffen gruben sich im nächsten Moment tief in das Rückenfleisch von Gorians Reittier, wobei einige der Maladran in dem riesenhaften Schlund verschwanden.

Gorian war bemüht, seinen Leviathan daran zu hindern, ebenfalls die Zähne auszufahren und sie in den Leib des Gegners zu schlagen, denn nichts konnte er im Moment weniger gebrauchen als einen Leviathan, der sich in einen Artgenossen verbiss.

Sein gewaltiges Reittier protestierte mit einem dumpfen Dröhnen, sodass sein Körper erneut vibrierte, und dieses Vibrieren übertrug sich auch auf Sternenklinge, sodass es Gorian kaum noch möglich war, den Schwertgriff zu halten. Nur durch massiven Einsatz von Magie schaffte er es.

Mit der anderen Hand riss Gorian seinen Dolch Rächer hervor und schleuderte ihn in den Körper des gegnerischen Leviathans. Bis zum Heft drang der Dolch aus Sternenmetall in das Fleisch des Angreifers und glühte dabei auf. Gorian richtete die freie Hand in Richtung des Dolchs, und das tiefe Schwarz seiner Augen wurde zu einem grellen Leuchten.

Blitze schossen aus seinen Fingern, knisterten durch die Luft und vereinigten sich am Griff des Rächers.

Der Dolch glühte erneut auf, und aus den Blitzen wurde ein Band aus grellem Licht. Gorian konzentrierte so viel Alte

Kraft, wie er im Moment entbehren konnte, dass er nicht die Kontrolle über sein Reittier verlor, und übertrug sie mithilfe Rächers auf das feindliche Monstrum. Blitze zuckten, und Funken sprühten aus der Wunde, die der Dolch dem Ungetüm geschlagen hatte. Auch wenn die Verletzung nur klein war, so setzte die Magie, die durch sie in den Riesenwurm eindrang, diesem doch erheblich zu. Er zitterte, stieß ein unterdrücktes Brummen aus, das so tief war, dass das Eis unter ihm Risse bekam. Dann spritzte schwarzes Blut aus der Wunde. Die Tropfen wurden zu Blitzen aus Schwarzlicht, die wiederum in den Körper des Monstrums eindrangen und ihm neue Wunden rissen.

Der gegnerische Leviathan zog seine Zähne aus dem Rücken von Gorians Reittier, riss das Maul weit auf, brüllte laut und spie in einem Schwall aus Blut mehrere Maladran sowie mindestens ein Dutzend Frostkrieger mitsamt ihren Wollnashörnern in die Luft. Die Frostkrieger hatten wohl noch im Inneren des Leviathans ausgeharrt und sich in den letzten Augenblicken einen heftigen Kampf mit den Maladran geliefert, die durch den Biss in das gewaltige Maul des Ungetüms gelangt waren; so manch einem fehlte eine Hand oder gar ein Arm.

Gorians Reittier drängte den hinteren Teil des anderen Leviathans noch ein Stück zur Seite, drückte ihn mit seinem Gewicht in den Schnee, der dort offenbar noch nicht zusammengepresst und hart gefroren war. Der Leviathan sackte ein und verlor dadurch an Höhe, und Gorian ließ sein Reittier über dessen Körper hinweggleiten.

Die Lichtverbindung zu Rächer riss ab. Gorian konzentrierte sich kurz, und der Dolch aus Sternenmetall, den sein Vater Nhorich einst für ihn geschmiedet hatte, kehrte in seine ausgestreckte Hand zurück.

»*Schneller!*«, wies er mit einem sehr entschiedenen Gedanken den wurmähnlichen Riesen unter sich an. »*Schneller!*«

Der Leviathan unter ihm antwortete mit einem dumpfen Brüllen. Er furchte durch den Schnee und gelangte wieder auf härteren Untergrund. Kolonnen von Frostkriegern unterschiedlichster Herkunft stoben vor ihm auseinander und versuchten sich in Sicherheit zu bringen. Manch einer wurde dennoch unter dem massigen Körper begraben und niedergewalzt.

Dann hatte Gorian den Durchbruch geschafft. Vor ihm, Richtung Süden, erstreckte sich eine endlose Wüste aus Eis und Schnee. Er spürte, wie Morygors Aura deutlich schwächer wurde. Sein Widersacher war offenbar zu sehr damit beschäftigt, die Kontrolle über dieses riesige Heer aufrechtzuerhalten, denn Gorians Vorstoß hatte dort blanke Verwirrung ausgelöst.

Immer größer wurde der Abstand. Einige der Leviathane versuchten zwar zu folgen, aber zunächst mussten sie ihre Truppen wieder in sich aufnehmen.

»Sie werden nicht aufgeben«, meinte der Blinde Schlächter, der mit einer gewissen Bewunderung beobachtet hatte, wie Gorian seine magischen Künste angewandt und dabei das Wissen des Ordens der Alten Kraft und das der Caladran miteinander kombiniert hatte.

»Damit habe ich auch nicht gerechnet«, erwiderte Gorian.

Einige der Maladran, die von dem gegnerischen Leviathan wieder ausgespien worden waren, versuchten noch den von Gorian wieder einzuholen. Aber die zunehmende Verstofflichung kostete sie einen beachtlichen Teil ihrer Leichtfüßigkeit. Die meisten von ihnen wurden in Kämpfe verstrickt, und nur ein paar lösten sich wieder zu Schatten auf und folgten den Flüchtenden auf eine Weise, die eine gewisse Ähnlichkeit mit Gorians Dahinschnellen auf der Grenze zwischen den Schattenpfaden und der diesseitigen Welt hatte. Im Reich des Geistes war diese äußerst risikoreiche Art der Fortbewegung auch als Grenzgang bekannt. Gemeint war nicht nur die Grenze, die die Zwischenwelt der Schattenpfade vom Diesseits trennte, sondern auch die zwischen Leben und Tod, Existenz und Nichtexistenz.

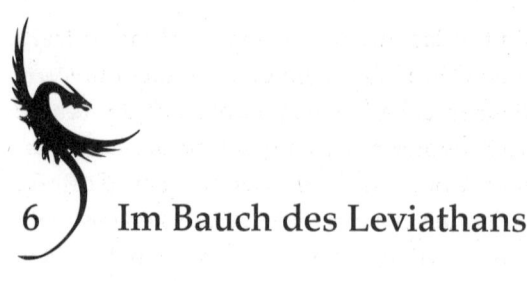

6) Im Bauch des Leviathans

Stundenlang schnellte der Leviathan voran. Gorian gönnte ihm keine Ruhepause. Er lenkte das Tier nach Süden. Den Gedanken, jetzt schon zur Frostfeste aufzubrechen und zu versuchen, Morygor zu stellen, hatte er aufgegeben. Noch reichten seine Kräfte nicht aus, und fürs Erste konnte er froh sein, wenn er Morygors Heer entkam.

»Vielleicht finden wir beim Stadtbaum von Caladrania eine Spur von Meister Thondaril und unseren Gefährten«, sandte er Sheera einen Gedanken.

»Ich würde mir keine Hoffnungen machen, dass der Hauptstadtbaum des Caladrania-Reichs überhaupt noch steht«, gab sie ihm zur Antwort. »Ich nehme an, dass er genauso niedergerissen wurde wie der Baum von Pela.«

Die Sonnensichel senkte sich hinter den Horizont. Der Himmel war dunkel und grau, weder Sterne noch Mond waren zu sehen. Ein heftiger Schneesturm kam auf.

Sheera versuchte unterdessen, die Wunden des Leviathans, die dieser von den Zähnen seines Artgenossen davongetragen hatte, so gut es ging zu heilen.

Heilsteine hatte sie dafür natürlich nicht. Und Leviathane gehören auch nicht unbedingt zu den Geschöpfen, deren Behandlung auf dem Lehrplan des Hauses der Heiler gestanden hatte.

»Nimm Adh-Blut – das gilt als ein sehr wirksames Heilmittel und wird von Ogern vor allem dazu benutzt, um verrenkte Pferderücken zu behandeln«, mischte sich der untote Beliak ein, der noch immer magisch gefesselt am Leviathanen-Rücken haftete. Gorian hatte inzwischen den Griff ein wenig gelockert, der den zwergenhaften Untoten festhielt. »Ich bin zwar untot, aber nicht blutleer«, fuhr Beliak fort. »Doch mir kann niemand mehr schaden, indem er mir etwas von meinem Lebenssaft abgezapft.«

»Nein, lieber nicht!«, rief Sheera. »Wer weiß, mit welchen Flüchen das Blut dieses Untoten belegt ist! Und die könnten sich dann auf den Leviathan übertragen – mit unabsehbaren Folgen!«

»Eine seltsame Begleiterin hast du, Gorian«, meinte der Adh, doch als er merkte, dass er die Arme bereits wieder ein wenig bewegen konnte, warnte er den ehemaligen Gefährten: »So viel Freiheit würde ich mir an deiner Stelle nicht lassen. Vergiss nicht, dass ich nach wie vor Morygors Geschöpf bin und dich vermutlich erschlagen werde, sobald ich Gelegenheit dazu bekomme!«

»Vor dir habe ich keine Angst«, sagte Gorian. »Und abgesehen davon kenne ich dich so gut wie sonst kaum jemand anderen.«

»Nein, du irrst dich, Gorian. Du kennst mich nicht mehr. Wer so lange der Aura Morygors ausgesetzt war wie ich, der verändert sich. Ich kann dir nur immer wieder raten, mir nicht zu trauen und mir den Kopf abzuschlagen. Ich war ohne zu zögern bereit, dich zu töten, Gorian! Es mag sein, dass du überrascht warst, mich wiederzusehen, aber ich wusste sehr wohl, gegen wen die Magie der Lichtschalen gerichtet war.«

Eldamir mischte sich ein. »Ihr scheint diese zwergenhafte,

hässliche Kreatur zu kennen und in der Vergangenheit sogar mit ihr befreundet gewesen zu sein, mein Fürst.«

»Das ist richtig«, bestätigte Gorian.

»Eure Hemmungen, sie zu töten, könnten uns alle teuer zu stehen kommen!«

»Möglich.«

»Wenn Ihr wollt, erschlage ich sie für Euch und zerteile sie auf eine Art und Weise, dass selbst die stärkste Magie Morygors diese Stücke nicht wieder zusammenzufügen vermag.«

»Ich lege auf solche Dienste keinen Wert.«

»Das ist bedauerlich. Ich fürchte, Ihr werdet es noch bereuen, diesen hässlichen Kerl nicht endgültig vernichtet zu haben.«

»Ihr wisst offenbar nichts von Freundschaft, Blinder Schlächter!«

»O doch, mehr sogar, als Ihr ahnt«, erwiderte Eldamir düster. »Allmählich steigen auch all die anderen Erinnerungen wieder in mir hoch. So viele Erinnerungen an so viele Schlachten und Tote. Und an so viele feige Verräter, die sich einst Freunde nannten.« Der Bleiche Schlächter machte einen überraschend nachdenklichen Eindruck. Aber über seine Vergangenheit schien er kein weiteres Wort verlieren zu wollen. Als Gorians Seele von einem Schwall intensiver Gedankenbilder gestreift wurde, die allesamt von Hass, Gewalt und unaussprechlichen Gräueln geprägt waren, entschied er, nicht weiter nachzufragen. Es hatte schon seinen Grund, dass es die Vorfahren der Caladran vorgezogen hatten, Eldamir und seinesgleichen zu Vergessenen Schatten verblassen zu lassen, statt ihrer ehrenvoll zu gedenken und sie dadurch zu verklärten Seelen werden zu lassen, die sie Eldran nannten.

Eldamir erriet offenbar die Gedanken, die Gorian beschäftigten. »Jemand, der einen Leviathan zu reiten vermag, sollte sich vor niemandem fürchten. Auch nicht vor den bösartigen Gedanken eines Maladran.«

Starker Schneefall setzte ein, und schon bald war der Rücken des Leviathans vollkommen weiß. Sheera formte Schneebälle, die sie mithilfe ihrer Magie vereisen ließ und mit der Alten Kraft füllte. Diese Eisbälle – jeder von ihnen etwa so groß wie zwei bis drei Männerfäuste – wurden daraufhin vollkommen schwarz.

Sheera benutzte sie als Ersatz für die nicht vorhandenen Heilsteine, um die Wunden des Leviathans zu lindern. Dabei stellte sie fest, dass sich die Alte Kraft auch auf diesem Weg recht gut übertragen ließ. Der Leviathan schien sogar besonders empfänglich dafür zu sein, was wohl daran liegen mochte, dass seine Art an das Leben in eisigen Gegenden gewöhnt war.

Jedenfalls stellte sich schon bald eine erste sichtbare Wirkung ein. Die Wunden schlossen sich. Das Blut, das bis dahin beständig aus ihnen hervorgequollen war, trocknete und bildete eine Kruste.

Ein Eissturm kam auf. Bald konnte man kaum noch die Hand vor Augen sehen. Und die Aura Morygors beeinträchtigte darüber hinaus auch jegliche magische Orientierungsmöglichkeit. Der Herr der Frostfeste schien sie mit aller Macht zu verfolgen.

»Morygor wird stärker«, dachte Gorian.

»Vielleicht werden wir auch nur schwächer«, gab Sheera in Gedanken zurück.

Die Kälte kroch durch jedes Kleidungsstück, und ein eisiger Wind ließ sie bis ins Mark frieren. Selbst die Maladran schienen eigenartigerweise davon beeinträchtigt zu werden. Sie hielten sich nur noch stumm am Rücken des mächtigen Reittieres fest und wurden sehr schweigsam. Gorian wunderte sich zunächst darüber. Schließlich entstammten die Maladran einem Volk, das als kälteunempfindlich galt.

»Es ist eine besondere Art der Kälte«, dachte Sheera. »Sie lässt nicht nur den Körper frieren, sondern auch die Seele. Keiner von uns wird das unbegrenzt aushalten, Gorian.«

Der Wind nahm noch an Heftigkeit zu. Er kam aus verschiedenen Richtungen und verhielt sich vollkommen widernatürlich.

»Seid auf der Hut, mein Fürst!«, meldete sich Eldamir nach langer Zeit wieder zu Wort. »Ich spüre eine abgewandelte Form des Zaubers der Elementarströme.«

»Ist das jener Zauber, der einst dafür sorgte, dass die Inseln der Caladran ein milderes Klima erhielten?«, fragte Gorian.

»Das weiß ich nicht«, antwortete der Blinde Schlächter. »Ich habe in einer viel früheren Zeit gelebt, in der die Magie unseres Volkes noch wirklich stark war. Die Dinge, die du erwähnst, können nur ein schwacher Abglanz früherer Macht sein.«

»Aber Morygor scheint Zugang zu dieser Macht zu haben.«

»Nicht nur das. Er hat sie verändert.«

»Ihr erwähntet Elementarströme …«

»Es geht nicht nur um den eisigen Wind, mein Fürst, sondern vor allem um das Wasser.« Der Blinde Schlächter, der die ganze letzte Zeit über auf dem Rücken des Leviathans gekauert hatte, straffte sich auf einmal, als machte er sich auf eine Gefahr gefasst, und der Leviathan stieß einen Laut aus, der von der Tonhöhe her einer tiefen Männerstimme entsprach, aber im Vergleich zu seinen sonst üblichen Rufen geradezu schrill war.

Sheera saß dicht neben Gorian und hatte die Kapuze ihres Wamses aus Caladran-Seide tief ins Gesicht gezogen. »Der Leviathan spürt eine Gefahr«, flüsterte sie ihrem Gefährten zu. »Ich dachte erst, es wäre noch der Schmerz seiner Wunden, der ihn beeinträchtigt. Aber das ist es nicht.«

»Du scheinst eine gute Verbindung zu seiner Seele gefunden zu haben«, stellte Gorian in Gedanken fest.

»Muss das nicht jeder, der zu heilen versucht?«

»Mag sein.«

Sie kamen immer langsamer voran, was auch damit zu tun hatte, dass es ständig schwieriger wurde, sich zu orientieren. Nasser Schnee peitschte ihnen in die Gesichter. Mithilfe eines caladranischen Wärmezaubers ließ sich zwar die wärmende Wirkung eines Caladran-Wamses verstärken, nicht aber die Seelenkälte abwehren, die wie ein schleichendes Gift ihre Kräfte nach und nach aufzehrte. Auch Gorian wurde bewusst, dass es so nicht weitergehen konnte.

Er blickte in das weiße Chaos, das sie umgab, und versuchte zumindest die Richtung zu halten, damit sie nicht am Ende ihren Verfolgern in die Arme liefen.

Dabei spürte er die zunehmende Unruhe des Leviathans, die auch Sheera bereits bemerkt hatte.

»Ich gebe dir einen Rat, Gorian, auch wenn ich eigentlich auf der Seite deines Feindes stehe«, rief Beliak. »Bring den Leviathan zum Stillstand, befiehl ihm, sein Maul zu öffnen, und wartet alle in seinem Inneren den Sturm ab. Und mich lass hier draußen, dann kann ich dir nicht gefährlich werden.« Der Adh seufzte laut. »Aber wie ich dich kenne, nimmst du Ratschläge eines guten und nur durch unglückliche Umstände und fremden Willen mit dir verfeindeten Freundes nicht an.«

Der Leviathan ließ ein durchdringendes Stöhnen hören.

»Da ist etwas unter uns«, sagte Sheera. »Und der Leviathan spürt es.«

In diesem Moment zuckte das riesenhafte Tier zur Seite, so heftig, dass sich Sheera und Gorian mit aller Kraft festhalten mussten und ebenso die Maladran. Die magischen Bande, die Beliak an seinem Platz hielten, hatte Gorian schon zu sehr gelockert, und so rutschte der Adh ein ganzes Stück von den anderen fort. »He, sag gleich, wenn du meine Worte nicht hören willst, Gorian! Du wirst es vielleicht nicht glauben, aber ich kann auch schweigen, und wenn du …«

Was der untote Adh sonst noch sagte, wurde von einem lauten Knall verschluckt, dem ein ohrenbetäubender Ton folgte. Dicht neben dem Leviathan brach das Eis auf, und eine Wasserfontäne schoss empor. Sie befanden sich offensichtlich über vereistem Meer.

Der Leviathan schien das Aufbrechen des Eises vorausgeahnt zu haben und war der Fontäne gerade noch ausgewichen. Und das war gut so, denn dieser Ausbruch war stark genug, selbst dieses gewaltige Geschöpf meilenweit in die Höhe zu schleudern.

»*Ich sagte es doch!*«, rief Eldamir. »*Ein Elementarzauber – er manipuliert Luft und Wasser!*«

Die Fontäne erstarrte zu einer Säule aus Eis, in der sich ein fratzenhaftes Gesicht abzeichnete. Morygors Züge waren darin erkennbar.

Der Leviathan war von wilder Panik ergriffen. Offenbar war sein Selbsterhaltungstrieb wieder erwacht, nachdem Gorian seinen Geist Morygors Herrschaft entrissen hatte. Er bewegte sich in einem fast chaotischen und kaum vorhersehbaren Kurs über das Eis. Gorian versuchte ihn daran zu hindern, denn er fürchtete, dass ihm die Herrschaft über die Kreatur völlig entglitt.

»*Lass ihn!*«, riet Sheera. »*Das Element des Chaos – es ist einer der wenigen Feinde Morygors, der es mit ihm aufnehmen kann.*«

»*Und du meinst, der Leviathan weiß das?*«

»*Wer kennt seinen Herrn besser als sein Sklave?*«

Gorian folgte ihrem Rat und ließ dem Leviathan mehr Freiheit, indem er jene Kraft, die er nach wie vor über Sternenklinge auf das riesige Ungetüm wirken ließ, etwas abmilderte. Der Leviathan änderte vollkommen unvorhersehbar die Richtung und schien außerdem ein gutes Gespür dafür zu haben, wann und wo sich die Elementarströme unter dem Eis erneut zu einer aufschießenden Fontäne sammelten.

Genau dort, wo sich gerade noch sein gewaltiger Leib befunden hatte, brach erneut das Eis auf, und eine Eisplatte von der Größe einer caladranischen Himmelsbarkasse wurde von dem Wasser in die Höhe geschleudert. Nur Augenblicke später verfestigte sich die Fontäne zu einer pilzförmigen Säule, in der sich ein hausgroßes Fratzengesicht bildete, das wie ein Sinnbild zorniger Erstarrung wirkte.

Der Leviathan schnellte nach links, wich weiteren Fontänen aus. Nur einen Moment später brach jedoch auch rechts von ihm das Eis auf, und ein Wasserstrahl, so breit wie einer der Kathedralentürme von Toque, schoss empor. Er berührte die Seite des Leviathans. Der Riesenwurm hatte noch versucht auszuweichen, aber nicht mehr ganz verhindern können, dass die Wasserfontäne ihn streifte, und das mit einer solchen Wucht, dass er ein Stück durch die Luft geschleudert wurde. Krachend schlug er zurück aufs Eis, durch das sich Risse zogen. Die Fontäne erstarrte derweil zu einer Säule. Ihr pilzähnlicher Kopf brach ab und stürzte auf Gorian nieder.

Sheera hob die Hände und versuchte den Eisblock abzulenken. Eldamir handelte blitzschnell, griff zum Bogen, legte einen seiner Pfeile aus purer Finsternis ein und schoss.

Der Schattenpfeil bohrte sich in den Eisbrocken und übertrug auf ihn zischend seine Finsternis. Sheera spürte, dass er sich auf einmal sehr viel leichter ablenken ließ und ihre Kräfte eine viel größere Wirkung erzielten.

Der Brocken sauste an ihnen vorbei, schlug auf und zersprang, wobei die Bruchstücke Myriaden von Schwarzlichtfunken versprühten.

»Das ist die Magie der Vergessenen Schatten«, erklärte der Blinde Schlächter, während er Sheera einen spöttischen Blick zuwarf, der ihr nicht gefallen wollte und sie schaudern ließ. »Vielleicht werdet Ihr ja tun, wogegen sich Euer Gefährte so standhaft sträubt«, meinte er.

»Wovon redet Ihr?«, fragte Sheera.

»Davon, meinen Namen zu rufen, Fürstin.« Er lachte laut auf. »Womöglich habe ich Euch unterschätzt.«

»Wenn Ihr versucht, uns gegeneinander auszuspielen, dann lasst Euch gesagt sein, dass dies sinnlos ist«, erwiderte Sheera kühl. Erst nach ein paar Augenblicken fiel ihr auf, dass der Maladran eine alte Form der caladranischen Sprache benutzt und sie alles verstanden hatte. Ob das an den intensiven Gedanken lag, die die Worte des Blinden Schlächters stets begleiteten, oder vielleicht schon an der kurzen Berührung mit dem Wissen aus dem Reich des Geistes, die sie gehabt hatte, als sie Gorian nach dessen ersten und für ihn beinahe tödlichen Besuch dort geheilt hatte, sie hätte es nicht zu sagen vermocht. Das Wissen, das sie auf dem Umweg über Gorians Geist aufgenommen hatte, hatte auch sie beinahe getötet, aber vielleicht hatte sich insgesamt doch mehr davon bei ihr erhalten, als sie anfangs gedacht hatte.

Umgekehrt schien der Maladran auch ihre Sprache sehr wohl zu verstehen. Er las vermutlich einfach ihr Gedanken. Sein dünnlippiger Mund verzog sich zu einer Grimasse. »Ihr braucht Euch nicht zu fürchten. Solange Ihr von unseresgleichen begleitet werdet, seid Ihr ziemlich sicher.« Er lachte rau, während vor ihnen die nächste Fontäne aus dem Eis brach und der Leviathan ihr nur knapp zu entgehen vermochte.

Gorian versuchte sich westlich zu halten, denn dort musste sich irgendwo die Küste von Caladranien befinden, der südlichsten und wichtigsten Insel des Caladran-Reichs. Sobald sie sich über festem Land befanden, bestand zumindest nicht mehr die Gefahr, von einer plötzlich emporschießenden Wasserfontäne getroffen zu werden.

Der Leviathan sperrte sich etwas und schien seine eigenen Vorstellungen zu haben, welche Richtung eingeschlagen werden sollte. Geschickt wich er mehreren weiteren Fontänen aus.

Inzwischen war die Eisdecke so sehr von Rissen durchzogen, dass sich größere Platten absenkten und ineinander verkeilten. Ohrenbetäubender Lärm entstand dabei, Spalten öffneten sich, und wenn sich die Eisplatten dann gegeneinander verschoben, klang es wie die klagenden Laute von Walen.

Ungeheure Kräfte brodelten unter dem Eis und entluden sich immer wieder in hoch aufschießenden Fontänen, die schon wenige Augenblicke später zu Eissäulen erstarrten. Aufgrund der Bewegungen im Eis stürzten viele sogleich in sich zusammen.

Gorian entschied sich schließlich dafür, dem Leviathan noch etwas mehr Freiheit zu geben. Das riesige Tier schien sich auf eine Weise zu orientieren, die nichts mit Magie und schon gar nichts mit den herkömmlichen Sinnen wie Sehen oder Hören zu tun hatte. Als Gorian tiefer in den Geist des Leviathans drang, spürte er diese seltsamen, unfassbaren Eindrücke immer stärker. Anfangs hatte er sie kaum beachtet und ihnen vor allem keinerlei Bedeutung beigemessen, weil er sie nicht begriff. Es waren Eindrücke eines Sinnes, über den Gorian nicht verfügte und über den auch die Caladran in ihrem Reich des Geistes keinerlei Erinnerungen aufbewahrt hatten. Sie waren daher so fremdartig, dass Gorian nichts mit ihnen anzufangen vermochte, und so war es für ihn unmöglich, sie zu deuten.

Das Einzige, was ihm klar wurde, war, dass der Leviathan ganz genau wusste, wo sich die Küste befand, wie es dort aussah und wie er am schnellsten dorthin gelangen konnte. Sein besonderer Sinn schien weiter zu reichen als selbst das beste Fernglas aus westreichischer Herstellung. Weder das dichte Schneegestöber noch die niederdrückende, lähmende Aura des Herrn der Frostfeste vermochten das Orientierungsvermögen der gewaltigen Kreatur zu beeinträchtigen.

»Ich vertraue dir«, sandte Gorian dem Geschöpf einen intensiven Gedanken. »Zumindest bis zu einem gewissen Grad.«

An diesem außerordentlichen Sinn lag es offenbar auch, mit welch traumwandlerischer Sicherheit der Leviathan den aufschießenden Fontänen auszuweichen vermochte.

Eine dieser Fontänen war besonders breit. Wie die anderen formte sie ein fratzenhaftes Gesicht aus, das ein tierhaftes Zerrbild jener Züge war, die Morygors junges Caladran-Antlitz geprägt hatten. Doch diesmal bildeten sich auch Arme mit gewaltigen Pranken. Die Säule erstarrte auch nicht vollkommen, das Eis blieb auf eine nur mit Magie zu erklärende Weise geschmeidig und biegsam.

Während der Leviathan daran vorbeiglitt und die für ihn höchstmögliche Geschwindigkeit vorlegte, fuhren die Pranken herab, so als wollten sie zugreifen. Dornenartige Krallen aus Eis schoben sich aus den Fingern, um sich in das Fleisch des Leviathans zu bohren.

Gorian schleuderte den Rächer.

Der Dolch fuhr in eine der Eispranken, glühte dabei auf, durchdrang die Handfläche und durchschlug auch noch die zweite Pranke. Dabei versprühte er Schwarzlicht, dessen Finsternis schon einen Herzschlag später die eisigen Arme bis zu den Ellbogen vollkommen ausfüllte.

Das fratzenhafte Eisgesicht verzog sich, und der Mund formte ein Wort in der Sprache der Caladran.

»Nein!«

Gorian streckte die Linke aus, damit der Dolch zu ihm zurückkehrte. Mit der Rechten umklammerte er weiterhin den Griff von Sternenklinge, die nach wie vor im Rücken des Leviathans steckte und die Übertragung von Gorians Willen auf die gewaltige Kreatur erleichterte.

Während Rächer in Gorians linke Hand zurückkehrte, breitete sich die Finsternis in dem eisigen und offenbar von Morygors Geist erfüllten Körper zusehends aus und beherrschte ihn schließlich vollkommen. Schrille Schreie mischten sich mit dem Tosen des Sturms.

Der Leviathan zog davon und war schon wenige Augenblicke später für den Angreifer nicht mehr erreichbar.

Wie aus dem Nichts tauchte plötzlich ein dunkler Schatten aus dem Schneegestöber auf. Der Leviathan strebte genau darauf zu, und Gorian brauchte ein paar Augenblicke, um zu begreifen, was es war: die Spitze eines Gebirges. Sie hatten das sichere Land erreicht.

Der Leviathan wurde langsamer. Er war zu Tode erschöpft,

Gorian konnte es deutlich spüren. Er schleppte sich bis zu der Bergspitze. Der unglaublich starke Wind hatte wohl dafür gesorgt, dass bisher weder Eis noch Schnee an dem glatten Gestein haften geblieben waren.

Der Leviathan drückte den vorderen Teil seines Körpers gegen die steil aufragende Felswand, so als erhoffte er sich Schutz. Etwas überrascht stellte Gorian fest, dass dieses Wesen offenbar keinerlei Neigung hegte, sich wieder unter Morygors Herrschaft zu begeben.

Ganz im Gegenteil.

»Da ist irgendwo die Erinnerung an unvorstellbaren Schmerz in ihm«, stellte Sheera in Gedanken fest. »Ich nehme an, dass sich Morygor den Geist dieses riesigen Wesens auf diese Weise gefügig gemacht hat.«

»Was ihm ja auch gelungen ist.«

»Aber nur, bis du ihn diesem Einfluss entrissen hast.«

»Wir dürfen uns keinen Illusionen hingeben, Sheera. Der Leviathan ist sofort wieder Morygors Geschöpf, sobald ich ihn aus meiner magischen Kontrolle entlasse.«

»Da bin ich mir nicht so sicher, Gorian.«

Gorian dachte an Ar-Don. Auch ihm hatte Morygor so unglaublich viel Schmerz zugefügt, vor allem jenem Teil seiner Seele, die einst Meister Domrich gewesen war. Daher hasste er Morygor wie sonst wohl nichts auf der Welt. Und ähnlich schien es auch bei dem Leviathan zu sein.

Gorian zog Sternenklinge aus dem Körper des Riesenwurms. Sheera sprach eine Heilformel, um die Blutung zu stillen, die dadurch ausgelöst wurde. Es war schwarzes Blut, das aus der Wunde quoll, aber der Leviathan reagierte kaum auf das, was Gorian tat, zu unerheblich war die Verletzung, die er durch das Schwert davongetragen hatte. Und darüber hinaus war er wohl auch einfach zu sehr geschwächt.

»*Du wirst mir weiterhin gehorchen!*«, versuchte Gorian dem Leviathan mit einem sehr intensiven Gedanken einzutrichtern.

Die Reaktion bestand nur aus einem tiefen Schnauben, wodurch eine kleine Schneeverwehung entstand.

»Vielleicht ist es wirklich keine schlechte Idee, erst mal im Inneren des Leviathans Schutz zu suchen«, sagte Gorian laut zu Sheera.

Sheera warf einen misstrauischen Blick zu den Maladran. »*Wir werden diese Wiedergänger-Brut wohl kaum draußen vor dem Leviathanen-Maul halten können.*«

Gorian hatte das Gefühl, den Leviathan ganz gut unter seiner geistigen Kontrolle zu haben. Die Kreatur wehrte sich auch nicht dagegen. Im Gegenteil, der Riesenwurm schien lieber Gorians Befehlen zu gehorchen, als weiterhin unter Morygors schmerzhafter Knechtschaft zu stehen.

Als Gorian den Adh aus seinen magischen Fesseln entließ, rutschte Beliak um ein Haar vom Leviathanen-Rücken und beschwerte sich auch gleich darüber. »Nicht, dass es mir als Untoten besonders viel ausmachen würde, in die Tiefe zu stürzen und auf das Eis zu schlagen, aber du machst einen großen Fehler, wenn du mich freilässt. Lass mich hier. Die Kälte macht mir nichts aus. Ich bin schließlich ein Geschöpf des Frostreichs. Hast du das vergessen?«

»Du bist ein unglaublicher Schwätzer geworden, seit du getötet wurdest«, erwiderte Gorian mürrisch. »Der Tod scheint dir wirklich nicht zu bekommen. Und jetzt komm. Ich brauche jeden Gefährten.«

Während sich Gorian und Sheera an den Abstieg vom Leviathan machten, sprang Beliak einfach in die Tiefe. Durch das Schneegestöber hatte sich unten eine dicke Schicht aus weichem Neuschnee gebildet, in die Beliak fast vollständig einsank.

Die Maladran gelangten auf höchst unterschiedliche Weise vom Rücken des Leviathans. Manche kletterten, andere schwebten oder sprangen einfach hinab, wobei sie recht sicher auf dem Boden landeten. Nur wenige von ihnen lösten ihre Stofflichkeit wieder auf, um sich auf diese Weise den Abstieg zu erleichtern.

»Sie fürchten sich davor, wieder das zu werden, was sie so lange gewesen sind«, erkannte Sheera. *»Vergessene Schatten.«*

»Sie folgen uns. Und wir werden gegen ihre ungebetene Gesellschaft kaum etwas tun können«, gab Gorian in Gedanken zurück.

Sie gingen an dem gewaltigen Körper des Leviathans entlang. In seinem Windschatten war es nicht ganz so eisig wie oben auf seinem Rücken.

Der Schneefall war noch heftiger geworden, und man konnte kaum mehr als zwanzig Schritt weit sehen.

Sie erreichten das Maul. *»Öffnen!«*, befahl Gorian mit einem Gedanken, der kaum noch die Intensität früherer Befehle aufwies, mit denen er den Leviathan gelenkt hatte.

Der Leviathan gehorchte. Er öffnete sein riesiges Maul, allerdings nur ein Stück weit. Gorian und Sheera traten ein. Eldamir folgte ihnen zusammen mit den anderen Maladran, und auch Beliak schloss sich an.

Das kathedralengroße Innere des Riesenwurms, das sich vor ihnen eröffnete, war von einem eigenartigen Leuchten erhellt. Der Blutfluss in den Adern des riesigen Wesens war deutlich zu sehen.

Einige wenige Maladran hatten sich einfach entstofflicht und sanken durch den Rücken des Leviathans in dessen Inneres.

Da der Leviathan in gebogener Haltung dalag, war es nicht

möglich, die ganze Länge seines Inneren einzusehen. Was hinter der nächsten Körperbiegung lag, war nicht mehr zu erkennen. Ein halbes Katapult ragte allerdings hinter dieser Biegung hervor.

»Morygors Soldaten haben nicht alles an Kriegsgerät ausgeräumt, als der Angriffsring um euch gelegt wurde«, stellte Beliak fest. »Da müssten auch noch kistenweise magische Geschosse sein, mit denen die Katapulte bestückt werden können.«

»Und was ist mit untoten Frostkriegern?«, fragte Sheera.

»Es sind keine mehr hier«, sagte Gorian überzeugt, noch ehe Beliak antworten konnte. »Ich hätte sonst ihre Anwesenheit gespürt. Und du auch, da bin ich mir sicher.«

»Abgesehen von mir dürfte sich tatsächlich kein Untoter mehr im Inneren des Leviathans befinden. Aber sicher sein kann man da nie«, warnte Beliak. »Auch nicht, wenn man offenbar über ein beträchtliches magisches Gespür verfügt wie du.«

Eldamir streckte wortlos den Arm aus. Auf die Geste es Blinden Schlächters hin setzte sich ein halbes Dutzend der Maladran in Bewegung, um den hinteren Teil des Leviathans zu erkunden. »Wir werden es gleich wissen«, versprach der Anführer der Maladran.

Gorian begab sich ebenfalls bis zu der Körperbiegung. Von dort aus war zwar auch nicht das gesamte Körperinnere des Riesenwurms einzusehen, denn es gab noch mindestens eine weitere Biegung, aber er erkannte, dass Morygors Krieger nicht nur Kriegsgerät, sondern auch andere Vorräte zurückgelassen hatten, darunter Bündel, die Korngarben ähnelten.

»Das ist Eiskraut«, erklärte Beliak. »Die Wollnashörner brauchen es. Schließlich sind ja nur ihre Reiter untot, sie selbst nicht. Die Tiere müssen ganz normal fressen.«

»Eiskraut verfügt aber auch über eine große Heilwirkung«, mischte sich Sheera ein. »Allerdings ist es im Gebiet des Heiligen Reiches sehr selten und kaum zu beschaffen. Deshalb wird es von den Heilern des Ordens sehr selten verwendet.«

»Das wird sich wohl in Zukunft ändern«, entgegnete Beliak. »Ich meine die Verbreitung des Eiskrauts im Heiligen Reich oder dem, was davon übrig sein mag. Schließlich dürften jetzt in weiten Gebieten davon ideale Bedingungen dafür herrschen, dass es gedeihen kann.«

Auch Gorian hatte schon von dem geheimnisvollen Eiskraut gehört, dem eine Kraft innewohnte, die es durch die dickste Eisschicht wachsen ließ. Die Wollnashörner und auch andere Geschöpfe, die in den polaren Gebieten nördlich von Eisrigge von jeher beheimatet waren, bezogen durch dieses Kraut einen entscheidenden Teil ihrer Nahrung, zumal schon geringe Mengen davon einen hohen Nährwert aufwiesen, der lange vorhielt.

Allerdings schien dieses Kraut nicht nur unter Wollnashörnern und anderen Geschöpfen der Eiswüsten des Nordens sehr beliebt zu sein.

Aus dem gut durchbluteten, leuchtenden Gewebe des Leviathans schälten sich handgroße Hautlappen, aus denen Beine wuchsen. Innerhalb weniger Augenblicke bildeten sich mehrere Dutzend im seitlichen Krebsgang dahinhuschende Wesen und stürzten sich auf einzelne Bündel des Eiskrauts, um es zu zerkleinern und zu vertilgen. Dabei quollen sie wie Ballons auf, und als Gorian schon den Eindruck hatte, dass sie im nächsten Moment platzen könnten, liefen sie zu den Innenwänden des Leviathanen-Körpers zurück und entleerten die zerkleinerte und zu einem Brei verarbeitete Speise in unscheinbare, offenbar für diesen Zweck vorgesehene Öffnungen im Fleisch des Leviathans. Manchmal gingen die

Krabbler dabei zu eifrig vor, dann lief etwas von dem Speisebrei an der schleimbeschichteten Innenhaut des Leviathans herab. Sobald die Krabbler mit ihrer Entleerung fertig waren, kehrten sie sofort zur Nahrungsquelle zurück und wiederholten den Vorgang.

»Das sind die Vertilger«, erklärte Beliak. »Da ich annehme, dass niemand von euch schon irgendwann in einem Leviathan reisen musste – und damit meine ich für längere Zeit –, glaube ich nicht, dass irgendwer hier auch nur ansatzweise ermessen kann, was für einen Ärger man mit diesen Viechern kriegen kann.«

»Soweit ich erkennen kann, sorgen sie nur dafür, dass der Leviathan wieder zu Kräften kommt«, erwiderte Gorian.

»Richtig. Deswegen solltest du, solange wir uns hier aufhalten, stets dafür sorgen, dass dieses Monstrum nicht hungrig wird. *Wirklich* hungrig, meine ich. Einen knurrenden Magen kennen Leviathane zwar nicht, aber eigentlich sind die Vertilger dazu da, alles zu zerkleinern, was der Riesenwurm in sich hineingeschlungen hat, und dazu gehören wir jetzt auch.«

Inzwischen lösten sich weitere Vertilger von den Innenwänden des Leviathans. Sie fielen einfach herab und krabbelten über den Boden. Auffallend waren ihre aufblitzenden Augen, die an flackernde Kerzenlichter erinnerten, sobald sie geöffnet waren. Manche der neuen Vertilger waren auch deutlich größer als jene Exemplare, die Gorian und Sheera zuerst gesehen hatten.

Eine bestimmte Anzahl von Beinen schien unter den Vertilgern nicht vorgegeben zu sein. Gorian sah Exemplare mit acht, neun oder auch zwanzig Beinen. Und auch deren Dicke und Länge war offenbar individuell bestimmt.

Beliak zuckte zusammen, als sich einer der Vertilger aus dem Boden zu seinen Füßen löste, dann emporschnellte und an seinem Bein entlangstrich, wobei sich eines der dünneren Beine vorübergehend um seinen linken Fuß schlang.

»Als Untoter wirst du dich doch vor den kleinen Verdauungshelfern nicht fürchten müssen«, meinte Sheera mit leisem Spott.

»Hast du eine Ahnung!«, tönte Beliak. »Normalerweise hindert Morygors Kraft die Vertilger daran, seine Truppen während des Transports anzufallen. Seine Magie ist stärker als ihr Trieb, jedenfalls für eine begrenzte Zeit. Aber dann ...« Der Adh zuckte mit den breiten Schultern. »Einmal hat eines dieser Biester versucht, mich anzuknabbern und in Nahrungsbrei zu verwandeln, als ich mich während der Reise mal etwas zur Ruhe gelegt hatte. Wer weiß, was geschehen wäre, hätte ich nicht nur den leichten Schlummer eines Untoten, deren Schlafbedürfnis ja so weit vermindert ist, dass manche glauben, sie würden niemals schlafen.«

»Vielleicht war jener Leviathan, in dem du dich damals befunden hast, schlecht gefüttert«, vermutete Gorian.

Der Adh nickte heftig. »Das ist anzunehmen. Allerdings trifft das leider auf fast alle Leviathane zu, die Morygor dienen, weil unser Herr und Meister der Ansicht ist, dass sie ansonsten träge würden.«

Gorian schritt unerschrocken zwischen den Vertilgern hindurch, die ihn auch kaum beachteten, und wandte sich den Kisten zu, die in der Nähe der Katapulte aufgestapelt waren. Darin mussten sich die Geschosse für die Katapulte befinden.

»Die Kisten sind nicht umgefallen«, wunderte er sich. Dabei war der Leviathan mehrmals in die Höhe gesprungen, war von einem anderen Leviathan angegriffen worden, war den Wasserfontänen mit heftigem Schlingern ausgewichen und hatte sich bei dem Versuch, Gorian und Beliak abzuschütteln, sogar auf den Rücken gedreht.

»Alles hier ist magisch fixiert«, erklärte Beliak, »damit die Ladung nicht verrutscht und während der Reise die Frostkrieger im Bauch des Leviathans zerquetscht. Aber du kannst die Kisten dennoch öffnen oder die Gerätschaften hier bewegen. Die magische Fixierung gleicht nur die Bewegungen des Leviathans aus.«

Gorian entdeckte auch Bolzen mit einer Länge von bis zu drei Schritten, die noch immer an der Innenwand des Leviathans aufgereiht standen. Keiner von ihnen war umgestürzt. Sie wurden wohl in die Springalds eingelegt. Diese Riesenarmbrüste auf Holzgestellen mit Rädern waren mit Geschirren ausgestattet, die darauf hindeuteten, dass diese schweren Kriegsgerätschaften normalerweise von mindestens sechs Wollnashörnern gezogen wurden.

Offenbar hatte man den Tieren etwas Auslauf gestattet, nachdem der Angriffsring aus Leviathanen-Körpern gebildet worden war. Vielleicht auch deshalb, weil man befürchtete, dass sich plötzlich Hunderte von Vertilgern auf eines davon stürzen könnten, wenn der Hunger des Leviathans zu groß und die magische Kontrolle des Frostherrn über dessen Geist vielleicht für einen Moment nachließ, weil er kurz abgelenkt wurde.

Gorian wandte sich den Kisten zu. Mit Rächer hebelte er eine von ihnen auf. Kugeln aus Metall lagen darin, die meisten kaum größer als eine menschliche Faust und für Katapultgeschosse eigentlich viel zu klein.

Als Gorian sie mit Rächer berührte, blitzte es kurz auf, und die Klinge des Dolchs glühte für einen kurzen Moment rötlich.

»Die Kugeln enthalten Sternenmetall«, stellte Gorian fest. Das hatte er sich schon fast gedacht. Aber es schien nicht ihr einziges Geheimnis zu sein.

»Versuch mal, eine von ihnen anzuheben«, verlangte Beliak. In dem seit seinem Tod grünlich verfärbten Gesicht spielte ein Lächeln. »Na los, du bist doch kein Schwächling. Zumindest nicht für einen Menschen.«

Gorian steckte Rächer wieder ein und versuchte eine der faustgroßen Kugel hochzuheben, erst mit einer Hand, dann mit beiden.

Als ihm dies nicht gelang, nahm er Magie zu Hilfe, was sich als Fehler erwies. Er wurde in die Höhe geschleudert und landete zwanzig Schritte von den Kisten entfernt auf dem Boden, aus dem sich gerade ein paar weitere Vertilger lösten, die mit platschenden Geräuschen zur Seite stoben.

Gorian hatte seinen Fall mit Magie abgemildert.

»Ich hätte nicht geglaubt, dass du mogeln würdest, indem du Magie einsetzt«, entschuldigte sich Beliak, während sich Gorian in die Höhe stemmte.

»*Alles in Ordnung?*«, fragte Sheera in Gedanken.

»*Wenn man davon absieht, dass mich gerade eine magische Kraft durch die Luft geschleudert hat, ja.*«

Gorian ging zurück zu den anderen.

Beliak deutete auf Gorians Hand, an der der Ring eines Schwertmeisters steckte. »Wie ich sehe, hast du deinen alten Jugendtraum inzwischen wahr gemacht. Aber die Erziehung der Ordensmeister scheint deinem Charakter nicht uneingeschränkt gutgetan zu haben.«

Gorian stemmte die Arme in die Hüften. »Na, dein Charakter hat offenbar auch unter einem üblen Einfluss gelitten, denn der Beliak, den ich kannte, hätte mich nicht in diese Falle tappen lassen. Du wusstest doch, was geschieht.«

»Deine eigene Magie hat dich zurückgeworfen, Gorian Konnte ich ahnen, dass sie in der Zwischenzeit so stark geworden ist? Abgesehen davon habe ich dir jetzt mehrmals erklärt, dass ich nicht mehr der Beliak bin, den du kanntest. Zerstückle mich mit deiner Klinge, und das Problem ist für dich gelöst. Ich hätte gewiss Verständnis für diese Handlungsweise.«

Gorian atmete tief durch. »Zurück zu den Kugeln. Was ist damit?«

»Es gibt nicht viel Sternenmetall auf ganz Erdenrund. So hat Morygor diese Kugeln aus einer Legierung gießen lassen, in der sich nur ein ganz geringer Anteil davon befindet. Aber das genügt, um sie mit einem Zauber zu versehen, der sie viel schwerer macht, als es ihrer Größe entspricht. Nicht mal ein Orxanier kann eine solche Kugel heben. Das dürfte einer der Gründe sein, weshalb Morygor in letzter Zeit gesteigerten Wert auf die Gefolgschaft von Adhen legt.«

Beliak trat an die Kiste heran und nahm mit gespielter Leichtigkeit eine der Kugeln empor, nahm sie von einer Hand in die andere und legte sie dann wieder zurück.

»Du mogelst ebenfalls«, stellte Gorian fest. »Ich kann doch spüren, dass du Magie anwendest!«

Beliak verzog das Gesicht. »Ja, das mag sein. Die Magie der Adhe ist vielleicht nicht die stärkste, aber sie ist die einzige, die von diesen Kugeln nicht in der Weise abgestoßen wird, wie du es gerade erlebt hast. Selbst Morygor hat noch kein Mittel gefunden, das es jedem beliebigen orxanischen Frostkrieger erlaubt, die Katapulte mit diesen Kugeln zu beladen, die ganz besonders zerstörerisch wirken, wie du dir vorstellen kannst. Was glaubst du wohl, wie viele Untote sich bei dem Versuch, mit diesen Dingern die Katapulte zu bestücken, schon selbst die Arme ausgerissen haben.«

Gorian nickte. »Eine Waffe, die sicherlich mit verheerendem Erfolg gegen einen Stadtbaum eingesetzt werden kann.«

»Oh, das ist schon geschehen«, erklärte Beliak. »Ich selbst war bei der Zerstörung von Segell dabei.«

»Weißt du, wie weit Morygors Horden bereits in den Süden vorgedrungen sind?«, erkundigte sich Gorian. »Ist Caladrania schon gefallen?«

»Ich habe keine Ahnung. Auch wenn ich Morygors Diener war – und es vielleicht immer noch bin, auch wenn du dich beharrlich weigerst, diesen Umstand anzuerkennen –, so weiß ich doch fast nichts über die Gesamtlage. Morygor pflegt seine Knechte im Unklaren zu lassen, das sollte dir inzwischen aufgefallen sein. Keiner von ihnen soll mehr wissen, als unbedingt notwendig ist, damit er seine Aufgabe erfüllen kann.« Er klopfte gegen die Kisten. »Holz von Bäumen, die mit dem Wachstumszauber der Adhe aufgezogen wurden«, stellte er klar. »Normales Holz würde unter dem Gewicht der Kugeln zerbrechen.«

Hinter den Katapulten war ein Haufen herkömmlicher Steine aufgeschichtet, der ebenfalls nicht verrutscht war. Die meisten der Felsbrocken hatten in etwa den Umfang eines Menschenbauchs und dienten wohl ebenfalls dem Beladen der Katapulte. Sicherlich war es auch möglich, solche Geschosse magisch aufzuladen, aber das war hier nicht der Fall. Gorian sah, wie sich einige der Vertilger an den Steinen zu schaffen machten und daran herumkratzten. Mit gut verborgenen Schabewerkzeugen und säurehaltigem Speichel war es ihnen offenbar auch möglich, derart hartes Material in Nahrungsbrei für den Leviathan umzuwandeln. Derart gigantische Wesen wie der durften wohl nicht besonders wählerisch sein, wenn sie nicht verhungern wollten.

Beliak rollte einen der Steine in die Mitte des Leviathanen-Inneren, dann wurde er mit einem Wärmezauber belegt, denn inzwischen war es selbst innerhalb des Riesenwurms sehr kalt geworden.

Draußen wütete immer noch der Schneesturm. Gorian spürte es mit seinen magischen Sinnen.

Nur sehr starke Magie konnte die Elementarströme derart auf einen Punkt konzentrieren, wie dies im Augenblick geschah.

Gorian und Sheera ließen sich in der Nähe des Steins mit dem Wärmezauber nieder, der allmählich rot zu glühen begann. Sheera streckte die Hände unter den etwas überlangen Ärmeln des Caladran-Wamses hervor und hielt sie in die Wärme.

Beliak hatte weniger Wärmebedarf. »Als Untoter bin ich sogar noch etwas kälteunempfindlicher als ein Caladran«, erläuterte er. »Allerdings hat auch das seine Grenzen.« Er rieb sich die Oberarme.

»Dann zier dich nicht, und bleib einfach in der Nähe des Steins«, schlug Gorian vor.

»Diese Art von Wärme wird ihm nichts nützen«, stellte Eldamir klar, »und Euch letztlich auch nicht. Es ist die Seelenkälte, die ihm zusetzt. Glaubt mir, ich weiß, wovon ich rede, denn nirgends ist sie stärker als in den Gefilden der Maladran, denen wir entflohen sind.«

»Diese Kälte wird auch die Seele des Leviathans erfassen, nicht nur unsere«, befürchtete Sheera. »Und was dann geschieht, wage ich mir kaum vorzustellen.«

»Gibt es nicht ein Heilmittel dagegen?«, fragte Gorian.

»Ich könnte versuchen, das Eiskraut, das die Vertilger noch übrig gelassen haben, dafür zu verwenden«, schlug Sheera vor. »Aber es gibt keine Gewissheit, dass es auch wirkt. Seelenkälte ist ein Spezialgebiet der Heilkunst, in dem ich kaum ausgebildet wurde.«

Auch Gorian spürte, wie ihn dieses ganz besondere Frösteln von innen her zu erfassen begann. Es lähmte die Gedanken, schlich sich wie ein Gift in die Seele, und ehe man sich versah, wurde man von Agonie ergriffen. Genau das war es wohl auch, was Morygor beabsichtigte.

Aber das würde er nicht zulassen, nahm sich Gorian vor.

Sheera ging zu den Garben von Eiskraut, scheuchte ein paar Vertilger weg und zog eine der Garben hinter sich her.

Gorian lief zu ihr und half ihr. »Hast du was Bestimmtes vor?«

»Ein Rauchzauber kann uns vielleicht eine Weile helfen«, hoffte sie und wandte sich an Beliak. »Ich brauche noch drei dieser Felsbrocken.«

»Kein Problem«, antwortete der Adh. »Ich hoffe nur, dass dein Zauber nichts hervorbringt, was schlecht riecht.«

»Als Untoter wirst du kaum ersticken«, entgegnete Sheera.

»Aber leiden«, behauptete der Adh und ging zu den Steinen, um sich unter ihnen die passenden herauszusuchen. »Irgendwelche besonderen Wünsche hinsichtlich Form, Farbe oder Maserung?«

»Möglichst keine scharfen Kanten«, verlangte Sheera. »Die behindern jede Form von Heilmagie.«

Beliak rollte drei Steine zu einem Punkt, den Sheera ihm wies. Dann löste sie die Eiskrautgarbe auf und teilte etwa ein Drittel der Halme ab, die sie auf die Steine legte.

Mit einem Entflammungszauber wurden sie in Brand gesteckt. Weißer Rauch stieg empor. Sheera breitete die Arme aus und murmelte eine Formel aus Worten in alt-nemorischer Sprache, hier und da gemischt mit Anteilen des Heiligreichischen. Ihre Augen wurden vollkommen schwarz, und ihr Gesicht verzerrte sich und spiegelte die außerordentliche Anstrengung wider, der sie sich dabei unterzog.

Die Rauchsäule stieg senkrecht in die Höhe und fächerte sich dann auf, der Rauch begann zu leuchten und verteilte sich entlang der Innenseite des Leviathanen-Rückens.

Gorian fiel auf, dass sich die Vertilger zurückzogen. Für einige Momente waren noch ihre Laute zu hören, bis sie sämtlich verschwunden waren. Der Rauch schien dem Leviathan den Appetit zu verderben.

Aber Gorian konnte auch spüren, dass sich der Riesenwurm weiter beruhigte. Die innere Kälte, die auch dieses gewaltige und scheinbar vor Kraft strotzende Wesen zu lähmen drohte, wurde zurückgedrängt. Der Leviathan gewann anscheinend durch den Zauber, den Sheera anwandte, mehr Stärke zurück, als dies durch den Verzehr von noch so viel Eiskraut oder gar ganzen Steinhaufen möglich gewesen wäre.

Die Rauchschwaden waberten durch das Innere des Leviathans und verhielten sich dabei alles andere als natürlich. Der Rauch verteilte sich nach und nach und bildete eine Schicht, die nach einiger Zeit das gesamte Innere des Leviathans mit einer höchstens faustdicken Dunstschicht belegte. Diese leuchtete immer heller, hier und dort flammten bläuliche Lichterscheinungen auf, Blitze zuckten durch das Weißgrau des Rauchnebels und sprangen auf den Leib des Leviathans über, wo sie sich entlang der deutlich hervortretenden Adern weiter fortsetzten.

Sheera senkte schließlich die Arme und verstummte.

»Ein Schutzschild gegen die Seelenkälte«, erkannte Beliak. »Aber seine Wirkung ist zeitlich begrenzt.«

Sheera schwankte leicht, ihr schien schwindelig zu sein. Gorian legte den Arm um sie, und sie lehnte sich gegen ihn.

»Für eine Weile wird es helfen«, sagte sie. Dann sprach sie

sehr leise weiter, sodass sich Gorian bei manchen ihrer Worte nicht sicher war, sie wirklich zu hören, oder ob er lediglich den entsprechenden Gedanken wahrnahm. »Aber Beliak hat recht, auf Dauer werden wir uns darauf nicht verlassen können …«

»Wir müssen sehen, dass wir von hier fortkommen«, drängte Beliak. »Sonst sind wir verloren. Auch wenn das in meinem Fall und bei den Maladran vielleicht nicht mehr so darauf ankommt, aber du und deine Begleiterin, Gorian, ihr seid Lebende und deswegen besonders verwundbar.«

»Die Magie der Elementarströme hält uns hier«, gab Gorian zu bedenken. »Die Wasserströmungen können uns auf festem Grund zwar nichts anhaben, aber die Luftströme können es hier so kalt werden lassen, dass der Leviathan festfriert und unter einer so dicken Eisschicht begraben wird, dass man uns vielleicht erst in ein oder zwei Zeitaltern wiederfindet – oder auch nie.«

Beliak verengte die glasigen Augen, in denen jeder Lebensfunke fehlte. »Du hast dir mittlerweile wirklich eine Menge Caladran-Wissen angeeignet. Kein Wunder, dass Morygor dich so fürchtet. Aber ist dir auch bewusst, dass es außer den Elementarströmen der Luft und des Wassers auch noch solche gibt, die aus dem Erdinneren kommen? Auch die weiß Morygor zu lenken. Glaub mir, ich war dort unten im Untererdreich und weiß, wie weit seine Macht dort inzwischen reicht. Er könnte die Glut aus der Tiefe hier hinauflenken, und das nur mit der Kraft seiner Gedanken.«

»Und warum hat er es noch nicht getan?«, fragte Gorian.

»Der Grund ist ganz einfach«, ergriff Eldamir wieder das Wort. »Die Beherrschung der Elementarströme gehört zu den anstrengendsten Disziplinen der Magie, die es gibt. Früher haben diese Art des Zaubers in der Regel nur größere Gruppen von Schamanen oder Magiern angewendet, indem sie ihre Kräfte zusammenschlossen. Selbst in der Alten Zeit war die Magie in unserem Volk kaum stark genug, dass Einzelne dazu imstande gewesen wären.«

»Was ist mit euch Maladran? Seid ihr zu solchen Dingen fähig?«

Ein schiefes Lächeln glitt über das Gesicht des Blinden Schlächters. »Bisweilen. Aber da du dich beharrlich weigerst, meinen Namen zu rufen, kann ich meine Kräfte nicht entfalten. Und das gilt auch für meine Getreuen.«

»Dass man dich den Blinden Schlächter genannt hat, spricht nicht dafür, dass du unter den Vorfahren der Caladran als großer Magier bekannt gewesen bist«, gab Gorian kühl zurück. »Das Wenige, das mir von deinen abstoßenden Gedanken und Erinnerungen zugeflogen ist, deutete eher darauf hin, dass deine Kunst die des Mordens und Quälens ist. Deine Taten waren so widerlich, dass man sich nicht einmal im Reich des Geistes daran erinnern mag.«

»Mit mir an Eurer Seite hättet Ihr eine Waffe, Gorian. Aber Ihr zieht es vor, sie nicht einzusetzen und mit blanker Faust statt des Schwerts in der Hand zu kämpfen, während die Welt, in der Ihr Euer kurzfristiges Leben fristet, zugrunde geht!«

Der Blinde Schlächter hatte mit hohntriefender Stimme gesprochen. Die caladranische Sprache hatte viele Feinheiten, die denen der Menschen völlig fremd waren, wie Gorian inzwischen festgestellt hatte. Darunter war auch die Möglichkeit, durch feine Nuancierung der Wortwahl und die Benutzung bestimmter Formen unterschwellig Verachtung zum Ausdruck zu bringen, ohne dabei die Regeln der Höflichkeit zu verletzen. Genau das hatte der Blinde Schlächter soeben getan. In jener uralten Zeit, der Eldamir entstammte, schien der Gebrauch dieser sprachlichen Feinheiten noch weitaus üblicher gewesen zu sein als unter den heute lebenden Caladran.

»Ihr müsst wissen, was Ihr tut, mein Fürst«, fuhr er fort. »Aber bedenkt, dass wir uns auch einem anderen Lebenden anschließen könnten, wenn Ihr unsere Hoffnungen nicht erfüllt.«

»Du willst mir drohen, dass ihr euch auf Morygors Seite stellen könntet?«, fragte Gorian, der die Gründe für das tiefe Misstrauen, das er nach wie vor für Eldamir und die Maladran in seiner Gefolgschaft empfand, bestätigt sah.

Eldamir wog den Kopf. In seinen leeren Augenhöhlen flammte plötzlich ein Leuchten auf, das an die Lichterscheinungen beim Handlichtlesen erinnerte. Kurz waren darin Gesichter zu sehen, die einander so schnell abwechselten, dass es kaum möglich war, sie zu erkennen. Gorian kam es vor, als ob auch das Gesicht des jungen Caladran darunter war, der Morygor einst gewesen war. Aber da war er sich nicht sicher.

Dann verschwand das Leuchten.

»Nein«, sagte Eldamir schließlich. »Morygor nicht. Er mag einst ein Lebender gewesen sein, und vielleicht könnte man seine Existenz noch immer als Leben bezeichnen. Aber allein durch seine allgegenwärtige Aura kann ich spüren, wie sehr er sich verändert hat.«

»In ... was?«, fragte Gorian.

Ein Lächeln huschte über die Züge des Blinden Schlächters. »In ein Wesen, das jener düsteren Existenzform, die wir gerade hinter uns gelassen haben, ähnlicher ist, als ich bisher angenommen habe.«

»Ist das der Grund, weshalb ihr jemanden wie mich als euren Fürsten bevorzugt?«

»Schon möglich«, murmelte Eldamir.

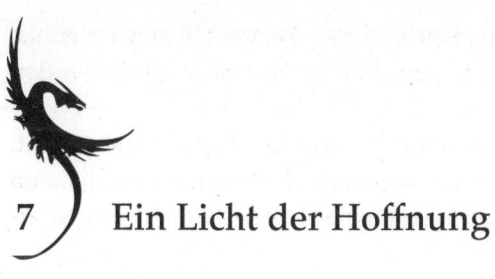

7) Ein Licht der Hoffnung

Die innere Kälte wich zwar nicht aus ihren Seelen, aber sie verstärkte sich auch nicht mehr. Sheeras heilender Rauchzauber schien zu wirken.

Zwischenzeitlich legte sie etwas Eiskraut nach und entfachte den weißen Rauch von Neuem.

»Dieser Zauber hat offenbar auch auf uns eine Wirkung«, wandte sie sich in Gedanken an Gorian. »Aber das ist kaum verwunderlich. Schließlich sind wir beide und der Leviathan die einzigen wirklich lebendigen Wesen hier.«

»Ich würde gern etwas für Beliak tun«, gab Gorian zurück. Und dabei achtete er so gut er konnte darauf, dass dieser Gedanke abgeschirmt blieb und nur Sheera erreichte.

»Das wird schwierig«, antwortete sie. »Die Heilmagie ist für die Lebenden geschaffen. Sie wirkt nur bedingt auf die, die schon nicht mehr wirklich zur Welt der Diesseitigen gehören.«

»Ich weiß.«

»Gibt es denn in dem Wissen, das du im Reich des Geistes erlangt hast, keinen Hinweis darauf, wie man einen Untoten ins Leben zurückholen könnte?«

»Nein. Das Problem schien sich weder den Caladran noch ihren Vorfahren in dieser Form gestellt zu haben. Und davon abgesehen ist er ein Adh.«

»Und für die gelten ohnehin in mancherlei Hinsicht andere

Gesetze der Natur und der Magie, das ist mir sehr wohl bewusst.«

Gorian fiel auf, dass der Adh immer nervöser wurde und unruhig durch das Innere des Leviathans streifte. Als Gorian ihn darauf ansprach, bekam er nur eine der üblichen, manchmal unwirschen und bisweilen spöttischen Antworten. »Erschlag mich, wenn du meine Gegenwart nicht ertragen kannst!«, forderte er dann, oder: »Stör bitte eine sensible Leiche nicht dabei, über dich zu wachen!«

»Also ehrlich, du hast schon eigenartige Freunde«, kommentierte Sheera dies nur stumm in Gedanken.

Einmal schob der Adh eine mittelgroße Springald unter Aufbietung seiner enormen adhischen Körperkräfte ein Stück zur Seite und tat dann das, was er zuvor auch schon an mehreren Dutzend anderen Stellen am Boden des Leviathanen-Bauchs getan hatte: Er legte das Ohr an und schien angestrengt zu lauschen.

Dabei murmelte er hin und wieder einige Worte in der Sprache der Adhe vor sich hin, von denen Gorian zunächst glaubte, dass es sich um magische Formeln handelte. Aber mit der Zeit kam er zu dem Schluss, dass es wohl eher Verwünschungen und Flüche waren, weil irgendetwas nicht so lief, wie Beliak es sich gewünscht hätte.

Schließlich richtete er sich auf und sagte: »Ich vernehme etwas mit meinen Adh-Sinnen, das mir ganz und gar nicht gefallen will.«

Und mit diesen Worten versank er auf einmal im Boden.

Doch es dauerte nur Augenblicke, bis er wieder zurückkehrte, von Raureif ganz weiß. Sein Wams schien hart wie ein Brett gefroren, so als wäre sein untoter Körper über lange Zeit im Gletscher begraben gewesen. Als er die Arme bewegte, machte seine Kleidung knackende Geräusche. Er ging zu dem vom Wärmezauber rot glühenden Stein und hielt die Hände darüber. Die mumienhafte, pergamentartige Haut des untoten Adh hatte bisher einen ungesunden Grünschimmer gehabt, der an verdorbenes Fleisch erinnerte, nun wies sie einen deutlichen Blaustich auf.

»Ich musste mir ansehen, was dort im Untererdreich zurzeit geschieht«, murmelte er. Seine Worte kamen schleppend; er hatte offenbar Mühe, die Lippen zu bewegen, was wohl ebenfalls an der Kälte lag, der er ausgesetzt gewesen war. »Befiehl dem Leviathan, sich fortzubewegen, Gorian!«

»Aber ...«

»Sofort!«

Gorian spürte, wie ernst es dem Adh war, und er entschied, seinem Instinkt zu folgen und dem Adh zu vertrauen. Er sandte einen äußerst intensiven Gedanken an den Leviathan, der daraufhin einen dröhnenden Laut ausstieß, der im Inneren des Riesenwurms noch viel unerträglicher war, als er es draußen im Freien gewesen wäre. Das Tier fühlte sich noch zu schwach, auch wenn der Rauchzauber den Riesenwurm zweifellos gestärkt hatte. Dennoch gehorchte er Gorians Befehl.

Aufstöhnend setzte er sich in Bewegung und musste dabei sowohl gegen die Kraft des eisigen Elementarstroms ankämpfen, der ihn als eisiger Wind von allen Seiten bedrängte, als auch gegen die Massen aus allmählich vereisendem Schnee, die sich in den letzten Stunden um seinen Körper gelegt hatten.

»Schneller!«, forderte der Adh, und Gorian vernahm deutlich die Furcht in der Stimme des einstigen Gefährten.

Gorian konzentrierte all seine Kräfte darauf, den Leviathan noch mehr anzutreiben.

»Es kommt etwas aus der Tiefe«, rief Beliak. »Ein Strom

aus Feuer und geschmolzenem Stein, der uns mitten in dieser kalten Ödnis verbrennen wird, wenn wir nicht schleunigst fortkommen!«

Der Leviathan bewegte sich ruckartig und musste gegen den von allen Seiten auf ihn eindringenden Eiswind ankämpfen, der auch noch einmal an Heftigkeit zugenommen hatte.

Gorians Augen wurden pechschwarz. Er zog Sternenklinge, und Beliak schien zu erraten, was er vorhatte. »Vorn beim Maul gibt es eine Stelle, über die selbst ein magisch kaum begabter Orxanier den Geist des Leviathans erreichen könnte.«

»Durch Schmerz, nehme ich an«, murmelte Gorian.

»Vermutlich.«

Gorian war das nicht recht, trotzdem rannte er zum Maul des Riesenwurms.

Beliak folgte ihm und holte ihn ein, bevor er sein Ziel erreichte, dann deutete er auf einen der Hautlappen an der Seite. »Dort verbergen sich die Zähne, und mir scheint, dass von dort aus ein direkter Weg zur Leviathanen-Seele führt.«

Gorian konzentrierte seine Kraft und stieß Sternenklinge in den Hautlappen. Etwas Blut troff aus der Wunde, der Leviathan brüllte auf, doch Gorian spürte sofort, dass es sehr viel leichter wurde, in den Geist des Riesenwurms zu dringen.

Eine Flut von Eindrücken überkam ihn. Er konnte die Umgebung des Riesentiers nun mit dessen Sinnen und auf eine Weise wahrnehmen, wie er es zuvor noch nicht erlebt hatte.

Er hatte den Eindruck zu sehen, was sich um den Leviathan herum ereignete – und doch war er sicher, dass der Riesenwurm seine Umgebung keineswegs durch Augen wahrnahm.

»*Schneller!*«, befahl er dem wurmähnlichen Monstrum, das daraufhin erneut dröhnend aufbrüllte, so laut, dass im hinteren Teil seines Körpers einige der magisch fixierten Steingeschosse für die Katapulte zitterten.

Der Leviathan kämpfte sich voran, während die eisigen Winde der Elementarströme alles daranzusetzen schienen, dies zu verhindern. Schnee und Eis wurden bis in Höhen emporgepeitscht, die jeden Stadtbaum der Caladran überstiegen.

Gorian spürte in den Gedanken des Leviathans den Wunsch, sich aufzurichten. Aber das wäre verhängnisvoll gewesen, sowohl für den Riesenwurm selbst als auch für diejenigen, die sich in seinem Inneren befanden. Die Kraft der magisch gelenkten Winde hätte zweifellos ausgereicht, ihn zu ihrem Spielball zu machen und in die Höhe zu schleudern, sodass er anschließend wie ein Stein zu Boden gefallen wäre.

Also musste Gorian den Riesenwurm dazu zwingen, sich so dicht wie möglich am Boden zu halten und sich sogar immer mindestens bis zur halben Körperhöhe in den Schnee hineinzugraben.

Für den Leviathan war das enorm anstrengend. Aber allmählich schien er zu begreifen, dass Gorian nichts im Sinn hatte, was ihm nicht letztlich zugutekam. Es ging ums Überleben.

Der Leviathan wurde ruhiger. Gorian sorgte dafür, dass er seine Kräfte mehr darauf konzentrierte, den Winden zu trotzen und sich durch den Schnee zu wühlen, statt sie für panikartige Reaktionen zu vergeuden.

»In die Tiefe!«, hörte Gorian wie aus weiter Ferne die Stimme Beliaks. »Jetzt sofort und so weit es geht! Sonst sind wir verloren!« Der Adh hatte wieder das Ohr an den Boden gepresst. Was auch immer er dort hören mochte, es musste äußerst bedrohlich ein. »Ah, dieses verdammte Leviathanen-Blut in diesen verflucht großen Adern!«, rief er aus. »Das rauscht wie sonst was in den Ohren, sodass man kaum noch was anderes hören kann. Aber ich wage jetzt keinen zweiten Ausflug in die Tiefe mehr!«

In diesem Moment hob sich dort, wo der Leviathan ausgeruht hatte, die aus dem Eis ragende Felsspitze empor und wurde in einer Fontäne geschmolzenen Gesteins in die Luft geschleudert. Ein Feuer und Asche speiender Vulkan brach aus. Die Bergkuppe war nicht mehr vorhanden. Ströme glutflüssiger Lava quollen aus der Tiefe der Erde hervor. Zischend trafen sie auf die Eismassen und schmolzen sich in sie hinein. Gleichzeitig flog heiße Asche durch die Luft und verdunkelte den Himmel so sehr, dass auch der schmale Lichtkranz der Sonne nicht mehr zu sehen war.

Es musste Morygor viel Kraft kosten, diesen vulkanischen Elementarstrom aus dem Erdinneren an die Oberfläche schießen zu lassen, wo er seine ungeheure Gewalt entlud. So gerade eben waren Gorian und seine Begleiter im Inneren des Leviathans diesem Inferno entgangen.

Vorerst zumindest, denn das heiße Gestein verflüssigte überall das Eis, wie umgekehrt Eis und Schnee natürlich auch die Lava ablöschten. Ein Schmierfilm entstand, auf dem die Glut noch schneller dahinfloss.

Außerdem wurden immer wieder gluthaltige Brocken in die Höhe geschleudert, die dann zu Boden schlugen. Allerdings fielen sie nicht so, wie die Natur sie hätte niedergehen lassen. Eine starke Kraft lenkte sie in jene Richtung, in die der Leviathan floh. Pechgetränkten Katapultgeschossen gleich schwirrten die glühenden Gesteinsbrocken dorthin, wo Gorian gerade den Leviathan sich in das Eis eingraben ließ. Rechts und links von ihm schlugen sie ein. Ein wenig konnte Gorians Magie sie ablenken. Aber sein Einfluss war gering.

Einer der glühenden Brocken schmolz sich durch das Eis, das bereits den überwiegenden Teil des Leviathanen-Körpers schützte, und drang bis zu dessen Rücken vor. Das Tier erlitt eine furchtbare Brandwunde und brüllte schmerzerfüllt.

Der Riesenwurm verstärkte daraufhin seine Anstrengungen, noch tiefer ins Eis zu gelangen. Seine Außenhaut sonderte Schleim ab, der das Eis weich werden und trotz der grausamen, völlig unirdischen Kälte schmelzen ließ, sodass es der Leviathan mit der unbändigen Kraft seines gewaltigen Körpers leichter verdrängen konnte.

Immer tiefer ließ Gorian das Ungetüm ins Eis hinabtauchen. Fast eine Meile dick war der Gletscher an dieser Stelle, und gut ein Viertel davon musste eigentlich ausreichen, um gegen die Lava zunächst geschützt zu sein.

Die Kraft der Eiswinde, die eben noch von allen Seiten her auf den Leviathan eingewirkt hatte, war hier unten nicht mehr zu spüren. Doch Morygors Aura war allgegenwärtig und so machtvoll, wie Gorian sie nie zuvor gespürt hatte.

Mit den Sinnen des Leviathans nahm er wahr, wie sich eine Schicht aus heißer Asche und erkaltender Lava den Hang hinabschob, heiße Asche regnete auch vom Himmel, und nur das Eis schützte den Leviathan davor.

Dessen Furcht war so groß, dass Gorian ihn gar nicht weiter anzutreiben brauchte. Er musste nur dafür sorgen, dass er die Richtung ungefähr beibehielt.

Gorian wollte nach Süden und erfahren, ob der Stadtbaum von Caladrania noch stand. Große Hoffnungen machte er sich in dieser Hinsicht allerdings nicht.

Viele Meilen weit kroch der Leviathan durch das Eis, bohrte seinen Körper durch den Gletscher und entkam damit dem Inferno, das sich an der Oberfläche abspielte.

Als Gorian es schließlich wagen wollte, wieder dorthin zurückzukehren, weigerte sich der Riesenwurm zunächst. Das gewaltige Tier war dermaßen verängstigt, dass es einfach nicht mehr aus dem Eis emporsteigen mochte.

Gorian ließ den Leviathan zunächst gewähren, bis der Riesenwurm zusehends langsamer wurde. Die Kräfte schwanden ihm. Die Anstrengung, sich ständig weiter durch das Eis zu bohren, drohte für ihn zu viel zu werden.

Also zwang Gorian ihn an die Oberfläche, und der Leviathan hatte nicht mehr den nötigen Widerstandsgeist, um sich weiter dagegen zu sträuben. Als er schließlich aus dem Eis des Gletschers hervorbrach, war das vulkanische Inferno noch längst nicht vorbei.

Er öffnete sein Maul, als Gorian es ihm befahl, und kam beinahe zum Stillstand. Mit eigenen Augen – und nicht nur mithilfe der Leviathanen-Sinne – wollte Gorian sehen, was sich in der Umgebung ereignete.

Das Eis um sie herum war schwarz, eine Schicht aus Asche hatte sich daraufgelegt, und die Luft war noch immer voll von dem heißen Staub, den der Vulkan emporgeschleudert hatte.

Gorian ließ den Riesenwurm sein vorderes Körperviertel nach hinten drehen. Jenseits des Horizonts ragte ein riesiger schwarzer Pilz in die Höhe, eine gewaltige Wolke aus Asche, die immer höher strebte. Die weiße, eisige Einöde des Frostreichs wirkte, als würde man sie durch schmutziges Glas betrachten. Und immer wieder schlugen in der Ferne heiße Brocken ins Eis.

»Über das, was hier geschehen ist, lässt sich nur ein Gutes sagen«, meinte Beliak, der neben Gorian stand. »Morygor wird es so schnell nicht wiederholen können.«

»Wer sollte ihn daran hindern, an irgendeiner anderen

Stelle, tief unter uns, die Erde aufzureißen und ihr Inneres emporsteigen zu lassen?«, fragte Sheera.

»Die Anstrengung«, antwortete der Adh. »Sie muss enorm gewesen sein. Zu so etwas ist auch Morygor innerhalb eines bestimmten Zeitrahmens nur einmal fähig. Zudem mag er inzwischen zwar weite Bereiche des Untererdreichs beherrschen, aber diese Elementarströme, die er von dort an die Oberfläche hat dringen lassen, können nicht so leicht und so exakt gelenkt werden wie Winde oder die Strömung des Meeres.«

»Unser Glück«, meinte Gorian.

Sheera hustete. »Es ist so viel Staub in der Luft, dass man sie kaum atmen kann.« Sie murmelte eine Formel, die das Atmen erleichtern sollte.

Gorian ließ den Leviathan das Maul wieder schließen und dann den Weg nach Süden fortsetzen. Er zog Sternenklinge aus dem Hautlappen, in dem sich einer der Zähne verbarg, und Sheera sorgte mit etwas Eiskraut dafür, dass sich die Wunde schnell und vollständig schloss. Für den Teil des Weges, der ihnen nun bevorstand, reichte es vollkommen, wenn Gorian den Leviathan ohne dieses Hilfsmittel unter seiner geistigen Kontrolle hielt.

Die Verwundung am Rücken, wo der Wurm von glühendem Gestein verbrannt worden war, musste noch etwas warten. Zuerst mussten sie den Abstand zum Vulkan vergrößern. Abgesehen davon konnte Gorian zwar spüren, dass der Leviathan starken Schmerz empfand, aber noch viel stärker war die Furcht, die dieses Wesen erfüllte und auch noch seine letzten Kräfte mobilisierte.

»Achte darauf, dass wir auf festem Land bleiben«, sagte Beliak zu Gorian. »Wie gesagt, die Gefahr aus dem Erdinneren scheint mir zumindest für die nächste Zeit gering. Was allerdings die anderen Elementarströme betrifft, so werden wir mit weiteren Angriffen rechnen müssen. Vielleicht nicht sofort, aber Eis über offenem Meer sollten wir meiden.«

»Und wie sollen wir dann die Insel Caladranien verlassen?«, mischte sich Sheera ein.

Der Adh zuckte mit den Schultern. »Ich habe keine Ahnung, aber kommt Zeit, kommt vielleicht auch Rat.« Dann fuhr er in gedämpftem Tonfall fort: »Eure Maladran-Gefolgschaft wird immer – wie soll ich sagen? – *körperlicher.*«

»Das ist mir auch aufgefallen«, bestätigte Gorian.

»Irgendwann sind sie vielleicht so etwas wie ganz gewöhnliche Caladran.«

»Ganz gewöhnlich? So würde ich das nicht ausdrücken.«

»Bis auf ein paar körperliche Besonderheiten vielleicht. Aber sie entstammen, soweit ich mitbekommen habe, den Vorfahren der Caladran. Und zu ihrer Zeit soll die Magie in diesem Volk sehr viel mächtiger gewesen sein als heutzutage. Könnte doch sein, dass es dir mit ihrer Hilfe gelingt, die Angriffe durch die Elementarströme irgendwie abzuwehren.«

»Lieber nicht«, wehrte Gorian ab.

»Aber sie wissen vielleicht Dinge, von denen selbst die heute lebenden Caladran keine Ahnung mehr haben.«

Gorian blickte zu Eldamir und den anderen Maladran hinüber, die sich etwas abseits hielten. Kaum einer von ihnen wirkte noch schattenhaft. Allerdings hatte sich gut die Hälfte von ihnen körperlich so verändert, dass es schwerfiel, sie als Caladran-Vorfahren anzusehen. Tierhafte Züge und zusätzliche Arme waren keine Seltenheit, und so sahen sie aus wie Zerrbilder jener Wesen, die sie einst gewesen waren. Vielleicht lag das daran, dass bei manchen von ihnen die Erinnerung an die eigene frühere Existenz mittlerweile verblasst war.

Sämtliche Maladran richteten ihren Blick auf Gorian, so als

hätten sie Beliaks Worte gehört. Aber keiner von ihnen sagte auch nur ein einziges Wort oder ließ einen Gedanken nach außen dringen, der deutlich genug gewesen wäre, um ihn erfassen zu können. Sie standen nur da, erwartungsvoll abwartend.

»Du bist ihr Fürst, Gorian. Und sie erwarten von dir, dass du dich auch so verhältst«, sagte der Adh. »Andernfalls könnte es sein, dass diese Gesellen ungemütlich werden.«

Zwei Tage und zwei Nächte setzte der Leviathan seinen Weg fort. Gorian und Sheera ernährten sich von den Vorräten, die sie aus dem zerstörten Stadtbaum von Pela mitgenommen hatten und die sich als erstaunlich kräftigend erwiesen.

Gorian bemerkte, dass der Krieger mit den Schattenflügeln ihnen sehr aufmerksam beim Essen zusah, fast so, als würde er ihnen die Mahlzeit neiden.

»Der Tag wird kommen, da zumindest einige von uns auch wieder Hunger verspüren«, erklärte der Maladran schließlich mit sonorer Stimme und vollkommen ohne Unterstützung durch einen starken Gedanken. »Es ist eine eigenartige Empfindung, wie etwas, das einem eigentlich bekannt sein müsste, aber fremd geworden ist.«

»Macht Euch keine Sorgen, dass Ihr Eure bescheidenen Vorräte mit uns teilen müsst«, mischte sich Eldamir ein. »In unserem Volk kann man den Hunger und auch andere Bedürfnisse des Körpers sehr viel besser mit dem Willen beeinflussen, als es Eurer Art möglich ist. Daher sind wir nicht auf regelmäßige Nahrung oder Schlaf angewiesen, wie das bei den Völkern der Fall ist, die den Tieren näher stehen als wir.«

»Angesichts des Aussehens, das sich manche deiner Maladran-Gefährten gegeben haben, ist deine Bemerkung etwas … nun, sagen wir: *eigenartig*«, gab Gorian zurück.

Eldamir lachte auf eine Weise, die Gorian schaudern ließ. »Alles eine Sache des Standpunkts, mein Fürst.«

Zwischenzeitlich ließ Gorian den Leviathan anhalten. Sie befanden sich mittlerweile in einem Gebiet, das nur noch leicht vom Ascheregen des Vulkans betroffen war. Dennoch lag ein Grauschleier über allem, und die Luft wirkte, als würde man durch schmutzige Spinnweben sehen. Der Unterschied zwischen Tag und Nacht war aufgrund des Schattenbringers ohnehin nicht mehr groß gewesen und hatte im Wesentlichen darin bestanden, dass entweder eine kleine Mondsichel oder eine etwas größere Sonnensichel am Firmament gestanden hatte. Seit die Asche den Himmel bedeckte, waren beide nur noch als undeutliche, verwaschene Lichtflecke auszumachen, und Sterne waren überhaupt nicht mehr zu sehen.

Sheera stieg auf den Rücken des Leviathans, um dessen Brandwunde zu behandeln. Gorian hingegen öffnete mittels Magie ein Loch im Eis, indem er Sternenklinge aufglühen ließ und mit ihr eine runde Öffnung in den Gletscher schmolz. Blitze sprühten aus der Spitze des Schwerts, wirbelten umeinander und bohrten sich mehrere Mannlängen tief hinein. An der Oberfläche war das Eis durch die Asche zu schmutzig, um es aufgetaut als Trinkwasser nutzen zu können.

Beliak sank an anderer Stelle in das Eis ein und tauchte am Boden des Lochs, das Gorian geschaffen hatte, wieder auf.

»Und nun?«, rief er hinauf. »Meine Waffe ist bei den Kämpfen verloren gegangen, und auch sonst habe ich kein Werkzeug!«

»Nimm dies hier!« Gorian warf ihm Sternenklinge nach unten, nachdem das Schwert aufgehört hatte zu glühen.

Beliak fing es sicher am Griff auf. Allerdings hatte Gorian

die Fallrichtung der Klinge auch nicht den Kräften der Natur überlassen, sondern magisch gelenkt.

»Das ist ein großer Vertrauensbeweis!«, staunte Beliak. »Kann es sein, dass du zur Leichtsinnigkeit neigst?«

»Weniger als du denkst, Beliak.«

»Ich kann mich erinnern, dass das schon immer ein gefährlicher Charakterzug von dir war. Was würdest du tun, wenn Morygor jetzt plötzlich Besitz von mir ergreift und ich versuchen würde, dich zu töten?«

Gorian lächelte. »Das hat er schon einmal probiert, und es ist nicht gelungen. Davon abgesehen unterliegt dieses Schwert meinem Willen und würde sofort in meine Hand zurückkehren, würde ich den Verdacht hegen, dass du es gegen mich wenden könntest.«

Beliak wog die Klinge in der Hand. »Sternenmetall …«, murmelte er beinahe ehrfürchtig. Dann nickte er leicht. »Nhorich, dein Vater, war ein ausgezeichneter Schmied, das muss der Neid ihm lassen.«

Dann schlug er einen Würfel mit der Kantenlänge einer doppelten Armspanne aus dem Eis; mit den Kräften eines Adh – mochte er nun untot oder lebendig sein – war das ganz ohne Magie möglich. Mehr Wasser würden sie in nächster Zeit nicht brauchen. Der Adh warf Gorian die Klinge wieder nach oben, dann rief er »Vorsicht!« und ließ den Eisblock folgen.

Gorian wich dem Brocken aus und murmelte eine Formel, die verhindern würde, dass das Eis im deutlich wärmeren Leviathanen-Bauch schmolz.

Fast einen halben Tag und eine ganze Nacht gönnten sie dem Leviathan eine Ruhepause. Doch die zurückliegenden Ereignisse hatten offenbar nicht nur ihn erschöpft, sondern ebenso

Morygor. Jedenfalls hatte die Präsenz seiner Aura abgenommen und war weit weniger erdrückend als sonst, und von der bis dahin nur durch Sheeras Rauchzauber etwas zurückgedrängten Seelenkälte war gar nichts mehr zu spüren.

Außerdem versuchte Morygor auch nicht mehr, ihr Fortkommen durch die Beschwörung von Elementarströmen zu behindern. Die Eiswinde hatten stark nachgelassen und pressten den Leviathan nicht mehr von allen Seiten nieder.

Die Rauchsäule, die noch immer hinter dem Horizont aufstieg, hatte unterdessen ihre Form verändert. Zwar glich sie immer noch einem dunklen Pilz, der aber nun viel schlanker wirkte und sich erheblich in die Länge zog. Er erinnerte eher an einen schiefen, durch ein Feuer verrußten Turm.

Ein drohendes Mal, das an die ungeheure Zerstörungskraft gemahnte, über die Morygor gebot.

Allein dieser Anblick hätte schon ausgereicht, so manchem Gegner den Mut zu rauben und ihm klarzumachen, dass es nichts und niemanden gab, der den Herrn der Frostfeste bei der Verwirklichung seiner düsteren Pläne aufzuhalten vermochte.

Zwischenzeitlich bemerkte Gorian, dass jemand versuchte, ihn über Handlichtlesen zu erreichen.

»Meister Thondaril!« Das war der erste Gedanke, der ihm durch den Kopf schoss. Ein Leuchten entstand in der Handinnenfläche seiner Linken. Aber abgesehen von dieser kurzen Lichterscheinung zeigte sich dort nichts.

Bei Sheera geschah wenig später das Gleiche.

»Offenbar ist die magische Hemmung durch Morygors Aura noch immer zu stark, als dass wir über das Handlichtlesen eine Verbindung bekommen könnten«, stellte sie fest. »Aber bist du sicher, dass es wirklich Meister Thondaril ist?«

»Es ist nur ein Gefühl«, gab Gorian zu.

»Vielleicht auch nur ein Wunsch.«

Leider musste Gorian eingestehen, dass Sheeras Einwand nicht ganz von der Hand zu weisen war.

Einen halben Tag später spürte Gorian erneut, dass jemand versuchte, über das Handlicht mit ihm in Verbindung zu treten. Und wieder hatte er das sehr deutliche Gefühl, dass es sich dabei um Meister Thondaril handelte.

Sheera hatte sich etwas schlafen gelegt, während Beliak von anhaltender Unruhe getrieben durch den Bauch des Leviathans wanderte. Manchmal hantierte er an den Katapulten herum, und einmal ließ er eine der mit dem Schwerezauber versehenen Kugeln aus der Sternenmetall-Legierung fallen, was ein wütendes, empörtes Brüllen des Leviathans zur Folge hatte.

Gorian ließ den Adh weitgehend gewähren. Beliaks Gerede, dass er jederzeit wieder zu einem Geschöpf Morygors werden könnte, hielt er für übertrieben. Schließlich schwebten sie alle mehr oder weniger in der Gefahr, Morygors Aura zu erliegen. Selbst eine starke magische Begabung, wie Torbas sie gehabt hatte, war dagegen offenbar kein sicherer Schurz. Wenn er Beliak nicht zumindest bis zu einem gewissen Grad vertraute, konnte er niemanden mehr als seinen Verbündeten oder gar Freund ansehen.

Die Maladran kauerten zumeist etwas abseits und schienen begierig auf den nächsten Kampf zu warten. Gorian wurde sich immer mehr bewusst, dass für den Blinden Schlächter und die anderen Maladran-Seelen, die aus den Gefilden verblassender Schatten ins Diesseits zurückgekehrt waren, das Töten nicht etwa ein notwendiges Übel war. Nein, es war ihre eigentliche Bestimmung, etwas, das sie so dringend brauchten wie ein menschlicher Körper Nahrung und die Luft zum Atmen. Daran änderte auch ihre zunehmende körperliche Präsenz nichts.

Mittlerweile kämpften sie sogar schon hin und wieder gegeneinander. Unter den schauderhaften Anfeuerungen der anderen Maladran schlugen dann zwei aufeinander ein, durchbohrten sich gegenseitig mit ihren Waffen. Manchmal hackten sie sich dabei auch Gliedmaßen ab oder zerstückelten sich gegenseitig sogar auf eine Weise, dass selbst eine untote Existenz dadurch gefährdet wurde.

Ein paar von ihnen waren daraufhin auch dermaßen geschwächt, dass die Überreste, die von diesen Anfällen mordlüsterner Raserei übrig blieben, ihre Stofflichkeit verloren und sich auflösten. Sie wurden wieder zu dem, was sie zuvor gewesen waren, verblassende Schatten, die keinerlei Spuren im Diesseits hinterließen.

Anderen hingegen, ebenfalls arg in Mitleidenschaft gezogen, gelang es, ihre Körper wieder herzustellen. Für einige Augenblicke wurden sie dann wieder teilweise zu schattenhaften Kreaturen, ehe sie ihre Stofflichkeit zurückgewannen. Da ihr Äußeres ohnehin häufig genug auf groteske Weise verändert war, fiel es kaum ins Gewicht, dass sie sich danach noch mehr von ihrer Ursprungsgestalt unterschieden.

Am erschreckendsten waren dabei weder die Kämpfe an sich noch die Grausamkeiten, zu denen sie sich gegenseitig anstachelten, sondern die bedrängenden Gedankenbilder, die von ihnen ausgingen. Die Maladran machten sich keinerlei Mühe, ihre Gier nach Kampf, Gewalt und Verstümmelung zu verbergen, obwohl sie dazu mit Sicherheit in der Lage gewesen wären. Ganz im Gegenteil, sie wollten ihre Kampfbereitschaft offen demonstrieren. Wer ihr Gegner war, das war ihnen offenbar gleich. Nur wenn sie töteten, fühlten sie sich lebendig.

Gorian bereitete dies zunehmend Sorge. Irgendwann würde sich die Gewaltbereitschaft dieser ungewollten Bundesgenossen gegen ihn selbst oder diejenigen richten, die ihm am Herzen lagen.

Ein schwacher Lichtblitz in seiner Handfläche riss Gorian aus seinen düsteren Gedanken. Er hatte schon eine ganze Weile erwartungsvoll auf einen bestimmten Punkt in seiner Handinnenfläche gestarrt. Genau dort kam es zu dieser neuerlichen Lichterscheinung.

Die Magie, mit der dieser erneute Versuch der Kontaktaufnahme unternommen wurde, weckte auch Sheera aus ihrem leichten Schlaf, so viel Kraft wurde darauf verwendet. Andererseits bestand zurzeit auch eine enge geistige Verbindung zwischen ihr und ihrem Ordensgefährten.

»*Gorian?*«

Noch ehe er auf ihren Gedanken antworten konnte, leuchtete es in seiner Hand erneut auf, und diesmal hatte die Lichterscheinung Bestand, statt sofort wieder zu erlöschen. Er sah das Gesicht von Meister Thondaril, befürchtete jedoch, dass er abermals Morygors weitreichender Illusionsmagie zum Opfer fiel, so wie schon einmal. Andererseits war der Einfluss des Herrn der Frostfeste erneut schwächer geworden.

»Gorian! Endlich, wir haben dich so lange gesucht. Du scheinst dich nördlich von Caladrania zu befinden, richtig?«

Gorian blieb misstrauisch. War das nur ein weiterer Versuch Morygors, ihn zu täuschen und ihm wertvolle Informationen zu entlocken?

»Wo seid Ihr, Meister Thondaril?«, fragte er, statt zu antworten.

»An Bord von König Abrandirs Himmelsschiff«, erwiderte Meister Thondaril. »Und … dich warnen … werden so schnell wie möglich zu dir vordringen, um dich zu retten... Hörst du mich noch?«

Das Gesicht des Meisters der Magie und des Schwertes war noch zu sehen, er bewegte auch noch den Mund, aber seine Worte wurden immer leiser, verloren an gedanklicher Intensität und waren schließlich nicht mehr zu erfassen. Dann verblasste auch das Bild des zweifachen Ordensmeisters, und das Handlicht verlosch.

Gorian versuchte, die schwache Verbindung aufrechtzuerhalten. Seine Augen füllten sich mit Schwärze, und er setzte so viel der Alten Kraft ein, dass er einen Moment lang fürchtete, die Kontrolle über den Leviathan zu verlieren.

Sein Versuch scheiterte dennoch.

»Er war es wirklich«, sagte Sheera überzeugt. Auch ihre Augen waren vollkommen schwarz geworden.

»Ich weiß nicht«, murmelte Gorian.

»Aber ich habe es gespürt.«

»Manchmal denke ich, dass Morygor uns spüren und fühlen lässt, was er gerade will.«

»Lass dich in diesem Punkt nicht irre machen, Gorian. Du musst deinem eigenen Urteil vertrauen. Das tust du schließlich auch in Beliaks Fall.«

»Hat mich jemand gerufen?«, rief der Adh aus dem hinteren Teil des Leviathans.

Seine Stimme war von Natur aus kräftig, daran hatte auch sein Tod nichts geändert, doch nun hallte sie regelrecht in dem gewaltigen Bauchgewölbe des Leviathans wider, fast so wie in einer heiligreichischen Kathedrale.

»Nein, diesmal warst du nicht gemeint!«, rief Gorian zurück.

Der Adh kam herbei und ließ sich bei den beiden nieder. »Ich habe darüber nachgedacht, wie man die Katapulte und vor allem die Kugeln aus Sternenmetall-Legierung gegen den Feind einsetzen könnte, wenn wir das nächste Mal angegriffen werden. Denn so wie ich es sehe, ist es nur eine Frage der Zeit, bis der nächste Angriff erfolgt.«

Gorian nickte. »Da sind wir einer Meinung.«

Beliak beugte sich vor und sprach in einem leisen, verschwörerischen Tonfall weiter. »Diese Maladran-Brut solltest du auf irgendeine Weise möglichst bald loswerden. Ich habe das leise Gefühl, dass sie nicht so ganz zufrieden mit dir als ihrem Fürst sind.«

Gerade lieferten sich wieder zwei der Maladran einen erbitterten Kampf. Einer von ihnen wurde durch eine Klinge, die im Gegensatz zu ihrem Besitzer schattenhaft geblieben war, von Kopf an vertikal zerteilt und anschließend mit einem zweiten, horizontal geführten Streich noch einmal, sodass sein Körper in etwa vier gleichgroße Stücke zerfiel. Der Sieger ließ sich bejubeln, die Überreste des Unterlegenen schienen zunächst zu verblassen, dann aber fügten sie sich wieder zusammen und nahmen erneut menschenähnliche Form an.

»Immerhin dezimieren sie sich gegenseitig«, flüsterte Beliak. »Das kann man durchaus als eine gute Eigenschaft von ihnen ansehen.«

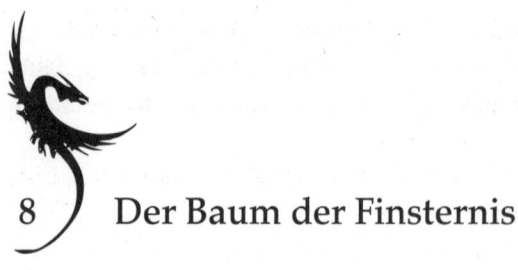

8) Der Baum der Finsternis

Gorian spürte den Stadtbaum von Caladrania mit den Sinnen des Leviathans. Er schien unbeschädigt, zumindest soweit sich das mit den Leviathanen-Sinnen aus der Entfernung bestimmen ließ. Aber auch die Wahrnehmungen von Gorians eigenen magischen Sinnen widersprachen dem nicht.

Er ließ das gewaltige Tier anhalten, als er glaubte, dass sich der Stadtbaum in Sichtweite befand, und begab sich zusammen mit Sheera und Beliak in den vorderen Teil des Riesenwurms.

»*Öffne dein Maul!*«, befahl er mit einem sehr eindringlichen Gedanken.

Doch von dem Stadtbaum von Caladrania war nirgends etwas zu sehen, obwohl er sich ganz in der Nähe befinden musste. Da war nichts weiter als eine wallende Wand aus grauem Nebel, die für menschliche Blicke undurchdringlich war. Dieser Nebel konzentrierte sich um jenes Gebiet, in dem der Stadtbaum stehen musste. Gleichzeitig senkte sich dort der Untergrund stark ab. Die ansonsten meilendicke Eisschicht bildete eine Mulde, an deren Rand Gorian den Leviathan hatte anhalten lassen.

»Das Eis scheint hier durch einen Zauber nicht so dick zu sein wie sonst im Frostreich«, stelle Beliak fest. »Daher wohl der Nebel.«

»Wir werden sehen, was uns erwartet«, meinte Gorian.

»Sei vorsichtig«, mahnte der Adh. »Diese Magie gefällt mir nicht.« Er kratzte sich am Kinn und wirkte ziemlich nachdenklich.

»Jedenfalls ist der Stadtbaum von Caladrania vollständig erhalten«, war Gorian überzeugt.

»Eine einsame Festung, die sich gegen das Frostreich behaupten konnte?«, fragte Beliak misstrauisch. »Das klingt in meinen Ohren zweifelhaft, und doch muss ich zugeben, dass vieles dafür spricht«

Gorian ließ den Leviathan langsam und mit offenem Maul vorankriechen. Der Riesenwurm rutschte ein Stück in die Eismulde hinein und glitt nach unten, ohne dazu Kraft aufwenden zu müssen. Dann ließ Gorian die Kreatur noch einmal anhalten.

Der Nebel umgab sie nun von allen Seiten. Die Sonnensichel war nur noch als verwaschener Lichtfleck zu sehen. Ansonsten herrschte trübes Dämmerlicht, wie es allgemein vorherrschend war, seit der Schattenbringer die Sonne nahezu vollständig bedeckte.

Vor ihnen befand sich ein dunkler Schatten. Er hatte die unverkennbare Form des Stadtbaums von Caladrania.

Inzwischen hatten sich die Maladran zu Gorian, Sheera und Beliak begeben.

»Wohin führt Ihr uns, mein Fürst?«, fragte der Krieger mit den Schattenflügeln.

»Wir werden wieder töten können!«, freute sich der Blinde Schlächter. Seine Hände umfassten die Griffe seiner beiden Schwerter. Die blutdürstige Ungeduld war bei ihm ebenso zu spüren wie bei den anderen Maladran, von denen sich keiner mehr mit irgendwelchen Übungskämpfen die Zeit vertrieb.

»Ihr werdet nichts tun, ohne dass ich es befehle«, stellte Gorian klar.

»Ruft meinen Namen, mein Fürst, und Ihr werdet nie wieder an unserer Loyalität zweifeln müssen«, behauptete Eldamir.

Gorian zog hingegen Sternenklinge. Der Zorn, den er empfand, war ihm deutlich anzusehen, als er sich zu den Maladran herumdrehte und rief: »Ich hoffe nicht, dass einer von euch irgendetwas tut, das meinen Anweisungen zuwiderläuft. Sonst wird er es mit mir zu tun bekommen!«

Die Maladran schwiegen. Nur der Blinde Schlächter äußerte sich, während sich sein Gesicht zu einem schiefen Lächeln verzog. »Ihr gefallt diesen Kriegern immer besser, mein Fürst. Wenn das Eure Absicht war, dann habt Ihr Euer Ziel erreicht.«

Gorian erwiderte nichts darauf. Stattdessen begab er sich wieder auf den Rücken des Leviathans. Er wollte sehen, was um ihn herum geschah und dabei nicht auf die Sinne des Riesenwurms angewiesen sein. Und er wollte ihn nicht zwingen, die ganze Zeit über das Maul geöffnet zu halten, denn es war unverkennbar, dass ihm dies nicht gefiel. Er hatte sich zwar Gorians Willen gebeugt, aber nur mit Widerwillen.

Gorian kletterte also wieder am Körper des Riesenwurms empor, und Sheera folgte ihm. Beliak war sogar schneller als die beiden. Ihm schien es überhaupt keine Mühe zu bereiten, den Rücken des Riesenwurms zu erklimmen; er nahm nur ein paar Schritte Anlauf und lief dann einfach am Leviathanen-Körper empor. Nur das letzte Stück musste er richtig klettern und mit seinen sehr kräftigen Adh-Händen Halt suchen.

Von den Maladran entschieden sich fast alle dafür, ihrem menschlichen Fürsten zu folgen. Nur gut eine Handvoll von ihnen wollte bei den Vorräten und Waffen im Bauch des Leviathans bleiben.

Gorian ließ den Leviathan vorsichtig vorankriechen. Das Eis unter ihm war sehr glatt und das Gelände noch immer abschüssig.

Sie erreichten die ersten Wurzeln des Stadtbaums, die sich an verschiedenen Stellen durch die Oberfläche des umliegenden Eises hindurchgezwängt hatten.

Das Eis wurde offenbar durch Magie zurückgedrängt. Anders war das, was Gorian und Sheera sahen, nicht zu erklären. Und dieser Prozess war offenbar noch nicht abgeschlossen. Selbst die steinernen Wurzeln, die die Hafenmauern bildeten, erhoben sich aus dem Eis, obwohl das Hafenbecken und die Bucht mit einer dicken weißen Schicht überzogen waren. Doch die war kaum höher, als es dem Wasserstand des Meeres entsprochen hätte.

Gorian sah dort auch Schiffe liegen, und obwohl der Nebel die Sicht behinderte, erkannte er sie an ihren Silhouetten und den unbeweglichen Segeln, mit denen die metamagischen Raumzeitwinde eingefangen wurden, als caladranische Himmelsschiffe.

Er versuchte mithilfe seiner magischen Sinne zu erkunden, ob noch jemand an Bord war. Aber seine Magie wurde an diesem Ort auf irgendeine für ihn nicht erklärliche Weise gehemmt.

»Caladran-Zauber«, äußerte Sheera in einem Gedanken, in dem fast so etwas wie Ehrfurcht mitschwang. Diese erhabenen, uralten und fast unsterblichen Wesen schienen hier tatsächlich gegen alle Widrigkeiten eine Art Trutzburg gegen Morygors übermächtige Invasion geschaffen zu haben. Es war unglaublich.

Plötzlich stieg Misstrauen in Gorian auf. Er versuchte, mit

den besonderen Sinnen des Leviathans mehr zu erkennen. Aber das war aus irgendeinem Grund nicht möglich. Der Riesenwurm brüllte auf, weil Gorian ihn zwang, seine Sinne auf eine Weise zu konzentrieren, die für das gewaltige Geschöpf offenbar äußerst anstrengend und ungewohnt war.

Auf einmal lichtete sich der Nebel ein wenig. Die dichten Schwaden in unmittelbarer Umgebung des Stadtbaums und über dem Hafen lösten sich auf oder zogen sich ein Stück weit zurück, sodass man besser sehen konnte.

»Da ist sie!«, stieß Sheera hervor. »Die *Hoffnung des Himmels*, das Flaggschiff des Caladran-Königs Abrandir!«

Auch Gorian sah die *Hoffnung*. Sie war schon an der riesigen Rune auf dem starren Segel zu erkennen. Aber es befand sich offenbar niemand an Bord.

Dennoch schien es, als hätten es Meister Thondaril und die anderen geschafft, sich in Caladrania in Sicherheit zu bringen. Gorian versuchte über das Handlichtlesen mit dem zweifachen Ordensmeister in Verbindung zu treten, doch das gelang nicht.

»*Vielleicht behindert die Magie, die den Stadtbaum von Caladrania vor dem Eis schützt, den Handlichtzauber*«, vermutete Sheera.

»Möglich …«, murmelte Gorian.

Er spürte plötzlich die Scheu des Leviathans. Das Tier wich vor dem Stadtbaum zurück, wäre am liebsten geflohen.

»Ich kann nur sagen, dass es mir hier nicht gefällt«, äußerte Beliak. »Aber vielleicht liegt es an der Magie, die hier herrscht, und daran, dass ich ein Untoter und Diener Morygors bin. Außerdem ist die Nähe eines Caladran-Stadtbaums schon für einen lebenden Adh nicht unbedingt der bevorzugte Aufenthaltsort, um es mal freundlich auszudrücken.«

Die Abneigung der Adhe gegen die Caladran bot Stoff für viele Geschichten, die man sich erzählte. Wie die Caladran umgekehrt über die Adhe dachten, war hingegen kaum bekannt. Vielleicht waren ihnen diese aus dem Boden wachsenden Wesen auch schlichtweg gleichgültig.

Der Blinde Schlächter meldete sich wieder zu Wort, indem er sagte: »Auf jeden Fall solltet Ihr nichts von dem glauben, was Ihr seht, mein Fürst, sondern stets daran denken, dass Ihr es mit Illusionsmagie zu tun haben könntet.«

»Und was bitte sollte hier Illusionsmagie sein?«, fragte Gorian. Die plötzliche Wandlung des Blinden Schlächters gab ihm Rätsel auf. Gerade noch hatte es ihm nicht schnell genug gehen können, wieder einen Gegner vor seine beiden Schwerter zu bekommen, doch auf einmal schien er sich am liebsten zurückziehen zu wollen.

Und damit nicht genug, er war in dieser Hinsicht offenbar nicht allein.

»Fort von hier!«, rief der Krieger mit den Schattenflügeln. »Sofort!«

In diesem Moment verwandelte sich der Stadtbaum und wurde vollkommen schwarz. Es begann bei seinen Wurzeln, dann breitete sich die pure Schwärze innerhalb weniger Augenblicke bis in die letzte Verästelung aus. Wie ein Schattenbaum stand er da.

Das Gefühl des Unbehagens wurde auch bei Gorian so stark, dass er dem Leviathan befahl: »*Zurück!*«

Doch es war zu spät. Der Baum der Finsternis begann sich zu bewegen, das Gestein, aus dem er bestand, wurde geschmeidig und verlor seine Starre. Einer der Hauptäste – selbst um ein mehrfaches dicker als der Leviathan – krachte wie eine Keule nieder. Die feineren Verästelungen trafen den Riesenwurm und drangen wie Dornen an mehr als einem

Dutzend Stellen in seinen Leib, dann schnellte der Ast wieder empor und riss das aufgespießte Tier mit sich empor. Der Leviathan brüllte auf, ein Todesschrei, der mit einem sehr intensiven Gedanken einherging.

Gorian und Sheera sprangen im letzten Moment vom Rücken des Giganten. Den Sturz federten sie mit Magie ab, sodass sie beide nicht mit voller Wucht auf das Eis schlugen, sondern relativ sanft landeten. Beliak verschwand einfach im Boden und tauchte wenig später ein paar Schritte entfernt wieder auf.

Die Maladran jedoch wurden von dem Leviathan abgeschüttelt wie lästiges Ungeziefer. Einige schlugen hart auf das Eis, andere entstofflichten für wenige Augenblicke wieder und wurden zu schattenhaften Wesen, bevor sie am Boden wieder Substanz gewannen.

Der Baum schleuderte den aufgespießten Leviathan hin und her und nahm dann den zweiten Hauptast zu Hilfe, dessen steinerne Verästelungen sich ebenfalls in den gewaltigen wurmähnlichen Körper bohrten. Fontänen von Blut spritzten, der Leviathan riss das Maul auf, und ein röchelnder Laut drang daraus hervor.

Gorian spürte einen starken Zauber. Eine Gedankenstimme, die aus dem Inneren des Baumes kam, murmelte eine Formel, die nur caladranischer Magie entstammen konnte und offenbar sämtliche magischen Fixierungen innerhalb des Leviathanen-Leibes löste, denn alles, was sich darin befand, brach durch das scheunengroße Maul des Riesenwurms und regnete hinab: Katapulte, Gesteinsbrocken und natürlich auch die Kugeln aus der mit Sternenmetall angereicherten Legierung, die mit ihrem ungeheuren Gewicht in das Eis schlugen und tiefe, kraterähnliche Löcher rissen.

Die Geschosse hatten eine Wucht, die an Zerstörungskraft

alles übertraf, wozu Belagerungsmaschinen der heiligreichischen Ritter in der Lage gewesen wären. Die Kisten, in denen sie gelagert hatten, waren schon im Inneren des Leviathanen-Körpers aufgeplatzt.

Gorian fasste Sheera bei der Hand und riss sie mit sich hinein in die Schattenpfade. Beide wurden für Augenblicke von schwarzen Rauchschwaden umwirbelt und lösten sich darin auf, während zwei der überschweren Kugeln durch sie hindurchschlugen. Ihnen auszuweichen wäre nicht mehr möglich gewesen, zumal ihre Fallbahnen nicht willkürlich waren, sondern zweifellos durch Magie beeinflusst. Im letzten Moment hatte Gorian den Angriff vorausgesehen.

Nur wenig später tauchten sie aus den Schattenpfaden hervor und verstofflichten wieder. Gleichzeitig fielen Teile eines zerbrechenden Katapults in ihre Richtung, aber die ließen sich mit einfacher Magie leicht beiseitelenken.

Gorian sah, wie gleich mehrere der Maladran von den Metallkugeln erschlagen wurden. Ihre Körper entstofflichten zumeist nicht schnell genug, um diesen Angriffen zu entgehen, und so wurden sie mitsamt dem enormen Gewicht der Geschosse in die Tiefe gedrückt und zerquetscht. Die Scheu davor, wieder die Körperlichkeit aufzugeben – und sei es auch nur für einige Augenblicke –, hatte Gorian schon zuvor zunehmend bei ihnen bemerkt. Nun wurde sie einigen von ihnen zum Verhängnis.

Drängende Fragen schossen Gorian durch den Kopf. Was war mit dem Baum von Caladrania geschehen? Die Magie, die ihn zu einem Baum der Finsternis gemacht hatte, entsprach durchaus der Zauberkunst der Caladran, wie sie im Reich des Geistes verewigt worden war. Aber aus dieser Quelle der Erkenntnis hatte sich bisher auch Morygor bedient, und so konnte auch er hinter dieser Attacke stecken.

Oder hatten König Abrandir und seine Getreuen auf irgendeine Weise verhindern können, dass der Stadtbaum von Caladrania einfach von den Gletschern niedergewalzt und unter einer meilendicken Eisschicht begraben wurde, so wie es in Pela geschehen war? Den herannahenden Leviathan hatten sie vielleicht einfach für einen Feind gehalten und entsprechend gehandelt, was eigentlich nicht verwundern konnte.

Zudem war die Aura des Herrn der Frostfeste hier einfach nicht stark genug.

Der Baum fasste mit seinen dornenartigen Verästelungen den Hinterleib des Leviathans und schleuderte den vorderen Teil noch einmal umher, sodass auch die letzten noch in seinem Körper befindlichen Gegenstände durch die Fliehkraft hinausgeschleudert wurden. Es waren Hunderte von Katapultgeschossen, sowohl ganz gewöhnliche Gesteinsbrocken als auch einige der überschweren Metallkugeln. Offenbar wurde deren Überschwere sogar teilweise magisch für ein paar Augenblicke neutralisiert.

Blitze zuckten aus dem offenen Maul des inzwischen wohl nicht mehr lebenden Leviathans. Sie entstanden offenbar durch die Magie, die die Fixierungen löste. Normalerweise verhinderten die, dass das Transportgut im Inneren eines Leviathans heillos durch die gewaltige hallenartige Bauchhöhle geworfen wurde und dabei Schaden entstand.

Offenbar war es nicht die Fliehkraft, sondern ebenso eine starke Magie, die Fallrichtung und -geschwindigkeit dieser Gegenstände bestimmte, sobald sie aus dem Maul des toten Leviathans gesprudelt waren, denn beides widersprach so sehr den Gesetzen der Natur, dass keine andere Erklärung als magische Manipulation in Frage kam.

Dabei zielten sie auf Gorian und Sheera, auf Beliak und die

Maladran. Beliak entkam einem solchen Geschoss nur sehr knapp, und auch Gorian und Sheera waren noch einmal gezwungen, für einen Moment in die Zwischenwelt der Schattenpfade zu entfliehen, so groß das Risiko auch sein mochte.

Alles, was sich noch im Inneren des Leviathans befunden hatte, regnete innerhalb von Augenblicken herab und schlug tiefe Löcher und Spalten ins Eis. Die Zahl der Maladran war fast halbiert. Manche waren zerquetscht worden, weil sie sich nicht rechtzeitig entstofflicht hatten, andere hingegen hatten genau dies in ihrer Panik so schnell und gründlich getan, dass ihnen eine Rückkehr in das Diesseits so einfach nicht mehr möglich war.

Der Baum schwang den Körper des Leviathans weiterhin wie eine Keule und schlug damit zu Boden. Gorian und Sheera konnten gerade noch ausweichen, indem Gorian seine Gefährtin einmal mehr in die Schattenpfade zog. Gut ein Dutzend Maladran wurden jedoch erschlagen. Beliak sank in das Eis ein, um in einer Entfernung von dreißig, vierzig Schritt wieder daraus hervorzutauchen.

Die Wucht, mit welcher der Leviathan auf das Eis schlug, war dermaßen heftig, dass der Riesenwurm an mehreren Stellen förmlich aufplatzte und das Blut nur so aus ihm herausspritzte. Es sammelte sich in der rinnenartigen Vertiefung, die beim Aufschlag entstanden war und die die Breite eines kleineren Flussbetts hatte.

Ein letztes Mal schleuderte der Baum der Finsternis den wurmähnlichen Körper in die Höhe. Diesmal aber zog er gleichzeitig die dornenartigen Fortsätze aus dem toten Leib, sodass der Leviathan in hohem Bogen davongeschleudert wurde, weit über die Grenze jener muldenartigen Vertiefung im Eis hinaus, in die die Gletscher nicht hatten vordringen können.

In diesem Moment erhoben sich ein paar der Himmelsschiffe im Hafen. Es handelte sich um ein Dutzend besonders erhabene Exemplare. Und mit einem Mal waren sie auch bemannt. Hier und dort konnte man Gestalten an Deck sehen. An Bord des Flaggschiffs *Hoffnung des Himmels* glaubte Gorian für einen Moment eine Frau auf dem Achterdeck auszumachen.

Orawéen!

Die Gemahlin von König Abrandir blickte kurz in Gorians Richtung, dann drehte sich das aufsteigende Schiff, und die breiten Hauptäste des Stadtbaums versperrten die Sicht auf das Achterdeck.

Kurz darauf war das Schiff bereits so weit aufgestiegen, dass man vom Boden aus nur noch auf die Unterseite blicken konnte.

Hatten sich die Verteidiger des Stadtbaums die ganze Zeit über in den Schiffen aufgehalten, um fluchtbereit zu sein? Sich in einem Stadtbaum zu befinden, der sich mit dermaßen heftigen Bewegungen zur Wehr setzte, wie es gerade geschehen war, war sicherlich nicht ratsam. Andererseits gab es aber im Wurzelbereich Teile, die davon völlig unberührt geblieben waren.

»*Und weshalb sehen sie uns als ihre Feinde an?*«, erreichte Gorian Sheeras verzweifelte Gedankenfrage, auf die er im Moment keine Antwort wusste. »*Sie müssen uns doch erkennen! Warum bekämpfen sie uns dann so heftig?*«

Gorian versuchte eine gedankliche Verbindung herzustellen, zu Orawéen, zu Meister Thondaril, zu König Abrandir … Zu wem von diesen, spielte keine Rolle, aber es gelang ihm einfach nicht.

Gleichzeitig musste er an die Warnung denken, die Meister Thondaril ihm gesandt hatte. Eine Warnung, deren Wortlaut allerdings verstümmelt und deren Sinn damit unverständlich gewesen war.

Die Caladran-Schiffe kreisten mittlerweile über ihnen am Himmel, und der von Finsternis erfüllte Baum schien sich für einige Augenblicke vorerst etwas zu beruhigen.

Gorian atmete tief durch.

Beliak lief zu ihm und Sheera, und die überlebenden Maladran begannen sich zu sammeln.

»Sie haben alle an Körperlichkeit verloren«, stellte Sheera fest.

Gorian war das bereits aufgefallen. Keiner der Maladran wirkte noch so diesseitig, wie er noch vor kurzem gewesen war, als sich diese finsteren Krieger in ihren Übungskämpfen gegenseitig Arme und Beine abgehackt hatten. Auch der Krieger mit den dunklen Flügeln glich wieder eher einem Schatten als einer Gestalt aus Fleisch und Blut. Seine fratzenhaft verzogenen, tierhaft wirkenden Gesichtszüge verblassten hin und wieder, und dann schimmerte der Schädelknochen geisterhaft durch Haut und Fleisch.

Andere hingegen schienen nur noch aus purer Finsternis zu bestehen, manche von ihnen gingen schon gar nicht mehr über den eisigen Boden, sondern schwebten darüber hinweg. Entsprechend schnell konnten sie herbeieilen.

Eldamir gehörte zu jenen unter den Maladran, die noch am meisten von ihrer Körperlichkeit behalten hatten. Er rief eine Reihe von Namen, musste aber feststellen, dass manche der Maladran schon nicht mehr darauf reagierten.

»Habt ihr eure Namen vergessen, ihr Verfluchten?«, rief er. »Erinnert euch daran, sonst wird euch niemand mehr rufen können, und ihr seid wieder das, was ihr nie wieder sein wolltet, verblassende Schatten im Jenseits, von denen nicht einmal ein böser Gedanke im Reich des Geistes bleiben wird!«

Murrend wurde ihm geantwortet, doch es waren wieder überwiegend Gedankenstimmen und nicht tatsächlich ausgesprochene Worte, aus denen diese Erwiderungen bestanden, und manche dieser Worte waren nur verständlich, wenn man den dazugehörenden Gedanken erfassen konnte.

So als hätten sie die Worte vergessen, ging es Gorian schaudernd durch den Kopf.

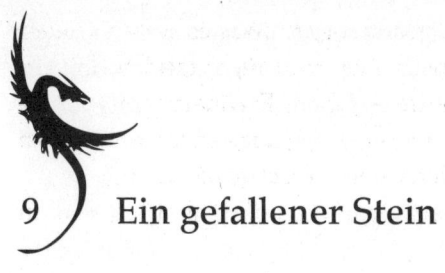

9 Ein gefallener Stein

In diesem Moment öffnete sich im Stamm des Stadtbaums ein Tor. Es war so hoch und groß, dass zwei Gespanne nebeneinander hätten einfahren können.

Krieger marschierten in geschlossenen Kolonnen ins Freie. Es waren augenscheinlich Caladran. Ihre bleichen Gesichter wirkten entschlossen. Ihre dünne Kleidung schien in einem krassen Gegensatz zur kalten Witterung zu stehen. Die messingfarbenen Harnische schimmerten in dem schwachen Licht der Sonnensichel, das noch durch den Nebel drang.

Sie waren ausschließlich mit Schwertern bewaffnet. Schlanke, lange Klingen aus caladranischem Stahl, die leicht in der Hand lagen. Wie geschaffen, um ihre Hiebe mit Magie zu unterstützen.

Auf ihren Helmen trugen viele von ihnen die Feldrune von König Abrandir.

»Sieht nicht so aus, als wollte man uns freundlich begrüßen«, meinte Beliak.

»Es sind die Verteidiger der Stadt, König Abrandirs Soldaten«, gab Sheera zu bedenken.

»Wer auch immer sie sein mögen, ich fürchte, dass sie uns als ihre Feinde betrachten und uns töten wollen.«

Der Blinde Schlächter mischte sich wieder ein, wobei er einen immer verzweifelteren Eindruck machte angesichts der

Tatsache, dass sich die meisten seiner Krieger mehr oder weniger schnell in verblassende Schatten zurückverwandelten.

»Ruft meinen Namen, mein Fürst! Ihr seht doch, dass meine Krieger … *Eure* Krieger wieder zu Schatten werden! Wie sollen sie Euch da schützen?«

»Vielleicht erwarte ich das gar nicht«, erwiderte Gorian.

Eldamir lachte heiser und deutete mit der kürzeren seiner Klingen auf die Caladran, die eine Art Phalanx bildeten. Immer mehr von ihnen kamen durch das Tor und begannen damit, Gorian und seine Begleiter einzukreisen.

»Haltet ihr diese Krieger etwa für Freunde?«, rief der Blinde Schlächter verständnislos.

Die Tatsache, dass keiner von ihnen Distanzwaffen bei sich trug, sondern die Caladran ausschließlich mit Schwertern ausgerüstet waren, kam Gorian eigenartig vor. Keine Bögen oder Armbrüste auf Seiten der Caladran. Vielleicht kannten sie ihre Gegner und wussten, wie man gegen Maladran vorzugehen hatte. Gorian waren aus dem Reich des Geistes Legenden bekannt, in denen die Vorfahren der Caladran gegen die verblassenden Schatten gekämpft hatten. Aber es schien sich niemand gern an diese Gefechte zu erinnern, und allzu viel davon war Gorian auch nicht im Gedächtnis verhaftet, zumal er sich für diesen Aspekt der caladranischen Überlieferung nicht sonderlich interessiert hatte, als er die Gelegenheit bekam, in das Reich des Geistes einzudringen.

»*Wollen die auch gegen uns vorgehen oder nur gegen die Maladran?*«, fragte Sheera in Gedanken und sichtlich irritiert. Schließlich war König Abrandir ein Freund und Verbündeter, und es gab keinen Anlass für ihn, seine Truppen gegen Gorian und seine Begleiter auszuschicken, es sei denn, er nahm an, dass sie die Seiten gewechselt hatten und zu Geschöpfen Morygors geworden waren.

»*Ich kann ihre Gedanken nicht spüren!*«, wandte sich Gorian an Sheera. Die Caladran vermochten sich geistig gut abzuschirmen. Es war daher eigentlich nicht verwunderlich, dass er von ihren Gedanken nichts zu empfangen vermochte.

Und doch war da etwas an diesen Kriegern, das ihm eigenartig erschien, eine Kraft, die nichts mit der Magie der Caladran gemein hatte.

Einer der Maladran zog einen Schattenpfeil aus seinem Köcher. Zwischenzeitlich hatte er ein gut erkennbares Caladran-Gesicht gehabt, doch nun schimmerte nur noch hin und wieder ein bleicher Totenschädel aus dem Schatten hervor, zu dem er geworden war.

Der Bogenschütze legte den Pfeil ein und schoss auf die Phalanx der Caladran. Mit einer Leichtigkeit, wie sie Gorian bisher nur bei Schwertmeistern des Ordens der Alten Kraft erlebt hatte, wehrte einer der Caladran-Krieger das Schattengeschoss mit seiner Schwertklinge ab. Funken aus Schwarzlicht sprühten kurz zu allen Seiten, als der Caladran-Stahl auf den Pfeil traf und ihn zur Seite lenkte, wo er ins Eis fuhr.

Der Caladran verwandelte sich daraufhin. Sein Gesicht veränderte sich, die Züge kamen Gorian bekannt vor – und dann begriff er.

Der Caladran bildete das Gesicht des Bogenschützens nach, so wie dieser noch vor Kurzem ausgesehen hatte, bevor er sich zu einer schattenhaften Gestalt zurückentwickelt hatte.

Viele der Caladran-Krieger veränderten sich auf einmal, und ihre Gesichter nahmen andere Züge an. Zwar blieben die caladranischen Eigenheiten wie zum Beispiel die schräg stehenden Augen und die elfenbeinfarbene Haut erhalten, aber alles, was ihre persönliche Individualität ausmachte, wandelte sich. Selbst ihre Körpergröße unterlag dieser Wandlung, wenn auch im geringeren Maße.

Ein Raunen ging durch die Reihen der Maladran. Mancher von ihnen schreckte regelrecht zurück.

»Bei allen Adh-Geistern!«, knurrte Beliak. »Man gebe mir ein Schwert – das sind Metamorphen!«

»Metamorphen?«, fragte Gorian.

»Wandler! Und in der Sprache der Adhe gibt man ihnen bis heute noch ein paar sehr viel unfreundlichere Bezeichnungen, die ich hier nicht nennen möchte. Lange bevor die Menschen oder gar die Caladran nach Ost-Erdenrund kamen, führten die Adhe Krieg gegen sie und vertrieben sie durch das Weltentor in Torheim, so wie es viel später auch mit den Frostgöttern geschah.«

»Und Morygor hat sie zurückgeholt?«, fragte Gorian.

»Mögen die Dämonen des Untererdreichs wissen, wie er auf sie gestoßen ist und sie sich untertan machte! Wahrscheinlich hat er dazu Hunderte von adhischen Schamanen gefoltert, um an das nötige Wissen zu gelangen.«

Der Blinde Schlächter warf Beliak eines seiner beiden Schwerter zu, das mit der kürzeren und breiteren Klinge. »Hier, nimm dies hier – und beweise, dass jemand wie du mit dem Schwert eines Maladran zu kämpfen vermag, wenn es sein muss!« Dann wandte sich Eldamir an Gorian. »Wollt Ihr Euch von einem einzelnen Adh gegen diese Übermacht verteidigen lassen?« Er deutete mit einer weit ausholenden Geste auf sein immer schattenhafter werdendes Maladran-Gefolge. »Kaum einer dieser Schattenkrieger wird die nötige Kraft haben, gegen diesen Gegner zu bestehen – es sei denn, Ihr verweigert sie uns nicht länger, mein Fürst!«

»Euresgleichen wird sich schon zu wehren wissen«, war Gorian überzeugt.

»Nicht gegen unsere Ebenbilder«, widersprach Eldamir. »Diese Kreaturen gleichen jenen, die wir einst waren. Die

Erinnerung lähmt die meisten meiner Krieger schon jetzt. Wenn Ihr ihnen keine Kraft gebt, werden sie einer nach dem anderen untergehen!«

»Ja, gut möglich, dass sie unter diesem Gesindel von schattenhaften Totengeistern jene erkennen, die sie selbst einst waren«, bestätigte Beliak. »Wandler sind exzellente Gedankenleser, auch wenn sie ihre eigenen Gedanken bestens abschirmen können.« Er wandte sich Gorian zu, und seine Züge wirkten so düster und grimmig, wie der junge Schwertmeister sie nie zuvor gesehen hatte. »Gib ihm, was er verlangt, Gorian. Und sprich seinen Namen. Ihr beide, deine Gefährtin und du, seid verletzliche lebende Menschen, und eure kurzen Schicksalslinien würden andernfalls hier und jetzt enden.«

Der Ring der Wandler hatte sich zwischenzeitlich geschlossen. Sie verharrten, als würden sie auf etwas warten.

»*Hast du es bemerkt?*«, meldete sich Sheera gedanklich bei Gorian, während auch sie ihr Schwert zog.

Gorian wusste, was sie meinte. »*Manche der Gesichter gleichen sich wie bei Zwillingen.*«

»*Sie scheinen jeden der Maladran in ihrer ursprünglichen Gestalt mehrfach abzubilden. Ich kann mir lebhaft vorstellen, wie diese Kreaturen das Heer von König Abrandir unterwandert und dann den Stadtbaum erobert haben.*«

Gorian aber beschäftigte noch ein anderer Gedanke: Es musste einen Grund geben, dass Morygor die Wandler geschickt hatte und Caladrania nicht einfach von einer genügend großen Anzahl von Leviathanen mit den dazugehörigen Truppen von Frostkriegern hatte zerstören lassen, so wie er es bei Pela getan hatte. Es war dem Herrn der Frostfeste offensichtlich sehr wichtig gewesen, diesen Ort zu erhalten und ihn möglichst unversehrt in seinen Besitz zu bringen.

Gorian konnte sich auch vorstellen, worum es ihm dabei gegangen war. »*Andirs Kristall!*«, entfuhr ihm ein sehr intensiver Gedanke.

Dieses Artefakt ermöglichte den Zugang zum Reich des Geistes. Offenbar hatte Morygor den Kristall unversehrt in seinen Besitz bringen wollen – und es stand zu vermuten, dass ihm dies auch gelungen war.

»*Wahrscheinlich wird er gerade im Bauch irgendeines Leviathans zur Frostfeste gebracht*«, vermutete Sheera, die Gorians erschreckten Gedanken natürlich aufgeschnappt hatte.

Beliak starrte unterdessen auf die Klinge, die ihm der Blinde Schlächter zugeworfen hatte, während Eldamir den Griff seines verbliebenen Schwertes mit beiden Händen umfasste. Sein augenloses Gesicht verzog sich zu einem dämonischen Lächeln, das blanken Zynismus zum Ausdruck brachte.

Das Schwert in Beliaks Händen drohte für einen Augenblick schattenhaft zu werden. Die Klinge wurde dunkel, dann verfestigte sich ihre Form wieder, und der metallische Glanz kehrte zurück.

»Ja, es vermag schon einer großen Willenskraft, um so eine Waffe zu handhaben, die ein Teil des Jenseits war«, höhnte Eldamir. »Ich bin gespannt, ob es dir gelingt.«

In diesem Moment senkte sich der Stadtbaum wieder herab, und Gorian erschrak. Die Äste spreizten sich, teilweise wuchsen sie sogar in die Länge, während sich die Baumkrone nach unten beugte und sie alle – Gorian, Sheera, Beliak, die Maladran und die Wandler – wie ein aus dunklem Geflecht bestehendes Kuppeldach überspannte.

Darüber waren noch immer die kreisenden Himmelsschiffe zu sehen, bei denen sich Gorian fragte, was es wohl mit ihnen auf sich hatte. Waren auch sie mit Wandlern bemannt?

Das Geflecht aus Verästelungen wurde dichter, und die gerade noch dunklen Verzweigungen begannen hell zu schimmern. Gorian kam das Ganze vor wie ein Käfig.

Die Wandler, die die Gestalt von Caladran-Kriegern angenommen hatten, kamen auf einmal schnellen Schrittes und in geschlossener Formation näher, während der Großteil der Maladran vollkommen von jedem Kampfesmut verlassen wirkte. Manche stießen Rufe aus, die wie die Schreie von Wahnsinnigen klangen und mit einer Flut wirrer Gedanken einhergingen. Andere verschossen in heller Panik ihre Schattenpfeile, die von den Schwertern der nahenden Krieger ohne Mühe und mit einer geradezu traumwandlerischen Leichtigkeit abgewehrt und zur Seite geschlagen wurden.

Immer wieder wandelten sie dabei ihre Gesichter. Manchmal formten zehn oder zwanzig von ihnen für wenige Augenblicke exakt dasselbe Caladran-Gesicht, dann veränderte sich die eine Hälfte von ihnen und zeigte ein anderes Antlitz.

Beliak stürmte den Angreifern entgegen. Er ließ das Breitschwert kreisen, das er von Eldamir erhalten hatte, und schlug damit einem der Wandler den Kopf ab, nachdem er einem Hieb der sehr viel längeren Klinge des Gegners ausgewichen war. Noch während der Kopf über den eisigen Boden rollte, veränderte sich der Schädel, sah zunächst aus wie das Haupt eines Wolfes, dann wie das eines Raubvogels, und schließlich war er nichts weiter als ein formloses blutiges Etwas, das an jene Quallen erinnerte, vor denen man sich in Gorians Heimat an der Bucht von Thisilien immer hatte in Acht nehmen müssen.

Erneut wurde das Schwert in Beliaks Händen für einen Moment schattenhaft. Der Adh ließ die Klinge seitwärts emporfahren und rammte sie einem zweiten Wandler in den

Leib, woraufhin dessen Körper regelrecht zerfloss und zu einer gallertartigen Masse wurde.

Während das geschah, schlug der Waffenarm des Wandlers noch mit dem Schwert in Beliaks Richtung. Die Spitze ritzte dessen Wams in Brusthöhe auf, aber das machte dem Untoten wenig aus.

Selbst die Klinge des Schwerts war von dem Wandler aus der Substanz seines eigenen Körpers gebildet worden, und auch sie zerfloss in den quallenartigen Klumpen, zu dem der Wandler wurde. Beliak stach mit seiner Waffe hinein, und ein dumpfes Aufstöhnen war zu hören. Die durchsichtige dünne Haut, die die Masse wie einen gewaltigen Tautropfen zusammenhielt, platzte auf, und die Substanz ergoss sich zischend über das Eis.

Mit einem barbarischen Kampfschrei auf den aufgesprungenen Lippen stürzte sich der untote Adh auf den nächsten Gegner.

Gorian sah inzwischen, wie der Blinde Schlächter gleich von drei Wandlern attackiert wurde, deren Gesichter dem Antlitz Eldamirs vollkommen glichen, nur hatten sie Augen.

Eldamir wehrte sich mit unbändiger Wut und trieb mit einer Folge rascher Hiebe die Angreifer zurück. Es war unverkennbar, dass er eine ähnliche Kunst der Voraussicht anwandte wie die Schwertmeister des Ordens, nur dass der Blinde Schlächter sie weitaus besser beherrschte, als es die meisten von ihnen von sich hätten behaupten können. Seine Bewegungen waren von einer Schnelligkeit und Geschmeidigkeit, dass sich seinen Gegnern kaum die Möglichkeit zu einem erfolgreichen Angriff bot. Immer war die lange Klinge seines Schwertes bereits dort, wohin die eines Feindes gerade stoßen wollte.

Die meisten anderen Maladran behaupteten sich allerdings weitaus weniger gut. Sie wirkten unentschlossen und verschreckt, verloren während des Kampfes an Substanz und glichen bald nur noch tänzelnden Schatten, die verzweifelt versuchten, den Schlägen ihrer Gegner auszuweichen. Oft genug wurden sie von mehreren exakt gleich aussehenden Wandlern eingekreist und mit schnellen, harten Schlägen und Stichen attackiert. Gorian vernahm ihre Todesschreie, die vermischt waren mit wirren Gedanken vollkommenen Entsetzens. Sie schmerzten gleichermaßen in den Ohren und in der Seele.

Aber auch Gorian und Sheera mussten sich ihrer Haut erwehren. Die Gesichter jener Wandler, die sie eingekreist hatten und sie mit wütenden Hieben bedrängten, waren vollkommen ausdruckslos, und bei manchen waren kaum noch die Merkmale eines Caladran zu erkennen; selbst die Ohren waren nicht mehr spitz. Fast schien es, als würden sie versuchen, ein menschliches Antlitz zu imitieren.

Gorian wehrte die auf ihn gerichteten Angriffe ab und trieb die Gegner zurück. Sheera konzentrierte einen Teil ihrer Kräfte auf die Caladran-Klinge, die sie aus der Waffenkammer von Pela mitgenommen hatte. Zwar war sie ungeübt im Umgang mit der Waffe, aber die Magie half ihr dabei, sie so einzusetzen, dass die Gegner zunächst auf Distanz blieben. Zudem benutzte sie ihre magischen Abwehrkräfte auch auf gewohnte Weise, warf die Angreifer damit zurück, oder diese schlugen mit ihren Schwertern gegen eine unsichtbare Barriere, mit der sich Sheera schützte.

Aber die Magie schien gegen diese Gegner nicht die gleiche Kraft zu entfalten wie sonst. Vielleicht lag es auch an dem Ort, an dem dieser Kampf stattfand. Das Leuchten der Verästelungen und Verstrebungen des Käfigs wurde immer heller, und für jeden, der auch nur über einen Funken magischer Begabung verfügte, war klar, dass eine sehr starke Kraft wirksam war, die offenbar jede andere Form von Magie dämpfte und wohl auch dafür verantwortlich war, dass sich die Maladran kaum behaupten konnten.

Gorian ließ sein Schwert Sternenklinge immer wieder in die Leiber der Wandler fahren. Allerdings musste er feststellen, dass die Alte Kraft, die er sammelte und auf die Klinge konzentrierte, kaum Wirkung zeigte. Die unheimliche magische Dämpfung in diesem Käfig machte sich immer deutlicher bemerkbar, selbst als er eine ganz normale Stärkungsformel murmelte, die nur verhindern sollte, dass seine Arme ermüdeten.

Nur die Fähigkeit zur unmittelbaren Voraussicht blieb in gewohnter Weise erhalten. Und diese Technik war es auch, die Gorian mehrfach das Leben rettete und ihn außerdem in die Lage versetzte, auch Sheera einigermaßen zu schützen, bei der die Schwächung der Magie besonders stark ins Gewicht fiel. Als Schwertkämpferin konnte sie gegen ihre Gegner in keiner Weise bestehen. Die Klinge aus der Waffenkammer des Stadtbaums von Pela sollte ihr ja nur als Artefakt dienen, um ihre Magie wirksamer konzentrieren zu können.

Besonders verhängnisvoll wirkte sich die magische Dämpfung für die Maladran aus. Immer mehr von ihnen wurden niedergemacht und für immer vernichtet.

Beliak kam noch am besten mit der Lage zurecht. Sein Schwert kreiste immer wieder durch die Luft, grub sich mit unbändiger Wucht in die Körper der Metamorphen und tötete einen nach dem anderen.

Während der untote Adh durch die Reihen der Wandler wütete und sich dabei um die eigene Deckung so gut wie überhaupt nicht scherte, wurden Gorian, Sheera und die Maladran von allen Seiten bedrängt.

»*Noch einmal durch die Schattenpfade!*«, sandte Gorian einen Gedanken an Sheera, während er einem Gegner den Kopf abschlug, woraufhin der Wandler zurücktaumelte und zu einem formlosen Etwas zerfloss. Dann ergriff der junge Schwertmeister Sheeras Handgelenk, riss sie herum, und sie lösten sich scheinbar in Rauch auf, kurz bevor die Klingen der Wandler durch sie hindurchhieben.

Keine zwanzig Schritte entfernt taumelte Gorian wieder aus dem Schattenpfad hervor. Allerdings hatte er deutlich gespürt, dass es unmöglich war, den Käfig aus Steingeäst über die Schattenpfade zu verlassen. Das galt zumindest für ihn und seine begrenzten Fähigkeiten auf diesem Gebiet. Auch dafür mussten die besonderen Kräfte verantwortlich sein, die innerhalb des Käfigs herrschten.

Aus dem von immer grellerem Licht umflorten Geflecht knisterten auf einmal Blitze.

Und dann stellte Gorian fest, dass er gar nicht mehr Sheeras Hand hielt. Er erschrak, sah sich in panischer Furcht nach ihr um – und entdeckte sie schließlich inmitten der Feinde. Sie waren an verschiedenen Orten innerhalb des Käfigs wieder verstofflicht. Ihre Gegner griffen sie sofort an, und diesmal war jeder von ihnen auf sich gestellt.

Gorian wich dem Hieb eines Wandlers aus. Dessen Schwert hatte, als der Wandler damit zum Schlag ausholte, fast um das Doppelte an Länge und Breite zugenommen, während Kopf und Schultern des Wesens geschrumpft waren, und zwar im gleichen Maße, wie die Substanz der Klinge zunahm.

Das Metall, das der Wandler aus dem Stoff seines eigenen Körpers gebildet hatte, sauste dicht über Gorian hinweg, als der sich duckte. Um den Bruchteil eines Augenblicks hatte der Schwertmeister den Angriff vorausgeahnt. Sofort konterte er und rammte Sternenklinge in den geschrumpften Leib des Metamorphen, wobei er gleichzeitig einen Kraftschrei ausstieß, Rächer aus dem Gürtel riss und den Dolch seitwärts warf; ein weiterer Hieb, zu dem ein anderer Wandler ausgeholt hatte, wurde dadurch abgewehrt.

Die Dolchklinge traf genau auf das Metall des Wandler-Schwertes, das äußerlich nicht von dem eines Caladran zu unterscheiden war. Der Handschutz des Dolchs verhakte sich an der Schwertklinge, und die durch Magie erzeugte Wucht, die hinter dem Wurf des Dolchs steckte, riss den angreifenden Wandler von den Beinen; da das Schwert zu seiner Körpersubstanz gehörte und in irgendeiner Form mit ihm in Verbindung bleiben musste – und sei es nur, dass es an seinem Gürtel hing, der ja auch Bestandteil seines Körpers war –, konnte er die Waffe nicht einfach loslassen, sondern wurde mit ihr nach hinten gerissen, prallte gegen einen weiteren Wandler und wurde von dessen Klinge unbeabsichtigt aufgespießt und zerfloss.

Rächer fiel zu Boden und rutschte mehrere Schritt weit über das Eis. Gorian wollte den Dolch aus Sternenmetall in seine Hand zurückkehren lassen, aber die Waffe reagierte nicht auf gewohnte Weise, der Dolch rutschte zwar ein Stück auf ihn zu, glühte dabei leicht auf, aber er flog nicht in Gorians ausgestreckte Hand.

Gorian sah aus den Augenwinkeln, wie ein Wandler auf Sheera einstürmte. Deren magischer Schutz war nur schwach; ein blasses Schimmern blitzte auf, als die Klinge des Wandlers darauf traf, und Sheera taumelte zu Boden. Die Wucht der dicht aufeinanderfolgenden Schläge schien den magischen Schutz sogar teilweise zu durchdringen und auf Sheera einzuwirken, sodass es ihr nicht mehr gelang, sich zu erheben.

Dann zerplatzte der magische Schirm, und mit einem Kraftschrei auf den Lippen musste Sheera den Hieb des Angreifers mit ihrer Klinge abwehren. Ihre Augen hatten sich mit Schwärze gefüllt, und das Caladran-Schwert, dessen Griff sie mit beiden Händen umklammerte, versprühte Funken.

Ganz in der Nähe kämpfte der Blinde Schlächter gerade zwei Gegner nieder. Von seinem Schwert tropfte die gallertartige Masse, zu der die Wandler zerliefen.

Auf einmal erschien ein zynisches Lächeln auf seinem augenlosen Gesicht. Das Lächeln von jemandem, der wusste, dass er sein Ziel erreicht hatte.

Wie zur Ewigkeit gedehnt erschien Gorian dieser Moment, dann rief er laut: »Eldamir!«

Da endlich wirbelte der Blinde Schlächter herum und stieß einen Ruf in einem alten Dialekt der Vorfahren aus, halb Kriegsgebrüll, halb Beschwörungsformel und begleitet von einem starken Gedanken, der jeden noch verbliebenen Maladran erreichte.

Dann ließ er die lange, schlanke Klinge aus Caladran-Stahl mit ungeheurer Kraft und Schnelligkeit wirbeln, sodass sie von einem bläulichen Leuchten umflort wurde, und zerteilte den Wandler, der Sheera fast getötet hätte, waagerecht in zwei Hälften.

Gorian wehrte einen weiteren Wandler ab, stürzte dann voran und streckte die Hand aus – ein Kraftschrei von äußerster Intensität war nötig, um Rächer doch noch in seine Hand zurückkehren zu lassen. Kurz wechselte er unter Aufbietung all seiner Kräfte in die Zwischenwelt der Schattenpfade und wurde zu einer wirbelnden Säule aus dunklen Rauchteilchen, bevor er nur einen Schritt von Sheera entfernt wieder verstofflichte.

Mit Sternenklinge in der einen und Rächer in der anderen Hand kämpfte er gegen die angreifenden Wandler und drängte sie mit Unterstützung des Blinden Schlächters zurück.

Sheera rappelte sich auf, schleuderte ihr Caladran-Schwert herum und traf damit einen weiteren Angreifer. Zischend drang die von Schwarzlicht und bläulichen Blitzen umflorte Klinge in dessen Körper ein, der daraufhin zerfloss. Auf einen magischen Schutz verzichtete die Ordensschülerin ganz und konzentrierte all ihre Kräfte auf das Schwert.

»*Richtig so!*«, sandte Gorian ihr einen Gedanken.

»*Du wirst mir das noch mal zeigen müssen!*«

»*Falls uns das Schicksal dazu die Gelegenheit lässt, gern!*«

Überall erstarkten auf einmal die Maladran. Plötzlich gewannen sie wieder Substanz und stürzten sich mit wilden Kampfschreien auf die Wandler. Die meisten von ihnen wurden von einem grünlichen Leuchten umflort, das bisweilen aus ihrem Inneren schimmerte und sie vollkommen zu erfüllen schien.

Gorian spürte ihre Gedanken so deutlich wie nie zuvor. Es war nicht mehr möglich, sich dagegen abzuschirmen, und eine Flut von Bildern des Hasses und der Grausamkeit strömte in seine Seele, während ihn ein Gedankenchor zutiefst schaudern ließ: »*Für unseren Fürsten, der uns die Kraft gibt, zu töten!*«

Immer häufiger sanken Wandler getroffen zu Boden, zerflossen zu amorphen Gebilden, die manchmal auf groteske Weise mehrere Schwertarme ausbildeten, um sich damit noch zu verteidigen. Aber die Maladran schlugen erbarmungslos zu und streckten einen Wandler nach dem anderen nieder, sodass sich trotz der zahlenmäßigen Übermacht dieser erschreckenden Wesen das Kriegsglück zu wenden begann.

Zuvor hatte es die Kampfeslust eines Maladran erheblich

gemindert, stand er dem Ebenbild seines früheren Ichs gegenüber. Auf einmal aber machte ihnen das nichts mehr aus. Ihre Schwerter wirbelten durch die Luft und drangen in die Körper der Wandler, zerfetzten sie förmlich und vernichteten sie ohne Rücksichtnahme.

Die Schwäche war von den Maladran abgefallen und schien dafür auf die Wandler übergesprungen zu sein. Die hatten auf einmal Schwierigkeiten, ihre Caladran-Gestalten aufrechtzuerhalten, sie veränderten sich, und so manch einer glich daraufhin in seiner grotesken Hässlichkeit eher einem Maladran.

Sie bildeten tierhafte Köpfe, die denen von Wölfen ähnelten, formten teils drei oder gar vier Waffenarme aus, oder sie reduzierten den Umfang ihres Kopfes oder des Torsos, um die Klinge ihres Schwertes mit der zusätzlichen Substanz zu vergrößern, sodass ihre Waffen mitunter geradezu monströse Ausmaße annahmen.

Gorian hielt inne. Die Maladran hatten die Wandler merklich zurückgedrängt, und die konnten ihre Zahl auch nicht mehr beliebig vermehren, denn das Tor im Stamm des Stadtbaums hatte sich geschlossen, sodass keine weiteren Metamorphen-Krieger in den Käfig aus Steingeäst strömten.

Sheera rang nach Atem. Ihre Augen waren ebenso schwarz wie die Gorians. Beliak kämpfte sich noch immer mit unverminderter Wut durch die Reihen der Wandler, die ihm nun sogar auswichen, denn keiner von ihnen konnte gegen den Untoten bestehen.

»*Es gibt noch einen weiteren Gegner!*«, gab Sheera stumm zu bedenken, während sie das Amulett umfasste, das sie um den Hals trug, und eine Stärkungsformel murmelte, denn so günstig der Kampf im Moment auch stehen mochte, er war noch längst nicht zu Ende.

Wie zur Bestätigung dieser Vermutung drang ein stöhnender Laut an ihrer beider Ohren. Zumindest glaubten sie das zunächst. In Wahrheit handelte es sich um einen Gedanken, der so bedrängend war, dass er sich im ersten Moment nicht von einem echten Geräusch unterscheiden ließ.

Der Käfig aus steinernem Geäst wurde enger, fast so wie eine riesenhafte Faust, die sich über das Kampfgeschehen wölbte und sich langsam schloss.

Auch die Wandler bemerkten es und blickten sich angsterfüllt um. Offenbar war die Macht, der sie dienten, nicht bereit, Rücksicht auf sie zu nehmen, denn wenn sich das Geäst vollkommen zusammenschloss, würden sie ebenso zerquetscht werden wie ihre Gegner.

Beliak war das alles gleichgültig. Er fuhr damit fort, so viele von ihnen wie möglich zu vernichten. Der alte Hass seiner Adh-Vorfahren auf das Wandler-Volk war vollends in ihm erwacht.

Der Käfig wurde noch enger. Das Leuchten der Verästelungen wurde schwächer und veränderte die Farbe. War es anfangs grellweiß gewesen, schimmerte es nun rötlich, sodass der Eindruck von glühender Asche entstand.

Wie Finger einer gewaltigen Faust gruben sich die Spitzen der äußeren Verästelungen in das Eis und drang immer tiefer ein. Die Faust schloss sich langsam, während es gleichzeitig im Boden rumorte.

Beliak sprang zur Seite, als aus einer der Wurzeln eine weitere Verästelung hervorwuchs und durch das Eis brach, so breit wie ein menschliches Bein und spitz wie ein Dorn. Einer riesigen omontischen Würgeschlange gleich wollte sich der Fortsatz um Beliaks Körper schlingen, aber im letzten Moment entkam er der Umklammerung. Die Klinge seines Schwertes prallte auf das harte und doch geschmeidig wirkende Gestein. Funken sprühten, und Beliak machte einen weiten Satz, der ihn fürs Erste in Sicherheit brachte.

Auch an anderen Stellen brachen solche steinernen Verästelungen aus den Wurzeln des Stadtbaums hervor. Gleichzeitig senkte sich das Geflecht des Käfigs so tief, dass man es fast mit der Spitze eines Schwertes berühren konnte.

»Spürst du es, Gorian?«

»Ja.«

Etwas kam mit großer Geschwindigkeit auf jenen Ort zu, an dem sie gefangen waren. Mit ihren magischen Sinnen registrierten sie es deutlich.

Etwas war auf dem Weg zu ihnen.

Unaufhaltsam und mit der tödlichen Energie eines fallenden Sterns.

»Ein Stein«, erkannte Gorian. *»Ein riesiger Stein aus Sternenerz, der auf geradem Weg von der Oberfläche des Schattenbringers auf uns niederfällt!«*

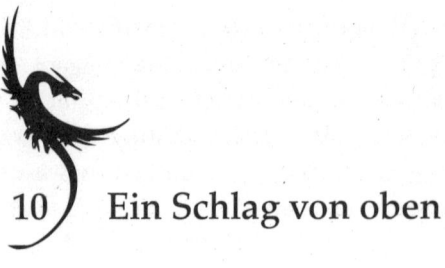

10) Ein Schlag von oben

Mit ungeheurer Wucht fuhr dieses Etwas direkt in den Stamm des Stadtbaums.

»Nein«, erkannte Gorian jedoch. »Nicht etwas, sondern jemand!«

»Wer?«

»Ich bin mir nicht sicher, Sheera. Eigentlich ist es unmöglich ...«

Funken sprühten, und Schwarzlicht strahlte aus dem Stamm, und innerhalb von Augenblicken veränderte sich das Geäst, das sie bislang gefangen gehalten hatte. Blitze zuckten knisternd über die Verästelungen, und der gesamte Baum zerfiel zu einem feinen grauen Staub, der einen Nebel bildete und alles einhüllte.

Blitze zuckten zwischen einzelnen Trümmerstücken hin und her, die so langsam durch die Luft schwebten, dass es nur mit Magie zu erklären war. Sie strebten in alle Richtungen davon, wurden dabei schneller und zerfielen gleichzeitig.

Der Zauber, der den Stadtbaum erfüllt und jede andere Magie gedämpft hatte, löste sich offenbar auf. Für die Maladran war das ein Anlass zum Triumphgeheul. Überall stürzten sie sich mit gesteigerter Wut und viel mehr Kraft auf die völlig konsternierten Wandler.

Manche von denen verloren bereits jegliche feste Form, ohne dass irgendeine Waffe sie getroffen oder ihnen ein Teil des Körpers abgeschlagen worden wäre. Sie wälzten sich als gallertartige Masse über das Eis, verwandelten sich dabei in vielbeinige Geschöpfe, die riesigen Tausendfüßlern ähnelten, um schneller davonlaufen zu können, oder versuchten, im letzten Moment noch Flügel auszubilden, um sich in die Lüfte zu erheben.

Die meisten schafften es nicht, denn sowohl der Blinde Schlächter und seine Maladran als auch Beliak gingen erbarmungslos gegen sie vor und töteten so viele von ihnen wie möglich. Kein Einziger sollte überleben und zu Morygor auf die Frostfeste zurückkehren.

Sheera aber ließ ihr Schwert sinken, und auch Gorian beteiligte sich nicht an dem Massaker. Flüchtende zu erschlagen war ihm ein Graus – selbst dann, wenn er befürchten musste, dass jeder der Metamorphen, die diesem Kampf entkamen, ihm irgendwann erneut gegenüberstehen würde.

Davon abgesehen gab es etwas, das sein ganzes Interesse auf sich zog.

Er schritt auf den Stadtbaum zu, der nichts mehr als ein zerfallender riesiger Stumpf war, eingehüllt von einer gewaltigen Staubwolke.

Kein normaler Mensch hätte hier atmen können, aber Gorian und Sheera wendeten die Heilformeln des Ordens der Alten Kraft an. Ihrer beider Augen blieben vollkommen schwarz, denn es erforderte sehr viel Kraft, die Atmung über einen längeren Zeitraum extrem flach zu halten oder sie gar ganz einzustellen. Gorian wusste aus dem Reich des Geistes, dass es Caladran gab, denen das über Monate, manchmal sogar Jahre hinweg gelungen war. Aber dazu musste man den Körper und den Geist eines Caladran haben.

»Was war das?«, nahm er Sheeras fragenden Gedanken wahr.

Gorian hatte bereits eine Ahnung. Er spürte etwas Vertrautes. Den Geist eines Wesens, von dem er nicht geglaubt hätte, ihm noch einmal zu begegnen.

Aus dem Staubnebel taumelte ihnen ein Wandler entgegen. Er hatte drei Waffenarme samt Schwertern ausgebildet, mit denen er wild umherfurchtelte. Ansonsten hatte er in etwa die Gestalt eines Caladran-Kriegers beibehalten, wenn man davon absah, dass sein Kopf dem eines Vogels glich und er offensichtlich versucht hatte, Flügel auszubilden; allerdings waren die so verschiedenartig ausgefallen, dass es völlig ausgeschlossen war, sich damit ohne Hilfe von Magie in die Lüfte zu erheben.

Den ersten Schlag wehrte Gorian mit Leichtigkeit ab, den zweiten auch. Dann ließ der Metamorph von ihm ab und taumelte davon. Kaum war er im Staubnebel wieder zu einem Schatten geworden, flog sein Kopf Gorian vor die Füße.

Beliak trat aus dem Nebel. »Kann mir jemand mal sagen, was hier eigentlich los ist?« Er prustete und stieß ein Röcheln aus. Aber da er ein Untoter war, konnte ihm der Staub nicht wirklich etwas anhaben.

»Ich bin gerade dabei, es herauszufinden«, antwortete Gorian und ging weiter in jene Richtung, wo sich zuvor der Stamm des Stadtbaums befunden hatte. Der Staub am Boden verband sich mit dem Schnee zu einer grauen Masse.

»*Erkennst du mich nicht?*«, erreichte Gorian auf einmal ein ziemlich deutlicher Gedanke.

Grelles Licht strahlte durch den Staubnebel, so hell, als würde man geradewegs in die Sonne sehen. Gorian und Sheera wandten den Blick ab.

Der viele Staub, der noch in der Luft schwebte, löste sich unter den Strahlen des Lichts auf. Innerhalb weniger Augenblicke herrschte wieder klare Sicht. Das Licht wurde schwächer und verminderte seine Intensität auf ein erträgliches Maß.

Mitten auf der staubbedeckten Ebene, die zuvor die Grundfläche des Stadtbaums gebildet hatte, lag eine Kugel aus glühendem Gestein. Der Geruch von Schwefel wehte zu Gorian und Sheera hinüber.

Hoch am Himmel schwebten noch immer die Himmelsschiffe, die sich aus dem vereisten Hafen von Caladrania erhoben hatten. Vielleicht um der Staubwolke zu entgehen, waren sie noch höher in den dämmrigen Himmel gestiegen. Im Hintergrund leuchteten die Sterne und die Sichel der Sonne, von der Gorian meinte, dass sie noch schmaler als zuvor war.

Die Wandler waren entweder erschlagen worden oder in die Eiswüste der Umgebung geflohen. Bei einem der benachbarten Hänge sah man noch ein paar von ihnen, die zu entkommen versuchten. Einige der Maladran zogen Schattenpfeile aus ihren Köchern und schossen auf sie. Die Schreie der getroffenen Metamorphen vermischten sich mit dem Heulen des eisigen Windes, der über die noch aus dem Eis ragenden Gipfel der Berge von Mittel-Caladrania pfiff.

Eldamir steckte sein Schwert ein und näherte sich Gorian.

»Ihr müsst sehr mächtige Verbündete haben«, sagte er in einem Ton, der fast schon ehrfurchtsvoll klang. »Wahrhaftig, man sieht es Euch nicht an, dass Ihr offenbar Götter oder das Schicksal selbst auf Eurer Seite habt, aber so muss es wohl sein.«

Gorian gab darauf keine Antwort.

Stattdessen sah er hinüber zu der Kugel aus glühendem Gestein.

Gestein, das voller Sternenerz sein musste. Er spürte es genau. Es war voller Magie und Seelenkraft …

»*Vorsicht, Gorian!*«, riet Sheera.

»Bleibt alle ein wenig zurück!«, forderte Gorian laut und auf eine Weise, dass ihm niemand widersprach.

Selbst Beliak hielt sich an diese Anweisung …

Gorian durchschritt den etwa kreisförmigen Bereich, der die Grundfläche des Stadtbaums dargestellt hatte, bis er gut die Hälfte der Strecke bis zum Stein hinter sich gebracht hatte. Sheera, Beliak und die Maladran folgten ihm zwar, hielten aber einen Abstand von gut einem Dutzend Schritten ein, so wie er es ihnen befohlen hatte.

Die Kugel überstieg von der Größe her ein drei- oder vierstöckiges Lagerhaus, wie sie in Embador standen, und war tatsächlich exakt in der Mitte des Platzes aufgekommen. Nur mit Magie erzielte man ein derart hohes Maß an Präzision.

»*Ich bin es!*«, meldete sich die bekannte Gedankenstimme bei Gorian wieder, die er eben schon vernommen hatte.

»*Wirklich? Immer noch?*«, sandte Gorian zurück, doch er erhielt zunächst keine Antwort. Stattdessen leuchtete der Stein noch etwas heller auf, sodass Gorian die Augen mit der Hand sowie mit einer abschirmenden Formel schützen musste.

Im Inneren dieses Gebildes brodelte und zischte es. Rauch stieg auf, und der Schwefelgeruch wurde stärker. Hier und dort schossen Flammen empor. Manche waren so rot wie glühende Kohlen, andere leuchteten giftgrün oder hellblau; Letztere erinnerten Gorian unwillkürlich an die Färbung des Himmels über ihm, als er damals im Boot seines Vaters als kleiner Junge erwacht war und sein bewusstes Leben begonnen hatte.

»*Ich kenne deine Seele fast so gut wie du die meine*«, wisperte die Gedankenstimme.

»*Bist du noch der Gargoyle Ar-Don, der hinauf zum Schatten-bringer geflogen ist?*«

»*Bist du noch derjenige, der immer wieder an den blauen Himmel über einem Boot in der Bucht von Thisilien denkt?*«

»*Es gibt diesen blauen Himmel nirgendwo mehr auf ganz Erdenrund.*«

»*Ich habe einen weiten Weg hinter mir. Und du auch. Zeit ist vergangen, Schicksale haben sich ereignet und wurden neu vorher-bestimmt. Aber niemand hat je einen weiteren Weg zurückgelegt als ich. Vielleicht kann ich wieder werden, was ich war. Vielleicht auch nicht.*«

Die Glut des Steins erlosch innerhalb weniger Augenblicke. Nichts weiter als ein kaltes, riesiges Stück Sternenerz lag danach vor Gorian.

Dann zerfielen die äußeren Schichten der von pockennarbigen Vertiefungen übersäten Gesteinskugel zu Staub, so wie zuvor der Stadtbaum. Die feste Form löste sich auf, und der Wind nahm den feinen Staub mit sich.

Zwischenzeitlich schälten sich die Umrisse eines Greifen daraus hervor, der die gefiederten Flügel von seinem löwenartigen Körper spreizte und den falkenhaften Kopf hob. Doch auch diese Gestalt zerfiel und wurde zu einem steinernen Drachen mit fledermausähnlichen Schwingen, nicht größer als eine Katze.

»*Ar-Don ist wieder mein Name*«, vernahm Gorian erneut die Gedankenstimme. »*Aber ich bin auch andere geworden.*«

»*Meister Domrich!*«, schloss Gorian.

»*Auch er ist noch da. Aber da sind jetzt noch Weitere. Daher wirst du nicht wissen, was du in der Zukunft von mir zu erwarten hast – wer ich gerade bin, wen ich beschütze und wen ich töte.*«

Der Gargoyle spreizte zwar die Schwingen, erinnerte jedoch bei der Art und Weise, wie er sie bewegte, eher an ein unbeholfenes, gerade aus dem Ei geschlüpftes Vogeljunges, das von der Natur mit einem besonders hässlichen Äußeren gestraft worden war.

Also kroch er über den Boden. Seine Farbe veränderte sich dabei. Zunächst war er aschgrau, dann schien sein steinerner Körper von innen her zu leuchten.

»*Die Gefahr ist noch … nicht vorüber!*«, behauptete er. »*Aber … ich bin so stark wie nie zuvor … Weg war lang … Schattenbringer weit entfernt und nur ein wenig aus der Bahn geschoben …*«

»Vorsicht!«, rief in diesem Augenblick Sheera, die mit Beliak und den Maladran weiter herangekommen war.

Ihr Ruf machte Gorian auf eines der Himmelsschiffe aufmerksam, die bislang hoch über dem Geschehen geschwebt hatten. Jenes, das der *Hoffnung des Himmels*, dem Flaggschiff des Caladran-Königs Abrandir, in jedem Detail glich, sank herab, und zugleich tauchte am Horizont eine Reihe weiterer Himmelsschiffe auf. Gorian erkannte auch dort die Caladran-Rune des Königs auf einem der trotz des Gegenwinds vollkommen starren Segel.

»Eine zweite *Hoffnung des Himmels*!«, stieß Gorian hervor.

An Deck des sinkenden Schiffes konnte er wieder Besatzungsmitglieder ausmachen. Der Caladran-König stand am Bug, neben ihm Meister Thondaril und daneben Zog Yaal, der junge Greifenreiter. Und auf dem Achterdeck war Orawéen zu sehen, die Gemahlin des Caladran-Königs.

Die herannahenden Himmelsschiffe beschossen es mit ihren Katapulten. Ein Pfeil mit einer glühenden Spitze aus Sternenmetall und so lang wie eine ganze Barkasse drang durch den Bug des niedergehenden Schiffes, fuhr zischend durch dessen Bauch und trat am Heck zur Hälfte wieder aus. Ein dröhnender Schrei erhob sich, das getroffene Schiff verwandelte sich, seine Form zerfloss, und die Gestalten des Königs und

Meister Thondarils wurden zu krallenartigen Fortsätzen des Schiffes.

Flügel bildeten sich, höchst verschiedenartig und unpaarig. Sie schlugen hektisch, um das sich stetig verwandelnde Wesen einigermaßen in der Luft zu halten. Doch als dann ein zweiter Springald-Pfeil seinen Leib durchschlug, geriet es endgültig in den Sinkflug und schrammte schließlich ganz in Gorians Nähe über das Eis.

Die Maladran waren nicht mehr zu halten. Sie stürmten los, um diesem Monstrum den Garaus zu machen.

»Das ist ein Camragh Tadh«, sagte Beliak, der an Gorians Seite getreten war. »So jedenfalls nennen wir Adhe sie. Ich glaube, bei den Menschen gibt es nicht einmal eine eigenständige Bezeichnung für die Riesenwandler.«

»Alles war Illusion«, murmelte Gorian. »Sie haben die Schiffe im Hafen von Caladrania mitsamt ihren Insassen perfekt nachgebildet.«

»Ich nehme an, dass Ihr nichts dagegen habt, wenn wir Eure offensichtlichen Feinde für Euch töten, mein Fürst!«, rief Eldamir lachend. Er wandte seine leeren Augenhöhlen in Gorians Richtung. »Ihr widersprecht nicht, mein Fürst? Das ist gut. Sehr gut sogar.«

Weitere Pfeile, deren Spitzen mit Sternenmetall überzogen waren, zischten durch die Luft, und manche davon zogen dabei eine Glutspur hinter sich her. Einer nach dem anderen traf die schwebenden Riesenwandler, die nun in Panik flüchteten und sich während des Fluges verwandelten; die bis dahin wie caladranische Himmelsschiffe aussehenden Wesen bildeten Flügel aus, um mit rudernden Bewegungen den Angreifern zu entkommen. Andere verblassten und verschwanden völlig, noch bevor ein Geschoss sie durchdrang.

Gorian spürte starke magische Kräfte, und auf den Achterdecks der herannahenden Himmelsschiffe sah er Gruppen von Caladran, zumeist in hellen Kutten, die dort Kreise bildeten. Magier und Schamanen, die ihre Kräfte zusammenschlossen. Und nun erkannte Gorian mithilfe seiner magischen Sinne auch die Strategie, die sie verfolgten. Um zu fliegen, benutzten die Camragh Tadh den gleichen Zauber der Gewichtslosigkeit und die Kraft der metamagischen Raumzeitwinde wie die Himmelsschiffe der Caladran. Die Magier und Schamanen konzentrierten sich darauf, genau diese Kräfte zu stören. Waren sie damit erfolgreich, mussten die Riesenwandler ihre Gestalt verändern, um sich auf andere Weise in der Luft zu halten.

Manche von ihnen gerieten dabei derart in Panik, dass ihnen offenbar die Kontrolle über die Kräfte, die durch die metamagischen Winde erzeugt wurden, entglitt. So verschwanden sie einfach, strandeten vielleicht in der Unendlichkeit der Zwischenwelten, durch die auch die Schattenpfade führten. Die Wahrscheinlichkeit, dass einem von ihnen die Rückkehr aus diesen unbekannten Gefilden gelingen konnte, war gering. Selbst Morygor, ihr Herr und Meister, konnte ihnen dort kaum noch helfen.

Nur wenige der Camragh Tadh entkamen.

Die Maladran zerstückelten diejenigen, die von den Springald-Pfeilen zu Boden geholt worden waren. Und die letzten ihrer kleineren Artgenossen, die in die Eiswüste geflohen waren, schossen sie mit ihren schwarzen Pfeilen ab.

»Camragh Morgh nennen wir Adh die kleinere Sorte«, erklärte Beliak. »Ein übles Pack. Ich an Morygors Stelle hätte mir dreimal überlegt, sie in die Reihen meiner Diener aufzunehmen.«

»Ich werde mir bestimmt nicht Morygors Kopf zerbrechen«, murmelte Gorian.

»Über kurz oder lang wirst du das aber müssen«, meinte Beliak. »Du wirst jeden Gedanken dieses Scheusals so erfassen müssen, als wäre es dein eigener. Du wirst förmlich in ihn hineinkriechen und zu denken lernen müssen wie er, fühlen wie er ...«

»... und so werden wie er?«, vollendete Gorian und steckte Sternenklinge in die über den Rücken gegürtete Lederscheide. »Meinst du das?«

»Bis zu einem gewissen Grad – ja. Nur dann wirst du ihn besiegen können, das ist meine tiefe Überzeugung.« Der Adh zuckte mit den Schultern. »Aber kann ich dir wirklich raten, auf mich zu hören? Vergiss nie, ich bin Morygors Geschöpf geworden, und vielleicht hat er mich nur ausgesandt, um dir falsche Ratschläge zu erteilen, ohne dass ich selbst davon irgendetwas ahne. Vielleicht soll ich dein Schicksal in eine Richtung lenken, die besser in Morygors verworrene Pläne passt. Also nimm dich vor mir in Acht, Gorian. Vor mir und all den anderen, die du für deine Gefährten hältst.«

»*Dem kann ich nur zustimmen*«, meldete sich wieder Ar-Dons Gedankenstimme.

Der Gargoyle entfaltete seine Schwingen und erhob sich in die Luft. Seine Farbe veränderte sich erneut, er wurde schneeweiß, und sein Flügelschlag wurde fließender und geschmeidiger.

Nachdem er in einem Bogen über Gorian hinweggeflogen war, wandte er sich nach Süden. Schon nach wenigen Augenblicken war er kaum noch zu sehen.

Die *Hoffnung des Himmels* landete fast so sanft auf dem Untergrund aus Eis und Schnee, als würde es sich um die Oberfläche eines Gewässers handeln.

Meister Thondaril und Zog Yaal stiegen über ein Fallreep

hinab. Ihnen folgten König Abrandir sowie einige Schamanen, die an ihren weißen Kutten und den charakteristischen Amuletten zu erkennen waren.

Abgesehen davon konnte Gorian mithilfe seiner magischen Sinne auch ihre geistigen Kräfte erspüren.

Das war offenbar auch bei Sheera der Fall. »*Die sind auf der Suche nach irgendetwas*«, erkannte sie.

»*Nach Andirs Kristall*«, gab Gorian in Gedanken zurück. »*Aber ich glaube kaum, dass sie ihn finden werden.*«

»Gorian!«, entfuhr es Meister Thondaril, als sie sich wenig später begegneten. Das so hart geschnittene, stets wie gemeißelt wirkende Gesicht des zweifachen Ordensmeisters wirkte in diesem Augenblick beinahe heiter und gelöst, die Züge viel weicher als sonst. Gorian nahm eine starke Erleichterung bei seinem Gegenüber wahr. Nach einem Moment des Zögerns umarmte er Gorian, bevor er auch Sheera begrüßte.

»Wir hatten schon jede Hoffnung aufgegeben, euch noch zu finden«, gestand Meister Thondaril.

»Ihr habt zwischenzeitlich versucht, durch Handlichtlesen mit mir in Verbindung zu treten, nicht wahr? Oder war das nur eine Illusion, ein Spuk, hervorgerufen durch Morygors Aura?«

»Nein, war es nicht. Aber seine Aura und die ganze Magie, die von ihm und seinen Geschöpfen hier gewirkt wurde, hat verhindert, dass wir mit dir in Verbindung treten konnten. Und ich bin mir nicht einmal sicher, ob das nicht gut war, weil Morygor solche Verbindungen vielleicht als magische Spuren zu nutzen weiß. Spuren, die seinen Dienergeschöpfen den Weg weisen, wenn du verstehst, was ich meine.«

»Vollkommen«, sagte Gorian düster.

König Abrandir war ebenfalls erfreut, Gorian wiederzusehen, auch wenn er seine Gefühle sehr viel mehr im Zaum hielt; sein blass wirkendes Caladran-Gesicht blieb nahezu ungerührt. »Schreckliches ist hier geschehen«, berichtete er. »Morygor wollte den Stadtbaum von Caladrania offensichtlich erobern, ohne ihn zu zerstören. Er wollte ihn stattdessen für seine eigenen Zwecke benutzen. Und das ist ihm zeitweilig sogar gelungen.«

»Nur mit knapper Not ist uns die Flucht gelungen«, berichtete Zog Yaal. Er deutete zu den anderen Caladran-Himmelsschiffen, die zusammen mit der *Hoffnung des Himmels* hergekommen waren. »Die meisten stammen nicht aus Caladrania, sondern aus Segell, und flohen nach dem Fall des dortigen Stadtbaums in einem weiten Bogen über das Meer nach Süden, wie mir die Caladran berichteten.«

»Unsere Flotte ist grausam zusammengeschrumpft«, erklärte König Abrandir. »So wie unser Volk als Ganzes. Die Überlebenden sammeln sich im Süden, aber es sind nicht mehr viele. Und schwach sind wir außerdem.« Die letzten Worte hatte Abrandir auf Caladranisch gesprochen; offenbar hatte er sie an sich selbst gerichtet, nicht an einen der Anwesenden. Desto mehr aber bewiesen sie Gorian, wie verzweifelt die Lage der Caladran war.

Unterdessen sammelten sich die Schamanen und bildeten einen Kreis. Sie hoben die Hände zum halbdunklen Himmel. Grünlich schimmernde Blitze zuckten lautlos aus ihren Fingerspitzen und sprangen von einem zum anderen. Sie stimmten eine Art Singsang an, der aus einer sich ständig wiederholenden magischen Formel bestand. Gorian spürte den sehr intensiven Gedanken, der mit dieser Formel verbunden war. Sie suchten, aber sie fanden nicht das, was ihnen so wichtig war.

Eine ganze Weile standen sie da und verstärkten ihren Zauber noch. Zum Schluss trafen sich die Blitze aus ihren

Fingerspitzen an einem Punkt in der Mitte des Kreises, den sie gebildet hatten. Dort entstand eine Kugel aus purem, sehr grellem Licht, die dann mit einem Zischen in die Tiefe drang und im nächsten Moment völlig verschwunden war.

Die Schamanen murmelten noch eine Weile ihren Singsang vor sich hin und versuchten mithilfe ihrer geistigen Kräfte, die noch erhaltenen unteren Bereiche des Stadtbaums von Caladrania zu durchforschen.

Doch dann machte einer von ihnen, der offenbar die Führung dieser Gruppe innehatte, eine Handbewegung, woraufhin das Ritual abgebrochen wurde, und er trat auf König Abrandir zu, wobei er resignierend den Kopf schüttelte.

»Andirs Kristall des Geistes ist nicht mehr hier.«

»Das war zu befürchten, Brass Telir«, murmelte der König.

»Die geistigen Spuren weisen nach Nordosten, mein König.«

»Ja – zur Frostfeste, wie unschwer zu vermuten ist.«

König Abrandir drängte auf einen raschen Aufbruch. »Man muss damit rechnen, dass Morygor bereits zum Schlag gegen uns ausholt. Wir sind tief ins Reich der Kälte eingedrungen.« Er wandte sich an Gorian. »Es war ein großes Wagnis, das wir Euretwegen eingegangen sind. Aber Meister Thondaril überzeugte uns davon, dass Ihr nach wie vor in der Lage seid, uns allen die Rettung zu bringen, werter Gorian.« Mit Blick auf den Ring des Schwertmeisters, den Gorian trug, verbesserte er sich: »*Meister* Gorian.«

»Und der Kristall des Geistes?«

»Wir hatten wenig Hoffnung, ihn noch zu finden, und all unsere Befürchtungen haben sich leider bewahrheitet. Morygor hat den Kristall in seine Frostfeste schaffen lassen. Er erleichtert ihm den Zugang zum Reich des Geistes – und erschwert ihn für uns.«

»Eine Schwächung für uns«, murmelte Gorian düster. »Und ein Machtzuwachs für ihn.«

»Ihr sagt es, werter Schwertmeister. Ohne den Kristall des Geistes haben wir vermutlich nicht einmal die Möglichkeit, unseren alten Plan noch in die Tat umzusetzen, mit den Resten unseres Volkes zu den Sternen zu flüchten.«

»Ich verstehe.«

König Abrandir wandte sich Beliak und den Maladran zu. Die Scheu, die der Caladran-König insbesondere vor dem Blinden Schlächter und seinem Gefolge empfand, war ihm deutlich anzusehen.

Eldamir trat dem König entgegen. Seine Hand umfasste den Schwertgriff. »Wir haben Pela verteidigt und dienen dem Fürsten, von dem Ihr die Rettung vor Euren Feinden erwartet!«, erklärte er in einem altertümlichen Dialekt der Vorfahren. »Also nehmt uns mit, wenn Ihr davonzieht!«

»Ihr seid Maladran!«, betonte König Abrandir; er sagte dies auf eine Weise, als würde allein dieses eine Wort alles erklären, und seine sonst so kontrollierten Gesichtszüge entglitten zu einem widerwilligen Ausdruck.

Maladran ...

Die Verkörperung des schlimmsten Schreckens und der größten Niedertracht. Die Seelen derer, die so schlimme Verbrechen begangen hatten, dass man sie auf ewig vergessen wollte und sie eine Existenz in den Gefilden der Verblassenden Schatten führen mussten, ohne Form und Erinnerung.

»Vergesst nicht, dass wir nicht ohne Eure Zustimmung gerufen wurden, um den Stadtbaum von Pela zu schützen«, mahnte der Blinde Schlächter. »Und bedenkt außerdem, dass es wohl niemand anderen gegeben hätte, der diese vollkommen aussichtslose Schlacht für Euch oder irgendwen sonst geschlagen hätte. Eure Krieger und Ihr selbst wart dazu nicht bereit.«

König Abrandir schüttelte langsam den Kopf. »Allein der Gedanke an die Taten, die Euch einst ins Reich der Verblassenden Schatten verbannten, lässt mich schaudern und vor Abscheu den Blick wenden!«

»Ihr seid kaum in der Lage, Euch Eure Verbündeten aussuchen zu können. Davon abgesehen hat mich unser Fürst beim Namen gerufen. Wir sind jetzt untrennbar mit ihm verbunden.«

Abrandir wandte ruckartig den Kopf und starrte Gorian fassungslos an. »*Ist das wahr?*«

Er sprach die Frage nicht laut aus, stattdessen brannte sie sich als ein sehr intensiver Gedanke schmerzhaft in Gorians Seele.

»Ihnen verdanken wir unser Überleben«, erklärte Gorian schließlich. »Und Gleiches gilt für den Gargoyle Ar-Don.«

»Der Stein, der wie ein Stern vom Himmel fiel«, murmelte Abrandir. »Unsere Schamanen haben seinen Fall vorhergesehen und ihn erst für ein Werkzeug Morygors gehalten.«

»Sie haben sich geirrt.«

»Ihr habt Euch eine Schar unangenehmer Verbündeter zugelegt«, stellte Abrandir fest, wobei er den Blick auch auf Beliak richtete und angewidert die Nase kraus zog. »Dass einem von ihnen der penetrante Geruch des Todes anhaftet, erscheint mir dabei noch als das geringste Übel.«

11 Verbündete

Die *Hoffnung des Himmels* erhob sich mit den anderen Himmelsschiffen von jenem Ort, an dem einst der stolze Stadtbaum von Caladrania gestanden hatte, die Hochburg und das Zentrum des Caladran-Reichs.

König Abrandir hatte den Befehl gegeben, nach Süden zu fliegen, so schnell es die metamagischen Raumzeitwinde erlaubten, und sein erfahrener Steuermann tat alles, um dem Folge zu leisten.

Sie hatten den Eiswind im Rücken, aber die Einzigen, denen die Kälte tatsächlich etwas ausmachte, waren die wenigen Menschen an Bord. Während sich Meister Thondaril, Gorian und Sheera immerhin auch mithilfe von Magie vor dieser erbarmungslosen Kälte zumindest teilweise zu schützen vermochten, war Zog Yaal ihr mehr oder weniger ausgeliefert. Trotzdem stand er an der Reling des Achterdecks und blickte zurück.

»Ich bin froh, dass wir euch gefunden haben«, sagte er an Gorian und Sheera gerichtet. »Als wir sahen, dass selbst die Caladran vergeblich gegen Morygors Horden kämpften, wollte uns schon der Mut verlassen. Ich meine, wenn nicht einmal diese magiebegabten Wesen in der Lage sind, einem der ihren die Stirn zu bieten, wie sollen sich dann gewöhnliche Menschen gegen ihn zur Wehr setzen?«

»Es sieht wahrlich nicht gut aus«, stimmte Gorian ihm zu. »Und trotzdem will ich die Hoffnung nicht aufgeben.«

»Was ist mit Torbas? Hast du von ihm gehört? Ihn vielleicht sogar gefunden?«

»Ja«, sagte Gorian. »Und es hätte mich beinahe das Leben gekostet.«

»Dann gibt es keine Aussicht mehr, dass er vielleicht den Weg zurück zu uns findet?«

Gorian zögerte, wechselte einen Blick mit Sheera und schüttelte dann den Kopf. »Torbas ist ein Geschöpf Morygors geworden, und ich fürchte, daran ist auch nichts mehr zu ändern. Mit jeder Stunde und jedem Tag, den er länger dem Einfluss seiner Aura ausgesetzt ist, wird sich das noch verstärken.«

»Wie konnte das nur geschehen?«, fragte Zog Yaal. »Ich verstehe das nicht.«

»Niemand von uns kann Morygors Willenskraft auf Dauer widerstehen.« Gorian deutete zur Sonnensichel. »Wer die Gestirne bewegen kann und die Sonne zu verdecken vermag, für den ist die Gegenwehr eines menschlichen Geistes kaum der Rede wert.«

Zog Yaal ballte die Hände zu Fäusten. »Ich fühle mich geradezu ohnmächtig«, sagte er finster. »Gern würde auch ich irgendetwas tun, um das Verhängnis, das uns allen droht, zu verhindern. Aber ich bin weder magisch begabt, noch habe ich irgendein anderes herausragendes Talent, abgesehen davon, dass ich gelernt habe, wie man einen Greifen reitet und eine Seilschlange benutzt. Aber nichts davon braucht Morygor zu fürchten.«

Lendaris, der bärtige Steuermann der *Hoffnung des Himmels,* lenkte das Schiff nach Süden. Mit geschlossenen Augen stand er auf dem Achterdeck und ließ das Flaggschiff des Königs beschleunigen. Die Begleitflotte folgte ihnen.

»Nelbar heißt unser Ziel«, wandte sich König Abrandir an ihn, während die Kraft der metamagischen Raumzeitwinde auch für Gorian deutlich spürbar wurde.

Auf Gorians Stirn zeigte sich eine Falte. »Nelbar?«, wandte er sich an Zog Yaal.

»Nelbar in Oquitonien«, bestätigte der junge Greifenreiter. »Dort wird sich der Widerstand gegen Morygor sammeln. Alle, die sich dem Bündnis angeschlossen haben. Aber über diese Pläne weiß ich ehrlich gesagt nur das, was ich am Rande mitbekommen habe.« Er zuckte mit den Schultern, ein müdes Lächeln flog über sein Gesicht. »Ich bin eben niemand mit einer großartigen Bestimmung, der irgendwann mal die Schicksalslinien irgendwelcher großen Mächte stören könnte. Warum sollte man mich in alles einweihen?«

»Nelbar …«, murmelte Sheera.

»*Deine Heimat*«, sandte Gorian ihr einen Gedanken.

»*Die Erinnerungen daran erscheinen mir, als kämen sie aus einem fremden Leben. Es ist so viel geschehen.*«

Der weitere Flug nach Süden verlief ohne Zwischenfälle. Unter Deck befanden sich Quartiere, in denen man sich ausruhen konnte. Die Maladran machten davon allerdings ebenso wenig Gebrauch wie Beliak. Gorian musste unwillkürlich an einen Satz aus den Axiomen des Ordens denken: *Die Endlichkeit der Kraft kennzeichnet das Lebendige.*

So sehr man auch mit Magie die Ermüdung zu unterdrücken vermochte, irgendwann waren die Kräfte einfach verbraucht, sofern man nicht ein Untoter war.

Genau darin lag ein entscheidender Vorteil, den Morygors Kreaturen von Anfang an auf ihrer Seite gehabt hatten.

Eldamir und die Maladran blieben auf dem Vorderdeck und wurden von Abrandirs Caladran misstrauisch im Auge behalten. Beliak wiederum hielt sich abseits und schien beide Gruppen zu meiden.

Ganz besonders missfielen ihm die Blicke von Meister Thondaril, die den Adh zu durchbohren schienen.

»Was siehst du mich so an, als wäre ich eine Abscheulichkeit?«, sprach er den zweifachen Ordensmeister irgendwann an. »Ich habe Gorian geholfen zu überleben – und dafür solltest du mir dankbar sein, denn wie ich wohl richtig annehme, gibt es nicht mehr viele von euch Ordensbrüdern.«

»Da hast du leider recht«, räumte Thondaril mit unbewegtem Gesicht ein.

»Ich bin ein Adh und außerdem ein Untoter – für manche sind das schon zwei Gründe, mich nicht zu mögen, aber in deinem Fall kannst du es nicht darauf schieben, dass mein Körpergeruch und eine feine Caladran-Nase nicht miteinander harmonieren.«

»Du irrst dich«, entgegnete Thondaril. »Ich hege keinerlei Vorurteile gegen dich. Aber ich frage mich, ob ich dir trauen kann.«

»Im Gegensatz zu vielen Lebenden weiß ich, was es bedeutet, Morygors Sklave zu sein«, gab Beliak zu bedenken. »Und ich weiß, dass ich das um keinen Preis der Welt wieder sein möchte. Zu behaupten, ich wäre bereit dafür zu sterben, würde in meinem speziellen Fall vielleicht nicht so richtig überzeugend klingen – aber ich hoffe, du verstehst dennoch, was ich meine.«

»Wir werden sehen«, sagte Meister Thondaril in einem gleichermaßen abschließenden wie ausweichenden Tonfall.

Damit wandte er sich ab und ließ den Adh an der Reling des Achterdecks stehen.

»Ja, richtig, wir werden sehen!«, rief Beliak ihm hinterher. »Wir werden zum Beispiel sehen, wer sich als die ausdauernderen Widerstandskämpfer gegen Morygors Frostreich erweisen werden – die Lebenden oder die Toten!«

Ein Klopfen weckte Gorian aus tiefem Schlaf. Seine Hand fühlte dichtes, geschmeidiges Haar. Sheera hatte sich an ihn geschmiegt und schlief noch. Aber Gorian spürte, dass seine Gedanken sie unabsichtlich weckten.

»Gorian? Wir müssen miteinander sprechen – und zwar jetzt!«, drang Meister Thondarils Stimme durch die Tür. Und selbst wenn sie Gorian und das Klopfen zuvor nicht geweckt hätten, der sehr intensive Gedanke, mit dem der zweifache Ordensmeister seine Worte unterlegte, hätte dies auf jeden Fall getan.

Sheera hob den Kopf. »*Es scheint wirklich wichtig, Gorian.*«

Wenig später traf er Meister Thondaril in einem Raum unter dem Achterdeck. Er hatte Fenster mit getöntem magischem Glas. Auf einer heiligreichischen Kogge hätte man diesen Raum wohl als Offiziersmesse bezeichnet.

In der Mitte befand sich ein Tisch aus einem dunklen Holz, das Gorian keiner bekannten Baumart zuordnen konnte. Allerdings spürte er die Aura eines sehr hohen Alters, die diesem Material anhaftete – so wie vielen Gegenständen, die die Caladran in Gebrauch hatten.

Kunstvoll geschnitzte Dämonenfratzen und kleine Drachen zierten die Tischkanten und die Lehnen der Stühle, die den Tisch umstanden.

»Ich habe Eurem drängenden Gedanken den Wunsch entnommen, dass Ihr allein mit mir sprechen wollt«, erklärte Gorian.

»Das ist richtig«, bestätigte Meister Thondaril, der zuvor nervös im Raum auf- und abgegangen war. Er blieb stehen, hob die Hände und ließ Licht aus den Handflächen strahlen, das den Tisch und die Stühle traf. Es tanzte von einer Schnitzerei zur nächsten, und die grimassenhaften Gesichter veränderten sich. Im ersten Moment bemerkte Gorian den Unterschied gar nicht, dann aber wurde ihm schlagartig klar, was geschehen war: Die Ohren waren verschwunden. All diese geschnitzten Dämonengesichte, so unterschiedlich sie auch sein mochten, hatten nämlich spitze Ohren gehabt, die denen der Caladran nicht unähnlich waren. Mal waren sie mehr und mal weniger ausgeprägt gewesen. Aber nun hatten sie sich einfach zurückgebildet, und es sah aus, als hätten jene künstlerisch und magisch über die Maßen begabten Caladran-Schnitzer sie bei den Dämonenfratzen einfach vergessen.

Meister Thondaril drehte sich um und ließ aus seinen Handflächen Bälle aus blauem Licht schnellen. Sie zerplatzten, sobald sie gegen die Wände trafen, und bildeten einen bläulichen Schimmer. Dieser kleidete den ganzen Raum von innen aus und beschichtete selbst das magische Glas der Fenster.

Gorian bemerkte, dass sich seine Farbsicht daraufhin änderte. Alles, was ihn umgab, hatte einen deutlichen Blaustich angenommen. Außerdem waren helle und dunkle Töne teilweise vertauscht. Dort, wo das Licht der immer schmaler werdenden Sonnensichel durch die Fenster sickerte, erzeugte es einen dunkelblauen Schatten, während an anderer Stelle, wo eigentlich kaum Licht hin drang, eine fast gleißende hellblaue Helligkeit herrschte.

»Ich brauche dir nicht zu erklären, was ich gerade getan habe.«

»Ihr schirmt unsere Unterhaltung ab, Meister Thondaril«, stellte Gorian fest.

»Ich möchte sichergehen, dass kein Gedanke und kein

Wort nach außen dringen, denn ich weiß nicht, wem ich wie weit trauen kann.«

»Wisst Ihr denn, ob Ihr mir noch trauen könnt? Torbas hat sich schließlich auf Morygors Seite geschlagen …«

»Torbas ist ein willkommener Diener für Morygor. Aber bei dir, Gorian, da bin ich mir ziemlich sicher, würde er dieses Risiko nicht eingehen. Er würde dich töten, sobald du dich ihm ergibst, selbst wenn er dir zuvor etwas anderes versprechen sollte. Insofern hast du in Wahrheit keine Wahl. Und ich denke, dass dir das auch bewusst ist. Im Übrigen – ein gewisses Risiko werde ich wohl eingehen müssen, so wie wir alle. Aber es ist einfach so, dass ich dir zu diesem Zeitpunkt ein paar Dinge mitteilen möchte, die zunächst unter uns bleiben sollten. Je weniger Eingeweihte es gibt, desto besser.«

»Ich verstehe, Meister.« Gorian senkte ein wenig den Kopf. Eine angedeutete Verbeugung, keinesfalls mehr. »Ich hoffe nur, dass Ihr die Magie der Caladran nicht allzu sehr unterschätzt.« Während er das sagte, wanderte sein Blick über die geschnitzten Dämonenfratzen, bei denen man stets den Eindruck hatte, dass sie den Betrachter ansahen – gleichgültig, welche Perspektive man einnahm.

»Das, *Meister* Gorian, kannst du viel besser einschätzen als ich«, gestand Thondaril. Er setzte sich an den Tisch, und Gorian tat es ihm gleich. »Teile die Gedanken, die wir hier erörtern, auch nicht mit Sheera.«

»Ihr misstraut auch ihr?«

»Auch wenn sie dir nahesteht, Gorian: Es gibt keinen Grund anzunehmen, dass sie stärker ist als Torbas.«

Gorian wollte erzählen, was sich bei den Ruinen der Torlinger Stadt ereignet hatte, von seinem Kampf gegen Torbas und davon, wie dieser Sheeras Willen gebrochen hatte. Aber auch davon, dass sie stark genug gewesen war, sich aus seiner geistigen Kontrolle zu befreien. Sie hatte den Befehl, Gorian zu töten, schließlich nicht ausgeführt, sondern sich gegen Torbas gewandt.

Konnte es einen größeren Beweis der Loyalität geben?

Das alles hätte Gorian seinem Meister am liebsten entgegnet, aber er schwieg. Diese Dinge konnte er ihm ein anderes Mal berichten – momentan schienen sie von untergeordneter Bedeutung. An Thondarils Einstellung hätte wohl nichts, was Gorian vorbringen konnte, in diesem Augenblick irgendetwas geändert. Thondaril hatte in diesem Punkt seine feste Meinung, und entsprechend handelte er.

»Ihr wisst, dass ich ein Geheimnis zu bewahren weiß«, sagte Gorian.

»Auch gegenüber Sheera?«

»Ja.«

Thondaril musterte ihn. Auch wenn sein hart geschnittenes Gesicht kaum eine Regung zeigte, so kannte Gorian den zweifachen Ordensmeister doch gut genug, um ihm anzusehen, dass seine Zweifel keineswegs beseitigt waren.

»Morygor hat die Angewohnheit, uns dort anzugreifen, wo wir am schwächsten sind«, erklärte Thondaril. »Vergiss das nicht, Gorian.«

»Ich verstehe nicht, was Ihr meint.«

»Wir sind immer denen gegenüber am schwächsten, die wir lieben.«

»Ihr wollt damit sagen ...«

»Ich will dir nur raten, wachsam zu sein, das ist alles.« Thondaril machte eine ausholende Handbewegung. Daraufhin veränderte sich die Oberfläche des Tisches. Eine Karte aus Licht erschien, die einen Teil von Ost-Erdenrund zeigte. »Die Lage hat sich weiter zugespitzt. Das Frostreich dehnt sich beständig aus. Ungezählte Flüchtlinge sind auf dem Weg in den Süden. Aber mindestens ebenso viele Bewohner der eroberten Länder sind zu untoten Schattengeschöpfen geworden. Ohne dass Morygor allerdings auf sie angewiesen wäre. Denn ständig dringen weitere Leviathane, die mit seinen Frostkriegern gefüllt sind, nach Süden vor.« Meister Thondaril deutete auf ein Gebirge, das im Norden von Eldosien lag und die nördliche Grenze des Herzogtums nach Mitulien und Oquitonien bildete. »Ein Vorstoß Morygors über die oquitonische Tiefebene steht unmittelbar bevor«, erklärte er. »Alles deutet darauf hin, sowohl unsere Voraussicht der Schicksalslinien als auch die Truppenbewegungen der anderen Seite und der Zug der Leviathane.«

»Voraussicht der Schicksalslinien?«, fragte Gorian und wunderte sich darüber, wie beiläufig Thondaril dies erwähnte. »Die Seher des Ordens sind Morygor in dieser Disziplin weit unterlegen, das wisst Ihr.«

»Aber wir haben mächtige Helfer und Verbündete bekommen.«

»Ihr sprecht von den Caladran und ihrer Magie?«

»Ja, auch sie sind sehr hilfreich. Sie und die Basilisken, deren Magie ebenfalls sehr mächtig ist.«

»So ist das Bündnis mit ihnen also doch zustande gekommen!«, entfuhr es Gorian. Das war die erste gute Nachricht seit langem. »Als wir seinerzeit Basaleia verließen, sah es nicht unbedingt danach aus, als wären unsere Bemühungen von Erfolg gekrönt.«

»Offenbar hat man in Basaleia eingesehen, dass die internen Machtkämpfe innerhalb des Herrscherhauses zunächst einmal zurückstehen müssen. Jedenfalls ist es unserem Gesandten Meister Yvaan gelungen, den Herrscher zu überzeugen, dass auch sein Reich von Morygors Horden bedroht wird.« Meister Thondaril zuckte mit den Schultern. »Vielleicht reichte dafür aber auch ein Blick zur immer schmaler werdenden Sonnensichel.« Er ließ den Finger über der Lichtkarte kreisen. »Du siehst hier das Nord-Eldosische Gebirge. Zurzeit sind sämtliche verfügbaren Magiemeister des Ordens damit beschäftigt, dieses Massiv in einen einzigen großen Bannstein zu verwandeln. Die Schamanen und Magier der Caladran und der Basilisken werden ihnen dabei mit ihren Kräften helfend zur Seite stehen.«

Gorian war sichtlich beeindruckt. Gleichzeitig fühlte er Genugtuung darüber, dass die Bemühungen, eine einheitliche Front aller zur Verfügung stehenden Mächte gegen den Herrn der Frostfeste zu schmieden, offenbar doch noch gefruchtet hatten.

Die Frage war nur, ob dieses Bündnis noch in der Lage sein würde, mehr als nur einen hinhaltenden Widerstand gegen die drohende Flut des Unheils zu leisten.

Wahrscheinlich nicht, überlegte er. Es reichte schon, wenn es Morygor gelang, die Position des Schattenbringers noch einmal um wenige Grad zu verändern, sodass er die gesamte Sonne verdeckte. Spätestens dann war jeglicher Widerstand gegen die Invasion sinnlos und alle Hoffnung auf das Weiterleben der Völker Erdenrunds zunichtegemacht.

»Der große Bannstein wird Kräfte von nie gekannter Intensität entfalten«, erklärte Thondaril. »Ich habe mich mit einigen anderen Meistern darüber per Handlichtlesen ausgetauscht. Die Gipfelregion dieses Gebirgssegments nennt man auch *die Singenden Felsen*. Sie sind ein uralter Ort der Kraft, und diese Kraft wird nun für unsere Sache nutzbar gemacht.«

»Und das könnte Morygors Horden davon abhalten, bis zur Küste des Laramontischen Meeres vorzudringen?«, fragte Gorian skeptisch.

»In einem breiten Gebietsstreifen wird jegliche Magie stark

gedämpft. Unglücklicherweise auch die unsere. Aber Meister Yvaan geht davon aus, dass kein Untoter diese Barriere überschreiten kann. Außerdem lassen sich weitere magische Hürden erzeugen.«

»Was ist mit den Leviathanen?«, fragte Gorian. »Auch wenn die untoten Frostkrieger in ihrem Inneren zugrunde gehen, kann Morygor sie allein zum Angriff schicken. Das hat er in der Vergangenheit schon getan. Diese Geschöpfe sind weder untot noch durch eine magische Barriere für lange Zeit aufzuhalten, denn früher oder später würden sie sich einfach durch das Erdreich graben.«

»Der Felsengesang lässt sich mithilfe von Magie so verstärken, dass selbst ein Leviathan daran zugrunde geht«, erklärte Meister Thondaril. »Der Klang, den der Wind dort erzeugt, treibt schon die meisten Menschen in den Wahnsinn, weshalb sich unsere Ordensmeister nur mit verstopften Ohren und einem das Gehör dämpfenden Zauber dorthin wagen. Diese Töne lassen sich beeinflussen, und zwar so, dass es die Leviathane förmlich zerreißt.«

Gorian blieb skeptisch. Dieser Plan schien ihm zu hoffnungsvoll, zu mächtig die Waffen, über welche die Verteidiger Ost-Erdenrunds auf einmal verfügen sollten. Es fiel ihm daher schwer zu glauben, was er zu hören bekam.

»Woher habt Ihr all dieses Wissen?«, fragte er schließlich, auf der Stirn eine tiefe Furche des Misstrauens. Auch ihm waren die Singenden Felsen bekannt, und über das Nord-Eldosische Gebirge gab es viele wunderliche Legenden – aber dass sich daraus ein Bollwerk gegen das Frostreich errichten ließ, wäre ihm nie in den Sinn gekommen.

»Meister Yvaan studierte in den Bibliotheken des Basilisken-Reichs alte Schriften«, antwortete ihm Meister Thondaril. »Er hat sein ganzes diplomatisches Geschick und sein Gewicht als Gesandter des Ordens einsetzen müssen, um überhaupt Zugang zu diesen Bibliotheken zu erhalten. Von ihm stammt die Idee. Ob sie sich auch umsetzen lässt und wirklich eine Hoffnung für uns alle sein kann, wird sich erweisen. Jedenfalls stieß er auf Berichte über die besonderen Kräfte des Nord-Eldosischen Gebirges.« Thondarils rechter Zeigefinger wanderte über die Karte. »In der Mitte Gryphlands kämpfen nach wie vor die Feuerdämonen gegen das vordringende Eis, und in diesem Kampf ist auf absehbare Zeit kein Sieger zu erwarten. Wenn es uns gelingt, die Macht der Singenden Felsen freizusetzen, entsteht eine zwar nicht lückenlose, aber doch sehr breite Barriere, die Morygors Horden zumindest zu weiten Umwegen zwingt. Die magiehemmende Wirkung dieser Kräfte wird bis weit in die oquitonische Tiefebene reichen, und selbst, wenn ihre Wirkung mit anwachsender Entfernung zu den Singenden Felsen schwächer wird, werden die untoten Frostkrieger dadurch in jedem Fall in ihrer Kampfkraft geschwächt.« Er atmete tief durch; es klang wie ein Seufzen. »Ich will nicht verleumden, dass dies Morygor nur auf Zeit aufhalten wird, Gorian, aber ...«

»Ich brauche ein Himmelschiff, Meister Thondaril!«, fiel ihm Gorian ins Wort. »Ein Himmelsschiff, mit dem ich zur Frostfeste fliegen kann, um den entscheidenden Kampf herbeizuführen ...« Er verstummte und ballte die Hände zu Fäusten, denn ihm wurde bewusst, wie vermessen sich seine Forderung ausnehmen musste angesichts der Tatsache, dass man ihn gerade erst mit knapper Not gerettet hatte. Und von seiner Niederlage im Kampf gegen Torbas wusste Thondaril noch nicht einmal.

Thondaril sah ihn eine ganze Weile lang an, und er brauchte weder etwas zu sagen noch einen ausformulierten Gedanken zu senden; Gorian wusste auch so, was im Kopf seines Gegenübers vor sich ging. Er musste seinen ehemaligen Schüler für vollkommen maßlos halten. *In den Augen des Meisters erkenne dich selbst,* fiel ihm erneut ein Satz aus den Axiomen ein, der ihm nie wahrer erschienen war als in diesem Moment.

»Ehrgeizige Ziele entsprechen deinem Charakter«, sagte Thondaril schließlich. »Du hast schon diejenigen, die du dir in der Vergangenheit gesteckt hast, nicht alle erreicht.«

»Ich weiß«, murmelte Gorian. »Aber ich weiß auch, dass es meine Bestimmung ist, Morygors Schicksalslinie zu kreuzen.«

»Das Geflecht der Schicksalslinien, die die Zukunft bestimmen, verändert sich von Augenblick zu Augenblick durch das, was in der Gegenwart geschieht, Gorian. Du kannst dir hinsichtlich deiner Bestimmung niemals völlig sicher sein.«

»Auch das weiß ich.«

»Und nach allem, was ich erkennen kann, ist der Zeitpunkt noch nicht gekommen, da du stark genug bist, dich Morygor zu stellen.«

»Dessen bin ich mir ebenfalls bewusst.«

»Oder willst du dich auf die Unterstützung deiner höchst zweifelhaften neuen Verbündeten verlassen?«

Gorian blieb die Antwort auf diese Frage zunächst schuldig. Daher also wehte der Wind. Die Anwesenheit der Maladran missfiel Thondaril, ebenso wie vermutlich die von Beliak. Ganz zu schweigen von Ar-Don, dem Meister Thondaril zu keinem Zeitpunkt uneingeschränktes Vertrauen entgegengebracht hatte.

»Die Maladran sind grausam und dürsten danach zu töten«, stellte Gorian fest. »Aber sie folgen mir bedingungslos.«

»Hast du dir auch einmal Gedanken über den Grund dafür gemacht?«

»Sie wollen einem Lebenden folgen, weil sie vermutlich dann das Gefühl haben, dem Diesseits näher zu sein.«

Thondaril nickte. »Ich habe mit König Abrandir über sie gesprochen, und er teilt meine Bedenken.«

»Abrandir?«, entfuhr es Gorian viel heftiger, als er beabsichtigte. »Er war es doch, der die Beschwörung der Maladran befahl!«

»Und wenn schon.«

»Er hat sie dort zurückgelassen, in der Erwartung, dass sie durch Morygors Schergen vernichtet werden – und ich vermute, dass er auch andere Verbündete auf ähnliche Weise zu opfern bereit wäre. Habt Ihr auch darüber einmal nachgedacht, Meister Thondaril?«

»Und hast du darüber nachgedacht, was geschieht, wenn die Maladran dich nicht mehr brauchen? Wenn sie lebendig genug geworden sind, dass das Bedürfnis in ihnen schwindet, sich von einem Sterblichen anführen zu lassen?«

Gorian fühlte sein Herz bis in die Kehle schlagen. Er war innerlich so aufgebracht wie selbst in Augenblicken höchster Gefahr nicht.

Meister Thondaril aber blieb vollkommen ruhig. »Ich wollte dich nur auf die Risiken hinweisen, die du eingehst, Gorian. Nicht mehr. Du wirst dich zur Frostfeste begeben, dessen bin ich mir gewiss. Aber wenn man einen tödlichen Schlag mit dem Schwert ausführen will, kommt es immer darauf an, den richtigen Augenblick abzupassen. Jemandem, der den Ring eines Schwertmeisters trägt, dürfte das nicht unbekannt sein. Also werden wir alles vorbereiten, alles tun, was im Vorfeld zu tun ist, damit wir nicht frühzeitig scheitern. Denn es wird nur einen einzigen Versuch für dich geben, Gorian. Wenn überhaupt. Morygor ist zu schlau und uns in der Voraussicht des Schicksals zu sehr überlegen, als dass wir mit einer zweiten Gelegenheit rechnen dürfen.«

Gorian schluckte.

»Ich weiß«, murmelte er kaum hörbar.

»Es gibt noch etwas anderes zu besprechen«, erklärte Thondaril. »Der Orden wird sich in Kürze neu konstituieren. Viele von uns sind nicht mehr am Leben. Die Zahl der Meister aller fünf Häuser ist so erschreckend zusammengeschrumpft, dass wir alle Kräfte bündeln müssen – und der große Bannstein, zu dem wir das Gebirge der Singenden Felsen machen wollen, wird uns alles an magischen Fähigkeiten abverlangen, was wir aufbringen können. Bald findet die Wahl eines neuen Hochmeisters statt. Du wirst bei diesem Ereignis erwartet, *Meister* Gorian.«

»Ich?«

»Es geht um die Zukunft des Ordens. Ganz gleich, was geschieht, der Orden ist die einzige Kraft, die den Widerstand zu organisieren vermag.«

»Und der Kaiser?«, fragte Gorian.

»Kaiser Corach IV. hält sich nach wie vor in Arabur verschanzt. Faktisch ist er nur noch Herr über Laramont, denn der Herzog von Valdosien hat ihn im Grunde ersetzt.«

Gorian schüttelte den Kopf. »Selbst angesichts des Unheils, das uns droht, ergehen sich die Mächtigen des Heiligen Reiches noch in eifersüchtigen Intrigen. Es ist nicht zu fassen!«

»Das Heilige Reich ist nur noch eine Erinnerung, Gorian. Ein Kadaver, auf dem die Aasfresser hocken und sich um die besten Stücke balgen.«

»Ja, diese Beschreibung mag zutreffend sein.«

»Aber sollte es doch noch gelingen, Morygor zu besiegen, wird man eine neue Ordnung brauchen. Ein Reich, das vielleicht auf den Fundamenten des alten fußt und dasselbe Gebiet umfasst, aber trotzdem vollkommen neu sein wird. Auf diesen Tag muss der Orden vorbereitet sein. Denn weder der Kaiser noch die Priesterschaft hätten gegenwärtig die Kraft, diese neue Ordnung zu bestimmen.«

Gorian lächelte. »Ihr denkt an die Zeit nach einem Sieg über Morygor – aber mich bezichtigt Ihr des übertriebenen Ehrgeizes?«

Meister Thondarils Gesicht blieb nahezu unbewegt, nur eine seiner dunklen Augenbrauen hob sich. »Mag sein, dass all diese Pläne letztlich vergebens sind, Gorian. Aber noch tragischer wäre es, wenn wider alle Wahrscheinlichkeit ein Sieg über Morygor errungen werden könnte, und es würde dennoch alles im Chaos versinken, weil wir uns vor lauter Mutlosigkeit nicht darauf vorbereitet hätten.«

»Das ist natürlich wahr.«

»Tu mir einen Gefallen und schweig über all dies, was ich dir gesagt habe. Es steht eine Schlacht in der oquitonischen Tiefebene bevor – das ist alles, was allgemein bekannt ist. Was bei den Singenden Felsen geschieht, soll noch niemand wissen.«

»Wie Ihr wünscht, Meister.«

»Du wirst dich in deinen Künsten vervollkommnen und für den Moment vorbereiten, da wir zur Frostfeste aufbrechen.«

»Ja, Meister. Das werde ich.«

»Du sprachst von einem Himmelschiff«, erinnerte Thondaril.

»Ich beherrsche die Kunst der Schattenpfadgängerei noch längst nicht gut genug, als dass ich auf diese Art zur Frostfeste gelangen könnte.«

»Wir dürfen wohl diesbezüglich auf die Unterstützung des

Caladran-Königs setzen«, war Thondaril überzeugt. »Und nun berichte mir. Ich will jede Einzelheit von dem wissen, was sich zugetragen hat, seit sich unsere Wege trennten. Lass nichts aus, denn alles, was geschehen ist, kann bedeutsam für die Zukunft sein.«

Und so begann Gorian zu erzählen. Er berichtete auch von dem Kampf gegen Torbas und dass der ehemalige Gefährte ihn um ein Haar getötet hätte.

An dieser Stelle unterbrach er seine Erzählung. »Ihr werdet Euch sicher fragen, wie ich Morygor besiegen will, wenn ich es nicht einmal mit Torbas aufnehmen kann«, sagte er zerknirscht.

»Wichtig ist, dass man sich selbst bezwingen kann, Gorian«, entgegnete Meister Thondaril und legte ihm die Hand auf die Schulter. »Alles andere ist zweitrangig.«

»Das ist eines der Axiome …«

»Es ist die Wahrheit.«

Als Gorian von den Kämpfen um Pela und von den Maladran berichtete, veränderte sich Thondarils Miene zusehends. Noch weniger schien ihm zu gefallen, was er über Beliak erfuhr. »Wähle deine Verbündeten mit mehr Bedacht«, riet er seinem ehemaligen Schüler.

Nachdem Gorian geendet hatte, vollführte Thondaril eine Handbewegung, und die Lichtkarte auf dem Tisch verschwand ebenso wie das bläuliche Schimmern, das bis dahin die Messe vollkommen ausgekleidet hatte.

Gorian stand an der Reling des Himmelsschiffs und blickte hinab auf die Tiefebene des Nordens von Oquitonien. Eine scharfe Linie durchschnitt das flache Land. Nördlich davon war alles weiß, während im Süden ein schmutziges, erdiges Braun und satte Grüntöne vorherrschten.

Es war sehr viel wärmer in diesem Grenzbereich zwischen dem Frostreich und den noch nicht eroberten Gebieten, als Gorian es in letzter Zeit gewohnt gewesen war. Dichte Nebelfronten hatten sich gebildet, Dunst stieg vom Boden auf.

»Der Feind sammelt sich nördlich von hier«, erklärte Beliak, der sich zu ihm gesellte. »Während du geschlafen hast, habe ich hier an Deck gestanden und den Aufmarsch der Frostkrieger und Leviathane beobachtet.« Ein mattes Lächeln erschien auf seinem Gesicht. »Die Heerlager haben die Ausmaße von Städten, Gorian. Die Körper der Leviathane umgeben sie wie Burgmauern, und sie warten nur darauf, dass ihnen der Befehl zum weiteren Vormarsch erteilt wird.«

»Du wärst jetzt einer von ihnen, hättest du nicht die Seiten gewechselt«, stellte Gorian fest.

»Das trifft zu.«

»Bedauerst du nicht, jetzt vermutlich zu den Verlierern zu gehören?«, fragte Gorian.

Der Adh verzog das Gesicht. »Wenn es so wäre, hätte ich dir kaum geholfen, oder?« Er lachte meckernd und schüttelnd den Kopf. »Mir ist schon bewusst, dass ich eigentlich auf der falschen Seite stehe, und tatsächlich sollte ich es begrüßen, wenn sich der Schattenbringer vollends vor die Sonne schiebt. Als Untoter, meine ich.« Er zuckte mit den Schultern. »Vielleicht hänge ich einfach zu sehr am Leben und will nicht wahrhaben, was geschehen ist und dass ich nur noch ein faulendes Stück Fleisch bin, darauf angewiesen, dass die Kälte und ein übler Zauber mich vor der Verwesung bewahren.«

Der Adh sah Gorian ernst an. Er musste kein weiteres Wort sagen, Gorian verstand, worauf er hinauswollte.

»Du brauchst magische Hilfe«, erkannte der junge Ordensmeister.

»Ich bin selbst magisch nicht ganz unbegabt, auch wenn sich die Fähigkeiten der Adhe von denen der Ordensmeister oder Caladran gewiss unterscheiden«, erklärte Beliak. »Aber letztlich bin ich nun ein untoter Frostkrieger und brauche die Kälte, um weiter existieren zu können. Aus diesem Grund warten Morygors Heere stets, bis der Frost ihnen vorauseilt, und auch wenn ich mir zutraue, dass ich es eine gewisse Zeit lang in wärmeren Gefilden aushalte, so wird mein Körper doch irgendwann anfangen zu faulen und zu zerfallen.« Er deutete zu Eldamir und den Maladran hinüber. »Mit dem Gedanken, ein verblassender Schatten zu werden wie die da, könnte ich mich ja noch anfreunden. Die werden jedenfalls nicht von Fliegen und Maden gefressen, denn sie wurden durch einen anderen Zauber als ich zu Untoten.«

»Ich habe mir schon Gedanken darüber gemacht, wie man dir helfen könnte«, eröffnete ihm Gorian.

Schon bei ihren ersten Vorstößen in den Süden waren die untoten Orxanier nicht weiter vorgedrungen, als der kalte Hauch, den die Frostgötter verbreiteten, gereicht hatte. Über diese Grenze hinaus konnten sie nicht lange existieren, und Gorian hatte schon befürchtet, dass es bei Beliak ähnlich sein würde. Leider war er weder im Reich des Geistes der Caladran auf eine Lösung dieses Problems gestoßen, noch fand er sie in dem Wissen, das er sich im Haus der Magiemeister des Ordens der Alten Kraft hatte aneignen können.

»Ich werde mit Meister Thondaril darüber sprechen und mit Sheera«, versprach er.

»Es könnte sein, dass auch ihr Wissen nicht ausreicht«, befürchtete Beliak.

»Ich kann den Rat anderer Meister über Handlichtlesen einholen«, erklärte Gorian.

Beliak nickte lahm. »Es ist aber auch möglich, dass es einfach keinen Weg gibt, meine Existenz zu erhalten«, sagte er in einem sehr ruhigen und bestimmten Tonfall. »Und dann, Gorian, solltest du dich nicht wundern, wenn ich plötzlich verschwunden bin.«

»Du gibst schon auf?«

»Ich bin nur realistisch«, widersprach der untote Adh. »Ich hasse Morygor und bin sein Feind – und doch könnte ich dazu gezwungen sein, in das Reich des ewigen Frostes zurückzukehren, will ich nicht zum Fliegenfraß werden.« Er ballte die großen Hände zu Fäusten und schlug sich gegen die Brust. »Einstweilen hält das alte, verrottende Fleisch ja noch, und wenn du oder Meister Thondaril mir ab und zu mit einem ordentlichen Kältezauber etwas helft, werde ich gewiss auch noch eine ganze Weile an deiner Seite kämpfen und …«

In diesem Moment zuckte er zusammen. Er starrte in Richtung des Nord-Eldosischen Gebirges, das sich im Nordwesten der oquitonischen Tiefebene schroff emporhob. In seiner häufig nebelumwaberten, aber momentan gut sichtbaren Gipfelregion befand sich das Hochplateau mit den unzähligen, unterschiedlich hohen Singenden Felsen, die säulenartig in den Himmel ragten. Der Wind hatte sie im Laufe der Zeitalter aus dem Außenwall eines großen Kraters gefräst, sodass sie kreisförmig angeordnet waren.

Früher hatten die Menschen dort den Gott der Sieben Winde verehrt, aber dessen Kult war verboten, seit der Glaube an den Verborgenen Gott zur bestimmenden Religion von Ost-Erdenrund geworden war.

»Das Gebirge … Es leuchtet!«, murmelte Beliak, und er schien tief ergriffen von dem Anblick.

Gorian war irritiert, denn er sah – nichts.

»Wovon sprichst du?«, fragte er.

»Du kannst es nicht sehen?«, wunderte sich Beliak. »Das erstaunt mich – bei all deiner unzweifelhaften magischen Begabung. Schließlich trägst du doch diesen Ring an deinem Finger, der dir ja wohl nicht einfach nur so von einem wohlmeinenden Meister geschenkt wurde.« Beliak kicherte, aber sogleich wurde sein Gesichtsausdruck wieder sehr ernst. Er wandte sich an Lendaris, den Steuermann der *Hoffnung des Himmels*. »He, siehst du etwas dort, mit deinen angeblich so guten Caladran-Augen? Oder machen dich die metamagischen Raumzeitwinde blind?« Er benutzte dabei eine barbarisch vereinfachte Form des Caladranischen, das er offenbar irgendwo aufgeschnappt hatte. Die Sprache, in der Morygor Befehle erteilte, erkannte Gorian sogleich.

Lendaris runzelte die Stirn, strich sich mit einer beiläufigen Geste über die Zöpfe seines Bartes und verengte die Augen. »Ich weiß nicht, welche Trugbilder dich narren, Adh«, entgegnete er. »Dort unten sind ein paar Berge, durch die der Wind schon jetzt unerträglich laut heult, obgleich im Moment fast Windstille herrscht und wir weit entfernt sind. Aber ich nehme an, davon wiederum hörst du nichts.«

Zuerst hatte Gorian noch gemeint, Beliak wolle sich mit irgendeinem Schabernack die Zeit vertreiben – am liebsten natürlich, indem er den bei den Adhe nicht sonderlich beliebten Caladran zeigte, dass er ihnen überlegen war. Aber mehr und mehr gelangte er zu der Ansicht, dass Beliak etwas sehr ernstlich beschäftigte. Sein Gesicht wirkte nicht mehr belustigt, sondern war von tiefem Ernst geprägt.

»Vielleicht ist das etwas, was nur die Angehörigen der älteren Völker wahrzunehmen vermögen«, meinte er schließlich.

»Und da zählst du uns Caladran nicht dazu?«, fragte Lendaris pikiert. »Welch ein älteres Volk als uns könnte es geben – natürlich nur die gerechnet, die noch existieren und nicht nur mehr flüchtige Erinnerungen im Reich des Geistes sind wie die Sechsfingrigen.«

»Ich meinte ausschließlich die Völker von Ost-Erdenrund – und soweit man weiß, waren die Caladran nicht gerade die Ersten, die hier gesiedelt haben.«

»Was genau siehst du?«, fragte Gorian, diesmal auf Heiligreichisch, denn er hoffte, dass der Caladran es nicht gut genug verstand, um der Unterhaltung weiter folgen zu können.

»Ich sehe, dass dort irgendetwas vor sich geht und sich magische Kräfte entfalten, und zwar von einer Art, die …« Beliak brach ab. Er umklammerte mit den übergroßen Händen die Reling und starrte zu den Singenden Felsen. »Es ist eine sehr alte Magie, wie sie von den jüngeren Völkern bisher nicht benutzt wurde.«

Konnte es sein, so fragte sich Gorian, dass Beliaks Wahrnehmungen mit den Aktivitäten der Ordensmeister zu tun hatten, von denen Meister Thondaril ihm berichtet hatte?

Er würde seinen Mentor darauf ansprechen müssen.

Beliak drehte abrupt den Kopf und bedachte ihn mit einem durchdringenden Blick. »Du weißt mehr darüber, als du zugeben willst«, stellte er fest.

»Beliak …«

»Ich verstehe, dass du mich nicht in alles einweihen kannst, Gorian. Wie ich dir schon mehrfach geraten habe, würde ich mir auch nicht trauen, wäre ich an deiner Stelle. Jedenfalls nicht zu sehr.« Er hob die großen Adh-Hände. »Also behalte deine Geheimnisse ruhig für dich, das nehme ich dir in keiner Weise übel. Allerdings wirst du nicht von mir erwarten können, dass ich meine natürlichen Sinne verschließe, die mir als Adh nun mal eigen sind. Seltsam«, murmelte er, »seit ich tot bin, sind sie eher schärfer und empfindlicher geworden als schwächer. Aber das ist ein anderes Thema.«

Gorian deutete mit der Hand in Richtung des Nord-Eldosischen Gebirges. »Was wissen die Adhe über diesen Ort?«

In Beliaks Augen blitzte es. »Also hatte ich doch recht mit meiner Vermutung«, fühlte er sich bestätigt. »Aber ich will dich keinesfalls dazu verleiten, zum Verräter von Geheimnissen zu werden, die dir Meister Thondaril anvertraute.« Er zuckte mit den Schultern. »Ich hingegen teile mit dir gern alles, was ich weiß. Aber ich muss dir leider sagen, dass das nicht sonderlich viel ist und der Begriff Wissen vielleicht auch nicht wirklich zutreffend ist. Eher würde ich von Legenden sprechen. Geschichten, die vielleicht einen wahren Kern haben, sich aber vor so langer Zeit zutrugen, dass sich wohl kaum noch sagen lässt, was Wahrheit und was Erfindung ist.«

»Erzähl mir trotzdem davon. Haben die Basilisken etwas damit zu tun? Oder gehören die deiner Lesart nach auch nicht zu den alten Völkern von Ost-Erdenrund?«

Beliak stutzte. »Die Basilisken? Wie kommst du darauf? Du scheinst ja keineswegs so ahnungslos zu sein, wie du tust. Siehst du wirklich nicht das Licht jener Kraft, die sich dort entfaltet?« Beliak wandte nun sogar das Gesicht ab. »Ah, richtig geblendet wird man davon. Furchtbar. Außerdem ...« Er sah auf seine Hände. Sie begannen zu tropfen. Beliak roch daran und verzog das Gesicht. »Der Zauber, der mich aufrecht hält, wird schwächer. Das hängt, glaube ich, mit dem Licht dort drüben zusammen. Gut, dass wir uns bereits wieder von dem Gebirge entfernen.«

Gorian berührte Beliak an der Schulter. Blitze zuckten aus seinen Fingerspitzen und fuhren in den untoten Körper des

Adh, dazu murmelte der junge Ordensmeister eine Stärkungsformel. Allerdings keine, die man ihm während seiner Ausbildung auf der Ordensburg beigebracht hatte, sondern eine, die ihm aus dem Reich des Geistes in Erinnerung geblieben war.

»Ah, verfluchte Caladran-Magie!«, stöhnte Beliak. Aber seine Hände tauten nicht mehr weiter auf, und nachdem er sie erneut zur knollenartigen, aber offenbar recht empfindlichen Adh-Nase geführt hatte, veränderte sich sein Gesichtsausdruck und wurde sichtlich entspannter. »Das hilft mir über diese Klippe hinweg«, bekannte er. »Ich hoffe, es wirkt auch eine Weile.«

»Du wolltest mir von diesem Gebirge erzählen«, erinnerte Gorian.

»In der Zeit, lange bevor es in Ost-Erdenrund Menschen oder Caladran gab, befand sich auf dem Gipfelplateau dieses Gebirges die Stadt der Al-Pan, eines Volkes, dessen Angehörige großen Schmetterlingen ähnelten und die angeblich nicht viel Luft zum Atmen brauchten, weswegen sie das Leben in großer Höhe bevorzugten. Die Al-Pan fühlten sich von nichts so sehr bedroht wie von Magie. Unglücklicherweise waren aber die meisten Völker, die in jener Zeit in der Nähe siedelten, magisch sehr begabt. Das waren vor allem die Adhe und die Basilisken, doch selbst die eher schwache Magie der Sonnenflüchter ängstigte die Al-Pan. Denn um der Zauberkunst ihrer Nachbarn mit purer physischer Kraft zu begegnen, waren sie zu zerbrechlich, ihre Körper zu schwach und ihre Waffen zu harmlos. Und so schützten sie sich durch eine noch mächtigere Gegen-Magie. Ausgehend von der Stadt des Schmetterlingsvolkes schufen sie ein sich immer weiter ausdehnendes Gebiet, in dem die Magie der anderen Völker beständig schwächer wurde. Schließlich wurde der

Einfluss dieser Gegenkraft so groß, dass kein Adh und kein Basilisk das Gebirge, in dem die Stadt der Al-Pan lag, überhaupt noch betreten konnte, ohne furchtbarste Schmerzen zu erleiden oder sogar zugrunde zu gehen.«

»Aber von der Stadt der Al-Pan ist nichts geblieben, wie jeder sehen kann«, stellte Gorian fest.

Beliak nickte. »Ein Gestirn fiel vom Himmel. Vielleicht nicht so groß wie der Schattenbringer, der die Sonne verdeckt, aber groß genug, um die Stadt zu vernichten. Ein großer Krater bildete sich, aus dessen Rand der Wind die Singenden Felsen schälte. Es heißt, dass die Al-Pan die Bahn des fallenden Sterns lange im Voraus kannten – lange genug, dass sie hätten fliehen können. Aber ihre Furcht vor der Magie der anderen Völker war stärker, und so harrten sie aus, bis es zu spät war. Die Kräfte jedoch, mit denen sie einst die Magie bekämpften, sind noch im Gestein des Gebirges wirksam, so sagt man. Und deswegen haben von jeher alle Adhe auf ihren Wanderungen dieses Gebiet gemieden.«

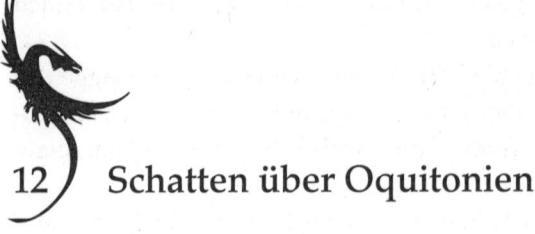

12 ⟩ Schatten über Oquitonien

Als die *Hoffnung des Himmels* und ihre Begleitschiffe weiter nach Süden vordrangen, sahen Gorian und seine Begleiter entlang des Flusses Bar immer mehr verlassene Ortschaften und Ströme von Flüchtlingen. Zudem trieben ungezählte Flöße, Boote und kleinere Schiffe flussabwärts, die meisten davon völlig überladen, denn die Menschen versuchten im Angesicht der nahenden Bedrohung, so viel ihrer Habe zu retten wie möglich.

Die am Ufer des Bar gelegene Stadt Oque war auf ein Vielfaches ihrer ursprünglichen Größe angeschwollen und wucherte ins Umland hinein. Unzählige Flüchtlinge kampierten dort in notdürftig errichteten Zelten, wohl in der Hoffnung, irgendwie weiter in den Süden zu gelangen. Außerdem gab es nahe der Stadt ein riesiges Heerlager, wo sich Abertausende von Kriegern darauf vorbereiteten, dem Feind entgegenzuziehen. Heiligreichische Ritter und Fußsoldaten waren ebenso darunter wie Oger-Söldner, die aufgrund ihrer leuchtend grünen Haut schon aus größerer Entfernung auffielen. Einige wenige Oraxanier waren ebenfalls auszumachen – lebendige Orxanier allerdings, die wohl frühzeitig aus ihrer eroberten Heimat geflohen waren. Auch waren Dutzende von Greifen samt ihren Transportgondeln zu sehen, die wohl einen ständigen Pendelverkehr zur Küste organisierten, um kriegswichtige Güter und Verpflegung schnellstmöglich nach Oque zu schaffen.

Gorian machte beim Blick vom Achterdeck die Flagge des Königs von Melagosien aus sowie eine Reihe von caladranischen Himmelsschiffen, die im Flusshafen von Oque angelegt hatten.

Man hörte den Schlag unzähliger Hämmer und sah in den umliegenden Wäldern reihenweise Bäume fallen. Es wurden offenbar Katapulte gebaut.

Ob dieses Heer aber eine Aussicht hatte, den Feind aufzuhalten, hing davon ab, was bei den Singenden Felsen geschah. Ohne diesen riesigen Bannstein würde das Eis bald die Mündung des Bar erstarren lassen. Gorian fragte sich ohnehin, weshalb Morygor seine Horden nicht schneller nach Süden vorstoßen ließ. Offenbar musste auch er erst seine Kräfte und Truppen sammeln. Und je weiter er nach Süden vordrang, desto mehr war er auch auf die Frostgötter angewiesen, um Eis und Schnee südwärts zu treiben.

Oder auf die Hilfe des Schattenbringers, durchfuhr es Gorian. Die Sonnensichel war so schmal geworden, dass sie kaum noch Licht zur Erde sandte. Zudem verwandelte sie sich gerade in einen Lichtkranz, denn auf der anderen Seite des nahezu kreisförmigen Schattens, den Morygors Macht vor die Sonne zerrte, drang mittlerweile ebenfalls ein wenig Sonnenlicht hervor. Aber das war nichts weiter als ein schwacher Schimmer, keineswegs ein Grund für Hoffnung.

»Du verschließt deine Gedanken?«, fragte Sheera.

»Nur soweit ich muss«, antwortete er.

»Wenn wir Nelbar erreichen, würde ich gern meine Eltern besuchen.«

»Natürlich.«

»Begleitest du mich?«

Gorian nickte. »Wenn du möchtest.«

»Ich wüsste gern, wie es ihnen geht.«

»Hast du keine gedankliche Verbindung zu ihnen?«, wunderte sich Gorian, denn das hatte er eigentlich angenommen.

Sheera schüttelte den Kopf. »Momentan nicht, und sie war ohnehin nur schwach und lediglich sporadisch vorhanden. Schon in der Zeit auf der Ordensburg war das so. Und irgendwann ist sie ganz abgerissen.«

»Wann genau?«

Sie zuckte mit den Schultern. »Das kann ich nicht so genau sagen. Vielleicht war es in dem Moment, als Torbas mich zwang, ihm zu folgen, und ich jeden freien Willen verlor. Zuvor hatte ich zumindest immer das Gefühl, zu wissen, dass es ihnen gutgeht, auch wenn wir keine Gedanken austauschten, so wie wir das tun. Aber jetzt habe ich dieses Gefühl nicht mehr. Ich hoffe nur, dass ihnen in all den Wirren nichts zugestoßen ist.«

Als die *Hoffnung des Himmels* Nelbar erreichte, schickte sich der schmale Leuchtkranz, zu dem die Sonne geworden war, gerade an, hinter dem Horizont zu versinken. Die Stadt platzte noch viel mehr aus den Nähten als Oque. Sieben Burgen gab es in Nelbar, alle von einer Mauer umschlossen. Jede dieser Burgen hatte einen sehr hohen Turm im Zentrum, dessen Durchmesser so groß war, dass man ihn als kleine Festung für sich betrachten konnte. Die Burghöfe waren übervölkert. Überall kampierten Flüchtlinge und Soldaten. Gleiches galt für die Straßen und Marktplätze von Nelbar.

Im Hafen dümpelten sicherlich zwanzig Mal mehr Schiffe, als Anlegestellen vorhanden waren. Sie ankerten noch in einem mehrere Meilen weiten Bereich vor dem Hafen, in dessen unmittelbarer Nachbarschaft sich der Bar ins Laramontische Meer ergoss. Gorian machte westreichische Galeeren ebenso wie heiligreichische Koggen aus und auch Segler aus Margorea. Eine Flotte caladranischer Himmelsschiffe konzentrierte sich im Westteil des Hafens, während es nördlich der Stadt einen ausgedehnten Landeplatz für die Gondeln der Greifenreiter gab. Viele kriegswichtigen Güter, die in Nelbar mit Schiffen anlandeten, wurden hier umgeschlagen und zum Teil mithilfe der Greifen nach Norden geschafft, wo sie unter anderem im Heerlager von Oque gebraucht wurden.

Auch Nelbar war augenscheinlich von Flüchtlingen und Kriegsmeuten überlaufen. Vor den Toren der Stadt gab es mehrere große Heerlager, deren Ausmaße jenes von Oque noch bei weitem überstiegen. Gorian fielen vor allem die Flaggen und Banner des Herzogs von Eldosien auf, was insofern kein Wunder war, da er in Personalunion auch Herzog von Oquitonien und Baronea war, was ihn mächtiger machte als den Kaiser, dessen Einfluss sich inzwischen mehr oder weniger auf Laramont beschränkte.

Dementsprechend war das Banner des Kaisers sehr viel seltener in den Heerlagern zu entdecken. Im Hafen waren einige Kriegskoggen damit beflaggt, die darüber hinaus das Banner Laramonts und das Hauswappen des Kaisergeschlechts der Laramonteser gehisst hatten.

Steuermann Lendaris ließ die *Hoffnung des Himmels* in einem weiten Bogen auf das Meer hinausfliegen, und die Begleitflotte folgte dem Manöver, um irgendwo ein Seegebiet in Hafennähe zu finden, das ausreichend Platz bot, um dort zu wassern.

Schließlich fand sich ein solcher Bereich, und die Schiffe sanken eines nach dem anderen nieder und setzten auf den Wellen auf. Von dort aus mussten sie durch die vielen vor Anker gegangenen Koggen und Galeeren hindurchsteuern. Allerdings war das für ein caladranisches Himmelsschiff viel leichter als für jeden von Windkraft getriebenen Segler, deren Besatzungen zumeist die Ruder ausfahren oder sich von kleinen, mit Ogern bemannten Schlepp-Barkassen in den Hafen ziehen lassen mussten. Dort konnten sie allerdings nur so lange festmachen, wie sie ihre Ladung löschten oder Passagiere von Bord gingen.

Den Schiffen der Caladran war im Hafen ein eigener Bereich zugeteilt worden, und dorthin steuerte Lendaris die *Hoffnung des Himmels*. Einen Anlegeplatz zu finden, war allerdings vollkommen illusorisch, dazu gab es zu viele Schiffe im Hafen. Also warf man Anker, umgeben von anderen Caladran-Schiffen mit wachsamen Kriegern an Deck.

Mittels einer Barkasse, von denen zahllose im Hafen verkehrten, gelangten sie an Land. Außerdem gab es an Bord der *Hoffnung des Himmels* ebenfalls mehrere Beiboote.

Meister Thondaril rief Gorian, Sheera und Zog Yaal zu sich. »Wir werden unsere Quartiere hier an Bord von König Abrandirs Schiff behalten«, erklärte der zweifache Ordensmeister. »Das ist am sichersten. In der Stadt dürfte selbst jede Kerkerzelle von Flüchtlingen belegt sein. Ihr seht ja mit eigenen Augen, was dort los ist.«

»Ich habe nichts dagegen einzuwenden«, erklärte Gorian. »Doch was ist mit Beliak und den Maladran?«

»König Abrandir wäre es lieber, sie gingen von Bord. Aber andererseits weiß er am besten um ihre Kampfkraft, zumindest um die der Maladran. Also bleiben auch sie.«

»Gut. Und Beliak?«

»Er gehört zu dir, Gorian. Deswegen duldet er ihn.«

»Das freut mich zu hören.«

»Ich rate dir, gib dem König keinen Anlass, den Glauben daran zu verlieren, dass du tatsächlich willens und imstande bist, Morygors Schicksalslinie zu beenden. Andernfalls, so fürchte ich, wird seine Großzügigkeit schnell ein Ende finden.«

Gorian nickte. Auch er gab sich diesbezüglich keinen Illusionen hin.

»Noch etwas«, fuhr Thondaril fort. »Die Caladran werden ein Himmelsschiff für dich bauen, Gorian. Das letzte Wort ist darüber zwar noch nicht gesprochen, aber König Abrandir steht in diesem Punkt längst auf meiner Seite. Allerdings braucht er dafür die Unterstützung seiner Magier und Schamanen. Und du weißt ja, dass schnelle Entscheidungen nicht gerade eine Stärke der Caladran sind. Das Schiff wird den Name *Lichtbringer* tragen und mit ein paar Eigenschaften ausgestattet sein, die den herkömmlichen Himmelsschiffen nicht zu eigen sind. Aber darüber sprechen wir ein andermal. Und vor allem nicht unter freiem Himmel, denn wer weiß, wo die Spione Morygors überall hocken.«

Er deutete mit einem Kopfnicken auf einen krähenähnlichen weißen Vogel. Der hatte sich etwa zwei Ruderlängen entfernt auf einem Pfahl niedergelassen, der aus dem Wasser ragte und an dessen Spitze ein schwerer Eisenring angebracht war, an dem man Boote und Schiffe festmachen konnte.

»Das ist keine Eiskrähe«, versicherte Sheera.

Thondaril bedachte den Vogel mit einem finsteren Blick. »Sieht diesen Kreaturen aber verflucht ähnlich.«

»Es ist ein oquitonischer Küstenschreier«, erklärte Sheera. Sie streckte den Arm aus und murmelte eine Formel. Daraufhin erhob sich der Vogel in die Luft, kreiste einmal über ihren Köpfen und setzte sich dann auf Sheeras ausgestreckten Arm.

»Also ehrlich gesagt, für mich sieht das Tier wie eine Eiskrähe aus«, gestand Gorian.

Sheera lächelte. »Nicht einmal das Wissen aus dem Reich

des Geistes hilft dir, die Unterschiede zu bemerken?«, fragte sie mit leisem Spott.

»Die Caladran habe sich offenbar wenig Gedanken um Vögel gemacht«, vermutete Gorian.

»Ich werde dir beweisen, dass dies nur ein oquitonischer Küstenschreier ist«, kündete Sheera an. »Aber ich warne dich, halte dir die Ohren zu!« Sie vollführte eine Geste mit der Hand, der Vogel starrte dabei wie gebannt auf ihre Handinnenfläche, dann öffnete er den Schnabel und stieß einen lauten, anhaltenden und sehr schrillen Ton aus, der in nahezu erschreckender Weise an eine Frauenstimme erinnerte.

Während der schrille Ton noch anhielt, flatterte der weiße Vogel empor und flog davon. Er kreiste einmal über den Masten der benachbarten Himmelsschiffe und hielt dann auf die östlichste der sieben Burgen von Nelbar zu, hinter deren dicken, festungsartigen Mittelturm er schließlich verschwand.

Nicht wenige Caladran hatten beim Schrei des Vogels gepeinigt die Gesichter verzogen.

»Ahnt ihr jetzt, woher diese Vogelart ihren Namen hat?«, fragte Sheera. »Sie lassen sich geistig leicht beeinflussen und sind vollkommen harmlos.«

»Womit mal wieder bewiesen ist, dass man sich nie nach dem äußeren Anschein richten sollte«, warf Zog Yaal ein.

Meister Thondaril schüttelte ärgerlich den Kopf. »Trotzdem, ein jeder von euch sollte ständig auf der Hut sein. Jedes Geschöpf in seiner Umgebung könnte ein Spion Morygors sein. Jedes!«

Ein tiefer summender Laut wie von einem riesigen Hornissenschwarm ließ alle nach Südosten blicken.

Von dort näherten sich Hunderte von riesigen Gondeln, getragen von Riesenlibellen mit etwa menschengroßen Körpern. Nur einige wenige Exemplare waren noch größer, etwa von den Ausmaßen eines Pferdes. Entsprechend groß war ihre Flügelspannweite, und man konnte nur darüber staunen, dass sie auf so engem Raum über der jeweiligen Gondel weder mit ihren hauchdünnen, transparenten und in ständiger Bewegung befindlichen Flügeln aneinanderstießen, noch dass sich die Haltegurte, an denen die Gondeln hingen, verhedderten.

Gorian erinnerte sich an die Zeit, die er in der Basilisken-Stadt Basaleia verbracht hatte, der Stadt der zehntausend Türme, wo Libellen-Gondeln das gebräuchlichste Verkehrsmittel waren. Ganz Basaleia wirkte daher wie ein gigantischer Bienenstock, wenn man sich der Herrscherresidenz des Basilisken-Königs näherte.

Nun kamen sie über das Laramontische Meer, offenbar als Verbündete.

»Wer befindet sich in diesen Gondeln?«, fragte Zog Yaal.

»Schlangenmenschen-Krieger, nehme ich an«, antwortete ihm Thondaril. »Vielleicht auch mehrere Kompanien Oger-Söldner. Vor allem aber hoffe ich auf einige talentierte Basilisken-Magier und vielleicht sogar auf ein paar Apparaturen, die sich im Kampf einsetzen lassen.«

Gorian sah Meister Thondaril erstaunt an. Wusste der zweifache Ordensmeister mehr als er? Gorian konnte sich jedenfalls nicht vorstellen, was für Apparaturen er meinen könnte.

Thondaril schien seine Gedanken zu erraten. Ein verhaltenes und mildes Lächeln spielte um seine Lippen, und er erklärte: »Meister Yvaan hat ein paar Andeutungen während unseres letzten Gesprächs gemacht, das wir über Handlichtlesen führten. Näheres kann ich dazu noch nicht sagen, nur dass die Zusammenarbeit mit unseren basiliskischen Verbündeten im Moment zu funktionieren scheint.«

Während die Libellen-Gondeln weiter auf den Hafen zustrebten und schließlich jenen Platz ansteuerten, auf dem ansonsten die Greifenreiter zu landen und ihre Ware zu löschen pflegten, fiel Gorian noch etwas auf: Ein Schiff mit margoreanischer Flagge lief aus dem Hafen aus und nahm südwestlichen Kurs. Bestimmungsort war mit ziemlicher Sicherheit die ferne Insel Margorea weit draußen im Süden.

All jene, die es sich leisten konnten, verließen offenbar die Stadt. Daran, dass Nelbar zu halten war oder gar das Heer, das sich hier sammelte, irgendeine entscheidende Wende in diesem Kampf bringen konnte, glaubte offensichtlich niemand hinter den schmucken Fassaden der Stadthäuser.

Noch an diesem Abend ließen sich Gorian und Sheera von einem der zahlreichen Oger-Ruderer, die derzeit im Hafen von Nelbar ihr Auskommen zu finden versuchten, mit einer Barkasse an Land bringen. Man rief diese Ruderer einfach herbei oder machte ihnen ein Zeichen. Zurzeit liefen deren Geschäfte hervorragend, denn es gab ständig irgendjemanden oder irgendetwas, der oder das von einem der Schiffe in den Hafen gebracht werden musste.

Der Oger, der Gorian und Sheera zum Ufer ruderte, hatte sogar ein paar Brocken Caladranisch gelernt, mit denen er die beiden auch gleich ansprach, allerdings nicht ohne auch die Übersetzung in heiligreichischer Sprache hinterherzuschieben. »Seid ihr Menschen oder doch Caladran?«, fragte er. »Man kommt da ganz durcheinander. Zwar seht ihr nicht sehr caladranisch aus, aber andererseits steigt ihr aus einem Himmelsschiff, und außerdem besteht eure Kleidung unverkennbar aus dem Stoff, den die spitzohrigen Blassgesichter bevorzugen.« Der Oger zuckte mit den breiten Schultern. Sein muskulöser grünhäutiger Oberkörper wurde nur von einer Fellweste bedeckt. Das blauschwarze Haar fiel ihm bis in die Stirn, und sein Gesicht wirkte so kantig, als hätte es der Lehrling eines Schnitzmeisters am ersten Tag seiner Lehrzeit geschaffen. »Ich kann ja nicht jeden bitten, dass er die Ohren freimacht, damit man zweifelsfrei erkennt, ob er ein Caladran ist oder nicht«, fügte er noch hinzu.

»Nein, wir sind keine Caladran«, antwortete ihm Gorian. »Aber da wir eine Sprache gefunden haben, die wir beide verstehen, ist dies doch gleichgültig, oder?«

»Du kommst aus dem Norden, richtig?«, vermutete der Oger, während er mit kräftigen Ruderschlägen die Barkasse auf die Kaimauer zusteuerte. »Lass mich raten: Thisilien oder Estrigge, stimmt's?«

»Nun …«

»Deine Aussprache verrät dich. Ich war selbst lange in jener Gegend und habe mich dort als Jahrmarktringer verdingt. Segantia, Estbeck, Estabur, Thisia, Thiskaren – auf den Marktplätzen all dieser Städte habe ich meine Gegner auf den Rücken geworfen. Sagen die Einheimischen nicht Thisa statt Thisia?«

Gorian nickte. »Und Thiskaven statt Thiskaren.«

Das Gesicht des Ogers verdüsterte sich. »Es ist bedauerlich, was geschehen ist. All diese Städte sind untergegangen. Und viele, die nicht fliehen konnten, wurden umgebracht. Aber das ist noch nicht einmal das schlimmste Schicksal, was ihnen blühte. Eine große Anzahl derer, die nicht rechtzeitig fortkamen oder sich mutig den Angreifern entgegenstellten, sind heute untote Kreaturen ohne eigenen Willen, Diener eines kalten Reiches, das sich offenbar unaufhaltsam weiter ausdehnt.«

Er trug ein Amulett mit dem Zeichen des Verborgenen Gottes vor der Brust, wie Gorian bemerkte. Das war durchaus nicht ungewöhnlich. Viele Oger, die es aus ihrer Heimat ins Heilige Reich gezogen hatte, schworen irgendwann ihren eigenen Göttern ab und übernahmen den Glauben der Priesterschaft. Das machte vieles für sie im täglichen Leben leichter, zum Beispiel ermöglichte es ihnen eine Anstellung als Söldner oder Stadtwache, was ihnen in den meisten Herzogtümern des Heiligen Reiches ansonsten verwehrt blieb.

»Zuletzt gehörte ich zur Leibwache des Herzogs von Thisilien«, erklärte er. »Ich war dabei, als seine Residenz in Thisrig zerstört wurde, und war einer der wenigen, die die Schlacht dort überlebten.« Sein ansonsten für menschliche Maßstäbe gleichermaßen regungsloses wie grobschlächtiges Gesicht war in diesem Moment überraschend ausdrucksstark. Man konnte ihm ansehen, wie sehr ihn die Erlebnisse von Thisrig erschüttert hatten. »Diese Würmer, aus deren Schlünde die Frostkrieger strömen«, murmelte er und schüttelte den Kopf. »Sie walzen alles nieder, und selbst mit starker Magie ist es wohl nur sehr schwer möglich, sie abzuwehren. Davon abgesehen braucht man auch nur zum Himmel zu sehen, um zu begreifen, dass der Verborgene Gott auf der Seite des Bösen steht. Oder wie ist es eurer Meinung nach zu deuten, dass er zulässt, dass bald nicht nur er selbst im Verborgenen ist, sondern auch der letzte Lichtschimmer der Sonne?«

»Um ehrlich zu sein, diese Frage habe ich mir schon wiederholt gestellt«, bekannte Gorian. »Und ich habe bisher keine schlüssige Antwort gefunden.«

Der Oger legte mit seiner Barkasse an der Kaimauer an und ließ Gorian und Sheera von Bord. Es warteten bereits mehrere Passagiere, die aus diesem oder jenem Grund zu einem der Schiffe gebracht werden wollten.

Sheera führte Gorian durch die Menschenmengen am Hafen. Waren wurden umgeschlagen, Marktschreier hatten ihre

Stände aufgebaut, und Bewohner von Nelbar verkauften ihren letzten Hausrat, um sich eine Passage nach Margorea leisten zu können, wo sie glaubten, etwas länger vor dem drohenden Unheil sicher zu sein. Überall wurden Dokumente angeboten, die angeblich zu einer solchen Passage berechtigten. Man konnte getrost davon ausgehen, dass die meisten davon Fälschungen waren, denn andernfalls hätten sich im Hafen von Nelbar noch einmal so viele Schiffe befinden müssen, als ohnehin schon dort ankerten.

Eine weitere Kolonne von basiliskischen Libellen-Gondeln näherte sich der Stadt. Sie waren so gewaltig, dass sie wie drohende Schatten am dämmrigen Abendhimmel standen.

Der Wechsel von Tag und Nacht war außerhalb der Stadt stärker zu bemerken als innerhalb. Da der Leuchtkranz der Sonne immer weniger Licht nach Erdenrund sandte, herrschte ohnehin ewige Dämmerung, die je nach Witterung ein wenig heller oder finsterer ausfiel. Die meisten Lichter der Stadt waren den ganzen Tag über entzündet. Überall brannten Feuer und Fackeln, sodass die Sterne sowohl während des dämmrigen, grauen Tages als auch in den Nachtstunden überstrahlt wurden.

Die großen, dunklen Schatten der Libellen-Gondeln zogen in Richtung des Greifen-Landeplatzes. Das Rascheln von schätzungsweise mehreren tausend menschengroßen Libellen erfüllte die Luft und ließ das Stimmengewirr in den Straßen für eine Weile verstummen.

»Die Basilisken scheinen sich ja richtig einzusetzen«, äußerte Sheera mit einem Gedanken. »Nach unseren Erlebnissen in Basaleia hätte ich das nicht für möglich gehalten.«

»Vielleicht ist das Meister Yvaans diplomatischem Geschick zu verdanken«, gab Gorian zurück, während sie ihren Weg durch die dicht gedrängten Menschenmengen fortsetzten. »Oder

*es ist die Erkenntnis, dass es ihnen selbst auch an den Kragen
geht.«*

*»Wenn man davon absieht, dass Basilisken keine Krägen tragen,
würde ich da eher auf die erste Möglichkeit setzen.«*

Sie passierten das Hafentor in der großen Stadtmauer, die
alle sieben nelbarischen Burgen umschloss. Eine Kontrolle
fand wohl schon lange nicht mehr statt. Angesichts der schie-
ren Massen von Menschen und anderen Geschöpfen wäre
dies kaum möglich gewesen. Auch waren die Torwachen
sogar schwächer besetzt, als Gorian es aus vergleichbaren
Städten wie Thiskaren oder Segantia kannte, was sicherlich
damit zu tun hatte, dass dafür einfach keine Truppen er-
übrigt werden konnten. Nelbar war zurzeit sicherlich ein
Paradies für Taschendiebe und anderes Gesindel – aber dieses Paradies würde nur kurzen Bestand haben, ganz gleich,
wie sich die Dinge entwickelten.

Ein Netz aus engen Gassen durchzog die Stadt. Sie wirkten wie mit dem Lineal auf einer Karte gezogen, was die
Orientierung erleichterte. Aber auch sie waren völlig überlaufen. Überall kampierten Menschen, und mitunter waren in
den Gassen sogar Zelte aufgestellt.

Stadtwachen versuchten deren Bewohner – zumeist Menschen aus Garilanien oder Mitulien, die vor den herannahenden Eismassen und Morygors Horden geflohen waren – dazu
zu überreden, ihre Zelte doch auf einem der zahlreichen
Plätze in der Stadt aufzuschlagen. »Glaubt Ihr, da wäre noch
irgendwo ein freier Flecken für Leute wie uns?«, hörte Gorian
eine aufgebrachte Männerstimme.

Gorian und Sheera erreichten schließlich jenes Viertel, in
dem die meisten Krämer und Händler ihre Läden hatten.
Auch hier sah es nicht anders aus als sonst in der Stadt. Alles

war überfüllt, und aufgeregtes Stimmengewirr, Kindergeschrei und die lauten Rufe, dass irgendwer irgendwem Platz machen sollte, vermischten sich zu einem brausenden, schrillen Klangteppich, der über allem lag. Pferdewagen quälten sich im Schritttempo durch die Gassen, und ein paar Schlangenmenschen-Krieger drängten sich züngelnd zwischen den Gestrandeten hindurch. Gorian hatte keine Ahnung, mit welchem Auftrag man sie in dieses Gewühl geschickt hatte, aber allein ihr Auftreten war ein weiteres Indiz dafür, dass sich das Basiliskenreich tatsächlich mit all seinen Kräften in das Bündnis gegen Morygor eingereiht hatte.

Allerdings war es mittlerweile fraglich, ob dieses Bündnis nicht viel zu spät zustande gekommen war, wenn man sich den Zustand des Heiligen Reichs vor Augen führte, von dem nur noch einzelne Bruchstücke zu existieren schienen.

Sheera führte Gorian zu einem mehrstöckigen Haus, dessen Fassade reichhaltig verziert war. Die tragenden Balken des Fachwerkgebäudes waren mit Schnitzereien von Schutzgeistern versehen. Mit dem Glauben an den Verborgenen Gott und den Lehren der Priesterschaft war das zwar nicht vereinbar, aber es war bekannt, dass gerade die Bewohner Oquitoniens und die Menschen in den Küstenstädten von Eldosien in diesen Dingen weit weniger dogmatisch waren und nicht in jedem Geistergesicht gleich einen Verrat am Glauben sahen.

Allerdings war Gorian auf dem Weg hierher auch schon aufgefallen, dass an anderen Gebäuden solche Schnitzereien von Schutzgeistern mutwillig zerstört worden waren. Offenbar schwand in der Zeit einer so extremen Bedrohung, wie sie im Moment herrschte, die allgemeine Toleranz.

»Hier ist es«, sagte Sheera, aber es war sofort zu erkennen, dass sich in dem Haus, vor dem sie stehen blieb, kein Han delskontor mehr befand. Die meisten Fensterläden standen offen. Aus ihnen schauten Menschen hervor, die offenbar frische Luft schnappten, während sie auf die Straße hinab- sahen. Es war unschwer zu erkennen, dass es sich auch bei ihnen um Flüchtlinge handelte, und mehr als der Blick aus dem Fenster blieb ihnen angesichts der herrschenden Um- stände nicht, um der Enge ein wenig zu entfliehen.

Sheera klopfte an die Tür. Eine Frau öffnete ihr. Sie trug Lumpen und hielt ein kleines Kind auf dem Arm.

»Hier kann niemand mehr rein«, sagte sie, während sich das Kind an ihr festklammerte. Sie redete in einem Dialekt, wie er eigentlich für das Kronland Olanien typisch war und oft als »Sprache der Heiligen« verspottet wurde, weil die kai- serlichen Beamten und die oberen Ränge der Priesterschaft überwiegend diesen Dialekt sprachen. Die Frau und ihr Kind hatten also offenbar einen weiten und vermutlich sehr be- schwerlichen Weg hinter sich.

»Hier wohnte ein Händler und seine Frau, denen dieses Haus gehört und …«

»Hier gehört niemandem mehr irgendetwas!«, wurde Sheera von der Frau unterbrochen. »Und jetzt verschwindet! Sonst rufe ich unsere Männer!«

»Ist schon gut«, murmelte Sheera. Sie trat einen Schritt vor und berührte mit der Hand die Wand des Korridors. Es zischte leicht, und feine Blitze zuckten aus Sheeras Finger- kuppen. Im Halbdunkel des Flurs fielen sie besonders auf.

Die Menschen, die im Korridor kampierten, sahen sie an, starr vor Schreck, und das Kind auf dem Arm der Frau be- gann zu weinen.

»Der Verborgene Gott sei uns gnädig und offenbare uns sein Geheimnis!«, murmelte eine Stimme in andächtigem Entsetzen, und eine andere antwortete: »So sei es!«

Daraufhin wurde das Zeichen des Verborgenen Gottes dutzendfach mit dem Finger in der Luft gemalt.

»*Wir gehen jetzt besser*«, wandte sich Sheera in Gedanken an Gorian.

»*Glaubst du nicht, du solltest diese Menschen fragen, was mit deinen Eltern geschehen ist?*«

»*Sie wissen es nicht. Als sie sich einquartierten, waren meine Eltern längst nicht mehr hier.*«

Gorian und Sheera traten wieder ins Freie. Der Schrei eines Greifen ließ sie in die Höhe schauen. Auch die gryphländischen Verbündeten waren unentwegt damit beschäftigt, Nachschub für das sich sammelnde Heer der Verteidiger von Ost-Erdenrund heranzuschaffen. Eine sehr große und anscheinend auch völlig überladene Greifengondel schwebte sehr tief über die Gebäude hinweg, sodass man schon befürchten musste, dass sie mit der Unterkante die höchsten Dächer des Viertels streifte und vielleicht ein paar Ziegel in die Tiefe riss, was angesichts des Gedränges, das in diesem Stadtteil herrschte, verheerende Folgen gehabt hätte.

Der Greif schlug heftig mit den Flügeln und musste sich offenbar ziemlich anstrengen. Sein Reiter war vergeblich darum bemüht, sein Reittier höher zu treiben. Bei der Gondel handelte es sich um ein reines Transportvehikel, das nicht für Passagiere gedacht war. Es glich eigentlich nur einem großen, nach oben hin offenen Kasten. Halteriemen sollten verhindern, dass ein Teil der Ladung schon bei der ersten stärkeren Schwankung verloren ging. Aber wenn ein solcher Transport über einen hinwegzog, war man immer gut beraten, ihn im Auge zu behalten und auf herabfallende Gegenstände zu achten. Dass man sich auf die Sorgfalt der Packer nicht verlassen konnte, hatte Gorian schon im Hafen von Gryphenklau erleben müssen.

Der Schrei des Greifen entsprang allerdings nicht seiner großen Anstrengung, sondern hatte eine andere Ursache.

Vom südlichen Ende der Gasse her quälte sich nämlich ein Wagen daher, der von einem melagosischen Laufvogel gezogen wurde, der nun den Schnabel aufriss, dessen Breite in etwa einer menschlichen Männerschulter entsprach, und einen tiefen, knarrenden Laut ausstieß.

»Ganz ruhig und Vorsicht!«, rief der Laufvogelreiter mit schwerem melagosischen Akzent. Ersteres galt wohl seinem Zug- und Reittier, das »Vorsicht« den auf der Straße kampierenden Menschen.

Eine größere Anzahl von Fußkriegern begleitete den Transport. Es waren sowohl nelbarische Stadtwachen darunter, die man gleich am Stadtwappen auf ihren Harnischen und Überwürfen erkennen konnte, als auch Krieger des melagosischen Königs sowie Rittern, die das Wappen des Herzogs von Eldosien trugen.

Die vor allem im Norden Melagosiens lebenden und häufig als Reit- und Zugtiere abgerichteten Laufvögel waren in alter Zeit das bevorzugte Beutetier der Wildgreifen gewesen. Und noch immer war es in Melagosien üblich, alt und schwach gewordene Laufvögel nach Gryphland zu verkaufen, wo sie dann geschlachtet und zu Greifenfutter verarbeitet wurden.

Da Greifen und Laufvögel natürliche Fressfeinde waren, konnte es immer wieder zu Schwierigkeiten kommen, wenn beide Arten aufeinandertrafen, auch dann, wenn es sich um gezähmte Tiere handelte.

Überall dort, wo es Landeplätze für Greifen gab, waren daher Transporte mit Laufvögeln eigentlich verboten, aber in diesen Zeiten konnte man solche Regeln nicht immer einhalten. Es kam nur noch darauf an, dass der Nachschub möglichst schnell die Heere erreichte.

Der Greif öffnete ebenfalls seinen allerdings viel kleineren Schnabel und stieß ein durchdringendes Krächzen aus. Vielleicht war er schlecht gefüttert. Jedenfalls machte er einen Schlenker, sodass die Unterkante der Gondel gegen einen Schornstein prallte und ihn zur Hälfte vom Dach riss. Aufgeregtes Geschrei war aus einer Nebengasse zu hören, wo die Menschen wohl auseinanderstoben, um keinen der in die Tiefe rutschenden Steine abzubekommen.

»Zur Seite! Im Namen des Herzogs und des Magistrats der Stadt! Zur Seite!«, riefen unterdessen die Krieger, die den Laufvogel begleiteten. Zelte mussten in aller Eile zusammengerafft werden, und Menschen drängten sich in die Türnischen der Häuser. Der Wagen, den der Laufvogel zog, brauchte die volle Gassenbreite.

»Könnt ihr nicht einen anderen Weg nehmen?«, rief jemand.

»Glaubst du, das würden wir nicht, wenn es möglich wäre, du alter Narr?«

»Der Verborgene Gott mag euch strafen für eure Grobheit!«

»Und der Magistrat mag deine letzten Münzen als Bußgeld pfänden, wenn du nicht rasch deinen Plunder zur Seite räumst und uns noch weiter aufhältst!«

Der Greif verschwand unterdessen mitsamt der Gondel hinter einer Reihe höherer Gebäude, die er nur unter Aufbietung seiner letzten Kräfte zu überfliegen vermochte.

Gorian und Sheera drückten sich in eine Hausnische.

Das Gespann mit dem melagosischen Laufvogel, dessen Kopf bis zum dritten Stock der benachbarten Häuser hinaufragte, zog langsam an ihnen vorüber, wobei das Tier einen übelriechenden Haufen fallen ließ.

»Caladran-Töter nennen wir so was hier«, sagte Sheera

und wies auf die Hinterlassenschaft des Vogels, »wegen des bestialischen Gestanks.« Sie hielt sich die Nase zu. »Da hilft nicht mal Magie. Jedenfalls keine, von der ich weiß. Aber so was kennt ihr Thisilier wahrscheinlich nicht.«

»Ich wüsste nicht, dass es jemals ein melagosischer Laufvogel bis zur Bucht von Thisilien geschafft hätte«, stimmte ihr Gorian zu, mittels eines Gedankens, was ihm ersparte, zu stark zu atmen.

Dann fiel ihm der Gargoyle auf, der auf einem vorstehenden Dachbalken eines benachbarten Hauses kauerte und die Szenerie regungslos beobachtete. Er hatte die Färbung von dunkelbraunem Holz angenommen und war so starr, dass man ihn für eine der Schnitzereien halten konnte, mit denen die Häuser von Nelbar verziert waren.

Aber Gorian erkannte ihn sofort. Ein katzengroßer Körper, der einem geflügelten Drachen ähnelte. In den Augen leuchtete ein schwacher Schimmer, und die Flügel waren gespreizt, so als wollte er sich jeden Moment in die Lüfte schwingen.

Ar-Don!

Von seiner holzähnlichen Färbung abgesehen hatte er exakt die Gestalt angenommen, in der er Gorian zum ersten Mal begegnet war.

In seinem zehnten Lebensjahr war es gewesen, und Gorian stand es so deutlich vor Augen, als wäre es gerade erst geschehen. Damals hatte Ar-Don versucht, Gorian zu töten, später hatte er ihm mehrfach das Leben gerettet.

Und nun wachte er über ihn, wie eine groteske Mischung aus Schutzgeist und Paladin, und war stets zur Stelle, wenn es nötig war. Ein so ausgeprägter Instinkt für die Knotenpunkte der Schicksalslinien war außergewöhnlich.

»Er folgt dir still und unauffällig wie ein Schatten!«, meldete sich Sheera in Gorians Gedanken; sie war seinem Blick ge-

folgt und hatte den Gargoyle ebenfalls entdeckt. »*Das sollte dich beruhigen – und auch Meister Thondaril, der dich gleich in höchster Gefahr wähnt, wenn wir beide mal durch die Straßen von Nelbar gehen. Als ob sich ein Schwertmeister nicht zu wehren wüsste und eine große Begleiteskorte aus Maladran oder wem auch immer weniger Aufmerksamkeit erregen würde.*«

Gorian nahm ihre Gedanken nur am Rande wahr, denn er versuchte sich auf Ar-Don zu konzentrieren. Aber es kam keine geistige Verbindung zustande. Er spürte nur vage die inneren Kräfte des Gargoyle. Doch da war kein Gedanke, der für Gorian gestimmt gewesen wäre.

»Komm jetzt«, forderte Sheera laut, fasste ihn bei der Hand und zog ihn mit sich.

»Was hast du vor?«, wunderte er sich.

»Das fragst du noch?«

»Ich verstehe nicht.«

»Ich bin eine Heilerin. Auch wenn ich den Ring noch nicht am Finger trage, gelten für mich die Grundsätze, die man mich im Haus des Heilens gelehrt hat. Und bei dir sollte das auch der Fall sein, schließlich hast du dort ebenfalls eine Ausbildung begonnen.« Sie lächelte. »Und soweit ich es mitbekommen habe, sogar mit guten Ergebnissen. Also Beeilung, in der Nachbargasse gibt es vermutlich Verletzte, und das darf uns nicht gleichgültig sein.«

»Was ist mit deinen Eltern?«, hakte Gorian nach, während er sich von ihr mitziehen ließ.

»Im Haus waren keine geistigen Spuren, die stark genug gewesen wären, um herauszufinden, was mit ihnen geschehen ist«, gab sie Auskunft. »Und die Menschen dort zu befragen hätte keinen Sinn.«

»Ich nehme aber nicht an, dass du das einfach hinnehmen willst.«

Sie warf ihm einen kurzen Blick zu und antwortete nur mit einem Gedanken. »*Wir werden sehen ...*«

Als sie die Nebenstraße erreichten, herrschte dort großer Tumult. Die Steine des eingestürzten Schornsteins hatten etwa ein halbes Dutzend Menschen, einen Zahlenmagier und einen Oger schwer verletzt. Natürlich war kein Arzt zur Stelle, geschweige denn ein Heiler des Ordens.

Für einen Mann in mittleren Jahren, der von einem der Steine am Kopf getroffen worden war, kam jede Hilfe zu spät. Da konnte auch ein Heiler nichts mehr ausrichten, selbst wenn er seine Kunst in allerhöchster Vollendung beherrschte. Er starb, bevor Sheera die erste Stärkungsformel überhaupt über die Lippen gebracht hatte.

Aber die anderen hatte es weniger schlimm erwischt. Die leichteren Fälle überließ Sheera ihrem Gefährten. Während sich Gorian um den Oger kümmerte, dessen Arm offenbar gebrochen war, schimpften ein paar aufgebrachte Männer darüber, dass man innerhalb der Mauern von Nelbar seit einiger Zeit ja nicht mehr seines Lebens sicher war, weil die fremden Truppen, die sich in und um die Stadt herum sammelten, nicht die geringste Rücksicht auf die Bevölkerung nahmen.

»Sheera!«, stieß unterdessen der Zahlenmagier hervor. Dieser hatte eine schwere und vor allem stark blutende Verletzung am ballonartigen Hinterkopf davongetragen. Sein Gesicht war ebenso blutverschmiert wie seine Kleidung, und wahrscheinlich war das der Grund dafür, dass Sheera ihn nicht gleich wiedererkannt hatte.

»Brethenes!«, stieß sie aber nun ebenso überrascht hervor.

»Wie lange habe ich deinen Eltern als Zahlenmagier gedient.«

»Weißt du, wo sie geblieben sind?«, fragte Sheera. »Ich war in unserem Haus, aber das ist über und über mit Flüchtlingen belegt. Mir scheint, sie sind schon seit längerem nicht mehr dort gewesen.«

»Es kamen schlimme Nachrichten aus dem Norden«, antwortete der Zahlenmagier, während sich Sheera seine Verletzungen ansah. »Es hieß, die Ordensburg sei vernichtet, und angeblich hätte dort niemand überlebt.«

»Wo sind sie jetzt?«

»Sie haben sich nach Margorea eingeschifft, nachdem sie die Hoffnung aufgegeben hatten, trotz allem noch etwas von dir zu hören. Danach stiegen die Preise für eine Passage ins schier Unermessliche. Du glaubst nicht, was man ausgeben muss, um nur einen Platz im Zwischendeck zu ergattern. Margorea ist zurzeit das Land der Seligen. Deine Eltern haben hier alles zu einem lächerlichen Preis verkauft und sind an Bord eines Schiffes gegangen.«

»Wie lange ist das her?«

»Vielleicht zwei Wochen. So lange haben sie darauf gewartet, dass sie vielleicht doch noch ein Lebenszeichen von dir erhalten. Deine Mutter ist jede Tag in die Kathedrale gegangen, um zu beten.«

Sheera schluckte. »Dann habe ich sie nur um zwei Wochen verpasst?«

»Ja. Sie fürchteten, dass sie in Kürze gar nicht mehr fortkämen. Für ein Dokument, das eine Passage ermöglicht, werden bereits Morde begangen, dabei sind die meisten plumpe Fälschungen. Zudem haben manche Kapitäne auch mehr Dokumente verkauft, als sie eigentlich Plätze auf ihren Schiffen haben. Seit das Heer des Herzogs hierher verlegt wurde, jeden Tag Gondeln aus dem Basilisken-Reich und aus Gryphland eintreffen und sich die Truppen sammeln, ist auch dem

Letzten klar geworden, dass es bald ernst wird.« Der Zahlenmagier zuckte mit den Schultern. »Ich habe zu lange gewartet. Jetzt kann ich mir kein Passagendokument mehr leisten. Also werde ich wohl hier ausharren müssen. Aber beinahe hätte ich das Ende nicht mal erlebt.«

»Noch sind wir nicht verloren«, erwiderte Sheera, dann murmelte sie einen Heilspruch und berührte dabei den ballonartigen Kopf des Zahlenmagiers. Die Blutung kam zum Stillstand.

Einige der Steine des Schornsteins waren auf dem Straßenpflaster zerbrochen. Sheera nahm eines der Bruchstücke, das sich ihrer Einschätzung nach sowohl von der Beschaffenheit als auch von der Größe her als Heilstein eignete, und legte es auf die Kopfwunde des Zahlenmeisters. Dann wurden ihre Augen schwarz, und sie sprach erneut eine Formel in altnemorischer Sprache.

Gorian kümmerte sich unterdessen um den Oger und einen Jungen von etwa vierzehn Jahren. Für deren Verletzungen reichten seine bisher im Haus des Heilens erworbenen Kenntnisse aus.

Es hatte sich ein großer Kreis von Menschen und anderen Geschöpfen um die beiden Mitglieder des Ordens gebildet, und man verfolgte gleichermaßen interessiert wie kritisch, was mit den Verletzten geschah. Einige der Männer stritten lautstark darüber, wer schuld daran war, dass die Steine auf sie herabgefallen waren, und ein paar Frauen äußerten sich bewundernd über die Künste der Heiler. Gorian stellte amüsiert fest, dass er dabei die größere Aufmerksamkeit genoss. Der Grund dafür leuchtete ihm bald ein. Der Meisterring an seiner Hand war nicht unbemerkt geblieben, und die Umstehenden nahmen deshalb an, dass er ein Heilermeister war.

Auf einem der Dächer nahm er eine Bewegung war. Ein

Gargoyle spreizte dort die Flügel und sah geradewegs in seine Richtung. Hätte ihn nicht der Lichtschein aus einem zwei Stockwerke höheren Nachbarhaus angestrahlt, Gorian hätte ihn nicht bemerkt.

»Ich soll dir noch etwas geben, Sheera«, sagte der Zahlenmagier, nachdem Sheera alles für ihn getan hatte, wozu sie die Kunst einer Heilerin befähigte.

Brethenes stand auf und bedeutete ihr, ihm zu folgen. Gorian schloss sich ihnen an, und sie tauchten in eine andere schmale Gasse ein, gerade noch rechtzeitig, bevor alle möglichen Kranken sie bedrängt hätten.

»*Was beunruhigt dich?*«, erkundigte sich Sheera in Gedanken bei Gorian, während sie dem Zahlenmagier zu einem Haus folgten, das ebenso überbelegt war wie im Moment wohl jedes Gebäude in Nelbar.

»*Ich weiß es nicht. Vielleicht bin ich einfach nur wachsam.*«

»*Wir können Brethenes auf jeden Fall vertrauen. Ich kenne ihn, seit ich ein kleines Mädchen war.*«

»*Sag bloß, er hat dir das Rechnen beigebracht.*«

»*Um ehrlich zu sein, ich habe als Kind sogar bedauert, dass mein Hinterkopf einfach nicht zu wachsen anfangen wollte.*«

Der Zahlenmagier brachte sie in seine Wohnung, die nur aus einem einzigen Raum bestand, den er sich im Moment noch mit einer Bauernfamilie und einem Priester teilte. Die Bauernfamilie stammte aus Garilanien und vermisste zwei von sechs Kindern, die während der chaotischen Flucht in den Süden verloren gegangen waren. Der Priester war als Legat des Bischofs von Attrantia im ganzen Heiligen Reich unterwegs gewesen, aber seit er die Zerstörung der Kathedrale von Toque mitangesehen hatte, sprach er ständig davon, dass Erdenrund unrettbar verloren war und zu einem Ort der Finsternis werden würde. Offensichtlich habe der

Verborgene Gott seine Macht restlos eingebüßt, denn wie wäre es sonst zu erklären, dass er all das Unheil geschehen ließ?

Der Priester stierte stumpfsinnig vor sich hin, und sein Blick ähnelte dem der Frau des Bauern, die offenbar nicht darüber hinwegkam, dass sie zwei ihrer Kinder wohl niemals wiedersehen würde.

»Der Magistrat von Nelbar hat angeordnet, dass jeder Stadtbewohner Flüchtlinge aufnehmen muss«, erklärte der Zahlenmagier, während er sich am Schloss einer Truhe zu schaffen machte. »Das bringt natürlich jede Menge Unannehmlichkeiten mit sich, aber es hat auch ein paar Vorteile. Zum Beispiel ist immer jemand da, der auf meine Sachen aufpasst. Ihr glaubt ja nicht, wie viel zurzeit in Nelbar gestohlen wird.«

»War das nicht immer schon so?«, erinnerte sich Sheera.

»Aber nie wie im Moment. Die öffentliche Ordnung steht kurz vor dem Zusammenbruch. Und da sich der Verborgene Gott als offenbar machtlos erwiesen hat, hält nicht einmal der Glaube die Menschen vom Bösen ab. Womit ich natürlich nicht sagen will, dass das Böse nur von Menschen ausgeht und sich nicht mehr oder minder gleichmäßig auf alle Völker verteilt, mein eigenes eingeschlossen. Allerdings stellen die Menschen hier nun einmal unzweifelhaft die Mehrheit.«

Gorian ließ den Blick schweifen, während der Priester sagte: »Wir sind alle verdammt! Die Hölle ist nahe!«

Aus irgendeinem Grund hatte Gorian das Gefühl, beobachtet zu werden. Da war etwas. Jemand.

Er drehte sich um, aber außer den Augenpaaren der Bauernfamilie war da nichts, das ihn anstarrte.

Endlich hatte der Zahlenmagier die Truhe geöffnet. Er holte einen zylinderförmigen Behälter daraus hervor, wie er zur Aufbewahrung von Schriftrollen und Dokumenten benutzt wurde. In der Bibliothek der Ordensburg auf Gontland hatte es davon unzählige gegeben.

Dieser war allerdings versiegelt.

»Das ist für dich, Sheera. Deine Eltern baten mich, dir dies zu übergeben, falls du doch noch, durch welche glückliche Fügung auch immer, hier auftauchen solltest. Du siehst, dass ich das Siegel nicht angetastet habe – bei meiner Ehre als Zahlenmagier.«

Sheera erbrach das Siegel und öffnete den Behälter. Der Inhalt bestand aus einem zusammengerollten Dokument, das zu einer Passage auf einem Schiff mit dem Banner des Seefalken berechtigte. Sheera las den Text und erklärte dann, worum es sich handelte.

»Ich kenne die Schiffe mit dem Banner des Seefalken«, sagte Brethenes. »Mindestens zwanzig Schiffe gehören zu dieser Linie, und du hast Glück – keine anderen verkehren so oft und regelmäßig zwischen Nelbar und Margorea wie diejenigen mit dem Seefalken. Die Dokumente anderer Linien mögen inzwischen kaum noch das Papier wert sein, auf dem sie geschrieben wurden, trotz der horrenden Preise, die dafür gefordert werden – aber für dieses gilt das ganz gewiss nicht!«

»Ich brauche dieses Dokument nicht«, sagte Sheera mit Bestimmtheit. Sie steckte es zurück in die Schatulle, schloss sie und gab sie dem Zahlenmagier.

»Es war der Wunsch deiner Eltern, dass du gerettet wirst!«

»Nimm du es und segle mit dem nächsten Schiff des Seefalken nach Margorea«, forderte Sheera.

»*Hast du dir das auch gut überlegt?*«, wandte sich Gorian mit einem Gedanken an sie.

»*Glaubst du, ich werde dich allein zur Frostfeste ziehen lassen?*

Ich fürchte, es wird dich jemand heilen müssen, wenn wir von dort zurückkehren.«

»*Du bist sehr optimistisch. Das Schicksal wiederholt sich nicht einfach.*«

»*Und wenn schon.*«

Der Zahlenmagier blickte unterdessen ungläubig auf den Schriftrollenbehälter.

»Ich wünsche dir viel Glück, Brethenes«, sagte Sheera. »Und falls du auf Margorea meinen Eltern begegnest, richte ihnen Grüße von mir aus. Wer weiß, vielleicht führen uns unsere Wege eines Tages doch wieder zusammen.«

13) Wächter und Verräter

Während des Wegs zum Hafen wirkte die junge Heilerin sehr nachdenklich. Für eine Weile verschloss sie sogar ihre Gedanken, wofür Gorian vollstes Verständnis hatte.

»Nichts wird wieder so werden, wie es einst war«, sagte sie schließlich, als sie einen Platz erreichten, auf den sich die Menschen so dicht drängten, dass es kaum ein Durchkommen gab. Selbst gemessen an den gegenwärtigen Zuständen in Nelbar waren es sehr viele. Auch Oger hatten sich unter die Versammelten gemischt.

Ein Mann im Gewand eines Priesters stand auf dem Balkon eines Hauses, hatte aber sämtliche offiziellen Insignien der Priesterschaft abgelegt und sprach mit durchdringender, gut verständlicher Stimme, die die Menschen und Oger regelrecht in den Bann geschlagen hatte. »Unser Reich und seine Priesterschaft interessiert der wahre Glaube schon lange nicht mehr!«, rief er. »Die Priesterschaft kümmert sich nur noch um ihre eigenen Belange und dient den Mächtigen des Reiches! Darum hat sich der Verborgene Gott von uns abgewandt! Darum straft er uns! Das Unheil, das von Norden her Erdenrund erfrieren lässt, ist ebenso sein Werkzeug wie das dunkle Schattengestirn, das die Sonne verdeckt! Er lässt es geschehen, weil wir und vor allem die Priesterschaft ihn erzürnt haben. Darum ist es sinnlos, sich gegen das Kommende zu stellen, denn der Zorn des Verborgenen Gottes wird jeden von uns treffen. Ich sage euch, es wird keinen Ort geben, an den ihr vor ihm fliehen könnt! Also kehrt um – kehrt *jetzt* um – und tut Buße. Denn für euren Leib ist es schon zu spät, für eure Seelen aber nicht!«

Gorian und Sheera drängelten sich am Rand der Menge entlang, um auf die andere Seite des Platzes zu gelangen.

»*Ein Prophet der Hoffnungslosigkeit*«, lautete Sheeras gedanklicher Kommentar.

Auf einmal geschah es.

Gorian spürte den Angriff einen knappen Moment im Voraus und wirbelte herum. Ein Schatten schnellte von einem der Hausdächer herab, der Schlag schwarzer Schwingen war zu hören, dann erkannte Gorian im Widerschein eines erleuchteten Fensters den Gargoyle.

Mit ausgestreckten Klauen und zum tödlichen Kehlenbiss aufgerissenem Maul schnellte er auf Gorian zu. Nur seine Voraussicht rettete den jungen Schwertmeister, ließ ihn rechtzeitig zur Seite springen, und der Biss des Gargoyle verfehlte ihn.

Das schaurige Wesen taumelte knapp in Hüfthöhe daher und versuchte wieder emporzusteigen, einen halb krächzenden, halb an das Fauchen einer Wildkatze erinnernden Laut ausstoßend. Dann verändere es sich, der Kopf schrumpfte, die Flügel wuchsen.

Gorian riss Sternenklinge hervor und ließ das Schwert durch die Luft sausen, einen Kraftschrei auf den Lippen. Seine Augen waren vollkommen mit Finsternis gefüllt, Blitze zuckten aus seinen Fingern und über die Klinge aus Sternenmetall.

Sie sauste derart schnell und präzise durch die Luft, dass sie den angreifenden Gargoyle in der Mitte teilte. Beide

Bruchstücke fielen zu Boden und begannen zu leuchten wie glühende Lavabrocken.

Das Publikum des Predigers stob auseinander, Tumult entstand, während der Priester zunächst einfach fortfuhr, bis die Unruhe zu groß wurde.

»*Warum tut Ar-Don das?*«, erreichte Gorian ein Gedanke von Sheera, doch er konnte ihr nicht antworten, musste sich auf seinen übermächtigen Gegner konzentrieren, dessen beiden Hälften sich aufeinander zu bewegten und dann verschmolzen.

»*Werde dich ... trotzdem ... töten ...*«, erreichten Gorian Gedanken voller Wut und Hass.

Sheera versuchte mit einem Bannspruch zu verhindern, dass sich die beiden Gargoyle-Bruchstücke wieder zusammenfügten, und setzte alles an Alter Kraft ein, was ihr zur Verfügung stand. Sie ließ sich sogar dazu hinreißen, etwas zu tun, was unter Heilern absolut verpönt war: Sie sprach einen Heilzauber rückwärts aus, wodurch er zu einem extrem wirksamen Schadenszauber wurde.

Der Gargoyle fauchte zwar wütend, aber mehr Wirkung erzielte Sheera nicht. Schlimmer noch, sein Fauchen verwandelte sich in einen stakkatohaften Laut, der an ein menschliches Kichern erinnerte. Dann schnellte er hoch, schoss regelrecht auf Gorian zu, der abermals Sternenklinge durch die Luft fahren ließ. Die Kunst der unmittelbaren Voraussicht im Kampf ließ ihn das Schwert im richtigen Moment emporreißen, sodass er den Gargoyle erneut zerteilte.

Diesmal waren es mehr Bruchstücke, die auf das Pflaster klackerten, ein halbes Dutzend unterschiedlich großer Steinbrocken. Das Kichern des Gargoyles verwandelte sich in einen lauten Schmerzensschrei voll ohnmächtiger Wut.

»*Du ... Elender! Verfluchter!*«

Erneut – und diesmal sehr viel schneller – fanden die Bruchstücke zusammen. Sie bildeten dafür eigens eine Reihe kleiner Beine aus, in einem Fall sogar Flügel, die zwar nicht zum Fliegen, wohl aber zu einem etwas weiteren Sprung taugten.

Es dauerte kaum einen Augenblick, und das Wesen war wieder bereit zum Kampf. Herausfordernd starrten die glühenden Augen Gorian an. Die Flügel wuchsen ebenso wie das Maul, das sich in die Länge zog.

»Zur Seite, Sheera. Er hat es nur auf mich abgesehen!«

Dann griff der Gargoyle an, täuschte vor, springen zu wollen. Gorian ließ die Klinge so schnell durch die Luft sausen, dass sie von einem bläulichen Schimmer umflort wurde. Der Kraftschrei, den er dabei ausstieß, ließ die Menschen in unmittelbarer Umgebung noch weiter zurückweichen.

Aber Gorians Schlag ging ins Leere, und die Kraft des eigenen Hiebes ließ ihn nach vorn stolpern. Der Gargoyle hatte einen Moment mit dem Sprung gezögert, nun schnellte die katzengroße Bestie auf Gorian zu.

Aber es war kein zielgerichteter Jagdsprung wie bei den beiden ersten Angriffen. Stattdessen taumelte die Kreatur mehr oder minder durch die Luft, so als würde sich Ar-Don zwischenzeitlich für einen kurzen Moment einfach fallen lassen.

So traf Gorians Schwert auch nicht, als er den Schwung des ersten Hiebs ausgeglichen hatte und die Klinge mit einer Aufwärtsbewegung emporriss. Sie kratzte nur eine der Schwingen. Steinstaub rieselte, und der Gargoyle schrie so durchdringend und wütend auf, wie Gorian es noch nie zuvor gehört hatte.

Im nächsten Moment packte ihn der Gargoyle an der Schulter und riss ihn mit ungeheurer Kraft zu Boden. Rücklings fiel der junge Schwertmeister auf das Pflaster.

Sheera wollte eingreifen. Das Caladran-Schwert aus der Waffenkammer von Pela hatte sie entgegen Gorians Rat an Bord der *Hoffnung des Himmels* gelassen. Schließlich hatte sie ja nicht die Absicht gehabt, in eine Schlacht zu ziehen, sondern hatte nur durch die Gassen einer Stadt wandeln wollen, die ihr von Kindesbeinen an vertraut war.

Sie konzentrierte ihre Kräfte, richtete die Hände auf den Gargoyle, doch der ließ seitlich einen Arm aus seinem Körper wachsen, aus dessen Handfläche ein Blitz schoss. Geballte magische Kraft traf Sheera und warf sie ein Dutzend Schritt weit zurück. Die Menschen auf dem Platz wichen eiligst zur Seite.

Der Gargoyle riss das Maul auf zum tödlichen Biss in Gorians Kehle. Der junge Schwertmeister lag wie gelähmt am Boden. Seine Hand krampfte sich um den Griff von Sternenklinge, aber eine ungeheure Kraft lastete auf ihm und erdrückte ihn schier. Auch Rächer an seinem Gürtel vermochte er nicht zu ziehen. Er konnte nicht einmal atmen, geschweige denn verhindern, dass der Gargoyle seine steinernen Zähne in seinen Hals schlug.

Genau in dem Moment, als er schon die steinernen Zähne an seiner Kehle zu spüren glaubte, erfolgte mit ungeheurer Wucht ein Schlag von links oben. Etwas traf den Gargoyle. Stein prallte gegen Stein, so klang es jedenfalls. Die Kraft, die Gorian gerade noch vollkommen gelähmt und auf den Boden gepresst hatte, war plötzlich nicht mehr vorhanden. Er drehte sich zur Seite, schnellte hoch – und sah zwei exakt gleiche Gargoyles, die, in einem Kampf verstrickt, fauchend über das Pflaster rollten.

Blitzschnell bildeten sie Steindornen aus, um sie dem Gegner in den Leib zu rammen, und wehrten solche Angriffe im selben Augenblick ab, indem sie sich ebenso plötzlich veränderten, sodass die gegnerische Attacke ins Leere stieß. Dabei veränderte sich die Färbung ihrer Oberfläche, und das stets bei beiden gleich. Sie wurden glühend rot und leuchteten anschließend beide in einem eisigen Hellblau.

Auch die Veränderungen ihrer Körper, der Schwingen und Mäuler ereigneten sich nahezu spiegelgleich. Es war unmöglich, die beiden Kreaturen auseinanderzuhalten.

Schließlich ließ einer von ihnen seine Schwingen zu Steindornen werden und stieß sie in den Leib des anderen. Der getroffene Gargoyle glühte auf wie ein Stück Erz kurz vor dem Schmelzen, er zerfloss, verlor seine Form und wurde erst zu einer blubbernden Masse, dann zu Staub. Dampf zischte empor, und beide Gargoyles verschmolzen zu einem einzigen Wesen, das die Größe eines Hundes hatte.

Es veränderte seine Form sehr stark, bildete abwechselnd sehr dicke Beine und großflächige Schwingen aus, die an die von Fledermäusen erinnerten. Aber dann fand die Kreatur zu ihrer ursprünglichen Gestalt zurück, nur schien der Kopf für einen Moment fast so etwas wie menschliche Züge zu haben.

Gorian fragte sich, ob es Zufall war, dass ihm genau in diesem Augenblick die Erinnerung an Meister Domrich kam, von dem er nur jene Erinnerungsbilder kannte, die Ar-Don ihm übermittelt hatte.

»Wer bist du?«, fragte Gorian mit einem sehr intensiven Gedanken. Er hielt Sternenklinge in der Rechten und hatte die Linke um den Griff des Dolchs gelegt, bereit, ihn beim ersten Anlass herauszureißen und der Kreatur entgegenzuschleudern.

»Bin Ar-Don«, kam die Antwort des Gargoyle. »Morygor hat einen Zwilling erschaffen und ihn ausgesandt, dich zu töten ...«

»Und was ist mit dem Zwilling jetzt geschehen?«

»*Der Zwilling gehört jetzt zu mir. So wie viele andere jener Kreaturen, die ich getötet habe.*«

»*So ist seine Seele jetzt ein Bestandteil von dir!*«

»*Kein Grund zur Besorgnis, Gorian. Viele bin ich, aber es ist Ar-Don, der über alle herrscht, die er geworden ist.*«

Damit breitete der Gargoyle die Schwingen aus und erhob sich unter dem furchtsamen Aufschrei der Menge in die Lüfte. Einige Augenblicke noch schimmerte er rot glühend im Dunkel der Nacht. Doch dann veränderte er sich, nahm eine blaue Färbung an, die immer dunkler wurde und ihn schließlich mit der Finsternis der Nacht so sehr verschmelzen ließ, dass diese ihn vollkommen zu verschlucken schien.

Kurze Zeit war noch ein dunkler Schatten vor einer Laterne zu sehen, dann war er verschwunden, und selbst mithilfe der Magie konnte Gorian nicht erspüren, wohin er geflogen sein mochte.

Gorian und Sheera sahen zu, dass sie den Platz schleunigst verließen. Die Stimmung unter der Menge war zuvor schon recht aufgeheizt gewesen. Der Prediger rief mit heiserer Stimme etwas von Verdammnis und göttlicher Strafe. Das Auftauchen der Gargoyles schien ihm Beweis für die Thesen zu sein, die er eben vorgetragen hatte.

»*Dort, in die Seitengasse!*«, wies Sheera den jungen Schwertmeister mit einem Gedanken an. »*Wir werden nicht den kürzesten Weg nehmen, sondern den, von dem ich glaube, dass er im Moment am leichtesten passierbar ist.*«

Unbehelligt gelangten sie zum Hafen und ließen sich dort von einem der Oger-Ruderer zur *Hoffnung des Himmels* bringen.

Zog Yaal sah sie schon aus der Ferne und wartete an der Reling auf sie. Inzwischen war es fast Mitternacht, aber der junge Greifenreiter hatte keine Ruhe finden können.

»Ihr hättet mich ruhig mitnehmen können«, beschwerte er sich, nachdem Gorian und Sheera an Bord geklettert waren. »In so einer Stadt wie Nelbar dürfte selbst jetzt noch einiges los sein.«

»Nichts, was dir gefallen würde«, erwiderte Gorian und fasste in knappen Sätzen seine Eindrücke und das Erlebte zusammen. Allerdings erwähnte er dabei nicht den Kampf mit Ar-Dons Zwilling. Das war eine Angelegenheit, die er allenfalls mit Meister Thondaril besprechen wollte.

Zog Yaal zuckte mit den Schultern. »Kann schon sein, dass du recht hast«, meinte er. »Die Zeichen scheinen hier alle auf einen baldigen Untergang zu deuten.«

»Ja, so ist es, und man kann es angesichts der verzweifelten Lage wohl auch niemandem verübeln, wenn er die Hoffnung verliert.«

»Ich habe, seit wir hier vor Nelbar ankern, immer wieder Greifenreiter in der Stadt landen sehen. Ehrlich gesagt, frage ich mich, ob ich nicht an anderer Stelle nützlicher wäre als an Bord dieses Schiffes.« Zog Yaal zuckte abermals mit den Schultern und wich Gorians fragendem Blick aus. »Wie gesagt, ich habe nur darüber nachgedacht, denn über ein anderes Talent als das, einen Greifen zu reiten, verfüge ich nicht.«

»Vielleicht weißt du gar nicht, welche Talente in dir schlummern«, antwortete Gorian. »Es hat eine Zeit gegeben, da auch ich von den meinen nichts wusste.«

»Ich bin aber kein ahnungsloses Kind mehr«, erwiderte Zog Yaal in sehr ernstem Tonfall. »Ich habe meine Grenzen inzwischen ziemlich gut kennengelernt. Aber zerbrich dir nicht meinen Kopf. Ich wollte ja nur sagen, dass ich gern mal wieder auf einem Greifen sitzen würde.« Er lachte gezwungen. »Schon als ich noch in den Diensten von Centros Bal stand, hat es mich bekümmert, nicht öfter im Greifensattel sitzen zu dürfen, weil der berühmte Nordfahrer beinahe mit dem Rücken seines Greifen verwachsen war und seine Schlafenszeiten auf ein Minimum zusammenstrich. Aber jetzt …« Er machte eine wegwerfende Handbewegung. »Es war nur ein Gedanke.«

Gorian sah ihn fest an. Zog Yaal hob den Blick.

»Wir haben zusammen viel durchgestanden«, sagte Gorian. »Und du konntest der Aura Morygors besser widerstehen als so mancher, der sich mit Magie zu schützen vermag.«

»Du übertreibst.«

»Wenn ich aufbreche, um Morygor in seiner Frostfeste zu stellen, möchte ich, dass du zu meinen Begleitern zählst.«

»Und warum, wenn ich fragen darf?«

»Ich weiß es nicht. Ich kann es auch nicht erklären, aber ich glaube, dass es wichtig ist, dass du dabei bist.«

Zog Yaal deutete auf die Maladran, die am anderen Ende des Schiffes standen und schwiegen. Aber vielleicht tauschten sie dafür umso intensiver Gedanken aus. Beliak hielt sich etwas abseits und beobachtete die Schattenkrieger, deren Gestalten sich immer mehr verfestigten. »Womöglich zusammen mit diesen finsteren Gesellen dort?«, sagte Zog Yaal auf eine Weise, die deutlich machte, wie wenig ihm das gefiel.

»Vermutlich«, antwortete Gorian. »Wir brauchen alle Kräfte.«

»Dann frag mich noch mal, wenn es wirklich so weit ist.«

»Einverstanden.«

Einige Tage gingen dahin. Das Leben an Bord der *Hoffnung des Himmels* war zwar beengt, aber angesichts der Umstände, die in der Stadt herrschten, durchaus erträglich. Die Stimmung unter den Maladran allerdings verdüsterte sich zusehends, und sie waren merklich angespannt. Sie dürsteten immer mehr danach, das zu tun, wofür sie ursprünglich gerufen worden waren: in den Kampf zu ziehen und zu töten. Die Untätigkeit, zu der sie im Moment verurteilt waren, gefiel ihnen nicht.

»Wir werden Euch folgen, mein Fürst, und alles tun, was Ihr befehlt«, sagte der Blinde Schlächter einmal zu Gorian, als dieser an Deck war.

»Im Augenblick heißt das abwarten«, sagte Gorian.

»Das passt vielen von uns gar nicht.«

»Mag sein, aber es lässt sich nicht ändern. Den Zeitpunkt eines Kampfes zu bestimmen, kann bereits entscheidend für den Sieg sein.«

»Ihr mögt recht haben, aber die Zeiten, da mich solche Feinheiten interessierten, sind länger vorbei, als Ihr Euch überhaupt vorzustellen vermögt, mein Fürst.«

Später berichtete Beliak ihm ebenfalls von der Unruhe, die unter den Maladran rumorte. »Sieh dich vor deinen Verbündeten vor, Gorian. Zurzeit sind sie gefährlicher als deine Feinde, denn die sind weit weg.«

»Meister, wie kann es sein, dass der Gargoyle mich überraschen konnte?«, fragte Gorian an einem der folgenden Tage Thondaril, als sie sich zum wiederholten Mal in der magisch abgeschirmten Messe besprachen. In allen Einzelheiten hatte Gorian seinem ehemaligen Lehrer geschildert, was sich in der Stadt ereignet hatte. Sogar an seine Erinnerung hatte er ihn geistig teilhaben lassen.

Die Frage, die er gestellt hatte, brodelte seit jenem Ereignis in ihm. Und wer außer Thondaril hätte ihm darauf eine auch nur ansatzweise zufriedenstellende Antwort geben können?

Meister Thondaril berührte Gorians Schläfen mit den Zeigefingern. Der junge Schwertmeister spürte einen kribbelnden Strom der Kraft, der zuerst seinen Kopf und dann seinen gesamten Körper durchrieselte. Eine Kraft, die jeden Winkel seines Geistes durchsuchte und durchforschte.

Schließlich ließ Thondaril die Hände sinken. Ein paar kleinere Lichtblitze zuckten noch aus seinen Finger. Entladungen, die allerdings keinerlei weitere Bedeutung hatten, wie Gorian wusste.

»Denk an den Moment, als der Zwilling bei seinem letzten Angriff emporflog«, forderte Thondaril.

»Ich habe Euch doch alles bis ins letzte Detail berichtet, Meister. Selbst meine Erinnerungen habe ich Euch gegeben.«

»Es geht nicht darum, was ich erkennen kann, sondern darum, dass du es erkennst. Ich habe mir mein Bild gemacht, aber was ich sehe, könntest du noch viel deutlicher erfassen. Also denk an diesen Moment. Vergegenwärtige ihn dir, auch wenn du den Gedanken daran vermutlich eher meidest, so wie wir es mit allem tun, was wir als Niederlage empfunden haben.«

»Ich tue, was Ihr verlangt«, erklärte Gorian. Vor seinem inneren Augen sah er erneut, wie ihn der Gargoyle angriff, wie er vom Boden aufstieg, dann wieder fiel, taumelte, als ob man ihn betrunken gemacht hätte, was bei Gargoyles mit Sicherheit nicht möglich war.

»Ich erkenne es nicht«, gestand Gorian. »Alles, was ich sagen kann, ist, dass ich den Angriff nicht exakt genug voraussehen konnte. Mein Schwertstreich verfehlte ihn. Es ist lange her, dass mir das zum letzten Mal passiert ist.«

»Konzentriere dich noch einmal darauf!«, verlangte Meister Thondaril und fügte noch einen sehr intensiven Gedanken hinzu, der seinen Ärger zum Ausdruck brachte: »Du bist kein Schüler mehr! Eines Meisters ist es unwürdig, sich so schnell zufriedenzugeben!«

Gorian schwirrte der Kopf. Wieder und immer wieder sah er denselben Moment vor sich. Was mochte es sein, das er hätte erkennen müssen? Das ungewöhnliche Zögern vor dem Hochschnellen des Gargoyles? Nein, das war es nicht. Zumindest nicht allein.

Seine Augen wurden schwarz, er sammelte die Alte Kraft in seinem Inneren.

Und dann sah er es klar und deutlich vor sich und fragte sich, weshalb er es nicht längst erkannt hatte. Ein Moment der Erleichterung und der Erkenntnis, der alles vollkommen logisch und folgerichtig erscheinen ließ.

Voraussehbar!, durchfuhr es ihn.

»Es ist das Element des Chaos«, stellte er fest. »Der Angriff folgte keinem Plan, der Zeitpunkt war vollkommen willkürlich gewählt, und während der Gargoyle ihn ausführte, taumelte er, als ob er sich fallen ließe.«

»Darum hätte er dich beinahe besiegt, Gorian. Es ist schwer, vollkommen absichtslos zu sein und auf wirklich zufällige Weise zu handeln. Aber Morygor hat Ar-Dons Zwilling wahrscheinlich entsprechend geschaffen. Das, was du mir geschildert hast, sollte dir Anlass zu allergrößter Wachsamkeit sein.«

»Ja, Meister.«

»Aber es zeigt auch, dass wir uns auf dem richtigen Weg befinden und bereits Entscheidungen getroffen haben, die Morygor in Bedrängnis bringen. Anscheinend bist du wieder gefährlicher für seine Schicksalslinie geworden.«

Meister Thondaril sah seinem ehemaligen Schüler direkt in die Augen. Für einen Moment schwiegen sie.

»Unterschätze niemals das Element des Chaos, Gorian. Morygor tut es ganz bestimmt nicht.«

In der Nacht erwachte Gorian von einem Gesang, der ihm in den Ohren zu dröhnen schien. Doch als er dann wach war, erkannte er, dass er diesen Gesang nicht wirklich hörte, sondern nur die entsprechenden Gedanken wahrnahm. Es waren Worte in einem alten Dialekt der Caladran. Formeln, die Gorian aus dem Reich des Geistes bekannt vorkamen, auch wenn er nicht begriff, aus welchem Anlass sie in diesem Moment gesprochen wurden.

Aber da er die Gedanken derer wahrnahm, die diese Formeln sprachen, konnte er auch durch ihre Augen sehen. Es waren Schamanen und Magier der Caladran, an ihren Gewändern und ihren Amuletten ebenso eindeutig zu erkennen wie an der Kraft ihrer Gedanken. Sie standen im Mondlicht auf dem Achterdeck der *Hoffnung des Himmels* und intonierten ihre Beschwörungen in einem endlosen Singsang vor sich hin. Zwei Dutzend von ihnen bildeten dabei einen Kreis.

Gleich neben dem derzeitigen Ankerplatz der *Hoffnung des Himmels* bewegte sich auf einmal das Wasser. Zunächst so, als befänden sich direkt unter der Oberfläche Tausende von quirligen Fischen, die sich entschlossen hatten, im selben Moment wie wild mit den Schwanzflossen zu zappeln. Dann bildete sich ein schäumender Strudel, der etwa den Durchmesser einer vollen Schiffslänge hatte.

Je schneller sich dieser Strudel drehte, desto dunkler wurde die Oberfläche des Meeres in diesem Bereich. Als sie dann schließlich ganz schwarz war, wurde sie vollkommen glatt. Während sich der helle Mondschein und all die Lichter der Stadt Nelbar und der benachbarten Caladran-Schiffe ansonsten überall im Wasser spiegelten und es glitzern ließen, schien dieser ovale Bereich jegliche Helligkeit zu verschlucken. Keine noch so leichte Welle erreichte das Innere des Ovals.

Gorian konnte vor seinem inneren Auge deutlich Brass

Telir erkennen, den obersten Schamanen am Hofe König Abrandirs. Er trat aus dem Kreis der Schamanen und Magier heraus an die Reling und streckte die Hände aus. Lichtstrahlen schossen aus seinen Handflächen und trafen die glatte, scheinbar aus purer Finsternis bestehende Fläche, die daraufhin verschwand und innerhalb weniger Augenblicke nicht mehr zu sehen war.

Dann drehte sich Brass Telir herum und sagte: »Verschließt besser euren Geist. Der Menschenabkömmling mag über die Maßen begabt sein, aber es ist noch zu früh, ihn einzuweihen.«

In diesem Augenblick verschwammen die Bilder vor Gorians innerem Auge.

Aber auf Deck hörte er die Schritte der Caladran, deren leichtfüßige Art zu gehen für ihn inzwischen sehr deutlich zu erkennen war.

Er blickte neben sich. Sheera hatten die Gedanken der Schamanen und Magier nicht geweckt. Allerdings berichtete sie ihm am nächsten Morgen von einem seltsamen Traum, der sich fast genau mit dem deckte, was Gorian gesehen hatte.

Als er später an die Reling trat und jene Stelle betrachtete, wo sich zuerst der Strudel und dann der vollkommen glatte, dunkle Bereich befunden hatte, spürte er ganz schwach und auch nur für einen flüchtigen Moment eine magische Kraftquelle, die sich in großer Tiefe befinden musste.

Gorian sprach Meister Thondaril darauf an, doch dieser gab sich völlig ahnungslos. Gorian hatte dabei nicht das Gefühl, dass ihm der zweifache Ordensmeister in dieser Hinsicht nicht die Wahrheit sagte, andererseits war er nie ganz sicher, was sich hinter den hart geschnittenen, wie geschnitzt wirkenden Zügen tatsächlich abspielte.

»Ich werde bei Gelegenheit mit König Abrandir darüber

sprechen«, versprach Thondaril. »Aber im Moment gibt es Wichtigeres zu tun.«

»Was?«

»Sheera und du, ihr werdet mich in die Siebte Burg von Nelbar begleiten. Sie wird in Zukunft das Zentrum unseres Ordens sein. Es steht einiges an Prüfungen und Bewährungen an.«

»Prüfungen? Bewährungen?«, fragte Gorian erstaunt.

Meister Thondaril nickte. »Es gibt nur noch wenige, die einen Meisterring des Ordens tragen und sowohl ihr Leben als auch ihre Seele haben retten können. Also werden wir dafür sorgen müssen, dass sich ihre Zahl wieder vergrößert, indem wir einige Schüler zu Meistern ernennen. Abgesehen davon muss ein neuer Hochmeister gewählt werden.«

»Dazu müsste der Entscheidungskonvent der Oberen einberufen werden«, entfuhr es Gorian.

»Die Situation des Ordens ist schlimmer, als dir offenbar bewusst ist, Gorian. Der Entscheidungskonvent existiert nicht mehr, und auch das Amt eines Oberen wird es in Zukunft nicht mehr geben.«

»Was?«

»Du glaubst nicht, wie viele Verräter es gegeben hat. Ich habe auch erst nach und nach vom ganzen Ausmaß unseres Versagens erfahren. Jeder, der einen Meisterring trägt, wird jetzt Verantwortung übernehmen müssen, denn wir sind nicht mehr viele.«

Eine Barkasse brachte Gorian, Sheera und Thondaril zur Siebten Burg von Nelbar. Sie befand sich ganz im Osten des Stadtgebietes, direkt an der Mündung des Bar. Sie hatte einen eigenen Hafen, in dem mehrere Schiffe unter der Flagge des Ordens der Alten Kraft vor Anker lagen.

»Wem hat der Orden es zu verdanken, dass er diese Burg als seinen neuen Stammsitz nutzen kann?«, fragte Gorian.

»Wie meinst du das?«

»Dem Herzog von Eldosien oder dem Magistrat der Stadt?«

»Es ist der Magistrat«, antwortete Thondaril. »Dort haben die Kaisertreuen die Mehrheit, und der Orden hat immer auf Seiten der Kaiser aus Laramont gestanden. Der Magistrat erhofft sich wohl durch alles, was dem Kaiser hilft, eine Stärkung der eigenen Selbstständigkeit gegenüber dem Herzog, der den Magistrat vermutlich am liebsten sofort davonjagen würde.«

»Die alten Ränkespiele.« Gorian schüttelte den Kopf. »Selbst im Angesicht einer schwarzen Sonne und einer Wand aus Eis, die alles unter sich zu begraben droht, wetteifern der Kaiser und der Herzog noch um den Einfluss im Magistrat einer Hafenstadt. Man kann es kaum fassen.«

»Nun, man sollte allen Beteiligten zugutehalten, dass diese Entscheidungen überhaupt getroffen wurden«, gab Meister Thondaril zu bedenken.

»Dennoch – mir scheint, der Orden hat ein bemerkenswertes Talent, sein Schicksal mit der schwächeren Seite zu verbinden: Er kämpft für das Heilige Reich und gegen Morygor und stellt sich gegen den Herzog von Eldosien, um sich für einen machtlos gewordenen Kaiser einzusetzen.«

»Ich bin schon zufrieden, dass es den Orden überhaupt noch gibt«, erwiderte Thondaril. »Und so etwas wie den Großen Bannstein im Nord-Eldosischen Gebirge kann niemand sonst erschaffen. Ich bezweifle sogar, dass die Caladran dazu in der Lage wären, denn es ist nicht nur eine Frage der magischen Begabung, sondern auch der Organisation.«

Sie gingen an Land.

Am Burgtor hielten zwei Ordensschüler Wache. Sie trugen Harnische.

»*Sie können noch nicht lange beim Orden sein*«, äußerte Sheera auf lautlose Weise, »*sonst wären ihre Gedanken besser abgeschirmt, und sie selbst wären vor allem ...*«

»*Stärker?*«, fragte Gorian.

»*Ja, so kann man es ausdrücken.*«

»*Wir waren auch so, Sheera. Es ist noch gar nicht lange her.*«

»*Nein, Gorian. So schwach waren wir nie. Und die beiden sind älter als wir.*«

»*Wahrscheinlich ist man froh, überhaupt jemanden gefunden zu haben, der angesichts der Umstände bereit ist, sich auf die Ausbildung einzulassen.*«

»*Und das Talent spielt keine Rolle mehr?*«

»*Es wird Aufgabe des jeweiligen Lehrers sein, es zu wecken, wenn dies die Natur nicht getan hat.*«

»Seid gegrüßt, Meister Thondaril«, sagten die beiden Schüler wie aus einem Mund. Aufgrund der zwei Meisterringe wurde Thondaril auch von jenen Ordensangehörigen sofort erkannt, die ihm persönlich nie begegnet waren.

»Wie heißt ihr?«, fragte Thondaril.

»Farol aus Bara.«

»Serion aus Tejan.«

»Ihr habt einen schweren Weg gewählt«, stellte Thondaril fest.

»Es scheint, als gäbe es im Moment keinen leichten«, erwiderte Serion aus Tejan. »Warum also nicht diesen, ehrwürdiger Meister?«

»Ein weiser Gedanke.«

»Ihr werdet schon erwartet, Meister. Und Ihr ebenso, Meister Gorian. Die Nachricht von Eurem Kampf am Speerstein hat sich überall verbreitet. Ihr seid ein Vorbild für alle, die

sich nicht damit abfinden wollen, dass Morygors Frostreich
siegt.«

»Habt Ihr die Kunde von meinem Kampf am Speerstein von
Orxanor verbreitet?«, fragte Gorian, als sie durch einen der
Säulengänge im Innenhof der Siebten Burg schritten. Meister
Thondaril schien den Weg genau zu kennen.

»Es spricht nichts dagegen, Gutes zu tun und darüber zu
reden«, erwiderte Thondaril.

»Es ist nicht meine Art, mit irgendwelchen Großtaten he-
rumzuprahlen – und erst recht nicht mit einer Niederlage!«

»In der Erzählung kann sich manche Niederlage in einen
Sieg verwandeln«, entgegnete Thondaril. »Du solltest dir
darüber keine weiteren Gedanken machen. Ich habe mich
vielleicht mit dem einen oder anderen befreundeten Ordensmeister über Handlichtlesen darüber ausgetauscht, das ist
alles. Aber dass es jemand wagte, so tief ins Frostreich vorzudringen, ist allein schon ein Zeichen der Hoffnung, darum
ist es mir nur recht, wenn deine ... *Großtat* weitererzählt
wird.«

Auf einmal drang aus einer der Wände schwarzer Rauch,
der sich rasch verdichtete. Wie ein Schwarm winziger Insekten schwirrten die feinen Teilchen in einem Wirbel umeinander.

Im nächsten Moment verstofflichte sich daraus die Gestalt
eines jungen Mannes, der die dunkle Kleidung und den Ring
der Schattenmeister trug.

Gorians Hand war unwillkürlich zum Schwertgriff ge-
schnellt.

»Meister Shabran!«, stieß er aber erleichtert hervor, als er
sein Gegenüber erkannte. Es war schon eine Weile her, als sie
dem Schattenmeister zuletzt in Embador begegnet waren,

wo sich dessen Mentor, Meister Parrach, der den Orden so lange als Gesandter im Westreich vertreten hatte, als Verräter erwies.

»Einer, der den Ring des Schwertmeisters trägt, sollte gelassener auf die plötzliche Erscheinung eines Ordensbruders reagieren«, meinte Shabran mit leicht spöttischem Unterton. »Oder hast du vielleicht einen Angriff meinerseits vorausgesehen?«

»Nach einer unerfreulichen Begegnung mit einem von Morygor entsandten Gargoyle-Zwilling hege ich gewisse Zweifel an meiner Fähigkeit zur Voraussicht«, gestand Gorian ein.

»Also hat der Herr der Frostfeste den Gedanken, dich zu töten, nicht aufgegeben«, murmelte Shabran, so als würde dies eine tiefer gehende Erkenntnis beinhalten. »Wie auch immer, ich hoffe, du wirst deine Zeit hier in Nelbar dazu nutzen, deine Ausbildung in jenen Häusern fortzusetzen, deren Meisterringe du noch nicht trägst, vor allem in dem der Schattenpfadgänger.«

»Wenn sich die Gelegenheit dazu ergibt.« Gorian hob die Hand. »Ein Meisterring steckt mir am Finger, aber ich wollte fünf.«

»Ich werde dein Lehrer im Haus der Schatten sein. Das hatte ich bereits so mit Meister Thondaril besprochen, für den Fall, dass du aus den Weiten des Frostreichs zurückkehrst. Und das ist dir offensichtlich gelungen.«

Gorian wandte den Kopf und sah seinen Mentor mit einem Ausdruck des Erstaunens an. *»Habt Ihr noch andere Entscheidungen für mich getroffen, während Sheera und ich im Eis an der Seite der Maladran um unser Überleben kämpften?«*

Eine Antwort blieb ihm der zweifache Ordensmeister schuldig. Er verschloss seinen Geist, sodass Gorian nicht einmal erkennen konnte, ob er den Gedanken seines ehemaligen Schülers überhaupt irgendeine Beachtung schenkte.

»Du wirst dich in der Kunst der Schattenpfadgängerei üben müssen, wenn du tatsächlich eines Tages versuchen willst, zur Frostfeste zu gelangen«, fuhr Shabran fort. »Allerdings ist das bisher noch keinem gelungen, der nicht zuvor zu Morygors Sklaven wurde.«

»Ich nehme dein Angebot gern an«, erklärte Gorian und verbeugte sich leicht.

Shabran wandte sich an Sheera. »Du musst in den Westflügel.«

»Was soll ich dort?«, fragte sie.

»Man wird dich prüfen und dir dann den Ring einer Meisterin des Heilens verleihen«, erklärte Shabran. »Eine reine Formsache ist das zwar nicht, aber angesichts deiner Fähigkeiten, die Meister Thondaril außerordentlich gewürdigt hat, habe ich keinerlei Zweifel, dass du die Prüfungen alle mit Bravur bestehen wirst.«

Während sich Sheera daraufhin in den Westflügel begab, wurden Gorian und Thondaril von Shabran in ein riesiges, nahezu kathedralenartiges Gewölbe unterhalb der Burg geführt, in dem sich bereits etwa hundert Menschen versammelt hatten. Dabei waren noch längst nicht alle Meister anwesend.

Unter denen, die sich bereits eingefunden hatten, überwogen jüngere Gesichter. Manche von ihnen hatte Gorian noch während seiner Ausbildung auf der Ordensburg flüchtig kennengelernt. Ein paar ältere Meister befanden sich allerdings ebenfalls unter den Versammelten, darunter auch Meister Yvaan.

»Thondaril! Gorian! Seid gegrüßt«, rief der Gesandte des Ordens in Basaleia.

»Seit wann weilt Ihr bereits in Nelbar?«, fragte Thondaril erstaunt.

»Ich bin erst vor ein paar Stunden aus einer der Gondeln unserer basiliskischen Verbündeten gestiegen«, erklärte Meister Yvaan. »Übrigens haben sie keineswegs nur Schlangenmenschen-Söldner über das Meer geschickt, sondern auch basiliskische Magier und sogar ein Mitglied des Königshauses. Ihr wisst schon, einen jener Basilisken, deren Blick einen zu Stein erstarren lässt. Angeblich sollen unsere Freunde sogar eine Möglichkeit gefunden haben, diese Kräfte in Zukunft besser auszurichten.«

»Ihr meint, sie auf den Feind zu lenken, ohne dass unsere Soldaten erstarren?«, fragte Gorian.

»Genau.«

»Und wie soll das gehen?«

»Das ist bislang geheim«, erklärte Yvaan. »Die Basilisken verraten uns nichts Näheres darüber!«

14 Die Versammlung der Meister

Es waren keine Fackeln, die das riesige Gewölbe tief unter der Siebten Burg von Nelbar erhellten, in dem die Meister des Ordens der Alten Kraft ihre Zusammenkunft abhielten, sondern ein magischer hellbläulicher Schimmer, der über den feucht-kühlen Wänden lag. Es handelte sich um einen magischen Schutz gegen Bespitzelung jeder Art, so ähnlich wie Meister Thondaril ihn auch in der Messe der *Hoffnung des Himmel*s gewirkt hatte.

Nur war dieser magische Schutz noch weitaus stärker. Als Gorian den Raum betrat, riss sogar die innere Verbindung zu Sheera ab.

»Wo bist du?«, war der letzte Gedanke, den er von ihr empfing. Er hatte gerade noch mitbekommen, wie sie den Raum betrat, in dem die Prüfungen der Heiler stattfanden. Für einen Moment hatte Gorian durch ihre Augen gesehen und das Gesicht der Heilerin Hebestis wiedererkannt.

Doch bis in dieses bläulich schimmernde Gewölbe reichte die Verbindung nicht.

Meister Shabran schien zu ahnen, was gerade in Gorian vorging, denn er sagte: »Es ist auch jegliche Kontaktaufnahme durch Handlichtlesen unmöglich. Kein Gedanke soll dieses Gewölbe verlassen und keiner von außen eindringen, denn beides kann großes Übel bewirken.«

»Ich sehe, es wurde an alles gedacht«, erwiderte Gorian. »Aber wenn es so viele Verräter in unseren Reihen gab, wie ich gehört habe, wie kann verhindert werden, dass sich nicht auch welche unter all den Ordensbrüdern in diesem gewaltigen Gewölbe befinden und unsere Entscheidungen beeinflussen?«

»Gegen Verrat wird es nie ein wirklich wirksames Mittel geben«, sagte Meister Shabran. »Mein eigener Mentor, Meister Parrach, hatte sich auf Morygors Seite geschlagen, ohne dass es dafür irgendwelche erkennbaren Anzeichen gegeben hätte. Zumindest keine, die ich bemerkte.«

»Selbst unser Hochmeister war Morygor verfallen«, murmelte der junge Schwertmeister.

Shabran nickte. »Es gibt keine Sicherheit vor Verrat, nur das Vertrauen in diejenigen, die wir dieses Vertrauens für würdig erachten. Der Orden mag auf eine uralte Geschichte zurückblicken und sie beschwören wie einen Schutzgeist, aber in Wahrheit entsteht er heute neu. Und es wurden nicht alle, die den Ring tragen, dazu eingeladen, daran teilzunehmen.«

Das Gewölbe füllte sich mehr und mehr. Der überwiegende Teil der anwesenden Meister waren im Haus des Schwertes ausgebildet worden. Sie stellten ohnehin zu allen Zeiten die Mehrheit der Ordensmitglieder.

Die Zahl der Schattenmeister war geringer, und Gorian fiel auf, dass keiner von ihnen über die Schattenpfade in das magisch abgeschirmte Gewölbe gelangte. Vielleicht war auch dies nicht möglich. Schließlich hatte sich auch eine Reihe von Schattenmeistern auf Morygors Seite gestellt, zuletzt Meister Parrach.

Die Sehermeister waren stets eine zahlenmäßig kleine Gruppe unter den Meistern gewesen, und das traf immer noch zu. Sie standen als Gruppe zusammen und waren auf diese Weise leicht zu erkennen. Außerdem trugen sie weiße Festkutten, die eigentlich seit langer Zeit kaum noch üblich waren. Aber offenbar wollten sie auch damit ein Zeichen für den Neubeginn setzen.

Magiemeister und Heilmeister waren etwa gleich stark vertreten.

Dass er so viele unbekannte Gesichter sah, verwunderte Gorian nicht. Schließlich hatte ein Großteil der überlebenden Ordensmeister in den über ganz Ost-Erdenrund verteilten Gesandtschaften und Komtureien des Ordens gedient.

»Überlebende der Schlacht um die Ordensburg wirst du hier nicht viele finden«, erriet Meister Thondaril Gorians Gedanken. »Es gab kaum welche, und die wenigen sind später nach und nach zu Morygor übergelaufen. Du hast es ja bei Torbas erlebt: Wen seine Aura einmal erfasst hat, der bleibt für immer verwundbar.«

»Ja«, murmelte Gorian. Torbas … Eigentlich hätte er hierhergehört, in diese Versammlung.

In der Mitte des Gewölbes befand sich ein gestufter Steinsockel in ovaler Form. Meister Yvaan trat aus der Menge hervor. Er stieg die Stufen empor und verkündete mit einer Stimme, die mit keinem Gedanken unterlegt war: »Es wird nun zuerst der älteste überlebende Ordensmeister zu uns sprechen. Es ist Meister Morgun, der unsere Gesandtschaft auf Margorea leitete. Er wird diese Zusammenkunft eröffnen, und danach werden wir die Aufgabe haben, einen Hochmeister zu wählen. Auf die Wahl von Oberen für einen Entscheidungskonvent werden wir bis auf Weiteres verzichten. Außerdem weise ich nochmals darauf hin, dass das magische Feld, das uns umgibt, uns auch zwar nach außen schützen soll, aber darüber hinaus verhindert, dass irgendjemand unter uns einen anderen mit seiner Gedankenkraft beeinflusst. Wer immer das versucht, wird erkennen, dass die Kraft seiner Gedanken auf ihn zurückgeworfen wird, denn sie bleiben in diesem Raum gefangen. Es zählt nur das reine Wort und nicht die verstärkende Magie.«

»Das ist empörend!«, rief ein Sehermeister mit grauen Haaren und rotem Bart. Sein Name war Ebeldin, und Gorian hatte sogar einmal kurz Unterricht bei ihm gehabt. Es war eine der wenigen Lektionen gewesen, die er im Haus der Seher erhalten hatte, denn Meister Ebeldin war kurz darauf mit einem wichtigen und geheimen Auftrag des Ordens abberufen worden. »Es ist empörend, dass wir anfangen, uns vor der Kraft des Gedankens zu fürchten, und ihn deswegen zu unterdrücken versuchen!«

Die Worte dröhnten geradezu in Gorians Kopf wieder, und vielen anderen erging es offenbar ähnlich, denn ein Stöhnen ging durch die Reihen der Ordensbrüder. Manche murmelten noch rasch eine kurze Formel, um sich dagegen abzuschirmen. Aber die sehr starken Gedanken von Meister Ebeldin schwirrten wie ein Echo immer wieder durch das Gewölbe. Gorian hörte sie mehr als ein Dutzend Mal. Die Worte, die diese Gedanken bildeten, verzerrten sich, dehnten dabei ihren Klang, und schließlich wurde ein dissonanter Gedankenchor daraus, dessen Widerhall kaum zu ertragen war.

Es dauerte einige Augenblicke, ehe die Qual vorbei war.

Meister Yvaan ergriff wieder das Wort, und erneut benutzte er keinerlei magische Unterstützung, als er sprach. »Das ist der Preis der Verschwiegenheit, die wir doch alle wollen«, erklärte er. »Denn die Spione Morygors sind überall, und sie dürften längst auch durch die Straßen von Nelbar schleichen. Sie kommen mit den Flüchtlingen, unter denen sich vielleicht jemand befindet, der schon halb untot ist, oder als Tier, das unter den Einfluss von Morygors Aura geriet und ihm nun dient. Zudem verfügt Morygor selbst über Kräfte, die unserer Vorstellung bei weitem übersteigt und mit denen er sicherlich in der Lage wäre, einen starken Gedanken, der dieses Gewölbe verlässt, zu erfassen.« Meister Yvaans Hand umfasste das Schwert an seiner Seite. Der Ring des Schwertmeisters, den er am Finger trug, blitzte in dem bläulichen Schimmer, von dem das Gewölbe erfüllt war. Er ließ den Blick über die Reihen der Anwesenden schweifen, so als würde er jeden Einzelnen von ihnen einer Prüfung unterziehen. »Wir können keinen Krieg gegen eine Macht führen, die jede unserer Absichten kennt. Die meisten wird unser Gegner leider ohnehin erahnen, oder er hat es schon getan. Wenn wir nicht wenigstens einen kleinen Bereich vor dem gedanklichen Zugriff Morygors schützen, stehen wir auf vollkommen verlorenem Posten und könnten gleich unsere Schwerter und unsere Magie in den Dienst dessen stellen, der sich anschickt, ganz Erdenrund zu einem Reich der Kälte zu machen.«

Meister Yvaan machte eine Pause. Es herrschte Schweigen im Gewölbe.

»Und nun gebe ich das Wort dem ehrenwerten Meister Morgun, der uns helfen wird, unseren Orden, der bereits untergegangen ist, neu zu gründen.«

Ein sehr alter Ordensmeister trat vor. Er war von eher korpulenter Gestalt, und der weiße Bart reichte ihm bis zum Rippenbogen. Meister Morgun war ein Magiemeister. Gorian war ihm zwar nie persönlich begegnet, aber eine Reihe von Lehrbüchern über die Magierkunst aus seiner Feder hatten ganze Regalreihen in der Bibliothek der Ordensburg gefüllt, und so ziemlich jeder kannte seine Interpretationen der Axiome des Ersten Meisters.

»Seid gegrüßt, Ihr Meister des Ordens der Alten Kraft«, sagte Morgun. »Ich bin alt, und ich hatte die Ordensburg auf Gontland schon viele Jahre vor ihrem Fall nicht mehr betreten. Das milde Klima auf Margorea tat mir gut und linderte meine Altersleiden besser, als selbst die Heilkunst meiner geschätzten Meisterkollegen aus dem Hause des Heilens dies vermochten.«

Ein Raunen erklang, denn so mancher unter den Heilern sah in diesen Worten einen Affront. Aber wenn es jemanden gab, dem eine solche Bemerkung nachgesehen wurde, dann war das Meister Morgun, denn seine Verdienste für den Orden waren ebenso unbestritten wie seine Fähigkeiten als Meister der Magie.

»Während viele derzeit versuchen, einen Platz auf einem der Schiffe zu ergattern, die nach Margorea segeln, habe ich den umgekehrten Weg gewählt, denn der Kampf gegen Morygor verlangt, dass wir auch die letzten Kräfte aufbieten. So bin ich zu euch gekommen, zumal die Gefahr besteht, dass das Wissen des Ordens mit ihm selbst verloren geht. Wir werden viel Glück und viel Kraft brauchen, um den Feind wenigstens aufzuhalten. Ein Blick zur dunklen Sonne am Himmel lässt jeden sich die Frage stellen, ob ein Sieg überhaupt noch möglich ist. Aber wenn ich mich in nicht allzu ferner Zukunft vor dem Gericht des Verborgenen Gottes verantworten muss, dann will ich nicht sagen müssen, dass ich es nicht wenigstens versucht hätte. Davon abgesehen gibt es Zeichen der Hoffnung, auch wenn sie glimmenden Kerzenlichtern im Sturm gleichen. Wir haben das Nord-Eldosische Gebirge zu einem großen Bannstein gemacht, was uns helfen wird, Zeit zu gewinnen. Und wir haben jemanden unter uns, dessen bisherige Taten uns neue Zuversicht schenken. Ich spreche von Gorian aus Twixlum, geboren im

Zeichen eines fallenden Sterns, der bis zum Speerstein von Orxanor in Morygors kaltes Reich vordrang, ohne seiner Aura zu erliegen und Morygors Sklave zu werden.«

Der Blick von Meister Morgun war in diesem Moment geradewegs auf Gorian gerichtet, und die Blicke vieler anderer Anwesender richteten sich ebenso auf ihn.

Da Gorian Meister Morgun niemals persönlich begegnet war, musste wohl Thondaril mithilfe von Handlichtübertragungen dafür gesorgt haben, dass der verdiente alte Mann des Ordens ihn sofort erkannte.

Gorian schluckte. Dieses Maß an Aufmerksamkeit gefiel ihm nicht.

»Ihr dürft für Euch in Anspruch nehmen, bisher der Einzige zu sein, der es geschafft hat, Morygor zumindest vorübergehend Furcht einzuflößen, Meister Gorian«, fuhr Morgun mit fester Stimme fort, die allerdings weiterhin ohne irgendeine Form magischer Verstärkung auskam. »Es ist gut, wenn unser Feind zumindest ein wenig von der Furcht, die von ihm ausgeht, auch wieder zurückerhält. Die Hoffnungen des Ordens sind mit Euch, bei allem, was Ihr tut. Nur gibt es auch Strecken auf Eurem Weg, auf denen Ihr allein wandeln werdet, weil alle, die Euch an Kraft ebenbürtig wären, bereits tot oder übergelaufen sind.«

Gorian verneigte sich. Ihm fielen keine Worte ein, die er hätte sagen können.

»Doch nun möchte ich den Anwesenden denjenigen vorschlagen, der als Einziger die unbestrittene Autorität und die Fähigkeiten aufbringt, die notwendig sind, um den Orden neu zu schaffen«, wechselte Meister Morgun das Thema. »Ich spreche von Meister Thondaril, der in zwei Häusern des Ordens geprüft wurde und in beiden den Ring der Meisterschaft errang. Niemand ist vertrauenswürdiger, niemand erscheint mir mehr gefeit gegen alle Versuchungen und die Verlockungen Morygors.«

»Meister Thondaril wäre eine gute Wahl!«, rief ein anderer Ordensmeister.

»So schlage ich Meister Thondaril hiermit offiziell für das Amt des Hochmeisters vor. Dass er sich bereit erklären wird, diese schwere Bürde in diesen finstersten Stunden zu übernehmen, daran zweifle ich nicht einen Augenblick, denn er würde seine Brüder und Schwestern niemals im Stich lassen.«

»Was ist mit Euch, Meister Morgun?«, fragte eine Ordensmeisterin in mittleren Jahren, die die Festkutte der Seher trug. Gorian war ihr noch nie begegnet.

»Ich könnte es mir leicht machen und sagen, dass ich zu alt bin, um ein solches Amt anzustreben, Meisterin Aawaa. Aber die Wahrheit ist, dass mir die Fähigkeiten dazu fehlen.«

»Das sagt *Ihr*, der Ihr mit Euren Schriften dem Orden so oft den Weg gewiesen habt?«, fragte die Seherin Aawaa zweifelnd.

»Habt Ihr jemals einen Wegweiser gesehen, der in die Richtung lief, in die er gewiesen hat?«, erwiderte Morgun. »Ich mag in der Vergangenheit ein guter Wegweiser gewesen sein, aber auf dem Weg werden wir jemanden mit anderen Fähigkeiten brauchen. Meister Thondaril ist vielleicht dem einen oder anderen durch seine wenig diplomatisch vorgetragene Kritik in Erinnerung geblieben, die er mit verbissener Beharrlichkeit vorgetragen hat. Leider ist viel von dem, wovor er uns zu warnen versuchte, eingetroffen. Ich werde Meister Thondaril in allem unterstützen, wenn er das Amt übernimmt, stehe aber nicht selbst dafür zur Verfügung.«

Gorian betrachtete Thondaril von der Seite. Der zweifache Ordensmeister war offenbar nicht überrascht, dass er vorgeschlagen worden war. Gorian traute ihm sogar zu, dass er von langer Hand darauf hingewirkt hatte.

Thondaril trat vor. Gemessenen Schrittes bestieg er das Steinpodest, ließ den Blick einmal in der Runde schweifen und sagte: »Ich danke Euch für Eure vertrauensvollen Worte, Meister Morgun. Mit Eurer Einschätzung, dass ich mich dieser Aufgabe nicht verweigern würde, würde ich berufen, liegt Ihr richtig. Das Amt des Hochmeisters ist in diesen Tagen eine große Bürde, und unser Kampf könnte das letzte Aufbäumen gegen eine unabwendbare vollständige Niederlage sein. Aber ich werde alles tun, das scheinbar Unvermeidliche doch noch zu verhindern. Und falls das nicht möglich sein sollte, werden wir Mittel und Wege finden, das Erbe des Ordens für eine Zeit zu bewahren, da das Eis wieder taut, weil die Herrschaft der Untoten durch Umstände beendet wurde, die heute noch niemand vorherzusehen vermag. Alles ist endlich, außer der Verborgene Gott, so lautet ein Axiom des Ersten Meisters. Dass dieser Satz für jedes Leben gilt, ist nichts Neues und jedem Menschen bewusst. Dass er auch für die Existenz des Heiligen Reiches und des Ordens gilt, mussten wir schmerzlich erfahren. Aber er gilt auch für unseren Feind.«

Er hielt inne. Sein von harten Linien durchzogenes Gesicht zeigte auch in diesem Augenblick kaum eine Regung.

»Ein Hochmeister Thondaril wird niemandem etwas versprechen«, hob er wieder an, »aber von allen ein Höchstmaß an Anstrengung und Opferbereitschaft fordern. All jenen, die resigniert sagen, dass wir vielleicht nur Zeit schinden, aber keinerlei Aussicht haben, Morygor zu bezwingen, kann ich nur entgegenhalten, dass Zeit die entscheidende Größe in diesem Kampf sein könnte. Jeder Tag, den wir gewinnen, kann Morygors Untergang bedeuten, weil uns diese wenigen

Stunden vielleicht doch noch in die Lage versetzen, alle Kräfte so gebündelt gegen ihn einzusetzen, dass seine Herrschaft ihr Ende findet, bevor die Welt erfroren ist. Mehr habe ich nicht zu sagen.«

»Wie soll ich jemandem trauen, dessen Worte ich zwar höre, aber dessen Gedanken ich nicht empfangen kann, weil ein magisches Feld dies verhindert?«, meldete sich wieder Meister Ebeldin zu Wort.

»Alles Magische hat uns in letzten Zeit allzu oft getrogen«, sagte Meister Thondaril daraufhin. »Die Sicherheit, die Ihr erwartet, existiert in Wahrheit nicht, und auch die Magie kann sie nicht geben. Ganz im Gegenteil.«

»Dennoch. Ich wähle keinen Hochmeister, der mir nicht die Möglichkeit gibt, die Kraft seiner Gedanken mit magischen Sinnen zu erspüren. Wer weiß, vielleicht sind Eure Gedanken sogar äußerst schwach. Vielleicht sind sie einfach nicht eindringlich und zwingend genug. Man warnt uns vor Morygors Aura und vor Einflüssen von außen, aber vielleicht ist der Feind längst hier unter uns, und wir erkennen ihn nur nicht, weil uns durch dieses blaue Licht die Möglichkeit dazu genommen wird. Ich sage: Kein Hochmeister ohne magische Gedankenprüfung!«

Meister Thondarils Mund wurde schmallippig. »Wenn Ihr eine solche Prüfung an mir vornehmen würdet, garantiere ich Euch, dass Ihr nicht einmal mehr Eure Notdurft verrichten könntet, ohne mich dafür um Erlaubnis zu bitten«, zischte der zweifache Ordensmeister wütend. »Also seid froh, dass Euer Geist in diesem Moment nicht beeinflusst werden kann und Euch niemand daran hindert, aus freiem Willen Unsinn zu reden und für einen anderen Kandidaten zu stimmen.«

Hier und dort hörte man verhaltenes Gelächter. Meister Ebeldin murmelte etwas vor sich.

»Habe ich gerade Eure Bewerbung als Gegenkandidat vernommen?«, fragte Thondaril mit beißendem Spott.

»Nein, das habt Ihr nicht«, erwiderte der Seher kleinlaut.

Da ergriff Meister Morgun wieder das Wort. »Sollte jemand unter den hier Anwesenden einen weiteren Kandidaten für das Amt des Hochmeisters vorschlagen mögen, so soll er dies nun tun«, forderte der alte Magiemeister.

Doch es gab keinen Gegenkandidaten. Niemand hatte den Mut, diesen Posten in so aussichtsloser Lage zu übernehmen.

»So werden wir durch Heben der Hand abstimmen. Ich frage also die hier anwesenden Meister des Ordens der Alten Kraft, ob sie Thondaril, Meister in den Häusern der Magie und des Schwertes, zu ihrem Hochmeister erheben wollen.«

Die Mehrheit war überwältigend groß. Meister Ebeldin gehörte zu den Wenigen, die nicht für Thondaril stimmten.

»Ehrt den neuen Hochmeister!«, verlangte Morgun der alten Formel folgend. »Ehrt Hochmeister Thondaril durch den Moment der Versenkung!«

»Du weißt, was du zu tun hast?«, raunte Meister Shabran Gorian zu.

»Gewiss.«

»Ich meine ja nur, schließlich bist du ja noch nicht lange genug Meister, um das schon mal erlebt zu haben.«

»Ich weiß trotzdem Bescheid.«

Die anwesenden Meister schlossen die Augen und senkten die Köpfe. Es war vollkommen still. Der Moment der Versenkung war eine Geste der Ehrerbietung. Der Geist wurde dabei vollkommen entleert, und alle magischen Kräfte ruhten, alle Sinne waren für Augenblicke nicht mehr präsent. In diesem Zustand gedachte man desjenigen, dem die Ehre zuteilwerden sollte. Bei der Wahl eines Hochmeisters entsprach dieses Ritual nicht nur der Tradition, sondern war so-

gar in den Axiomen des Ersten Meisters zwingend vorge-
schrieben.

Gorian hatte ein eigenartiges, unangenehmes Gefühl, als
er die Augen schloss. Es war vergleichbar mit den Empfindungen, die ein Schwertmeister mitten in der Schlacht hatte,
kurz bevor sein Gegner das Schwert zu einem mörderischen
Streich hob.

Keinen Herzschlag später durchschnitten Dutzende von
Todesschreie das unterirdische Hallengewölbe der Siebten
Burg von Nelbar.

Schwerter wirbelten blitzend durch die vom bläulichen
Schimmer erfüllte Luft, Blut spritzte, und Köpfe rollten mit
noch geschlossenen Augen über den kalten Steinboden.

Ein Wurfdolch schnellte durch den Raum und durchdrang
den Stoff von Gorians Wams.

In dem Moment, als die Spitze der Klinge seinen Körper
berührte, umschloss Gorians Hand den Griff des Dolches. Er
spürte, dass die Waffe nicht magisch verstärkt, sondern allein
mit Muskelkraft geschleudert worden war. Er warf sie zurück zu jenem angeblichen Ordensbruder, von dem sie gekommen war, einem Schwertmeister, den er nicht kannte.
Die Klinge bohrte sich in dessen Hals, und die Wucht, mit
der Gorian den Dolch geschleudert hatte, ließ den Getroffenen zwei Schritte zurücktaumeln. Er hob sein Schwert, und
sein Röcheln ging in ein Zischeln über.

Gorian zog Sternenklinge.

Neben ihm kämpfte Meister Shabran bereits gegen einen
Ordensbruder, der versuchte, ihm den Kopf vom Rumpf zu
trennen.

Offenbar hatte ein Teil der Meister den Augenblick der
Versenkung genutzt, um ihre Ordensbrüder gleich reihenweise zu töten. Auch Meister Thondaril und Meister Mor-

gun, die beide noch auf dem Steinpodest standen, wurden angegriffen.

Thondaril stellte sich schützend vor den alten Magiemeister und wehrte den Angriff eines Schwertmeisters ab, der seine Klinge durch die Luft wirbeln ließ.

Ein anderer Schwertmeister griff Gorian mit wütenden, ungestümen Hieben an, die in rascher Folge ausgeführt wurden.

Gorian parierte sie mit Leichtigkeit. Schon die Art, wie sein Gegner kämpfte, sagte Gorian, dass dieser Schwertmeister niemals richtig ausgebildet worden sein konnte. Die Bewegungsabläufe waren nicht aufeinander abgestimmt, und so schnell seine Hiebe auch sein mochten, er verfügte offenkundig nicht über die Fähigkeit der Voraussicht wie ein Schwertmeister des Ordens.

Gorian parierte einen weiteren Hieb seines Gegners und stieß ihm dann die Klinge in den Leib.

Der angebliche Schwertmeister sank zu Boden, und sein Körper veränderte sich. Eine spitze, dornenartige Klinge fuhr aus seinem Leib. Sie wirkte auf bizarre Weise wie ein Teil seines Körpers, dessen Form nun vollkommen zerfloss.

Ein Wandler!, durchfuhr es Gorian.

Sie hatten die Gestalten von Ordensmeistern angenommen und sich in diese Versammlung eingeschlichen, um dann den Moment der größten Schwäche ihrer Gegner zu nutzen. Genau in dem Augenblick, als der neue Hochmeister mit der Versenkung geehrt werden sollte, hatten sie Dutzende von ihnen umgebracht, denn in geistiger Versenkung war die unmittelbare Voraussicht eines Angriffs auch bei dem erfahrendsten Schwertmeister erschwert.

Gorian sah zu, wie der Wandler zu einer amorphen Masse zerfloss. Doch schon im nächsten Moment wurde Gorian von der Seite angegriffen und musste sich seiner Haut erwehren.

Blitzartig ließ er Sternenklinge durch die Luft schnellen. Das Sternenmetall traf auf das Metall der gegnerischen Klinge, deren Länge sich auf tückische Weise ganz plötzlich verändern konnte. Schließlich war sie letztlich nichts anderes als Teil eines vollkommen wandelbaren Körpers, der fast jede Form anzunehmen vermochte.

Manche der Wandler gaben schon während des Kampfes ihre Gestalt als Schwertmeister des Ordens auf und bildeten zusätzliche Waffenarme aus, um ihre Kampfkraft zu erhöhen. Andere nutzten lieber den Vorteil, dass sie im ersten Moment für einen Ordensmeister gehalten wurden, um dann blitzschnell zuzuschlagen.

In diesem Moment hob Meister Morgun die Hände und rief eine Formel, die das blaue Licht verlöschen ließ.

Von einem Moment zum anderen war es vollkommen dunkel. Aber zugleich waren auch sämtliche Einschränkungen aufgehoben, die dieser magische Schutz mit sich gebracht hatte.

Die Dunkelheit machte Gorian nichts aus. Magische Sinne konnten das Auge vollkommen ersetzen.

Der Kampf, der nun folgte, war sehr kurz. Die Schreie der Wandler hallten in dem alten Gewölbe unter der Siebten Burg wider, und es dauerte nicht lange, dann war keiner von ihnen mehr am Leben.

15 Schattenpfade

Handlichter leuchteten in der Finsternis auf. Die meisten waren auf den Boden gerichtet – dorthin, wo die Toten zu finden waren. So viele Tote.

Gorian schauderte, als er den Schein seines Handlichts über den Boden schweifen ließ und die verzerrten Züge seiner Ordensbrüder und -schwestern sah, die regungslos dalagen, dahingestreckt von den mordgierigen wandlerischen Kreaturen, die Morygor ausgesandt hatte.

»Wie ist es möglich, dass wir den Feind nicht erkannt haben?«, hallte Magier Yvaans zitternde Stimme in dem feuchtkühlen Gewölbe wider. »Wie ist das nur möglich? Kann Morygor seine Schergen inzwischen dermaßen gut tarnen, dass wir sie für unseresgleichen halten, auch wenn sie direkt vor uns stehen und ihre Gedankenleere eigentlich spüren müssten?«

»Die Wandler sind keine Untoten«, erinnerte Gorian. »Auch wenn jene Welt, aus der Morygor sie in die unsere geholt hat, vielleicht einer Totenhölle gleicht.«

»Es wird nicht der letzte Rückschlag bleiben«, meldete sich Meister Thondaril zu Wort.

»Eure Wahl zum Hochmeister war jedenfalls rechtsgültig«, erklärte Yvaan. »Und das bedeutet, dass der Orden wieder eine Form hat und bereit zum Kampf sein wird, wenn in der oquitonischen Tiefebene die Schlacht beginnt und wir unsere Magie mit der unserer Feinde messen.«

Doch dieser neue Orden, so wurde es Gorian in diesen Momenten bewusst, würde offenbar nicht weniger von Verrätern durchsetzt sein als der alte. Es gab in Wahrheit keinen Neuanfang, sondern nur eine Wiederholung des alten Elends.

Dann fiel der Schein seines Handlichts auf das Gesicht einer toten Heilerin, die in verrenkter Haltung erschlagen zwischen den anderen Toten lag. Es handelte sich bei ihr nicht um eine Wandlerin, denn dann hätte sich ihre äußere Form in jenes Geschöpf zurückverwandelt, das sie in Wirklichkeit war.

»Hebestis …«, murmelte Gorian.

Hatte er sie nicht vor kurzem noch durch Sheeras Augen gesehen, als diese den Raum betrat, in dem ihre Prüfungen stattfinden sollten?

Möglich, dass die Prüfungen bereits vorbei waren und Hebestis später zur Versammlung der Meister hinzugekommen war. Aber ein Gefühl sagte Gorian, dass es sich anders verhielt.

Er sandte einen starken Gedanken an alle überlebenden Meister innerhalb des Gewölbes. Da die magische Abschirmung aufgehoben war, konnte er das gefahrlos tun. »*Wann ist die Meisterin Hebestis zu dieser Versammlung gekommen? Und wer war bei ihr?*«

»*Sie kam, noch während Morgun seine Eröffnungsworte sprach*«, antwortete ihm die Seherin Aawaa. »*Ich bin mir sicher, denn Hebestis' Heilaura lindert mein unruhiges Augenflimmern, unter dem ich seit langem leide. Doch selbst hier, in diesem magisch abgedämpften Gewölbe, war Hebestis' Heilaura so wirksam, dass ich sofort Linderung erfuhr, als Hebestis erschien.*«

Gorian legte die Hand um den Griff von Sternenklinge. Er hatte auf einmal das Gefühl, sehr schnell handeln zu müssen.

Seine Augen wurden schwarz. Er konzentrierte alles, was er an Alter Kraft aufbringen konnte, und stieß einen Kraftschrei aus, dem er eine schnelle Bewegung folgen ließ.

Mehrere Handlichter der anderen Meister richteten sich auf ihn, leuchteten jedoch nur noch in einen schwarzen Rauchwirbel hinein.

Gorian nahm den Schattenpfad. Wie aus weiter Ferne hörte er noch Meister Shabran, der warnend seinen Namen rief.

Das Nächste, was Gorian fühlte, war ein heftiger Schlag. Eine magische Kraft wirkte auf ihn ein.

Er sah vor sich die Tür zu dem Raum, in dem Sheera ihre Prüfungen hatte ablegen sollen, und im gleichen Moment wurde ihm bewusst, welchen Fehler er begangen hatte.

Ein Schattenpfadgang in einen Raum, der auf unbekannte Weise magisch abgeschirmt war … Verdammt, er hätte daran denken müssen!

Er wurde von der Tür fortgeschleudert, und sein Körper drang durch die Wand des Korridors, als würde sie nicht existieren. Ein schwarzer Rauchwirbel umgab ihn, alles drehte sich, und er hatte das Gefühl, ins Bodenlose zu stürzen. Er sah nur noch Schlieren und immer größer werdende schwarze Flecken, die sich aus zusammenklumpenden Teilchen des Rauchwirbels bildeten, und gleichzeitig wurde es so kalt, dass es ihn an die Seelenkälte erinnerte, die Morygor zu verbreiten wusste.

Bald war er umfangen von abgrundtiefer Schwärze. Seine magischen Sinne waren wie betäubt, so vermochte er diese Dunkelheit auch mit ihrer Hilfe nicht zu durchdringen.

Der Boden aber, auf dem er stand, war schneeweiß, doch von regelmäßigen schwarzen Linien durchzogen, die Quadrate bildeten. Sie schienen sich nach allen Seiten ins Unendliche zu erstrecken. Die Helligkeit des Untergrunds leuchtete nicht in den dunklen Bereich hinein, in dem überhaupt nichts zu erkennen war.

Als Gorian den Blick senkte, sah er, dass sich das quadratische Gittermuster verzog, wenn er einen Schritt nach vorn machte. Er spürte dabei einen starken Widerstand, der zwar unsichtbar blieb, aber jede seiner Bewegungen hemmte.

Außerdem hörte er nichts. Es gab kein Geräusch, nicht einmal den eigenen Atem konnte er vernehmen. In welch abgelegenen Schattenpfad hatte es ihn nur verschlagen? Es musste irgendeine der zahllosen Zwischenwelten sein, in denen es kaum etwas Wirkliches gab und vor denen man junge Schüler im Haus der Schattenmeister immer warnte, weil man durch Unachtsamkeit sehr schnell an einen Ort wie diesen geraten konnte.

Einen *Nicht-Ort*, an dem man nur selbst existierte.

Auf einmal erhob sich ein Schatten aus dem weißen Boden. Er verbog die schnurgeraden Linien des schwarzen Gitternetzes und zerriss es. Arme griffen nach Gorian, und im nächsten Moment hatte er das Gefühl, zugleich fortgerissen und erdrückt zu werden.

Für einen Moment sah er nur Schwärze, dann grelles Licht. Er fiel hart auf den kalten Boden. Arme umfassten ihn. Er sah auf, sein Blick klärte sich, und die Arme ließen ihn los.

»Das war sehr knapp!«, hörte er Meister Shabrans tadelnde Stimme. »Du bist noch kein Schattenmeister, und dass deine bisherigen Experimente in dieser Richtung gutgegangen sind, bedeutet nicht, dass du auch in Zukunft immer Glück haben wirst. Um ein Haar hätte ich dich Narren nicht mehr retten können, und du wärst für drei Ewigkeiten in irgendeinem abgelegenen Winkel des Polyversums verschwunden!«

Gorian erhob sich. Es waren Shabrans Arme gewesen, die nach ihm gepackt und ihn umschlungen hatten. Er war bereits wieder aufgestanden, seine Augen waren schwarz, und er sah auf seine Hände. Zwischen seinen gespreizten Fingern zuckten feine Blitze aus Schwarzlicht. Allein die Intensität dieser Entladungen gab Gorian einen Eindruck davon, wie gefährlich die Situation gewesen war und wie viel Kraft Meister Shabran hatte aufwenden müssen, um ihn im letzten Moment vor einer ewigen Gefangenschaft an einem Nicht-Ort zu retten.

Sie befanden sich in dem Korridor, der zu jenem Raum führte, in dem Sheera ihre Prüfungen hatte ablegen sollen.

Die junge Heilerin stand vor ihm, etwa vier Schritte von der geschlossenen Tür entfernt. Ein ganz leichter Schimmer, der durch das dunkle Holz drang, verriet, dass die magische Abschirmung innerhalb des Raums dahinter noch nicht aufgehoben war.

Sheeras Blick schien ihn zu mustern, und er fragte sich zum ersten Mal seit längerer Zeit, was sie in diesem Augenblick dachte.

»Sheera ...«

Ihre Gedanken blieben stumm. An ihrer Hand prangte der Meisterring und geriet in das gleißende Licht, das durch ein hohes Fenster in den Korridor fiel. Einen Herzschlag lang sah es so aus, als würde sich seine Form leicht verändern, aber es mochte das Licht sein, das Gorians Augen einen Streich spielte.

Sheera kam auf ihn zu. Ihre Schritte waren schnell und entschlossen. Als sie ihn erreichte, breitete sie die Arme aus und ...

Das schmale Schwert von Meister Shabran fuhr durch ihren Hals und trennte ihr den Kopf von ihren Schultern, ehe sie Gorian umarmen konnte.

Im selben Moment fuhren aus ihren Fingern lange Klingen hervor. Der Kopf rollte polternd über den Boden. Blut spritzte. Die Messerhände schlugen wie Pranken eines Langzahnlöwen nach Gorian, der zurückwich. Ein weiterer Hieb von Meister Shabrans Klinge teilte den sich bereits verformenden und weitere Gliedmaßen ausbildenden Körper in zwei Hälften.

»*Eine Wandlerin!*«, durchfuhr es Gorian.

»Entweder war es der Aufenthalt in den Schattenpfaden oder die Schönheit dieser Heilerin, die dir den klaren Blick eines Ordensmeisters vernebelt hat«, murrte Shabran. »Du hättest es auf jeden Fall sehen müssen, Gorian!«

»Ich *habe* es gesehen«, murmelte Gorian, beinahe ohne die Lippen zu bewegen, und meinte damit die Verformung des Rings. Ja, er hatte es gesehen und nicht beachtet.

Er zog Sternenklinge, seine Augen wurden schwarz. Blitze umflorten das Sternenmetall des Schwerts. Mit ein paar schnellen Schritten, die er magisch unterstützte und die daher eher Sprüngen glichen, stürmte er auf die Tür zu.

Das, was sich hier auf dem Korridor ereignet hatte, ließ ihn das Schlimmste befürchten.

Mit einem Tritt sprengte er die Tür zur Seite. Dahinter war ein bläulicher Schimmer, formte eine Wand, die ihm den Weg versperrte. Gorian stieß einen Kraftschrei aus, stieß Sternenklinge nach vorn. Zischend verschwand der bläuliche Schimmer, dann stürmte Gorian in den Raum.

Auf dem Boden lag ein verkrümmter, blutiger menschlicher Körper. Die Hände waren stark vergrößert, und aus den Fingern ragten Metallklingen, ähnlich wie bei der Wandlerin, die Sheeras Gestalt angenommen und Gorian angegriffen hatte.

Das Gesicht der Heilerin Hebestis – oder genauer das eines Metamorphen, der ihre Gestalt angenommen hatte – blickte Gorian mit starren Augen an. Die rechte Hand war zur Kehle erhoben, die messerscharfen Finger steckten im eigenen Fleisch.

»*Gorian!*«, dröhnte ein Gedanke in tausendfachem Echo in Gorians Kopf, so verzerrt, dass er kaum noch zu erkennen war.

Sheera befand sich auf der anderen Seite des Raums, in dem offensichtlich gekämpft worden war. Stuhl und Tisch waren umgestürzt, und es gab Blutspuren auf dem Boden.

Gorian murmelte eine Formel, um die bereits geschwächte, aber noch nicht ganz aufgehobene magische Abschirmung, die diesen Raum von innen auskleidete, völlig verschwinden zu lassen. Letzte Reste des bläulichen Schimmers blitzten noch einmal kurz in den Ecken und an der Decke auf und verloschen dann.

Sheera atmete schnell und tief. Der Kampf, der hier stattgefunden hatte, hatte offenbar erst vor wenigen Augenblicken sein Ende gefunden.

»Sheera!«

Sie kam auf ihn zu. »*Diesmal war es wirklich sehr knapp*«, vernahm er ihren Gedanken.

Einen kurzen Moment nur zögerte er, ehe er sie in die Arme schloss. Sie schmiegte sich an ihn, und er konnte ihren rasenden Herzschlag spüren.

»*Ich glaube nicht, dass der Orden diese Art von Prüfung anerkennen wird*«, dachte sie.

»Ich bin froh, dass dir nichts Ernsthaftes zugestoßen ist«, sagte Gorian.

»Diesmal hätte nicht viel gefehlt.«

»Du hättest das Caladran-Schwert tragen sollen.«

»Meine Gegnerin hätte es dann gegen mich selbst gewendet. So aber gab die Kraft des Geistes den Ausschlag.«

Gorian wusste, was sie damit meinte. Sheera hatte die falsche Heilerin Hebestis dazu gezwungen, sich mit ihren eigenen Waffen zu töten.

Auch Shabran hatte den Raum betreten. Er sah sich um und untersuchte den toten Metamorphen.

»Die Wandler werden uns in Zukunft noch einiges Kopfzerbrechen bereiten«, prophezeite er.

Die Schar der Ordensleute war durch die Geschehnisse in der Siebten Burg abermals bedenklich zusammengeschrumpft. Gerade der Verlust einiger Magiemeister wog schwer, denn sie wurden dringend gebraucht, um das Nord-Eldosische Gebirge als großen Bannstein gegen das weitere Vorrücken des Frostreichs wirken zu lassen, weil dieser Zauber immer wieder erneuert werden musste.

Morygor hatte sicherlich genau gewusst, dass er mit einem solchen Angriff den Bannstein auf lange Sicht wirkungsvoller schwächen konnte als durch einen direkten magischen Angriff.

Während der Großteil der überlebenden Ordensmeister aller fünf Häuser in der Siebten Burg einquartiert war, blieben Gorian und Sheera an Bord der *Hoffnung des Himmels*. Auf dem Flaggschiff von Elbenkönig Abrandir fühlten sie sich sicherer, und auch Meister Thondaril war dieser Ansicht.

Er selbst allerdings übernachtete überwiegend auf der Siebten Burg. Als neuer Hochmeister des Ordens hatte er sich beinahe Tag und Nacht seinen Verpflichtungen zu widmen.

»Ich will vermeiden, dass mir irgendetwas dort entgleitet«, sagte er einmal zu Gorian. »Das könnte verhängnisvoll sein. Unsere Zahl ist inzwischen derart dezimiert, dass wir uns keine weiteren Fehler erlauben können.«

»Und wie wollt Ihr verhindern, dass sich abermals Metamorphen in den Orden einschleichen?«, fragte Gorian.

»Es kommt auf die Wachsamkeit jedes Einzelnen an. Ein Blutbad, wie es sich nach meiner Wahl zum Hochmeister ereignet hat, ist sicher auch in Zukunft nicht völlig auszuschließen.«

»Morygor wird nichts unversucht lassen, Meister Thondaril.«

»Ich weiß. Darum ist es wichtig, dass alles für den entscheidenden Schlag gegen ihn vorbereitet wird. Wir werden nur eine einzige Gelegenheit bekommen, ihn zu vernichten. Wenn überhaupt.«

Es störte Gorian, dass er offensichtlich nicht in alle Einzelheiten von Thondarils Plänen eingeweiht war. Aber er akzeptierte seine Begründung. Der zweifache Ordensmeister wollte Gorian schützen. Je weniger er zu diesem Zeitpunkt wusste, desto besser. »Vervollkommne deine Ausbildung, soweit du kannst«, riet Meister Thondaril. »Konzentriere dich ganz darauf, sodass du in dem Augenblick, da du Morygor entgegentrittst, alles an Fähigkeiten und Wissen zur Verfügung hast, was du bis dahin erlangen konntest. Ob es genug sein wird, muss sich erweisen.«

»Was ist mit dem Himmelsschiff, das die Caladran für mich bauen wollten?«, fragte Gorian. »Oder haben sie ihre Zusage zurückgezogen?«

»Keineswegs«, widersprach Meister Thondaril. »Sie arbeiten Tag und Nacht ohne Unterlass daran.«

»Hat das etwas mit den Beschwörungen zu tun, die die

Schamanen und Magier der Caladran nächtens durchführen und deren magische Entladungen mich schon mehrfach aus dem Schlaf geweckt haben?«

»Das ist durchaus möglich. Auch mich weihen sie nicht in alles ein, zumindest nicht, was diesen speziellen Teil unseres Plans betrifft. Aber das ist auch gut so, denn wenn unser Wissen an einer Stelle versammelt wäre, würde uns das verwundbarer machen.«

Meister Thondaril deutete auf die Maladran, von denen viele kaum noch etwas Geisterhaftes an sich hatten. Sie hatten wieder damit begonnen, sich die Zeit mit Übungskämpfen zu vertreiben, was den an Bord befindlichen Caladran überhaupt nicht gefiel, wie durch Bemerkungen immer wieder deutlich wurde.

»Diese Kreaturen scheinen sich als Leibwächter bestens zu eignen«, meinte Thondaril. »Ich habe mich mit einigen Caladran-Schamanen zu diesem Thema ausgetauscht, und sie hielten es für ausgeschlossen, dass es einem Wandler gelingen könnte, ihre Gestalt anzunehmen.«

»Ich fürchte, diese Ansicht gründet einzig und allein auf Spekulation und nicht auf Wissen«, erwiderte Gorian. »Zumindest wüsste ich nicht, dass es im Reich des Geistes der Caladran dazu irgendeinen Gedanken gäbe. Vielleicht liegt es daran, dass man versuchte, die Maladran und alles, was überhaupt an ihre Existenz erinnert, so weit wie möglich auszuschließen.«

»Es wird in unserem Kampf gegen Morygor niemanden geben, auf dessen Loyalität du dich vollkommen verlassen solltest«, mahnte Thondaril.

Gorian hob die Augenbrauen, während von Norden her eine kühle Brise über das Land blies und über das Laramontische Meer wehte. Sie blähte die Segel der margoreanischen

Schiffe, die völlig überladen jener fernen Insel entgegenstrebten, auf der sich die Flüchtlinge an Bord Rettung erhofften.

Aber ein Blick zum immer schmaler werdenden Feuerkranz der Sonne bewies, dass auch Margorea nur vorläufig Sicherheit bot.

An einem der folgenden Tage näherte sich eine gewaltige Flotte dem Hafen von Nelbar. Die Schiffe trugen das Banner des Hauses der Laramonteser und außerdem das Kaiserbanner des Heiligen Reichs. Mindestens tausend Schiffe umfasste der Verband, zu dem vorwiegend heiligreichische Koggen gehörten, aber auch einige Schiffe, die eher wie westreichische Galeeren aussahen. Doch da auch sie das Banner des Kaisers trugen, musste das Kaiserhaus sie auf irgendeine Weise in Besitz genommen habe.

Der Großteil des Westreichs war inzwischen von Morygors Horden erobert worden, selbst die Hauptstadt Havalan war gefallen, und der Machtbereich des westreichischen Königs endete bereits einige Meilen nördlich von Westrigg. In Nelbar hörte man immer öfter Geschichten von westreichischen Kapitänen, die sich mitsamt ihren Schiffen und Besatzungen neue Herren gesucht hatten. Da man in Gryphland keine Schiffe brauchte und man auf Orgorea die Schiffsbau- und Seemannskunst der Westreicher verachtete, blieben nur Kaiser Corach und sein schärfster Konkurrent um die Macht, der Herzog von Eldosien, denen sich diese Kapitäne andienen konnten.

Wie all diese Schiffe in dem ohnehin schon überfüllten Hafen abgefertigt werden sollten, war Gorian ein Rätsel.

»Sieh nur, das Kaiserliche Flaggschiff«, sagte Thondaril zu ihm, während sie beide von der *Hoffnung des Himmels* aus diesen maritimen Aufmarsch beobachteten. »Das obere der Banner ist das persönliche Wappen von Kaiser Corach IV.«

»Dann ist der Kaiser an Bord?«, wunderte sich Gorian.

»So hat es den Anschein.«

»Das ist doch ein gutes Zeichen. Dann ist es Corach tatsächlich ernst damit, Morygors Horden alles entgegenzuwerfen, was er aufzubieten vermag.«

»Ich bin mir nicht sicher, Gorian«, antwortete Thondaril düster.

Jeden Tag ließ sich Gorian von einer Barkasse zur Siebten Burg bringen, um sich dort der Ausbildung in jenen Häusern zu unterziehen, deren Meisterringe ihm noch fehlten.

Sheera begleitete ihn zumeist, denn auch sie hatte in der Siebten Burg Aufgaben übernommen. Sie bestand ihre Prüfungen und durfte daraufhin den Meisterring einer Heilerin tragen, und solange sie in Nelbar weilten, sollte sie sich nach dem Willen des neuen Hochmeisters an der Auswahl und Ausbildung des Ordensnachwuchses beteiligen. »Große Schlachten liegen vor uns«, hatte er zu ihr gesagt, »und unzählige werden an Leib und Seele verletzt werden. Wir brauchen jeden Meister eines jeden Hauses, vor allem aber Heiler, auch jene, die zwar das Talent haben, aber die dazugehörige Kunst noch nicht in aller Perfektion beherrschen.«

Meister Thondaril bestand auch darauf, dass Gorian ständig von ein paar Maladran begleitet wurde, die ihm als Leibwächter dienten. Die für diese Aufgabe ausgewählten Maladran waren sehr erfreut darüber, erlöste es sie doch von der Langeweile, die für sie an Bord der *Hoffnung des Himmels* herrschte.

Brass Telir, der Oberste Schamane der Caladran, stand den Maladran sehr skeptisch gegenüber, teilte aber die Ansicht, dass es einem Wandler kaum gelingen konnte, einen der Vergessenen Schatten nachzubilden.

Meister Thondaril entschied, dass auch eine Gruppe Maladran das Haupttor der Siebten Burg bewachen und die Wachtürme besetzen sollten.

»Tut Ihr das nur, weil Ihr glaubt, dass wir eine Beschäftigung brauchen, mein Fürst?«, wandte sich Eldamir an Gorian, der die Order des Hochmeisters an die Maladran weitergegeben hatte, denn schließlich gehorchten sie nur ihm allein; er und sonst niemand war ihr Fürst, dem sie folgten.

»Ich erteile euch diesen Befehl, weil es niemanden gibt, der für diese Aufgabe besser geeignet wäre.«

»Ihr seid unser Fürst, und wir sind Euch treu ergeben«, antwortete ihm der Blinde Schlächter. »Aber wenn Ihr glaubt, dass Ihr mit einer solchen Aufgabe unseren Blutdurst zu mindern vermögt, so irrt Ihr Euch. Wir sehnen uns nach richtigen Kämpfen und vertrauen darauf, dass Ihr uns bald gegen den Feind führen werdet.«

»Das wird schneller geschehen, als uns lieb sein kann«, befürchtete Gorian.

»Unsere Ungeduld ist groß, mein Fürst. Und sie wächst täglich.«

»Dann bezähmt sie, Blinder Schlächter!«, verlangte Gorian, und der Ärger, mit dem er diese Worte sprach, wurde von dem Maladran durchaus registriert. »Ihr seid aus der Sphäre der Toten ins Diesseits gekommen. Eigentlich hättet ihr in jener anderen Welt das Warten lernen müssen. Falls das nicht geschehen sein sollte, holt dies so schnell wie möglich nach!«

»Wie ich gehört habe, sagt man Euch nach, dass auch in Euch die Ungeduld brennt«, entgegnete Eldamir und verzog dabei sein Gesicht zu einem Lächeln, das so schauderhaft war, dass Gorian am liebsten den Blick abgewandt hätte.

»Und ich bezähme sie«, erklärte Gorian. »Nehmt euch also ein Beispiel an eurem Fürst, dem ihr so treu ergeben seid!«

Gorian betrat einen großen hallenartigen Raum im West-flügel der Siebten Burg von Nelbar. Meister Shabran wartete dort bereits auf ihn. Das Licht fiel durch eine Reihe hoher Fenster, und die Gestalt des Schattenmeisters hob sich dunkel dagegen ab.

»Jeden Tag haben wir die Grundlagen geübt, heute werden wir die erste Reise unternehmen«, kündigte Shabran an. »Du wirst dich dabei geistig disziplinieren, mit den Formeln, die wir auch bisher angewandt haben. Denn nur so kannst du auf denselben Schattenpfaden wandeln wie ich und mir folgen.«

»Ja, Meister.«

»Hör auf damit. Ich bin nur ein paar Jahre älter als du!«

»Und doch bist du mir anscheinend in allem, was die Schattenpfade betrifft, meilenweit voraus.«

Shabran lächelte. »Das ist ein schönes Wortspiel.«

Doch Gorian blieb ernst. »Meine eigene Unzulänglichkeit in dieser Hinsicht habe ich nie so stark empfunden wie jetzt.«

»Eine solche Erkenntnis sollte immer ein Ansporn zum Lernen sein, sie darf einen nicht entmutigen.«

»Genauso sehe ich es auch.«

Shabran trat näher. Er trug den schwarzen Umhang der Schattenmeister und an der Seite seine schmale, leicht zu führende Klinge. Er überkreuzte die Arme und ballte die Hände zu Fäusten. »Nichts verlangt so viel geistige Disziplin, als wenn man sich in der Unendlichkeit von Raum und Zeit bewegt. Das sollte man sich stets vor Augen halten, wenn man auf diese Weise reist.«

»Raum *und* Zeit?«, fragte Gorian nach.

»Aber gewiss. Beides gehört zusammen und ist nicht voneinander zu trennen. Alle diejenigen mussten das schmerzlich erfahren, die unvorsichtig waren, ihre Kräfte falsch einschätzten und vorzeitig gealtert aus den Schattenpfaden zurückkehrten. Oder gar nicht.«

»Eigenartig. Deine Worte erinnern mich sehr an das, was ich über die Magie der Caladran erfahren habe. Vor allem jene, mit der man die Himmelsschiffe zu lenken und die metamagischen Raumzeitwinde zu nutzen vermag.«

»Diese Ähnlichkeit verwundert mich nicht im Geringsten«, erklärte Shabran. »Unsere magischen Formeln mögen andere sein und die Quellen unserer Erkenntnis ebenfalls. Aber wir teilen ein Polyversum, in dem dieselben Kräfte wirksam sind und sich hin und wieder nur in andersartiger Erscheinungsform zeigen. Die Magie der Caladran und die unsere können daher gar nicht so verschieden sein, wie immer behauptet wird.«

»Dieselbe Empfindung hatte ich, als ich in das Reich des Geistes der Caladran eindrang und dort mehr erfuhr, als ich zu fassen vermochte.«

»Tu mir einen Gefallen, Gorian.«

»Und der wäre?«

»Versuche nicht, die Magie der Caladran mit der Kunst der Schattenpfadgängerei zu vermischen, wie sie der Orden lehrt.«

»Widersprichst du dir jetzt nicht selbst? Wenn es doch dieselben Kräfte sind, die bei beiden Lehren benutzt werden?«

»Das Risiko ist zu groß. Wenn du die Meisterschaft erreicht hast, magst du tun, was du willst, und die Gefahr wird sich dann vermutlich auch in Grenzen halten. Aber bis dahin halte dich nur an die erprobten Formeln des Ordens, denn sie sind für einen Geist wie deinen geschaffen. Vergiss das nie. Und jetzt folge mir, wie ich dich gelehrt habe!«

Damit löste sich Meister Shabran vor Gorians Augen in einen Rauchwirbel auf. Zumindest sah das für jemanden so aus, der es als Unbeteiligter betrachtete. Aber Gorian hatte inzwischen gelernt, Meister Shabran zu folgen. Seine Augen wurden schwarz, und auch er verwandelte sich in einen Wirbel dunkler Teilchen.

Sie schwebten durch die Mauern der Siebten Burg, dann mitten durch die Stadt und durch die äußere Mauer hindurch. Keiner der Passanten in den Straßen konnte sie bemerken.

Nur einen Augenblick später verstofflichten sie auf einer Anhöhe, mehr als eine halbe Tagesreise von Nelbar entfernt. Von dort aus hatte man einen hervorragenden Blick über das Umland. Es war die einzige Anhöhe in diesem Teil des Landes, daher reichte die Sicht im Süden bis zur Küste. Das Laramontische Meer wirkte wie ein großes blaues Band am Horizont, und die Mauern von Nelbar waren gut zu sehen. Ebenso die Ausmaße des Heer- und Flüchtlingslagers vor den Toren der Stadt.

Über der Ersten Burg von Nelbar wehte das Banner des Kaisers. Man hatte ein besonders großes gehisst, das sich nur dann ausbreitete, wenn genug Wind wehte, was an der Küste allerdings nahezu ständig der Fall war.

Die kaiserlichen Truppen, die mit der großen Flotte aus Laramont gekommen waren, kampierten sowohl innerhalb der Burg als auch in dem Bereich, der in unmittelbarer Nähe dazu lag. Gorian hatte am Rande mitbekommen, welche Schwierigkeiten es dabei gegeben hatte. Offenbar hatten die Soldaten des Kaisers ihre Ansprüche auf die Lagerplätze ziemlich rabiat durchgesetzt und damit insbesondere die verbündeten Truppen des Königs von Melagosien verärgert. Auch hatte ein ganzes Kontingent von Oger-Söldnern, die

die Freistadt Neador geschickt hatte, umquartiert werden müssen, was in den letzten Tagen für erhebliche Aufregung in und um Nelbar gesorgt hatte.

»Das war ein guter Schattenpfadgang«, lobte Meister Shabran.

»Es war der weiteste, den ich je hinter mich brachte«, antwortete Gorian. Er lächelte. »Obwohl gerade die Kurzstrecken mir schon wiederholt das Leben gerettet haben.«

»Zumindest einer hätte es dich um ein Haar gekostet«, erinnerte ihn Shabran. »Und ich wette mit dir um einen Sack heiligreichischer Kaiserköpfe aus reinem Gold, dass es bei den anderen Versuchen, die du hinter dir hast, nicht anders war.«

»Immerhin stehe ich unversehrt vor dir.«

»Du hast ein natürliches Talent für Magie, Gorian. Darum bist du zu beneiden. Und wahrscheinlich ist das auch der Grund, weshalb du noch lebst.«

»Vielleicht war es auch einfach nur Glück.«

»Es gibt kein Glück, Gorian. Jedenfalls nicht im Sinne eines blinden Zufalls, der einfach aus dem Nichts heraus eine gute Wirkung erzeugt. Es gibt nur den Plan und die Durchführung, die Lehre und die Formeln. Alles, was geschieht, gründet darauf.«

Gorian deutete zum Sonnenkranz. »Es gibt vor allem den Schattenbringer, der uns alle bedroht. Uns verrinnt die Zeit.«

»Dann folge mir jetzt auf einen längeren Schattenpfadgang.«

»Wohin wird er führen?«

»Zu den Singenden Felsen auf dem Gipfelplateau des Nord-Eldosischen Gebirges.«

Gorian überraschte diese Antwort. »Wird nicht jedwede Magie dort gedämpft?«

»Aus diesem Grund wirst du dich besonders anstrengen müssen. Aber unsere Magiemeister haben es geschafft, dieses Gebirge in einen großen Bannstein zu verwandeln, da wird es uns sicherlich auch gelingen, zurück in die Schattenpfade zu finden.« Meister Shabran grinste. »Atme noch einmal tief durch, Gorian. Die Luft dort oben ist ziemlich dünn.«

»Gibt es nicht irgendeine Formel, die das abmildert?«

Shabran zuckte mit den Schultern. »Du bist doch derjenige von uns beiden, der die Ausbildung im Haus des Heilens begonnen hat.«

»Dann lass uns aufbrechen!«, entschied Gorian.

Er wollte schon seine Kraft konzentrieren und in den Schattenpfad springen, doch Shabran ergriff seinen Arm und hielt ihn zurück. »Und wieder begibst du dich leichtsinnig in Gefahr. Hast du vergessen, dass dich das Heulen der Singenden Felsen in den Irrsinn treiben wird?«

Gorian stockte. Shabran hatte recht.

Der Schattenmeister holte vier kleine Gegenstände hervor. Sie sahen aus wie leuchtende Tropfen von der Größe eines Daumennagels. Es war sofort erkennbar, dass sie mit Magie behandelt waren, denn sie schimmerten eigenartig und verloren nicht ihre Form. Zwei davon reichte er Gorian.

»Was ist das?«

»Nemorischer Ohrentau«, sagte Shabran. »Man kann auch sagen: magisch behandeltes Wasser mit ein paar ätherischen Zusätzen und ganz spezieller Wirkung. Wird von unseren Heilern als Mittel gegen seelische Verstimmungen und alle Arten von Gemütsleiden verwendet, aber es hat auch noch ein paar andere nützliche Eigenschaften.« Er steckte sich seine Tropfen in die Ohren. »Mach das auch so. Sie werden verhindern, dass du dem Wahnsinn anheimfällst.«

»Ohrstopfen?«, wunderte sich Gorian.

Shabran grinste. »Hast du einen besseren Einfall?«

»Und das allein soll helfen? Die Wirkung des Ohrentaus ist unter Heilern umstritten.«

Shabrans Grinsen wurde noch breiter. »Der Zauber, der diesen Tropfen anhaftet, verhindert, dass du das Heulen der Singenden Felsen hörst.«

»Heißt das, wir müssen unsere Gedanken teilen?«

Shabran schüttelte den Kopf. »Nein, wir können uns ganz normal unterhalten, und du wirst auch jeden anderen Laut hören. Die Magie dieser Tropfen ist so ausgelegt, dass du nur die klagenden Töne der Singenden Felsen nicht vernimmst. Vergleiche es mit einem Sieb, durch das der Sand rieselt, das aber Steine nicht durchlässt.«

Gorian stopfte sich die Tropfen in die Ohren und sagte: »Ich hoffe, es wirkt.«

»Auch unsere Magiemeister trugen sie, als sie den großen Bannstein schufen«, erklärte Shabran, und obwohl Gorian sich die Tropfen in die Ohren gesteckt hatte, hörte er die Stimme des Schattenmeisters klar und deutlich, ebenso wie das ferne Rauschen des Meeres und alle anderen Geräusche um sich herum.

Gorian und Shabran lösten sich in Rauch auf, und vor Gorian bildete sich ein Korridor aus verzerrten, in die Länge gezogenen Formen, die zu einem Gewirr aus Schlieren verschwammen. Dieser Schattenpfadgang kam Gorian sehr viel leichter vor als alle, die er zuvor unternommen hatte. Obwohl die überwundene Strecke viel größer war, erschien ihm die Kraft, die er aufwenden musste, weitaus geringer. Es war so, als wären einige Widerstände, die er bisher stets gespürt hatte, kaum noch vorhanden.

Darüber hinaus dauerte der Schattenpfadgang auch nur einen Augenblick.

»Das war sehr gut«, lobte Meister Shabran. »Dein Geist lässt sich schnell schulen. Früher hätte ich jeden einen Aufschneider genannt, der von sich behauptet hätte, ein Meister aller vier Häuser werden zu wollen. Aber inzwischen verstehe ich, warum man ausgerechnet dir diese Extravaganz gestattet.«

»Es war leicht«, sagte Gorian.

»Aber es muss noch leichter für dich werden. Alle Widerstände, gegen die du bisher viel Kraft aufwenden musstest, existieren im Wesentlichen in deinem eigenen Geist.«

Sie standen inmitten eines freien Platzes, der von gewaltigen Steinsäulen umgeben war – den Singenden Felsen, die der Wind aus dem Kraterwall gefräst hatte. Deren Gesang aber war für Gorian und Shabran nicht zu vernehmen.

Dennoch spürte Gorian die magischen Energien, die an diesem Ort noch immer wirkten. Sie stammten aus jener Zeit, als hier die Stadt der schmetterlingsgleichen Al-Pan gestanden hatte, bevor sie von einem fallenden Stern vernichtet worden war.

Aus diesen Kräften hatten die Magiemeister des Ordens einen Bann gewirkt, der stärker war als alles, was der Orden in dieser Hinsicht je erschaffen hatte.

»Beliak würde hier überall magisches Leuchten sehen«, sagte Gorian. »Die Adhe haben anscheinend die Fähigkeit, solche Magie zu erkennen.«

»Vermutlich wäre er geblendet, stünde er hier, und könnte gar nichts mehr sehen«, meinte Meister Shabran. »Doch die Kräfte, die hier wirken, kann man auch auf andere Weise erkennen, dazu bedarf es nicht eines guten Auges.«

»Ich weiß.«

»Manchmal ist es sogar von Vorteil, einen Sinn vollkommen auszuschalten.«

Gorian kniete nieder und berührte mit der Hand den steinigen Boden. Nadelfeine Lichtstrahlen schossen aus dem Gestein und drangen in seine Handfläche, die sie förmlich aufsog. Die Aura der alten Al-Pan-Stadt, erkannte Gorian, und vor seinem inneren Auge sah er eine Stadt mit vieltürmigen, verschnörkelten Bauten, zwischen denen unzählige schmetterlingsartige Wesen umherschwirrten. Deren sehr schlanke Körper hatten die Größe zehnjähriger Menschenkinder, die großen, bunten und nur hauchdünnen Flügel jedoch ein Vielfaches davon. Ihre Stimmen waren hell und klar und verwandelten sich zu einem Chor dumpfer, tiefer und wie gedehnt klingender Schreie.

Dann sah Gorian den fallenden Stern, der die Stadt und ihre Bewohner vernichtete. Innerhalb eines Wimpernschlags verbrannten die Al-Pan in dem schrecklichen Inferno. Ein Feuer, so hell wie die Sonne, umhüllte den Berg und gab ihm eine völlig andere Gestalt. Wolken von giftigen Gasen breiteten sich aus und töteten alles Leben im weiten Umkreis.

Selbst dieser Fetzen einer geisterhaften Erinnerung war noch intensiv genug, um Gorian für einen Augenblick schier den Atem zu nehmen.

Er erhob sich.

»Sei vorsichtig«, warnte Meister Shabran. »Die Kräfte, die hier wirken, sind noch immer sehr mächtig, und an diesem Ort ist auf unsere Magie nur bedingt Verlass. Also bring hier nichts aus dem Gleichgewicht.«

»Ich glaube kaum, dass das so leicht möglich wäre«, sagte Gorian. »Aber es geschieht etwas. Die Geister der Al-Pan wurden in Unruhe versetzt.« Er fragte sich, ob das daran lag, dass sich die Al-Pan vor Magie jedweder Art gefürchtet hatten und die Zauberkunst der Magiemeister, die aus diesem

Gebirge einen großen Bannstein gemacht hatten, die Geister dieser längst toten Wesen geweckt hatte.

Aber da war noch etwas anderes. Etwas sehr Mächtiges, das sich diesem Ort näherte. Gorians magische Sinne waren schwächer als gewöhnlich, dennoch spürte er, dass diese Macht nicht mehr weit entfernt war.

Auch Shabran spürte sie. »Was hältst du von einem Schattenpfadgang in noch größere Höhe?«

»Nichts dagegen.«

»Vielleicht ein Ort mit guter Fernsicht?«

»Einverstanden.«

Als Shabran den Kopf wandte, bemerkte Gorian etwas Schwarzes am Ohr des Schattenmeisters.

Es war Blut. Schwarzes Blut.

»Was ist mit deinem Ohr geschehen?«, fragte er, bevor sich der Schattenmeister in Rauch auflösen konnte.

Er sah Gorian mit pechschwarzen, von Finsternis erfüllten Augen an. »Ich bin sehr weit ins Frostreich vorgedrungen«, bekannte er. »Immer wieder habe ich Vorstöße in jene Bereiche gewagt, in denen Morygors Aura bereits sehr stark war.« Er lächelte matt. »Manchmal war es hart an der Grenze dessen, was ich auszuhalten vermochte.«

»Und manchmal auch darüber hinaus?«

Shabrans Lächeln wirkte matt. »Ich habe gehört, du hast bei deinem Kampf am Speerstein von Orxanor ebenfalls eine Verwundung davongetragen, aus der hin und wieder schwarzes Blut tritt?«

Gorian griff sich unwillkürlich an die Schulter. »Ja«, murmelte er.

»Genau wie du habe ich mich daran gewöhnt, Gorian. Zumindest soweit es möglich ist. Denn eins wissen wir beide: Diese Art von Wunden heilen nicht.«

Augenblicke später verstofflichten sie auf der flachen Oberseite einer der Felsensäulen am Nordrand des Gipfelplateaus. Es gab vermutlich keinen Ort in ganz Ost-Erdenrund, von dem aus man einen weiteren Blick hatte – trotz der ewigen Dämmerung, die über dem Land lag, seit der Schattenbringer die Sonne verfinsterte.

Das Eis hatte bereits die ersten Ausläufer des Nord-Eldosischen Gebirges unter sich begraben und reichte bis an die hoch aufragenden Steilwände. Weiter schien es auch in der Ebene nicht vordringen zu können. Dort, wo offenbar die Bannlinie verlief, hatte sich ein See aus Schmelzwasser gebildet, der sich inzwischen durch das Land mäandernde Abflüsse suchte, die schließlich einen der Nebenflüsse des Ba finden würden. Permanent walzten die Eismassen ächzend voran, getrieben vom kalten Hauch der Frostgötter und purer Magie. Aber Letztere schien vorerst nicht in der Lage zu sein, das Frostreich noch weiter nach Süden vordringen zu lassen.

Hin und wieder war ein Flimmern in der Luft zu sehen. Ein Zeichen dafür, welche Kräfte am Werk waren. Ein Großteil der Frostmagie schien einfach getilgt zu werden, so wie es die Errichter des Banns geplant hatten.

Hunderte von Leviathanen mit Abertausenden von begleitenden Wollnashornreitern und noch mehr Truppen in ihren Bäuchen waren bis zum See vorgedrungen. Hier und dort wagten kleinere Verbände von Wollnashornreitern einen Vorstoß nach Süden, aber sie kamen nicht weit. Entweder versperrte ihnen der aufquellende Schmelzwassersee den Weg, oder die noch verbliebenen Landübergänge waren so sumpfig geworden, dass es selbst für die untoten Orxanier und ihre ausgesprochen widerstandsfähigen Reittiere unmöglich war, diese Bereiche zu überqueren. Hinzu kam noch, dass die von Magie aufgepeitschten Frostwinde nicht mit jener Macht über die Banngrenze hinaus wirkten, die nötig gewesen wäre, um für genug Kälte zu sorgen, damit die Frostkrieger nicht auftauten.

In jenen Gebieten, die das Frostreich bereits erobert hatte, wurden immer wieder Schneemassen von den Eiswinden aufgepeitscht, und Verwehungen schichteten sich viele Klafter hoch an den Steilwänden des Nord-Eldosischen Gebirges auf, fast so, als hätte Morygor den Frostgöttern befohlen, mit ihrem Eisatem am Gipfelplateau eine Schneerampe zu errichten, auf der selbst die Leviathane hätten emporkriechen können.

Auf der Südseite des Schmelzwassersees gab es einige Einheiten unter dem Banner des Herzogs von Eldosien, Ritter und leichte Kavallerie, die offenbar eher als Kundschafter dienten, denn es war nicht zu erwarten, dass sie gegen den übermächtigen Feind auch nur länger als ein paar Augenblicke bestehen konnten. Es befanden sich auch zwei mittelgroße Himmelsschiffe der Caladran sowie mehrere Greifenreiter in der Luft, doch auch deren Aufgabe war offenbar nur, die Lage im Blick zu behalten und sofort zu melden, falls sich irgendetwas Entscheidendes tat.

Und genau eine solche Veränderung stand offenbar unmittelbar bevor. Zu Erkennen war das am Verhalten der Leviathane, als diese sich in Bewegung setzten. Sie wichen sowohl nach Westen als auch nach Osten aus, als wollten sie eine große Gasse bilden. Andere schienen sich sogar ein ganzes Stück Richtung Norden zurückziehen zu wollen. Sie öffneten ihre Mäuler, doch anstatt, dass wie üblich die Truppen Morygors daraus hervorströmten, war es diesmal genau umgekehrt: Die Wollnashornreiter sammelten sich, um im Inneren der gewaltigen Tiere zu verschwinden und sich von ihnen fortbringen zu lassen.

Dass Morygor aber an einen wirklichen Rückzug dachte, konnte sich Gorian nicht vorstellen.

»Unser Hochmeister sollte so schnell wie möglich darüber informiert werden, was hier geschieht«, sagte er und legte die Handflächen aneinander.

Aber Meister Shabran schüttelte den Kopf. »Handlicht lässt sich hier oben nicht verwenden, Gorian. Jedenfalls nur sehr selten, und die Verbindung ist dann schlecht. Allerdings bin ich auch überzeugt davon, dass Hochmeister Thondaril längst alles Wichtige erfahren hat.« Shabran streckte die Hand aus und deutete zu einem der Himmelsschiffe. »Fällt dir auf, dass sich dieses Schiff am Rande des eigentlichen Banngebiets hält? Es ist stets einer unserer Meister an Bord, der alles weitermeldet. Davon abgesehen, was sollte der Hochmeister tun, wenn Morygors Horden tatsächlich hier und jetzt angreifen? Weder die Truppen des Kaisers noch jene des Herzogs von Eldosien sind so beweglich, dass sie rechtzeitig darauf reagieren könnten.«

Gorian ließ den Blick schweifen. Er versuchte nach Art der Caladran zu sehen und konnte daher auch einige etwas weiter entfernte Einzelheiten ausmachen. So sah er im Westen die Überreste einer dahingemetzelten Einheit von eldosischen Truppen, gut erkennbar an ihren Bannern, die nun am Boden lagen. Zerstörte Katapulte waren dort ebenfalls zu sehen, aber auch erschlagene Frostkrieger, denen zumeist die Köpfe fehlten. Ein mit mastlangen Springald-Pfeilen gespickter Leviathan-Kadaver lag halb im Schmelzsee und versank langsam im Morast des südlichen, immer mehr aufweichenden Ufers. Scharen von Aasvögeln taten sich an seinem Fleisch gütlich.

Ohne den Eishauch der Frostgötter konnten die Krieger Morygors nicht weiter vordringen, zumindest nicht jene Untoten, die den Hauptteil seines Heeres ausmachten. Für die

Wandler schien das nicht zu gelten, wie man bei der Wahl des Hochmeisters schmerzlich hatte erfahren müssen.

Gorians Blick glitt wieder über die weite Eisfläche. Eine flimmernde Bewegung fiel ihm auf. Selbst wenn man nach Caladran-Art zu sehen gelernt hatte, war es schwer auszumachen, was es war. Er konzentrierte sich, nahm auch die Alte Kraft zu Hilfe. Und dann erkannte er, was dort in der Nähe des Horizonts mit großer Geschwindigkeit über die Eisfläche schnellte.

»Eisdrachenläufer«, murmelte er. »Und es sind sehr viele.«

Auf die weite Entfernung waren sie kaum von der weißen Landschaft zu unterscheiden. Nur hin und wieder, wenn sich die menschengroßen, langschwänzigen Kinder des Eisdrachen mithilfe ihrer libellenartigen Flügel zu weiten Sprüngen erhoben, waren sie deutlicher auszumachen.

Es waren Tausende, die sich dort näherten, und hin und wieder ließ nun auch einer von ihnen sein Eisdrachenfeuer aufflammen.

»Eisdrachenläufer habe ich auf meinen Vorstößen in den Norden immer wieder mal gesehen«, sagte Shabran. »Und ein paar davon habe ich sogar erschlagen. Das sollte uns nicht weiter beunruhigen.«

»Auch nicht in dieser Anzahl?«

»Der Bann wird sie aufhalten. Sie bestehen aus Eis, und solange der Frosthauch nicht weiter vordringen kann, können auch sie nicht nach Süden gelangen.«

»Dennoch muss es einen Grund geben, dass so viele von ihnen herkommen.«

Da tauchte hinter dem Horizont ein eisgrauer Schatten auf. Zuerst konnte man ihn für eine Dunstschwade in der Dämmerung halten, doch dann wuchs der Schatten immer mehr.

16 / **Blaues Feuer**

Eine gebirgsgroße, sich langsam voranschiebende Kreatur tauchte hinter dem Horizont auf.

»Kemroor, der Eisdrache!«, stieß Gorian hervor. »Das muss der Eisdrache selbst sein!«

Morygor musste ihn geschickt haben, um den Bann zu brechen und dem Frostreich den weiteren Vormarsch nach Süden zu ermöglichen.

Der Körperbau des Eisdrachen glich im Wesentlichen dem seiner viel kleineren Kinder, nur lief er nicht, sondern musste sich aufgrund seiner enormen Größe kriechend bewegen. Er erinnerte an einen riesigen Gletscher, der von unsichtbarer Kraft vorangeschoben wurde.

Genau wie die Eisdrachenläufer hatte er an den Seiten libellenhaft-transparente Flügel, die in ständiger Bewegung waren. Sie linderten einerseits die Last seines unvorstellbar hohen Gewichts für seine Beine und erzeugten außerdem eisige Winde, die zu beiden Seiten des gigantischen Leibes gewaltige Schneefontänen aufwirbelten; erst viele Meilen weit entfernt senkte sich der Schnee wieder auf die Erde. Der Eisdrache furchte eine regelrechte Schneise hinter sich her.

Der Kopf und das Maul befanden sich am Ende eines langen, aber kräftigen Halses. Trotzdem war das Maul groß genug, dass Kemroor selbst ein Schiff wie die *Hoffnung des Himmels* damit hätte in einem Stück verschlingen können.

Die vergleichsweise schwächlichen vorderen Beine glichen Greifarmen mit Krallenhänden, die Hinterbeine hingegen waren sehr kräftig, aber nicht stark genug, dass sich dieses gewaltige, aus magisch verändertem Eis bestehende Wesen auf ihnen hätte erheben können. Zusammen mit dem langen Schwanz schoben sie den riesenhaften Körper voran. Das Eis knackte unter seinem Gewicht, bekam Sprünge.

Er hob den großen Drachenkopf, öffnete das Maul, und eine breite, bläulich schimmernde Flammenzunge zuckte hervor. Zahlreiche Eisdrachenläufer wurden von dem magischen Feuer erfasst und innerhalb von Augenblicken zerschmolzen. Ein im Kopf dröhnendes Gedankengelächter folgte. Seine eigenen Kinder auszulöschen schien Kemroor eine besondere Art schauriger Freude zu bereiten.

Die anderen Eisdrachenläufer in seiner Nähe liefen nun umso schneller, um sich vor dem Koloss in Sicherheit zu bringen. Für viele war es trotzdem zu spät, denn ein weiteres Mal ließ er seinen Feueratem durch die Reihen seiner Kinder sengen.

Das Wasser, zu dem sie zerschmolzen, gefror sogleich, und die Winde, die die durchscheinenden Flügel erzeugten, rissen das Eis mit Massen von Schnee empor. Ein Teil davon landete auf dem unregelmäßig geformten, höckerigen Rücken des mächtigen Geschöpfes und verschmolzen dort mit dem Drachen.

Dann hielt Kemroor plötzlich inne. An einer Seite fielen große Brocken seines eisigen Körpers einfach hinab und zerbrachen am Boden zu kleineren Stücken, die sich verformten. Aus ihnen bildeten sich weitere Eisdrachenläufer, die zusehen mussten, dass sie schnell auf die Beine kamen und voranliefen, sonst wären sie unter der Masse ihres Vaters erdrückt worden. Manche gerieten auch in die wirbelnden Aufwinde, die von den sich unablässig und sehr schnell bewegenden Flügeln aus hauchdünnem magischem Eis verursacht wurden, und sie wurden in schwindelerregende Höhen geschleudert, um irgendwo, mitunter viele Meilen entfernt, in tausend Stücke zu zerschellen.

Hin und wieder entstand aus einem etwas größeren Brocken ein Eisdrachenkind. Dann schritt Kemroor sofort ein. Ein blauer Feuerstrahl aus seinem Maul sorgte dafür, dass der betreffende Eisdrachenläufer zerschmolz. Größe duldete Kemroor bei seiner Nachkommenschaft nicht, damit sie ihm nicht gefährlich werden konnten.

Gorian bemerkte plötzlich Lichter, die durch die Luft schwirrten und von denen ein Schwall von Gedanken ausging. Sie bewegten sich mit einer Geschwindigkeit, die es unmöglich machte, ihre Gestalt zu erkennen.

Auch Meister Shabran bemerkte sie und fragte: »Was ist das?«

»Die Geister der Al-Pan«, murmelte Gorian, der nun versuchte, die flirrenden Lichter nach Art der Caladran zu sehen. Allerdings musste er sich dazu sehr konzentrieren. Einige Augenblicke später erschienen ihm die vermeintlichen Lichter als schmetterlingsartige, durchscheinende Gestalten. Ein Strom angstvoller Gedanken überschwemmte seine Seele. Gedanken, die so fremdartig waren, dass er das meiste davon nicht zu erfassen vermochte. Aber ein paar Dinge traten klar hervor und wurden sehr deutlich: die Furcht vor Feuer und die panische Angst vor Magie jedweder Art.

Vielleicht hatte schon die Magie der Ordensmeister diese Geister aus ihrem zeitalterlangen Totenschlaf geweckt, denn schon als Gorian den Steinboden des Gipfelplateaus berührte, hatten sich ihm die Bilder von der Vernichtung der Al-Pan-Stadt aufgedrängt. Das Auftauchen des Eisdrachen aber erfüllte diese Geister mit kopfloser Panik, denn Kemroor verband beides in seinem Wesen: Magie und Feuer.

»Wir sollten hier verschwinden«, meinte Shabran. »Wer weiß, wie lange uns die Ohrpfropfen noch vor dem Wahnsinn des Felsengesangs bewahren. Hier gehen Dinge vor sich, die wir nicht beherrschen können.«

Gorian drehte sich ebenfalls um. Der gesamte Platz zwischen den Steinsäulen war erfüllt von Abertausenden durchscheinenden Al-Pan-Geistern. Ihre menschenähnlichen Körper wirkten sehr zerbrechlich, sie waren durchscheinend und geisterhaft, die Farben ihrer Schmetterlingsflügel waren verblasst. Dennoch konnte man sich lebhaft vorstellen, wie sie einst gewirkt haben mussten, als noch unzählige dieser grazilen Wesen zwischen den Türmen ihrer Stadt umhergeschwirrt waren.

»*Keine Magie … kein Feuer … keine Flammen … kein Inferno, das den Frieden stört … Nicht noch einmal erstarren, wenn das Feuer droht … nicht noch einmal …*«

Immer deutlicher kristallisierten sich einzelne Gedanken aus dem großen Strom heraus, der Gorians Geist überschwemmte.

»Ich glaube, dass diese Wesen uns genauso ablehnend gegenüberstehen wie dem Eisdrachen«, äußerte sich Meister Shabran.

»*Magiebringer!*«, vernahm Gorian ihren geisterhaften Ruf.

»*Wir stehen auf einer Seite!*«, versuchte er ihnen zu antworten und setzte dabei seine ganze Kraft in diesen Gedanken. Aber das kam bei den Geistern der Al-Pan offenbar alles andere als gut an.

»Sie spüren unsere Magie und betrachten uns deswegen

als Feinde«, sagte Shabran. »Wenn wir nicht bald verschwinden, wird hier vielleicht gar keine Magie mehr wirken, dann sind wir übel dran.« Er deutete auf seine Ohren. »Es reicht schon, wenn unser Ohrentau versagt.«

»Dann folgst jetzt ausnahmsweise du mir durch die Schattenpfade!«, verlangte Gorian.

»Wie bitte?«

»Schnell! Sonst gibt es womöglich schon sehr bald keinen großen Bannstein mehr!«

Die Felsensäule zu ihren Füßen erzitterte, ein Riss fuhr mitten durch sie hindurch und spaltete sie. Gorian und Shabran hatten sich gerade in wirbelnde Rauchsäulen aufgelöst, als sie krachend auseinanderbrach.

Erneut schoss ein bläulicher Flammenstrahl aus dem Maul des Eisdrachen. Dort, wo der Bannbereich begann, wurde das magische Feuer deutlich blasser und verlosch dann.

Der Eisdrache stieß einen wilden, dröhnenden Ruf aus und ließ einen weiteren Feuerstrahl folgen. Dabei glühten seine Augen auf. Diesmal war der blaue Flammenstrahl nicht so breit gefächert, sondern schmaler und anscheinend konzentrierter, und seine Färbung war von einem dunkleren Blau als zuvor.

Dort, wo der Einfluss des Banns begann, wurde der Strahl abgefangen und züngelte sehr langsam weiter nach vorn. Er verlangsamte sich zusehends, aber die Kräfte des Eisdrachen waren stärker als der Bann. Das blaue magische Feuer konnte nicht aufgehalten werden. Es fuhr zwischen die Singenden Felsen, die reihenweise auseinanderbrachen. Manche waren ohnehin von den ewigen Winden derart angefräst, dass sie keine große Stabilität mehr hatten. Nicht selten waren die Spitzen dieser Felssäulen breiter und gewichtiger als die

Sockel. Zischend fielen manche der aufgeheizten Bruchstücke in das Eis, einige auch in den Schmelzsee. Letzterer begann bereits zu gefrieren, denn der Bann war so geschwächt, dass er das Vordringen des Frostreichs nicht mehr aufhalten konnte.

In diesem Moment verstofflichten Gorian und Meister Shabran auf dem Rücken des Eisdrachen. Gorian zog Sternenklinge und konzentrierte so viel der Alten Kraft in die Waffe, wie er konnte. Das Schwert glühte auf, er stieß es in den eisigen Leib zu seinen Füßen. Blitze setzten sich von der Einstichstelle aus fort und zuckten über den gewaltigen Rücken des Wesens und den Hals entlang bis zum Kopf.

Die Kreatur sandte einen Schwall wütender Gedanken und brüllte laut auf. Der blaue Feuerstrahl, mit dem Kemroor die Singenden Felsen gesprengt hatte, verlosch.

»Vorsicht!«, rief Meister Shabran, denn der Eisdrache schlug sich mit seinem gewaltigen Schwanz auf den eigenen Rücken. Die dünne, messerscharfe Eisscheibe am Ende des Schwanzes, die bei Kemroors Kindern die Größe einer großen Axtklinge hatte, war bei ihrem Vater von so enormen Ausmaßen, dass man auf der Fläche eine ganze Burg hätte errichten können.

Kemroor ließ sie flach auf seinen Rücken schlagen. Eis krachte gegen Eis. Gorian und Meister Shabran hatten sich im letzten Moment in einen Schattenpfad geflüchtet.

Durch den Aufprall zerbrach die Eisplatte, und auch ein paar Stücke aus dem riesigen Drachenkörper spalteten sich ab, aus denen sich sofort Drachenläufer unterschiedlicher Größe bildeten.

Gorian und Meister Shabran verstofflichten ein Stück von Kemroor entfernt. Die zu groß geratenen Eisdrachenläufer hatten teils die Höhe der Wachtürme der Siebten Burg von

Nelbar. Kaum hatten sie ihre endgültige Körperform ausgebildet, wurden sie von Kemroor vernichtet. Doch einer von ihnen entkam dem Feuerstrahl, spie selbst einen Flammenstrahl aus und versengte dem Eisdrachen den Kopf, sodass dieser bis fast auf die Hälfte seiner ursprünglichen Größe zusammenschmolz. Ein weiterer bläulicher Feuerstrahl Kemroors ließ den aufmüpfigen Eisdrachenläufer zu dampfendem Wasser zerfließen.

Gorian nutzte den Augenblick. Während der Eisdrache das Haupt niederbeugte, das Maul öffnete und große Mengen von Eis und Schnee in sich aufnahm, um seinen Kopf wieder auf die alte Größe anwachsen zu lassen, stieß Gorian einen Kraftschrei aus, löste sich in Rauch auf, verstofflichte genau vor einem der beiden leuchtenden Augen und stieß Sternenklinge hinein.

Blitze zuckten die Klinge entlang, und das Auge zersprang in Myriaden messerscharfer Splitter, die durch die Luft schossen. Aber Gorian hatte sich bereits wieder in Sicherheit gebracht, und die Splitter zuckten durch einen sich auflösenden Rauchwirbel.

Gorian verstofflichte auf einer Anhöhe, die eigentlich eine vereiste Schneeverwehung war.

Der Eisdrache richtete sich ein Stück auf, stieß erneut einen Strom wütender und schmerzerfüllter Gedanken aus und brüllte auch wieder dröhnend auf. Er ruderte mit seinen unterentwickelten Vorderpranken, so als wollte er gegen einen für ihn unsichtbaren Gegner kämpfen, und sein Schwanz zuckte über den Boden, wobei er Dutzende von Eisdrachenläufern durch die Gegend schleuderte.

Eine Rauchsäule erschien neben Gorian. Meister Shabran verstofflichte. »Das war sehr riskant«, stellte er fest.

»Ich weiß.«

»Aber du hast es gut gemacht.«

»Es war sehr leicht.«

»So soll es sein.«

»Ich werde den Eisdrachen zur Stecke bringen«, kündigte Gorian grimmig entschlossen an.

»Übernimm dich nicht!«

»Keine Sorge.«

»Es gibt einen anderen Gegner, dem du dich stellen musst!«

»Und deswegen soll ich mich zurückhalten? Es ist sonst niemand da, der diese Bestie daran hindern kann, den Bann vollständig zu zerstören!«

Doch es war nicht mehr nötig, dass sich Gorian noch einmal in Gefahr brachte. Wolken aus Staub stiegen vom Gipfelplateau auf und hüllten den Ort ein, an dem die Singenden Säulen gestanden hatten. Ein dichter Strom durchscheinender Al-Pan-Geister drang daraus hervor.

Ihre Gedanken waren voller Wut, Hass und Rachegelüste. Und all das entsprang ihrer namenlosen Furcht und dem Entsetzen, das sie empfunden hatten, als der fallende Stern die Schmetterlingsstadt zerstörte. Diese besonderen Umstände mussten es letztlich sein, die ihre Geister nicht hatten zur Ruhe kommen lassen. Lange hatten sie im Gestein des Gebirges geschlummert, verschüttete Seelen voller Angst und Zorn.

Ein grelles Leuchten umflorte die geisterhaften Al-Pan. Sie stürzten sich zu Abertausenden auf den riesenhaften Eisdrachen, und wann immer einer von ihnen dessen eisige Körperoberfläche berührte, zischte es, und Wasser lief in Strömen herab. Ein unheimliches Feuer brannte in ihnen. Die Wut, mit der sie Kemroor attackierten, stand im krassen Gegensatz zu der anmutigen, schmetterlingshaften Gestalt der Al-Pan.

Immer mehr dieser Geister schossen auf den Eisdrachen

zu, manche so schnell, dass sie nur noch als farbig aufleuchtende Spur zu erkennen waren, ehe sie ihren Platz auf dem Rücken oder am Hals der Kreatur fanden.

Keiner der Eisdrachenläufer kam Kemroor zu Hilfe. Eine eigenartige Starre hatte sie erfasst. Erst als auch einige von ihnen von den Al-Pan-Geistern angegriffen wurden, liefen sie davon. Nicht alle schafften es, den wütenden Schmetterlingsabkömmlingen zu entkommen. Zu Dutzenden stürzten sich die Geister auf sie, bohrten ihre durchscheinenden Arme in die Eiswesen und brachten sie zum Schmelzen.

Auch Gorian und Meister Shabran wurde von den Al-Pan attackiert. Deren Hass richtete sich auf alles, was in irgendeiner Weise mit Magie zu tun hatte.

Gorian hob eine Hand und wehrte den Angriff durch eine gezielte Entladung magischer Kräfte ab. Gedankenschreie dröhnten dem jungen Schwertmeister schmerzhaft im Kopf, so heftig, dass er taumelte.

Shabran schien es ähnlich zu ergehen.

Unterdessen schmolz der Eisdrache immer mehr zusammen, gefror dabei wieder und schmolz erneut. Er wurde schließlich zu einem unförmigen Klumpen Eis, und das unheimliche Leben, das ihn beseelt hatte, verlosch ebenso wie die Geister der Al-Pan, die nach und nach einfach verblassten, nachdem sie ihren Zorn gestillt hatten. Es waren ruhige Gedanken, die zuletzt von ihnen ausgingen, stellte Gorian fest. Gedanken, die keine besondere Bedeutung hatten und sich weder in Worte noch in Bilder fassen ließen.

Der von Staub umnebelte Gebirgsgipfel leuchtete inzwischen blutrot. Plötzlich zuckten Blitze aus der Staubwolke, Donner grollte, und um zu erkennen, dass dies kein gewöhnliches Gewitter war, brauchte man weder ein Schamane der Caladran noch ein Magiemeister des Ordens zu sein.

»Verschwinden wir von hier«, sagte Meister Shabran, als er in der Nähe einen untoten Orxanier auf seinem Wollnashorn heranpreschen sah, der einen langen Rundbogen abschoss.

Der Pfeil hatte Gorian treffen sollen, jagte aber durch ihn hindurch, als sich der junge Schwertmeister in einen Wirbel kleinster Rauchteilchen auflöste.

Gorian und Shabran verstofflichten an Deck eines der Himmelsschiffe, von denen aus die Caladran das Geschehen am Boden beobachtet hatten. Es war jenes Schiff, das sich außerhalb des Banns gehalten hatte, und hieß *Wächter des Caladir*. Es war nicht einmal halb so groß wie das Flaggschiff der Caladran-Flotte.

Der uralte Meister Morgun, der das Massaker im unterirdischen Gewölbe der Siebten Burg mit viel Glück überlebt hatte, stand auf dem Achterdeck, neben dem Steuermann und dem Kapitän des Schiffes, den Gorian nur flüchtig kannte, von dem er aber wusste, dass sein Name Odranawil war und er das besondere Vertrauen des Caladran-Königs Abrandir genoss.

»Seid gegrüßt, ehrwürdiger Meister«, erwies Gorian ihm die Ehre.

Auch Shabran verneigte sich tief, fragte dann aber verwundert: »Ihr tut hier Euren Dienst?«

Der Magiemeister machte ein sehr ernstes Gesicht, und das hintergründige Lächeln, das zuvor seine Züge geprägt hatte, war verschwunden. »Wir sind nicht mehr viele. Vor allem an Magiemeistern, die ihre Kunst mit der nötigen Macht auszuüben vermögen, fehlt es uns. So kam ich nicht umhin, mich an der Überwachung des Bannes zu beteiligen.« Er wandte sich Gorian zu, musterte ihn eine Weile lang, und

Gorian erschauderte vor Ehrfurcht unter dem durchdringenden Blick des ehrwürdigen Meisters. »Wie ich sehe, vervollkommnet Ihr gerade Eure Künste in anderen Häusern, Meister Gorian.«

»Es ist noch viel zu lernen«, antwortete dieser. »Und leider habe ich dafür wenig Zeit.«

»Nun, nach dem, was wir beobachtet haben, habt Ihr erhebliche Fortschritte in der Schattenpfadgängerei gemacht. Und soviel ich hörte, seid Ihr im Haus der Magie auch der Verleihung eines Ringes sehr nahe.«

»Ich bemühe mich, den Ansprüchen meiner Lehrer zu genügen«, gab sich Gorian bescheiden.

»Und die sind hoch, Meister Gorian.«

Gorian deutete hinaus auf den Schmelzsee, der bereits zu gut einem Drittel gefroren war. Das Eis schien wieder auf dem Vormarsch zu sein. »Wie beurteilt Ihr die Lage, Meister Morgun?«

»Wie beurteilt Ihr sie, *Magieschüler* Gorian?«

»Der Bann wird schwächer, nun, da die Singenden Felsen zerstört wurden.«

Meister Morgun nickte. »Das ist richtig. Morygors Horden werden sich wieder sammeln und schon bald Richtung Süden ziehen. Zudem habt Ihr zwar den Eisdrachen vernichtet – und für diese Tat habt Ihr Bewunderung verdient –, doch werden seine überlebenden Kinder zu einer enormen Gefahr heranwachsen, denn es ist niemand mehr da, der ihre Anzahl und ihre Größe beschränkt.«

In diesem Augenblick schoss ein dunkelroter Strahl irgendwo weit hinter dem Horizont zum Himmel hinauf, zum Schattenbringer.

»Morygor!«, murmelte Gorian.

Der Herr der Frostfeste saß vermutlich inmitten der eisigen Mauern seiner Festung und hatte einen Zauber gewirkt, der für dieses Phänomen sorgte. Wie eine Verbindung aus rotem Licht zwischen Erdenrund und dem Schattenbringer erschien dieser Strahl. Gorian versuchte nach Art der Caladran zu sehen, um auszumachen, ob sich die Breite der Sonnensichel veränderte, doch das ließ sich nicht erkennen. Vielleicht reichten Morygors Kräfte im Moment nicht aus, um in dieser Hinsicht eine kurzfristige Wirkung zu erzielen. Oder sie würde sich erst nach einiger Zeit zeigen.

Ein weiterer roter Strahl durchschnitt die eisige Luft. Diesmal schoss er vom Schattenbringer hinab und traf genau das Gipfelplateau.

Es barst auseinander, und ein Pilz aus Staub und Feuer stieg zum Himmel empor. Die Glut war heller als der Sonnenkranz, und es wurde so heiß, dass die bis an die Steilhänge reichenden Eismassen innerhalb von Augenblicken schmolzen. Ein alles fortreißender, enorm heißer Wind fegte nach allen Seiten über das Land und den Schmelzsee, dessen Wasser zu kochen begann, während sich gleichzeitig die benachbarten Gletscher verflüssigten. Einige Leviathane, die sich nicht weit genug zurückgezogen hatten, wurden davongeschleudert, und die Truppen unter dem Banner des Herzogs von Eldosien verbrannten zu Asche.

In der Luft geschah das Gleiche mit den Greifenreitern und ihren gewaltigen Reittieren. Sie fingen Feuer und verglühten. Auch das zweite Himmelsschiff, das sich näher beim Bannstein befunden hatte als das mit Meister Morgun an Bord, ereilte das Schicksal. Die magische Schutzaura, die sich um das Schiff wölbte, war durch den Einfluss des Banns ohnehin geschwächt. Der heiße Wind verbrannte die Besatzung zwar nicht, aber das Schiff wurde zu Boden gedrückt, wo die Schutzaura zerplatzte wie jene Seifenblasen, die Gorian von Straßenkünstlern in Thisia her kannte, woraufhin auch das Schiff selbst mitsamt seiner Besatzung zu Asche verglühte.

Dann wurde die *Wächter des Caladir* von dem heißen Feuerwind erfasst, und ihre Schutzaura flammte bläulich auf, sodass man für Augenblicke nichts sehen konnte. Das Schiff wurde fortgerissen, und es schien nichts zu geben, was der Gewalt dieser entfesselten Kräfte hätte widerstehen können. Niemand von der Besatzung konnte sich auf den Beinen halten. Shabran und Morgun wurden ebenso auf die Planken geschleudert wie der Steuermann und Kapitän Odranawil.

Sie rutschten über die Decks und wären sicherlich über Bord gegangen, wäre die Schutzaura nicht gewesen. Das starre Segel glühte kurz auf, und dann zog es die *Wächter des Caladir* plötzlich mit Macht davon. Schwarzer Rauch bildete sich am Bug und an den Seiten und wirbelte allen Naturgesetzen zum Hohn um das Schiff herum.

Der Einzige, der noch auf den Füßen stand, war Gorian. Seine Magie hielt ihn aufrecht. Er hatte die Arme emporgereckt, und seine Augen waren zuerst vollkommen schwarz, dann sprühten sie vor gleißendem Licht, und er murmelte eine Formel in der alten Sprache der Caladran.

Es war die Kunst der Voraussicht eines Angriffs, wie sie die Schwertmeister des Ordens beherrschten, die ihn dazu befähigte, die *Wächter des Caladir* vor dem Schicksal zu bewahrte, das das andere Schiff ereilt hatte. Er hatte bereits Augenblicke, bevor der Glutwind das Schiff wirklich erfassen und vernichten konnte, dem Steuermann die geistige Kontrolle über die *Wächter* entrissen und dafür gesorgt, dass es von den metamagischen Raumzeitwinden fortgetrieben wurde.

Die *Wächter des Caladir* schoss über den Himmel. Zeitweise sah es aus, als würde sie sich in Rauch auflösen, dann wiederum überstrahlte das aufglühende metamagische Segel die Rauchpartikel. Das Schiff schrammte entlang jener schattenhaften Zwischenwelten, die sowohl die Schattenmeister des Ordens als auch die caladranischen Steuerleute kannten und die Gorian durch die Lektionen von Meister Shabran gerade erst zu verstehen begonnen hatte.

17) Und Finsternis wird kommen …

Die *Wächter des Caladir* schwebte über einem Gebiet, das sich von einer Eiswüste in einen dampfenden See verwandelt hatte, dessen Ausmaße immer noch zunahmen. Nebelschwaden bedeckten den Großteil dieses gewaltigen Gewässers, das zischte und brodelte, während gleichzeitig eisiges Schmelzwasser nachfloss.

Die pilzförmige Säule verlor allmählich an Leuchtkraft, und der dunkle Staub breitete sich über den Himmel aus. Quälend langsam geschah dies, aber doch schnell genug, um sich ausmalen zu können, dass er in Kürze den gesamten Himmel von Horizont zu Horizont bedecken und es noch weitaus finsterer werden würde, als es ohnehin schon war.

Vom Sonnenkranz war nichts mehr zu sehen. Nur die Schwärze des Schattenbringers schien als dunkler schwarzer Fleck durch den Staub.

Gorian gab die geistige Kontrolle über das Schiff an den Steuermann zurück. Er fühlte sich erschöpft, denn er hatte viel seiner Kraft einsetzen müssen. Seine Augen blieben vollkommen schwarz.

Kapitän Odranawil begriff, was Gorian für sie alle getan hatte. »Eure Entschlossenheit hat uns das Leben und unserem zu einem Nomadenstamm herabgesunkenen Reich eines seiner letzten Schiffe gerettet«, sagte er anerkennend in einem gestelzten Heiligreichisch, das wohl einer früheren Epoche entstammte und deutlich machte, dass Odranawil diese Sprache vor sehr langer Zeit gelernt hatte. Dass er mit Gorian nicht einfach auf Caladranisch redete, war zweifellos ein Zeichen der Ehrerbietung.

»Wir haben dennoch viel verloren«, sagte der junge Schwertmeister.

»Der Bann ...«, murmelte Meister Morgun. Er stand an der Reling und blickte über das völlig veränderte Land und dann zum Himmel. »Bald bricht eine Nacht herein, wie sie Erdenrund noch nicht erlebt hat«, prophezeite er. »Und was den Bann betrifft, so sind entweder meine magischen Sinne vollkommen taub geworden, oder er ist so gut wie nicht mehr existent.«

»Dafür erstreckt sich ein brodelnder See über den ganzen Norden Oquitoniens, den kein Leviathan durchqueren kann«, gab Meister Shabran zu bedenken. »Und außerdem ist das Eis zum ersten Mal viele Meilen weit zurückgedrängt worden. Selbst die Gletscher im Grenzbereich dürften so aufgeweicht sein, dass jeder Wollnashornreiter dort einsinkt.«

Die *Wächter des Caladir* kehrte nach Nelbar zurück. Die Lichterscheinungen, die mit dem Bersten des Gebirges einhergegangen waren, hatte man noch bis hierher am Himmel sehen können, ebenso wie den Strahl, den mutmaßlich Morygor zum Schattenbringer geschickt hatte.

Schon bald verdunkelte sich auch der Himmel über Nelbar, und es brach eine Nacht herein, so finster, wie man sie seit Menschengedenken nicht erlebt hatte. Kein Stern war zu sehen, kein Mond stand am Firmament und am Tag auch nicht der schmale Lichtkranz, der bisher noch von der Sonne zu sehen gewesen war.

Einzig die Lichter der Stadt und die Lagerfeuer der ausgedehnten Flüchtlings- und Heerlager in ihrem Umkreis leuchteten in diesem Meer der Finsternis, von der weder die Magier und Schamanen der Caladran noch jene des Ordens vorherzusagen trauten, wie lange sie anhalten würde.

Tage, vielleicht Wochen.

Der Wind aus dem Norden brachte Staub mit, der die Bewohner von Nelbar husten ließ. Zuerst waren es warme Winde, dann wurden sie zunehmend feucht und ließen es in einem fort regnen. Der Schmelzsee ergoss sich in den Bar, und der Pegel des Flusses stieg so weit an, dass einige in Flussnähe gelegene Straßen unter Wasser standen.

Eine Woche, deren Ablauf sich nur durch die Glockenschläge der großen Uhr am Hauptturm der Magistratsfestung ermessen ließ, blieb es so, ohne dass auch nur einmal ein Morgenrot zu sehen gewesen wäre.

Dann wurden die Winde eisig und boten einen Vorgeschmack dessen, was bald ungehindert nach Süden zu dringen vermochte. Das Frostreich eroberte sich das kurzfristig verlorene Territorium zurück und dehnte sich erneut weiter aus.

»Ich bin froh, dass du wohlbehalten zurückgekehrt bist«, sagte Sheera.

Gorian nahm die Fingerspitzen der Rechten von ihrer Schläfe. Blitze zuckten von der Handfläche zu ihrem Kopf und zurück. Er hatte gerade all das an ihren Geist übertragen, was er erlebt und gesehen hatte. Sie befanden sich in ihrem Quartier an Bord der *Hoffnung des Himmels*.

»Der Bann hat die Gedankenverbindung zeitweilig unmöglich gemacht«, sagte er.

»Ich weiß.«

»Aber jetzt gibt es den Bann nicht mehr. Und der Schmelzsee wird früher oder später gefrieren und Teil der nach Süden dringenden Gletscher werden. Unsere Lage ist aussichtsloser denn je.«

»Und dennoch gibst du nicht auf?«

»Nein.«

»Ich muss dir etwas sagen, Gorian. Es ist etwas Furchtbares geschehen.«

»Was?«

»Einer der Maladran konnte seine Mordlust nicht mehr unterdrücken. Er ging offenbar schon länger des Nachts in die Stadt und tötete wahllos Menschen, Oger oder irgendwelche anderen Geschöpfe, um sich an ihrer Lebenskraft zu laben.«

Gorian erschrak bis ins Mark. »Warum habe ich nichts davon erfahren?« Es klang durchaus ein Vorwurf in seiner Frage mit.

»Als ich es erfuhr, warst du mit Meister Shabran auf den Schattenpfaden unterwegs. Ich wurde zwar nie im Haus der Schatten ausgebildet, aber ich weiß, dass man dabei alle Kräfte sammeln und sich konzentrieren muss. Und die wenigen kurzen Schattenpfadgänge – nein: *-sprünge!* –, auf die du mich mitgenommen hast, um unsere Haut zu retten, waren eine sehr anschauliche Lehre für mich, wie gefährlich diese Kunst ist. Außerdem …« Sie zögerte.

Gorian blickte ihr in die Augen. Das flackernde Licht einer Kerze ließ sie leuchten. Es war eine der letzten Kerzen aus dem Wachs der Schwarzen Biene Nemoriens, deren Duft man eine starke Heilwirkung nachsagte. Man verwendete sie zur geistigen Reinigung, zur Kräftigung und zur Schärfung der Sinne, vor allem der magischen.

»*Warum sprichst du nicht weiter?*«, fragte Gorian mit einem Gedanken.

»Es war unser Hochmeister, der mich zur Vorsicht mahnte und mir riet, über diese Dinge keinen Gedanken über längere Entfernungen hinweg auszutauschen.«

»Meister Thondaril?«

»Ja.«

»Da kann er nur mich gemeint haben.«

»Er sagt, Gedanken seien flüchtig, und es gäbe viele, die vielleicht in der Lage seien, sie mit Magie abzufangen. Und das, was dieser Maladran tat, soll sich nicht herumsprechen, weil es unserer Sache schadet.«

»Wie bitte?«, fragte Gorian laut. »Wo ist Thondaril jetzt? Er will über die Sache Schweigen bewahren, sie vertuschen, damit …«

»… damit keine unnötige Unruhe entsteht und deine Gegner sie nicht gegen dich verwenden können«, fiel Sheera ihm ins Wort. »Du hast nicht nur Feinde in der Frostfeste, Gorian, sondern auch unter denen, die du für Verbündete hältst. Und nicht alle von ihnen sind Wandler.«

Gorian erhob sich. »Ich werde Thondaril gleich aufsuchen. Seit er Hochmeister geworden ist, verkriecht er sich zumeist in den dunklen Gemäuern der Siebten Burg.«

»Bleib!«, sandte Sheera ihm einen Gedanken, der entschieden genug war, um ihn abzuhalten. »Der Mörder ist bereits gerichtet«, sagte sie laut. »Er wurde … eliminiert.«

»Durch wen?«

»Durch den Blinden Schlächter – Eldamir.«

Gorian setzte sich wieder und atmete tief durch. »Und welcher der Maladran war es, der seiner Mordlust nicht widerstehen konnte?«

»Es war der Krieger mit den Schattenflügeln.«

Gorian ballte grimmig die Hände zu Fäusten. Es stand zu befürchten, dass dies nicht der letzte derartige Fall sein würde, und er fragte sich, ob es nicht ein großer Fehler gewesen war, diese üblen Geister in sein Gefolge aufzunehmen.

Fackeln erhellten den großen Saal in der Siebten Burg von Nelbar. Dreizehn Bogenschützen, die allesamt zur Elite der Stadtwache des Magistrats gehörten, hatten in einer Reihe Aufstellung genommen und ihre Pfeile eingelegt.

Gorian gab Sternenklinge und seinen Dolch Rächer an Meister Thondaril ab, dann stellte er sich vor die dreizehn Soldaten. Er sah auf seine Hände und sammelte sich kurz. Die Augen durften kein Anzeichen von Finsternis zeigen, wenn die Prüfung begann, so lautete eine der Regeln, die angeblich auf den Ersten Meister zurückging.

Meister Morgun trat auf ihn zu, sah ihm intensiv in die Augen, ob sich ein Hinweis dafür fand, dass er vielleicht verbotenerweise schon im Vorfeld etwas von der Alten Kraft gesammelt hatte, was das Ergebnis verfälscht hätte.

»Bist du bereit, Magieschüler Gorian?«, fragte Morgun.

»Das bin ich.«

»Verlass dich ganz auf die Alte Kraft und deine magischen Sinne.«

»So werde ich es halten.«

»Und verletze niemanden.«

»Niemand wird verletzt werden.«

Meister Morgun nahm ein schwarzes Tuch und verband Gorian damit die Augen. Gorian konzentrierte sich, streckte dann die Hände aus und öffnete sie, sodass die Handballen nach vorn zeigten. Kein einziger Blitz zuckte zwischen seinen Fingern. Seine Konzentration galt voll und ganz seiner Umgebung, die er mithilfe seiner magischen Sinne zu erfassen versuchte.

Meister Morgun trat zurück.

»Bereit!«, sandte er einen Gedanken an Meister Thondaril, der daraufhin den Bogenschützen ein Zeichen gab.

Diese schossen ihre Pfeile ab, die durch die Luft sirrten. Gorian erfasste sie mit seinen magischen Sinnen. Es blitzte jeweils, wenn eines der Geschosse von ihm abgelenkt und unschädlich gemacht wurde. Sie änderten plötzlich ihre Flugbahnen, schlugen auf den Boden, sausten zur Decke hoch oder zerbrachen an den steinernen Wänden.

Gorian bewegte die Hände blitzschnell und ließ aus ihnen Strahlen hervorschießen. Er war sich bewusst darüber, dass diese Bewegungen und Strahlen nicht mehr als ein plumpes Hilfsmittel des Geistes waren.

Der ganze Vorgang dauerte kaum länger als einen Herzschlag.

Gorian nahm die Augenbinde ab. Er war vollkommen unversehrt, aber was ebenso wichtig war, er hatte auch niemanden durch das Ablenken der Pfeile verletzt oder irgendwelche ernsthaften Beschädigungen im Inneren des Raumes angerichtet.

Seine Augen waren von Schwärze erfüllt, so wie man es nach einer Anstrengung der magischen Sinne, wie er sie soeben hinter sich hatte, durchaus erwarten konnte. Er verharrte fast regungslos.

Meister Morgun wandte sich den Bogenschützen zu. »Es sei euch im Namen des Ordens für euren Dienst gedankt«, sprach er, um sie dann aus dem Saal zu führen. Die Tür schloss sich von allein beziehungsweise wohl durch eine leichte magische Kraftanwendung von Meister Thondaril.

Der neue Hochmeister trat auf Gorian zu und gab ihm zunächst seine Waffen zurück. »Ich kann dir nichts mehr beibringen«, erklärte er. »Das Haus der Magie ist jetzt ebenso deine Heimat wie das des Schwertes.«

»Ich danke für Eure Worte, ehrwürdiger Meister«, entgegnete Gorian.

Meister Thondaril holte den Ring des Magiemeisters hervor und steckte ihn Gorian über jenen der Schwertmeister an den Finger. »Ich beglückwünsche dich zu deiner bestandenen Prüfung und wünsche dir den Beistand und das Wohlwollen des Verborgenen Gottes.«

»Ich werde auch diesen Ring mit Würde und im Geiste des Ersten Meisters tragen«, versprach Gorian.

»Du bist jetzt ein zweifacher Ordensmeister, und davon gibt es nicht viele. Darüber hinaus aber strebst du noch die Meisterschaft in drei anderen Häusern an, von denen zumindest eine nicht mehr allzu lange auf sich warten lassen dürfte, wie mir bekannt ist.«

»Mein Ehrgeiz entspringt nicht persönlicher Eitelkeit, sondern soll unserem gemeinsamen Ziel dienen.«

»Das weiß ich, Gorian. Das weiß ich sehr wohl.« Meister Thondaril legte einen Arm um Gorians Schultern und führte ihn mit sich fort. »Hör zu, ich muss dringend mit dir reden.«

Gorian nickte. »Ja, umgekehrt ich mit Euch auch, Meister.«

Er dachte dabei an den Maladran-Krieger, der zum Mörder geworden war. Mehrere Tage waren vergangen, seit er zusammen mit Meister Morgun und Meister Shabran nach Nelbar zurückgekehrt war, und Meister Thondaril war ihm in dieser Zeit aus dem Weg gegangen, zumindest hatte Gorian das Gefühl, dass es so war.

Gorian hielt ihm zugute, dass der Neuaufbau des Ordens seine gesamte Aufmerksamkeit erforderte, und doch schien es ihm, dass Meister Thondaril diese Angelegenheit nicht gern erörtern wollte.

Auch jetzt sprach er Gorian auf etwas ganz anderes an.

»Jemand bat um eine Unterredung mit dir, Gorian. Jemand, der sehr einflussreich und wichtig für uns ist.«

»Wer ist es?«

»Der Fürst von Naraig.«

»Naraig? Das liegt doch im Basilisken-Reich.«

»Ganz genau. Es handelt sich um ein Mitglied des basiliskischen Königshauses, das zurzeit hier in Nelbar weilt. Er will dich in seine Pläne einweihen. Pläne, mit deren Hilfe wir vielleicht das Vorrücken des Frostreichs noch einmal aufhalten können. Wir brauchen Zeit, Gorian, um den entscheidenden Schlag vorzubereiten, von dem ich ausgehe, dass du ihn führen wirst.«

Gorian überlegte kurz. »Wann soll dieses Treffen stattfinden?«

»Gleich. Das ist einer der Gründe, weshalb ich so darauf gedrängt habe, dass du bereits jetzt im zweiten Haus des Ordens die Prüfung ablegst.«

Warum wollte Thondaril diesen Basilisken so beeindrucken? Gorian stellte sich diese Frage, schirmte den Gedanken jedoch vor seinem Mentor ab, so wie auch dieser ihn in letzter Zeit noch weniger an seinen Gedanken teilhaben ließ, als dies ohnehin schon immer der Fall gewesen war.

»Du wirst inzwischen von dem Maladran-Krieger gehört haben, der in den Nächten mordend durch die Stadt schlich und es leider über längere Zeit verstanden hat, seine abscheulichen Taten vor uns zu verbergen«, brachte Thondaril endlich das Thema zur Sprache, das Gorian so sehr beschäftigte. »Wir müssen darauf achten, dass diese blutrünstigen Kreaturen nicht unserer Kontrolle entgleiten. Der Herzog von Eldosien ist auf dem Weg hierher. Und der König von Gryphland hat einen hohen Emissär geschickt. Es geht darum, wer den Widerstand gegen Morygor anführen wird und ob der Basilisken-Fürst aus Naraig freie Hand bekommt bei dem, was er vorhat. Aber darüber wirst du später mehr erfahren.«

»Alles, was ich brauche, ist ein Himmelsschiff, um damit zur Frostfeste zu gelangen«, sagte Gorian. »Wie steht es damit?«

»Hab Geduld, Gorian. Du wirst dieses Himmelsschiff bekommen, sobald du selbst so weit bist, dich Morygor stellen zu können.«

Ein Ausdruck grimmiger Entschlossenheit legte sich auf Gorians Gesicht. »Vielleicht bin ich schon sehr viel weiter, als Ihr ahnt, Meister – und es mag sogar sein, dass ich schon bald in der Lage sein werde, auch ohne Himmelsschiff zur Frostfeste zu gelangen, wenn es sein muss!«

Thondaril nickte. »Meister Shabran hat mir von deinem Kampf gegen den Eisdrachen erzählt.«

»Dann wisst Ihr ja, wie gut ich inzwischen die Schattenpfadgängerei beherrsche.«

»Du schätzt deine Fähigkeiten und Möglichkeiten abermals falsch und viel zu optimistisch ein, Gorian. Auf dich allein gestellt wirst du nichts erreichen. Glaub mir, wenn es so leicht wäre, durch die Schattenpfade zu reisen, in Morygors Feste zu verstofflichen und ihm mit einem Hieb oder einem gelungenen Schadenszauber den Garaus zu machen, hätte sich längst jemand gefunden, der diese Aufgabe erledigt hätte.« Meister Thondaril blieb stehen und sah Gorian direkt an. »Ich verrate dir jetzt ein Geheimnis, das ich genauso wenig an die große Glocke gehängt haben möchte wie die Angelegenheit mit dem mordenden Maladran.«

»Ich höre.«

»Es gab sogar eine ganze Reihe von Schattenmeistern, die genau das versucht haben, was du dir so einfach vorstellst,

343

Gorian. Sie drangen tief ins Frostreich vor, in dem irrigen Glauben, der Aura Morygors widerstehen zu können. Schließlich dauert eine Reise über die Schattenpfade nur Augenblicke, wenn man diese Kunst richtig beherrscht, selbst wenn man Tausende von Meilen zurücklegt. Lass es dir eine Warnung sein: Sie alle sind nun Morygors treue Diener. Er hat sie alle zu seinen Sklaven gemacht, nicht ein Einziger konnte seiner Aura widerstehen. Es war kein Zufall, dass unter den Verrätern innerhalb des Ordens besonders viele Meister aus dem Haus der Schatten waren.«

18 Der Fürst von Naraig

Im Hof der Siebten Burg von Nelbar bestiegen Meister Thondaril und Gorian eine von Riesenlibellen getragene Gondel, in der sie von einem Schlangenmenschen in einem langen Gewand empfangen wurden. Viele seiner Art dienten dem Basilisken-Reich als Krieger, aber die Aufgabe dieses echsenköpfigen, sehr breitschultrigen Mannes schien eher die eines Emissärs zu sein.

Er sprach kein Heiligreichisch, benutzte aber einen basiliskischen Sprechstein, sodass Thondaril und Gorian ihn trotz seiner wie ein permanentes Wispern klingenden Sprache verstehen konnten.

»Der Fürst von Naraig erwartet Euch, werte Herren aus dem Orden der Alten Kraft und der erwiesenen Weisheit«, sagte er zu den beiden Ordensmeistern.

Auch Gorian und Meister Thondaril trugen Sprechsteine bei sich. Sie hatten sie während ihres Aufenthalts am Hof des Basilisken-Königs erhalten, und diese Errungenschaften der fortgeschrittenen basiliskischen Magierkunst hatten ihnen bereits gute Dienste erwiesen. Während Gorian es zumeist vorzog, die betreffende Sprache des Landes, in dem er sich aufhielt, möglichst schnell zu erlernen, sodass er den Sprechstein zuletzt kaum noch benutzt hatte, war der von Meister Thondaril immer wieder in Gebrauch.

Nun, da ihr Treffen mit dem Fürsten von Naraig bevorstand, hatten beide ihre Sprechsteine an Lederbändern vor der Brust hängen und die Magie dieser kleinen Artefakte mit einer einfachen Formel aktiviert, damit es keine Verständigungsprobleme gab.

»Wir freuen uns auf das Treffen mit Eurem Herrn«, erwiderte Meister Thondaril.

Der Schlangenmensch ließ daraufhin einen zischenden Laut hören, wobei eine gespaltene Zunge aus dem lippenlosen Maul seines Echsenkopfes schnellte, der insgesamt etwas größer als ein menschlicher Schädel war. Seine kalten, glasig und blicklos wirkenden Augen musterten sowohl Gorian als auch Meister Thondaril vollkommen ungeniert. Der Körper des Schlangenmenschen war zwar menschenähnlich, aber die Haut an den Händen leicht geschuppt und erinnerte an die einer Schlange.

Der Fürst von Naraig residierte in der Dritten Burg von Nelbar, auf deren Hof Platz für mehrere Libellengondeln war. Gorian wusste, dass einige weitaus größere Gondeln auf dem Landeplatz der Greifenreiter niedergegangen waren. Dass der Magistrat es hatte durchsetzen können, dass die Dritte Burg für die verbündeten Gäste geräumt worden war, unterstrich die Bedeutung des Fürsten von Naraig.

Gorian blickte aus einem der Gondelfenster, dessen Verglasung auf die Kunst westreichischer Handwerker schließen ließ. Überall brannten in Nelbar Lichter, und Gorian kam es vor, dass die Bewohner der Stadt umso mehr entzündeten, je länger die Finsternis anhielt.

Das galt auch für den vollkommen überfüllten Hafen mit seinen zahllosen Schiffen, der auf Gorian wie ein Sternenmeer wirkte. Ein Gedanke, der ihn daran erinnerte, dass die Sterne seit einiger Zeit gar nicht mehr zu sehen waren.

Die Riesenlibellen setzt die Gondel behutsam im Burghof ab. An das Surren ihrer Flügel hatte sich Gorian den ganzen Flug über nicht gewöhnen können.

Der Schlangenmensch öffnete die Gondeltür. »Bitte folgt mir.«

»Dürfen wir erfahren, mit wem wir die Ehre haben?«, fragte Gorian.

Der Schlangenmensch drehte sich zu ihm um und bedachte Gorian mit einem Blick, der für ein menschliches Wesen undeutbar war. »Mit einem treuen Diener seines Herrn«, antwortete er. Seinen Namen wollte er offenbar nicht preisgeben, und es war zu vermuten, dass dahinter die Anordnung seines Meisters stand. »Folgt mir nun bitte.«

Der Basilisken-Fürst residierte im Palas der Dritten Burg. Vor dem Portal standen bewaffnete Wachen, allesamt Schlangenmenschen. Sie gelangten in einen Vorraum, in dem ebenfalls Wachen standen, doch diesmal befanden sich unter ihnen auch muskelbepackte grünhäutige Oger.

Eine Menschenschlange rutschte ihnen auf ihrem reptilienhaften Körper entgegen.

»Ich bringe die Gäste des Fürsten«, sagte der Schlangenmensch zu der Menschenschlange, die den Kopf eines kahlköpfigen Mannes hatte.

»Mein Name ist Zosaar, und ich bin der ergebene Berater des Fürsten«, stellte sich die Menschenschlange auf Heiligreichisch vor und wandte sich dann an den Schlangenmenschen, der Gorian und Thondaril hergebracht hatte. »Die Gäste müssen ihre Waffen ablegen.«

Es war nichts anderes zu erwarten gewesen, schließlich entsprach es dem, was Gorian und Thondaril vom basiliskischen Hof in Basaleia kannten. Dennoch war Gorian diesmal nicht so einfach bereit, sich zu beugen. Der neue Hochmeister wollte sein Wehrgehänge bereits ablegen, aber Gorian schüttelte den Kopf.

»Der Fürst von Naraig ist ein Mitglied des Königshauses, und ich weiß um seine Furcht«, erklärte er.

»Er teilte mit unserem neuen König ein Eigelege«, erklärte die Menschenschlange. »Darum verfügt er über die Fähigkeit des besonderen Blicks, der seine Feinde erstarren lässt …«

»… und ihm selbst zum Verhängnis wird, sollte sein Blick gespiegelt werden, und sei es nur von der schmalen Klinge eines Schwertes«, ergänzte Gorian. »Deshalb tragen seine Wächter auch Schwerter aus Obsidian und nicht aus Metall. Ich werde dennoch meine Waffe nicht ablegen. Wenn mich der Fürst sprechen will, so muss er darauf vertrauen, dass ich ihn nicht angreifen werde, so wie auch ich darauf vertraue, dass er mich nicht plötzlich mit seinem Blick erstarren lässt.«

»Ihr müsstet das erhöhte Sicherheitsbedürfnis meines Herrn verstehen«, entgegnete Zosaar. »Sicherlich hat unser gemeinsamer Feind Attentäter ausgeschickt, und zudem kann man nie wissen, ob nicht der eine oder andere Verbündete unerwartet die Seiten wechselt.«

»Dann richtet Eurem Herrn aus, dass er mit jemand anderen reden mag, wenn ihm der Mut fehlt, mit mir zu sprechen, solange ich eine Waffe an der Seite trage«, erwiderte Gorian.

Von Meister Thondaril erntete er dafür einen zornigen Blick, und der entsprechende Gedanke ließ nicht lange auf sich warten. *Bist du vollkommen verrückt geworden? All unsere Pläne könnten von dieser Basilisken-Kreatur abhängen!*

Pläne, in die ich nicht eingeweiht wurde, gab Gorian mit einem ebenso energischen wie ruhigen Gedanken zurück.

Zosaars Gesicht zeigte einen ziemlich überraschten, ja, fassungslosen Ausdruck. Er wandte sich an Thondaril. »Ich hatte eigentlich erwartet, dass Euch die Besonderheiten im Umgang mit Mitgliedern des basiliskischen Königshauses bekannt sind und Ihr diesem Treffen dieselbe Priorität zumesst wie mein Herr.«

»Das ist durchaus der Fall«, erklärte Thondaril.

»Zumal ich bereits sowohl dem neuen König als auch seinem Vorgänger gegenübertrat«, ergänzte Gorian. »Richtet Eurem Herrn aus, dass ich keine Zeit zu verschwenden habe, aber ich nicht bereit bin, bei unserem Zusammentreffen ein größeres Risiko zu tragen als er selbst. Ich bin allein mit meinem Mentor hergekommen. Ihr werdet mich wohl nicht zu fürchten brauchen.«

Zosaar stieß einen zischenden Laut aus, und seine gespaltene Zunge leckte kurz über die Lippen seines Mundes; sie sah so aus wie die eines Schlangenmenschen. »Ich werde meinen Herrn erst fragen müssen.«

Er wandte sich ab und rutschte über den Boden, wobei er an eine aufgerichtete Kobra erinnerte, nur dass er den Kopf eines Menschen hatte und den Ansatz von Schultern und Armen und in dieser Haltung etwa die Größe eines nicht allzu hochgewachsenen Mannes erreichte.

Zosaar verschwand hinter der schweren Tür, die den Zugang zum Hauptsaal des Palas versperrte.

Wenig später kehrte er zurück.

»Ihr mögt hereinkommen, der Fürst von Naraig erwartet Euch.«

Das Licht von Fackeln erhellte den Saal, den der Fürst von Naraig für seine Audienz gewählt hatte. Dem Pech dieser Fackeln war irgendein Zusatz beigegeben, der für einen durchdringenden ätherischen Geruch sorgte, den der Basiliskenfürst offenbar als angenehm empfand. Dieser Zusatz führte außerdem dazu, dass die Flammen purpur- bis fliederfarben waren und der Raum in einen entsprechenden Schein getaucht war.

In der Mitte stand eine Sänfte, die mit einem Tuch verhängt war. Dahinter bewegte sich der Schatten eines Basilisken mit Schlangenkörper, einem vogelähnlichen Kopf und Flügeln, die jedoch zu klein zum Fliegen waren.

»Eure Gäste warten auf Eure Gunst«, übersetzten die Sprechsteine jene Folge von Zischlauten, die Zosaar an seinen Herrn richtete.

»So kannst du gehen«, klang es hinter dem Vorhang hervor.

Zosaar verneigte sich und verließ den Raum, woraufhin Gorian und Thondaril allein mit dem Basilisken waren.

»Kommt näher«, wisperte es. Der Basilisk bewegte sich leicht und veränderte seine Körperhaltung. »Kommt näher und fürchtet Euch nicht, denn es liegt nicht in meiner Absicht, Euch mit einem Blick erstarren zu lassen.«

Gorian und Thondaril traten vor. »Seid gegrüßt, Fürst von Naraig«, sagte der ältere der beiden zweifachen Ordensmeister und verneigte sich gerade so weit, wie das angemessen war.

Den wahren Name eines Basilisken auszusprechen war für menschliche Zungen unmöglich. Wie viele andere Würdenträger des Basilisken-Reichs ließ sich daher auch der Fürst von Naraig nur mit seinem Titel anreden.

»Ich hatte noch keine Gelegenheit, Euch meine persönlichen Glückwünsche zu Eurem neuen Amt als Hochmeister zu übermitteln, ehrenwerter Thondaril«, wisperte die Stimme des Sprechsteins, während sich der Kopf des Basilisken gegen den Vorhang drückte und der Schnabel das Tuch auswölbte. Feinste Blitze aus Schwarzlicht zuckten über den Vorhang und wanden sich wie zusätzliche Fasern durch das Gewebe. Gorian erkannte es erst, als er nach Art der Caladran hinsah, denn zuvor hatte er lediglich ein leichtes Schwarzlichtflimmern bemerkt.

Der Stoff war magisch verändert. Aber was für eine Magie das genau war, konnte Gorian nicht erfassen. Es war jedenfalls Basilisken-Magie, und auch wenn jeglicher Zauberkunst letztlich dieselben Kräfte zugrunde lagen, unterschied sich die Basilisken-Magie doch in vieler Hinsicht von jener der Caladran oder der Ordensmeister.

»Unseren gemeinsamen Plänen wird meine Wahl nur dienlich sein«, meinte Meister Thondaril, »denn der Orden spricht jetzt wieder mit einer einheitlichen Stimme, was ihn stärkt.«

»Trotz des erheblichen Blutzolls, den Ihr hinnehmen musstet?«

»Nicht die Breite oder die Länge eines Schwertes entscheidet den Kampf, sondern ob es im richtigen Moment das Herz des Gegners trifft.«

»Wie wahr, wie wahr. Und wie gut für mich, dass im Körper eines Basilisken in der Regel mehrere Herzen schlagen.«

»Eure Art ist über die Maßen von der Natur bevorzugt worden«, entgegnete Meister Thondaril auf eine Weise, die ein menschlicher Gesprächspartner vielleicht als Spott aufgefasst hätte. Aber anscheinend traf er damit genau den Ton, den sein Gegenüber gerne hörte.

»Dafür scheint der Verborgene Gott, dessen Glaube auch in unserem Reich eine wachsende Anhängerschaft erfährt, sein besonderes Augenmerk auf die Menschen gerichtet zu haben, denn Eurer Lehre nach erschuf er Eure Rasse unzulänglich und unvollkommen, um ihren Glauben zu prüfen.«

»Es mag so sein, Fürst.«

Eine Pause entstand. »Ist Meister Gorian aus Twixlum in unsere Pläne eingeweiht?«, fragte der Basilisk dann.

»Nicht in vollem Umfang«, antwortete Thondaril

»Dann wird es Zeit, dies nachzuholen«, entschied der Fürst von Naraig. Einige Zischlaute mischten sich mit einem heiseren Röcheln, von dem Gorian nicht wusste, ob es Teil der Sprache dieses Wesens war oder nur ein Schnaufen. »Ihr wisst, ehrenwerter Meister Gorian, dass nur wenige Basilisken mit ihrem Blick ihr Gegenüber erstarren lassen können. Diese Eigenschaft ist so selten, weil wir sie nur bei Angehörigen des Königshauses dulden und alle anderen, bei denen wir diese Gabe erkennen, möglichst bald nach dem Eischlupf töten. Ich verfüge über diese Fähigkeit, und das ist der Grund, warum ich mich im Auftrag meines Herrschers und Familienoberhauptes hierher begeben habe.«

»Ein Basilisken-Blick soll gegen die Horden Morygors eingesetzt werden?«, fragte Gorian erstaunt.

»So ist es. Es ist nur eine Frage der Zeit, bis die Schergen des Herrn der Frostfeste ihren erbarmungslosen Eroberungszug nach Süden fortsetzen.«

»Ich verstehe nicht ganz, wie das vor sich gehen soll. Ihr werdet kaum die Gelegenheit bekommen, jedem Geschöpf in Morygors Heer in die Augen zu blicken. Und davon abgesehen bin ich mir nicht sicher, ob diese Eigenschaft, die Euch die Natur geschenkt hat, auch gegen die untoten Frostkrieger wirkt.«

»Ihr scheint sehr praktisch veranlagt zu sein, Meister Gorian. Ganz so, wie es typisch ist für Eure einfache Art, weswegen wir die Dienste von Euresgleichen in unserem Reich auch stets sehr zu schätzen wissen, einmal abgesehen von wirklich wichtigen Dinge wie die Magie oder die Staatskunst. Da Euch Euer Mentor anscheinend tatsächlich noch nicht in unsere Pläne eingeweiht hat, werde ich sie Euch kurz erläutern.«

»Ich bitte darum.«

»Ihr werdet bemerkt haben, dass zuletzt Libellen-Gondeln in großer Anzahl diese Stadt erreichten. Einige davon transportierten Soldaten unseres Herrschers, aber die weitaus meisten brachten Einzelteile eines gewaltigen Mechanismus, mit dessen Hilfe sich die Kraft eines Basilisken-Blicks vervielfachen und deutlich verstärken lässt. Durch diesen Mechanismus soll mein Blick über eine Anzahl magisch behandelter Spiegel in einen gewaltigen Großspiegel gelenkt werden. Dieser wiederum besteht aus magischem Quecksilber, und seine Ausmaße werden die höchsten Türme von Basaleia klein erscheinen lassen. Wer immer sich im Einflusskegel dieses Spiegels befindet, wird gezwungen sein, seinen Blick und alle anderen Sinne darauf zu konzentrieren, und dann zu Stein erstarren. Und Eure Frage, ob diese Wirkung auch bei Frostkriegern erzielt werden kann, beantworte ich mit Ja. Unsere Magier haben die Beschaffenheit des Spiegels so gewählt, dass die Untoten den Blick nicht einmal darauf richten müssen; die Konzentration irgendeines anderen Sinnes auf den Spiegel reicht. Und nennt mir irgendein Geschöpf, das über keine Sinne verfügt, mit denen es sich orientiert. Das ließe sich von Menschenkriegern sicherlich leicht dahinschlachten, da es gewiss ohne Ziel und Richtung umherirren würde.«

»So hoffe ich, dass Eure Magier diese Erfindung so beherrschen, wie es nötig ist«, erwiderte Gorian, der sich noch immer darüber wunderte, dass Meister Thondaril in diese Pläne eingeweiht gewesen war, er selbst aber nicht.

»Ich habe Euren Meister um strengstes Stillschweigen gebeten, auch Euch gegenüber, Meister Gorian«, sagte der Basilisk, als hätte er Gorians Gedanken erraten, »obwohl mir bewusst ist, dass Ihr in diesem Krieg gegen Morygor eine entscheidende Rolle spielen könntet. Das bestätigen inzwischen auch unsere Magier, deren Kunst der Schicksalssicht der Eures Ordens um einiges voraus ist. Eigentlich solltet Ihr Euch auf Euren bevorstehenden Weg ins Herz des Frostreichs vorbereiten und all Eure Kräfte darauf verwenden. Darin waren Euer Meister und ich uns einig.«

»Was hat sich geändert?«, fragte Gorian.

»Die Narrheit sich selbst regierender Menschen. So etwas gibt es innerhalb des Basilisken-Reichs nicht. Dort sind sie nützliche Diener, hier aber kämpfen sie selbst im Angesicht des drohenden Untergangs noch um die Macht und ergehen sich in kleinlichen Auseinandersetzungen um Einfluss. Darüber hinaus sind ihre Reihen von Verrätern und Wandlern durchsetzt. So brauche ich Eure Hilfe, Meister Gorian. Denn das Basilisken-Reich hat nicht genug Truppen in Oquitonien, um den Spiegel während seines Einsatzes zu verteidigen. Davon abgesehen sind all diese Schlangenmenschen und Oger-Söldner, die wir für gewöhnlich in unseren Diensten kämpfen lassen, ebenfalls nicht gefeit davor, von Wandlern unterwandert zu werden. Auch wenn wir das nicht laut sagen und öffentlich stets vehement bestreiten würden: Wir hatten bereits einige Fälle dieser Art. Und ich weiß aus gut unterrichteten Quellen, dass es in den Heeren des Herzogs von Eldosien und des Kaisers nicht anders aussieht.«

Nun wandte sich Meister Thondaril an Gorian. »Das ist leider wahr. Niemand kann mit Sicherheit sagen, wie viele dieser Kreaturen es in unseren Reihen gibt.«

»Aus diesem Grund brauche ich die Hilfe von Euch und Eurem finsteren Gefolge, das Ihr aus den Weiten des Frostreichs mit nach Nelbar gebracht habt. Den Wandlern ist es nicht möglich, sich unter sie zu schleichen, wie unsere Magier bestätigt haben, denn sie sind geisterhafte Wesen aus einer anderen, jenseitigen Sphäre. Die Wandler scheinen damit ihre Probleme zu haben. Zudem sind sie Euch ergeben, wie ich erfuhr.«

»Ich werde über Euren Vorschlag nachdenken, Fürst von Naraig«, versprach Gorian.

»Ihr solltet bedenken, dass der zweite Teil des großen Kriegsplans gegen Morygor, in dem Ihr eine entscheidende Rolle spielen könntet, vielleicht nicht mehr ausgeführt werden kann, wenn der erste misslingt.«

»Dennoch will ich alles abwägen.«

»Noch eines, Meister Gorian«, wisperte die Stimme hinter dem Vorhang hervor. »Unsere Magier unterhalten ein gut verzweigtes Netz von Spionen und erfahren deswegen manche Dinge etwas früher als andere.«

»Was wollt Ihr mir sagen?«

»Der Kaiser plant Euren Tod. Er hat gedungene Mörder in seinen Diensten, die diesen Auftrag ausführen sollen.«

»Aber … warum?« Gorian warf Thondaril einen Seitenblick zu und erkannte, dass dies auch für ihn eine Neuigkeit war. Eine, die ihn sichtlich erschütterte.

»Fragt ihn selbst«, gab der Fürst zur Antwort. »Er weilt in der Ersten Burg und bereitet sich auf das große Treffen aller Bündnispartner vor. Offenbar befürchtet Kaiser Corach schon seit längerem, dass Ihr an seine Stelle gesetzt werden könntet.«

»Wie bitte?«, entfuhr es Gorian.

»Ein jugendlicher Held, der es wagte, tief ins Frostreich vorzudringen, und dessen Kampf am Speerstein von Orxanor schon jetzt Stoff für Legenden ist. Fast ein Junge noch, der unerfahren genug ist, um ihn gut lenken zu können, hinter dem sich aber das Bündnis versammeln und neuen Mut finden könnte.«

»Abwegig klingt das nicht«, sagte Meister Thondaril düster.

»Wir nehmen an, dass dem Kaiser dies durch verräterische Berater eingeflüstert wurde, die in Wirklichkeit dem Herzog von Eldosien ergeben sind. Solange sich der Kaiser vor Euch fürchtet, Meister Gorian, kann der Herzog seine eigenen Pläne für eine Machtübernahme in aller Ruhe weiterspinnen.«

»Diese Narren! Mit all diesen Intrigen und Machtkämpfen will ich nichts zu tun haben!«, erregte sich Gorian.

»Überlegt, ob es nicht zum Vorteil für uns alle wäre, würdet Ihr tatsächlich die Krone auf Euer Haupt setzen, die jetzt noch dieser ängstliche Tor aus Laramont trägt.« Das Zischen, das der Basilisk in der Sänfte von sich gab, klang noch eindringlicher und drängender und übertrug sich sogar auf den Tonfall der wispernden Worte des Sprechsteins. »Wir müssen jetzt alle Kräfte bündeln, Meister Gorian. Aber das geht nur, wenn jemand das Spiel dieser Narren beendet und sich an die Spitze des Bündnisses stellt.«

Vielleicht einer, den die Basilisken für leicht zu manipulieren hielten, ging es Gorian durch den Sinn, wobei er darauf achtete, diesen Gedanken für sich zu behalten.

»Wir danken Euch auf jeden Fall für Eure Warnung«, sagte Meister Thondaril. »Ich denke, wir werden schon bald wieder miteinander sprechen.«

»Zweifellos«, wisperte der Sprechstein des Basilisken. »Zweifellos.«

Während die Libellengondel sie zurückbrachte, schwiegen Gorian und Meister Thondaril. Aber das hatte nur den Grund, dass sie die Unterhaltung, die anstand, nicht in Anwesenheit des Schlangenmenschen führen wollten, der sie auch diesmal begleitete.

Das surrende Geräusch der Libellenflügel mischte sich mit denen der Stadt unter ihnen. Die andauernde Nacht hatte dazu geführt, dass man dort überhaupt nicht mehr zur Ruhe kam und die Lichter niemals verloschen. Die Bedeutung von Tages- und Nachtzeiten hatte sich völlig aufgelöst, und selbst auf den beleuchteten Märkten herrschte ständig Betrieb.

Gorian blickte aus einem der Gondelfenster auf die Stadt hinunter. Er spürte, wie Meister Thondaril ihn musterte, dann vernahm er dessen Gedanken: »*Nicht immer kann man den geraden Weg gehen, wenn man ein großes Ziel erreichen will.*«

Aber die geschulten Sinne eines Schwertmeisters ließen Gorian auch noch etwas anderes wahrnehmen. *Die Ahnung eines unmittelbar bevorstehenden Angriffs!*

Er wirbelte herum, stürzte nach vorn, fasste Meister Thondaril bei den Schultern und riss ihn mit sich. In diesem Moment zersprang das Fenster auf der gegenüberliegenden Gondelseite, und ein schwerer Armbrustbolzen fuhr dem Schlangenmenschen in die Brust, nagelte ihn geradezu an die Gondelwand.

Der in seiner Brust steckende Armbrustbolzen war mit einem zylindrischen Gefäß versehen, das zerplatzte. Feuer breitete sich rasend schnell aus, erfasste den Schlangenmenschen und kroch innerhalb weniger Augenblicke über den Boden und an den Wänden empor.

Doch da hatte Gorian Meister Thondaril bereits in den Schattenpfad gerissen. Gerade noch spürte er die mörderische Hitze, dann war es vorbei, und sie verstofflichten auf einem der Dächer. Das Gebäude, auf dem sie sich wiederfanden, hatte drei Geschosse, und das Dach wies nur einen gemäßigten Neigungswinkel auf, sodass es auch ohne die Hilfe von Magie nicht allzu schwierig war, das Gleichgewicht zu halten.

»Das war Laramontisches Feuer!«, stieß Meister Thondaril hervor.

Gorian hatte davon gehört. Es war ein unmagisches Feuer, das nur sehr schwer zu löschen war. Normalerweise wurde es im Seekrieg eingesetzt, und die Gilde der laramontischen Feuerwerker hütete seit Generationen das Geheimnis seiner Herstellung. Nur Kriegskoggen aus Laramont waren damit ausgerüstet, und das Kaisergeschlecht der Laramonteser hatte eine Verwendung dieser Waffe in den Flotten der anderen Herzogtümer stets zu verhindern gewusst.

»Du siehst also, wohin die Spur führt, Gorian«, knurrte Thondaril. »Beim verbotenen Namen des Verborgenen Gottes, dieser Basiliskenfürst hatte recht!«

Inzwischen war das Feuer auch die Haltegeschirre der Riesenlibellen emporgeschnellt, und der Schwarm menschengroßer Insekten stand ebenfalls in knisternden Flammen. Die Gondel stürzte ab, mitten auf einen Marktplatz, wo ein Tumult ausbrach.

Gorian hatte auf die Worte von Meister Thondaril kaum geachtet. Sein Blick schweifte über die hohen Wehrmauern und Türme der Befestigungsanlagen, die die sieben Burgen von Nelbar miteinander verbanden. Er versuchte nach Art der Caladran zu sehen, so wie er es im Reich des Geistes erlernt hatte, und schätzte ab, wo der Schütze gestanden haben musste, der dieses tödliche Feuer gesandt hatte.

Dann sah er die Mörder.

Es waren mehrere Gestalten in Lederwams, Helm und Waffenschärpe, einer von ihnen ein sehr kräftiger Oger. Sie scharten sich um eine Armbrust, die so groß und schwer war, dass man sie auf eine Eisengabel stützen musste, wenn man sie abschießen wollte. Die Waffe nannte man Kleiner Springald, und vor allem die Koggen der südlichen Herzogtümer waren damit ausgerüstet.

»Na wartet, dafür sollt ihr bezahlen!«, zischte Gorian zwischen den Zähnen hindurch. Er ließ Meister Thondaril einfach stehen und sprang erneut in die Schattenpfade. Innerhalb eines Augenblicks verwirbelte er zu einer Rauchwolke, die mit der Dunkelheit der Nacht verschmolz und geradewegs auf jenen Teil des Wehrgangs zuschoss, wo die Mörder ihre Waffe in Stellung gebracht hatten. Keinen Herzschlag später verstofflichte er dort.

Zwei Männer hatten dem Oger gerade den Kleinen Springald auf den Rücken geladen. Ein Kerl, bei dem der Nasenschutz des messingfarbenen Helms fast bis zum Kinn reichte, trug eine Holzkiste, die etwa die Länge des Bolzens hatte, von dem der Schlangenmensch getroffen worden war. Daher war anzunehmen, dass sich darin die Geschosse für diese Waffe befanden.

Zwei weitere Bewaffnete zogen sofort ihre Schwerter, ein anderer spannte seinen Bogen noch in dem Moment, als Gorian verstofflichte. Gorian lenkte den Pfeil mit einer Handbewegung ab und veränderte die Flugbahn des Geschosses so, dass es einem der Schwertkämpfer durch den Hals fuhr. Dann riss Gorian Sternenklinge und Rächer hervor.

Die wütenden Hiebe der beiden Schwertkämpfer parierte er scheinbar mühelos, und bevor der Bogenschütze den nächsten Pfeil eingelegt hatte, steckte diesem die Klinge von Gorians Dolch bis zum Heft im Auge, sodass er bereits tot auf die Knie und dann zu Boden sank.

Die beiden Schwertkämpfer griffen noch einmal sehr heftig an, aber Gorian kam ihren Hieben stets mit großer Sicherheit zuvor und parierte sie. Dann stieß er einen Kraftschrei aus und hob die freie linke Hand. Ein kugelförmiger Lichtblitz drang aus der Handfläche hervor. Die beiden Männer wurden mit den Rücken gegen die Wand des nahen Wachturms geschleudert und durch eine magische Fessel dort festgehalten. Sie konnten sich nicht bewegen. Die Schwerter in ihren Händen nützten ihnen nichts.

Gorian ließ seinen Dolch in die Linke zurückkehren und umschloss den Griff mit der Faust.

Unterdessen hatte sich der Oger den Kleinen Springald vom Rücken genommen. Er packte dessen Schaft mit beiden Pranken und benutzte die große Armbrust wie eine Keule. Mit ungeheurer Wucht ließ er sie niedersausen. Im letzten Moment wich Gorian zur Seite, und der Kleine Springald zersplitterte.

Der Oger stieß einen durchdringenden Kampfschrei aus und schleuderte die spitze Stange aus Eisen wie einen Speer. Gorian duckte sich, und die Eisenstange sauste mit solcher Wucht über ihn hinweg, dass sie etwa eine Elle tief in den Dachbalken eines benachbarten Hauses drang.

Der Mann, der die Kiste mit den Bolzen trug, hatte sich bereits ein paar Dutzend Schritte entfernt, setzte aber nun die Kiste ab, nahm einen der Bolzen heraus und machte sich an dem Mechanismus zu schaffen, der normalerweise ausgelöst wurde, wenn das Geschoss auf einen Widerstand traf, und das Laramontische Feuer zum Entflammen brachte.

Er schleuderte den Bolzen in die Höhe, rannte über den Wehrgang davon, als wären alle Dämonen der Hölle hinter ihm her, während der Bolzen wieder nach unten fiel, auf den Boden schlug und der zylindrische Behälter platzte.

Das Laramontische Feuer spritzte in alle Richtungen. Die Flammen krochen so schnell über den Wehrgang, dass es weder für den Oger noch für die beiden Männer, die Gorian mit

Magie an die Turmwand gefesselt hatte, noch eine Rettung geben konnte. Ihre markerschütternden Schreie mischten sich mit dem durchdringenden Fauchen, das das Laramontische Feuer bei seiner Ausbreitung erzeugte. Nur Herzschläge dauerte es, bis von den Männern an der Wand nur noch Knochen und Asche übrig waren.

Der brennende Oger sprang schreiend von der Mauer. Aber schon während des Falls verglühte er vollständig.

Gorian hatte sich im letzten Moment in einen Schattenpfad flüchten können. Er verstofflichte ein Stück vor dem davonlaufenden Mörder, sodass er ihm den Weg versperrte.

Der Mann hielt erschrocken in seinem Lauf inne, als Gorian plötzlich mit Sternenklinge in der Rechten vor ihm stand.

Der Gehetzte riss sein Schwert aus dem Gehänge an der Waffenschärpe – ein laramontisches Rapier mit karoförmigen Perforationen im Stahl, die die Klinge außerordentlich leicht machten. Eine Waffe, die von der Ritterschaft des Heiligen Reichs verachtet wurde, sich aber einigen hartnäckigen Legenden zufolge bei gedungenen Mördern außerordentlich großer Beliebtheit erfreute.

Ein Assassine aus Laramont, erkannte Gorian. Der Kaiser würde ihm einiges zu erklären haben. Aber vielleicht konnte er auch diesen Mann dazu bringen, das zu tun.

Der Griff eines solchen Assassinen-Rapiers war hohl und ließ sich mit Gift füllen. Wenn man den Verschluss mit einem Fingerdruck öffnete, lief dieses Gift eine Rinne an der Klinge entlang bis zur Spitze.

Genau dies tat Gorians Gegner.

Für ein menschliches Auge wäre das Giftrinnsal, dem der Weg durch Einkerbungen vorgezeichnet war, unter den herrschenden Lichtverhältnissen nicht zu sehen gewesen, aber Gorian sah nach Art der Caladran.

Jede noch so kleinste Verletzung durch diese Klinge hätte den sofortigen Tod zur Folge. Selbst die Heilkunst, die im Orden gepflegt wurde, konnte dann kaum noch etwas ausrichten.

Der Mann streckte das Rapier vor.

»Das würde ich nicht tun«, sagte Gorian ruhig. Seine Augen wurden schwarz. »Ich könnte deine eigene Waffe gegen dich richten, wenn ich wollte.«

»Ja, man hört viele seltsame Dinge über dich, Gorian aus Twixlum«, murmelte der Assassine. Er sprach Heiligreichisch, aber mit einem starken Akzent, der verriet, dass er tatsächlich aus Laramont stammte.

»Ich will wissen, wer dich gedungen hat. Dann lasse ich dich leben.«

Der Assassine verzog verächtlich das Gesicht. »Ich werde keineswegs so gnädig sein.«

Gorian senkte Sternenklinge.

Der Laramontier stürzte auf ihn zu, ließ die Giftklinge des Rapiers durch die Luft wirbeln und verfehlte Gorian nur um Haaresbreite, als dieser sich duckte.

Im nächsten Moment hatte der Assassine seine eigene Klinge am Hals, nur einen Hauch davon entfernt, ihm die Haut zu ritzen. Seine Hand zitterte. Er hatte keine Kontrolle mehr über sie.

Gorian trat auf ihn zu und steckte Sternenklinge ein. »Was habe ich dir gesagt?«

Der Laramontier blickte auf die scharfe Klinge. Ein Tropfen Gift rollte eine der Einkerbungen entlang.

»Viele fürchten dich inzwischen«, murmelte der Assassine. »Wenn ich dir sage, wer deinen Tod will, könnte ein ganz Großer des Reiches fallen. Da muss mehr für mich drin sein.«

»Sei froh, dass du noch lebst«, erwiderte Gorian.

»Also gut. Ich sage dir ...«

Zu mehr kam er nicht.

Ein Pfeil durchbohrte seine Schläfe und trat auf der anderen Seite des Kopfes wieder aus.

Gorian wirbelte herum. Einen zweiten Pfeil, der auf ihn gezielt war, konnte er mit Magie zur Seite lenken.

Er sah eine vermummte Gestalt über eines der benachbarten Dächer huschen, in der Hand einen Langbogen. Augenblicke später hatte ihn die Finsternis der scheinbar nicht mehr enden wollenden Nacht verschluckt.

Noch während der vom Pfeil durchbohrte Laramontier zu Boden sank, hatte Gorian die Schattenpfade betreten, sich in Rauch aufgelöst und war dort verstofflicht, wo er glaubte, dass der dunkle Komplize hingelaufen war.

Er befand sich auf einem Dach und sah sich um. Die Magie verhalf ihm zu zusätzlicher Standfestigkeit. Er schärfte seinen Blick nach Art der Caladran und sah hinab in eine belebte Gasse, in deren Mitte bereits ein bachbreites Rinnsal floss. Der noch immer steigende Wasserpegel des Bar führte dazu, dass es inzwischen überall in Nelbar Stellen gab, an denen das Wasser aus den Kanälen auf die Straßen quoll. Allein der Geruch legte ein Zeugnis über dessen Herkunft ab.

Gorians Blick glitt über die vielen Menschen, die sich in der Gasse aufhielten. Das Gedränge war durch die Überschwemmung noch größer als in anderen Gassen. Nirgends in dem dichten Gewühl sah er jemanden, der ein Flüchtender hätte sein können.

»Die Jagd ist hier anscheinend zu Ende«, sagte eine wohlvertraute Stimme.

Gorian fuhr herum.

Als dunkler Schatten hob sich die Gestalt von Meister

Shabran ab. Aber Gorian brauchte ihn nicht wirklich zu sehen, um zu wissen, wen er vor sich hatte.

»Du?«, fragte Gorian leicht verwundert.

»Unser Hochmeister hat uns über sein Handlicht alle alarmiert«, erklärte Shabran. »Du scheinst in wirklich großer Gefahr zu schweben.«

Gorian zuckte mit den Schultern. »Das bin ich seit langem gewöhnt. Aber eigentlich sollte es reichen, Morygor und die Frostgötter zu Feinden zu haben. Auf den Kaiser könnte ich in dieser Aufzählung gern verzichten.«

»Du brauchst dringend jemanden, der dir den Rücken freihält, wie es scheint.«

»Ja, das mag wohl sein«, gab Gorian zu.

»Lass mich dieser eine sein. Ich bin auf jeden Fall vertrauenswürdiger als dieser Blinde Schlächter und seine Maladran oder dieses untote Stück Zwergenfleisch, das mal ein Adh war.«

»Eigentlich habe ich es nicht gern, wenn jemand abfällig über einen Freund redet«, erwiderte Gorian.

»Dass du nur von *einem* Freund sprichst, lässt mich hoffen, dass du nur diesen Adh meinst.«

»Du bist mein Meister und ich dein Schüler. Eigentlich sollte *ich dir* den Rücken freihalten.«

Shabran schüttelte den Kopf. »Du bist so weit, dich einen Meister im Haus der Schatten nennen zu dürfen. Ab dann wirst du ein dreifacher Ordensmeister sein, ich aber nur ein ganz gewöhnlicher Ringträger im Haus der Schatten.«

Einsetzender Schneeregen sorgte dafür, dass sich die beiden Brandherde nicht allzu sehr ausbreiten konnten. Außerdem beteiligten sich Magiemeister des Ordens sowie Magier und Schamanen der Caladran an den Löscharbeiten.

Gorian kehrte mit Meister Thondaril und Meister Shabran noch einmal auf die Mauer zurück, auf der er gegen den Assassinen gekämpft hatte. Nach Art der Caladran lauschte er in die Gassen und hörte das Gerede der Leute. Sie murmelten etwas von einem finsteren Fluch. Ein Zeichen wäre dies, das der Verborgene Gott gesandt hätte, um das nahe Ende der Welt anzukündigen.

»Vielleicht lassen sich hier noch Spuren finden, die uns weiterbringen«, sagte der Hochmeister.

»Magische Spuren«, murmelte Gorian, während sein Blick suchend über den Boden glitt.

Vögel hatten sich über die Leiche des Assassinen hergemacht. Sein Gift-Rapier lag noch da und hatte nur eine gierige Ratte getötet, die unvorsichtig genug gewesen war, die Klinge zu berühren.

Gorian fasste die Waffe am Griff. »Das hier ist mehr als ein Fingerzeig.«

»Fragt sich nur, in welche Richtung«, murmelte Hochmeister Thondaril.

Shabran hingegen schien sich vor allem für die blutige Spitze des Pfeils zu interessieren, die den Kopf des Assassinen durchschlagen hatte. Er beugte sich nieder, und seine Hand berührte die Pfeilspitze beinahe. Feinste Blitze aus Schwarzlicht zuckten aus seinen Fingerkuppen und tasteten über das Metall, als wären es Fühler.

»Es scheint, als hättet auch Ihr etwas entdeckt, Meister Shabran«, bemerkte Thondaril.

Der Schattenmeister wandte den Kopf. Sein Antlitz wirkte blicklos, da seine Augen vollkommen von Schwärze erfüllt waren. »Ich bin mir nicht sicher«, sagte er. »Vielleicht habe ich mich *doch* geirrt.«

19) Kalter Hauch

Der Herzog von Eldosien zog mit großem Gefolge in die Stadt und nahm Quartier in der Zweiten Burg, die vom Magistrat schon seit geraumer Zeit für ihn geräumt worden war. Auf den Weg dorthin ließ er sich von den Bewohnern wie ein Befreier feiern.

Seit Einbruch der vollkommenen Dunkelheit war beinahe jeglicher Verkehr mit der Außenwelt abgebrochen. Allenfalls noch aus der näheren Umgebung kamen ein paar Bauern, um ein paar wenige Lebensmittel an die hungrigen Massen zu verkaufen, die sich in Nelbar drängten. Nicht einmal die Meldereiter aus Oque schafften es, regelmäßig ihre Botschaften zu überbringen.

Der Herzog hatte ein gewaltiges Heer mitgebracht, das die Lager vor der Stadt vergrößerte. Im Augenblick trugen diese Truppen eher dazu bei, die Situation zu komplizieren, als dass sie in der Lage gewesen wären, irgendetwas zur Rettung der Stadt beizutragen.

Einen günstigen Zeitpunkt hatte der Herzog für sein Erscheinen gewählt, denn zum ersten Mal seit langer Zeit rissen die dunklen Wolken auf, die den Himmel verdeckten. Die Sterne wurden sichtbar, und der Mond und der Sonnenkranz wechselten sich wieder am Firmament ab. Allerdings war Letzterer so schmal geworden, dass es bei Vollmond heller war als um die Mittagszeit. Die Nacht hörte nicht auf. Sie war nur klar und kalt geworden.

Der Pegel des Bar sank, die Überschwemmungen innerhalb der Stadt gingen stetig zurück. Doch die Freude darüber hielt sich in Grenzen, bedeutete doch der Rückgang des Hochwassers, dass der Schmelzsee in Nord-Oquitonien inzwischen gefroren war und das Eis weiter nach Süden vordringen konnte.

Die zunehmenden Schneefälle und der nun beständig wehende eiskalte Nordwind waren weitere Anzeichen dafür, dass es sich genau so verhielt.

Beliak stand an Deck der *Hoffnung des Himmels* und streckte sich. Der Schneefall wurde dichter, aber noch war es überall viel zu warm, als dass der Schnee liegen geblieben wäre. Der Adh breitete die kräftigen Arme aus, so als wollte er jede einzelne Flocke begrüßen. Auf jeden Fall aber sollten ihn so viele wie möglich treffen, denn das empfand er als angenehm.

Es befanden sich auch noch ein paar Wachen an Deck und die Maladran, die in der Nähe des Bugs kauerten. Sie saßen schweigend da, mit gesenkten Köpfen, und die Stimmung unter ihnen wurde immer angespannter.

Gorian hatte bemerkt, dass sich manche in ihre Gewänder hüllten, so als würde ihnen der Niederschlag etwas ausmachen. Das war zuvor nie der Fall gewesen. Einige der Maladran hatten ihre Körperformen noch etwas verändert. Etliche hatten nun zusätzliche Arme, anderen waren Panzerplatten gewachsen, die Gorian an Käfer erinnerten. Selbst die Freude an ihren Übungskämpfen schienen sie verloren zu haben.

Was Gorian am meisten Sorge bereitete, war der Umstand, dass der Blinde Schlächter ihm anscheinend aus dem Weg ging. Er vermied es, mit ihm zusammenzutreffen, und wenn es doch dazu kam, war er sehr wortkarg.

Beliak senkte die Arme, nachdem er sich etwas von dem fallenden feuchten Schnee ins Gesicht gerieben hatte. Er schien Gorians Gedanken zu erraten. »Sie hadern mit ihrer Lage, und wenn sie nicht bald etwas zu tun bekommen, werden sie unangenehm.« Er hob die Schultern und verzog das Gesicht wie im Schmerz. »Tote, Untote, Geister – wer glaubt, dass mit dem Leben die Sorgen vorbei sind, irrt sich gewaltig, Meister Gorian.«

»Hör auf, mich so zu nennen.«

»Du trägst jetzt den dritten Ring. Du hast dir diese Anrede verdient.«

»Du hast mich schon gekannt, da war ich …«

»Es kommt darauf an, was du jetzt bist, nicht was du warst. Und dasselbe gilt für mich. Ich war ein lebender Adh, ein toter Frostkrieger, und jetzt bin ich ein verwesender ehemaliger Frostkrieger, der aber immer noch untot ist. Wenn ich nicht aufpasse, löst sich das Fleisch von meinen Knochen, und der Geruch, der von mir ausgeht, wäre unerträglich, wenn ich nicht so viel ätherische Öle verwenden würde.«

»Ich müsste den Zauber erneuern, der das Auftauen deines Körpers hindert«, sagte Gorian schuldbewusst. »Verzeih mir die Nachlässigkeit.« Er hatte das eine Zeitlang regelmäßig getan, aber die vollkommene Dunkelheit hob jegliche Unterschiede zwischen Tag und Nacht auf und verwirrte auch Gorians Zeitgefühl.

»Ich danke dir für deine Fürsorge, Meister Gorian«, gab der Adh in ironisch übertriebener Förmlichkeit zurück und deutete sogar eine Verbeugung an. »Aber ich fürchte, dies wird das Problem auf Dauer nicht lösen. Genauso wenig wie die Höflichkeit der Caladran, die ihre empfindlichen Nasen erst rümpfen, wenn sie nicht mehr in meiner Nähe sind, oder sogar ungesunderweise ihr Niesen unterdrücken. Ich habe es mit dem Öl eines margoreanischen Mumifizierers versucht, das ich auf einem der nelbarischen Märkte erstanden habe.« Er zog den Ärmel seines stockigen Wamses hoch und zeigte Gorian eine faulige schwarze Stelle am Unterarm, wobei Verwesungsgeruch, nur leicht durch den Ölduft gemildert, Gorian entgegenschlug. »Du siehst, dass man das nicht unbedingt einen Erfolg nennen kann.«

»Ich werde mit Sheera sprechen. Vielleicht gibt es doch noch etwas, das die Heilkunst des Ordens für dich tun kann.«

»Wo es die Heilkunst der Caladran schon nicht konnte? Ich zweifle daran, dass es da noch irgendeine Hoffnung gibt. Aber zumindest die aufkommende Kälte ist sehr angenehm. Und solange ich darauf achte, mich von Lagerfeuern und Öfen fernzuhalten, werde ich vielleicht noch eine Weile durchhalten.«

Gorian berührte den Adh am Arm und sprach einen Zauber. Auch wenn er es nicht wahrhaben wollte, so spürte er doch, dass Beliak in letzter Konsequenz recht hatte.

»Ich danke dir«, murmelte der Adh, nachdem Gorian seine Formel beendet hatte. »Das war sehr gut. Auf jeden Fall besser als das Öl des Mumifizierers. Aber wer weiß, vielleicht war es auch nur eine Fälschung. Eigentlich haben die Mumifizierer von Margorea einen guten Ruf, allerdings würde ich eine Reise dorthin kaum überstehen, daher werde ich es wohl nie herausfinden.«

»Du darfst die Hoffnung nicht aufgeben, Beliak.«

»Nein, ich hätte die Hoffnung schon in dem Moment aufgeben sollen, als ich zusammen mit dem Langzahnlöwen ins Untererdreich stürzte, zum Untoten wurde und unter Morygors Einfluss geriet. Von da an war jede Hoffnung Illusion.

Die Sache ist doch die: Ich gehöre ins Frostreich, ich bin ein untotes Geschöpf, das sich über jede Veränderung am Himmel freuen sollte, die den Sonnenkranz weiter schmälert und dafür sorgt, dass es auf Erdenrund immer kälter wird. Eigentlich liegt die Ursache des Problems auf der Hand: Ich bin dir gefolgt, und zwar in die falsche Richtung. Ich sollte nach Norden gehen, zurück in die Kälte des Frostreichs. Aber das will ich nicht, denn ich will nie wieder ein Geschöpf Morygors werden, ein Wesen ohne freien Willen, das nicht viel mehr als ein Werkzeug ist.«

»Wie kann ich dir helfen?«

»Du hast mir schon genug geholfen. Ich fürchte, niemand kann noch etwas für mich tun.«

»Wir brechen bald auf in den Norden«, versprach Gorian. »Es wird zu einer großen Schlacht gegen die Heere des Frostreichs kommen. Der Flusspegel sinkt bereits, und das kann nur bedeuten, dass das Eis wieder auf dem Vormarsch ist und den Leviathanen den Weg bereitet.«

Ein schwaches Lächeln glitt über das Gesicht des Adhs. »Ich werde dir helfen, solange ich kann, Gorian. Denn das, was du vorhast, ist gut. Aber ich kann dir nicht versprechen, dass ich dir wirklich noch lange eine Hilfe sein werde.«

»Sag so etwas nicht.«

»Ein Meister sollte auch schmerzhafte Wahrheiten vertragen, Gorian.« Er deutete über die Reling. »Andere Verzweifelte können sich ins Meer stürzen, aber das würde mein Dilemma als Untoter nicht lösen, zumal wahrscheinlich nicht einmal mehr den Fischen mein Adh-Fleisch schmeckt.«

»Es wird sich eine Möglichkeit finden, um dir zu helfen«, versprach Gorian.

»Konzentrier dich lieber darauf, das große Ziel zu erreichen, wie man es von dir erwartet, *Meister*.« Beliak deutete zu den Maladran. »Warum sollte es mir besser gehen als diesen monströsen Gesellen dort. Einige beklagen sich darüber, dass ihre Körper inzwischen so sehr verstofflicht sind, dass sie nicht einmal mehr durch die Planken des Schiffes gleiten können, geschweige denn durch irgendwelche Wände.« Er schüttelte in gespielter Betroffenheit den Kopf. »Ich sage dir, es gibt schon sehr harte Schicksale.«

Genau in der Mitte von Nelbar befand sich die Magistratsfestung. Eigentlich war sie die achte Burg der Stadt, aber sie wurde in der Nummerierung nicht mitgezählt, da sie größer und prächtiger war als die sieben anderen, die streng genommen Außenforts der städtischen Befestigungsanlagen waren. Die Magistratsfestung aber war im Belagerungsfall der letzte Rückzugsort. Und da dort der Magistrat öffentliche Sitzungen abhielt, hatte sie auch den mit Abstand größten Saal.

Dort fand das große Treffen aller Bündnispartner statt, die sich vorgenommen hatten, dem erwarteten Angriff des Frostreichs entgegenzutreten.

Gorian erschien zusammen mit Meister Thondaril und Meister Shabran. Sheera und Beliak begleiteten ihn ebenfalls, so wie auch der Blinde Schlächter und einige ausgewählte Maladran. Nach dem Attentatsversuch auf Gorian erschien das aus Sicherheitsgründen erforderlich. Abgesehen davon kamen auch die anderen Bündnispartner mit teilweise sehr großem Gefolge. König Abrandir und seine Gemahlin Orawéen nahmen sich dabei noch geradezu bescheiden mit ihrer Eskorte aus. Da sich unter der aber auch der Schamane Brass Telir und einige Caladran-Magier befanden, war das Königspaar der Caladran wohl besser geschützt, als es auf den ersten Blick den Anschein hatte.

Der Vorsitzende des Magistrats – gut zu erkennen an der

breiten goldenen Amtskette, die er um den Hals trug – wurde nicht nur von seinen Stellvertretern, sondern auch von einem Trupp der Stadtwache begleitet, die auch sämtliche Ein- und Ausgänge besetzt hielt.

Der Fürst von Naraig ließ sich in einer Sänfte von Ogern in den Saal tragen, im Schlepp gut hundert Schlangenmenschen-Krieger.

Das größte Gefolge hatte naturgemäß Kaiser Corach IV. Allerdings schritt er im Gegensatz zum Basilisken-Fürsten selbst zu seinem Platz, wo eigens ein Thronsessel für ihn aufgestellt worden war, überzogen von feinstem Samt und mit Stickereien aus Goldfäden versehen.

Diesen Thron hielt der Magistrat für die seltenen Besuche des Kaisers bereit. Das letzte Mal, dass ein heiligreichischer Herrscher Nelbar besucht hatte, war allerdings schon lange her; es war noch zu Zeiten von Corachs gleichnamigem Großvater gewesen, weswegen der Thron in der Zwischenzeit auch etwas gelitten hatte. Da im Moment Handwerker aller Art kaum zu bekommen waren, war es auch nicht möglich gewesen, noch rechtzeitig einen Polsterer zu beauftragen, das Möbelstück in einen Zustand zu versetzen, der dem Anlass würdig gewesen wäre.

Kaiser Corach verzog ob dieser Mängel keine Miene und nahm seinen Platz ein, umgeben von zahlreichen Rittern.

Gorian war Corach einmal auf der Ordensburg begegnet. Aber der Herrscher vermied es, einen Blick in die Richtung des nunmehr dreifachen Ordensmeisters zu werfen.

Der Herzog von Eldosien erschien zwar nicht mit dem größten Gefolge, dafür aber mit einer wohlkalkulierten Verspätung, die zu nichts anderem diente, als seine herausragende Bedeutung zu unterstreichen. Jedem der Anwesenden war bekannt, dass der Großteil der Truppen, die sich bei Nelbar und Oque sammelten, dem direkten Befehl des Herzogs unterstand, und dementsprechend beanspruchte er auch eine Führungsrolle bei den anstehenden strategischen Entscheidungen.

Die Priesterschaft war ebenfalls vertreten. Aber ihre Delegation war klein und wurde vom Bischof von Endos geleitet, der als Büttel des Herzogs von Eldosien galt. Nicht von ungefähr war er mit dessen Tross zusammen nach Nelbar gereist.

Emissäre waren von den Königen von Gryphland und Melagosien geschickt worden, und ein Galeerenkapitän musste das Königreich Westreich vertreten. Dort hatte man im Moment ganz andere Sorgen, als einen hochrangigen Gesandten nach Nelbar zu entsenden.

Meister Thondaril trat vor, erzeugte eine Lichtblase, die beinahe bis unter die Saaldecke reichte und auf deren Oberfläche eine Karte von Oquitonien zu sehen war.

»Einige unserer Schattenmeister sind in das Grenzgebiet zum Frostreich gereist, und sie bestätigen uns, dass das Eis wieder vordringt. Der Schmelzsee ist längst unter den Gletschern gegraben. Ich sage es hiermit ganz deutlich und offen: Gegen den Frost haben wir vorerst keine Waffe. Wer zum Himmel sieht, kann unschwer erkennen, wie wenig Sonnenlicht noch Erdenrund erreicht, und daher wird sich niemand darüber wundern, dass sich die Gletscher weiter nach Süden schieben. Aber den Horden von Untoten und den alles verwüstenden Leviathanen, in deren Bäuchen die Eroberer reisen, werden wir mit einer Waffe der Basilisken-Magie entgegentreten, die unserem scheinbar allgewaltigen Feind eine empfindliche Niederlage beibringen soll. Allerdings brauchen wir dazu die Unterstützung jener Heere, die sich in Nelbar und Oque versammelt haben. Sie werden das Gebiet zwischen dem oberen und dem unteren Nebenfluss des Bar gegen jene Angreifer schützen, die von der Basilisken-Magie nicht erfasst werden, und verhindern, dass sie weiter nach Süden vordringen.« Meister Thondaril erläuterte dann, wo genau sich die Kampfverbände der einzelnen Verbündeten im Gelände positionieren sollten.

Nirgends wurde zunächst Widerspruch erhoben. Der Plan, den der neue Hochmeister des Ordens der Alten Kraft vortrug, war ganz offensichtlich gut durchdacht und zeugte davon, dass er bestens darüber informiert war, welche Truppen überhaupt zur Verfügung standen, wo sich diese zurzeit befanden und wie schnell sie ihre neuen Positionen einnehmen konnten.

Schließlich meldete sich Kaiser Corach zu Wort. »Ihr seid ein vielgerühmter Mann, Hochmeister Thondaril, auch wenn ich gehört habe, dass Ihr in letzter Zeit bei der Zahl der Meisterringe von jemandem aus Eurem Orden übertroffen wurdet.« Der schmächtige Kaiser tupfte sich die Stirn mit einem Taschentuch und hüstelte leicht. Er konnte sich ein süffisantes Lächeln nicht verkneifen. Es war unverkennbar, dass es ihm nicht gefiel, dass er bei diesem Plan weder die treibende Kraft noch der Urheber gewesen war. Genau genommen war er noch nicht einmal in alle Details eingeweiht. »Es scheint, als wärt Ihr neben Euren anderen Begabungen auch ein großer militärischer Stratege, wehrter Hochmeister.«

»Dieses Kompliment aus berufenem Mund weiß ich zu schätzen«, gab Thondaril zurück, und sein Tonfall war klirrend kalt.

»Was ist das für eine magische Waffe, die unsere basiliskischen Verbündeten zum Einsatz bringen wollen? Alles, was mir bisher darüber zu Gehör gebracht wurde, war doch recht ungenau und vage.«

»Es ist eine Waffe, die außerordentlich gefährlich für

Freund und Feind sein kann und bei deren Anwendung wir sehr vorsichtig sein müssen. Aber wenn sich alle Beteiligten an die Anweisungen halten, dürften wir erfolgreich sein.«

»Ihr seid meiner Frage ausgewichen«, stellte der Kaiser fest. »Und was die Anweisungen angeht, sprecht Ihr da von Euren Anweisungen? Führt Ihr den Oberbefehl über unser Heer?«

»Es geht um den Erfolg«, sagte Thondaril, »nicht um persönliche Eitelkeiten. Wir werden nur diese einzige Möglichkeit haben, dem Vormarsch der Frostkrieger für eine Weile Einhalt zu gebieten. Gelingt uns das nicht, sind sie in Kürze hier in Nelbar, und mit Frostkriegern gefüllte Leviathane werden den bis dahin gefrorenen Bar hinabrutschen, um danach die Festungsanlagen der Stadt unter ihren gewaltigen Körpern niederzuwalzen.«

»Ich werde über Euren Vorschlag nachdenken«, sagte der Kaiser.

»Dazu ist jetzt keine Zeit mehr«, sagte Thondaril.

»Vergesst nicht, mit wem Ihr sprecht, Hochmeister! Ich bin der Kaiser. Und ich führe das Heer und treffe letztendlich die Entscheidungen.«

Meister Shabran trat vor. Er schlug seinen dunklen Schattenmeister-Mantel zur Seite, zog ein Schwert und warf es dem Kaiser vor den Thron.

»Was erlaubt Ihr Euch?«, entfuhr es Corach, während gleich ein halbes Dutzend Wachen nach ihren Waffen griffen. »Was ist das für ein Schwert?«

»Ein laramontisches Gift-Rapier, das einem jener Assassinen gehörte, die gedungen wurden, um Hochmeister Thondaril und Meister Gorian zu töten. Den Schein des Laramontischen Feuers, das die Libellengondel verschlang, müsstet Ihr von Eurem Quartier aus gesehen haben.«

»Was habe ich damit zu tun?«, rief Corach.

»Genau diese Frage stelle ich Euch, Majestät!«

»Das ist unerhört!«, ereiferte sich Corach, dann war er auf einmal nicht mehr in der Lage, noch ein einziges Wort hervorzubringen. Stattdessen rang er nach Atem, lief rot an und bedeckte Mund und Nase mit seinem Taschentuch. Ein Röcheln, und er brach in sich zusammen, kippte vornüber vom Thron und blieb reglos am Boden liegen.

Einer seiner Gefolgsleute kniete neben ihm nieder. »Einen Heiler!« rief er. »Wo ist der Leibheiler des Kaisers?«

Sheera lief quer durch den Raum, geradewegs durch die verblassende Lichtblase von Meister Thondaril hindurch. Gorian folgte ihr, und Thondaril wandte sich wütend an Meister Shabran. »Dieser Auftritt war nicht abgesprochen! Was fällt Euch ein! Ist Euer Verstand auf den Schattenpfaden verloren gegangen?«

Eine Wache stellte sich Sheera in den Weg.

»Ich bin Heilerin!«, erklärte sie und hielt die linke Hand hoch, an der ihr Ring zu sehen war.

Einige der Gefolgsleute des Kaisers wechselten unschlüssige Blicke, dann nickte ein Mann mit weißem Backenbart. Er war einer der wenigen Unbewaffneten des Trosses, mit dem der Kaiser gekommen war. Er trug einen samtfarbenen Mantel mit Pelzbesatz und die goldene Kette des kaiserlichen Kanzlers.

»Lasst sie!«, entschied er. »Und irgendjemand sollte nachsehen, wo der kaiserliche Leibheiler geblieben ist! Und zwar schnell!«

»Es tut mir leid, ich kann nichts mehr für ihn tun«, stellte Sheera sehr schnell fest. »Der Kaiser ist tot.«

Es dauerte eine ganze Weile, bis sich der Tumult im Saal gelegt hatte. Der tote Kaiser wurde von seinen Gefolgsleuten hinausgetragen.

»Wo ist denn dieser verdammte Leibheiler?«, rief jemand.

»Wir brauchen jetzt einen Priester«, stach eine andere Stimme hervor.

Gorian bemerkte, dass Sheeras Blick suchend über den Boden schweifte. »*Wonach suchst du?*«

»*Nach dem Taschentuch. Ich glaube, der Kaiser wurde vergiftet. Aber sein Taschentuch ist spurlos verschwnden.*«

Als endlich wieder einigermaßen Ruhe im Saal eingekehrt war, ergriff der Herzog von Eldosien das Wort. Er erhob sich von seinem Platz. Seine Gestalt war groß und breitschultrig, das Kinn wirkte durch einen dunklen Bart sehr kühn, der Blick seiner dunklen Augen drückte Entschlossenheit aus.

Er hob die Hände. »Dem Verborgenen Gott hat es gefallen, den Kaiser des Heiligen Reiches zu sich zu rufen«, sagte er mit durchdringender, klarer Stimme. »Corach IV. aus dem Geschlecht der Laramonteser wird unser Heer nicht mehr befehligen können. Nach der Verfassung des Heiligen Reiches ist es in einer kaiserlosen Zeit möglich, dass mindestens drei Herzöge einen kaiserlichen Regenten erheben, wenn das Reich bedroht ist. Da ich selbst in Personalunion Herzog von Eldosien, Oquitonien und Baronea bin, ernenne ich mich hiermit vorläufig und bis zur Einberufung einer Versammlung aller Herzöge zum Regenten und übernehme ab sofort auch das Kommando über die kaiserlichen Truppen und die im Hafen liegende Flotte.«

»*Da scheint jemand lange auf seinen Moment gewartet zu haben*«, sandte Gorian eine Gedankenbotschaft an Sheera.

Quälend lange Augenblicke herrschte Schweigen im Saal.

Der Herzog bedachte den kaiserlichen Kanzler mit einem durchdringenden Blick. »Gibt es jemanden, der gegen dieses Vorgehen rechtliche Einwände vorzubringen hat?«

Der Kanzler schluckte. »Angesichts der Bedrängnis, in der wir stehen, möchte ich nicht dagegen sprechen.«

»So kann ich auch auf Eure Dienste zählen, Kanzler?«

»Gewiss.«

Der Herzog zog sein Schwert und hob es wie ein Heerführer vor der Schlacht in die Höhe. »Bisher kannte mich ein jeder als Herzog Paddan von Eldosien, auch Herzog von Oquitonien und Baronea. Aber in tiefem Respekt vor unserem Kaiser, den der Verborgene Gott so früh zu sich genommen hat, wähle ich den Regentennamen Paddan Corach!«

Die Männer aus seinem Gefolge waren die Ersten, die ebenfalls ihre Schwerter zogen und in die Höhe reckten. Etwas zögernd schlossen sich die Gefolgsleute des toten Kaisers und die Stadtwachen des Magistrats an. »Lang lebe Paddan Corach!«, dröhnte es durch den Saal.

Gorian bemerkte neben sich den Blinden Schlächter Eldamir. Er verzog sein augenloses Gesicht zu einem zynischen Grinsen. »Und ich habe immer gedacht, ich wäre bei meinesgleichen in wirklich schlechter Gesellschaft«, murmelte er in caladranischer Sprache, sodass abgesehen von Gorian niemand in der näheren Umgebung dies verstehen konnte.

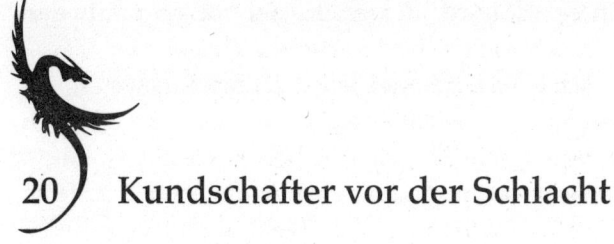

20) Kundschafter vor der Schlacht

Zwei Wirbel aus schwarzem Rauch erschienen über der eisigen Anhöhe. Innerhalb eines Augenblicks verdichteten sie sich zu zwei Gestalten.

Meister Shabran zog sich den Umhang enger um die Schultern. Der Wind war eisig und das Schneegestöber so dicht, dass man kaum etwas sehen konnte, zumal es ziemlich dunkel war. Riesige dunkle Schatten bewegten sich an der Anhöhe vorbei, und die dumpfen, sehr tiefen Laute, die sie ausstießen, ließen keine Zweifel daran, dass es sich um Leviathane handelte. Es waren Hunderte, und sie zogen nach Süden.

Ein anderer Schatten fehlte jedoch. Dort, wo sich eigentlich die Hänge des Nord-Eldosischen Gebirges hätten erheben müssen, war nichts mehr, nur noch die Nacht.

Gorian, der sich mit zunehmender Übung immer besser darauf verstand, nach Art der Caladran zu sehen, fielen immerhin ein paar Unregelmäßigkeiten in der glatten Decke aus Eis und Schnee auf, die auf kleinere felsige Erhebungen darunter schließen ließen, Trümmer eines Gebirges von einst majestätischer Größe.

»Verflucht kalt hier«, meinte Meister Shabran.

»Beliak würde sich wohlfühlen«, murmelte Gorian. Er wandte sich an den Schattenmeister. »Warum hast du Hochmeister Thondaril durch deinen Auftritt vor dem Kaiser so düpiert?«

»Einer musste es tun. Oder wärst du bereit gewesen, für einen Kaiser in die Schlacht zu ziehen, der versucht hat, dich zu töten?«

»Wir wissen nicht mit Sicherheit, wer diese Tat in Auftrag gab.«

»Ach nein? Ich habe versprochen, dir den Rücken freizuhalten. Und genau das habe ich getan und werde es wieder tun. Dass Hochmeister Thondaril es nicht schätzt, wenn irgendetwas nicht seiner Kontrolle unterliegt, dafür kann ich nichts!«

Gorian schwieg einen Moment. »Sheera hat dem toten Kaiser die Hand aufgelegt und ihn einer kurzen heilmagischen Untersuchung unterzogen. Sie ist überzeugt davon, dass er vergiftet wurde.«

»Und du fragst dich, ob der Herzog von Eldosien dahintersteckt?« Shabran zuckte mit den Achseln. »Möglich wäre es. Aber genauso kann es sein, dass er einfach nur die Gunst der Stunde genutzt hat. Was ist? Wollen wir unsere Kundschafter-Reise noch etwas tiefer ins Frostreich ausweiten?«

»Warum nicht.«

»Es gibt keinen Ort, gleichgültig, wie weit er auch entfernt sein mag, zu dem einen die Schattenpfade nicht zu führen vermögen. Es ist nur eine Frage der Kraft und der geistigen Disziplin. Aber was rede ich da? Du bist inzwischen ein Meister, und ich sollte mir dringend abgewöhnen, dich immer noch belehren zu wollen.«

Sie lösten sich in Rauch auf, und Gorian folgte Shabran durch die Schattenpfade. Es war eine so leichte Art, selbst weite Entfernungen zu überbrücken, dass man die Gefahren sehr schnell unterschätzte, wie er selbst schon am eigenen Leib erfahren hatte.

Der nächste Ort, an dem sie verstofflichten, befand sich inmitten einer weißen Einöde, aber es fiel kein Schnee. Ein klarer, kalter Sternenhimmel wölbte sich über das Land, und es hatte den Anschein, als wäre der Sonnenkranz noch schmaler und lichtschwächer geworden. Feuerschlieren flackerten an seinem Rand in die Schwärze hinein.

Gorian ließ den Blick schweifen, während ihm die menschenfeindliche Kälte einen Moment lang schier den Atem raubte. Er zog sich die Kapuze seines Caladran-Wamses tief ins Gesicht und schob die Hände in die Ärmel.

Schroffe Berge ragten in der Ferne auf, aber auch sie waren vollkommen weiß. Die einzige klare Kontur, die in der gesamten Umgebung zu erkennen war, bestand aus einem schneebedeckten Schiff von gewaltigen Ausmaßen, das sich auf einem kantigen Felsen befand, der wie eine einsame Säule aus dem Eis hervorragte.

»Das Grabschiff von Rognyr Gottestöter«, murmelte Gorian. »Dort hinten muss Torgard liegen.«

»So ist es«, bestätigte Meister Shabran mit einem hintergründigen Lächeln.

»So weit war seit langer Zeit niemand mehr im Norden.«

»Ich nehme an, du spürst Morygors Aura.«

»Ja.«

Rognyr Gottestöter war in alter Zeit ein König von Torheim gewesen, der großen Ruhm erlangt hatte, weil es ihm gelungen war, einen der Frostgötter zu töten, der mehr oder minder regelmäßig ganz Torheim verwüstet und die Hauptstadt Torgard dreimal dem Erdboden gleichgemacht hatte. Das war lange, bevor man am Weltentor gegen die Frostgötter gekämpft und sie vertrieben hatte. Das Grabschiff auf dem Felsen war vermutlich das größte Schiff, das jemals von den Menschen Ost-Erdenrunds gebaut worden war.

»Ein Ort der Hoffnung«, sagte Meister Shabran.

»Du warst schon öfter so weit im Norden?«

»Und noch weiter.«

»Fürchtest du nicht, eines Tages unter den Einfluss Morygors zu geraten und als ein anderer zurückzukehren, so wie es vielen Kundschaftern erging, die Meister im Haus der Schatten waren?«

»Bist du nicht das gleiche Wagnis eingegangen, als du zum Speerstein von Orxanor aufgebrochen bist?«

»Gewiss.«

»Und hätte dir nicht das Gleiche widerfahren können? Ah, du denkst, deine besonderen magischen Fähigkeiten schützen dich letztlich davor – und das Zeichen des fallenden Sterns, unter dem du geboren bist. Aber dann solltest du an das Schicksal deines Freundes Torbas denken.«

»Bei mir ist das etwas anderes«, sagte Gorian.

»Ach ja?«

»Ich habe keine Wahl, denn Morygor wird mich in jedem Fall töten, wenn er die Gelegenheit dazu erhält.«

»Ich habe deinen Freund Beliak sagen hören, dass dies durchaus ein gnädigeres Schicksal sei als die Existenz eines Untoten unter Morygors Herrschaft.«

Gorian fühlte zwar Morygors bedrängende Aura, die stärker als je zuvor auf ihn einwirkte, aber anscheinend war seine Widerstandskraft dagegen gewachsen, denn er konnte sie leichter ertragen.

Irgendwo jenseits des Horizonts schoss ein Blitz über den Himmel. Er hatte seinen Ausgangspunkt am Boden und zuckte hinauf durch die ewige Nacht, dem Schattenbringer entgegen. Für einen kurzen Moment überstrahlte er die Sterne. Danach sah man ihn als schwaches Leuchten in Richtung des Schattenbringers verschwinden, wo er schließlich von dessen abgrundtiefer Finsternis verschluckt wurde.

»Das war Morygors Kraft«, war Gorian überzeugt. »Anscheinend hat der Schattenbringer seine optimale Position am Himmel noch nicht erreicht.«

»Die hat er erst dann eingenommen, wenn kein einziger Sonnenstrahl mehr bis nach Erdenrund gelangt«, antwortete Meister Shabran.

Eine ganze Weile standen sie da. Gorian hatte das Gefühl, dass sich noch im nächsten Moment etwas ereignen würde. Es war ein ähnliches Gefühl, wie es einem Schwertmeister vor einem unmittelbar bevorstehenden Angriff überkam.

Dann blitzte es in der Schwärze des Schattenbringers plötzlich auf. Die Kraft, mit der Morygor auf diesen Himmelskörper einwirkte, hatte offensichtlich ihr Ziel erreicht. Und wenig später wirkte sie sich auch aus. Der Lichtkranz der Sonne zerriss. Die Dunkelheit des Schattenbringers schluckte ein Drittel des Feuerkranzes völlig, und der Rest verlor merklich an Helligkeit.

»Ich wüsste zu gern, wie Morygor das vollbringt«, murmelte Gorian.

»Du könntest innerhalb eines Augenblicks dort sein«, meinte Shabran.

»Sag bloß, du warst schon bei der Frostfeste?«

Der Schattenmeister lachte. »Ich bin ja nicht wahnsinnig!«

Gorian nickte. »Auch für mich ist es noch zu früh.«

»Aber trotzdem wagst du dich doch noch weiter vor, oder?«, fragte Meister Shabran. »Bevor du zu deinem entscheidenden Schlag gegen Morygor ausholst, solltest du dich so gut wie möglich auskennen, findest du nicht? Und davon abgesehen steht eine große Schlacht bevor, und da könnte es wichtig sein zu wissen, welche Kreaturen unser Feind noch auf uns hetzen wird.«

»Du sprichst vom Weltentor«, stellte Gorian fest.

»Mehr als einmal war ich dort, und da ich stets zurückgekehrt bin, ohne durch Morygors Aura den Verstand verloren zu haben, wirst du es auch schaffen.«

»Weiß Hochmeister Thondaril davon, wie weit du auf deinen Kundschafter-Reisen schon ins Frostreich vorgestoßen bist?«

»Nein. Und es wäre sicher gut, wenn du es für dich behalten würdest. Er ist in dieser Hinsicht etwas ängstlich.«

»Nicht ohne Grund«, sagte Gorian.

»Mag sein.«

»Als wir auf dem Weg zum Speerstein waren, konnte er mir schließlich nicht mehr folgen. Er hat sehr schmerzlich die Grenzen seiner Kräfte erfahren. Ich denke, damit hängt seine Vorsicht zusammen.«

»Wissen ist Macht, Gorian. Je mehr wir über unsere Feinde wissen, desto größer ist die Aussicht auf einen Sieg.«

Vieles ging Gorian auf einmal durch den Kopf. Er fragte sich, wie lange sie sich wohl so tief in Morygors Reich aufhalten konnten, ohne dass man sie bemerken würde. Aber er konnte in dieser Hinsicht offenbar auf Meister Shabran vertrauen. Kleine Stippvisiten eines Schattenmeisters schienen Morygors vermutlich ziemlich umfassender Aufmerksamkeit schließlich doch zu entgehen, und wenn nicht, so war der Kundschafter durch die Schattenpfade schon verschwunden, bevor er gestellt werden konnte.

Shabran hatte Gorian geraten, jegliche Gedankenverbindung zu unterlassen, solange sie sich im Frostreich aufhielten. Das bedeutete, dass er sich nicht mit Sheera über das austauschen konnte, was er sah. Selbst das Handlichtlesen war tabu, erleichterte es doch dem Feind, sie aufzuspüren.

Gorian folgte Meister Shabran durch die Schattenpfade zum Weltentor, das im Nordosten lag. Sie fanden sich auf dem Kamm eines kraterähnlichen Gebirges wieder, der ein flaches, eisbedecktes Tal umfasste. In der Mitte dieses Tals befand sich ein schwarzer, annähernd quaderförmiger Felsen, der säulenähnlich in die Höhe ragte.

Von seiner Spitze aus spannte sich ein Bogen aus flimmerndem Licht zum Rand des Kraters und bildete ein Tor, doch jenseits dieses Tores war nichts weiter als wallender Nebel zu sehen, grau, mit ein paar rötlichen und gelblichen Schlieren darin. Hin und wieder zeichneten sich in diesem Nebel Schatten ab. Manchmal waren sie winzig und kaum auszumachen, dann wieder so groß, dass selbst die Magistratsfestung von Nelbar neben ihnen klein gewirkt hätte. Aber nichts von alldem, was sich hinter dem Nebel verbergen mochte, trat hervor.

»Der Lichtbogen«, murmelte Meister Shabran. »Das Tor ist geöffnet. Es könnte jederzeit etwas daraus hervorkommen, und da Morygor es beherrscht, kann das nur bedeuten, dass er gedenkt, noch mehr Nachschub aus den Schattenwelten jenseits des Tores herbeizuholen.«

»Reichen seine Untoten nicht? Schließlich kann er all die Gefallenen in die Reihen seiner Heere stellen, wenn er will.«

»Und das tut er auch, wie man sieht.« Shabran streckte die Hand aus und deutete zu jenem Punkt, wo der Lichtbogen den Kraterrand berührte. Gorian brauchte seinen Blick nicht auf Caladran-Art zu schärfen, um die typischen fellbesetzten Röcke und die gehörnten Helme der Torheimer Krieger zu erkennen.

Die Torwächter.

Es waren untote Torheimer, die mit dieser Aufgabe betraut waren. Einige von ihnen kamen gerade aus einer Höhle hervor.

»Wir sollten uns nicht zu lange hier aufhalten«, warnte Meister Shabran. »Auch wenn die Versuchung groß ist, wenigstens einen Blick in eine der Welten zu werfen, die mittels des Tores zu erreichen sind. Manchmal ist das nämlich möglich.«

Niemand wusste, wer dieses Tor einst errichtet hatte. Angeblich war es sogar älter als das Volk der Sechsfingrigen und schon an seinem Ort gewesen, als diese magiebegabten Wesen ganz Erdenrund beherrschten. Hier hatte einst die Große Schlacht gegen die Frostgötter stattgefunden, an deren Ende sie durch das Tor vertrieben worden waren.

Götter, deren Gehorsam sich Morygor erkauft hatte, indem er ihnen die Gnade einer Rückkehr aus ihrem offenbar nicht sonderlich komfortablen Exil erlaubte.

»Ich frage mich, was sich Morygor davon verspricht, wenn er noch mehr Höllengeschöpfe durch dieses Tor holt«, sagte Gorian. »Ist die Überlegenheit seiner Heere nicht schon groß genug? Und wer wird sich überhaupt noch gegen ihn zur Wehr setzen können, wenn die Kälte der ewigen Nacht auch den letzten Winkel von Erdenrund erreicht?«

»Morygor mag unsere Absichten und unser Schicksal vorausahnen, aber wir sind dazu nicht in gleicher Weise in der Lage«, antwortete Meister Shabran. »Tatsache ist, dass einige der übelsten Frostgötter noch nirgends wieder in unserer Welt gesichtet wurden und sehr wahrscheinlich noch darauf warten, dass Morygor ihnen irgendwann die Rückkehr erlaubt. Von all den anderen Höllengeschöpfen, die er noch zu rufen vermag, ganz abgesehen.«

Im Nebel jenseits des Tores tat sich etwas. Daraufhin schärfte Gorian seinen Blick nach Art der Caladran und starrte in das wallende Chaos, um in den wabernden Schatten irgendetwas erkennen zu können. Dort waren Schatten zu sehen, die von Riesen stammen mussten.

Jene Kreaturen, die dann tatsächlich das Tor zwischen den Welten durchschritten, waren jedoch vergleichsweise klein. Es waren drei braune Bären, die etwa die Größe von Wollnashörnern hatten. Auf ihnen ritten grazile, an Skelette erinnernde Reiter, mit sensenartig gebogenen Schwertern und Dreizacken bewaffnet. Ihre Köpfe waren oval und schienen metallisch zu sein. Die einzige Kontur, die an diesen vollkommen ebenmäßig geformten Köpfen erkennbar war, waren die Augen. Sie glühten rot und leuchteten so stark, dass sie ihre gesamte Umgebung in einen rötlichen Schein tauchten.

»Bärenreiter!«, stieß Gorian überrascht hervor.

»Der Bärenreiter-Fürst Thragnyr ist als derjenige unter den Frostgöttern bekannt, der den größten Hang zum Verrat hat«, erklärte Shabran.

»Zumindest sagen das die Legenden«, murmelte Gorian.

Meister Shabran zuckte mit den Schulten. »Von daher kann ich es durchaus verstehen, dass Morygor ihn bisher jenseits des Tores hat schmoren lassen.«

»Und was sollte der Grund dafür sein, ihn jetzt zu rufen?«

»Keine Ahnung, Gorian. Aber es könnte damit zu tun haben, dass die Bärenreiter lebendige Wesen und keine Untoten sind. Die Tatsache, dass sein Heer vor allem aus Untoten besteht, hat seinen Vormarsch in letzter Zeit etwas verlangsamt, wenn ich das richtig sehe.«

»Das werden wir dem Hochmeister melden müssen«, sagte Gorian.

»Lass uns damit warten, bis wir noch einmal hierher zurückgekehrt sind und mehr wissen. Ansonsten würde er uns daran hindern, und es könnte sein, dass wir wichtige Dinge nicht erfahren, nur weil Hochmeister Thondaril übervorsichtig ist.«

Gorian überlegte kurz. »Also gut.«

»Jetzt lass uns hier verschwinden. Es gibt noch einen anderen Ort, den du dir ansehen solltest, bevor du Morygors Schicksalslinie kreuzt.«

»Die Frostfeste!« Gorian runzelte die Stirn. »Sag bloß, dort warst du auch schon?«

Meister Shabran schüttelte den Kopf. »Nein. Das Risiko bin ich bisher nicht eingegangen. Nicht allein. Aber zu zweit könnten wir es wagen. Oder willst du ahnungslos und blind in dein Verderben stürmen, wenn du dich dorthin begibst, Morygor zum Kampf zu stellen? Alles, was du bis dahin erfahren kannst, wird dir helfen.«

»Wir sind schon so weit gegangen, da machen die paar hundert Meilen auch nichts mehr aus«, glaubte Gorian, obwohl er die Aura Morygors in diesem Augenblick in seltener Eindringlichkeit spürte.

Er beobachtete, wie die Bärenreiter auf die Torwächter zuritten. Aber er sah noch etwas anderes, hoch über dem Tor. Ein geflügelter Schatten, der nur für ein paar Momente das Licht einiger Sterne verdeckte und dann wieder von der Dunkelheit verschluckt wurde.

»*Ar-Don!*«, durchfuhr es ihn.

»*Gedanken sollten … schweigen … hier … und jetzt!*«, erreichte ihn eine knappe Antwort.

In Nelbar hatten es sich die Bewohner inzwischen angewöhnt, von Mondaufgängen statt von Tagen zu sprechen, denn der Mond schien schon seit längerem heller als die Sonne, und irgendein Maß für die Zeiteinteilung brauchten die Leute wohl. So läutete auch die große Uhr am Hauptturm der Magistratsfestung noch immer morgens den Beginn des Tages und abends den Beginn der Nacht ein.

Inzwischen lag ganz Oquitonien unter einer faustdicken

Schneedecke, und die Kälte drang spürbar bis zur Küste. Noch floss der Bar, noch waren die Hafenbecken nicht vereist, aber bis dahin war es nur noch eine Frage der Zeit.

Der Herzog von Eldosien brach mit großem Gepränge an der Spitze seiner Truppen nach Norden auf, wo die in Oque lagernden Heere zu ihm stoßen würden. Greifenreiter, die von Kundschafter-Flügen zurückkehrten, bestätigten, was Meister Shabran und Meister Gorian schon gesehen hatten: Morygors Horden zogen in einem gigantischen Heerzug südwärts. Schattenreiter waren ebenso darunter wie untote mitulische Ritter. Das Einzige, was diesen Zug noch bremste, war die verhältnismäßig langsame Geschwindigkeit, mit der sich die Gletscher über die oquitonische Tiefebene wälzten. Aber auch die nahm allen Beobachtungen zufolge zu. Die Magie, die die Gletscher im Zusammenspiel mit der Abkühlung durch die Verfinsterung der Sonne vorantrieb, schien mehr und mehr zuzunehmen und damit auch die Aura Morygors, die bereits in diesem noch relativ frühen Stadium für manche einfach zu stark war. So berichteten Botenreiter aus Oque, es habe dort mehrere Fälle von Wahnsinn gegeben, bei denen zuvor unverdächtige Bewohner plötzlich mit dem Schwert oder einem Werkzeug als Waffe durch die Straßen der Stadt gelaufen waren und mit dem verzerrten Schlachtruf »Morygor!« auf den Lippen wahllos jeden zu töten versucht hatten, der ihnen in die Quere kam.

König Abrandir und seine Gemahlin Orawéen ließen Meister Gorian und Hochmeister Thondaril zu sich rufen und empfingen sie in einem ihrer Gemächer an Bord der *Hoffnung des Himmels*. Dieses Gemach hatte eine erstaunlich weite Ausdehnung, und auch wenn die *Hoffnung des Himmels* ein sehr großes Schiff war, so hätte ein derart weitflächiger Raum darin keinen Platz finden dürfen, zumal wenn man bedachte, was sich sonst noch alles an Kriegern, Waffen, Vorräten und mehr an Bord befand. Es war Magie, die diesen Raum so groß erscheinen ließ oder ihn tatsächlich so groß machte, erkannte Gorian. Doch selbst ihm, einem Magiemeister, der außerdem vieles vom magischen Wissen der Caladran in sich aufgenommen hatte, als er das Reich des Geistes aufgesucht hatte, war es unmöglich zu unterscheiden, was Illusion war und was nicht.

»Unsere Pläne nähern sich einer entscheidenden Phase«, sagte König Abrandir.

»Meinem Gatten gefällt es nach wie vor nicht, auf die Hilfe der Basilisken und Greifenreiter angewiesen zu sein«, erklärte Orawéen mit samtener Stimme. »Aber anscheinend sind wir inzwischen so schwach, dass es keine andere Möglichkeit gibt, wollen wir dem Feind wirkungsvoll begegnen.« Sie trat vor und musterte Gorian sehr aufmerksam.

Gorian spürte, wie sie versuchte, seinen Geist zu erforschen, aber der dreifache Ordensmeister ließ es nicht zu.

Ein Lächeln huschte über Orawéens ebenmäßiges Gesicht. »Man könnte beinahe meinen, einen Caladran vor sich zu haben.«

»Was ist mit dem Himmelsschiff, das Ihr und Euer Gemahl mir versprochen habt?«

»Es entsteht gerade. Aus reiner Magie. Das wird es nicht sehr robust machen, aber dafür sehr wendig, und es wird mit Eigenschaften ausgestattet sein wie kein Schiff je zuvor.«

»Es steht kurz vor der Fertigstellung«, versicherte König Abrandir.

»Ich habe gesehen, dass Brass Telir und Eure Schamanen und Magier an Deck dieses Schiffes hier Rituale abhalten, über die ich im Reich des Geistes nichts erfahren habe.«

»Dieser Zauber ist neu«, erklärte König Abrandir. »Sucht

nicht nach irgendwelchen äußerlich fassbaren Zeichen. Nicht nach einem halbfertigen Schiff oder irgendetwas anderem, das dort unten in der Tiefe sein könnte, wenn es dort brodelt und schäumt. Alle wirklich großen Dinge entstehen zuerst im Geist. Erst muss die kommende Schlacht geschlagen werden, dann erst können wir unser Versprechen einlösen, Meister Gorian.«

»So scheint Ihr noch Zeit zu brauchen«, stellte Hochmeister Thondaril fest.

»Ein wenig«, gab Orawéen zu. »Aber versteht uns nicht falsch: Der Moment der Fertigstellung dieses Schiffes ist nicht dadurch bedingt, dass wir es nicht schneller fertigstellen könnten. Es darf nur erst im richtigen Moment geschehen.«

»So versucht Ihr, Euch in der Vorausschau der Schicksalslinien mit Morygor zu messen?«, fragte Gorian, und der Zweifel, der in diesen Worten mitschwang, war nicht zu überhören.

Auf seine Frage erhielt er keine Antwort.

Einen Mondaufgang später wurden Gorian und Sheera in die Siebte Burg gerufen. In einem Kellergewölbe lag im flackernden Schein der Fackeln ein verhüllter Leichnam auf einem Steinblock. Hochmeister Thondaril war ebenso anwesend wie die Meister Shabran und Morgun.

Meister Shabran nahm ein Stück Stoff vom Gesicht des Toten, das dieses bisher bedeckt hatte. Das Haupt eines Schlangenmenschen kam darunter zum Vorschein. »Es ließ mir keine Ruhe, wer der Bogenschütze war, der dem Assassinen den Pfeil durch den Kopf jagte, bevor er sprechen konnte«, sagte der Schattenmeister. »Ich traf ein, kurz nachdem er die Flucht ergriffen hatte, aber ein paar seiner Gedanken konnte ich noch aufschnappen. An diesen erkannte ich ihn, als ich ihn durch Zufall in der Stadt wiedertraf. Ich folgte ihm, bis er mich bemerkte, dann kam es zum Kampf.«

»Dann hat der Basilisken-Fürst die Assassinen geschickt?«, fragte Hochmeister Thondaril zweifelnd. »Welches Interesse sollte er daran habe, Gorian oder mich zu töten, nachdem er kurz zuvor erst unsere Hilfe eingefordert hatte?«

»Vielleicht hat er Euch nur deshalb zu sich gebeten, um Euch töten zu können«, war Shabrans Antwort.

»Das glaube ich nicht«, widersprach Gorian.

»Aber kannst du es ausschließen? Könnte es nicht sein, dass der Basilisken-Fürst Assassinen beauftragt hat, deren Herkunft und Bewaffnung auf den Kaiser als Auftraggeber deuten mussten? Vielleicht hat er sogar damit gerechnet, dass du den Angriff vorausahnst und ihm entkommst. Selbst mein Auftritt vor der Versammlung, als ich dem Kaiser das Giftschwert vor die Füße warf, könnte einberechnet gewesen sein.«

»Ihr glaubt, der Basilisken-Fürst wollte einen anderen Kaiser?«, vergewisserte sich Hochmeister Thondaril stirnrunzelnd.

»Wenn das sein Ziel gewesen ist, so hat er es erreicht. Außerdem – wer weiß schon, woher das Taschentuch kam, das vermutlich vergiftet war und anschließend spurlos verschwand.«

»Ich traue dem Fürsten von Naraig durchaus zu, dass er einen Spion in unmittelbarer Nähe des Kaisers hatte und uns alle wie Marionetten benutzte«, sagte Meister Morgun. »Wir sollten achtsamer sein.«

»In zwei Tagen sollen wir uns mit den Maladran nach Norden begeben, um den Spiegel der Basilisken zu bewachen«, erklärte Gorian. »Wir ziehen zusammen in eine Schlacht, aber womöglich an der Seite von Verbündeten, die mich umbringen wollen. Wie kann ich dem Basilisken-Fürsten noch vertrauen?«

»Willst du ihm die Hilfe verweigern? Seine Magie ist vielleicht die einzige Möglichkeit, die Horden Morygors aufzuhalten«, gab Hochmeister Thondaril zu bedenken.

Sheera trat vor. Sie legte dem toten Schlangenmenschen eine Hand auf die Stirn, und ihre Augen wurden schwarz. Sie veränderte noch einmal die Position ihrer Hand, drehte den Schlangenkopf zur Seite und legte zwei Finger in dessen Nacken. Aus ihren Fingerkuppen zuckte ein wenig Schwarzlicht.

»Deine Heilkunst ist an dieser toten Schlangenbrut verschwendet«, sagte Meister Shabran.

»Ins Leben zurück kann auch die beste Heilkunst ihn nicht mehr holen«, gab Sheera zu. »Aber auch bei einem Toten bleiben immer ein paar Gedanken zurück. Seelenreste, Gedankensplitter. Und nicht nur der Geist hat ein Gedächtnis, sondern auch das Fleisch.«

»Was willst du damit sagen?«, fragte Hochmeister Thondaril.

Sie sah auf. Ihr Blick richtete sich zuerst auf Gorian und dann auf Meister Shabran.

»Sie will damit sagen, dass dieses Wesen noch nie jemanden getötet hat«, antwortete Gorian für Sheera.

Shabran lachte heiser. »Das ist doch Unsinn!« Er wandte sich an Sheera. »Deine Heilkunst in Ehren, und Heiler mögen alles Mögliche aus einer Leiche herauslesen können, aber das hier ist ein Schlangenmensch! Alles, was du gelernt hast, gilt für unsere eigene Art.«

»Ich kann dir nur sagen, was ich erspüre«, erwiderte Sheera ruhig und sehr gelassen. »Sein Fleisch erinnert sich nicht daran, jemanden getötet zu haben.«

»Dennoch, ich bin mir sicher, dass er der Bogenschütze war!«

»Die Schlangenmenschen des Basilisken-Reichs benutzen doch Waffen aus Obsidian«, erinnerte Gorian.

»Wenn er das getan hätte, hätte er gleich ein Dokument mit einer Bekennernachricht hinterlassen können!« Shabran wies auf den Köcher, der dem Schlangenmenschen gehört hatte; er lag auf einem Tisch neben dem Leichnam. »Seht euch seine Pfeile an!«

Gorian zog einen davon aus dem Köcher und sah sich die Spitze an. »Ja, ein solcher Pfeil steckte im Kopf des Assassinen.«

»Darf ich mal sehen?« Meister Morgun nahm den Pfeil und war sich schnell sicher. »Die Bogenschützen des Kaisers benutzen diese Pfeile.«

»Das passt doch zu allem anderen«, meinte Shabran. »Er wollte den Verdacht auf die Laramonteser lenken, indem er diese Pfeile benutzte.«

»Die Frage ist, was wir jetzt tun«, sagte Meister Morgun. »Und wie wir uns gegenüber dem Fürsten von Naraig verhalten?«

»Der Fürst wird alles abstreiten«, war Hochmeister Thondaril überzeugt. »Wenn wir ihn zur Rede stellen, treiben wir einen Keil in unser brüchiges Bündnis. Falls wir es nicht tun, kämpfen wir mit jemandem Seite an Seite, der uns vielleicht hinters Licht führen will.«

»Zum Glück haben wir noch etwas Zeit, ehe wir endgültig entscheiden müssen, was geschehen soll«, meinte Meister Morgun. »Vielleicht wissen wir bis dahin mehr.«

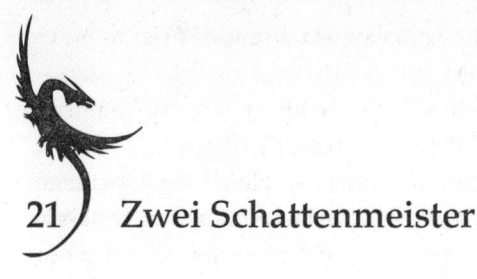

21 Zwei Schattenmeister

Ein letzter Schattenpfadgang ins Herz des Frostreichs, bevor die entscheidende Schlacht geschlagen wurde. Wenn sie zurückkehrten, würde Gorian Hochmeister Thondaril davon berichten.

Er und Shabran verbargen sich am Rand des kraterähnlichen Gebirges, das das Weltentor umgab. Der Nebel, der bei ihrem letzten Schattenpfadgang den Blick in jene Bereiche jenseits des Lichtbogens verwehrt hatte, war verflogen, und Gorian sah eine Landschaft, die in einem völligen Gegensatz zu der eisigen Umgebung des Weltentors stand. Eine Sonne von der Farbe einer Mohnblüte stand am Himmel, und darunter erstreckte sich eine unfruchtbare rötliche Steinwüste. Nirgends war Vegetation auszumachen. Der Boden war trocken, aufgesprungen und von tiefen Rissen durchzogen. Die Luft flimmerte. Ob dies durch Hitze verursacht wurde oder etwas mit der Magie des Tores zu tun hatte, vermochte Gorian nicht zu entscheiden.

Kolonnen von Bärenreitern kamen durch das Tor. Sie führten große Katapulte mit sich, die zum Teil von mehreren Dutzend Bären gezogen wurden, und bewegten sich anschließend durch einen von zwei Pässen des Kraterrands.

Auf einmal wurde die mohnrote Sonne auf der anderen Seite des Tors von einem gewaltigen Schatten verdunkelt.

Das musste Thragnyr sein, der Bärenreiter-Fürst.

Bald war im Weltentor nur noch dieser riesige Schatten zu sehen.

»Man sollte das Tor zerstören«, meinte Gorian.

»Glaubst du, es hätte nicht schon genug Versuche gegeben, dies zu tun?«, fragte Meister Shabran spöttisch. »Niemand hat es geschafft. Keine Magie, ganz gleich von wem, scheint dazu imstande zu sein.«

»Nicht einmal die von Morygor?«

»Vielleicht wäre er der Einzige, der es könnte. Aber der denkt gar nicht daran.«

Ein gewaltiges Bärengesicht tauchte im Tor auf. Die Kreatur war so groß, dass sie sich kriechend unter dem Lichtbogen herbewegen musste. Immer, wenn sie ihn berührte, zischte es, und der Bär stieß ein lautes Dröhnen aus.

Die Legenden über die Vertreibung der Frostgötter erzählten, dass Thragnyr große Schwierigkeiten gehabt hätte, seinen Bären durch das Weltentor mitzunehmen. Umgekehrt war es ebenso: Der Riesenbär gelangte nur mit großer Mühe und Stück für Stück vorankriechend auf die andere Seite des Tors. Sein Atem dampfte.

Auch die skelettähnliche Gestalt, die ihm folgte, musste sich tief bücken, um das Tor zu durchschreiten. Sie unterschied sich, abgesehen von der Größe, in nichts von den anderen Bärenreitern. Es handelte sich zweifellos um den Frostgott Thragnyr.

Er schwang sich wieder auf den Rücken seines Riesenbären und streckte den Dreizack empor, den er in der Rechten hielt. Die kleinen Bärenreiter sahen zu, dass sie schnell zur Seite wichen, als sich der Riese in Bewegung setzte.

»Thragnyr, wie er leibt und lebt!«, murmelte Shabran.

Der riesenhafte Bärenreiter-Fürst schüttelte seine freie Hand, die nur aus dürren bronzefarbenen, metallisch wirkenden Knochen bestand, und eine grauweiße, leuchtende Wolke wallte daraus hervor, die sich zu einem Tuch verdichtete, das er sich wie einen Umhang um die Schultern legte. Er reckte seinen Dreizack erneut in die Höhe, und eisfarbene Blitze fuhren daraus in den Himmel und zogen Spuren aus gefrierender Luft hinter sich her, ehe sie sich in der Dunkelheit der ewigen Nacht verloren. Ein Gedanke von ungeheurer Eindringlichkeit verbreitete sich, der für einen kurzen Moment sogar die allgegenwärtige Aura Morygors in den Hintergrund treten ließ. *»Vorbei ist es, das elende Exil in der Höllenhitze! Endlich, die Qual hat ein Ende!«*

Dann wandte sich Thragnyr dem Weltentor zu und stieß einen ohrenbetäubenden Pfeifton aus. Ein weiterer langer Zug von Bärenreitern bewegte sich dort gerade über die ausgetrockneten Ebenen und passierte schließlich die flimmernde Grenze zwischen den Welten. Die Bärenreiter zogen gewaltige und mit bizarren Apparaturen beladene Wagen, die jeweils mit Dutzenden Bronzekriegern bemannt waren. Bei den ersten dieser Apparate war noch sofort zu erkennen, dass es sich um irgendeine Art Katapult oder anderen Belagerungsmaschinen handelte. Bei einigen der folgenden, die zum Teil monströse Ausmaße hatten, konnte man nicht mehr auf Anhieb sagen, welchem Zweck sie eigentlich dienten. Hier und dort glaubte Gorian auch auf die Entfernung mit seinen magischen Sinnen Kräfte zu erspüren, die mit der bekannten Magie zumindest verwandt waren.

Der riesenhafte Thragnyr schien es ziemlich eilig zu haben und war nicht gewillt, auf sein langsam dahinziehendes Volk zu warten. Er wickelte sich seinen grauweißen Umhang dichter um die Schultern seines Bronzeskeletts. Die glühenden Augen seines ovalen Metallkopfs leuchteten nicht mehr rot, sondern weiß und verströmten ein Licht, das so gleißend war wie schon lange kein Sonnenaufgang mehr. Gorian und Shabran schützten ihre Augen mit den Händen, während von dem Bärenreiter-Fürsten und seinem Riesenreitbären im nächsten Moment nur noch ein weißer Blitz zu sehen war und dann nichts mehr.

Thragnyr war verschwunden, während der lange Zug der Bärenreiter vom Weltentor bis zum Nordpass des Kraters kein Ende mehr nehmen wollte.

»Das muss Meister Thondaril erfahren!«, entfuhr es Gorian. »Offenbar weiß Morygor über die Waffe der Basilisken Bescheid und hat daher Thragnyr mit seinen Bronzekriegern herbeigerufen. Das ist eine völlig neue Streitmacht.«

»Sollen wir nicht erst noch einen Schritt weitergehen?«, fragte Meister Shabran.

»Du meinst … zur Frostfeste!«

Shabran nickte. »Meister Thondaril wird uns gewiss nicht erlauben, dort die Lage auszukundschaften. Außerdem nehme ich an, dass dieser magere Riese zu seinem Herrn und Meister pilgert, um Morygor seinen Gehorsam zu versichern. Ich würde jedenfalls darauf wetten, dass wir Thragnyr dort wiedersehen, und es wäre ganz interessant zu erfahren, was er als Nächstes tut, findest du nicht auch?«

Gorian überlegte kurz. Der Gedanke, sich ins Zentrum des Bösen zu begeben, bescherte ihm einen Schauder. Erinnerungen kamen in ihm auf. Aber es waren nicht seine eigenen, denn er selbst war nie in der Frostfeste gewesen. Es waren Erinnerungen, die Ar-Don in seinen Geist eingepflanzt hatte. Er sah eisige Mauern und hörte die unmenschlich verzerrten Schreie von Meister Domrich, der in den Gewölben der Festung gequält und dessen Seele mit der des Gargoyles verschmolzen worden war.

»Was ist? Traust du dich nicht?«, fragte Shabran.

»Wir waren beide noch nicht dort.«

»Macht das einen Unterschied? Wir sind stark genug – und falls einer von uns es nicht sein sollte, kann der andere ihn mit sich in die Schattenpfade reißen, sodass wir trotzdem entkommen. Wissen ist Macht, Gorian, darauf läuft es immer wieder hinaus. Und Wissen über den Feind ist die stärkste Waffe, die man besitzen kann.«

»Also gut. Aber wir werden einen ausreichenden Abstand wahren. Ich habe keine Lust, Morygor in die Falle zu gehen.«

»Natürlich.«

Sie lösten sich in Rauch auf. Morygors Aura hatte Gorian bis dahin zwar als bedrückend, aber insgesamt als relativ erträglich empfunden.

Doch als sie im Angesicht der Frostfeste verstofflichten, war sie mit einem Mal so stark, dass es Gorian vorkam, als hätte er einen Schlag gegen den Kopf erhalten. Für Augenblicke drehte sich alles vor seinen Augen. Er wollte schon zurück in die Schattenpfade springen, spürte aber sofort, dass das nicht möglich war. Eine innere Lähmung hatte ihn erfasst, die jeden Gedanken verlangsamte. *Du Narr. Es war zu früh... Du hättest es wissen müssen, es ist dir oft genug gesagt worden...*

Die Frostfeste lag ein paar Meilen landeinwärts der ehemaligen Küstenlinie auf einem Felsen, dessen achteckige Form ihn wie einen behauenen Stein von wahrhaft riesenhaften Ausmaßen wirken ließ. Eis tränte an seinen steilen Wänden herab, sodass man aus der Ferne den Eindruck haben konnte, dass die gesamte Festung nicht auf dem Felsen, sondern auf tropfsteinähnlichen Eisformationen ruhte. Die Festung selbst bestand nur aus magisch verstärktem Eis. Hohe

Mauern und zahllose Türme reckten sich schimmernd in den dunklen Himmel. Und wenn man etwas länger den Blick auf diesem Bauwerk ruhen ließ, bemerkte man, dass es ständig seine Form veränderte. Türme wuchsen ein Stück empor, andere schrumpften, und kuppelartige Dächer wölbten sich hinter den Wehrgängen und Zinnen der schroffen Außenmauern.

Gorian brauchte einen Moment, um sich innerlich zu erholen. Seine Augen wurden schwarz, und er versuchte so viel wie möglich der Alten Kraft in sich zu sammeln. Umso mehr wurde ihm seine Schwäche bewusst. An einen Sprung in die Schattenpfade war im Moment nicht zu denken. Er wäre mit Sicherheit in irgendeiner einsamen Zwischenwelt gestrandet, aus der es kein Entkommen mehr gegeben hätte.

Von der riesenhaften Gestalt des Bärenreiter-Fürsten war nirgends etwas zu sehen. Möglicherweise hatte Morygor darauf verzichtet, ihn wie erwartet zur Huldigung zu sich zu bestellen, sondern ihn gleich mit irgendeiner Aufgabe betraut.

Statt Thragnyr bemerkte Gorian eine Gestalt, die auf dem höchsten Turm der Frostfeste stand, deren Wehrgänge und Zinnen ansonsten völlig unbesetzt waren. Gorian sah nach Art der Caladran zu jener Turmspitze empor und erkannte einen Caladran-Jüngling, der ihm nur allzu bekannt war.

Morygor …

Nicht zum ersten Mal zeigte sich ihm der Herr der Frostfeste in dieser Gestalt. Sie entsprach seinem früheren Aussehen, wie Gorian es auch im Reich des Geistes der Caladran gesehen hatte. Vermutlich handelte es sich nur um eine der zahlreichen illusionsmagischen Täuschungen, mit denen sich Morygor zu umgeben pflegte, denn sein Äußeres hatte sich inzwischen völlig verändert, so sagte man. Aber Genaues war drüber noch nicht einmal in Ar-Dons Erinnerungen enthalten gewesen.

Ein Lichtstrahl fuhr in diesem Augenblick aus dem Innenhof der Frostfeste empor in den Himmel. Er zielte zweifellos auf den Schattenbringer und verlosch wenig später wieder. Es musste sich um eine jener Lichterscheinungen handeln, die mit der Magie einhergingen, die Morygor benutzte, um den Schattenbringer in seine endgültige Position zu bringen. Viel war in dieser Hinsicht nicht mehr zu tun.

Der Caladran-Jüngling auf dem höchsten Turm erwiderte Gorians Blick. Angesichts der Entfernung, die zwischen ihnen lag, war dies nur möglich, wenn beide nach Art der Caladran zu sehen vermochten, denn mit menschlichen Augen hätte der eine den anderen nicht mal bemerkt.

Gorian sah in ein kalt lächelndes Gesicht, in dem sich Triumph spiegelte. »*Stirb jetzt und hier oder später. Dein Schicksal ist besiegelt, so als wäre es bereits in den Chroniken für die Nachwelt verzeichnet.*«

Wie zum Gruß hob der Caladran-Jüngling die Hand. Dann verschwand er in einem kurz aufflammenden Lichtblitz.

»Wie geht es dir?«, fragte Meister Shabran.

Gorian drehte sich zu ihm um. Er sah das Lächeln in Shabrans Gesicht und begriff.

»Du bist nicht zum ersten Mal hier!«, stellte er fest. »Und Morygors Aura scheint dir kaum etwas auszumachen.«

»Was soll ich sagen? Ich habe mich daran gewöhnt.«

»Was du nicht sagst.«

»Diese Aura ist zur neuen Quelle meiner Kraft geworden, Gorian«, erklärte ihm Meister Shabran. Dann riss er sein schmales Schwert unter dem Umhang hervor und führte einen blitzschnellen Hieb gegen Gorian.

Auch Gorians Fähigkeit zur unmittelbaren Voraussicht

schien gelähmt. Er konnte dem Hieb des Schattenmeisters gerade noch ausweichen. Ein zweiter folgte unmittelbar. Gorian riss Sternenklinge hervor und parierte den Schlag. Funken sprühten, als die Schwerter aufeinandertrafen.

Gorian ließ die Klinge durch die Luft wirbeln und durch Shabrans Hals fahren. Er taumelte unter der Wucht seines eigenen Schlages, denn sein Schwert war auf keinen Widerstand getroffen. Shabran war gerade noch rechtzeitig in das Zwischenreich der Schattenpfade gesprungen, und Sternenklinge fuhr lediglich durch eine schwarze Rauchschwade.

Im nächsten Moment verlor Gorian den Boden unter den Füßen. Von einem Augenblick zum anderen war da auf einer Breite von fast hundert Schritt gar nichts mehr. Eine Spalte klaffte unter ihm im Eis, so als hätte sich der Untergrund plötzlich um mehr als zwei Masthöhen abgesenkt.

Gorian fiel in die Tiefe. Er ruderte mit Armen und stieß einen Kraftschrei aus, um wenigstens den Fall magisch abzubremsen und sich nicht auf dem harten Grund der Spalte das Genick zu brechen.

Trotzdem schlug er ziemlich hart auf. Er rollte sich über die Schulter ab und murmelte gleich eine Heilformel.

Shabran war bereits über ihm. Er verstofflichte aus einer plötzlich erscheinenden wirbelnden Rauchsäule und brachte Gorian mit ein paar schnell aufeinanderfolgenden Hieben in arge Bedrängnis. Gorian wich aus, wehrte einen der Schläge ab und stolperte davon, ehe Shabran ihn erneut angreifen konnte.

Er konzentrierte sich auf seine Fähigkeit zur unmittelbaren Voraussicht. Aber Morygors Aura lag wie ein bleiernes Gewicht auf seinen Gedanken und seinem Geist. Sie raubte ihm Kraft und Schnelligkeit, sodass Shabran ihn mehrfach nur knapp verfehlte.

Dann stieß Gorian einen Kraftschrei aus und traf seinen

Gegner mit einem so harten Schlag gegen die Klinge, dass es einen grellen magischen Blitz gab. Shabran wurde ein ganzes Stück zurückgeschleudert. Der Schattenmeister verschwand für einen Moment in einer Rauchsäule, weil er wohl befürchtete, dass Gorian sofort nachsetzen würde, aber schon einen Moment später kehrte er aus den Schattenpfaden zurück und verstofflichte wieder. Gorian stellte erleichtert fest, dass sein Schwerthieb eine gewisse Wirkung auf seinen Gegner gehabt und ihm selbst eine Verschnaufpause verschafft hatte.

Der Atem, der ihm aus Mund und Nase drang, gefror zu grauweißen Wolken. Die Luft in der Tiefe dieser Spalte war noch eisiger, als sie im Gebiet um die Frostfeste ohnehin schon war.

Gorian konnte die Magie geradezu körperlich spüren, die an diesem Ort wirksam und die wohl auch für das plötzliche Entstehen der Spalte verantwortlich war. Morygors Magie.

Shabran fasste sein Schwert mit beiden Händen. Seine Augen waren so schwarz wie die von Gorian, der fragte: »Seit wann dienst du Morygor?«

»Es ist einfach so gekommen«, erwiderte Shabran. »Ich habe mich immer weiter ins Frostreich vorgewagt, und eine dieser Kundschaftermissionen führte mich wohl zu tief in seinen Einflussbereich.«

»Er hat dir nicht einmal Versprechungen machen müssen? Es war nichts als deine Schwäche, die dich zu seinem Werkzeug machte?«

»Schwach nennst du mich?« Shabran verzog höhnisch die Lippen. »Immerhin habe ich dafür gesorgt, dass tiefe Risse das Bündnis von Morygors Gegnern spalten. Ein paar Narren mit laramontischem Akzent sind schnell gedungen; die Heerlager um Nelbar und die Schiffe im Hafen sind voll von solchen Halunken. Und es gibt genügend Schlangenmenschen im Gefolge des Basilisken-Fürsten, die mit einem Bogen umgehen können und sich mit viel Gold kaufen lassen.«

»So wie auch jemand in der Umgebung des Kaisers, der ein Gift in dessen Taschentuch träufelt.«

»O nein, nicht zu viel der Ehre. Ich nehme an, das war jemand, den Herzog Paddan bezahlt hat. Oder vielleicht auch der Basilisken-Fürst von Naraig. Doch was spielt das letztlich für eine Rolle. Manchmal kommt es nicht darauf an, wer was getan hat, sondern wer von wem glaubt, es getan zu haben. Ermordet wurde das Vertrauen. Und ein paar angeblich Mächtige haben sich als willfährige Spielfiguren erwiesen, die sich nach Belieben auf dem Spielbrett hin und her schieben lassen. Leider wirst du nicht mehr dazu kommen, dem Hochmeister davon zu berichten, Gorian. Ebenso wenig wie davon, dass der Bärenreiter-Fürst Thragnyr und seine Bronzekrieger durch das Weltentor gekommen sind. Denn für dich wurde hier ein großes Grab in das Eis gesenkt. Sieh dich an. Ist das nicht eines Helden würdig? Stellt dieser Ort nicht sogar die Gräber von Königen und Kaisern in den Schatten – zumindest, was die Größe betrifft? Unglücklicherweise wird niemand hierherpilgern können, um des Kämpfers vom Speerstein oder des dreifachen Ordensmeisters zu gedenken. Denn wenn sich die Spalte schließt, wird nichts daran erinnern, wer hier starb!«

Gorian machte sich bereit, den Kampf fortzusetzen, da hörte er auf einmal das Geräusch mächtiger Lederschwingen.

Zwei, drei Flügelschläge folgten, dann tauchte über dem Rand der Spalte ein weißes dreizahniges Riesenfledertier auf, aus dessen Maul ein dumpfes Grollen drang.

Und es war niemand anderes als Torbas, der den Dreizahnigen ritt.

Torbas hatte sich verändert. Die Verwandlung in einen Untoten war in erschreckender Weise fortgeschritten. Seine Gesichtsfarbe wirkte im schwachen Schein des untergehenden Sonnenkranzes aschfahl, mit einem unübersehbaren Grünschimmer, der an verdorbenes Fleisch erinnerte.

Das Riesenfledertier sank tiefer und landete auf dem Grund der breiten Eisspalte, wobei Torbas aber Abstand zu den beiden Kontrahenten wahrte.

»Bring zu Ende, was ich nicht vollbracht habe«, forderte er von Shabran.

»Sehr wohl«, antwortete der Schattenmeister.

Torbas blieb auf dem Rücken des Dreizahnigen sitzen. Seine Hand lag am Griff des Schwertes Schattenstich, das Gorian ihm einst überreicht hatte.

Shabran löste sich mit einem Kraftschrei in Rauch auf. Im nächsten Moment verstofflichte er eine halbe Schwertlänge von Gorian entfernt und ließ noch im selben Moment seine Klinge herabsausen. Sie glitt durch Gorians Kopf hindurch bis in seinen Oberkörper.

Doch auch die Klinge des Schattenmeisters fand keinen Widerstand, sie drang nicht durch Knochen und Hirn, sondern nur durch eine Wolke aus wirbelnden Rauchteilchen, in die Gorian sich verwandelt hatte. Der Aufschub, den die Umstände ihm gewährt hatten, war ausreichend gewesen, um zumindest für einen kleinen Sprung in die Schattenpfade genug Kraft zu sammeln.

Seitlich seines Gegners entstand die Gestalt des dreifachen Ordensmeisters nur einen Herzschlag später erneut – bis auf den linken Arm.

Der zog in jenem winzigen Moment im Schattenpfad den Dolch Rächer aus der Scheide, und Gorian sorgte mit einer Formel dafür, dass Arm und Dolch etwas verzögert verstofflichten.

Shabran hatte keine Möglichkeit, dem Tod zu entgehen. Er versuchte, in die Welt der Schattenpfade zu entkommen, wo die Hand mit dem Dolch auf ihn wartete und zustieß, während er in der diesseitigen Welt von Sternenklinge durchbohrt wurde.

Er löste sich halb auf, um dann doch nicht zu entstofflichen. Schwarzer Rauch verwirbelte und verdichtete sich wieder zu einem Körper – und Shabrans Kraftschrei verwandelte sich in einen Todesschrei.

Sein blutender Leichnam fiel der Länge nach auf das Eis.

»Vergib mir, ich war schwach!«, erreichte Gorian ein letzter Gedanke seines Gegners, während Gorians linker Arm mit dem blutigen Dolch in der Hand wieder verstofflichte.

Gorian konzentrierte all seine Kraft auf einen weiteren Schattenpfadgang, löste sich in Rauch auf und verstofflichte genau vor Torbas.

Während Torbas den Dreizahnigen emporschnellen ließ, wehrte er gleichzeitig Gorians Schwertstreich mit seiner eigenen Klinge ab. Schattenstich traf auf Sternenklinge, Blitze zuckten aus den beiden Schwertern aus Sternenmetall, und beide Gegner wurden von der magischen Entladung durch die Luft geschleudert.

Gorian hatte seine Kräfte inzwischen wieder so weit unter Kontrolle, dass er der Aura Morygors widerstehen und sich in Rauch auflösen konnte, um an anderer Stelle wieder zu verstofflichen.

Torbas hingegen hatte den Schattenpfadgang nie erlernt. Und offenbar war die Entladung so stark, dass er noch nicht einmal in der Lage war, den Fall mithilfe seiner magischen Kräfte abzumildern. Er prallte auf den Boden, Schattenstich entglitt seiner Hand und rutschte über das Eis. Gleichzeitig stob der Dreizahnige kreischend in die Lüfte.

Damit das riesenhafte Geschöpf fürs Erste nicht auf die Idee kam zurückzukehren, hob Gorian die Hand und sandte einen Blitz aus konzentrierter magischer Kraft aus. Grell zuckte er zum Kopf des weißen Riesenfledertiers, das daraufhin brüllend und taumelnd davonflog.

Nur ein Magiemeister war zur Entfaltung derartiger Kräfte in der Lage, und so hatte Gorian zum ersten Mal die Künste aller drei Meisterringe, die er bisher erworben hatte, im Kampf miteinander kombiniert.

Langsam erhob sich Torbas. Dass ihm der überaus harte Aufprall anscheinend nichts ausgemacht hatte, war ein weiteres Indiz dafür, dass seine Verwandlung zu einem Untoten bereits weit fortgeschritten war.

Er streckte die Hand aus. Schattenstich bewegte sich, rutschte ein Stück über das Eis auf ihn zu und hob sich schließlich in die Luft, bis der Griff des Schwertes exakt in Torbas' ausgestreckter rechter Hand landete.

Torbas verzog zynisch das Gesicht. »Soll sich wirklich alles wiederholen?«

»Nichts wird sich wiederholen«, versicherte Gorian.

Torbas' Blick wurde nachdenklich. Eine tiefe Furche bildete sich auf seiner Stirn. Helles Licht drang aus seinen Augen und ließ die Farbe seines Gesichts noch ungesunder erscheinen.

Gorian näherte sich ihm. Er steckte Rächer ein, Sternenklinge aber behielt er in der Hand, wenn auch mit gesenkter Klinge. »Du hast dich stark verändert, seit wir uns das letzte Mal gesehen haben.«

»Du dich nicht auch?« Torbas hob die freie Hand und schleuderte einen Stoß purer magischer Kraft. Schwarzlicht, vermischt mit grellen Blitzen, zuckte aus seinen Fingerkuppen.

Gorian riss sein Schwert hoch. Sternenklinge schien das Schwarzlicht geradezu anzuziehen und saugte es in sich auf. Die Blitze umzuckten die Klinge, das Sternenmetall glühte auf, und Gorian fühlte einen Strom dunkler Kräfte in sich. Einige Augenblick dauerte es, dann verlosch die Glut.

»Du wirst mich nicht noch einmal mit einer magischen Fessel lähmen«, versprach Gorian.

»Wie ich sehe, hast du dich nicht nur verändert, sondern auch dazugelernt.« Torbas' Lächeln wirkte gequält. »Drei Ringe trägst du. Bedauerlich, dass der Ring eines Sehers und der des Heilers noch nicht dabei sind, andernfalls könntest du sehen, wer in diesem Kampf siegen wird, und dich vielleicht sogar selbst heilen, auch wenn alle sagen, dass das schwierig ist, aber schwierige Aufgaben reizen dich ja. Oder hast du dich auch in dieser Hinsicht verändert?«

»Vielleicht könnte ich dich dann auch gleich von der Fäulnis heilen, die dich befallen hat«, erwiderte Gorian kühl. »Anscheinend ist nicht einmal die Kälte der Frostfeste in der Lage, sie in deinem Fall aufzuhalten.«

Torbas' lippenlos und schmal wirkender Mund wurde zu einer geraden Linie, und sein Gesicht bekam einen Ausdruck echter Trauer. Für einen Moment schien es Gorian, als erlaubte ihm sein ehemaliger Gefährte einen kurzen Blick auf seine wahren Empfindungen. Aber dieser Augenblick dauerte nicht lange, der Ausdruck von zynischer Überheblichkeit kehrte in Torbas' Antlitz zurück.

Gorian riss Rächer wieder hervor und schleuderte ihn auf Torbas. Der aber fing den Dolch lachend auf. Blitze zuckten aus seiner Hand in den Griff der Waffe, deren Klinge daraufhin aufglühte. Dann schleuderte er den Dolch zurück.

Doch auch für Gorian war es kein Problem, ihn zu fangen. Das Glühen des Sternenmetalls erlosch.

Noch während Torbas lachte, löste sich Gorian in Rauch auf. Er erschien unmittelbar vor Torbas, hatte den Dolch eingesteckt, fasste Sternenklinge mit beiden Händen und drosch mit dem Schwert auf seinen Gegner ein.

Torbas geriet in die Defensive. Er ahnte die Angriffe seines Gegners zwar voraus, aber Gorian schlug mit einer solchen Wucht zu, dass dies dem allmählich zum Untoten Werdenden nur noch die Möglichkeit ließ, die Attacken zu parieren.

»Die Beweglichkeit deines Geistes hat gelitten«, sandte ihm Gorian einen Gedanken, *»weil du unter Morygors Einfluss zum Untoten wirst.«*

Mit weiteren wuchtigen Hieben trieb er Torbas vor sich her. Dann stieß der dreifache Ordensmeister einen Kraftschrei aus und schlug so heftig zu, dass Torbas sein Schwert nicht mehr halten konnte.

Ein kugelförmiger Blitz flammte auf, als die beiden Klingen, die Nhorich einst in der Nacht von Gorians Geburt geschmiedet hatte, aufeinanderprallten. Schattenstich flog im hohen Bogen durch die Luft und glühte dabei so stark auf, als würde er schmelzen. Er wurde aus der Eisspalte hinausgeschleudert und landete irgendwo in der Ödnis bei der Frostfeste.

Gorian hob die freie Hand. Eine unsichtbare Kraft warf Torbas zu Boden, presste ihn mit dem Rücken gegen das Eis. Er versuchte sich zu rühren, konnte es aber nicht.

Ein beinahe zufriedenes Lächeln stand in seinem Gesicht, als Gorian zu ihm trat. »Na los, worauf wartest du? Mach ein Ende, Gorian. Auch wenn dir klar sein muss, dass du selbst von diesem Ort nicht mehr entkommen kannst, weil Morygors Aura dich längst gefangen hat. Du bist wie ein Insekt, das an einem mit Honig bestrichenen Stück Leinen klebt. Selbst deine neuen Schattenmeister-Künste können dich nicht mehr retten, und das weißt du längst auch, das hast du schon in dem Moment gewusst, als du die Frostfeste gesehen hast. Aber du könntest mich noch töten. Also los!«

Gorian fasste den Griff von Sternenklinge mit beiden Händen und murmelte: »Wenn das so einfach wäre …«

»Einen Untoten zu töten ist nicht leicht. Aber ich dachte, du liebst schwierige Aufgaben.« Torbas lachte zynisch. »Na los, du müsstest doch nach all den Kämpfen gegen die Frostkrieger wissen, wie es geht. Zerstückle mich besser etwas mehr als zu wenig. Und vergiss nicht den Kopf abzuschlagen!«

Gorian senkte das Schwert.

»Nein«, entschied er.

In diesem Moment verdunkelte ein großer Schatten den Sternenhimmel. Gorian wirbelte herum und sah den Dreizahnigen im Sturzflug auf sich zujagen.

Gorian schlug mit dem Schwert zu und traf einen der drei walrossähnlichen Stoßzähne des weißen Riesenfledertiers. Bläuliche Blitze und Schwarzlicht sprühten aus der Klinge, die Blitze zuckten den Zahn hinauf in den Kopf des gewaltigen Flugungeheuers. Der Dreizahnige brüllte auf und stob empor.

Da traf ihn etwas mit der Wucht eines Steins, der mit einem Katapult abgeschossen worden war.

Doch es war kein Katapultgeschoss, das den Dreizahnigen ins Taumeln brachte. Ein paar kleinere Flügel spreizten sich und leuchteten rötlich wie glühendes Erz.

»*Ich bin da!*«, vernahm Gorian einen sehr deutlichen Gedanken.

»Ar-Don!«, murmelte er.

Der Gargoyle krallte sich an dem Dreizahnigen fest. Dornenartige Fortsätze wuchsen aus seinem Steinkörper und stachen in den Leib des Riesenfledertiers. Dieses brüllte laut auf, während es auf den Grund der Spalte sank und sich verwandelte, grau und steinern wurde.

Ar-Don verschmolz mit der riesenhaften Kreatur. Der Dreizahnige schien zuerst völlig zu Staub zu zerfallen, dann aber bildete sich ein steinernes Mischwesen, das einen Kopf hatte, wie Gorian ihn von Ar-Don kannte und der gewisse Gesichtszüge zeigte, wie sie wohl einst Meister Domrich eigen gewesen waren.

»Na los, ich bring dich fort ...! Schnell ...!«

An einen Schattenpfadgang über eine größere Entfernung war unter dem Druck von Morygors Aura, wie sie in unmittelbarer Nähe der Frostfeste herrschte, nicht zu denken. Selbst wenn Gorian es geschafft hätte, hundert Schritt oder sogar eine halbe Meile weit zu kommen, die Aura wäre dort noch immer so mächtig, dass sie ihm nach und nach die Kraft völlig geraubt hätte. Das Bild von einem Insekt, das an einem in Honig getränkten Leimlappen klebte, wie Torbas es beschrieben hatte, war durchaus passend. Genauso war es offenbar auch Shabran gegangen.

Gorian warf Torbas einen letzten Blick zu, dann löste er sich in Rauch auf. Eine Entfernung von fünfzig Schritt, die zwischen ihm und Ar-Don lag, konnte er auf diese Weise problemlos überbrücken, dafür reichten seine Kräfte.

Einen Augenblick später saß er auf dem Rücken des steinernen Flugungeheuers, dem ein paar Zähne in unterschiedlicher Größe wuchsen, so wie der Dreizahnige sie gehabt hatte.

Der riesige Ar-Don stieg mit kräftigen Flügelschlägen in die Höhe. Dann beschrieb er einen weiten Bogen, der zu Gorians Erschrecken geradewegs zur Frostfeste führte.

Morygors Aura wurde unerträglich. Gorian hatte das Gefühl, jegliche Kraft und jeglichen Willen zu verlieren. Er war kaum noch in der Lage, sich auf dem Rücken jener geflügelten Kreatur zu halten, zu der Ar-Don geworden war.

»Sieh!«, dröhnte ein Gedanke in Gorians Hirn. »Sieh, du blinder Meister!«

Ar-Don veränderte den Winkel seiner Flugbahn, die sich rapide herabsenkte, fast so als wollte er im Burghof landen.

Eine Apparatur stand dort, die aus mehreren messingfarbenen Zylindern und Rädern bestand. Das Räderwerk erinnerte an die vergrößerte Feinmechanik einer Uhr, wie sie nur einzig und allein von den Handwerkern der Freistadt Neador geschaffen wurden. Die Räder drehten sich wie von selbst, und die Neigung der einzelnen Zylinder veränderte sich ständig.

Auf einmal schoss aus einem dieser Zylinder ein Strahl.

Doch weder Gorian noch Ar-Don waren Ziel dieses Strahls, in dem eine Form von Kraft enthalten war, deren Besonderheit Gorian sofort in ihren Bann schlug. Er konnte sie mit seinen magischen Sinnen spüren und fühlte sofort eine Vertrautheit, die ihn zutiefst überraschte.

Der Strahl zuckte in den Himmel, allerdings in einem sehr schrägen Winkel, um den schon halb hinter dem Horizont versunkenen Schattenbringer noch zu treffen.

Nun wandte sich das steinerne Flugungeheuer nach Südwesten. Gorian war noch immer überwältigt von dem, was er gesehen, und noch mehr von dem, was er mit seinen magischen Sinnen erfasst hatte.

Ar-Don schoss geradezu über die eisbedeckte Landschaft. Er schien es auf einmal sehr eilig zu haben, einen möglichst großen Abstand zwischen sich und die Frostfeste zu legen. Inwiefern auch er von der Aura Morygors geschwächt wurde, vermochte Gorian nicht einzuschätzen. Einerseits war der Gargoyle ein Geschöpf der Finsternis, andererseits war da ein unbändiger Hass auf Morygor, ein Hass, der vor allem jenen Seelenresten entsprang, die der gefolterte Meister Domrich in das steinerne Wesen eingebracht hatte. Vielleicht sorgte gerade Letzteres für eine größere Widerstandskraft gegen Morygors Aura, als sie bei allen anderen Wesen zu finden war.

Vielleicht …

Wie das Beispiel von Meister Shabran zeigte, hatte in dieser Hinsicht schon mancher seine eigene Stärke hoffnungslos überschätzt.

»Ganz besonders gilt das für dich!«, meldete sich Ar-Don in seinem Kopf. Der Gargoyle hatte offenbar Gorians Gedanken gelesen, obwohl die in diesem Fall für niemand anderen bestimmt gewesen waren. Aber Rücksichtnahme gehörte nicht zu den Tugenden, mit denen sich Ar-Don bisher hervorgetan hatte.

Ein Blitz zuckte durch die Landschaft. Eine Säule aus purem Licht erschien plötzlich mitten in der Ebene, die früher einmal das fischreiche Meer vor der Küste von Eisrigge gewesen wer.

Gorian schrak auf und schützte die Augen mit der Hand. Dieses Licht hatte er schon einmal gesehen, und zwar im Krater des Weltentors.

Thragnyr war erschienen. Der riesenhafte Bärenreiter-Fürst warf seinen grauweißen Umhang zurück und schleuderte mit dem skelettartigen Bronzearm seinen Dreizack, der länger war als jeder Koggenmast.

Der Dreizack fuhr Ar-Don in den Leib, die Spitzen drangen Funken sprühend in das Gestein.

Ar-Don brüllte auf. Er sank tiefer, taumelte und ließ um die Eintrittsstelle des Dreizacks herum einen Teil seines Körpers zu Staub zerfallen, sodass Thragnyrs Waffe aus der

Wunde fiel. Einige Augenblicke zuckten noch Blitze über den steinernen Leib des Riesen-Gargoyles.

Die Magie des Dreizacks hatte Ar-Don zweifellos erheblich geschwächt. Er landete bäuchlings auf dem Eis und rutschte voran, während sich die Verletzung wieder glättete.

»*Keine ... Sorge ...*«, empfing Gorian einen Gedanken seines steinernen Gefährten. »*Nichts brauchst du zu tun ... Nichts ...*«

Gorian war sich nicht sicher, ob er sich wirklich darauf verlassen sollte.

Der Riesenbär, auf dem die skelettartige Gestalt Thragnyrs saß, preschte mit einer überraschend schnellen Geschwindigkeit heran. Der Bärenreiter-Fürst hatte das lange, sensenartig gebogene Schwert gezogen, das sonst an seiner Seite hing, ganz nach Art der Bronzekrieger an einer Waffenschärpe befestigt, die über die dürre, messingfarbene Knochenschulter führte.

Während Thragnyr an dem am Boden liegenden Riesen-Gargoyle vorbeipreschte, beugte er sich tief nach unten und ließ die sensenartige Klinge niedersausen. Sie wuchs beim Schlag um ein Vielfaches ihrer ursprünglichen Länge und war dabei von einem Flor aus blauem Licht umgeben.

Sie trennte Ar-Don einen Flügel ab, der zu Staub zerfiel.

Im nächsten Moment war der Bärenreiter-Fürst bereits so weit entfernt, dass ihn der Gargoyle nicht mehr erreichen konnte. Ein dröhnendes, höhnisches Gedankengelächter hallte in Gorians Kopf. Thragnyr triumphierte bereits.

Dann kam er zurück. Der Riesenbär fletschte dabei die Zähne. Für Augenblicke umflorte ihn gleißendes Licht, so als wollte er in einem Blitz verschwinden, wie er es am Weltentor getan hatte. Aber stattdessen schnellte er erneut an Ar-Don vorbei. Die Klinge des Sensenschwerts verlängerte sich erneut, blitzte auf, und Gorian zuckte zurück.

Es hätte nicht viel gefehlt, und die gewaltige Klinge hätte dem dreifachen Ordensmeister den Kopf von den Schultern getrennt.

Der Bärenreiter-Fürst preschte erneut so schnell davon, dass Gorian für einen Moment kaum mehr als einen Lichtschweif von ihm sah. Dann wendete er wieder den Riesenbären, der laut aufbrüllte.

»Willst du es dir gefallen lassen, dass er dich nach und nach zerstückelt?«, fragte Gorian mit einem verzweifelten Gedanken.

»Halt dich gut fest«, drang Ar-Dons Antwort in seine Seele, während sein abgetrennter Flügel erneut entstand.

Thragnyr griff wieder an. Die Weise, wie er die Attacke vortrug, war die gleiche wie bei den beiden zuvor. Mit unglaublicher, kaum fassbarer Geschwindigkeit kam sein Riesenbär heran. Ein leuchtender Schimmer hüllte ihn ein, und die sensensartige Klinge wirbelte durch die Luft und verlängerte sich dabei.

Diesmal trennte sie Ar-Don den Kopf ab, der sofort zu Staub zerfiel.

Zugleich aber bildete sich in Ar-Dons Halsstumpf ein Schlund, der einen feurigen Hauch ausstieß. Dieser brachte den Staub zum Glühen und blies ihn wie eine aufflammende Fontäne dem Bärenreiter-Fürsten geradewegs in die leuchtenden Augen des ovalen Messingschädels.

Ein schrill pfeifender Laut drang daraus hervor. Thragnyr war offenbar geblendet und orientierungslos.

Ar-Don flog über ihn hinweg, während sich sein Kopf neu bildete und er seine Hinterbeine zu Staub zerfallen ließ. Ein Blitz, der aus seinem Körper zuckte, brachte auch diese Teilchen zum Glühen, die auf den Bärenreiter-Fürsten hinabrieselten. Gorian spürte eine Hitzewelle und hatte für einen Moment den Eindruck, sie müsste auch ihn versengen. Eine Formel der Caladran dämpfte diese Empfindung ein wenig.

Ar-Don geriet ins Trudeln, dann gewann sein Flug sichere Bahn. Schnell hatte er eine Höhe erreicht, in der ihm der Bärenreiter-Fürst nicht mehr gefährlich werden konnte.

Erst als der Schattenbringer mit der noch einmal erheblich geschrumpften Sonnensichel erneut aufging, gönnte sich Ar-Don eine Rast und landete auf einer eisigen Anhöhe irgendwo mitten in der weiten Einöde. Wo genau sie sich befanden, wusste Gorian nicht. Er hatte schlichtweg die Orientierung verloren.

Er wusste nur, dass sie auf jeden Fall eine ganze Weile die alte, relativ gut erkennbare Küstenlinie entlanggeflogen waren und das Gebirge hinter sich gelassen hatten, das die alte Grenze zwischen Eisrigge und Torheim bildete.

Schon in den vorangegangenen Stunden hatte Gorian gespürt, wie der Einfluss von Morygors Aura schwächer geworden war. Die Kräfte des dreifachen Ordensmeisters kehrten mehr und mehr zurück.

»*Absteigen*«, wandte sich Ar-Don mit einem ziemlich unmissverständlichen Gedanken an seinen Reiter.

»*Was soll das denn?*«

»*Es gibt anderes zu tun – für mich! Du musst zurückkehren.*«

»*Moment mal …*«

»*Hast du gesehen? Hast du gespürt? Viel Wissen kannst du mitnehmen. Aber es ist noch nicht genug, um den entscheidenden Schlag zu führen und die Rückkehr zu ermöglichen.*«

»*Was für eine Rückkehr? Was sind das für seltsame Gedanken, mit denen du mich da überschwemmst? Für deine Hilfe bin ich dir dankbar, aber Gedankenchaos habe ich genug.*«

»Es ist die Rückkehr zu dem, wie es sein sollte. Wir werden uns im entscheidenden Moment wiedersehen.«

Fast die Hälfte der zusätzlichen Körpersubstanz, die er durch die Verschmelzung mit dem Dreizahnigen gewonnen hatte, hatte der Gargoyle während des Kampfes gegen Thragnyr verloren. Nun entledigte er sich auch nahezu des ganzen Restes. Nur ein kleiner Bruchteil blieb. Der graue Stein zerfiel einfach zu Staub, der überall von dem Gargoyle abrieselte, und innerhalb weniger Herzschläge modellierte er seinen Körper mehrfach völlig neu. Am Ende hatte er wieder seine ursprüngliche Größe, die in etwa der einer Katze entsprach. Er nahm eine eisblaue Färbung an und begann aus seinem Inneren heraus zu leuchten.

»Wünsch mir Glück!«, verlangten die Gedanken des Gargoyles in einem Anflug von eigenartiger Vertrautheit. »Denn es wird auch dein Glück sein.«

Ar-Don erhob sich mit kräftigen Schlägen seiner Schwingen in die Höhe, die noch etwas größer und weitflächiger wurden, während dafür der Körper noch ein wenig schrumpfte. Dann glitt er durch die Luft. Gorian verfolgte ihn noch eine Weile mit seinem Blick. Aber schon sehr bald war der Gargoyle nicht mehr zu sehen.

Gorian versuchte einen kleineren Schattenpfadgang. Morygors Aura war zwar immer noch deutlich zu spüren, aber Gorian war offenbar weit genug vom Zentrum seiner Macht entfernt, um nicht mehr davon beeinträchtigt zu werden.

Mehrere Schattenpfadgänge von mittlerer Länge folgten. Einmal konnte Gorian von einer Anhöhe aus einen endlosen Zug Leviathane beobachten, die nach Süden zogen und Morygors Truppen transportierten.

Jenseits des Horizonts schoss erneut ein Strahl zum Schattenbringer. Nicht mehr lange, und Morygor hatte ihn so positioniert, dass er die Sonne völlig verdeckte.

Schließlich legte Gorian den Rest der Strecke mit einem einzigen Schattenpfadgang zurück. Er verstofflichte geradewegs im oberen Saal des Palas der Siebten Burg, wo Hochmeister Thondaril residierte.

Der Hochmeister blickte auf, und sein kantiges, scharf geschnittenes Gesicht bedachte Gorian mit einem ahnungsvollen Blick.

»Ich muss mit Euch sprechen, Hochmeister.«

»Wo ist Meister Shabran?«

»Genau das ist eines der Dinge, über die wir reden müssen. Und es wäre gut, wenn sichergestellt wäre, dass niemand unsere Gedanken und Worte belauscht.«

22 In die Schlacht!

Zehn Libellengondeln flogen über die inzwischen verschneiten Ebenen Oquitoniens Richtung Norden. Ihnen folgte ein beträchtlicher Teil der caladranischen Himmelsschiffsflotte.

Meister Gorian, Hochmeister Thondaril und Beliak befanden sich mit den Maladran an Bord der Hauptgondel des Fürsten von Naraig, der allerdings in einem abgetrennten Bereich der Gondel weilte. Die Hauptgondel war in ihren gewaltigen Ausmaßen durchaus mit einem Himmelschiff der Caladran vergleichbar. Ein Angehöriger des basiliskischen Königshauses hatte standesgemäß zu reisen.

Gorian blickte aus einem der Fenster in die Tiefe. Überall waren dort im schwachen Dämmerschein der verdunkelten Sonne die Heere des neuen kaiserlichen Regenten zu sehen, die ihre Stellungen zum Großteil bereits eingenommen hatten. Über ihnen flogen Patrouillen der Greifenreiter.

»Es passt dem kaiserlichen Regenten natürlich nicht, dass seine Truppen nur die Nachhut bilden, um diejenigen der Feinde abzufangen, die es schaffen, die erste Linie zu durchbrechen«, sagte Hochmeister Thondaril mit einem süffisanten Lächeln. »Aber er wird es wohl hinnehmen müssen.«

Gorian nickte. »Mir geht eine ganz andere Frage durch den Kopf.«

»Und welche?«

»Wem kann man noch trauen? Torbas, Shabran...« Er schüttelte den Kopf. »Unter den Verrätern des Ordens war immerhin auch ein Hochmeister, und innerhalb dieses brüchigen Bündnisses, das sich gegen Morygor endlich zusammengefunden hat, traut einer dem anderen nicht.«

»Mit Recht, wie sich gezeigt hat.«

»Wem traut Ihr, Hochmeister?«

»Niemandem«, sagte Thondaril in aller Offenheit. »Nicht einmal mir selbst oder meiner eigenen Stärke. Und nach deinem unvorsichtigen Ausflug zur Frostfeste solltest du dir diesen Grundsatz ebenfalls zu eigen machen.«

Die Libellengondeln erreichten wenig später jenes Gebiet, das der Fürst von Naraig ausersehen hatte, um dort dem Heer Morygors zu begegnen. Eine Kette von sanften Hügeln zog sich südlich eines Bar-Nebenflusses durch Oquitonien. Der Fluss war längst gefroren. Selbst sein Verlauf war kaum noch auszumachen.

Die Libellengondeln bildeten bereits am Himmel eine gerade Linie. Die Riesenlibellen standen eine Weile in der Luft, dann sanken sie langsam tiefer.

»Jetzt gibt es was zu töten!«, sagte einer der Maladran erfreut. Ihm war ein zusätzliches Paar Arme gewachsen, und er hatte sich in vielen Übungskämpfen angewöhnt, mit vier Schwertern gleichzeitig zu fechten. Je weniger geisterhaft die Maladran wurden, desto größer schien ihr Hang zur Individualität. Ein Name, eine besondere Gestalt – was auch immer. Der Vierarmige war nicht der Einzige, der sich auf fast erschreckende Weise verändert hatte.

»Sie haben gute Laune«, wandte sich der Blinde Schlächter an Gorian.

»Wenn unser Plan aufgeht, kommen sie gar nicht zum Einsatz«, gab Gorian zu bedenken.

Eldamir lachte. »Allein die Aussicht auf einen Kampf ist für viele von ihnen schon wie eine Erlösung.«

Die Tür der Gondel wurde von einem der wenigen Schlangenmenschen an Bord geöffnet, und die Maladran stiegen nach draußen, um ihre Positionen einzunehmen.

Beliak schüttelte den Kopf. »Erlösung… Manch einer ist wirklich sehr bescheiden in seinen Erwartungen.«

»Es ist ziemlich kalt draußen«, sagte Gorian. »Du wirst dich wohlfühlen, schätze ich.«

In jeder der zehn Gondeln befanden sich neben einem Basilisken-Magier und einigen Schlangenmenschen und Ogern auch ein paar Maladran, deren Aufgabe es vor allem war, sofort einzuschreiten, sollte sich jemand der anderen Wesen als Wandler erweisen und die Errichtung oder den Einsatz des großen Spiegels zu sabotieren versuchen.

Gorian, Beliak und Hochmeister Thondaril verließen die Hauptgondel mit ein paar bewaffneten Ogern, die ein offenbar sehr schweres Fass ins Freie hievten. Anschließend trugen vier weitere Oger-Söldner die verhängte Sänfte des Fürsten von Naraig ins Freie.

Gorian bemerkte, dass die Sänfte diesmal mit sehr viel dickerem Stoff verhängt war als bei seinem letzten Treffen mit dem Basilisken.

Zuletzt verließ der Basilisken-Magier mit zwei Schlangenmenschen die Gondel. Da er nicht dem Königshaus angehörte, war sein Blick ungefährlich. Wie bei allen Basilisken war seine Gestalt höchst individuell. Es gab tatsächlich nur ganz wenige Merkmale, die allen Angehörigen dieses Volkes eigen waren.

Die Zahl der Arme und Beine war es auf jeden Fall nicht. Dieser Basilisken-Magier hatte von beidem jeweils drei Paare, und Gorian nahm an, dass er seinen Körper bei magischen Experimenten derart verändert hatte. Ob man diese als geglückt wehrten konnte, war Ansichtssache.

Die Armpaare waren der Größe nach geordnet. Das kleinste erinnerte an die Arme und Hände eines Kindes, das größte an die Gliedmaßen eines Ogers. Die sehr dünnen dreigliedrigen Beine trugen den Basilisken nicht, sondern halfen seinem schlangenartigen Körper dabei, schneller über den Boden zu gleiten. Sie befanden sich sämtlich am hinteren Bereich des Schlangenkörpers. Der hahnenähnliche Kopf drehte sich alle paar Augenblicke ruckartig in eine andere Richtung.

Wie der Magier hieß, wusste auch Hochmeister Thondaril nicht, und da Basilisken-Namen in der Regel für Menschen ohnehin unaussprechlich waren, fragte er auch nicht erst nach. Der Name dieses Basilisken interessierte ihn ebenso wenig wie die seiner Mitmagier, die ebenso aus ihren Gondeln gestiegen waren.

Gorian war in dieser Hinsicht etwas anderer Ansicht. Irgendwann, so nahm er sich vor, würde er auch die Sprache der Basilisken beherrschen, ihre Namen aussprechen können und vielleicht sogar ihre besondere Art der Magie erlernen. Schließlich hatte er es auch geschafft, in das Reich des Geistes zu gelangen, über das alle Caladran miteinander in irgendeiner Weise verbunden waren.

Libellen brachten die Gondeln fort.

»Wissen die Insekten, wohin sie zu fliegen haben?«, fragte Gorian verwundert.

»Nein, sie wurden wahrscheinlich magisch instruiert«, war Thondaril überzeugt. »Man kann sie offenbar leicht beeinflussen.«

Die Oger stellten das Fass auf dem Boden ab. Der Basilisken-Magier wies sie mithilfe seines Sprechsteins an, es zu öffnen.

Sie gehorchten. Dann stürzten sie es um und leerten den Inhalt aus. Zischend floss das magische Quecksilber, das sich darin befunden hatte, in einer Lache auf den Boden.

Der Basilisken-Magier stieß eine Folge von Lauten aus, die offenbar einer Zauberformel entsprachen. Sein Sprechstein übersetzte sie jedenfalls nicht.

Das magische Quecksilber wuchs zu einer dünnen Säule empor. Dasselbe geschah an jenen Orten, wo die anderen Libellen-Gondeln gelandet waren und sowohl Basilisken-Magier als auch Fässer voll magischem Quecksilber abgeladen hatten.

Auf eine Länge von mehreren Meilen strebten die Säulen empor, die zugleich fest und flüssig zu sein schienen. Offenbar nutzte die Basilisken-Magie die besten Eigenschaften beider stofflichen Zustände.

Die Säulen verzweigten sich, wuchsen zusammen und bildeten weitere Verstrebungen und Ausleger. Auf diese Weise entstand ein Gerüst, das viel größer war als alles, was an Vergleichbarem beim Bau der großen Kathedralen in Toque und Atrantia benutzt worden war.

Immer neue, teilweise recht dünne Verstrebungen und Zwischenstücke teilten sich von den senkrecht führenden Säulen ab, und ständig zweigten sich weitere ab.

»Ich wusste nicht, dass die Basilisken zu so etwas fähig sind«, stieß Beliak mit unverhohlener Bewunderung hervor.

»Doch«, murmelte Gorian. »Wer die Türme von Basaleia gesehen hat, ahnt es zumindest.«

In schwindelerregender Höhe bildete sich aus dem magischen Quecksilber eine große, hauchdünne Fläche, die wie ein Spiegel wirkte. Das wenige Licht des Sonnenkranzes fiel darauf und wurde davon ins Land gestreut. Die Fläche wuchs noch, formte ein liegendes Oval, das von den Metallsäulen und Verstrebungen gehalten wurde.

»Beim Ersten Meister«, flüsterte Thondaril ergriffen. »Ich habe niemals einen Spiegel gesehen, der das Licht auf die Weise sammelt, wie dieser es tut.«

»Vorsicht!«, warnte Gorian, als Thondaril ein paar Schritte nach vorn machen wollte, um die Konstruktion besser in Augenschein nehmen zu können.

»Das Licht ist nicht gefährlich«, beschwichtigte ihn Thondaril, »nur der Blick des Basilisken-Fürsten.«

Das im Spiegel gesammelte Licht erhellte das Land bis zum Horizont. Der Schnee leuchtete auf Dutzende von Meilen hinaus so hell, dass es fast in den Augen schmerzte.

Aus einigen Verstrebungen bildete sich nach und nach ein Rohr, das schließlich im Zickzack vom Spiegel nach unten verlief. Der obere Endpunkt dieser Rohrverbindung, die nach jeder Biegung exakt rechtwinkelig fortgesetzt wurde, ragte vor dem Großspiegel auf, der untere sank immer tiefer. War ein Blick in die Öffnung zu erhaschen, erkannte man, dass das Innere des Rohrs ebenfalls jeden Lichtschimmer spiegelte.

Schließlich war das Rohr so weit nach unten gewachsen, dass es knapp oberhalb der Sänfte des Fürsten von Naraig endete. Nachdem es sich abermals nach einer rechtwinkligen Biegung fortsetzte, ragte es zwischen den Vorhängen der Basilisken-Sänfte hindurch.

Das Spiegelrohr diente offensichtlich dem einzigen Zweck, den Blick des Basilisken in den Großspiegel zu übertragen.

»Welch eine genial erdachte Waffe!«, entfuhr es Eldamir, und noch nie hatte Gorian den Blinden Schlächter so tief bewegt erlebt. »Beinahe würde ich behaupten, neugierig darauf zu sein, was mit jemandem wie mir geschieht, wenn er in diesen Spiegel schaut.«

»Selbst ein Blinder wie du wird sich irgendwie orientieren müssen«, vermutete Gorian. »Und soweit ich weiß, ist ein solchermaßen übertragener und verstärkter Basilisken-Blick selbst für jemanden gefährlich, der ihn gar nicht erwidern kann, so wie du.«

»Grau ist alle Theorie und vielleicht der Stein, zu dem man erstarrt, wenn man auf diese Weise zu sterben beliebt.«

Gorian wandte sich an Meister Thondaril. »Wenn Morygor das Schicksal so weit vorauszusehen vermag, wie wir nach unseren Erfahrungen annehmen müssen, wieso sollte er dann seine Leviathane und Frostkrieger geradewegs in den Bann dieses Spiegels laufen lassen?«

»Die Magier des Basilisken-Volkes sind seit langer Zeit mit kaum etwas anderem beschäftigt, als Gedanken mit falschen Absichten auszusenden«, antwortete Thondaril. »Und die beeinflussen Morygors Sicht. Hoffentlich.«

»Und Morygor ist auch völlig ahnungslos hinsichtlich der Eigenschaften von magischem Quecksilber?«, wunderte sich Gorian.

»Das ist er ganz gewiss nicht. Er weiß vermutlich, dass damit ein Spiegel von gewaltiger Größe errichtet werden soll. Aber die Basilisken-Magier lassen ihn glauben, dass dieser Spiegel das verlöschende Sonnenlicht sammeln und auf das Land werfen soll, sodass die Gletscher nicht weiter vorankommen oder sogar tauen. Die wahren Absichten ahnt er nicht.«

»Ich kann nicht glauben, dass er *gar nichts* ahnt«, sagte Gorian.

»Weshalb?«

»Weil er den Bärenreiter-Fürsten Thragnyr durch das Weltentor gerufen hat. Das hätte Morygor nicht getan, würde er nicht eine unerwartete Bedrohung befürchten, denn Thragnyr ist laut den Legenden eine Verräterseele. Zuerst dachte ich, dass Thragnyrs Bärenreiter-Armee nach Süden geschickt werden soll, weil sie anders als die Frostkrieger in wärmere Gebiete vorzudringen vermögen.«

»Das wäre doch eine Erklärung.«

Gorian schüttelte den Kopf. »Nein. Ich habe auf meinem Rückweg nirgends Truppen der Bärenreiter gesehen, die nach Süden zogen. Morygor muss sie zu einem anderen Zweck in die diesseitige Welt geholt haben.«

»Wenn es nötig ist, können Bärenreiter sehr schnell laufen«, sagte Thondaril. »Wie der Blitz, so sagt man.«

»Das habe ich bei ihrem Fürsten erlebt, aber nicht bei den einfachen Bärenreitern.«

»Sie können es, glaub mir. Ich habe die Geheimen Chroniken gelesen, die in den Kellern der Ordensburg lagerten, und darin standen viele Einzelheiten über die Schlacht am Weltentor, die heute kaum noch bekannt sind.«

Also würden sie abwarten müssen, ob die Bärenreiter auftauchen, dachte Gorian und wünschte sich, den Ring eines Sehermeisters bereits am Finger zu tragen, um sich nicht nur auf eine dunkle Ahnung verlassen zu müssen.

Im Einflussbereich des Lichtkegels begann der Schnee tatsächlich zu schmelzen. Als er dies sah, wandte sich Gorian an den vielarmigen Basilisken-Magier. »Wie sehen wir, ob der Spiegel nicht nur das Licht des Sonnenkranzes und der Sterne, sondern auch den Blick eures Fürsten bündelt?«

Das Wispern eines Sprechsteins, den der Magier trug, antwortete Gorian, während ein paar zischende und krächzende Laute aus dem Schnabel des Hahnenkopfes drangen. Der Kamm darauf veränderte seine Farbe von Grün in ein glühendes Rot, dessen Schein alles im Umkreis von mehreren

Schritten in diesen Farbton tauchte und den Schnee zu Gorians Füßen aussehen ließ, als wäre er blutgetränkt.

»Du wirst es nicht sehen, Menschensohn«, lautete die Antwort des Basilisken. »Niemand wird es sehen können, es sei denn, er hat die Augen eines Basilisken, denn nur sie können es unterscheiden. Also möge niemand in den erleuchteten Bereich treten, dem sein Leben lieb ist.«

Die Stunden gingen dahin. Der Lichtkranz der Sonne wanderte in einem Bogen über den Himmel, und hin und wieder sah man jenseits des Horizonts Blitze emporschießen, mit denen Morygor letzte Korrekturen an der Position des Schattenbringers durchführte. Diese Blitze waren fern und geräuschlos und erinnerten an Sternschnuppen, nur dass sie in umgekehrter Richtung über den Himmel zogen.

Eldamir zog aus Langeweile sein Schwert und fuchtelte damit herum. »Ich hoffe nicht, dass es sich unsere Feinde anders überlegt haben.«

»Ganz im Gegenteil«, meinte Thondaril. »Sie werden sich mit ihrem Vormarsch sogar noch beeilen, denn sie wollen dieses Land hier nicht so vorfinden wie das bei den Singenden Steinen.«

Thondaril hatte recht, das Eis schmolz immer mehr. Dampfende Nebel bildeten sich überall und wallten empor.

Der große Spiegel vergrößerte noch die Ausdehnung seiner Strahlung, veränderte seinen Neigungswinkel und wölbte sich leicht, sodass er den schwachen Schein des Sonnenkranzes optimal sammeln und weitergeben konnte.

Die ersten Bäche aus Schmelzwasser bildeten sich und furchten sich in das Eis, während in dem Bereich, der dem Spiegel abgewandt war, noch immer bittere Winterkälte herrschte.

Aber noch war nichts von Leviathanen zu sehen.

Stattdessen wehte auf einmal ein eisiger Wind, der ganz sicher magisch unterstützt, wenn nicht sogar magisch erzeugt wurde. Offenbar hatte Morygor die Elementargeister aufgepeitscht, um den Frostkriegern den Weg in die Schlacht zu erleichtern.

Doch nicht nur das – Eis bildete sich am Gestänge aus magischem Quecksilber, und bald war auch fast die Hälfte der Spiegelfläche davon bedeckt. Es wurde merklich dunkler, da der Spiegel weniger Licht reflektierte.

Doch das hielt nicht lange an. Überall bewegte sich das magische Quecksilber, sodass das Eis wieder abplatzte. Gefährlich scharfe Brocken fielen herab. Einer durchschlug einen Schlangenmenschen wie ein Fallbeil. Gorian lenkte einen anderen mit Magie zur Seite, sodass er in den Schnee flog.

Offenbar tat der Fürst von Naraig etwas Ähnliches, denn seine Sänfte wurde von keinem der Eisbrocken getroffen, die ihre Fallrichtung kurz vorher veränderten.

Meister Thondaril breitete die Arme aus, blaues Licht schoss aus seinen Händen und bildete einen sich ausdehnenden Schirm, der die Stücke abprallen ließ, mit zunehmender Ausdehnung aber schwächer wurde, sodass an seinem Rand der Fall der Eisstücke nur noch verlangsamt wurde.

Trotzdem wurde noch ein weiterer Schlangenmensch im Nacken getroffen. Der große Eissplitter durchtrennte ihm den Hals, der Reptilienkopf fiel in den Schnee, während der menschenähnliche Körper wankte – und auf einmal seine Form veränderte. Er bildete zusätzliche Arme aus und wurde zu einem Klumpen zähflüssiger Masse. Sogar sein Obsidianschwert zerlief, dafür bildete sich ein lanzenartiger Dorn.

»Ein Metamorph!«, rief Meister Thondaril.

Der Wandler lebte noch, aber einer der Maladran war sofort bei ihm und stieß ihm sein Schwert mehrfach in den Leib, bis sich seine Gestalt aufzulösen begann.

Einer der Oger – offenbar auch ein Metamorph – verwandelte sich daraufhin zu einem spinnenartigen Wesen und kletterte das Gestänge aus magischem Quecksilber unwahrscheinlich schnell empor.

Eldamir machte einen magisch unterstützten Sprung, klammerte sich an einer der Verstrebungen fest und kletterte weiter hinauf. Sehr schnell hatte er das Spinnenwesen eingeholt und traf es mit mehreren Schwertstreichen, hieb es buchstäblich in Stücke. Das Blut des Metamorphen tropfte von den Verstrebungen des Basilisken-Spiegels, Eldamir sprang in die Tiefe.

Er kam ziemlich hart auf, musste sich abrollen und humpelte anschließend auf Gorian zu.

»Wir werden immer weniger geisterhaft«, beschwerte er sich. »Ich hoffe, dass uns das nicht noch in Schwierigkeiten bringt.«

In diesem Moment erklang ein Alarmruf.

Morygors Heerscharen walzten über den Horizont heran.

Der magische Eiswind hatte den Spiegel der Basilisken weder niederreißen noch mit Eis blind machen können. Die Kräfte des Frosthauchs und des gesammelten Sonnenlichts glichen sich in etwa aus. Die Bäche aus Schmelzwasser gefroren wieder, nur um wenig später wieder zu tauen. Es war ein Ringen zwischen den Elementen, so wie Gorian es bereits in Gryphland erlebt hatte, wo die Feuerdämonen dem Vormarsch des Frostreichs zunächst Einhalt geboten hatten.

Die Leviathane walzten heran. Zwischen ihnen preschten Wollnashornreiter dahin, wie üblich zumeist orxanische Untote, aber diesmal sah man hier und dort auch einen Menschen, Torlinger Bogenschützen, die ihre Pfeile vom Rücken ihrer Reittiere abschossen.

Zwischen den Reitern liefen auch Eisdrachenläufer. Kemroor, ihr grausamer Vater, war vernichtet, und seitdem gab es niemanden mehr, der seine überlebenden Kinder daran gehindert hätte zu wachsen. Teilweise hatten sie in der relativ kurzen Zeit seit dem Ende des Eisdrachen erheblich an Größe zugelegt. Einzelne Exemplare konnten bereits über den Rücken eines mittelgroßen Leviathans hinwegblicken, wenn sie entsprechend den Drachenhals streckten. Der Übermut und die Angriffslust war diesen Kreaturen anzusehen. Sie sprühten ihr Eisfeuer in die Luft. Gewiss hatte man ihnen befohlen, ihre furchtbare Waffe nur gegen den Feind einzusetzen, aber Gorian konnte sich dennoch nicht vorstellen, dass sich die Wollnashornreiter wohl in der Nähe dieser Verbündeten fühlten, deren Verhalten von wilder Rücksichtslosigkeit geprägt war.

Immer wieder hielten die Leviathane an, öffneten ihre gewaltigen Mäuler und entließen Truppen aus ihren Leibern. Es mussten Hunderttausende von Frostkriegern sein. Auf manchen der Leviathane waren Dutzende von schweren Katapulten in Stellung gebracht worden. Bogen- und Armbrustschützen sandten bereits einen Hagel von Pfeilen in Richtung des großen Spiegels.

Aber diese Geschosse wurden von der puren Kraft, die von dem magischen Quecksilber ausging, ebenso abgelenkt wie die der Katapulte.

Gorian fiel auf, dass einige der Leviathane ihre Leiber nach und nach vollkommen von Truppen und Gerät entleerten. Das konnte nur bedeuten, dass sie das Gerüst des Spiegels mit der Kraft ihrer gewaltigen Körper einreißen sollten.

Die in dem magischen Quecksilber enthaltenen Kräfte dämpften auch die Flammenstöße aus den Schlünden der Eisdrachenläufer. Das bläuliche Feuer verblasste einfach, wenn es zu nahe kam. Einige der Eisdrachenläufer blieben stehen und stießen Laute aus, die ebenso als Ausdruck von Erstaunen als auch von Erschrecken gedeutet werden konnten.

Dann wurde es plötzlich sehr viel dunkler. Ein Schatten trat zwischen den schwachen Schimmer des Sonnenkranzes und den Spiegel. Schrilles Krächzen mischte sich in den Lärm, der von Morygors Heer ausging. Es war ein Schwarm Zehntausender Eiskrähen, der rasend schnell heranflog, geradewegs auf die Bewacher des Spiegels zu. Diese waren offenbar auch das vorrangige Ziel des Angriffs.

Die ersten Eiskrähen wurden von den Waffen der Maladran getötet. Die Kraftaura des magischen Quecksilbers verlangsamte ihren Flug, sodass sie leichter zu treffen waren. Ihr Geschrei war ohrenbetäubend. Es mischte sich mit dem hunderttausendfachen Triumphgeheul der Frostkrieger und dem Brüllen der Leviathane.

Doch dann fielen sie auf einmal zu Tausenden wie Steine vom Himmel. Der Fürst von Naraig hatte seinen gefürchteten Basilisken-Blick angewendet, dessen Wirkung auch die Leviathane und Frostkrieger erfasste. Die Versteinerung schritt rasend schnell voran. Die Krieger erstarrten, Laufdrachen hielten mitten in der Sprungbewegung inne, kippten um und zerbrachen wie gestürzte Denkmäler. Soweit der Schein des Spiegels reichte, verwandelte sich Morygors Heer in eine Armee von Hunderttausenden Statuen.

Es dauerte nur Augenblicke, und auf dem Schlachtfeld war es vollkommen still wie in einem gewaltigen Totentempel. Selbst der Frosthauch unterlag der Lichtwärme des Spie-

gels. Das Eis begann unter dessen Einfluss wieder zu schmelzen. Hier und dort sanken die ersten versteinerten Angreifer
in das sich aufweichende Eis. Die zu Stein gewordenen Leviathane neigten sich, und die darauf befindlichen Steinkrie-
ger rutschten zusammen mit ihren Katapulten und anderem
Kriegsgerät hinunter. Schabende Geräusche entstanden dabei, als Gestein über Gestein schrammte.

»Die Schlacht ist geschlagen«, stellte Hochmeister Thondaril fest.

»Da bin ich mir nicht sicher«, murmelte Gorian, denn er
hatte jene charakteristische Empfindung, wie sie ein Schwertmeister bei einem unmittelbar bevorstehenden Angriff spürte. Weshalb das nicht auch bei Hochmeister Thondaril der
Fall war, war Gorian schleierhaft. Aber vielleicht hatten sich
Gorians magische Sinne einfach so stark weiterentwickelt,
dass er in dieser Hinsicht seinen ehemaligen Meister und
Mentor weit hinter sich gelassen hatte. Ein Gedanke, den
Gorian gleichermaßen verwirrend wie befremdend fand und
der ihm einfach nicht behagte.

Beliak wandte sich an den dreifachen Ordensmeister. »Die
Schlacht ist geschlagen, und für mich ist es an der Zeit, zu
jenen zurückzukehren, zu denen ich gehöre. Mein Tod hat
längst stattgefunden, und es ist mir unmöglich, dies weiterhin zu ignorieren. Leb wohl.«

»Aber, Beliak …«, wollte Gorian widersprechen, doch da
lief der Adh bereits auf das versteinerte Heer zu, und das
schneller, als man es ihm angesichts seiner plumpen Gestalt
zugetraut hätte.

»Beliak! Nein!«

Gorian wollte ihm schon folgen, doch Thondaril ergriff
seinen Arm und hielt ihn zurück.

Kaum geriet Beliak in den Lichtschein des Spiegels, erstarrte er zu Stein. Er drehte sich noch halb herum, dann verharrte er wie das Standbild eines Bildhauers. Sein breites Adh-Gesicht zeigte ein zufriedenes Lächeln.

Ein Untoter hatte offenbar Frieden gefunden.

In diesem Moment flammte ein Blitz über den Horizont. Gorian hatte eine solche Lichterscheinung bereits gesehen.

»Thragnyr!«, murmelte er.

Der Bärenreiter-Fürst preschte auf seinem Reittier mit einer Schnelligkeit heran, die ihn davor bewahrte, sofort dem Blick des Basilisken zu erliegen. Wie ein Blitz schoss sein Bär in das Gestänge aus magischem Quecksilber, wobei der skelettartige Reiter fast bis zum eigentlichen Spiegel hinauffragte. Die vordere Hälfte des Riesenbären war bereits versteinert, als er mit voller Wucht in die Verstrebungen und Säulen krachte, die daraufhin einknickten.

Thragnyrs linker Arm war ebenfalls versteinert, aber der rechte war noch immer beweglich und schwang das sensenartige Riesenschwert. Zischend und Funken sprühend fuhr die Klinge durch einige wichtige Verstrebungen. Sie enthielt offenbar genug Kräfte, um das magische Quecksilber einfach zu durchdringen.

Der Spiegel fiel und begrub nicht nur die Sänfte des Fürsten von Naraig unter sich, sondern auch den vielarmigen Basilisken-Magier sowie einige Schlangenmenschen und Oger-Söldner, die sich nicht schnell genug in Sicherheit bringen konnten. Ihre Todesschreie wurden unter dem sich verformenden magischen Quecksilber erstickt.

Ein dröhnender metallischer Laut klang aus dem ovalen messingfarbenen Kopf von Thragnyr. Er stieg von seinem verendeten Bären, dessen noch nicht versteinerter Hinterleib zuckte. Thragnyrs versteinerter linker Arm brach von seinem

Körper. Er warf seinen Umhang von sich und schlug sich mit dem sensenartigen Schwert aus dem Gewirr von Verstrebungen frei, die sich wie Schlingen um seinen Bronzekörper gelegt hatten. Auch die Schulter bröckelte ihm weg, dazu ein Teil des Brustkorbs. Sein Angriff auf den Spiegel war mit so großer Geschwindigkeit ausgeführt worden, dass die Versteinerung einfach nicht zum Abschluss hatte kommen können.

Der skelettartige Koloss ließ das Sensenschwert, das sich beim Schlag auf unheimliche Weise zu verlängern vermochte, blitzschnell niedersausen und spaltete einen Maladran senkrecht entzwei. Blut spritzte und zeigte, wie körperlich die Totengeister mittlerweile geworden waren. Ein weiterer Hieb folgte so schnell, dass der Oger ihn nicht einmal kommen sah, ehe ihm Kopf und eine Schulter samt dazugehörigem Arm abgetrennt wurden.

Ein weiterer Hieb traf Gorian, fuhr ihm durch Schädel und Leib.

Aber da befand er sich bereits auf dem Schattenpfad und hatte sich in Rauch aufgelöst.

Er verstofflichte unmittelbar unter dem großen ovalen Bronzekopf des Bärenreiter-Fürsten und hieb mit Sternenklinge dessen Hals durch. Strahlen schossen aus den rot glühenden Augen, sengten aber ziellos durch die Gegend und erloschen, noch bevor der konturlose Bronzeschädel den Boden berührte.

Gorian löste sich wieder auf und stand wenig später einige Dutzend Schritte entfernt im Schnee und sah zu, wie das verstümmelte Bronzeskelett in sich zusammenbrach. Das Metall, aus dem es bestand, verband sich zischend und Funken sprühend mit dem magischen Quecksilber.

Kugelförmige blaue Blitze schossen überall dort hervor, wo sich beide Substanzen berührten.

Die andren Basilisken-Magier eilten herbei. Gorian spürte die Gedankenkraft ihrer Beschwörungen, mit der sie verzweifelt versuchten, das magische Quecksilber unter ihre Kontrolle zu bringen. Es floss über den Boden, breitete sich aus und nahm alle Überreste des Bärenreiter-Fürsten und seines gewaltigen Reittiers in sich auf, sowohl die versteinerte Hälfte als auch die fleischliche, die allein nicht mehr lebensfähig gewesen wäre. Ein furchtbar beißender Geruch breitete sich aus. Grünliche und gelbliche Dämpfe stiegen auf.

»Es ist eine starke Magie, die in dieser Substanz wirksam ist«, sagte Hochmeister Thondaril zu Gorian, nachdem dieser sich mit einem kurzen Schattenpfadgang zu ihm begeben hatte.

»Es ist etwas Lebendiges«, murmelte Gorian.

»Ja, aber es ist nur so lebendig wie ein Untoter.«

»Da wäre ich mir nicht so sicher. Es erinnert mich eher an …« Er stockte.

»… den Gargoyle?«

»Schon möglich.«

»Vertrauen wir darauf, dass die Basilisken ihre Magie beherrschen.« Thondaril deutete auf Morygors versteinertes Heer, das bis zum Horizont reichte. Der Blinde Schlächter und einige der anderen Maladran wandelten zwischen den zu Stein gewordenen Leviathanen und den teilweise mitten in der Bewegung erstarrten Wollnashornreitern umher, offenbar auf der Suche nach etwas, das sie noch vernichten konnten. Einer der Maladran schlug wutentbrannt einem der steinernen Frostkrieger den Kopf ab und stieß dabei einen Schrei aus, der von einem äußerst unangenehmen Gedanken begleitet wurde.

»Morygor hat heute eine furchtbare Niederlage erlitten«,

sagte Thondaril. »Es ist die erste seit langem. Sieh nach Norden, Gorian. Seine Armee ist zu einem Meer aus Steinfiguren geworden, das noch in hundert Jahrhunderten an diesen Moment gemahnen wird.«

»Es ist noch nicht vorbei«, befürchtete Gorian. »Ich habe Scharen von Bärenreitern gesehen, die zwar nicht die Größe ihres Herrn haben, aber trotzdem eine Streitmacht sind, vor der man sich fürchten sollte.«

Der Hochmeister nickte. »Ich weiß.«

Gorian deutete auf den Schattenbringer. »Die entscheidende Schlacht wird dort geschlagen, und die haben wir vielleicht schon verloren.«

Wie zur Bestätigung seiner Worte stieg irgendwo jenseits des Horizonts wieder ein Lichtblitz auf, hoch empor zu jenem Gestirn, welches das Antlitz der Sonne inzwischen fast zur Gänze verdeckte.

Thondaril legte Gorian eine Hand auf die Schulter. »Wie gut, dass du den Ring des Sehers noch nicht am Finger trägst.«

»Wie meint Ihr das, ehrwürdiger Hochmeister?«

»Weil ich so deine pessimistischen Worte nicht weiter ernst zu nehmen brauche und mir die Hoffnung dadurch erhalten bleibt.«

»Ich erlebe Euch zum ersten Mal als Zyniker, Hochmeister. Um ehrlich zu sein, das überrascht mich. Aber vielleicht habe ich diese Seite von Euch bisher auch nur nicht sehen wollen.«

»Nein, ich mag alles Mögliche sein, aber ganz gewiss kein Zyniker. Ich denke nur an eins: dass der wichtigste Teil des Plans, der Morygor stürzen soll, noch ausgeführt werden muss und dass der Sieg, den wir gerade errungen haben, nichts wert ist, wenn uns dieses letzte Unterfangen nicht gelingt.«

»Ich weiß«, murmelte Gorian.

»Dann richte von nun an all dein Trachten darauf, die nötige Stärke zu gewinnen, um die letzte Prüfung zu bestehen, die dir deine Bestimmung auferlegt, *Schüler*!«

Während die Libellengondeln zurückkehrten, um die Überlebenden der Schlacht, die eigentlich nicht stattgefunden hatte, aufzunehmen, ging Gorian zu den Maladran und wandelte mit ihnen zwischen Morygors versteinerter Armee umher.

Bei der Statue, die einst Beliak gewesen war, blieb er stehen.

23 Das Erdschiff

»Ich bin froh, dass du unversehrt nach Nelbar zurückgekehrt bist«, sagte Sheera und berührte dabei mit der Hand sein Gesicht. »Doch das Schwierigste liegt noch vor dir.«

»Vor uns allen«, korrigierte Gorian.

»*Aber ganz besonders vor dir*«, beharrte sie in Gedanken. »Bevor du Morygor begegnest, solltest du noch einiges über die Kunst des Heilens erlernen«, sagte sie dann wieder laut. »Auch wenn es schwer ist, sich selbst zu heilen, so ist es doch nicht unmöglich, wie du weißt.«

»Es ist noch genug Zeit, ein Meister im Haus des Heilens zu werden«, erwiderte Gorian mit einem milden Lächeln im Gesicht. »Dann kann ich mir noch einen weiteren Ring an den Finger stecken.«

»Dafür ist keine weitere Meisterschaft vonnöten, Gorian.«

»Ach nein?«

»Nur Überlebensfähigkeit.«

»Bring mir so viel wie möglich von dem bei, was du mir in der Kunst des Heilens voraus hast, Sheera. Wer weiß ...« Er hielt kurz inne, bevor er weitersprach. »Fünf Ringe aus fünf Häusern. Vielleicht war ich doch etwas zu ehrgeizig.«

Sie standen an der Reling der *Hoffnung des Himmels,* und Sheera deutete auf das dunkle Wasser unmittelbar neben dem riesigen Himmelsschiff. Es glitzerte, weil sich der Mond und die Sterne darin spiegelten. Nur in dem Bereich unmittelbar neben der *Hoffnung* war dies nicht der Fall. Die Finsternis unter dem Wasser schien alles regelrecht zu verschlingen. »Ich weiß nicht, was genau Magier und Schamanen getan haben, aber während deiner Abwesenheit standen sie fast die gesamte Zeit auf dem Achterdeck und haben ihre Zeremonien durchgeführt. Und dabei ging dort unten irgendetwas vor sich.«

»Du konntest es mit deinen magischen Sinnen nicht erspüren?«

»Nein. Und Brass Telir hat meine diesbezüglichen Fragen einfach ignoriert.«

Gorian lächelte verhalten. »Vielleicht geht es um das Schiff, dessen Fertigstellung mir schon seit längerem versprochen wurde.«

»Ein Schiff, das schon gesunken ist, bevor es vom Stapel läuft?«

»Dieses soll auf eine ganz besondere Weise geschaffen werden«, erklärte Gorian. »Aber frag mich nichts Näheres. Ich habe nämlich keine Ahnung.«

Gorian begab sich in die Siebte Burg. Als er im Burghof verstofflichte, fand dort ein Übungskampf statt. Zu seiner Überraschung war es Zog Yaal, der Greifenreiter, der eine Klinge schwang. Bei ihm befanden sich die beiden Ordensschüler Serion aus Tejan und Farol aus Bara.

Während Serion Zog Yaals Übungsgegner war, stand Farol aus Bara etwas abseits und gab Anweisungen, bei denen sich Gorian im ersten Moment nicht sicher war, ob sie dem Ordensschüler oder dem im Umgang mit dem Schwert erkennbar unbedarften Greifenreiter galten.

Als die drei Gorian bemerkten, hielten sie inne.

Zog Yaal seufzte. »Ein Schwertmeister wird aus mir wohl nie«, glaubte er. »Aber ich dachte mir, es kann nicht schaden zu lernen, wie man eine Klinge führt.« Er wog das Schwert in der Hand. Es handelte sich um eine ganz gewöhnliche Waffe, wie sie sowohl innerhalb des Ordens als auch bei der Ritterschaft üblich war. »Auf die Dauer ganz schön schwer, so ein Ding«, meinte er. »Aber ich habe ja auch keine Magie zur Unterstützung, die ich in mir wachrufen könnte.«

»Vielleicht trägst du die falsche Waffe, und ein kleiner Dolch wäre für dich passender«, höhnte Serion aus Tejan. Gleichgültig, welche Fortschritte er im Schwertkampf gemacht haben mochte, mit seiner inneren Reifung schien es noch nicht allzu weit her zu sein.

Gorian folgte einer spontanen Regung. Kein Gedanke ging dem, was er tat, voraus. Es war eine Handlung, die aus dem Augenblick herauskam und für die eine sinnvolle Erklärung nicht möglich war. »Ein Dolch? Wie wär's mit diesem?«, fragte er und riss Rächer hervor, schleuderte ihn nach Zog Yaal, bremste den Flug des Dolchs aber magisch ab und ließ ihn sich sogar noch drehen, sodass der Greifenreiter ihn problemlos aus der Luft greifen konnte.

»Eine Waffe aus Sternenmetall!«, stieß Zog Yaal hervor. »Was sollte einer wie ich damit anfangen können?«

Gorian lächelte. »Du hast sie gefangen.«

»Hier, nimm deinen Dolch zurück. Ein dreifacher Ordensmeister kann damit mehr bewirken als ich.« Er lachte. »Und falls sich doch zufällig die Gelegenheit für eine Heldentat ergeben sollte, so weiß ich ja, bei wem ich mir eine Waffe ausleihen kann.«

Gorian war in die Siebte Burg gekommen, um Meisterin Aawaa aufzusuchen.

Sie empfing ihn in einem Turmzimmer, das den wenigen Sehern des Ordens zur inneren Versenkung diente.

»Ich habe die Ausbildung in Eurem Ordenshaus sträflichst vernachlässigt«, gestand Gorian. »Inzwischen bereue ich dies, denn wenn ich zur Frostfeste aufbreche, um Morygor zu stellen, wäre es besser, mir stünde das Wissen um die Schicksalslinien zur Verfügung.«

Meisterin Aawaa sah Gorian lange an, dann antwortete sie: »Es würde Euch nur hinderlich sein, Meister Gorian.«

»Aber Morygor ist mir in der Sicht auf das zukünftige Schicksal weit voraus.«

»So weit, dass kein Meister des Ordens und vermutlich nicht einmal die Schamanen der Caladran ihm darin ebenbürtig sind. Missachtet das Schicksal. Tut das, was noch nicht geschrieben steht, ohne Rücksicht darauf, was ein anderer sagt.«

Gorian lächelte. »Es läuft immer auf das Gleiche hinaus: das Unerwartete zu tun.«

»Ich weiß, dass diese Erkenntnis für Euch nichts Neues mehr ist. Aber anscheinend habt Ihr eine Bestätigung gebraucht.«

An Deck der *Hoffnung des Himmels* standen jene, die auserwählt waren, Gorian zur Frostfeste zu begleiten. Außer Sheera und Hochmeister Thondaril waren das auch Eldamir und seine Maladran, deren Zahl sehr geschrumpft war. Einige waren während des Kampfes um den Spiegel vernichtet worden, aber andere waren schon zuvor einfach verschwunden.

»Manche sind so sehr ins Leben zurückgekehrt, dass sie sich uns nicht mehr zugehörig fühlten und sich auf eigene Faust davonmachten«, wurde Gorian von Eldamir erklärt. »Vielleicht glauben sie sogar, dass Erdenrund ohne den

Schein der Sonne ein guter Ort für sie sein könnte. Aber während die einen immer körperlicher wurden, sind andere verblasst und verschwunden, ohne dass selbst ich das gleich gemerkt hätte.«

Zu denen, die Gorian begleiten sollten, gehörte auch Zog Yaal. Hochmeister Thondaril hatte das verhindern wollen, aber Gorian war in dieser Frage unnachgiebig gewesen, schon deshalb, weil er dem Greifenreiter sein Wort gegeben hatte. Zog Yaal war mit einem Schwert bewaffnet und trug eine Seilschlange wie eine Schärpe um den Oberkörper geschlungen.

Von den Meistern des Ordens begleiteten sie nur einige Dutzend, darunter Meister Yvaan und der alte Meister Morgun. Abgesehen von Gorian war aus dem Haus der Schatten niemand dabei. Und auf einen Seher verzichteten sie auf das Anraten von Meisterin Aawaa hin ganz.

Schon nach dem Wandler-Massaker war Thondaril gegenüber allen Angehörigen seines Ordens ausgesprochen misstrauisch und deswegen bei der Auswahl sehr kritisch. Meister Shabrans Verrat hatte ihn in seiner Haltung noch bestärkt. Davon abgesehen war ihre Zahl ohnehin sehr zusammengeschmolzen.

Zwei Ordensschüler waren jedoch dabei: Serion aus Tejan und Farol aus Bara. Thondaril musste ihnen beachtliche Fortschritte attestieren, die sie in der verhältnismäßig kurzen Zeit gemacht hatten. Er hielt ihr magisches Talent zwar nicht für überragend groß, dafür überzeugte ihn die Reinheit ihres Geistes.

König Abrandir und eine Auswahl besonders fähiger Caladran-Krieger hatten sich ebenfalls zur Abfahrt bereit gemacht. Unter ihnen war auch Brass Telir, der oberste Schamane der Caladran.

König Abrandir wandte sich an seine Gemahlin Orawéen. »Falls wir nicht zurückkehren, wirst du unser Volk fort von Erdenrund führen müssen. Denn dann wird es in dieser Welt nicht mehr lange existieren können.«

»Das letzte Himmelsschiff, das wir zu den Sternen schickten, ist verschollen«, gab Orawéen zu bedenken. »Du weißt selbst, dass wir nie wieder etwas von der Besatzung hörten.«

»Aber eine Reise in das Nichts der Ungewissheit ist besser als die Gewissheit dessen, was uns hier erwartet. Also zögert nicht.«

Alle verfügbaren Magier und Schamanen der Caladran – abgesehen von Brass Telir – hatten sich auf dem Achterdeck versammelt. Sie hoben die Hände und murmelten einen Singsang in der alten Sprache der Caladran-Vorfahren. »Was nur Geist war, wird nun Stoff, was als Gedanke geschaffen war, tritt in die Welt des Tatsächlichen …«

Dort, wo zuvor der Schatten aus purer Dunkelheit im Wasser gewesen war, war auf einmal ein Licht zu sehen – sehr hell und doch nicht blendend.

Das Wasser wurde innerhalb eines großen Ovals, das fast so lang wie die *Hoffnung des Himmels* war, vollkommen spiegelglatt. Das Licht aus der Tiefe breitete sich auf diesen Bereich aus und füllte ihn schließlich vollkommen. Die Umgebung wurde heller als jeder Tag, den Erdenrund vor der Verfinsterung durch den Schattenbringer je gesehen hatte.

Ein Schiff tauchte aus der Tiefe empor. Es schimmerte messingfarben und glich ansonsten einer langen Barke, hatte verschnörkelte Aufbauten, aber keinen Mast und kein starres Segel für die metamagischen Winde, wie es für die Himmelsschiffe kennzeichnend war.

Eine schimmernde Aura umschloss das ganze Schiff, an

der das Wasser abperlte und deren außerordentlich starke abschirmende Wirkung Gorian sofort erkannte. Damit konnte man sich gewiss sehr nahe an die Frostfeste heranwagen, ohne dass gleich die ganze Besatzung Morygors Einfluss erlag.

Brass Telir ergriff das Wort. »Das ist die *Hoffnung aus der Tiefe*«, erklärte der Schamane. »Und ihr Name beschreibt auch gleich, auf welchem Weg wir uns unserem Ziel nähern werden.«

Die *Hoffnung aus der Tiefe* schwebte näher und legte sich neben das caladranische Flaggschiff, ohne es zu berühren.

»Folgt mir!«, sagte Brass Telir und ging als Erster an Bord, wofür er die Lichtaura des Schiffes durchschritt, ohne dass sie einen Widerstand für ihn darstellte. Die anderen folgten nach und nach. »Ihr seid auserwählt, und das macht Euch zu einem Teil des Gedankens und der Magie, die das Schiff erschaffen haben«, erklärte Brass Telir. »Darum könnt Ihr es stets betreten, aber andere Einflüsse, Geschosse oder Feinde werden abgewehrt.«

Beim Blinden Schlächter und den Maladran schien die *Hoffnung aus der Tiefe* etwas Mühe zu haben, sie als Teil des Gedankens und der Magie zu akzeptieren, die ihre Existenz ausmachten. Jedenfalls scheiterte Eldamirs erster Versuch, das Schiff zu betreten, und beim zweiten blieb er mit einem Arm und der dazugehörigen Schulter in der Lichtaura stecken, ohne sich vor- oder zurückbewegen zu können. Die Anwendung etwas zusätzlicher Caladran-Magie durch Brass Telir löste das Problem. Etwas zögernd betraten auch die anderen Maladran das Schiff.

Abgesehen von einem leichten Knistern zeigte die Aura des Schiffes keine abwehrende Reaktion mehr.

»Ich vermisse unter den Gefolgsleuten von König Abrandir einen seiner Kapitäne«, stellte Gorian fest. »Wessen Geist wird das Schiff lenken?«

»Zunächst der meine«, erklärte Brass Telir. »Aber sobald wir uns der Frostfeste weiter genähert haben, werde ich die Lenkung der *Hoffnung aus der Tiefe* an Euch übergeben, Meister Gorian. Denn nur Ihr werdet abschätzen können, was genau zu tun ist.«

»Ihr wart im Reich des Geistes«, sagte Abrandir zu Gorian, ehe dieser etwas auf Brass Telirs Worte erwidern konnte. »Also wisst Ihr alles, was es über die Schiffe der Caladran zu wissen gibt.«

»Aber dieses scheint sich von den anderen doch stark zu unterscheiden«, antwortete Gorian.

»Nicht grundlegend. Es sind dieselben Fähigkeiten des Geistes vonnöten wie auch bei den Himmelschiffen.«

»Es gibt kein Segel.«

»Das Segel ist eine Hilfe für einen Geist ohne außergewöhnliche Kräfte. Das aber trifft auf Brass Telir nicht zu – und auf Euch auch nicht. Davon abgesehen wurde bei diesem Schiff auf alles verzichtet, was uns auf dem Weg, den wir einschlagen müssen, behindern könnte.«

Gorian nickte. »Gehe ich recht in der Annahme, dass dieser Weg nicht durch die Lüfte führt?«

»Wir wollen uns unserem Feind nicht vorzeitig zeigen«, erwiderte König Abrandir. »Und davon abgesehen stehen einem Schiff, das aus reiner Magie und reiner Gedankenkraft geschaffen wurde, andere Wege offen als jenen Schiffen, die unser Volk bisher gebaut hat.«

Die messingfarbene Barke sank in die Tiefe. Das Meer umspülte sie. Gorian war erstaunt, wie gut er die Umgebung des Schiffs mittels seiner magischen Sinne wahrzunehmen vermochte. Die Aura, die die Barke umgab, schien ihn keineswegs zu behindern. Das Gegenteil war der Fall. Seine Eindrücke von dem, was sich außerhalb befand und tat, wurden sogar verstärkt.

Der Grund des sehr flachen Meeres vor der oquitonischen Küste war schnell erreicht, aber das Schiff sank noch tiefer. Der Meeresboden war kein Hindernis; das Schiff sank durch ihn hindurch, fast als befände es sich im freien Fall.

»Wir reisen im tiefen Untererdreich«, sagte Brass Telir. »Denn dort wird Morygor uns nicht vermuten. Wir werden unerwartet für ihn emporkommen, und dann werdet Ihr hoffentlich zu tun vermögen, was Eure Bestimmung ist.«

»Lasst das Schiff noch tiefer sinken«, forderte Gorian sehr bestimmt.

»Noch tiefer?« Der weißhaarige Schamane in der hellen Kutte aus Caladran-Seide griff unwillkürlich nach dem Amulett auf seiner Brust. »Ihr scheint keine Vorstellung zu haben, *wie* tief wir schon gesunken sind!«

»O doch«, erwiderte Gorian. »Und ich weiß von meinem Freund Beliak, dass Morygor das Untererdreich längst mit seiner Macht vollkommen durchdrungen hat. Zumindest jene Bereiche, an deren Oberfläche das Frostreich herrscht, aber vielleicht auch schon darüber hinaus. Also kann ich Euch nur beschwören, dem Namen dieses Schiffes alle Ehre zu machen und es noch weiter in die Erde absinken zu lassen. Sonst wird unser Gegner uns vielleicht zu früh bemerken und seine Kräfte auf uns konzentrieren.«

»Weiß er nicht ohnehin, dass wir kommen?«, mischte sich der Blinde Schlächter ein. »Ich dachte, er verfügt über eine gefürchtete Fähigkeit zur Schicksalssicht.«

»Ich unterhalte mich nicht mit einem Vergessenen Schatten über solche Dinge«, erwiderte Brass Telir kühl.

»Aber Ihr habt nichts dagegen, wenn ich für Euch töte,

nehme ich an«, entgegnete Eldamir spöttisch. »Oder denkt Ihr etwa daran, selbst ein Schwert zu schwingen?« Er verzog das augenlose Gesicht, dann machte er eine wegwerfende Geste.

»Wir werden tun, was Gorian verlangt«, schritt König Abrandir ein. »Er weiß am besten, was zu tun und was zu unterlassen ist.«

Brass Telir atmete tief durch. »Wie Ihr meint, mein König«, sagte er und ließ die *Hoffnung aus der Tiefe* noch weiter hinabsinken. Durch die schützende Lichtaura war zu sehen, wie das Erdreich außerhalb des Schiffes vorbeiraste.

Schließlich verwandelte sich ihre Umgebung in eine Gluthölle aus flüssigem Gestein. Ein Ozean aus Feuer umgab sie.

Aber der *Hoffnung aus der Tiefe* machte das nichts aus. Die Magie jener Aura, die es umgab, hielt den hier unten herrschenden Gewalten stand.

Allerdings schien Brass Telir zunehmend Schwierigkeiten zu haben. Er zitterte, seine Augen begannen eigentümlich zu leuchten, und sein Gesicht wirkte auf einmal so eingefallen und fahl, dass man annehmen konnte, eine schlimme Krankheit hätte ihn befallen oder er wäre innerhalb weniger Augenblicke um so viele Jahre gealtert, dass es sich selbst bei einem langlebigen Caladran äußerlich bemerkbar machte.

Er wandte sich an Gorian. »Die Kräfte, die in dieser Tiefe wüten, gestatten es mir nicht mehr, den Weg sicher zu finden.«

»Aber ich werde ihn finden«, versprach Gorian. »Ihr wolltet mir die geistige Lenkung des Schiffes ohnehin übergeben.«

»Aber seid vorsichtig, Meister Gorian.«

Brass Telir hob eine Hand und führte sie an Gorians Schläfe, ohne diese zu berühren. Ein bläulicher Lichtblitz zuckte aus dem Zeigefinger des Caladran-Schamanen und fuhr

Gorian in den Kopf. Für einen Augenblick waren seine Augen vollkommen blau – so blau wie der Himmel in jenem ersten bewussten Moment seines Lebens, als er im Boot seines Vaters gelegen hatte und sein Erinnerungsvermögen erwacht war.

An diesen Moment dachte Gorian zurück. Und das gab ihm eine zusätzliche Kraft, wie keine Magie sie ihm geben konnte.

Er spürte die metamagischen Raumzeitwinde und die Turbulenzen jener unheimlichen Kräfte, die in der Gluthölle des Erdinneren tobten. Ein Zittern durchlief die *Hoffnung aus der Tiefe*, aber dann hatte Gorian sie in der Gewalt und lenkte sie sicher durch den Glut-Ozean.

»Morygor, jetzt schlägt deine Stunde!«, ging es Gorian durch den Kopf. *»Es wird geschehen, was du nicht erwartet hast!«*

Falls dieser Gedanke intensiv genug war, dass der Herr der Frostfeste ihn empfing, so hatte Gorian nicht das Geringste dagegen.

»Fürchte dich nur, denn ich bin nahe!«

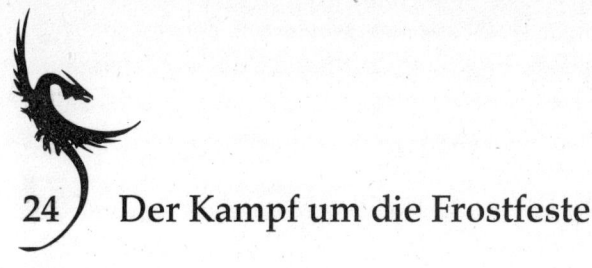

24) Der Kampf um die Frostfeste

Die *Hoffnung aus der Tiefe* stieg aus dem Eis hervor und pflügte der Frostfeste entgegen. Das magische Schiff hinterließ im Schnee keine Spuren. Der bläuliche Schutzschild umgab es vollkommen und ließ es scheinbar widerstandslos dahingleiten.

Von Morygors bedrückender Aura war kaum etwas zu spüren.

Dafür wurde die *Hoffnung aus der* Tiefe sofort nach ihrem Auftauchen angegriffen.

Blasen aus purer Finsternis regneten aus dem Himmel. Sie wirkten wie Tropfen einer sehr zähen, schwarzen Flüssigkeit, die auf der Schutzaura des Schiffes zerplatzten.

Sie wurden von Dutzenden Katapulten abgeschossen, die großen Schleudern glichen und von den Bronzekriegern bedient wurden, die in Thragnyrs Gefolge durch das Weltentor gekommen waren. Zwischen den Katapulten befanden sich mehrere, zum Teil recht große Apparaturen, deren Hauptbestandteil jeweils ein kolben- oder zylinderförmiger Behälter war, aus dem schwarzer Rauch wölkte.

»Gegenmagisches Pech!«, entfuhr es Meister Morgun. »Das wurde auch in der Großen Schlacht am Weltentor eingesetzt. Es laugt jegliche Magie aus. Es wird die Aura schwächen und am Ende zerstören!«

Erneut trafen Dutzende von schwarzen Tropfen die *Hoffnung aus der Tiefe*. Es zischte, wenn diese auf der Schutzaura zerplatzten. Die Aura flackerte, und die pure Finsternis lief an ihr entlang und wirkte schon bald wie ein Gespinst aus schwarzen Linien und Flecken.

Gorian ließ das Schiff wieder in den Boden sinken. Doch die Aura schimmerte nicht mehr bläulich, sondern rötlich. Das Gegenmagische Pech haftete ihr an und breitete sich aus, sehr langsam zwar, aber stetig. Gorian spürte, wie der Aura des Schiffes immer mehr Kraft entzogen wurde. Es war nur noch eine Frage der Zeit, bis sie zusammenbrechen würde.

Er hätte es wissen müssen, ging es Gorian durch den Kopf. Die Bronzekrieger des Bärenreiter-Fürsten waren nur gerufen worden, um sie hier zu erwarten.

Morygor hatte diesen Angriff offenbar vorausgesehen. Und vielleicht hatte er sogar noch mehr erahnt, denn die Waffe, die er einsetzte, war äußerst wirksam – fast maßgeschneidert, um die *Hoffnung aus der Tiefe* zu vernichten. Ja, Gorian traute ihm sogar zu, dass er Thragnyr mit voller Absicht blindwütig gegen den Spiegel der Basilisken hatte anstürmen lassen, in der Hoffnung, dass er nicht nur den Spiegel vernichten, sondern auch aus dieser Schlacht nicht zurückkehren würde. Denn so brauchte Morygor die berüchtigte Neigung des Bärenreiter-Fürsten zum Verrat nicht mehr zu fürchten und konnte über dessen Bronzekrieger-Truppe ganz allein verfügen. Diese hatten offenbar während ihres langen erzwungenen Exils jenseits des Weltentores die Herstellung und den Umgang mit Gegenmagischem Pech noch perfektioniert.

Brass Telir hob die Hände. Er murmelte eine Formel der caladranischen Magie, woraufhin Lichtstrahlen aus seinen Fingern in die Schutzaura des Schiffes fuhren.

Sein Ziel war es wohl, der Aura neue Kraft zu geben. Er zitterte dabei und schien sich völlig zu verausgaben, sank schließlich auf die Knie. Sein Gesicht wurde zur bleichen Totenmaske und verfiel auf eine Weise, als wäre es das eines Menschen, der rapide alterte.

»Aufhören!«, rief Gorian, und er unterstützte diesen Ruf mit einem durchdringenden Gedanken.

Die schwarzen Felder des Gegenmagischen Pechs weiteten sich aus. Bald würde das gesamte Schiff davon umfangen sein.

Brass Telir sank zu Boden. König Abrandir wollte ihm helfen, wurde aber von den Kräften, die hier wirkten, zurückgeworfen. Er wurde über das Schiffsdeck geschleudert und landete hart auf den Planken. Aber sofort stemmte er sich wieder auf die Beinen.

»Berührt ihn nicht!«, rief er.

Die Lichtstrahlen rissen ab, und Brass Telir lag in zusammengekrümmter Haltung an Deck. Er wirkte wie ein mumifizierter Leichnam und zerfiel zu Staub.

»Das Gegenmagische Pech hat ihm sämtliche Kräfte genommen«, stellte Abrandir fest.

Das Schiff sank inzwischen tiefer und tiefer.

Gorian bremste es ab. Er spürte zwar, dass er noch die Kontrolle darüber hatte, aber die Schwäche der Schutzaura wurde bedrohlich. Kleinere Brocken von Erdreich, vermischt mit Eis, drangen bereits an einigen Stellen durch den schwächer gewordenen Schirm. Dies ging ganz langsam vonstatten, man konnte den einzelnen Brocken zusehen, wie sie die Aura durchdrangen.

Schlimmer aber war das Pech selbst, denn es würde bald die gesamte Aura bedecken und damit das ganze Schiff umschließen.

»*Wir werden dann alle so enden wie Brass Telir!*«, empfing Gorian Sheeras Gedanken.

»Wir müssen zurück«, meinte König Abrandir. »Vielleicht können unsere Magier etwas gegen dieses schwarze Zeug tun.«

»Nein!«, entschied Gorian.

»Entweder dieses Pech tötet uns oder das auf uns stürzende Erdreich, sobald die Schutzaura zu schwach ist«, stellte Thondaril düster fest. »Und wenn wir an die Oberfläche gehen, werden die meisten von uns innerhalb kürzester Zeit durch den Einfluss von Morygors Aura wahnsinnig werden. Wer weiß, vielleicht bringt er uns dazu, uns gegenseitig zu töten. Dann bleibt für die Bronzekrieger, die auf ihren Bären heranstürmen werden, kaum noch etwas zu tun.«

»Eigentlich hatte ich mich auf einen blutigen Kampf gefreut«, äußerte Eldamir. Der Blinde Schlächter umfasste seinen Schwertgriff. »Aber ich muss sagen, seit ich so körperlich geworden bin, dass ich nicht mehr einfach so durch Gestein und Erde dringen kann, wie es mir gefällt, fange ich an, mich zu fürchten. Ein interessantes, lange vergessenes Gefühl.«

Ein paar der Maladran lösten ihre Körperlichkeit mehr und mehr auf, versuchten wieder zu schattenhaften Geistern zu werden, um aus der tödlichen Falle zu entkommen, zu der die *Hoffnung aus der Tiefe* geworden war.

»Tut das nicht, ihr Narren!«, rief Abrandir.

Aber es war zu spät.

Sie versuchten durch die geschwächte Schutzaura ins Erdreich zu gelangen, doch die immer größer werdenden Flecken aus Gegenmagischem Pech sogen sie auf und hatten danach fast die doppelte Ausdehnung.

»Das war es dann wohl«, murmelte Zog Yaal mit kreideweißem Gesicht.

»Nein«, dachte Gorian. »Jetzt muss etwas Unerwartetes getan werden. Das, was niemand voraussehen kann, weil es gegen alle Regeln der Vernunft verstößt!«

»Dann tu es!«, bestärkte ihn Sheera mit einem Gedanken, der Gorian erstaunlich ruhig erschien.

Gorian ließ die Hoffnung aus der Tiefe voranschnellen. Tief unter der Erde näherten sie sich der Frostfeste. Alles, was an metamagischen Raumzeitwinden eingefangen werden konnte, setzte Gorian dafür ein. Es war nur eine Frage der Geisteskraft, das wusste er.

»Was hast du vor?«, fragte Hochmeister Thondaril.

»Wir werden angreifen«, erklärte Gorian. »Und zwar dort, wo es niemand erwartet!«

Die Hoffnung aus der Tiefe stieg genau im Burghof der Frostfeste an die Oberfläche. Die ersten größeren Eisbrocken drangen bereits während des Aufstiegs durch die schwache Schutzaura, krachten auf das Deck und rissen Löcher in die aus reiner Magie bestehenden Planken.

Das Schiff tauchte gerade noch rechtzeitig aus dem Erdboden auf, bevor die Schutzaura dem Druck der sie umgebenden Masse nachgegeben hätte und das gesamte Schiff samt seiner Besatzung zerquetscht worden wäre.

Das Gegenmagische Pech, das sich auf der Schutzaura ausgebreitet hatte, fiel herab. Ein halbes Dutzend Maladran und einige von König Abrandirs Kriegern wurden davon getroffen, es hüllte sie wie eine zähe Flüssigkeit ein und sog alle Kraft aus ihnen. Gorian riss Sheera zur Seite, kurz bevor unmittelbar neben ihr einer dieser Tropfen herabkam und sich in die Planken fraß, deren Magie in sich aufsaugte und durch das entstandene Loch in den Schiffsbauch fiel.

Auch Meister Morgun wurde vom Gegenmagischen Pech

getroffen. Sein Todesschrei mischte sich mit einem lauten Zischen. Die Schwärze des Gegenmagischen Pechs hüllte ihn ein und ließ ihn in sich zusammenschrumpfen, von Lichtblitzen umflort.

Auch Zog Yaal erwischte es. Wie ein schwarzes Leichentuch bedeckte ihn das Pech, und er stürzte auf die Planken.

Aber ihm schien es nichts anhaben zu können. Er schlug mit den Armen um sich. Der Überzug aus Gegenmagischem Pech verfestigte sich und zerriss wie ein Kokon. Zog Yaal schüttelte es von sich und streifte es ab wie eine dunkle Haut und rang nach Atem.

Zog Yaal war der Einzige an Bord, der über keinerlei Magie verfügte, begriff Gorian. Deswegen konnte ihm das Gegenmagische Pech offenbar nichts anhaben.

Der Greifenreiter selbst schien am meisten davon überrascht zu sein.

Vor dem Bug der im Burghof der Frostfeste gestrandeten *Hoffnung* befand sich jene monströse Apparatur aus Zahnrädern und Zylindern, die Gorian schon zu Gesicht bekommen hatte und aus der jene magischen Strahlen kamen, mit denen letzte Korrekturen an der Himmelsposition des Schattenbringers vorgenommen wurden.

Der Mechanismus bewegte sich, der Zylinder, aus dem die Strahlen schossen, richtete sich auf das Schiff.

Offenbar sollten jene Kräfte, die eigentlich dazu dienten, ein finsteres Gestirn vor die Sonne zu schieben, das aus der Tiefe gekommene Erdschiff vernichten.

Gorian stieß einen Kraftschrei aus, rannte mit Sternenklinge in der Hand nach vorn und löste sich dabei in Rauch auf.

Im selben Moment traf etwas mit ungeheurer Wucht den auf das Schiff ausgerichteten Zylinder und schwang ihn herum, sodass er auf das aus Eis bestehende vieltürmige Hauptgebäude der Frostfeste zielte.

Der Blitz zuckte aus dem Zylinder, und das Gebäude schmolz innerhalb weniger Augenblicke nieder.

Fast unerträgliche Gedankenschreie dröhnten dabei in den Köpfen aller, die sich in der Burg befanden. Gestalten formten sich aus dem Eis, versuchten davonzulaufen und zerschmolzen dann doch.

Gorian war inzwischen bei der Apparatur verstofflicht und sah Ar-Dons katzengroße Gestalt. Der steinerne Gargoyle glühte auf, als würde die Sternenschlacke, aus der er bestand, noch einmal aufgeschmolzen.

»Hast du geglaubt, ich würde dich im Stich lassen, du Narr?«, nahm Gorian den Gedanken seines geflügelten Gefährten wahr.

Die Gestalten, die überall aus dem Eis hervorwuchsen, hatten teilweise die Gesichtszüge jenes jungen Caladran, der Morygor einst gewesen war.

Sein Geist und seine Kraft hatten die gesamte Frostfeste vollkommen durchdrungen, sodass nichts, was hier existierte, noch von ihm selbst zu trennen war.

Die Gestalten formten schwertähnliche Eisklingen aus ihren Armen aus und stürmten zum Angriff.

Einer stürzte sich auf Gorian, der ihn mit einem Schwerthieb enthauptete. Daraufhin zerfloss der Eiskrieger. Einen zweiten vernichtete Gorian ebenfalls mit Sternenklinge.

Die Bronzekrieger, die sich mit ihren Katapulten um die Feste herum gruppiert hatten, um sie nach außen hin zu verteidigen, waren verwirrt. Sie verharrten teilweise, andere stoben auf ihren Reitbären davon. Was in der Feste vor sich ging, schien für sie unbegreiflich, und vor allem gab es im Moment auch niemanden mehr, der ihnen eindeutige Befehle erteilte.

Überall erhoben sich die Eisgestalten und kämpften gegen die Eindringlinge. Die verbliebenen Maladran sprangen vom Schiff. Dies war ihre Stunde. Ihre Schwerter kreisten durch die Luft und schlugen unermüdlich die Eiskrieger zurück, köpften sie, durchschlugen ihre Klingen und Körper und vernichteten sie in großer Zahl – nur um sie erneut aus dem Boden entstehen zu sehen.

Meister Yvaan und Hochmeister Thondaril ahnten die Angriffe der Feinde voraus und wehrten ihre Hiebe mit scheinbarer Leichtigkeit ab. Sheera hatte das Caladran-Schwert in der Hand, verließ sich aber doch lieber auf eine magische Abwehr.

Der Schutzschirm, der das Schiff umgeben hatte, war längst nicht mehr existent. Und jeder spürte nun Morygors Aura.

Aber sie war keineswegs so mächtig, wie sie es schon gewesen war. Gorian empfand sehr deutlich den Unterschied. Morygor war zweifellos geschwächt. Die Zerstörungen in der Frostfeste mussten dafür verantwortlich sein.

»*Sehr richtig!*«, empfing er Ar-Dons Gedanken. »*Und jetzt – leih mir Kraft, Magiemeister!*«

Gorian stieß einen Kraftschrei aus. Mehrere Hiebe seines Schwertes vernichteten ein paar angreifende Eiskrieger, die sich mit ihren Attacken besonders auf ihn zu konzentrieren schienen. Gleichzeitig begannen sich die Zylinder und Zahnräder der großen Apparatur wieder zu bewegen – und zwar durch Morygors Kraft, wie Gorian sehr genau spürte. Der Herr der Frostfeste hatte die geistige Herrschaft über dieses Gerät zurückerlangt, die Ar-Don ihm für einen Moment genommen hatte – einen Moment, der für Morygor verhängnisvoll gewesen war.

Gorians Schwert wirbelte nur so durch die Luft, aber die Eiskrieger waren ihm an Geschwindigkeit und Präzision der Angriffe beinahe ebenbürtig.

Thondaril und der Blinde Schlächter kämpften sich zu ihm durch, einige weitere Maladran im Schlepp. Erschreckend viele der Vergessenen Schatten waren bereits vernichtet. Der Umstand, dass sie immer körperlicher geworden waren, machte dies offenbar leichter. Immer wieder durchschnitten die scharfen Klingen der Eiskrieger sie und zerstückelten sie. Manch Maladran versuchte, wieder schattenhafter zu werden, und verschwand völlig, ohne irgendeine Spur zu hinterlassen.

Auch etliche der mitgereisten Caladran-Krieger lagen in ihrem Blut, denn die Eiskrieger gingen erbarmungslos vor.

Ein Schrei gellte, als Meister Yvaans Leib von vier Eisklingen gleichzeitig durchbohrt wurde.

Sheera war zusammen mit Zog Yaal und den beiden Ordensschülern Serion aus Tejan und Farol aus Bara von Eiskriegern eingeschlossen und wehrte sich verzweifelt. Sheeras Magie war nicht stark genug, um die Schläge tatsächlich abzuwehren. Sie wurden allenfalls etwas verlangsamt, sodass Serion und Tejan immerhin die Möglichkeit hatten, sie zu parieren.

Gleich mehrere Klingen der Eiskrieger drangen durch Gorians Körper. Doch er hatte sich gerade in Rauch aufgelöst und verstofflichte auf einem quaderförmigen, ungefähr einen Schritt langen und einen halben Schritt breiten messingfarbenen Behälter, der zu der Apparatur gehörte, die das Hauptgebäude der Festung geschmolzen hatte. Er streckte das Schwert in Ar-Dons Richtung und stieß einen weiteren Kraftschrei aus.

Blitze zuckten aus seiner Schwerthand die Klinge entlang,

die aufglühte. Ein Strahl schoss aus der Schwertspitze und traf Ar-Don. »*Hier hast du Kraft! Nimm, so viel du brauchst!*«

Ar-Don glühte ebenfalls auf. Er leuchtete so grell, dass man den Blick von ihm abwenden musste, dann drückte er den Zylinder nach unten, als hätte das Gewicht des Gargoyles plötzlich um ein Vielfaches zugenommen.

Während noch immer Strahlen aus Sternenklinges Spitze schossen, kniete Gorian nieder, zog mit der freien Hand Rächer und stieß ihn in die messingfarbene Oberfläche, auf der er stand. Das Metall des Dolchs verband sich mit jenem des Quaders, was nicht verwundern konnte, denn auch der enthielt einen hohen Anteil an Sternenmetall. Blitze zuckten aus der Stelle, an der Gorian den Dolch hineingestoßen hatte.

Ar-Don hatte den Zylinder so weit nach unten geneigt, dass er auf den eisigen Boden der Frostfeste wies.

Ein Strahl schoss aus dem Zylinder, so grell, wie Morygor ihn niemals zum Schattenbringer hinaufgesandt hatte.

Er fräste sich in das Eis. Schreie und stöhnende Laute schallten durch die Gedanken wie ein Chor verdammter Seelen, dabei stammten sie nur von einem einzigen Geist.

»*Stirb und leide, du Folterer!*«, empfing Gorian einen äußerst starken Gedanken von Ar-Don.

Morygor hatte die geistige Kontrolle über die Apparatur völlig verloren. Der Strahl brannte einen tiefen Abgrund in das Eis, während seine Krieger überall zusammenschmolzen. Furchtbare Schreie gellten und vereinigten sich zu einem einzigen Klagegedanken, der so heftig war, dass Gorian für einen Moment das Gefühl hatte, ihm müsste der Kopf zerspringen.

Dann war es vorbei. Die Schreie verebbten ebenso wie der Lichtstrahl. Gorian fühlte Schwindel. Er senkte die glühende Sternenklinge und zog Rächer aus dem messingfarbenen

Untergrund. Die Glut beider Klingen erlosch, und er steckte sie weg. Er sah, dass dort, wo Rächer das Sternenmetall des Quaders aufgeschmolzen hatte, eine Öffnung entstanden war. Man konnte sehen, was darin war.

Es handelte sich um das Bruchstück eines Kristalls. Gorians magische Sinne betasteten ihn, und er erkannte sofort, worum es sich dabei handelte.

Ein Bruchstück aus dem Kristall des Andir, den Morygors Schergen aus Caladrania geraubt hatten. Dazu hatte der Herr der Frostfeste diesen Kristall also gebraucht – um mit seiner Kraft einen Mechanismus anzutreiben, der die Gestirne bewegte.

Vielleicht hatte der Herr der Frostfeste irgendwann erkannt, dass seine eigenen Kräfte nicht ausreichten, sein lebensvernichtendes Werk zu vollenden und den Schattenbringer wirklich an jenem Punkt zu fixieren, an dem er ganz Erdenrund jegliches Licht und jegliche Wärme nahm.

Gorian ergriff das Bruchstück mit der Hand. Nichts von der Kraft, die dem Kristall des Andir eigen war, war darin noch enthalten. Es war einfach ein Kristallstück, dessen zuvor so außerordentliche Klarheit sich stark getrübt hatte.

25 Der Held, der unter dem fallenden Stern geboren wurde

Gorian verstofflichte unmittelbar neben dem Abgrund, der in der Mitte des Burghofs entstanden war. Sheera kümmerte sich gerade um Serion aus Tejan, der von einer der Eisklingen an der Schulter verletzt worden war. Von denen, die zur Besatzung der *Hoffnung aus der Tiefe* gehört hatten, waren nur wenige noch unversehrt.

König Abrandir lebte noch, aber fast alle Caladran-Krieger, die ihn in diesen Kampf begleitet hatten, waren von den Eiskriegern erschlagen worden. Von den Maladran waren viele Opfer ihrer zunehmenden Körperlichkeit und wirkten zerschunden. Manchen fehlten Gliedmaßen, und die Fähigkeit, ihre Gestalt nach ihrem Willen zu verändern, war bei den meisten von ihnen ebenso verloren gegangen wie jene, durch Wände zu gehen oder im Boden zu versinken.

Kaum noch ein Dutzend der caladranischen Widergänger war noch übrig.

Erstaunlich glimpflich war Zog Yaal davongekommen. »Ich hatte manchmal das Gefühl, dass diese verfluchten Eiskrieger mich weit weniger beachtet haben als alle anderen hier«, meinte er. Er steckte sein Schwert ein, das er kaum gebraucht haben konnte, und roch an seiner Kleidung. »Dieses verfluchte schwarze Zeug ...«

»Du redest vom Gegenmagischen Pech?«, fragte Meister Thondaril.

»Der Geruch ist in der Kleidung, und er ist ekelhaft!«

»Dir hat diese Substanz als Einzigem nichts anhaben können«, stellte Thondaril fest. »Und vielleicht hat sie dir sogar das Leben gerettet.«

Der Greifenreiter runzelte die Stirn. »Wieso?«

»Die Eiskrieger waren magische Kreaturen, gelenkt von einem Geist, der sich vor allem durch magische Kräfte bedroht fühlte.«

»Und ich bin in dieser Hinsicht völlig unbegabt.«

»Und hattest auch noch ein Bad in einer Substanz genommen, die jegliche Magie schwächt. Kein Wunder, dass Morygor dich links liegen ließ und lieber die erschlug, von denen er glaubte, dass sie ihm gefährlich werden könnten.«

»Sprecht nicht in der Vergangenheit von ihm, Hochmeister«, warnte Gorian. »Er ist noch nicht vernichtet. Ich spüre seine Kraft.« Er deutete in die Tiefe. »Die Keller, in denen Meister Domrich gequält wurde, befinden sich noch dort unten. Auch wenn Morygor sehr geschwächt ist, er existiert weiterhin!«

Thondaril trat vor seinen ehemaligen Schüler. »Was hast du vor, Gorian?«

»Dies ist der Augenblick, da sich unsere Schicksalslinien kreuzen werden.« Gorian begann sich in Rauch aufzulösen.

»Warte! Nicht!«, rief Thondaril. »Das erwartet er von dir! Er hat diese Möglichkeit des Schicksals in Betracht gezogen und eine Falle für dich vorbereitet!«

Gorian verstofflichte wieder.

Vielleicht hatte Thondaril recht. Die Schattenpfade waren ganz sicher auch für Morygor erreichbar. Und vielleicht wartete er nur darauf, dass Gorian sich auf diesem Weg in die tiefen Gewölbe der Frostfeste begab, um ihn dort abzufangen. Selbst wenn er sehr geschwächt war, reichten seine Kräfte sicherlich noch für eine magische Attacke.

Gorian blickte noch einmal in die Tiefe. »Ich fürchte, es gibt keine andere Möglichkeit, um dort hinunterzugelangen.«

»Natürlich gibt es die«, mischte sich Zog Yaal ein und nahm seine Seilschlange von der Schulter. »Ich gebe zu, dass wir etwas großzügiger ausgestattet waren, als wir das letzte Mal zusammen einen Abgrund hinuntergeklettert sind, aber eine Seilschlange müsste eigentlich für uns beide reichen.«

Gorian und Zog Yaal seilten sich den Abgrund hinab.

Erstaunlicherweise war es für die Seilschlange überhaupt keine Schwierigkeit, auch am Eis Halt zu finden, und das Gewicht von zwei Kletterern schien ihr nichts weiter auszumachen.

Zog Yaal gab ihr die Befehle mit einer Sicherheit, wie man sie von einem Greifenreiter erwarten konnte.

Unten angekommen, sah sich Gorian um, während sich die Seilschlange zusammenzog und aufrollte. Zog Yaal hängte sie sich wieder über die Schulter.

»Vielleicht solltest du besser wieder hinaufklettern«, meinte Gorian.

»Nein. Ich habe das Gefühl, dass ich besser bei dir bleibe«, erwiderte Zog Yaal.

Gorian überlegte kurz und nickte. Er nahm Rächer und reichte ihn dem Greifenreiter.

»Was soll ich damit?«

»Das wirst du schon wissen.«

»Aber das ist deine Waffe.«

»Vielleicht möchte ich einfach nur verhindern, dass du dich mit deinem Schwert verletzt.«

»Ein so schlechter Fechter war ich zuletzt gar nicht mehr. Das hat Serion selbst gesagt.«

»Ja, sicher.«

Gorian blickte sich erneut um und versuchte mit seinen magischen Sinnen die Umgebung zu ertasten. Morygor musste irgendwo hier unten zu finden sein. Der Strahl, der diesen Spalt in die Eisfeste geschnitten hatte, hatte ihn zweifellos geschwächt und vielleicht sogar verwundet. Also war er hier gewesen – oder zumindest mussten sich die Kräfte, die der Strahl übertragen hatte, von hier aus derart weiterverbreitet haben, dass der Herr der Frostfeste dadurch in Mitleidenschaft gezogen worden war. Es war kaum vorstellbar, dass er seine Frostkrieger, die allesamt Manifestationen seiner selbst gewesen waren, freiwillig zurückgezogen hatte.

Plötzlich spürte Gorian etwas. Er zog Sternenklinge, konzentrierte seine Kräfte und ließ die Waffe aufglühen. Dann schmolz er mit der Klinge eine Öffnung in das Eis.

Es dauerte nicht lange, bis sich ein Gang vor ihm öffnete. Das Eis, aus dem die Wände ringsum bestanden, schimmerte bläulich, sodass Gorian sehen konnte. Kein Zweifel, dies waren die Keller der Frostfeste.

Ein Schauder überkam Gorian. Da war die Erinnerungen, die Ar-Don einst an ihn übertragen hatte, und er glaubte für einen Moment noch einmal die Schreie von Meister Domrich zu hören.

Gorian ging voran, und Zog Yaal folgte ihm.

Sie hatten kaum das Ende des Gangs erreicht, da stürzte der Bereich, den sie gerade durchschritten hatten, in sich zusammen. Gorian konnte gerade noch durch eine Magieformel verhindern, dass das Eis über ihren Köpfen auf sie herabstürzte.

Das bläuliche Leuchten, das überall aus dem Eis schien,

begann zu flackern, und Gorian war an ein Kerzenlicht erinnert, das kurz davor stand zu erlöschen.

Das Licht wurde schwächer, veränderte seine Farbe von einem blassen Blau in ein dunkles Rot. Der Rhythmus, in dem es aufschien und dann fast verlosch, erinnerte an ein schlagendes Herz.

Gorian und Zog Yaal gelangten in einen gewölbeähnlichen Raum, dessen hinterer Teil bereits eingestürzt war. Eine dunkle Gestalt hob sich gegen das rötliche Licht ab, und am Boden kroch eine große, vielarmige Kreatur, von der nichts weiter als ein schwarzer Schatten zu sehen war.

Das Licht wurde noch etwas schwächer, der pulsierende Rhythmus, in dem es aufschien, beschleunigte sich dafür.

Gorian hielt Sternenklinge in der Rechten, als er den beiden Wesen entgegentrat. Zog Yaal blieb zurück.

»Auf diesen Moment hast du lange gewartet«, wisperte eine Stimme. »Aber ich auch.«

»Morygor«, murmelte Gorian.

»Es ist dir gelungen, fast alles zu zerstören, was ich aufgebaut habe, und ich habe mir alle Mühe gegeben, diesen Moment des Schicksals zu verhindern. Leider vergeblich. Aber ich habe die Kraft, alles von neuem zu errichten. Der Schattenbringer ist dort, wo er sein soll, und Erdenrund wird zu einem Ort werden, wie er mir entspricht.«

»Erdenrund wird zu einem Ort der Untoten«, erwiderte Gorian.

Ein leises Lachen antwortete ihm. »Leben, Existenz, Tod – das sind so relative Begriffe wie die Zeit oder das Schicksal. Es geht darum, Macht auszuüben. Denn wer Macht hat, der existiert und hinterlässt Spuren in der Unendlichkeit des Polyversums.«

Das Wesen am Boden bewegte sich, und im nächsten Moment zuckte ein Blitz aus einem seiner finsteren Arme hervor und traf Gorian. Er wurde durch den Raum geschleudert, prallte gegen die Wand aus Eis und spürte, wie ihm Kraft entzogen wurde. Der Raum wurde heller, der Rotton, der durch das Eis schimmerte, wandelte sich von Blutfarben in ein leuchtendes Purpur.

Das Wesen am Boden wurde dadurch deutlich sichtbar. Es war ein Krake, vielarmig und von monströsen Ausmaßen. Der Kopf war gewaltig, das Hirn quoll in wucherndem Wachstum aus ihm heraus, doch die Gesichtszüge waren unverkennbar die jenes jungen Caladran, der Morygor einst gewesen war.

Gorian schauderte es, als er sah, wie sehr sich der Herr der Frostfeste verändert hatte. Ein formloses Maul öffnete sich, ein finsterer Schlund, aus dem ein fauliger Todesatem drang.

»Ich zeige mich lieber in anderer Gestalt, wie du weißt. Aber du sollst nicht sterben, ohne zu sehen, wer ich wirklich bin.« Der Krake näherte sich, schob sich auf seinen Tentakelarmen auf Gorian zu.

Der stellte fest, dass er sich nicht bewegen konnte. Morygor hatte ihn magisch gefesselt. Eine unsichtbare Kraft riss ihm Sternenklinge aus der Hand. Das Schwert fuhr in das Deckeneis und blieb dort stecken.

Gorian spürte, wie ihm weitere Kraft entzogen wurde. Kraft, die Morygor begierig in sich aufsog. »Da dieser Moment nicht zu vermeiden war, werde ich ihn zu meinem Vorteil nutzen, Gorian aus Twixlum, der du dich einen Meister nennst. Glaubst du, ich hätte nicht gewusst, dass dieser Moment eintreten könnte? Glaubst du, ich hätte mich nicht darauf vorbereitet – ich, der ich doch alle Eventualitäten des Schicksals vorauszuberechnen vermag? Du hast gedacht, ich wäre schwach. Zu schwach, um dir noch ein ernsthafter Gegner zu sein. Aber da hast du dich getäuscht. Bedauerlicherweise bist du nicht über die Schattenpfade gekommen, denn dann hättest du einen leichten Weg in die Nichtexistenz finden können. Ein geringer Aufwand an magischer Kraft hätte ausgereicht, dich in das Nichts einer Zwischenwelt zu schleudern. So wirst du nun leiden müssen.«

Der Krake kroch noch näher und hielt dann inne. Einer seiner Tentakel streckte sich, legte sich um Gorians Hals, und ein Stachel trat aus dem Ende des Krakenarms hervor, dünn und spitz wie eine Nadel. Kleinere Blitze sprangen von dem Stachel in Gorians Schläfe.

Gorian verspürte eine Taubheit, die von der Schläfe aus seinen gesamten Körper erfasste.

Es wurde immer heller im Raum. Die zweite Gestalt, deren Umrisse von Anfang an menschlich erschienen waren, trat nun einen Schritt vor.

Es war Torbas.

Gorian überraschte das nicht, doch schockierte ihn das Ausmaß der Veränderung, die mit seinem ehemaligen Gefährten vonstattengegangen war. Nicht nur, dass die Anzeichen des Untodes noch deutlicher zu erkennen waren als bei ihrer letzten Begegnung, als Gorian ihn in der Eisspalte unweit der Frostfeste zurückgelassen hatte. Seine Augen waren durch Kristallstücke ersetzt worden, ähnlich wie jenes, das Gorian in dem Quader aus Sternenmetall entdeckt hatte, der zu der Apparatur im Burghof gehörte. Stücke aus dem Kristall des Andir, über den die Caladran das Reich des Geistes hatten erreichen können.

Den Kristall selbst sah Gorian nun ebenfalls. Er stand auf einem Podest aus Eis und hatte bis dahin im Schatten gelegen. Er war inzwischen so glanzlos geworden, dass er nicht mehr aus sich heraus leuchtete. Oder Morygor hatte ihm in einem Akt der Verzweiflung alles an Kraft entnommen, was er aus ihm hatte herausziehen können.

Die Stellen, an denen Stücke aus dem Kristall herausgebrochen waren, waren deutlich zu erkennen.

»Das alte Reich des Geistes hat seinen Glanz verloren«, sagte Morygor. »All seine Kraft ist jetzt in mir oder in meinem treuesten Diener.«

»*Dem einzigen Diener, der dir geblieben ist*«, dachte Gorian, denn sprechen konnte er nicht mehr. Auch seine Lippen und seine Zunge waren gelähmt. Aber er war sich sicher, dass Morygor seine Gedanken sehr gut verstand.

Und so war es auch, denn der Herr der Frostfeste antwortete ihm: »Oh, da irrst du dich. Ungezählte Untote irren durch die Länder, die sie für mich eroberten. Und sie werden froh sein, wenn sie die Aura meiner geistigen Führung wieder spüren.« Der Kopf des Kraken wandte den Blick Richtung Torbas. Der Befehl, den er an den abtrünnigen Ordensschüler richtete, war unmissverständlich. »Töte den Begleiter dieses Narren! Sofort. Ich will nicht, dass jemand anwesend ist, der in meinen Schicksalsberechnungen nicht vorkommt!«

Zog Yaal zischte einen Seilschlangenbefehl, und sein Tier umfasste mit einem Ende den Griff Rächers, den der Greifenreiter im Gürtel trug, zog ihn hervor, entrollte sich blitzschnell, wurde lang und dünn und zuckte nach vorn.

Und rammte den Dolch in eines der hervorquellenden Hirnteile Morygors, um sich gleich wieder zurückzuziehen.

Unbeholfen zog Zog Yaal daraufhin sein Schwert, um sich damit gegen Torbas zu verteidigen. So einfach und kampflos gedachte er sich nicht umbringen zu lassen.

Eine Kraft erfasste ihn und schleuderte ihn heftig gegen die Eiswand. Er wurde genauso magisch gefesselt wie Gorian.

Ein wutentbranntes Stöhnen drang aus dem übelriechenden Krakenmaul.

Diesen Moment, da Morygor abgelenkt war, nutzte Gorian. Er nahm alle Kraft zusammen, stieß einen Kraftschrei aus, und Sternenklinge flog ihm in die Hand. Noch ehe ihm der Stachel am Ende des Krakenarms in die Schläfe fahren konnte, hackte er den Tentakel einfach ab. Mit Blitzen, die aus seinem Körper schossen, stieß er den Stumpf, der ihm noch um den Hals hing, von sich, und dieser wurde dabei regelrecht zerfetzt.

Ein anderer Krakenarm richtete sich gegen Gorian. Blitze fuhren daraus hervor, doch Gorian hielt ihnen Sternenklinge entgegen, und diesmal wurden die Kräfte des Herrn der Frostfeste abgelenkt und fuhren in die Decke und den Boden.

Der Krake schlug mit einem dritten Tentakel, bei dem der Stachel bereits ausgefahren war, wie mit einer Peitsche nach Gorian. Der wich dem Hieb aus, und als sich der Krakenarm um seinen Fuß wickeln wollte, hieb er auch diesen einfach ab.

Blut spritzte hervor, doch die abgetrennten Tentakel wuchsen innerhalb von Augenblicken nach. Blitze, so grell, dass für einen Augenblick nichts zu sehen war, zuckten aus den Krakenarmen und vereinigten sich zu einem einzigen Lichtstrahl, der Gorian voll erfasste und dessen Kraft ihn erneut mit großer Wucht gegen die Eiswand schleuderte.

Wäre es dem dreifachen Ringträger nicht gelungen, den Aufprall magisch abzudämpfen, sein Rückgrat wäre mit Sicherheit mehr als nur einmal gebrochen. Aber auch so tat es höllisch weh.

»*Tu etwas, Sklave!*«, dröhnte ein Gedanke. Es konnte nur Torbas gemeint sein, den in den letzten Momenten eine seltsame Starre befallen hatte. Weder hatte er Zog Yaal getötet noch sich erkennbar für seinen Herrn in die Bresche geworfen.

Nun nahm er sein Schwert. Er fasste Schattenstich mit beiden Händen, und die Kristallaugen glühten auf eine Weise auf, die ihn kaum noch menschlich erscheinen ließ.

Im ersten Moment sah es aus, als wollte er sich auf Gorian stürzen, doch dann ging seine Bewegung seitwärts. Er stieß einen Kraftschrei nach Art der Schwertmeister des Ordens aus, Schattenstich glühte auf …

Und dann fuhr die Klinge zischend in den Kopf des Kraken, der Torbas augenblicklich mit drei, vier Tentakeln umschlang und ihm die ausgefahrenen Stacheln in den untoten Körper trieb.

Blitze zuckten aus den Stacheln. Auch die anderen Tentakel umschlangen Torbas.

Flammen schossen aus den ineinander verschlungenen Körpern, grünliche und bläuliche, die die Folgen magischer Entladungen waren. Aber die Körper selbst waren inzwischen nicht nur miteinander verschlungen, sondern ineinander verwachsen und auf groteske Weise durch die Magie verformt.

Der Geruch von Fäulnis mischte sich mit dem von brennendem Fleisch.

Nur eins blieb klar erkennbar: zwei menschliche Hände, die einen Schwertgriff umfassten. Die dazugehörige Klinge war bis zum Heft in den Krakenkopf getrieben worden, dessen menschenähnliche Caladran-Augen starr und tot wirkten.

Gorian fühlte, wie sich der magische Druck von ihm löste. Morygors Aura verflüchtigte sich. Als Gorian näher trat, nahm er einen letzten Gedanken von Torbas wahr.

»*Wir wurden beide im Zeichen des fallenden Sterns geboren und haben unsere Bestimmung erfüllt ...*«

»Torbas!«, murmelte Gorian.

Aber da war nichts mehr, was ihm hätte antworten können.

Kein Gedanke.

Und schon gar keine Stimme.

26) Das Weltentor

Um zurück an die Oberfläche zu gelangen, wählte Gorian diesmal den Weg über die Schattenpfade. Zog Yaal auf dieser kurzen Distanz mitzunehmen war keine Schwierigkeit. Es gab die Aura des Herrn der Frostfeste nicht mehr, die Gorians Kräfte in irgendeiner Weise hätte dämpfen können.

Bevor sie sich jedoch auf den Weg machten, nahm Gorian Schattenstich an sich. Die beiden Schwerter, die Nhorich einst in der Nacht des fallenden Sterns aus dessen Erz geschmiedet hatte, waren wieder vereint.

Den Kristall des Andir – oder das, was von ihm übrig war – drückte er Zog Yaal in die Hand.

»Ich kann immer noch nicht fassen, was geschehen ist«, sagte der Greifenreiter.

»Das Element des Unvorhersehbaren hat Morygor getötet. Aber nicht ich war dieses Element, denn alles, was ich tat, war offenbar leichter vorherzusagen, als ich glaubte.« Gorian schüttelte den Kopf. »Torbas und du – ihr wart für den, der sonst alles zu sehen vermochte, nicht bis ins Letzte berechenbar. Halt den Kristall gut fest und übergib ihn König Abrandir, wenn wir oben sind. Er gehört seinem Volk, auch wenn ich fürchte, dass dort niemand mehr allzu viel mit ihm wird anfangen können.«

»Da ist selbst mit Magie nichts zu retten?«, fragte Zog Yaal.

»Ich fürchte es. Der Kristall enthält nichts mehr. Keine Kraft und kein Wissen und schon gar nicht einen Zugang zum Reich des Geistes. Er ist innerlich tot und kraftlos, weil Morygor ihm alles entzogen hat, was an ihm besonders gewesen ist.«

»Morygor ist vernichtet«, beendete Gorian seinen knappen Bericht, nachdem er mit Zog Yaal zur Oberfläche zurückgekehrt war. Er richtete den Blick nach oben zum Himmel, wo Ar-Don seine Kreise zog. *Hast du das auch gehört, Gefährte?*«

König Abrandir wog den Kristall in der Hand und ließ ihn auf den eisigen Boden fallen. »Er ist wertlos«, stellte er fest. »Wir haben den Zugang zum Reich des Geistes verloren.«

»Ihr werdet es in Euch bewahren müssen«, sagte Gorian.

Aber Abrandir schüttelte den Kopf. »Das Wissen der Vorfahren wird verblassen und in Vergessenheit geraten.«

»Ich werde es bewahren«, versprach Gorian. »Ich werde alles bewahren, was ich im Reich des Geistes erfahren habe.«

»Selbst wenn Ihr es könntet, Gorian, was wäre es schon wert bei der lächerlich kurzen Zeitspanne, die Ihr unter den Lebenden weilt. Ob Ihr dieses Wissen bewahren könnt oder nicht, spielt keine Rolle, denn Euer Leben reicht nicht, um es weiterzugeben. Es ist bedeutungslos, Gorian. Das Vergessen wird schleichend kommen. Vielleicht wird es erst einsetzen, wenn nach Euren Begriffen Zeitalter vergangen sind. Aber es wird geschehen, und es gibt nichts, was Ihr dagegen tun könnt. Und der legendäre Andir wird nicht ein zweites Mal aus dem Reich des Geistes zu uns kommen und uns ein Geschenk machen, wie es dieser Kristall war.«

Tiefe Trauer hatte den König der Caladran erfasst, so sehr, dass er sich über Morygors Ende kaum zu freuen vermochte.

Gorian deutete auf den Kristall. »Heißt das, wir können

ihn nicht einmal mehr als Kraftquelle für die Apparatur nutzen, mit der Morygor die Gestirne lenkte?«

Abrandir schüttelte den Kopf. »Um das zu tun, müssten wir nicht nur den Mechanismus vollends begreifen – und das Wissen darum ist mit Morygor von uns gegangen –, wir bräuchten auch seine besonderen Kräfte, eine Art von Magie, die niemand von uns anwenden möchte.«

Gorian war fassungslos. »Dann sollen wir uns damit abfinden, dass der Schattenbringer die Sonne verdeckt? Soll Morygor am Ende doch gesiegt haben und Erdenrund zu einer Welt werden, auf der nur Untote und Geschöpfe der ewigen Kälte leben können?«

»Es gibt nur einen Ort, an dem genug Kraft vorhanden ist, um daran etwas zu ändern«, sagte Abrandir.

»Das Weltentor!«, stellte Thondaril fest.

Der Caladran-König nickte. »Ihr habt es erfasst, Hochmeister.«

»Gorian hat beide Schwerter aus Sternenmetall in seinem Besitz«, sagte Thondaril. »Und da Morygor vernichtet ist, gibt es niemanden mehr, der die Energie des Tores mit seinem geistigen Einfluss blockieren könnte.«

»Ihr wollt die Kraft des Tores zum Schattenbringer lenken?«, fragte Abrandir.

»Was spricht dagegen?«

»Nur, dass es noch nie getan wurde«, entgegnete Abrandir.

Die *Hoffnung aus der Tiefe* war ein vom Kampf gezeichnetes Wrack. Sie hatte zahlreiche Löcher, die auch eine größere Schar Caladran-Magier nicht so schnell ausbessern konnte. Die Schutzaura funktionierte nicht mehr und ließ sich auch nicht wiederherstellen. Als Erdschiff, wie sie ursprünglich erdacht worden war, konnte man die *Hoffnung* nicht mehr einsetzen, aber das war auch nicht unbedingt nötig; sie ließ sich fliegen, denn wenn man sie von den metamagischen Raumzeitwinden davontragen ließ, brauchte man keine intakte Schutzaura, die das Erdreich oder das Wasser fernhielt, während man durch die Tiefe reiste.

Es war dafür aber eisig kalt während der relativ kurzen Flugreise zum Weltentor.

Die Torwächter suchten schnell das Weite, als Hochmeister Thondaril ihnen ein paar Kostproben der Kunst eines Magiemeisters gab: Wenige grelle Lichtblitze reichten aus, um sie davonzujagen. Dass Morygor nicht mehr Herr der Lage war, hatten sie schon gespürt. Das Tor flackerte unruhig, und jenseits des Lichtbogens waren verzerrte, wogende Formen zu sehen, Gebäude und eine Landschaft.

»Das Tor ist offen, aber es fluktuiert«, stellte König Abrandir fest, als die *Hoffnung aus der Tiefe* landete. »Kein Wunder, schließlich wird es durch niemanden mehr geistig kontrolliert.«

Gorian hatte die *Hoffnung* etwas abseits des Weltentores gelandet. Zusammen mit Sheera, Hochmeister Thondaril und König Abrandir begab er sich zum Tor. Eldamir und die Maladran folgten ihnen.

Der Blinde Schlächter wandte sich an Gorian. »Mein Fürst, wir haben Euch Treue geschworen, aber jetzt, da Euer Feind besiegt ist, bitte ich Euch, dass Ihr uns davon entbindet.«

»Gewiss – aber woher der Sinneswandel?«, fragte Gorian. »Ich dachte, es gäbe nichts Erstrebenswerteres für Euch, als einem Lebenden zu folgen.«

»Wir beabsichtigen durch das Tor zu gehen«, erklärte der Blinde Schlächter. »Denn ganz gleich, ob Euer Plan gelingt, wird dies eine Welt sein, in der kein Platz mehr für uns ist. Niemand wird solche Krieger wie uns brauchen. An sich ist Eure Lebensspanne so lächerlich gering, dass es eigentlich egal wäre, ob Ihr uns von unserem Treueschwur entbindet.«

»Und warum fragst du trotzdem?«

»Weil es sein könnte, dass das Tor nicht mehr passierbar ist, wenn Ihr Eure Pläne durchführt.«

»So sei euch euer Wunsch gewährt«, sagte Gorian. »Der Dank der Völker von Ost-Erdenrund gebührt euch!«

So schritten Eldamir und die überlebenden Maladran durch das Tor. Was sie auf der anderen Seite erwartete, war nicht zu erkennen. Das Tor flackerte kurz auf, als die Schattenkrieger es passierten und dann in den sich ständig verändernden Farben und Formen verschwanden.

Gorian nahm beide Schwerter aus Sternenmetall und richtete sie auf den Torbogen. Seine Augen waren zuerst schwarz und begannen dann so hell zu leuchten, dass man nicht in sie hineinschauen konnte, wollte man nicht erblinden. Er murmelte nacheinander Worte in caladranischer und alt-nemorischer Sprache – und Thondaril, Abrandir und Sheera hoben die Hände zum Himmel und murmelten ebenfalls diese Worte.

Zog Yaal beobachtete sie von der Reling des Schiffes aus. Serion aus Tejan, der sich von seiner Verletzung einigermaßen erholt hatte, und Farol aus Bara waren bei ihm.

Der Torbogen flackerte zunächst, dann wurde er heller und verströmte schließlich ein gleißendes Licht.

Hoch über dem Tor kreiste Ar-Don.

Sternenklinge und Schattenstich glühten in Gorians Händen auf, so als wären sie noch einmal aufgeschmolzen worden. Blitze zuckten aus den Spitzen der beiden Klingen, vereinigten sich auf halbem Weg zum Tor und trafen dann auf den Lichtbogen. Von dort schoss ein weiterer Strahl zum Himmel, geradewegs auf den Schattenbringer zu. Eine ganze Weile lang blieb der Strahl bestehen.

Im letzten Moment, als das Ritual beinahe schon beendet war und Gorian die Schwerter bereits senken wollte, flog Ar-Don in den Strahl und ließ sich von diesem forttragen.

»Leb wohl, Freund«, drang der letzte Gedanke des Gargoyles in Gorians Seele. Und Gorian ahnte, dass er den Gargoyle zum letzten Mal gesehen hatte.

Er war zurückgekehrt, diesmal endgültig.

Augenblicke vergingen. Gorian senkte die Schwerter, deren Glühen erlosch. Der Lichtbogen des Weltentors flackerte nur noch schwach, riss aber keineswegs ab. Allerdings herrschte jenseits des Tors jetzt ein undurchsichtiger Nebel. Ob es im Moment passierbar war, war mehr als fraglich.

Gorian sah zum Schattenbringer. Bis die Kraft des Strahls dieses dunkle Gestirn erreichen konnte, verging einige Zeit. Dann aber blitzte auf dem dunklen Fleck am Himmel ein Feuer auf. Der Schattenbringer schmolz nach und nach auf. Er leuchtete auf wie Sternenerz im Schmelzofen eines Schmieds. Von einem Moment zum anderen stand ein so grelles Licht am Himmel, dass man den Blick abwenden musste, um nicht geblendet zu werden.

Innerhalb der nächsten Augenblicke schien es so, als würde sich der aufgeschmolzene Schattenbringer mit der hinter ihm aufscheinenden Sonne vereinen.

Der Tag brach an.

Zum ersten Mal seit langer Zeit.

Epilog

Wochen waren vergangen. Wochen, deren einzelne Tage sich endlich wieder im regelmäßigen Wechsel zwischen Hell und Dunkel, Sonnenlicht und Sternenlicht manifestierten. Überall schmolz das Eis. Es würde längere Zeit dauern, bis es sich wieder ganz nach Norden zurückgezogen hatte – zusammen mit all den Untoten, die noch die verschneiten Länder bevölkerten. Ebenso viel Zeit würde vergehen, ehe all die Flüchtlinge in ihre Heimat zurückkehren konnten.

Gorian und Sheera standen an den Zinnen des höchsten Turms der Siebten Burg von Nelbar. Ihre Blicke waren nach Westen gerichtet, wo die Himmelsschiffe der Caladran langsam am Horizont verschwanden. Ihr Ziel waren allerdings nicht jene Inseln, auf denen sie seit Caladirs Zeiten ihr Reich regiert hatten. Nichts zog sie dorthin zurück, denn ihre Stadtbäume waren ebenso zerstört wie der Kristall des Geistes, den der Magier Andir einst dem Reich von Fürst Bolandor gestiftet hatte. In jenes Reich, Estorien genannt, beabsichtigte König Abrandir mit seiner Flotte von Überlebenden zurückzukehren. »Die Zeit vergeht dort langsamer als im Rest von Erdenrund, und es kann sein, dass es in Estorien noch nicht lange her ist, seit Caladir von dort aufbrach und den Kristall stahl«, hatte Gorian noch die Abschiedsworte von Königin Orawéen im Ohr. »Wir können das Reich des Geistes nur in unserer Erinnerung bewahren, aber das wird uns dort leichter möglich sein als irgendwo sonst.«

Gorian legte seinen Arm um Sheeras Schultern.

»Eine neue Zeit hat begonnen!«, dachte er.

»Ja«, antwortete sie ihm in Gedanken. *»Unsere Zeit …«*